昆仑哨

窦椋 著

致敬伟大的戍边军人

重庆出版集团 重庆出版社

图书在版编目（CIP）数据

昆仑哨 / 窦椋著. -- 重庆：重庆出版社，2025.
5. -- ISBN 978-7-229-19284-6
Ⅰ. I247.5
中国国家版本馆CIP数据核字第2025P8S789号

昆仑哨
KUNLUNSHAO

窦椋　著

出　　品：华章同人
出版监制：徐宪江　连　果
策划编辑：张铁成
责任编辑：王昌凤
特约编辑：张锡鹏
营销编辑：刘晓艳
责任校对：彭圆琦
责任印制：梁善池
封面设计：末末美书

重庆出版集团
重庆出版社　出版
（重庆市南岸区南滨路162号1幢）
北京毅峰迅捷印刷有限公司　印刷
重庆出版集团图书发行有限公司　发行
邮购电话：010-85869375
全国新华书店经销

开本：710mm×1000mm　1/16　印张：27.625　字数：371千
2025年5月第1版　　2025年5月第1次印刷
定价：69.80元

如有印装质量问题，请致电023-61520678

版权所有，侵权必究

目录

第一章 / 001

我奔向遥不可及的哨卡，寻找雪域时空里的你，不知道是你用年华晕染了世界，还是高原为你涂上了油彩，总之，紧握你如枯枝般的手，我如同投入白云间宽广和煦的怀抱。

第二章 / 017

时光隧道里，我停在你停过的地方顿感彷徨，火车飞驰而过，就像你大手一挥决然而去，我听不到回声，也未收到只言片语的家信，当万物寂寥，我蓦然举目，星星点点的战位如同你的眼睛凝视着群山，也凝视着我归营的路。

第三章 / 036

可不可以给我一个拥抱，像拥抱这大山一样，那样我会锁住你们的味道和微笑，就当你们不会离开。不管我伫立多久，那些兄弟爱人，那些家乡父老，那些玫瑰、牡丹和月季，我想看到，便都能看得到。

第四章 / 052

总有如炬的明眸，击穿我神游的灵魂，让我转身惊鸿一瞥，放肆地呼吸。这不是慈悲，这是儿时就漫延成河的梦；这不是安慰，这是我本该徜徉的土地；这不是情怀，这是又一次奋不顾身的觉醒，又一次觉醒得奋不顾身。

第五章 / 066

你走，你拥有的不只是平原；我留，我放飞的何止是思念。

第六章 / 082

要亲近你，却被放逐天际；要离开你，又数度梦回这里。

第七章 / 099

你归去你离开，但都请带上昆仑赋予的武装，并带上我对你的深爱。你只需要在月圆之夜抛洒一道耀眼的星光，让怀念你的人看见你不灭的意志，然后，任雪花落满窗台。

第八章 / 114

来路坎坷，你一边愤恨，一边寻找出口，渴望梦想的黎明。回望暗夜中的他们，你一边默然饮泣，一边长久致敬。

第九章 / 129

风雪严寒中，比太阳更温暖的，是我记得你的好，你也没有遗忘。

第十章 / 145

荒原告诉我，就算被无情碾压，平静依然是我的品格；高山告诉我，就算被炮火削平脑壳，那包裹旗帜的胸膛也依然在跳动。

第十一章 / 160

　　我们之间不只有山水的阻隔，你内心的呐喊不只是接受或拒绝的纠结。我在，却淹没在那人海，籍籍无名；我不在，反而奔腾在你心海，风华正茂，劈波斩浪。

第十二章 / 174

　　我知道如今沉默的来由，所以我知道该何时出手，如果你是我的动能和信仰，那么就让我一路狂奔，高唱凯歌经过你的垭口，你在那儿永生，我在那儿不朽。

第十三章 / 185

　　曾与我一起越过穷山巨海的朋友，继续远走他乡或下落不明，我已分不清这里是终点还是起点，可我仍在等待，等待风沙掠过的绿洲，我在沿岸幸福地闭上双眼，霞光顷刻就照耀了大地。

第十四章 / 199

　　即使无人知道，你也会成为我一个人的英雄，那样我也要如同冰清玉洁的玉珠峰，和你比肩站立。那时，我内心丰盈的骄傲，你一定看得见；我独奏的命运交响曲，你也一定听得见。你指向惦念的远方，我倏然便生长出澎湃的翅膀。

第十五章 / 214

　　很久以前无意闯入你苦修的角落，从那之后你成为我最美的相遇，我愿手捧幸福的种子，陪你做最朴实的农民，可当我面对疾风骤雨，突然迷失于田间地头，我明白下一个秋季的果实将荡然无存，但我还是祈求你要快乐，因为我执拗不过运气，一定等得到节气，左右不了结局，但一定能挽留住自己。

第十六章 / 221

你尽管去登顶天涯，再高的山也不会标记海拔，你继续放飞千疮百孔的风筝，多冷的天也无法将它冻成冰凌，滚石可以掩埋前进的路，却掩埋不了最终归途。我们从不承认，所以我们就不会被征服，去跋涉你的高原，我没有力气，但我可以化作赤水和明月，陪你去远足。

第十七章 / 238

前生你来过，我们肯定是孪生兄弟，或本就依附于一个身体，遍览同一个视角的日月星光，不像现在山高路远处处受阻，不像现在你是你我是我。当你越过达坂也越过我，我想化作一道紫外线，摧毁自己的辐射，最后落在铁轨，登上每一列到达你那儿的列车。

第十八章 / 252

我以为我不屑，就看不到你站在最高的山冈；我冷漠，你就会忘了我当年青涩迷惘的模样；我不让，你就不会抢我的高光。然而一扭头，山雨已来，哪有什么涓流，只剩滔滔大江；哪有顾左右而言他，只有凶猛的子弹遍布血红的战场。满心地想啊，只要你不倒下，这山脊你就是梁，这荒野就是故乡。

第十九章 / 264

迎着冰雪降临的小孩，旧时你藏在草长莺飞的春天，如今我重又听到你的笑，才明白胜利与关切同在，你问我何时归来，我却还匍匐在冻土上，弹袋摩擦出的新路是连接你我的纽带，我挨过晨曦，挺过暮霭，伤痕累累地站起来，那时希望你懂，这世界有一处家园就要多一个勇者,燃起一盏心灯才能消灭一片深海。

第二十章 / 276

  他拉下防风眼镜,挡住最后一丝软弱和浩荡的思念,只让我看到忙碌的人群,忘记战前的恐惧。他关上厚重的车门和瞭望口上的钢板,我细数他到底遗落什么,要去追逐什么,可车轮飞转,我只看到一位扬鞭策马的少年,冲向雄鹰掠过的天边,于是他唱支情歌也气吞霓虹,他已淹没在达坂的后面却仍高出霄汉。

第二十一章 / 291

  唯独你没有逃向所谓的自由,留在混沌中看硝烟四起,计时器上的数字每跳动一下,生命的里程碑就平移数里,可你不认为这结局昭然若揭,这世事就该惊天动地或者平淡无奇。幸好,他掸掉飞雪冲破迷雾找到新的制高点,又能实现新的托举,所以当唯一的你走出冻土,在玛尼堆前一遍遍卧倒又爬起来,你说你重复默念的不是经书,你行的是最火热的大礼。

第二十二章 / 304

  不经意间你才会来到我身边吗?像蒲公英或萤火虫,是乱入寒区的温带生物,无意击碎我梦魇,恰好重拾我少年。我清醒着却一无所有,眩晕后美好竟不期而至,我殚精竭虑害怕失去,原来得到才愁肠百结,总得试图改变,我问大地,它默不作声,我问你,你一举手化作了山,无须多言,已是姿态万千。

第二十三章 / 316

  你不能沿着高处的小道一直跑下来,用油灯照亮我们幸福的脸,就让我来为你点燃篝火,让它陪你跳跃,我维系住你的温暖,也就驱散了我的严寒，可你能在狼烟弹雨中飞奔，为何不能佑我在风和日丽中穿梭？幸好，我不会迷路，因为通往你那里的方向只有一个，可供吸氧的驿站只有一座，你那里空无一人，也不会鲜花遍野，但我学着你的样子，讲一个不曾有的传说，心中也有了楼桥夜雪，也有了铁马金戈，地当床天当被，也不算流离失所。

第二十四章 / 329

你仍在一〇九逆行，寻找着她，跨越山岭。多年以后，你却用一个转身，让别人跨越了黑暗，独自留下，掂量生命之轻之重，我如果是那堆乱石多好，与你对望每个星空。我想喊，旷野不能吐露我的心声，我要喊，山谷没有回答我的真诚，只好把那座城池的围墙拆净，不管你从哪个方向来，我们都热泪滚烫，高接远迎。

第二十五章 / 343

你终究看到了野草和大树，它们一般夏发浅芽，秋落寒土，可这儿其实竟无夏秋，所以它们只是虚晃着，虽然那也是在向你招手；你看到了通往城市文明的公路，眼前也有了汹涌的人群，他们捧着哈达接近你，绝口不提你显而易见的衰老，然后匆匆去往别处。你站在大地中央，来时的脚印消失在日暮，你什么也不说，就像什么也留不住；可这不是你的愿景，依稀中为自己打一个响指，灯火亮了，那不是口号，那是昨夜赞歌，是今明绝美的重塑。

第二十六章 / 359

江湖不乏误解，难免常被中伤，你并不饮恨，老茧般地麻木。真正的考验只会重重来袭，不只是重重一击，你警觉，如同惊醒的孩子，没有蜷缩在黑暗里，第一时间触摸的是窗棂，看到的是来路。虚虚实实的谍影中，大多数的流泪，是无助之后，终于穿越了藩篱与迷雾。

第二十七章 / 375

  我们曾各怀心事，即刻还会分崩离析，但告别时，哪怕假装，也要不疾不徐。然而，我以为是抵不住时光，却没料到是抵不住刀光，命运也被压进枪膛，我俯卧在你背上，像生长了新的脊梁，以勇者姿态，解释这看似意外实则注定的相依。以后我会像一江水，所过之处，都有我对你说的话语，比如，这世间怎会有了然无痕迹，当然也不会有一直纠葛的结局。

第二十八章 / 390

  我思索那深一脚浅一脚的足迹何来魅力，让我梦回连营频频回首，可能是羊肠小道和天边的兄弟，所以我在没有温度的境遇中捡拾温柔。遥望昆仑拐角折射的微光，我看到活着的模样，原来是沿着我们跌倒的战地行走，所以多年以来你的栖息之处是春天的起点，我告老还乡的位置在可可西里的尽头，当你的英雄儿女逼近虎口，我播撒的种子一夜之间向上生长，找到了命运的出口。

第二十九章 / 405

  你们的常态是等待，比如等待制氧机工作了才能呼吸，等待寒冰融化了才敢对远方说一声爱。我以为雪垄早已与你们握手言和，日子像我曾更换的旗帜，随时被风撕扯，我随时还会让它升起来，所以当你们孤立无援，我即刻听到了召唤。积雪覆住荒墟，螺旋桨薄如蝉翼，阻碍不了我用飞翔的姿态想念你们，即便我坠跌，溅起的雪雾犹如花开，上冻的塑像和你们同在。

第三十章 / 421

  人们迎着西风，曾想这一路是寻找是聚合是相拥，所以殚精竭虑从海北到山南，像努力保持羽毛洁白的飞鸽，熬红的眼睛挂满苍穹；

人们匍匐于无垠沙海,在漫长疆线上隐没笑容,随之而来的只有离别、只有严冬、只有壮行;我们开始明白了为什么水洼之于大漠叫绿洲,为什么骆驼从不流泪,背负驼峰,像山峰之于高原兵,荒芜背后,终究能走向花火,遇见伟大的新生。

第一章

我奔向遥不可及的哨卡，寻找雪域时空里的你，不知道是你用年华晕染了世界，还是高原为你涂上了油彩，总之，紧握你如枯枝般的手，我如同投入白云间宽广和煦的怀抱。

仰望昆仑哨所制高点，如天梯入云。

数节废旧铁轨搭建成的小路，弯弯曲曲延伸至四千八百六十八米高的陡峭山巅，山巅之上有散落的巨石，并未镌刻书上写的"亚洲脊柱、龙脉根源、万山之祖"之类的词语，只有一座比配电间大不了多少的兵舍，寒酸呆板且位置极不科学，呆愣愣地戳在光秃秃的山尖上，既不遮风也不隐蔽，甚是唐突。

连接青海与西藏的昆仑山隧道，静静地俯卧在兵舍下方几百米的地方，它的周边目之所及遍是黄沙，沟壑像老农额头的皱纹爬满峦川，北风夹杂着一层腾空而起的沙雾席卷而过，露出已死透的人造杂草以及奇形怪状的碎石，让一切置身荒芜，清晰了又模糊，一棵飘摇残败的枯树苗孤苦伶仃，却像是世界上最后一朵盛开的白莲花，昭告天下这里没有开萌的迹象，也不至于完全毁灭。

都知道，最高的山峰是珠穆朗玛峰，最长的河是尼罗河，最远的远方在南极、在北极、在乌斯怀亚、在朗伊尔城、在世界的尽头……但没有多少人知道最高的铁路在哪里，最高的冻土隧道在哪里，她是否连通着生命讯息，蕴含着精神高地，隐藏着动人故事。这里可以诠释残酷、孤独、冷漠、绝望、空洞、麻木……但这里又那么扎实地融入我的血液，在似乎静止了的光阴中，幻化成皓月繁星，照耀心门，敲击胸膛。她穿过大地的肾脏，留下无尽的沉默，她伫立，她回望，她高唱凯歌，她低声呜咽，然而，不管她是什么情绪，在朝阳与暮色之间，火车巨龙呼啸而过，径直朝她飞奔而去，从这头到那头，拥抱更高的高原。我是她最好的朋友，我昂首站立，一直注视着她，贪婪地接受她呼出的贫瘠氧气，我无时无刻不在听她沉重的喘息……清瘦的徐开路像是自言自语，他站在昆仑山的制高点，脸上是晒脱落后残留的死皮，眼角有泪，还冒着热气。

徐开路身着松松垮垮的迷彩服，肩挂自动步枪，每天都擦的枪此刻也像刚从土堆里刨出来的一样。他龇着漏风的牙，挥舞左手，和列兵刘轩坤站在山巅，白云贴着他们的头顶飞驰，刘轩坤脸上露出仰慕的表情。他说："战友们告诉我，青海七十二万平方千米，整个军级总队覆盖全省，任何一个基层单位都可以去，唯独不能去昆仑山隧道守护中队，尤其是距离这个中队四五十千米远的一号哨，谁去谁是尕（西北土话，土鳖的意思），没有水、没有电、没有信号，十八岁的年纪，两年后就能造得像三十八岁，从青春期直奔更年期，都不知道啥叫身体机能的巅峰。来的路上我差点儿哭背过气，被掐人中掐醒的，现在听你这么说，心里好受多了。"

徐开路面无表情地听着，摘下帽子，理了理稀疏的头发说："他们说得对。"

刘轩坤以为徐开路一定会告诉他，别听那些平庸之人奉劝别人也堕落的话，我们才是和平年代虽然艰苦但最厚重、虽不体面但最崇高的兵。然而徐开路并没有多做解释，刘轩坤等了个寂寞。

刘轩坤问："到底他们说得对，还是你说得对？"

徐开路说："每个人心中都有自己的昆仑。将来，你也会有你心中的昆仑。昆仑看似永远是一副面孔，其实它才有最鲜明的性格。"

空中白云突然染上了黑墨，远处三四道闪电并列划破天际，刚才还静谧美好，瞬间乌云压顶。徐开路不管身体的其他部位，率先捂住了帽子。刘轩坤疑惑地看向徐开路，还没来得及错眼珠，犀利的风号叫着奔腾而来。还系着帽带的帽子从头上被撕掉，在山崖间飞舞，不一会儿便不见了踪影。

徐开路拽起刘轩坤转身便往岗楼跑，但刘轩坤还惦记着他的帽子，挣脱开他，不顾身后的呼喊，沿着上兵舍的小路跑。刚跑出去十多米，突然鹅蛋般大的冰雹从天而降，直击急速奔跑的刘轩坤脑门，鲜血飞溅。

兵舍里，徐开路查看刘轩坤的伤势，因为半夜刘轩坤疼醒了好几次，还发出阵阵呻吟。

徐开路说："忍忍吧，不出人命都是小事。"

刘轩坤哭着说："我要去西宁，哪怕是格尔木、德令哈、大柴旦检查站也行。"

徐开路说："白天还说要跟着我在这儿干一番大事业。"

刘轩坤说："班长，那是看你说得激情四射，不忍心不配合。事业？这里有事业？您自己信不？"

徐开路没有回答，翻身下床，把烧成炭色的铁壶从炉子上提下来，用铁筷子把盖板夹开，拨弄了几下底部的气门，火苗很快蹿上来，映红了他的脸。

副班长陈爱山说："刘儿啊，你还是重点名校毕业的，说话没水平，觉悟也不行，不能这么跟上级说话啊，你要委婉一些、迂回一些，这鸟不拉屎的地方确实挺白扯，虽说没有事业但还是有事情干的，对不对？"

刘轩坤说："除了站岗还有什么事？你们是被什么理论洗的脑？总能秀出新的下限。"

陈爱山说："唉，可以数一数隧道里的枕木到底有几节嘛。"

刘轩坤说："早数清楚了。"

陈爱山说:"刚来几天就数清楚了?我好几年了还没数清楚呢。"

刘轩坤说:"我数清楚了。"

陈爱山说:"那完了,完了!脑子太好用,在这地方待不住的。明天开始你跟我去打理温室里的西红柿,那是个大活儿,老少爷们关键时候可靠着西红柿改善生活呢。"

刘轩坤说:"秧子不少,只有十几棵结柿子,还用打理?"

陈爱山说:"正是因为不怎么结柿子才让你去打理嘛,我刚来的时候,连秧子都栽不活,更别提结柿子了。第一棵成活以后,我恨不能抱着它睡觉,班长半小时查它一次,比查哨都勤,它们不是普通的西红柿秧子。"

刘轩坤说:"金丝做的?"

陈爱山说:"比金丝稀罕,当你满眼荒芜,看到它就像看到一片绿洲;当你心如荒漠,看到它就像置身现代文明;当你思念亲人,看到它就像看到了亲爹。"

刘轩坤说:"你去陪你亲爹,我不去,我头疼!"

早晨七点,仍伸手不见五指。

一辆平头东风运兵车从格尔木城西的保障大队驶出,上了一〇九公路,从格尔木到昆仑山口只有一百六十千米左右的路程,平时三小时足够,但今天的天气,他们到达目的地至少需要六七小时。驾驶员老周身边坐着总部来的文化处处长严峻、西宁来的通信技师张弛,车厢里满载给养,仔细看,便会发现给养箱中间挤着六名裹着大衣仍然冻得嘴唇发白的士兵,尽管有些狼狈,但男队员眉宇间依旧透着俊朗英气,发型打着军容风纪要求的擦边球,女队员皮肤则略显白嫩滋润,化着与条令条例标准有出入的妆。

张弛问严峻:"昨天等了你们一整天,迟了这么久?"

严峻说:"路面结冰,车子打滑,实在不敢开了,住在大柴旦检查站附近的小旅店,旅店的环境可以说是没啥环境,开水都不提供,你猜多少钱一晚?"

张弛说:"起码一千。"

严峻说:"行家。那地方几天看不见一个客源,咋那么贵哩?"

张弛说:"人家绝对良心价,这不奇怪,还有更离谱的,德令哈到格尔木之间没有落脚地,这种天气,错过了那里,万一车子抛锚或者路况有问题,十有八九会冻死。"

严峻说:"人家贵的不是房费,是位置,买房买地段这思路在青藏线沿途才是最好的体现。"

严峻望着窗外,老周的墨镜上倒映着悲怆的昆仑山脉、姿势一成不变的公路以及永远灰色的太阳。而张弛十几年都在这条路上奔波,他没有丝毫看景的心情,用一格信号也没有的手机玩着单机游戏,但这似乎让他更无聊。

海拔在攀升,看到严峻脸涨得通红,张弛把氧气袋递给他,他吸了两口便放下了。

张弛问:"您这是?"

严峻说:"省着点儿用,在这里,这玩意儿就是命。"

严峻拿起对讲机呼叫车厢后的小分队队长王曦:"提醒一下队员们别睡着了,可不能感冒,在这里如果感冒就相当于一只脚已经踏进了鬼门关。"

王曦看着辗转反侧、呼吸困难的女队员说:"放心,想睡也睡不了!"

严峻对张弛说:"休息一下会不会好点儿?"

张弛看了一眼路基下的悬崖说:"不会,只会耽搁时间,天黑前上不了昆仑垭口,危险系数呈几何级数增加。"

严峻说:"那我们让女队员坐驾驶室,至少暖和些。"

严峻拉着张弛钻进了车厢,透过车尾篷布的缝隙看着群山似乎在倒退,又似乎根本没有任何变化。

张弛说:"领导,你们图个啥,站在昆仑山巅连说句话都费劲,怎么演节目?"

严峻说:"不演也行,但一定要到,意义不同。"

张弛盯着队员们生无可恋的脸小声嘀咕:"我看不出有什么意义,让人难过的意义不如没意义。"

严峻频繁看表,远处漫山遍野的经幡环绕一所寺庙竞相跳跃。张弛说:"那是扎什伦布寺,又好像是察汗诺寺,又或者根本没有名字。"玛尼堆、经幡、寺庙消失了,路上没有一辆车,只有沙土、碎石和看不见标示线的公路。

一小时过去,严峻竭力回忆这几天才领略到的长江源头、万丈盐桥、雪山冰川、昆仑雪景、瀚海日出、沙漠森林……可惜什么都没想起来,眼前的空旷让他的大脑一片空白。

两小时过去,风在咆哮,掀起一阵阵沙尘,遮天蔽日,沙枣树和骆驼刺星星点点散落其间,难成气候。

三小时过去,周围没有任何变化,老周不时摘下眼镜揉揉眼睛说:"你们知道雪盲,听说过沙盲吗?我快看不见了。"

张弛说:"白沙如雪。"

四小时……天地间,除了汽车和在车厢里不停变换着各种奇葩姿势的队员,就是车外绵延的群山和一座座大小不一、鼓鼓囊囊的沙丘。

张弛焦虑地说:"早知道应该选择铁路,大不了少带点儿物资和人。"

严峻说:"干脆别来得了,况且昆仑山隧道没有站台,虽然协调铁路部门会给我们停一下,但不是紧急任务,别给人家添麻烦。走一走这条战士上勤的路吧,体会一下他们的心境。"

张弛说:"体会到了吧?他们的心境是下辈子再也不来这儿,一堆堆死气沉沉的土包和屏障,在你们眼里是风景,出发时就有的风景,现在还是风景吗?只有风没有景。"

严峻裹上大衣不言语,张弛叹了一口气,四位男队员脸色也不好看,他们暗暗向张弛投去赞同的目光。

突然,一声异响,车子逐渐减速,直到纹丝不动,严峻跳下车后,看到老周趴在冒着白烟的发动机位置使劲嘬着烟,一脸愁容地查看着什么。

从老周蹙起的眉头,严峻预估问题应该不小:"还能不能开?"

老周说:"倒是能。"

严峻说:"那有戏。"

老周说:"会爆缸。"

严峻说:"在高原说话就不要大喘气了。"

严峻不想再看老周一眼。

八人蹲在路边,直勾勾地盯着张弛操作背负式通信台,扩音器里"刺啦刺啦"的响声,和张弛喉咙里的杂音雷同。

十分钟过去,背负式通信台还没有接收到信号的迹象。

张弛说,这里正好是信号盲区。严峻并不懂通信,但他不认为这里是信号盲区,而是张弛这个人有盲区。他看看指北针,又研究了一会儿地图,再抬头看天:"要么联系到救援,要么步行去纳赤台,那里有昆仑泉眼,有泉眼的地方应该有人、有建筑物、有信号。距离纳赤台还有二十千米,这不是平原的二十千米,这是含氧量只有内地百分之三十的二十千米;这不是风和日丽的二十千米,这是风如尖刀、雪如利刃的二十千米。"

张弛扔下通信台,一屁股瘫坐在地上说:"我们可能要选择后者了。"

严峻绕着张弛转着圈说:"你不是通信大拿吗?全军优秀人才奖也给你了,你不是保障上百次大型任务零失误吗?今天要破纪录了?你不是张弛吗?张弛最应该有度,咋也没度了?"

六名演出队队员也眼巴巴地看着张弛，眼神里满是渴望，尤其是女队员陈钰和康桦，她们拿出太阳伞为张弛遮风挡灰，尽管吃力，但精神头十足，她们真想听到张弛跳起来说"见证奇迹的时刻到了"。

可惜，张弛在鼓捣了半天后，说："这是我的人生巅峰，别说打伞，来高原后，想找个女性朋友打我都没机会。"

陈钰说："格尔木兵站的医疗队有位女同志。"

张弛说："她不会给我打伞，她只负责打消毒水、打点滴、打疫苗。还是你们对我好。"

陈钰问："我倒不关心别的，只关心能不能修好。"

张弛说："够呛。"

陈钰和康桦齐刷刷地收起了伞，一起白了他一眼，让张弛的幸福来得突然，失去得也猝不及防。

严峻说："一个号称穿越电磁迷雾的通信能手，一个用车轮丈量高原的老司机……唉，不说了，你们去纳赤台，我留下看守车辆和物资。"

张弛说："真不用，不会有人来不说，天黑前等不来救援，会有生命危险。"

严峻没有固执，九人携带压缩干粮和水，一路纵队，顶风前行。

风沙、雪粒扑面而来，一路上无人言语，因为只要张嘴就会灌进风雪。五千米后，严峻和队员们已脚步踉跄，嘴唇发紫，气喘吁吁。

张弛和老周已是高原体质，状态良好，他俩一人拖架着一名女队员，一路纵队的队形完全乱了。

严峻抬头看，东风运兵车已和大地融为一体，纳赤台还遥不可及。风吹起薄雪，雪层像泛着白光的海浪，连成一片持续拂过他们的脚踝，加重了腾云驾雾之感。

严峻从口袋里掏出一瓶红景天胶囊，吞了两颗，上气不接下气地说："坚持住……不管是什么样的二十千米……只有二十千米而已……这些年我们跑过的二十千米……加起来早已超过好几个可可西里，昆仑山……可可西里……这里埋葬着先驱，他们的灵魂在这里永生，所以它终究会与我们和睦相处。"

严峻不提"灵魂"还好，陈钰听完便瘫软在张弛怀里，擦了一把鼻涕，哭着说："如果我回不去了，请替我告诉我妈，我尽力了，实在走不动了。"

严峻说："站起来！有没有兵的样子！"

结果，严峻太过用力，一口氧没跟上，眼冒金星，蹲了下去。

现场气氛尴尬，但谁也没有勇气嘲笑别人。张弛说："连我都不敢保证下一秒会是什么'揍性'。"

队伍停滞了，因为每一次重新前进，都需要太多的时间去重新鼓起勇气。严峻用手撑着膝盖，脸朝下，看着身后丢盔弃甲的队伍，心里苦，但不敢说。

突然，他发现队伍后方有人，且不止一个，再仔细看是一个大人带着两个小孩，他们的移动速度很快，但很有节奏，等再近一些，严峻才知道那是行着五体投地的大礼，用胸膛丈量高原的朝圣藏民。

老周喃喃地说："他们的胸脯比车轮还抗造啊？！"

两个孩子是双胞胎男孩，年龄在四岁左右的样子，走路还不扎实，他们被男人用裹着破布条的弹力绳拴在腰上，孩子的活动半径便只有绳子的极限长度，他们也学着男人的样子，双手合十，紧走几步，手板触地，支撑身体缓慢俯卧在地，做一个简短的朝拜礼后，晃晃悠悠爬起来，循环往复。动作虽然吃力，但娴熟程度和年龄极不相符，不知他们从何而来，是去日喀则、拉萨还是冈仁波齐，总之从他们已经结痂的脸上和满身的油泥中，能看出他们一路经受了怎样的苦难，尽管他们竭力气定神闲。

众人瞠目结舌地看着他们由远及近，再从身边如清风般掠过，他们只是好奇地看了严峻等人两眼后，再提不起任何兴趣。虽然男人的打扮着实不堪，除了胸前磨得锃亮的皮围裙还算可圈可点，再没有一件能看出本来面目的装束，衣衫褴褛，蓬头垢面，鞋子磨破了半截，露出的脚指头和鞋子的颜色毫不违和。但他不认为这有什么不妥，甚至还流露着得意，让观者瞬间觉得这不是因为穷困潦倒，反而这是他们的勋章。男人对严峻等人的好奇视若无睹，他面无表情，好像这些远道而来的人和这大地风霜没什么不同。严峻断定他刚才看的那两眼也只是羡慕迷彩军大衣，而不是在乎这几个看起来很孱弱的家伙。

陈钰问："孩子不用上学吗？这时候他们应该在学校，这算不算虐待儿童？"

严峻的脸不知道是高原红沉淀，还是被陈钰的质疑弄羞臊了，说："收起那不合时宜的泛滥的同情心，好像什么都懂，什么都能说到点子上，却什么也解决不了。不理解，是因为这样的经历不可能发生在你身上，在家是掌上明珠，在部队也被保护得周全，永远学不会换位思考，别用你的标准套别人的人生。"

陈钰被骂得莫名其妙，委屈极了。

张弛解围说："他们认为有生之年能绕神山一圈是最大的功德和救赎，也许这足够漫长的苦旅就是他们的大学。"

陈钰用行动反驳严峻，从背包里掏出压缩饼干走向孩子，压缩饼干的包装上没有任何广告图案，小孩不知为何物，不敢接。陈钰手忙脚乱地拆开包装纸，抽出一块饼干塞进嘴里，刻意发出以前她最不齿的吧唧声，碎渣子掉出来迎风飘散，陈钰管不了那么多，噎得眼泪打转也竭力表现出美味的神态。孩子心领神会，纷纷伸出脏兮兮的手接过了饼干，并以最快的速度狼吞虎咽起来。男人向孩子说着什么，没人听得懂，他走到陈钰跟前，向陈钰行礼，并说"扎西德勒"，这句大家听懂了。男人拽着孩子继续前行，孩子一步三回头，向陈钰露出笑脸，陈钰没有控制住，鼻子酸了。

严峻追上去，从口袋里掏出三百块钱递给男人，男人露出雪白的牙齿，没有阳光照射也熠熠生辉。他推托着，但执拗不过严峻，还是塞进了皮围裙内侧的口袋里。

陈钰问："在这种地方给钱有用吗？"

张弛说:"很多天后,他们终归要到达布达拉宫、扎什伦布寺或者冈仁波齐,那里人山人海,用得上。"

为了回报严峻,男人从腰间拽出一个羊皮水袋,表面磨得十分光滑,和男人的皮围裙差不多。男人拔掉牦牛角材质的塞子,递到严峻面前。

严峻眼珠子已经鼓胀,布满血丝,迷彩帽上白花花的好几圈盐碱痕迹错落有致地排列着。他凑近看了看那个水袋,里面有黑乎乎的药水,一股奇怪刺鼻的味道让严峻毛孔竖了起来,瞬间精神了不少,但要喝下去还需下决心。

男人说着什么,张弛大略地做了翻译:"这是藏地特有的草药,缓解高原反应比红景天效果好。"

严峻缩着脖子,"咕咚"灌了一口,那滋味百转千回,感觉五脏六腑在蠕动。他又递给身后的张弛,九人依次喝了一轮,有的人并没敢着实下嘴,所以水袋还是沉甸甸的。但男人再次报以笑容,严峻和他握手,和两个小家伙拥抱。他们身上的味道让刚刚喝下的药水在胃里翻腾,但严峻强忍住了。

九人笔直站立目送他们,他们变成一大两小三杆风向标,镶嵌在目之所及的中央,逐渐模糊。严峻使劲吸了一口气,喊了一声:"出发!"队伍手拉手再次向前,双胞胎一步三回头时清澈的眼睛激荡在他们心中,像蓝天碧水又灿若星河。陈钰和康桦没有再发一句牢骚。

老周说:"高原十几年,我们什么时候竟然需要孩子来激励和鞭策了?"

无人区,无尽的萧瑟,灰色的肃杀,战靴踩在坚硬的冰碛上,发出"咔咔"的声音,杂乱的脚步是对老周疑问的应答。

纳赤台小镇终于到了,令人大失所望的是这里徒有虚名,哪算什么小镇,竟没有一户人家,虽然残存几幢建筑,但只是摆设。尽管

"昆仑神泉、冰山甘露"的石碑硕大雄伟，但当其中一个具有代表性的泉眼呈现在众人面前时，众人神情愕然，泉眼竟不如村头老槐树下的水井壮观，唯一值得欣慰的是在这天寒地冻的天气里，泉水没有结冰，而且澄澈清冽，晶莹透明，汩汩地往外喷涌。

等陈钰取出水壶，才发现男同志没有给她预留位置，把泉眼团团包围，直接下嘴开喝了。尤其是以王曦为代表的男队员，喝相较为难看。

喝了个水饱的张弛摸着浑圆的肚子说："你们越唾手可得、越不以为意的东西，在这里越珍贵。"

严峻抹了一把胡子上的水渍说："你别总结了，信号！"

张弛熟练地展开通信台，鼓捣了好一阵子，还是没有信号，说："这个设备比卫星电话精确，从来没有出现过这种情况，今天见鬼了。"

严峻问："为什么不带卫星电话？"

张弛说："这您可冤枉我了，我们要寻找的救援中队也处在信号盲区，他们也用通信台。"

张弛汗珠子啪啪地砸在通信台上。

严峻说："这要是连不上，只能等过路的卡车了。"

老周说："这个季节，运气好的话一天有个两三辆，运气不好，两三天也不会有一辆。"

所有人脸上阴云密布，康桦哭出了声。

大家百爪挠心之际，老周拍了一下大腿，从迷彩服口袋里掏出一个塑料袋，走出泉眼范围。

张弛问："你干吗？"

老周沿着公路往回走，大步流星，慢慢地开始一路小跑。

张弛喊："你是要丢下我们吗……呃，不会的，除非他想与狼共舞。"

老周不管不顾，只是小跑，直到快消失在大家视野里时才停下来，他蹲在路边，路基下悬崖万丈，悬崖底部早已塌方的土路失去了原本的轨迹，它斑驳的样子预示着那里更久无人烟。老周静静地坐在那里，偏西的夕阳若有若无，仍然足够给他沧桑的脸涂上金黄，洒下阴影。

老周打开塑料袋，里面装的是十几只蔫蔫巴巴的辣椒，他把辣椒一个个郑重地一字排开摆在石头上，捧几把黄土堆成小土包，又从迷彩服上衣口袋里掏出烟盒，打开一看还有三根，磨磨蹭蹭掏出两根，一番激烈的思想斗争后把最后一根也抽出来："反正迟早要戒烟，就今天吧，戒烟从没得抽开始。"

老周把烟一根根点燃插在小土包上："我差点儿忘了来看你，你那点儿小心眼我知道，肯定生气了。我给你赔不是，我带了你最喜欢的朝天椒，吃一口鼻涕眼泪全冒出来了，糟老头也能变精神小伙儿。以前我特不屑，你走了之后才发现它的妙处，就像我之前对你的男子汉气概有质疑一样，后来才知道你才是爷们儿，全运输大队无人能及。昆仑山上刻着你的名字，雄浑有力，永远也不会消失。虽然你说走就走了，其实一茬茬的兵都走了，就你没走，你的军旅生涯比将军都长，和昆仑哨一样坚挺。哨所里还有你送去的兵，叫徐开路，名字叫开路，不承想他是为火车开路，一开好多年，和你一样执拗，说不回去就不回去了。我替你去看看他，也带上级派来的小分队去看看他，你要是愿意让我去，就吱一声，不愿意，也别使劲留我，差不多得了。这一转眼都十几年了，我快干不动了，等走完这一趟，也该回家陪陪娃了。提到娃，当年你要是没走，你的娃应该比我的娃大不少。前年……前年我们去你老家了，嫂子……嫂子嫁到邻村去了，我打听过那户人家，是老实巴交过日子的人。上次没敢跟你说，想想还是说了吧，她过得好，也是你愿意看到的……"

老周眼含热泪，看着烟灰四处飘散，似乎在等着对方作答。

这时身后真的有"吱吱"的声音传过来。

老周"妈呀"一声，以为老班长从土堆里钻出来了。扭头看见王曦站在身后,肩上挂着中士衔,却比中将眼神更威猛,一张嘴,带着严峻的指示来的。

王曦说:"好有仪式感,但你忽略了一个程序,没有请示报告。这荒山野岭,不要单独行动为好。"

老周说:"马上就走。"

王曦说:"现在就得走。"

老周说:"我要是不呢?"

王曦说:"搞什么封建迷信,跳大神能脱离险境的话我在这儿跳一天,什么姿势都可以。"

老周说:"滚蛋!"

老周整理着被风吹散的小土包。

王曦上前一脚踢飞了老周毕恭毕敬营造好的仪式摆设。

老周呼地站起来,贴近王曦说:"我让你从我眼前消失!"

王曦说:"能得你,我代表的是总……"

老周一把掐住了王曦的脖子。

王曦说:"我代表……"

老周紧接着奋力挥出一拳,王曦的嘴唇马上飙出血来,有些蒙,一脸不相信老周气性这么大,爆发得这么快。

王曦吐了一口血沫子说:"我代……"

老周说:"管你代表谁,我知道我代表谁揍你。"

老周的话淹没在风中,王曦大声咒骂着,两人厮打在一起。

大家远远看见两人成了"土里滚儿","呱唧呱唧"跑来,谁也不顾张弛在身后的忠告:"不能跑,不要命了!"

康桦如脚踩棉花,一不留神摔了个狗啃泥,顺手拽倒了前面的陈钰,一名队员准备去扶她,脚下不稳,也来了个大马趴,每个人都穿着大衣,臃肿肥硕,堆成一锅烩后,混乱无章。

公路另一侧,两人也笨拙紧密地缠绕在一起,下九流的招数全用上了,哪还有什么格斗技巧和格斗礼仪。严峻站在公路中央,左瞅瞅右看看，头痛耳鸣加剧，呼吸越发急促，短暂的天旋地转之后，出人意料的是他没有咆哮，而是面向昆仑哨的方向双目紧闭，任凭风在呼啸，满地皆是凌乱，确实，从空中俯瞰，这里的鸡零狗碎，还不如蚂蚁搬家壮观，太过生气其实是视野太窄。严峻这样奉劝自己要冷静。

两组人马不到两分钟便偃旗息鼓，一个个气若游丝、目光呆滞。

严峻说："后浪们，接着闹腾，刚刚不挺活跃吗？多才多艺、精力充沛、性格鲜明、敢爱敢恨，这是你们的优势，我说全了吗？"

王曦松开了老周的大衣领子，一撮棉毛从手中滑落，老周从王曦身上翻下来，两人坐在地上气喘如牛，惭愧地看着向他们缓缓走来的严峻。

严峻指着老周的鼻子骂道："多大的人了，你怎么想的？"

老周说："我接受处分。"

严峻说："我不可能包庇你。即使是他不对，是我让他来的，撇开战友关系，他是来为你们服务的，有这种待客之道吗？再说了，你一个人跑这儿来拜山神？"

有了帮手，王曦昂扬起来，从地上直起了腰身，居高临下地瞪着老周。

老周说："对，我拜的就是神，他是我们运输大队的神，是昆仑山的神，没有他们这些神，你们有机会站在我面前叫嚣吗？你们甚至都来不了纳赤台，来不了昆仑山，没有这些神，就没有路，一条都没有。"

王曦捂住已经肿胀的嘴唇说："你看你看你看，脑袋是真坏了，还理直气壮。"

严峻看见了被王曦踢得乱七八糟的辣椒和烟叶，狠狠地示意王曦闭嘴。

王曦嘀咕："我是受害者。"

严峻一把推开王曦，径直走向老周先前坐过的地方，动手试图帮老周恢复原样，一边整理一边说："我知道这儿发生过什么了。"

老周指着崖底若隐若现的铁壳子说:"他还在那里,他的车也还在那里,我们想过要把他接回去,可是等执行完任务再回来的时候,却怎么也找不到他的遗体,我们都默契地认为他是不愿意再走了,他太累了,要藏起来,守着这条天路,为来往的人指路,不让我们再打扰他的梦想。你们以为他孤独吗?这沿途有数不清的战友陪伴着他,偶尔还有狼群、骆驼和叫不上名的野花儿,你们如果懂这里,就会知道这里所有的东西都可以放大十倍、百倍,和天一样高远,和地一样辽阔。可是你们不懂这里,繁华都市才是你们的归宿,做梦都是那密密麻麻但记不清任何一个面孔的声色犬马之所吧,如果允许,别动不动以慰问和服务的名义来这儿了,拍下一堆图片视频,回去上色、加滤镜后发个朋友圈,高兴上几小时就什么都不记得了,从来没想过,真心愿意给你们点赞的人看不到你们的朋友圈。这次也一样,你们不会记得多久的,但我记得!我一年要在这条路上来来回回五十多趟,每当我觉得生活简直糟透了的时候,班长都会告诉我,糟糕才是常态,不糟糕怎么知道一个人的快乐值、价值感、幸福度可以这么高。一根辣椒就能提起神、爽上天,就能三天三夜不睡觉,去开不愿意开的车,见不愿意见的人,干不愿意干的事。"

　　张弛在扯老周的袖子,老周甩开他的手,抹掉一把把豆大的泪珠说:"你们以为只要来就有意义吗?那只是对你们有意义吧,你们走后他们会翻来覆去地激动,他们甚至能说出每个细节,包括你们身上和这荒山迥异的味道。"

　　严峻怔怔地听着,大衣领子上的毛一根根飘舞着,跃动在他的墨镜上,他摘下墨镜,摘下迷彩帽面向悬崖肃立,像一位音乐指挥家,不知是太过投入还是用力,嘴角轻微抽动着。

第二章

时光隧道里,我停在你停过的地方顿感彷徨,火车飞驰而过,就像你大手一挥决然而去,我听不到回声,也未收到只言片语的家信,当万物寂寥,我蓦然举目,星星点点的战位如同你的眼睛凝视着群山,也凝视着我归营的路。

昆仑一隅,风云掠过,雪落无声。

严峻要求王曦向老周道歉的声音掷地有声。

王曦说:"我尊重逝者,也敬佩他们有这样的经历,可这是理由吗?别给我贴标签,这是道德绑架……不处分他可以理解,还要……"

严峻打断他说:"要是我,我不敢保证比他下手轻。"

王曦示弱:"我道歉可以,您面子往哪儿搁?"

严峻吼:"道歉!"

王曦吓得一激灵,表情上屈服,步子却迈不出去。

严峻说:"当意识到面子是个问题的时候面子早就不在了。"

于是,王曦硬着头皮和老周说对不起。

老周替王曦拍了拍身上的土,从大衣口袋里掏出一截卫生纸,蘸了水后替他擦掉血痂,王曦并没有表现得很感激。

大家往回走,张弛埋怨老周说:"犯得上跟人家解释这么多吗?

好像在拿班长卖弄什么似的，人家说得对，这是你心中的图腾，此时在人家眼里不如一个肉包子有价值。"张弛吧唧了一下嘴。

这时，不远处突然传来"吱吱"声，紧接着是时断时续的呼叫："拐洞两，拐洞两，这里是七岔河守护中队，这里是七岔河守护中队，收到请回答，收到请回答……"

所有人立正站好，谁也不敢轻举妄动，竭力压制着喘息。

严峻不可思议地问："通了？"

张弛也是一头雾水，似是而非地说："嗯。"

严峻再问："通了？"

张弛说："我们不用在这儿喂狼了。"

陈钰说："真神！"

王曦有些傻眼说："我觉得是我们刚才人太多，挡住了信号，一散开信号才进来的。"

没人理睬王曦的故作愚昧，严峻说："老周干得漂亮，我好好想想这事儿回去应该怎么写个报告才不至于太玄乎。"

张弛说："没人想到有我的功劳吗？一个个的，再神，没有我硬件和技术支持，能接收到信号？"

张弛扑倒在通信台拿起话筒说："拐洞两收到，坐标二七九，坐标二七九，纳赤台昆仑泉眼，九人被困，二十千米处一辆东风运兵车抛锚，请求救援。"

张弛耳朵贴在听筒上，当听到"抄收"的答复后，幸福地躺在冰凉的地面上，尽情地狂笑，氧气似乎不再稀薄，皲裂的皮肤都像是在龇牙。漫长的等待后，七岔河守护中队的两辆东风运兵车拖着老周的待修车开来了。

康桦激动地说："三辆车开出了一个装甲方队的阵势，我感觉这荒山野岭一旦热闹起来，那才是真的震撼。此刻，谁才是最帅的人？那一定是开东风运兵车的人！"

人员、物资换乘车辆，损坏的车子将被拖回格尔木保障大队，严峻向雪中送炭的战友敬了一个长久的军礼，想了想，又向老周祭拜过的方向敬礼，然后，重新出发。

路途重新恢复车子抛锚前的样子，天地间只剩下一条路，伸向犹如虎口一般的远方，老周也说不上来到底还有多远。他说："这里虽然四季不明，但一天可以经历多种天气，迷惑感官，再有经验的老驾驶员也无法靠肉眼分辨出具体位置，看哪里都一样，看哪里又都没见过，车子像是开出了很远，又像是在'鬼打墙'，根本没挪过窝，张弛的设备可以了解坐标，但坐标似乎只是在发生危险的时候才能被别人找到。"

临近黄昏，能见度又低了，车子又发出一声异响，对于之前的事情心有余悸的他们几乎同时打了一个寒战，神情紧张不已。老周跳下车检查，幸好问题不大，很快就解决了故障。

严峻说："老周，你是我见过的最棒的驾驶员，没有之一。"

老周重重地关上车门，探出脑袋说："高原人从不评价驾驶员的好赖，无所谓好赖，只要做到两条就是好样的，第一人活着，第二车基本完好。"

严峻悻悻地钻回车厢，他已经没有能力发言，水壶的水早已结冰，他喉咙干得冒烟。而心宽体胖的张弛，高原的老油条，则睡得很踏实。

王曦还对之前的事情耿耿于怀，坐着躺着都难受，翻来覆去烙饼，另外三名男队员早就觉察到身体机能已到冰点，氛围也凝固得可怕，处在了崩溃边缘。

行驶中，大家又看到了之前磕着长头的男子和双胞胎孩子，队员们向他们挥手，孩子们欢呼雀跃，想要追着车跑，却被男子腰间的弹力绳拉住，但他们没有失落，雪白的牙齿刺激着大家的眼球。后视镜中，他们的身影越来越小。

驾驶室里，陈钰怒气冲冲地质问老周为什么不停车。老周并不回答，直到陈钰想抢他的方向盘，老周才忍不住说："你是不是觉得孩子可怜，又要展现你母性的光辉？歇了吧，人家从来没有觉得你坐在车上是幸福的，巍巍昆仑，车轮和脚步哪个都不足以和它亲近，但胸膛和心脏可以，孩子见到雄鹰、经幡、羊群、盐湖和奇形怪状的云朵都会欢呼的，我们在他们眼里只是一景而已，你做好这个景，就是对他们最大的善意。"

后视镜中彻底没有了爷仨儿的影子，陈钰哭着说："我是想布好这个景，我什么也做不了，给他们跳支舞总可以吧？"

老周说："跳什么？民族的？他们天生跳得比你好。还是现代的？没有氧气支持你跳，你确定你可以跳得起来？可不可以把眼药水递给我，我又快看不见了。"

哨所前，徐开路在点名，声音不大，但已很艰难。

"陈爱山。"

"到！"

"刘轩坤。"

"到！"

"安逸。"

"岗哨！"

徐开路嘴里的哈气一团团地往外涌："气温已经下降零下三十二摄氏度了，隧道口结冰严重，晚饭后，大家把手头上的事先放一放，跟我去铲冰。"

陈爱山说："报告班长，大棚不能没有人，我要扫雪，塑料薄膜又快撑不住了。"

刘轩坤说："报告班长，炭快烧完了，还要砸一些碎炭出来。"

徐开路说："又剩我自己了。很好，我自己的队伍，我一个人的昆仑山，我太伟大了。"

刘轩坤嘀咕："我不明白，一共就咱们这几条枪，闭着眼都知道在干吗，每天还搞这些没用的，还点名？"

陈爱山说:"不明白吧,我刚来的时候也不明白,后来我知道了,如果连这个环节都省了,你就不认为是在当兵了,和我那些宝贝西红柿一个地位了,想长就长,不想长就撂挑子,那怎么能行。"

刘轩坤说:"咋什么事都能扯到西红柿身上,翻来覆去都是西红柿,咱还能有别的追求吗?"

陈爱山说:"在咱们哨所,有追求,对自己来说会很残忍,还是做点儿力所能及的事儿吧。"

刘轩坤说:"你这是在开导我吗?我怎么觉得你的思想问题比我还严重?"

陈爱山说:"我可没思想问题,我都三年的老兵了,如果还需要开导,那这兵当得也太失败了。"

刘轩坤说:"不对,总感觉哪儿不对。"

陈爱山说:"我有那么不堪的话,早走了,能待得住?"

刘轩坤说:"这倒是个谜。"

晚饭后,刘轩坤还是被徐开路带着去铲冰,新兵不能单独活动,这是规矩,没有例外。徐开路和刘轩坤扛着镐头,沿着铁轨搭建的特色小路"出溜"下来。徐开路驾轻就熟,滑得姿势优雅,刘轩坤就不一样了,一会儿四仰八叉,一会儿连滚带爬。

徐开路每次"出溜",都表现得很开心,他说:"你要喜欢上它,不喜欢也要佯装喜欢,这是我们日常的出行方式。"

刘轩坤说:"不喜欢装喜欢,虚伪不?"

徐开路说:"这个问题和你对副班长的疑问是一样的,你以为人人都像我,对于拥抱这样的大山有原动力吗?很多人不像大家平常所能接收到的讯息中描述的样子,他们是普通人并不高大上,可能还没有普通人见的世面多,面对这光秃秃的大山,也会牢骚、埋怨、厌倦,甚至憎恨,这是人性。忠诚和奉献这样的词汇像化石一般摆在那里,可以时刻校正方向、规范言行吗?远远不能,有血有肉的典型示范作用尚且有限，何况空洞的说教，可当愿望与现实有了严重的冲突怎么办？"

刘轩坤问："怎么办？"

两人沿着铁道向隧道口走，昆仑山的夜晚来临得特别晚，这时候周边的雪还散发着耀眼的光芒。

徐开路停下脚步说："自我暗示。"

刘轩坤问："怎么个自我暗示法？"

徐开路没有回答，继续往前走，趁刘轩坤不注意，突然跳进一块较厚的积雪中，积雪上面马上出现一个不规则的人形，几乎看不到徐开路的影子，把刘轩坤吓了一跳，喊："班长，班长！"

这时徐开路的声音从雪堆里传出来："爽！他大爷的爽！"

刘轩坤说："班长，有那么爽吗？"

徐开路昂起脑袋高喊道："男人的快乐就这么简单，高原上的幸福就这么纯粹。"

刘轩坤说："确实看起来不错，我也试试。我也跳了啊，我真跳了！"

徐开路说："你跳你也爽，一直跳一直爽。"

刘轩坤找好一块看起来更爽的雪面，学着跳水运动员的姿势，做了一个发力的动作，奋勇地将自己弹了出去，只听"啪叽"一声，刘轩坤发出一声凄厉的惨叫，原来积雪早已被冻成了冰，刘轩坤和冰雪来了个硬碰硬，疼得眼泪横流，面目狰狞。

徐开路从他柔软的雪堆里爬出来，幸灾乐祸地指着刘轩坤笑得前仰后合。

刘轩坤恼怒地问："为什么？"

徐开路说："你告诉我你很幸福，我揭秘。"

刘轩坤说："幸福个腿。"

徐开路说："你就纳闷去吧。"

刘轩坤想了想，赔着笑脸说："我老幸福了。"

徐开路说:"刚才我提前来过这里,一根烟的工夫,简单布置了一下,我这边堆的是新雪,你那儿可不一样了,陈年老雪,挖掘机也挖不动。"

刘轩坤说:"无聊,为了找乐子您真是煞费苦心了。"

徐开路说:"你刚才是不是告诉我幸福来着?虽然是违心的,但你当时是充实的。你不仅自己开心,最主要的是我也开心了,目的达到了。"

刘轩坤收住笑容:"这不是二傻子吗?荒唐至极,我怎么跟这么一群神经病在一起,我没有未来。"

徐开路说:"你承认这些事实,距离学会不喜欢也佯装喜欢的境界就不远了,也会更加理解副班长。"

刘轩坤拖着铁镐气急败坏地朝前走,把徐开路撇在一边,走到隧道口有冰块的地方,挥动镐头一通发泄。

徐开路把下巴拄在镐把儿上,静静地看着刘轩坤头上被冰雹砸中后裹得严严实实的纱布,还有刚刚因为和冰块亲密接触而无法直立的腰身说:"我刚来的时候还不如你淡定。你会有更丰富的经验,希望今天以后你会明白,以后的每一天都不会比今天更糟。"

隧道口有可能影响火车通行的积冰被清理干净的时候,两人睫毛、帽檐处的汗水却成了积冰,体力耗尽,再也挥不动镐头,要不是手套和镐把儿冻在了一起,他们根本握不住。徐开路咬咬牙准备往回挪动两步,却发现镐头也冻在了铁轨上,纹丝不动。这时刘轩坤发挥他的聪明智慧,一泡尿解决了问题,徐开路赞不绝口,但也不忘提醒刘轩坤:"困难是解决了,幸好你龟头收得快,不然和这镐头一样的下场。"

刘轩坤打了一个寒战说:"理想、愿望,都经不住大自然的一哆嗦,我还是先想想怎么活下去。"

徐开路说:"或者等你适应了这里的自然法则,也是你离开的时候,你和我们不一样。"

刘轩坤说:"你以为你是一个与世隔绝、无人知晓的隐士?不是,我在新兵连就听说你了,如雷贯耳。"

徐开路说:"又能怎么样呢?我有时候也能被他们嘴里的那个自己的事迹所感动,什么扎根雪域高原,什么宁让生命透支,不让使命欠账,什么八年不回家,回家不认识妈……你能听到的,都是别人想让你知道的,有时候不代表我的立场。"

刘轩坤问:"以前我也不全信,看到你后我信了。"

徐开路说:"我脸上写着耐得住寂寞几个大字?"

刘轩坤说:"我也说不上来,总之,你眼睛里有故事。"

徐开路说:"我的故事应该对得起你好不容易表现出来的专业素养。"

刘轩坤求知若渴,期待徐开路能有一些创意,这里的环境亘古不变,太过乏味。

徐开路摸着刻有"昆仑山隧道"的石碑,告诉刘轩坤:"我父亲也和隧道打了一辈子交道,而且现在也没有离开。从他和高原近距离接触的那一天起,就注定会一生都留在这里,我不是觉悟有多高,故事要有出处,人是不是也要找到本源。这是冥冥之中就定好的事情,很少能出其左右,毕竟没有那么多天才。"

刘轩坤说:"你爸也是昆仑山隧道的守护者?"

徐开路说:"他还想上来的,只是再也没有机会,他抛洒热血的地方,停留在了三千七百米的关角山隧道,青藏高原的东北边,那里成了他难以挣脱和逾越的高度。"

刘轩坤问:"关角山?那不是你待过的地方吗?同样让哨兵谈之色变的云端哨卡。"

时间回到二十世纪七十年代,铁道兵十师四十七团和四十八团的旗帜飘扬在关角山,十八岁的徐建中,刚进部队便赶上部队开拔,在残酷的环境里,开凿世界上当时最高的山腹长廊。那时候的天更冷,雪更厚，前往目的地的道路似乎也更崎岖。徐建中瘦小黝黑，挤在人堆儿里一点儿也不显眼，他随着人流走向大山，跟在大型机械后面，用肩扛手抬的方式，和面前的大山做着搏斗。

午饭，徐建中吃的是夹生的米饭和土豆、地瓜、苤蓝咸菜，一边还要听总工程师在耳边絮叨："我们现在所处的位置在青藏高原地质板块挤压的结合部，具有高地应力、变形控制难度大等特点，预估要通过好几个大、小断裂带，至少一个灰岩富水地段，单口斜井日涌水量可能达几万方，这在世界铁路隧道工程项目中是少有的。我们面临的困境举世瞩目，好多人等着看我们笑话，他们认为我们不可能完成，这几天我也十分焦虑，吃不下睡不着，目前的条件一年内开凿成功几乎是天方夜谭，我们根本做不到。可是，做不到就不做了吗？我们有选择吗？一年挖不通，就挖两年，两年也不行，就一直挖下去，我挖不动了我儿子也要来挖，总会挖通的，总可以的……"

徐建中停止了咀嚼，他眼含泪水。战友问："是不是总工的话太感人了？"徐建中说："我不是感动的，是吓哭的，我还年轻，要在这里待一辈子吗？"

夜晚，所有指战员躺在帐篷里睡得香甜，天快亮的时候，突然一场不知道几级的狂风夹杂着雪花席卷了这个已经很寒酸的临时住处。风大雪急，来得急走得也快，等徐建中从十几米外的土堆石块里露出头来，却发现什么都没有了，昨晚还整整齐齐的一大片帐篷，现在一个都不见了，衣服、被子、提包、给养，一无所有，徐建中要不是在混乱中抓住了总工的裤腰带，怕是连他自己也要被吹到山崖下去了。

等一切平稳，徐建中看到总工，又哭了。

总工把徐建中从土里扒出来问："你还活着，没有死，哭什么哭！"

徐建中说："死了还咋哭，还哭给谁看？"

总工说："这小伙计说话还挺有哲理，哪个连的？"

徐建中挣扎着从土堆里站好军姿，吐掉嘴里的一根草，这时候意识上的正规，有独特的美感。

徐建中说："报告首长，一营三连列兵徐建中。"

总工说："希望下次看见你不再是这个样子，我记住你了。"

三连长连滚带爬跑步过来训徐建中："你完了，你翻不了身了，敢拽总工裤子的，除了他媳妇，我估计没谁了。"

徐建中哭丧着脸，感到后怕，但看不到曙光才更要上路，是他当兵以来最先领悟到的真谛。

隧道内，大家在紧张地忙碌，突然发生涌水，喷射出来的水柱一下子把风枪手冲倒在地，风枪手旁边是当时最先进的电子钻探仪，总工大老远看到了这边的情况，惊呼："水压超过两兆帕，仪器，保住仪器！"

水柱力道太猛，被击倒的风枪手险些休克，水流大，他辨别不清方向，在泥水中翻来滚去，除了他，离仪器最近的是徐建中。徐建中听到总工的呼喊，脑子里也闪现出他的警告："希望下次看见你不再是这个样子。"

徐建中扳回形象心切，冲向钻探仪，谁知这时涌水处再次发生坍塌，涌水面积加大，比之前的冲击力更猛。要碰到钻探仪，必须要经受水柱的洗礼，徐建中灵机一动，脱掉衣服，身上裹上泥巴，一个助跑后用了一个卧姿出枪的动作贴着地面滑了出去，身子小巧玲珑得像泥鳅一般，摸到钻探仪后使出吃奶的劲儿推出危险地带。

徐建中摆出一副英雄的模样，微笑着向总工"邀功"，这次他当然不会再哭，他挽救了一台价值昂贵的高端设备，他认为可以载入史册。但这次总工却哭了，连忙招呼军医过来。总工指指徐建中的肋部说："你都快成血人了，不疼吗？"

徐建中这才来得及往下看，光溜溜的左肋部有一条二十多厘米的伤口，肉外翻着，甚至能看到骨头，血喷涌而出。这一看，徐建中才哀号一声，如一摊烂泥般倒在地上。

军医在四处漏风的帐篷里为他做缝合手术，消毒、无菌、无影灯、麻醉、防护服等一些必要的手术药品和设备都很匮乏，全不合标准，军医说："我从来没有做过这样的手术。"他的话，淹没在徐建中一声声惨叫中。

徐建中保护了公共财产，被地上凸起的石块划伤，征服了总工，总工破格把他带在身边，让他当助理，谁都知道这就是火线提拔，跟个一年半载就可以独立上手，这是很多人梦寐以求却不可得的。

关角山隧道一挖就是三年，超期两年，远远超出设想，超出预算，也超出了很多人的耐受力，有的积劳成疾，病魔缠身，有的长期紧张，精神抑郁，有的直接牺牲在隧道中，再也没有见到家乡的阳光。撑下来的人在隧道建成之日没有想象的兴奋激动，用命换来的东西，没有谁觉得值得庆贺。当然有失有得，工程培养了一批经验扎实的工程兵，徐建中便是其中之一，三年的助理工程师生涯，让他脱胎换骨，在关角山极其复杂的地质水文条件中，磨炼出了炉火纯青的开凿技术。后来，他凭借多年青藏铁路勘察设计以及山岭隧道勘察科研的经验成果，参与开展了"高原隧道长距离施工通风及安全保障""隧道桥梁快速施工与机械设备配套技术"等研究课题，推出全新技术方案，保障隧道贯通，使高海拔特长隧道桥梁设计建设达到世界先进水平。提到高原隧道桥梁，必然绕不过徐建中的名字。

徐开路说："这为我爸后来领衔修建格尔木至拉萨段的铁路及隧道奠定了基础。后来他又到过沱沱河、三岔河、可可西里……"

刘轩坤问："后来也到了这里吧？"

徐开路没有回答，他不知道怎么回答，他只是说："不早了，天一擦黑，鬼知道这里会出现什么怪天气，别到时候再给你脑袋砸个口子，高才生的脑子忒重要，可不能砸坏了，我该去接安逸的哨了。"

刘轩坤说："提到安班长，我一直纳闷，都说起名字有学问，搞不好能影响未来，但安班长这名字起得，太不应景了。"

徐开路说："你的应景，轩辕、乾坤，都带着历史的厚重，和昆仑没有违和感。"

刘轩坤说:"明年我要是还没离开这儿,一定改名字,这扯犊子的名字。"

两人一前一后往前走,远远看到垭口处似乎有狼,走走停停。

能见度低,看不清楚,但刘轩坤兴趣浓厚,他使劲揉揉眼睛说:"那是车,一定是车,希望那是总队的车。"

徐开路问:"你想什么呢?"

刘轩坤说:"一定是我爸找好了关系,给我换单位,或者是部队查出我材料不全、政审不过关或者身体有毛病,我扁平足、近视眼、鸡胸、狐臭、肛裂……我浑身都是毛病,他们肯定要退兵,他们来接我了。"

徐开路说:"孩子,你魔障了,没人敢在这个季节来这儿的,野狼倒是有可能,那明明是灰色的。不过,梦想还是要有的。"

听了这话,刘轩坤眼神黯淡下来,不再看疑似物体一眼,说:"哪里都有梦想,唯独这里不会有,我还是回去生火煮面吧,干累了,我要吃面条,要吃三大碗,吃饱了不想家。"

徐开路摇摇头,向一号哨岗楼走去,他远远地看到安逸举着望远镜也在观察几千米以外垭口方向疑似的孤狼出神,能盯到移动的生物是他们仅存的乐趣,是在上面的人每天都渴望着的大事。徐开路记得他刚来时,排长林晋给他讲解这里的执勤规则:"你只要不把被褥带到哨位上,站直了,就能完成好执勤任务。这茫茫戈壁、大漠,不会有什么来犯之敌。总之我在这儿两年,什么案例也没发生过。"

徐开路问:"那我们还有存在的必要吗?"

林晋说:"没有边境线的地方,士兵的脚印是边境线;没有标志物的地方,士兵的身体是标志物;没有警戒目标的地方,士兵本身就是自己的目标,是底线,是不倒的旗帜。适合生存的地方有士兵,不适合生存的地方更有士兵,哪怕那里寸草不生,无人知晓,兵家不争。"

徐开路信服地点头之际，林晋却话锋一转，说："你守在这儿吧，我不陪你了，我已经打转业报告了。"

徐开路问："你对自己的话都没有共鸣，为什么还说给我听？"

林晋说："我做不到，可在这儿待过的人，怎么敢去亵渎你们还要生存的地方，怎么敢啊，我不能留下一些好的言传身教，我更不敢带走一丝属于你们的美好。"

徐开路想到了他和林晋的对话，不由得笑了，因为这对话过去三年了，林晋却依然没有转业成功，现在休假在家，很快该归队了。

此时安逸幸福地做着美梦，他想象着从车里下来一群人，敲锣打鼓，抬着绿叶菜，直奔他而来，队伍中间必须有几名打扮得花枝招展的女孩，肤白貌美，身姿婀娜，走起路来摆臂扭胯的动作和男人有着天壤之别，她们笑得咯咯响，娇滴滴的声音能把人酥透了，在坚硬的沙石、混凝土建筑还有极其单一的色调之间靓丽得感动人心。她们在向他招手，呼喊他的名字，逐渐靠近他、簇拥他，叽叽喳喳地给他带来外界的新鲜信息。尤其是队伍中必须应该有他的老乡，两人可说说久违的家乡话，分享故乡喜人的变化，他在没有信号的手机上一一记下他们的联系方式，承诺有一天，这里只要通了信号一定和他们好好唠唠家常。还应该有个长得像他女友的女孩羞红了脸，为他献歌一曲，两人有短暂的眼神交流，并在分别的时候偷偷塞给他一个通红的苹果或者香脆的"白糖罐"，算是为最后的告别留下很快也会消逝的念想，即便这样，他也甜蜜到热泪盈眶，欢乐到不能自已。这一切感怀都被徐开路如破锣般的一嗓子给干扰到渣儿都不剩。

徐开路喊："今年不是第一次看见狼了，还稀罕呢？"

安逸说："除了你们，别的什么东西我都稀罕，你别喊，被你喊得它又不动了，我生怕它不过来了。"

徐开路走上哨位，向安逸敬礼，接过安逸的自动步枪，夺走了他的望远镜，替他擦掉了残存的一滴泪水。徐开路没有问他为什么，他闭着眼都知道为什么，因为他也无数次做过这样的梦，只是他和安逸不同，他可以在战友到来之前，恰到好处地收拾好内心的残局，不让战友察觉他的窘境。因为，他是班长。

交接哨结束了，安逸还没有走，他还盯着刚才的方向，他想看那匹狼的走向，看着看着，他嘴唇哆嗦起来，手扒住窗户，半截身子探了出去。

徐开路问："你想干什么？"

安逸语无伦次："我……你……那是……那不是狼！"

徐开路问："是什么？"

安逸说："车，是车！"

徐开路一个箭步也冲到窗子前，用望远镜一看，果然发现是一辆车，在颠簸的搓板路上一上一下，一高一低，左右摇摆，龟速前进。再看车牌，归属地西宁。徐开路的手不自觉地抖动起来，他激动的样子不亚于安逸，但老兵相对更会控制，虽然控制得也很辛苦。

徐开路把刚才从安逸手中接过的武器装备，一件一件地全塞还给安逸，噔噔噔地跑下岗楼，往兵舍跑。

安逸喊："我下哨了，该你站了，你这属于侵占士兵利益，我要告你！"

徐开路头也不回，奔跑着说："回头我补给你十班哨，怠慢了亲人可不行！"

安逸喊："你知道他们是谁？"

徐开路说："不用知道，都是亲人，都是活祖宗！"

徐开路跑得连滚带爬，远远看去像一颗刚从灰烬中用棍子拨拉出来的烤土豆，没有停止，一直骨碌碌地翻腾着。当跑到通往兵舍高高的台阶上时已经快没力气了，手拽着栏杆以减轻腿部压力，从喉咙里发出一声声如火车汽笛般的怒喘。

徐开路终于推开了兵舍的门，刘轩坤在吃面条，看到徐开路这番模样，一筷子面条来不及吸溜，悬在下巴上。陈爱山躺在上铺研究一本卷了边儿的《蔬菜培育宝典》，以为徐开路被狼撵了，立刻坐了起来，头磕在房梁上，眼冒金星。

徐开路说："快快快，坡下搓板路集合。"

两人一听，准备到枪柜取枪。

徐开路说："没让你们抄家伙！把压箱底的宝贝拿出来。"

刘轩坤说："干吗？投降了？要把家底经费也交出去了？"

陈爱山瞬间领悟，一改往日吊儿郎当的模样，一本正经地推开刘轩坤说："谁告诉你压箱底的一定是钱。"

徐开路和安逸在望远镜里看到的那辆车，正是严峻带领的东风运兵车。

此刻严峻等人蓬头垢面、肤如焦土，康桦和陈钰坐在驾驶室里稍微舒适一些，但也都吐得稀里哗啦，车厢里的一众人等更是死去活来，山路险峻，除了驾驶员老周还勉强保持些许的定力，确保不会车毁人亡，其他人各有各的忐忑。

陈钰问老周："咱们还能到得了目的地吗？我感觉一只脚已经踏进了鬼门关。"

老周说："我也不知道，所有曾经受过的意志力训练似乎都不起作用了，但我们这不是打仗，听起来也没有多么壮观，只是赶路而已，前路没有敌人，后路没有追兵，还有氧气和给养，有什么理由绝望。"

陈钰说："你不解释还好，都提到'绝望'这个词了，凶多吉少了。"

老周说："没那么糟，你抬头看啊。"

陈钰说："天地混沌不清，万物模糊一片，看什么看？"

老周说："总有尽头，尽头也是起点，这里是昆仑山的尽头，另一个地貌的起点。"

大家一抬头，果然看到一栋锥形物体耸立在山巅，不像岗楼，不像民居，但那一刻他们眼睛里闪着光，他们把所有的赌注都压在了老周身上,老周的话此刻比盖着大印的红头文件还要有说服力,他们深信不疑。

王曦从后车厢里站起来,透过驾驶室顶上的篷布缝隙也看到了那个锥形的物体,瞬间起了一身鸡皮疙瘩,他确信那不是寺庙、经幡或者宝塔,那里一定有同袍,因为那里飘扬着五星红旗,虽然只有指甲盖大小,却像冬日暖阳,遍布大地,遍布眼眶,冲击心房。王曦冲着那抹红色,肆意地咧开了嘴。

越是急切,越感觉路途遥远,他们整整一天的奔波,都不如这一刻漫长。车子也跟着捣蛋,搓板路也落井下石,东风运兵车跌跌撞撞,犹如喝醉酒的老汉,以为力有千钧,实则后继乏力,每走几米便有休息一会儿的需求。

徐开路带着陈爱山和刘轩坤站在搓板路的顶端,望着分不清是路还是山的远处,期待那辆车尽快到来,虽然它很慢,但它又奔驰而来,快得让他们感觉还没有做好思想准备。

徐开路说:"他们娶媳妇入洞房是不是也像我现在这么紧张?"

刘轩坤说:"大学毕业典礼我作为学生代表致辞,提前背了一个月的稿儿,正式上台的时候还是紧张得不行,我现在又找到当时的感觉了,感觉嘴肌要失灵了。"

徐开路说:"你不说我还想不起来,一会儿你负责给工作组好好介绍介绍我们哨所。"

刘轩坤说:"那不行,那属于越级,那是您该干的事儿。"

徐开路说:"这时候还分什么你的我的,几个月都是我们自己跟自己对话,好不容易来了带着新鲜气儿的人,都要过把瘾,谁都不能落。我来介绍成员,陈爱山介绍你的温室,你介绍哨所,一会儿还要安逸给他们讲讲他那几个老掉牙的故事,都把毕生所学给我拿出来,最好给我说出花儿来,要把我们高原兵尿尿也比别人滋得远的精神充分展示给他们……"

再慢，迟早也会到山前，东风运兵车面目全非，像是从前线开回来，掉进过炮弹坑，整车喷了土黄漆，自动披上了沙漠迷彩，再也看不到一丝橄榄绿。车子在距离徐开路他们五六米的地方停下，驾驶员老周想得周到，因为如果在士兵们跟前停下，汽车卷积的沙尘会把他们淹没。

人员从后车厢里逐个下来，王曦擎着一杆"野战文化分队"的大旗走在最前面，严峻断后。

徐开路看到车里下来了这么多人，刚刚满腹的豪情顿时被不知名的情绪替代，示意大家把哈达举过头顶之后，一句话也说不出来了。

陈爱山说："班长，整队；班长，喊报告！"

刘轩坤嘴再次瓢了："是是是，人，是人啊，那是人！"

徐开路没有反应，看着来人胸膛一起一伏。

严峻紧走几步来到前面，看到三个士兵孤零零地站在那里，他们的迷彩服和东风运兵车一样的颜色，甚至比车还要不堪，一看就是经受了更凛冽狂躁的风雪，在高耸入云的云端哨卡对比下，仿佛三个刚从地窖里挖出来的地瓜，狼狈、土气、脏兮兮地上不了台面，严峻看不到他们的眼睛，但看到的时候，又觉得他们和那最后五百米的山巅一样坚不可摧、高不可攀、遥不可及。

严峻带着颤音问："谁是负责人？"

徐开路抬起头，严峻看到他布满沙尘和高原红的脸上有两道被泪水冲出的沟壑。那一双清澈得如同天空之镜的眼睛，即刻击中了严峻心灵的最深处，让他这一路不断固垒、不断失守又不断重新修缮的心理防线，瞬间又土崩瓦解，片甲不留。严峻喉结蠕动着，不自觉地矮了三分，徐开路顺势把哈达披在严峻身上，像变魔术般地从大衣里掏出一罐红牛，这可能是他上山前带来的，长久以来剩下的最后一件"压箱底"的宝贝，连刘轩坤闹情绪的时候都没舍得拿出来。严峻把饮料捧在手心里，眼泪夺眶而出，肆意奔涌，他抚摸着那冰凉的易拉罐，却感觉到滚烫的温度，烫得他手足无措，他摘下眼镜抹了一把眼泪，又把饮料郑重地塞回徐开路手里，紧紧拥抱了他。等他松开喘不上气来的徐开路，徐开路继续寻找着他认为能接受他那罐可怜巴巴的饮料的人，他来到陈钰面前，看到陈钰白净的面庞和泛着涟漪的目光，脸"唰"的一下更红了，红得炙热、红得火辣。陈钰同样没有接他递过来的东西，伸出玉手为他抚平了眼睑下那两道如同深渊的沟壑，而后掩面悸动。徐开路无助地肃立，他从来没在昆仑山上见过女兵，从来没有闻过这种护手霜的味道，从来没有想过第一次在这空旷的荒野间会有女性，哪怕任何一个女性以任何一种姿势触碰他，他融化了，所以他石化了，握着那罐送不出去的饮料，在寒风中犹如一棵因为干旱无精打采的树得到甘霖滋养，片刻间便舒展了枝叶。

陈爱山把哈达给王曦披上，拿出了一个盘子，盘子上立着三个已经蔫了的西红柿。陈爱山和徐开路一样，要把他认为这里最珍贵的东西献给远方的来客，而来客能从他虔诚的动作里体悟到，如果心窝可以掏出来给人看，他估计也会去尝试。王曦没有看到西红柿，却看到了他满是裂纹露着新鲜伤口的手，那只手深处的红色肌肉纹理，让王曦眼皮直跳。王曦是曲艺演员出身，上过大舞台，见过大场面，当初考军艺的时候，评委说他的字典里没有"怯场"两个字，不管多大的舞台皆是如入无人之境，敢说会演，他一直认为舞台呈现、语言艺术最有魅力，但也是最难的。而今天他站在这个没什么观众的舞台上，却发现多说一句都是亵渎，说什么都算砸挂。

刘轩坤没有珍贵的礼物，他是个新兵，他只能站出笔直的军姿，伫立在原地一动不动，眼睛一眨不眨，最坚强的竟然是他，因为他没有掉眼泪，看客也许会误以为他是一台没有灵魂的人肉机器，但现场的人根本不会这么认为，因为寒风中他穿着鼓鼓囊囊的大衣，却努力要弯出最合适的角度，敬出最标准的军礼，他的额头上竟然有汗珠子渗出来，当过兵的人都知道蹲着比跑着累，坐着比站着累，保持标准的队列动作不用太久一定会汗流浃背。康桦试图把他的手拉下来，却像在拽一尊雕塑，严峻恍然大悟，向右转，向前一步走，向左转体，迅速敬礼并礼毕，刘轩坤终于也礼毕了。

三名士兵站在他们对面，谁也没有打破这看似无声无息实则波涛汹涌的局面。严峻背对着徐开路他们，蹲在一边抠着地上凸起的圆石头，眼泪吧嗒吧嗒地砸在地面上。

张弛和老周在悬崖边上来回踱着步，有雄鹰高空飞过，留下一声啸叫，随着最后一抹夕阳一起离开他们的视线。

第三章

可不可以给我一个拥抱,像拥抱这大山一样,那样我会锁住你们的味道和微笑,就当你们不会离开。不管我伫立多久,那些兄弟爱人,那些家乡父老,那些玫瑰、牡丹和月季,我想看到,便都能看得到。

许久之后,徐开路向严峻报告:"执勤二支队一大队五中队驻昆仑山隧道哨所正在执行守护勤务,应到五人,实到三人,一名探亲,一名岗哨,请指示。班长徐开路!"大声说这些报告词十分耗氧,徐开路每说一句话,都要停顿很久,胸脯剧烈起伏。

严峻说:"没有指示,我们来看你们来了,不准备把朋友让进屋吗?"

徐开路这才反应过来,连忙招呼大家沿着废旧铁轨搭建的山路往兵舍爬。这条路的坡度让严峻等人叹为观止,几乎直上直下,如果不借助路边的栏杆,很容易被狂风吹下去。徐开路要去搀扶严峻,严峻倔强地推开他说:"你们长年累月走这条路,让我认认真真地走一次。"

徐开路想去帮陈钰,快要接近陈钰的时候,陈钰并没有躲闪,他却忽然发现没有勇气把手递过去。陈钰竟然也不记得她是一个刚刚从物欲横流、男欢女爱的闹市中走来的人,那里陌生人之间有理由的牵手是多么微不足道、不值一提,在这里却也被无限放大,他们似乎都忘记了所处的时代，忘记了他们已和父辈的青葱岁月拉开了足够的距离。

徐开路正尴尬地站着，严峻扭头朝身后喊："都给我自己走，挺起腰杆抬起头，好好看看，刻进脑子里，记住这要命的地方。我敢保证，要不是这次任务，你们这辈子都不会去关心这儿，也来不了这儿，来了也是经过。"

严峻此言一出，大家谁也不好意思再客套，一口气走到最后一级台阶。

终于站上了目的地，高远、开阔，无遮无拦，风毫无保留地朝他们身上招呼，空气似乎更稀薄了，但所有人稍做缓解，身体逐渐适应之后，才来得及抬起头俯瞰茫茫昆仑，此刻，不仅有壮观美景，还有对于苦的又一分解读。

严峻和徐开路进了屋，他迫切想看一看这几个人的生存法则。严峻一只脚刚迈进屋，就再次被击中一般愣住。内务整整齐齐，被子有棱有角，床单洁白如洗，比外面的白雪还要刺眼，水泥地板被擦得能照出人影，口杯、书籍、衣物统统摆成一条线。和他印象中，山高皇帝远、作风稀拉的"小、散、远"单位的内务完全不同。

徐开路觉察到了严峻一脸的不可思议，说："一直是这样的标准，没有放松过，我每天都督促，不是因为你们来了才临时抱佛脚……"

严峻一摆手打断他："你根本不知道我们会来，不用解释！"

严峻也惊讶于自己头一次不再挑剔，接着问："怎么可以这么干净？"

徐开路说："条件有限，操课时间不能太长，没有别的事可做，闲下来就磨内务。"

严峻说："别说了，你们四个人一班哨，一人每天六小时站在哨位上，没有炊事员、水电工、军械员、司务长，生活保障完全靠自己，闲，能闲到哪儿去？这不是闲出来的内务，这是因为你们的心就是这么整洁干净，无可挑剔。"

兵舍外，王曦没有兴趣看什么内务，他被面前的盛景吸引，他对男队员说："我们登顶了，我们征服了它，这要是发到朋友圈，谁敢不点赞？太伟大了，太强悍了，无可比拟。"

一名队员掏出了手机，王曦很自然地摆出了各种威武雄壮的造型，大家也相互拍起了照片。

严峻听到了外面的动静，撩开门帘一看，嘴气歪了，冲向人群，抢过这名队员的手机，胳膊抡圆了朝山下扔去，手机划出一道长长的弧线飞走了，看不到一丝踪影，众人错愕。还不算完，严峻对准王曦等人的屁股，挨个猛踢一脚，踢得男队员龇牙咧嘴。

他边踢边骂："把脑子留在家了吗？你们是观光客吗？要到此一游的啊！要不要在那块刻着海拔四千八百六十八米的石碑上刻上你们的尊姓大名？哈达献给尊贵的客人，你们真把自己当人物了？你们看看他们，看见了吗？你们有什么资格记录别人的功绩，并当成自己的光彩来炫耀，属于你们吗？瞧你们得意的样子，以为上来过就不可一世了吗？我告诉你们，差远了！你们只看到山的表，没看到山的魂，这魂不在云端，不在你们的镜头里，在他们的脚下，他们走到哪里，哪里才是高峰，他们脚下死死踩住的土地才会长出这座大山的生机，我看到你们只觉得有碍观瞻！"

严峻嗓子嘶哑，面色紫青，他突然的举动让男队员从瞠目结舌到恼羞成怒，再到纷纷低下昂扬的头。一开始他们想不明白，严峻是文化部门的领导，应该名副其实，起码应该先以理服人，断然不会像大老粗，连解释的机会也不给，没想到他会因为山顶拍照这么一件芝麻大的小事儿大动肝火。然而，听了严峻的话，才知道这个看起来文绉绉的人心里驯养着一头猛兽，当有人侵犯他呵护的领地时，必然会冲出来撕咬一番。

作为主人，关键时刻徐开路站出来缓解尴尬："首长，长途跋涉，肯定饿坏了，我刚刚下厨做了几道菜，咱们开饭吧。"

严峻面对徐开路表情瞬间缓和："这么一会儿饭都做好了？"

徐开路说："不是手速快，是简单，将就将就吧。"

大家纷纷涌进哨所小餐厅，餐厅里只有一张桌子，桌子上早已摆得满满当当。仔细一看，有红烧牛肉、红烧猪肉、红烧带鱼、酸豆角、黄豆腌萝卜、酱茄子，还有一盘臭豆腐，把严峻看呆了，虽然桌上的菜色几乎是一个颜色，但这伙食水平完全可以和格尔木一拼。

严峻问："这肉怎么都是红烧的？"

徐开路指着垃圾桶里的战备食品包装袋说："首长，我们不懂什么红烧清蒸，包装袋里装的什么，热一热就是了，不是懒，这种天气，给养车两个多月没来了，新鲜的肉菜早吃完了，只剩这些耐保存的。不瞒您说，这战备食品保质期有三年，但也快过期了。不知道你们来，早知道，早先那些食材我们一口都不吃，都给你们留着。"

严峻不再看徐开路的脸，红着眼圈一言不发地扭过头，捏着筷子，先夹哪道菜都不对。严峻用余光看到徐开路、陈爱山、刘轩坤毕恭毕敬地站在餐厅一角，眼神里充满期待，他甚至感觉徐开路他们像老父亲希望儿子吃一口再吃一口般地疼爱关怀着他们，他们这群人根本不是来送温暖的，是来接受爱的。

旁边的张弛偷偷对老周说："我知道严处长怎么想的，不吃吧，人家好不容易做出来了，不吃也浪费了；吃吧，感觉吃的不是饭，是在喝这些士兵的血。"

老周说："吃完赶快去研究研究你的通信台，别回去的时候还来那一出儿，这帮孩子经不起这么折腾！"

严峻来回寻摸了一圈后，端起不锈钢的碗："开饭！"然后使劲扒拉了一口饭。队员们有样学样，纷纷动起了筷子。严峻把饭送进嘴里，只嚼了一下，便不再嚼了，因为硌牙了，考虑到高原做饭也是体力活，忍住没说，硬着头皮咽了下去。但他带的这几位细皮嫩肉的小同志可没有照顾别人情绪的义务和自觉。尤其是两位女队员，一口把饭吐在了桌子上，嘴里还嚷嚷着："夹生饭，吃夹生饭会闹肚子的。"

听她俩这么说，饿得前胸贴后背不在乎夹不夹生的几名男队员似乎也接受不了了，纷纷放下了筷子看向徐开路，仿佛徐开路给他们吃夹生饭虽然可以原谅但还是应该引以为戒。

老周小声解围说："凑合吃两口得了。"

康桦嘀咕："凑合不了，从小到大，我一粒夹生饭也没吃过，在我老家，以前谁家婆姨能做出夹生饭来，那是要游街的。"

张弛说："吃菜也充饥嘛！现在流行不吃主食。"

陈钰说："她是吃不了夹生饭，我是不能忍受饭桌上没有绿叶蔬菜。"

老周说："一个个的，在老单位像棵草，到这儿来都成了大小姐做派了，以前没发现你们这么娇贵啊。"

陈钰说："以前谁在乎谁的吃喝拉撒啊，来这儿被放大了呗。"

严峻注意到大家的举动，也听到了他们喊喊喳喳，因为刚爆发了一次，不方便马上再爆发一次，只能寄希望于徐开路等人不要注意他们这边发生的情况。但是怎么可能，此刻徐开路心里跟明镜似的，连忙站出来解释："这确实是夹生饭，这个问题完全不是人为的，这里海拔高，水永远达不到沸点，所以用高压锅也压不熟。"

陈钰忍不住问："那你们每天都吃夹生饭？"

徐开路说："是，吃了七年了。有的战士吃不来夹生饭，硬着头皮也得吃，因为做馒头的话，面经常发不开，做出来还不如这夹生饭好吃。上次我探亲回山东老家，回来的时候背了一口袋馒头，陈爱山一口气吃了七个，差点儿把我吓死，这要是撑出毛病来，算不算工伤？我要负责任的！"

陈爱山嘿嘿干笑着说："那馒头真是好，咱们这上面不可能有，看见那馒头，白胖得实在招人喜欢，吃不够。"

两人说完，屋子里安静了，陈钰和康桦把刚刚吐在桌子上的饭粒偷偷往盘子底下塞，掩人耳目。

严峻问："别人探亲回来带特产，你带馒头？"

徐开路说："在我心里，馒头就是最好的特产，我愿意天天吃馒头、顿顿吃馒头，给我一筐馒头，比给我一筐肉都稀罕。"

陈爱山说："这倒没错，他外号叫徐馒头。"

陈爱山说完笑了，在座的却更沉默了，他们低下头端起饭碗，大口大口地往嘴里扒饭。

陈钰嚼着嚼着突然"哎哟"一声，一只手摁住了嘴。

徐开路问："怎么了？"

陈钰说："嘴角裂了。"

徐开路指指自己满嘴的燎泡和伤口说："你们不光是水土不服，而且营养不均衡，缺乏维生素，要吃蔬菜的，可是……可是翻遍这整座山，也翻不出一棵绿叶菜来。"

徐开路手足无措地站了一会儿，突然一拍脑门："稍等，我有办法！"

陈爱山说："你能有啥办法，你床铺底下最后一根潍坊萝卜昨晚死得其所，被我发现了，连叶子都没剩下。"

徐开路跑了出去，陈钰才说："不用，真不用！"

刘轩坤说："用也没用，温室里的西红柿也摘完了，他去了最多能找出一根马齿苋，还是刚长出来的幼苗。"

康桦说："那也不算绿叶菜吧。"

陈爱山听了刘轩坤的话，嘴里念念有词："马齿苋？西红柿？绿叶菜？幼苗？坏了！妈的！"陈爱山忍不住脏话骂出口，震惊四座后，撒腿往外跑。

刘轩坤追出去喊："被狼撵了？"

所有人都放下碗筷跟着陈爱山跑出去，只见陈爱山跑进温室，大家也鱼贯而入，没看见陈爱山的影子，先听见他撕心裂肺的哭喊。

严峻紧张地四下搜寻，温室并不大，只有三十几平方米的样子，只是被几行枯黄的西红柿老秧子划分成一个个小格子，有些像迷宫，放大了空间。穿过几行西红柿老秧架，严峻在几平方米空地前看到跪在地上捧着土哀号的陈爱山。

严峻问："发生什么了？"

陈爱山哭得上气不接下气，指着空地说："我的西红柿幼苗，我的西红柿幼苗，徐开路暴殄天物，徐开路鬼迷心窍，他是杀人犯，他是刽子手！"

刘轩坤随后而来，看到这番情景也是倒吸一口凉气，呆住了。

康桦问："到底什么情况你倒是说啊，人多力量大，大家来解决嘛。"

刘轩坤张大了嘴巴说："解决不了，天塌了，副班长心里的天塌了。"

康桦问："求你快说吧。"

刘轩坤说："这批西红柿幼苗比副班长的命都重要，是他求爷爷告奶奶托给养员从省农科院林博士手里求来的，每周用卫星电话和林博士报告幼苗长势，林博士遥控指挥他育苗，这批幼苗是几年来最有希望成活并结出正经西红柿的，现在被人给拔了。"

康桦问："徐班长为什么要拔了它们？"

刘轩坤说："拔了给你们做菜！"

所有人"啊"的一声，整齐得像标兵就位。

严峻说："谁让他这么做的，是谁？！"

陈钰激动不已："我没让他做绿叶菜，我没有。"

刘轩坤说："跟你们没关系，是他自己的决定，你们不远万里来看我们，他把你们看得比命重。"

严峻说："关键是西红柿幼苗可以吃吗？拔了全浪费了啊。"

这时一直跪在地上抽噎的陈爱山站了起来，嘴唇还在发抖，强忍着巨大的悲痛说："我的西红柿幼苗啊，是苦的，但能食用，林博士跟我说这话的时候，徐开路就站在我边上，我肠子都悔青了，不该啥事都让他知道。千防万防，家贼难防。"

陈爱山说完朝厨房跑去，大家没有拽住，看那劲头是要找徐开路拼命。不辞辛苦，风尘仆仆来送温暖，再送出人命，可是天大的笑话。

严峻喊："快拦住他！"

严峻带着队员们在后面玩命儿地追。地方虽小，但架不住不熟悉，陈爱山三两下窜没了影，严峻等人绕着兵舍跑了三圈才找到厨房的位置。只听房间里传出"哐哐哐"刀剁的声音，大家想，完了，动家伙事儿了，徐开路肯定凶多吉少了。

当严峻推开门，才长舒一口气，没有想象中血腥的场面，徐开路在一口小锅里用漏勺把刚焯过的西红柿幼苗从水中捞出来，而陈爱山哭丧着脸，手里确实抓着一把亮闪闪的菜刀，却是拍着案板上白胖的大蒜。

看着快把厨房门挤塌的众人，陈爱山抹着眼泪说："拔都拔了。栽培这些苗儿虽然需要耗费大量的心血，但我认了。这幼苗活着的时候是我的宝贝疙瘩，现在要吃它，它也应该是菜中极品，给你们吃，我不能心疼。"

众人围着这一盘"绿叶菜"，手扶膝盖直挺挺地坐着，像在进行一场祷告，给足了这些幼苗仪式感。陈钰夹了一筷子，那味道着实不敢恭维，但她感觉这是有史以来她吃过的最昂贵、最走心的绿叶菜，一人一筷子，盘子见了底，陈爱山也悄悄离开了，他要回到他的温室，去祭奠那些幼苗，去重新构建刚刚坍塌的精神支柱。

严峻问："他不会有什么事吧？别因此你们关系闹掰了。"

徐开路说："天大的隔阂，在这个地方也很容易愈合，两口子过不下去可以离，朋友处不了可以老死不相往来，父子都可能断绝关系，我们就不一样了，睁眼闭眼都是这几个人，只要烦不死就得接着处。他过分的时候也有很多，当时我发誓再也不原谅他，可一小时之后，隧道口有了落石，我们去清理，又有石头落下来，如果我不蹬他一脚，不死也会成植物人。在生死面前，会发现之前较劲、委屈、憋闷、想不通的事儿，一下子全能想通。"

徐开路嘴上这么说，心里也不踏实，他不知道该怎么张嘴道歉，他甚至想到，如果陈爱山不能原谅自己，等严峻一走，他会找块空地，让陈爱山好好揍一顿，以解心头之气。

正想着，刘轩坤来报告："班长，安逸已经独自站了四个多小时了。"

徐开路一拍脑门："把这茬儿给忘了，咱们这哨位站超过一个半小时都受不了，何况……"徐开路夺门而出。

安逸笔直地站在哨位上，远看像铁塔，近看才发现浑身在抖，顶枪背带的大拇指已经有瘀血了，而脸上是抽搐的笑，两颊还挂着新鲜的晶莹泪珠，他看到了兵舍方向发生的一切，激动不已又紧张万分，多么渴望那些人不要再腻腻歪歪，抓紧来和他说说话，哪怕一句都行。但又怕他们马上到来，因为一圈人围着一个人的感觉他体验过，以前在家被长辈包围呵护，那样的情景他当兵以后再也没有发生过，如今，再次被好多人关注的机会近在眼前，可是他怯场了。他用力深呼吸，胸口疼了起来，触动他几近麻木的神经，就在他眼神想要涣散的时候，人群朝他涌来，尽管只是不到十个人的阵容，尤其在这莽莽大山里根本算不上什么。

严峻带着队伍跟着徐开路的脚步往哨位走，严峻说："拍了昆仑山的照片，吃了昆仑山的饭菜，让昆仑山的人看够了我们的笑话，该给人家干点儿实事了。"

陈钰和康桦捧着塑料花，王曦拎着快板，有的队员背着手风琴、拎着长笛，他们准备在哨位上给哨兵来一场因地制宜的文艺小演出。

路上，徐开路好奇地问王曦："你们演什么节目？"

王曦指指陈钰和康桦说："这是咱们部队最有名的两位歌手，民、美、通无所不能，今天这环境大气磅礴，必须美声，我们节目单上写着呢，《忠诚卫士之歌》。"

王曦扬了扬手里的快板说:"看见我这个了吗?我三岁开始学快板,你听过的快板我都会,没听过的我也会,一口气背三十分钟顺口溜儿不带重样的。今天我的节目是自编自导的音乐故事快板《雄鹰飞过哨所》。"

徐开路意味深长地"哦"了一声,笑而不语。王曦还介绍了另外三名队员的专业,徐开路不置可否,似听非听。

王曦好像发现了问题:"你好像对这些节目没什么兴趣啊,艺术是要接地气,但也要上接天光,喜闻乐见的艺术价值不一定高,你们也要学会欣赏不同的艺术种类,多涉猎不了解的领域,才会提升文化素养和品位。"

徐开路说:"是是是,好好好。"

兵舍到哨位还有一定的距离,当队员们跌跌撞撞登上岗楼才发现,徐开路为什么刚才对他们引以为豪的专业根本不表态。尤其是背手风琴的哥们儿,恨不能把手风琴就地埋了,因为即便空着手,也喘得厉害,别说发挥水平了。

徐开路说:"这是昆仑山制高点,你们难受很正常。"

说完,徐开路要把安逸换下来,安逸不给徐开路这个机会。徐开路耳语道:"我来晚了。"

安逸说:"不晚,还是我来,凭什么抛头露面的事儿都你干,我要享受一回高原哨兵的待遇,再过几个月我服役期满了,这有可能是我人生唯一一次这样的体验,而且是在昆仑山制高点上,谁都不要跟我抢。"

徐开路说:"我是怕你撑不住。"

安逸说:"我躺也要躺在执勤台上看完。"

徐开路不再坚持,安逸面对着队伍敬礼,陈钰和康桦向他献塑料花,他一只手抓着枪背带,一只手戴着厚厚的手套,捧不住花,两人才明白带花给哨兵是多么愚蠢的行为。

两人在距离安逸两米的地方开唱,空气本就稀薄,岗楼又小,人群又密集，两人刚一张嘴便破音了，这在以前是不可能发生的事儿。她们可是都有上百场演出经验的人，在这儿还没唱两句，却已觉呼吸困难，更别提飙高音了。一首歌唱得稀碎，声音难以入耳，表演张力、演唱技巧、情感表现之类的好像都没带到高原来。但安逸听得走心，他没见过这种场面，不知道该怎么回馈两人的付出，她们出现得太突然，班长也从来没教过他该如何应对，他只能一直敬礼，严峻几次示意他可以礼毕了。但安逸的注意力全在两名女队员身上，他不在乎她们唱得像猪哼哼还是羊咩咩，那都不重要。

王曦的脸色很难看，一点儿也找不到他当时给徐开路介绍节目时的气宇轩昂。徐开路不敢看他，避免在他裂口的自尊心上撒盐。徐开路不懂表演，但他对海拔和氧气的概念比谁都清晰。演员最在乎的是观众的评价，王曦知道丢人丢大了，他无法体会到徐开路、安逸感动到将要死去的样子。这首歌并不出众，如果在灯光璀璨的舞台上，发挥得再好，大家最多呱唧两下，在此处则不然。

严峻说："你就当从来没有看过这么糟糕的表演好不好？"

徐开路说："糟糕吗？有人说我们躺着也是奉献，其实同样适用你们，你们不用唱什么，来了就够了。她们紧皱眉头还在努力微笑的样子很美。不信，你看安逸。"

严峻看得真切，要不是众目睽睽，安逸快要淌哈喇子了。

两位姑娘唱完臊得满脸通红，王曦大义凛然地站出来救场，却还不如她们的表现，快板说得一塌糊涂，气息严重不足，节奏凌乱，包袱一个没响，快板没说完，王曦便如丧家犬钻到人群后。但安逸照样报以热烈的掌声，徐开路的巴掌也拍得起劲儿，却发现越鼓励他们，严峻越尴尬。严峻虽然知道这是士兵发自肺腑的，但不可原谅的是对于常识的无知和对自身的高估，竟然把传统节目演成了喜剧节目。

夜晚的昆仑山上空拥有最美的繁星，却无法照亮哨所的周围，远处一盏靠发电机供电的探照灯，微弱的灯光在孤独地舞蹈。

严峻问安逸："你肯定有一肚子话要对我们说，说说吧，就当你也贡献了一个节目。"

安逸腼腆局促，说不出来。

徐开路说："平时嘴皮子挺溜，关键时刻掉链子。"

严峻说："别催他，越催越乱。"

安逸像是受到了鼓励，终于开口："感谢总部首长记挂着我们，感谢你们大老远来为我们几个人演出，我何德何能可以享受这样的待遇……"

严峻说："打住，客套话免了，说点儿实际的。"

安逸说："这是我的心里话……还……还说点儿啥呢……"

徐开路说："处长，别难为他了，他太久没走出这座大山了，总结不出什么有用的道理。我们几个人在这儿待得越久脑子越局限。"

严峻看到安逸的倦态窘态，不愿再过多折腾，指示王曦收操，带队员们回兵舍。

严峻刚要下楼，安逸突然叫住他说："首长……"

严峻问："还有什么事？尽管提。"

安逸瞬间脸更红了，眼睛盯着脚面。

严峻鼓励说："什么要求都不过分，我现在能满足的马上满足，现在满足不了的，回去想方设法也给你解决，给士兵解决一些实际困难也是我此行的目的。文化部门不光负责精神文明建设，也可以协调其他部门共同完成物质条件的改善。"

徐开路说："真不用，物质上我们很满足了，若不是大雪封山，我们也是要什么有什么，精神食粮才是最重要的。"

严峻说："想看什么节目你点，你点就是了。"

安逸说："我不想看什么节目，你们挺累的。"

严峻说："那你到底还要什么？"

此时，有火车声音传来，安逸来不及回答严峻的问题，转身立正，面向隧道口。很快，一列火车拉着长长的汽笛，呼啸而出。大家看得仔细，火车驾驶室里有人站起来向安逸敬礼。安逸向火车行注目礼,火车车厢里灯火通明,这是一列客车,很多乘客也注意到了这里有一个孤零零的岗楼,他们极力搜寻着岗楼里的人,看到安逸,就像看到了昆仑又一景,有人拿手机对准安逸,安逸眼里有华光掠过,布满高原红的脸上虽没有壮怀激烈,但也神采飞扬,和他当时刚看见严峻他们一样。

岗楼里的人都被安逸的情绪感染了,他们认为自己此刻也是这哨位上的一员,也在和群众进行情感互动,虽然只是短暂一瞬。

火车渐行渐远,安逸回转身,才顾上解释刚才为什么要严峻留步。

严峻问:"说吧。"

安逸先用眼睛偷瞄了一下陈钰和康桦,声音像蚊子一般地道:"想和她们合个影。"

这回答让严峻先是措手不及,接着感慨万千:"你可想好了,我们明天就走,这是你为数不多给我提要求的机会,我好歹是个处长。"

安逸说:"只想和她们合个影。"

严峻听清楚了,他确信安逸的要求仅此而已,他以为安逸想留队或者想入党,甚至想调离这里,没有机会说,好不容易看到了这么大的官,终于可以争取一番,岂料安逸使出了这一招儿,只想和女兵合一张影。严峻看了一下王曦,似乎在说,看,这才是包袱。他又打量了一下陈钰和康桦,用手指指她们,再指指安逸,半晌吼出一句话,声音都变了调:"不仅要合影,还要拥抱,抱他,抱紧他!"

两人被严峻这一嗓子吓了一跳,好在反应及时,张开双臂,向安逸走来,和安逸紧紧拥抱。安逸的脑袋从陈钰的肩膀上露出来,笑着,却有泪珠滚落。

这一刻的亲密接触,在众人看来如天空高悬的月亮一样皎洁,又像远处的白雪将世间万物的杂尘坑洼彻底掩覆。

徐开路也哭了,换岗的时候偷偷对安逸说:"你小子,难怪死活不交接哨，原来是有目的的。最后一个看见女兵，却第一个抱上了，嫉妒死我们了。"

安逸带着严峻等人走了，徐开路上哨，精神百倍，看着岗楼里的一切，仿佛刚才的一幕幕已经烙印在了这里，以后也会陪伴他每一个深夜。

徐开路还在思考严峻等人为什么长途跋涉历经险阻只为演场节目，录好光盘托人寄过来多省事！想来想去也想不明白，这时，他听到岗楼下面又传来了脚步声，探出头来一看，发现严峻裹着大衣，正仰望着他。

严峻本已回到兵舍，却毫无睡意，他推开男队员的宿舍门，看到陈爱山、刘轩坤和安逸为了把床让给王曦他们，自己则睡在地上，心里更不是滋味。

陈爱山听到脚步声，挣扎着爬起来。

严峻说："我们一来，委屈你们了。"

陈爱山说："说啥呢处长，高兴也好委屈也好，至少有人能看见，你们不来，再高兴再委屈还不是自己受着。"

严峻看到暗夜里的陈爱山眼睛里闪着晶莹的光，拍拍他的肩膀，逐个为他们掖了掖被角，走出房门，看到了岗楼的灯。此时天地间只剩下这一盏灯，它微弱单薄，但又好像释放着强大的能量，它孤零零但又自带无法淹没的光辉，它似乎发出"呜呜"的声音，在和时空娓娓道来它的故事。

严峻噔噔噔地走上岗楼。

徐开路说："您还不休息？是不是有高原反应？"

严峻说："睡不着，来陪你站岗。"

徐开路说："有史以来头一遭，我们这儿从来都是单人单岗，没有过双人的时候，别的地方新兵下连站岗都要老兵陪着，我们这儿根本不用。"

严峻问："为什么？"

徐开路说:"不一样的地方还多着呢,别的部队都是暗哨,我们的灯虽然在岗楼外面,但也能照亮哨兵,按说这是很忌讳的,没有对角哨,也不能和别的哨位通视,如果遭遇偷袭,哨兵很危险。"

严峻问:"那为什么不整改,监管部门没有提出意见,万一真的有那样的情况怎么办?"

徐开路说:"几乎不会有那样的情况,因为这里是制高点,我们照亮自己,也有别的考虑。我们想,在这茫茫青藏线上,来自家乡的列车一路前行,虽然他们知道总会到达终点,但终点还有多远他们不知道,黑夜越来越黑,铁路越来越长,如果是你,会不会感到凄凉?当突然看到我们,看到这光,会不会有那么一丝温暖?我们不能陪伴他们走下去,但可以让他们更踏实。"

严峻说:"这规矩是你定的?"

徐开路说:"自打有这个隧道就是如此,没有人去改变。"

严峻把目光从徐开路脸上移开,看向黑漆漆的洞口,像是看到之前他们在路上的窘境,想到当时的绝望。

严峻说:"火车很快能翻过昆仑山,到达那曲,到达拉萨,可你们哪儿也去不了,却还有这个境界,这就像穿着草鞋的人却担心穿棉鞋的人会冷。"

徐开路说:"这个比喻不对,我们守卫的隧道是动脉,火车是血液,经过的人是大脑,他们要思考幸福的方向,而哨兵是骨架,我们是一个整体,相互浸润着,支撑着,才能好好活着,穿什么鞋很重要吗?"

严峻说:"这是你总结的吗?"

徐开路说:"我是不是很话痨,战士们总说我喜欢讲一些大道理,不怎么中听。"

严峻说:"我知道你为什么如此,因为如果你不感动自己,你没办法在这里多待一天。你认为稀松平常的事,在我眼里已然无比伟大;你认为感人的事儿,更让人汗颜。为什么说走上高原可以洗涤灵魂，净化心灵，不是美景，也不是罕见的事物，我想最根本的其实是你们的生活态度。君子忧道不忧贫，君子谋道不谋食，这样的态度，干干净净，亮亮堂堂。"

徐开路说："没您说的那么好，可能是命运让我们妥协。"

严峻说："不久，服役期满了吧，有没有想过离开？"

徐开路说："怎么可能不想，每隔一段时间，这样的愿望都会特别强烈。"

严峻说："想待只需要一个理由，不想待有一千个理由，我只想知道你的理由是什么。"

徐开路望向远方。

第四章

总有如炬的明眸，击穿我神游的灵魂，让我转身惊鸿一瞥，放肆地呼吸。这不是慈悲，这是儿时就漫延成河的梦；这不是安慰，这是我本该徜徉的土地；这不是情怀，这是又一次奋不顾身的觉醒，又一次觉醒得奋不顾身。

上一秒还万籁俱寂，只剩两人呼吸，下一秒风肆虐起来，百转千回。严峻想起小时候故乡的狂风，令大树、秸秆、瓦片相互缠绕的画面，但和这里还是无法相比的，这里只有冰冷的铁轨和沉默的哨兵，这境况和他的名字不一样，开不了路，寸步难行。严峻想要打破尴尬，离开这里是最好的办法，但徐开路并没给严峻什么回应，在严峻看来，也许这也是一种挽留。

严峻以为终于把这个还算能言善辩的家伙给问住了，脸上闪过一丝狡黠。

在机关多年，严峻认为所有事务都能程序化、套路化，绝大部分问题都有相似的模式，机关人员学会了回头看、过一遍、找漏洞、查隐患等手段，深谙举一反三、左右权衡、反复斟酌、对比假设等技巧，他一直认为一件事如果不复杂，那一定没技术含量，一篇报告材料如果不是改出来的，那一定不是精品。严峻想，老机关的思维定式不允许徐开路这么心无杂念。

见徐开路没有动静，严峻试探着说："现在惠兵政策越来越好了，这里属于偏远艰苦地区，待遇也比西宁高两倍，多待几年也是很好的嘛。"

徐开路说："嗯。"

严峻不甘地问："你不反驳吗？这是你的目的吗？"

徐开路说："也是也不是。"

严峻欣慰，因为他认为终于拉近了和徐开路的距离。但徐开路接下来的话，让严峻再一次跌回原处，起因是严峻让徐开路介绍一下自己的家庭。

徐开路说："我爸不在之后，我妈没有颓废太久，因为她有理想，她的理想就是经营好祖传的饭店，把日子过下去。"

严峻说："开饭店的？在哪儿？"

徐开路说："是啊，在老家高滩县，开着她引以为豪的八个灯笼的饭店。"

严峻猛然扭过头来，专心致志地盯着徐开路的脸，好像他的脸上挂着八个大灯笼，他听说过八个灯笼的讲究，但他要再确认一遍，确信徐开路说的是自己，而不是战友或者同学。

严峻问："八个灯笼？"

徐开路说："很多人可能不知道，门口有两个灯笼以上的才称得上正儿八经的饭店，这灯笼的数量和饭店的规模以及菜品的定位有直接的关系，两个灯笼可以做一个菜系，四个灯笼可以做满汉全席，而八个灯笼可想而知，你吃啥做啥，要啥有啥，光厨师就有一个加强排。这灯笼其实和酒店评星级一样，但已经退出历史舞台了，懂行的真懂，不懂的，只是灯笼而已，烤腰子的也能挂。"

徐开路的一番解释让严峻张大了嘴巴，他重新上上下下仔仔细细打量着徐开路，隔着大衣都能看出他的精瘦。黢黑的脸上挂着两块紫红的颧骨，颧骨上的皮肤结痂，缩成鱼鳞似的小片儿，他坚持不戴面罩，说戴面罩的话如果哪一天忘了戴，情况会更糟。这里年平均气温在零下，最冷的时候，出门摸一下鼻子，就会掉一层皮。他的眼神不像特战队员那般犀利，脊梁也不笔直，军姿也不挺拔，和总队机关标兵哨上的士兵比起来，满身乡土气息，他眼神虽然清澈，却不能正视严峻的眼睛，不知是自卑还是羞涩，总之他的形体和神态不太符合一名传统意义上的英模定位。严峻之前盘算着回去之后一定要大讲特讲这里的故事，甚至之前宣传典型惯用的伎俩也很自然地浮现在他的脑海：班长徐开路家庭怎么怎么困难，为了责任和荣誉，坦然面对忠孝不能两全，展现出很强的奉献精神和使命意识……但是，徐开路的实际情况颠覆了他的心理预期，他的计划落空了。徐开路家里的条件比他都要好，却还是做出这样的选择。事迹材料如果这么写，不是常规操作。

严峻说："你在逃避什么？是逃避富二代的身份还是逃避母亲对你的预设？还是因为要寻找你父亲的精神坐标？电视剧里都是这么演的。"

徐开路深吸了一口气，他还不想这么快把自己完全暴露在严峻面前。在昆仑多年，他也学会了昆仑的品格，不是神秘，而是凡事不能太快给出回应，那样对谁都不负责任。

徐开路说："你听，你听见风的声音了吗？风会唱歌，唱得可好听了。"

严峻侧耳倾听，他只听见风在骂街，风无比狂躁，如果一个人站在这里，一定会害怕。严峻摇摇头，对于徐开路这样的答非所问，他很不习惯。

徐开路说："我和我的战友一样，无数次想象着有人来看我的情景，就像今天一样，这梦想竟然实现了。这里每个小小愿望的达成都会被无限放大，都会让我们欣喜若狂。您问我为什么离不开它，每天火车在这里进进出出、来来回回，从最初的每天三趟，到今天的三十多趟，每趟火车都会向我鸣笛，我知道那是他们在向我示意，这个时候再难受，我也会为之一振，因为我感觉青藏高原在注视我，青藏铁路在为我加油喝彩，青藏线上的六百七十五座桥梁、两千零五十座涵洞、七座隧道都在向我敬礼。谁还有我的待遇高？对于军人来说，我多够本啊！"

严峻咬疼了嘴唇，一次次不经意间就能热泪盈眶，而且热泪盈眶的时候自己很难察觉。徐开路的这一席话，又是一个爆点。严峻不想再过多去揭徐开路的面纱，宝藏之所以珍贵，也正是因为不过分示人，他快步下楼，走出去很远，回头望，看见徐开路还没有放下他的右手。严峻以为不能理解只是不曾经历，但其实徐开路也有点儿小私心。徐开路说："谁没有私心呢？私心是软肋，私心是欲望，私心是情爱。"

徐开路的桃花运曾不期而至。他和孙炜因为高原结识，也因为高原走了一条不同的情感之路，坚守高原不被很多人理解，而交往孙炜不被所有人理解。孙炜是自媒体内容创作者，她服务的平台叫《万里边疆》，是以旅游和地域风情为主要经营内容的视图站点，她几乎一年有大半年的时间在中国的角角落落采访，见多识广不说，和大家印象中的胭脂俗粉不一样，清新扑面，白里透红，知性练达，关键性格还幽默，举手投足都有新意，脱油解腻。孙炜在自媒体上颇具号召力，而徐开路和她正好是两个极端，从未曝光，没有观众，他甚至不知道最火的短视频软件有哪几个，所以安逸刚来的时候，常常被徐开路等人的单纯所震惊，感觉这群人的思想至少比他落后一个年代。这样的人却能和孙炜产生交集，还互生情愫，令人跌破眼镜。由此，安逸说："昆仑山之所以神奇，是因为来这里的人首先神奇，才能和它有共鸣，昆仑山有多变的气质，来这里的人也有随性的特点，否则谁会把说走就走挂在嘴边，并落实到行动上。"孙炜就是这样的人，她说，我在自媒体平台上投放的视频一个观众也没有的时候，我来过这儿，有了观众我更要来这儿，因为她想让受众用正确的方式看到不一样的世界，并为之振奋或者产生哪怕一点儿探索的欲望。她知道这么做的积极意义，和受众多寡、认可与否没有直接关系。孙炜把这一套理论告诉徐开路的时候，徐开路虽然不太懂，但觉得说的挺好。

孙炜的小车很有特点，是天蓝色与白色相间的面包车，这车空间够用，但被孙炜改装得不伦不类，边框、侧条、涂鸦、氙灯目不暇接，吊床、酒柜、相当花哨，舒适感却可忽略不计，因为白天收获的赞，可以抵消五脏六腑颠得七荤八素、睡觉翻身也困难的苦。对于她来说，情怀无价，吸睛的老车才是好车，看不懂的行为才是艺术。昆仑山的天气阴晴不定，热的时候，小车里除了太阳能板和热水器不热，别的地方都可以煎鸡蛋了，冷的时候除了发动机不能自然吸气，别的部位全进风，除了绚烂车身上沾的泥巴不掉，什么都有可能脱落，所以孙炜练就一身修车本领，有内行表示她的修车水平可评高级技师。孙炜的说辞是，旅行是主业，自媒体是副业，其它的都是顺带着的。孙炜说得很漫不经心，但也有洒脱不下去的时候，比如她遇到了徐开路。

八月，昆仑隧道一号哨上正好轮到徐开路一组执勤。

孙炜开车从北京出发，途经西宁，沿青藏线一路向西，这是进藏的好时节，沿途有生机，气候也适宜，她一边尽情驰骋，一边向自媒体关注者展示她的所见所闻。牦牛、羊群、帐篷、牧民，梦幻迷离；岩画、遗址、玛尼堆、经幡，五彩斑斓，在广袤无垠的高原上星罗棋布。

孙炜对观众说："上次来高原，这道路两侧还是光秃秃的一片，而现在路边已经长满了数不尽的胡杨和骆驼草，编织起绵延几百千米的防风防沙带，这得是多大的工程。以前有一种说法，一些官员，地上的工程看得见政绩，拉饥荒也要搞，地下的活计不引人注意，从不过问，你看这没有人烟的地方，别说政绩，扔进去几十亿效果也不明显吧，但为了人类福祉，他们始终做着努力。肯做事的人，咱们愿意给他时间；扯犊子的人，大家拆台等不到明天……"

有人要求孙炜唱情歌，孙炜说："唱可以，目前这个氛围适合唱红歌。"

手机界面上有人留言:"美女不研究美白瘦脸磨皮,开始关心国家政策、投身民族事业了,这些话从她们嘴里说出来本身就是新闻,活该人家有关注度。"

孙炜说:"少给我戴高帽子,不要道德绑架,我愿意这么做,是因为我生活还过得去,那些连温饱也解决不了的人,你让他们玩慈善等于谋杀。"

观众说:"万一人家一片丹心,非要有多少捐多少,自己就咸菜啃馒头却觉得幸福,你不能干涉人家吧?"

孙炜说:"阻止,必须阻止,不让好心人受罪也是慈善的一种。"

观众说:"片面了,这就是你们《万里边疆》的理念?我取关了。"

孙炜说:"不差你一个。"

天色渐暗,昆仑山的风景渐趋模糊,海拔逐渐攀升,氧气稀薄起来,领导劝孙炜抓紧找个地方驻车休整,不要再开了。但孙炜信心满满,她还想再走一段,过了这个达坂找个地势相对较低的地方扎营。

手机突然显示信号中断,孙炜有些忙乱,抱怨着:"5G信号号称已覆盖珠峰,怎么海拔四千就断线了?"

孙炜伸手去够手机,试图切换信号源,此时她的手并未离开方向盘,脚还轻贴在油门踏板上。突然路中间出现一块石头,车子稍微右倾了一下,但孙炜的右脚顺势猛轰了一下油门,左手还刮了一下方向盘,车子轰鸣着冲进路边的深沟,连翻了十几个跟头,幸运的是车子最终被一块巨石挡住,倒扣在路边,没有继续朝下翻滚,不然车子会攒成球儿。目前来看,车子的状态还好,车体框架竟仍然坚挺,但内部惨不忍睹。孙炜身子缩成一团,陷入昏迷。出乎意料的是,这时候手机竟然有了信号,屏幕上是一长串一长串的弹幕,观众虽然看不见,但似乎已经预感到发生了什么,他们呼唤孙炜。孙炜好像感受到了他们传递的能量,缓缓睁开眼睛,但还是动弹不得,屏幕发出刺眼的光,好一会儿她才看清楚上面的字迹,眼泪滑落。她试图动动身子,发现脖子以下都是麻木的,而且她听到了狼吠的声音,继而看到它们的轮廓,看到它们发着绿光的眼睛,她意识到今天可能会命丧于此,因为即便她能爬出这辆车,也不能爬出这座山,这里空无一人,即便救援人员现在从格尔木或者拉萨出发,发现她的时候,估计就剩下一堆骨架了。

她绝望地对着手机说:"爱每一个人,我最开心的时候有你们见证,我走,也有你们见证。人家都说自媒体和观众的关系不能长久,更多的是附着于某种利益,但人世间又有什么能够完全脱开利益呢?即使是利益把我们捆绑在一起,也是让人温暖的利益。这一刻,我只有感动,我感受到如果我不在了,你们真的会难过。我要关机了,希望最后一面,也不让你们看到我的丑态,我留给你们的只能是记忆。"

这时有人和孙炜连线,孙炜拒绝,但这人锲而不舍,最后通过和自媒体平台对接,利用技术手段强行和孙炜连线,连接成功后,破口大骂:"什么最后一面,你说话逻辑清晰,思维敏捷,吐字清晰,明明还活得好好的,你卖什么惨?"

孙炜觉得连线者说得对,死马当活马医,她情绪稳定下来,想方设法慢慢地从车里钻了出来,但一条腿受伤严重,走不了太远。这时,几匹狼已经呈三面夹击的状态向她围拢,靠近铁壳子,占据有利地形。孙炜上次来昆仑山,也看见过狼,但那是在车辆完好的情况下,机械的轰鸣是最好的防御,可今天要啥没啥,只剩下一部手机,要是一会儿手机也没电了,真就歇菜了。但孙炜心里清楚,这时候必须离开,继续往开阔地走,不仅不能吝惜所剩无几的电量,还要打开手机上的手电筒。孙炜把手机摇晃起来,微弱的光闪烁着,野狼果然被震慑,不敢贸然向前,但仍然和孙炜保持足够近的距离,孙炜退,它们则进,孙炜进,它们则退。它们应该是已经饿了很久,不会轻易放弃这个皮白肉嫩的美味。电量在报警,孙炜怕了,仅剩的一条好腿也忍不住颤抖。这时她突然想到车上的充电宝，那是一块金属外壳的铁疙瘩。她慢慢退回车边，飞速地拿起放在副驾驶座的充电宝。这时，一匹狼在没有灯光覆盖的范围，警惕性小了很多，因为它看了一会儿发现孙炜也是黔驴技穷，一个跃跳朝孙炜扑来，孙炜"哇"的一声号叫，比狼叫瘆人，虽侧身躲过，却吓得半死，身体失去平衡，跌倒在地。手上的充电宝来不及给手机充电，照着狼扔了过去。片刻对峙后，刚才那匹冲动的狼，又对着孙炜猛扑一次，孙炜虽又幸运躲过，但精力消耗殆尽，无法直立行走。千钧一发之际，她猛然想起什么，再次爬回车子，在黑暗中摸索到做饭用的打火机，毫不犹豫地把车子点燃。

既然车已经没有行走的价值，那么就要发挥它最后的作用。车子燃起火苗，继而熊熊烈火越发耀眼，在漆黑的夜里照亮了土地，照亮了孙炜佯装狰狞的脸，这张脸以及车身爆出的怒火让狼害怕了，掉头跑走。但孙炜撤出来的有些晚，头发、眉毛遭了殃，衣服起火了，孙炜就地翻滚，土掩沙埋，终于扑灭了火。但反观自己的狼狈相，刚才和狼对峙也没有的绝望涌上心头，上半身几乎无遮无拦，内衣烧得只剩钢圈，一头秀发烧成齐耳波浪烫。她体能耗尽，嘴巴发苦，腿部受伤，氧气用光，高反加重，空中又乌云压顶，气温骤降，刚被烈火炙烤，这会儿又如坠冰窖，孙炜不再陷入两难，不用再有见人和不见人的担忧，因为她知道在这个感冒都可以致死的死亡之谷，以她的情况再过几小时必死无疑了。

她长出一口气，找了一块巨石，尽量舒服地躺下，抬起手看到还紧紧攥着的手机，已经关机，她试图开机留下最后一段语音，但没抱多大希望，因为她知道手上的手机，电量耗光后的自动关机如果不充电根本开不起来，她苦笑着咒骂设计师这个可以丢命的设计，开始怀念老手机的宝贵，她不知道这是科技进步了还是倒退了，如果是进步了为什么能救命的环节却省略了。正抱怨着，屏幕竟然亮起来，手机神奇地破了自己的纪录。孙炜看到电池只剩百分之二的电，这点儿电量没有影响她的欣喜若狂，用颤抖的手打开通话界面，笑容却戛然而止，因为她不知道应该打给谁，父母早厌恶了她的作，可能在他们印象里，她早死过好几次了。老人一直认为，女孩子搞自媒体，尤其是玩的与极限、探险有关的自媒体，不是用身体换，就是用"身体"换。前男友当初和她一个工种，却早对她敬而远之，没人能理解她的拼命，前男友说过，你这不是不羁，是放荡，两字之差，天壤之别。孙炜质问过他："你当初喜欢的不就是这样的我吗？不是说感情也需要初心吗？"前男友说："初心是咱们越玩越嗨，生活不是，生活是越混越觉得没得混。"孙炜说："冒险才是生存的本质。"前男友说："生存的本质是承受。"现在孙炜懂了前男友的意思，她即将用死的方式实现生存的最高境界。都最高境界了，就不需要打电话给他了。

　　孙炜翻了一会儿通讯录，再次印证一个道理，一旦沦落到现从通信录找人，往往是找不到人的。电量只剩下百分之一，和她的生命值一样，她想我是纵览过大好河山的人，我格局不一样，临死的时候应该和普通人也不一样，不能摆出一副苟延残喘的样子，要从容地回望来路，通过丰盈的精神世界找到不一样的对待生命的方式。于是，她把手机决然地扔进土堆里，坐直身体，仰望星空，然后回看了烧成遗骸的汽车，它还剩下最后一丝火苗，却照亮了路边一块硕大的标志牌，牌子上写着方正的六个大字"武警与你同在"，底部是一串数字，应该是电话号码。刹那，孙炜的毛孔张开了，她瞪圆眼睛，又挣扎着靠近几步，确信这个牌子是真的，不是幻觉。

　　这几个字最多算工整，还淌着乱七八糟的墨汁，没有美观性可言，但它就是荒漠之舟，激荡着孙炜快要干涸枯萎的灵魂，她觉得这几个字可比任何一个拍卖会上的名家大作值钱多了，它可以没有艺术价值，但一笔一画都散发着生命气息，有什么还比这几个字更富含生机？

　　孙炜连滚带爬地去摸索被她扔掉的手机，她不再从容，不再寻找什么狗屁启迪，只要有命，有没有启迪不重要，这是她看到这块牌子之后，推翻原来的自己，重新发现的重要意义。孙炜在沙土里手忙脚乱地翻找到手机，可惜手机屏幕已经不亮了。孙炜使劲按着开机键，手哆哆嗦嗦，但终究没有任何反应，孙炜边按边哭："老天在逗我吗？武警在逗我吗？"

无人回应她，她跪在沙土里盯着手机出神，眼泪簌簌滑落。不远处的火借风势越烧越旺，变换着不同的形状，像是给孙炜最后跳一支悲壮的舞蹈，火影在孙炜扭曲的脸上跃动，直到最后一丝火苗挣扎了一下熄灭了，和孙炜此刻的人生轨迹雷同。孙炜扭头看到标志牌也消失了，反而冷静下来，说："我是一个优雅的女子，要优雅地死去，和这大山大漠一样挺立着沉默，俯卧着也高冷。"孙炜侧卧在地上，枕着手机，手机的电池部位滚烫，突然烫出了她的灵感，她爬起来向刚才逃离的车子跑去，在刚才扔充电宝的位置极力寻找起来，苍天有眼，竟然找到了救命的充电宝，但数据线却烧焦了，她剥掉胶圈，拆下手机后盖，卸掉充电宝铁壳，用裸露着的电线将它们连接。孙炜不知道这种操作行不行，但理论上不行的事情那么多，全信的话，她也不至于一个人进入危机四伏的高原。手机一开始没什么动静，孙炜不气馁，反复尝试，汗珠沁湿她所剩无几的破衣烂衫，好在她成功了，手机屏幕竟然亮了。孙炜的心快要从嗓子眼里跳出来，她一下也不敢动，直到看见桌面，但仅此而已，随之而来的是充电宝冒起几个零星的火花后伴随着一股青烟彻底寿终正寝。孙炜连忙抓起还亮着的手机，拨通那个早已烂熟于心的电话号码。电话接通了，但响了几声后没人接。

很正常，这是午夜时分，电话那端的人睡着了听不见也在情理之中。

孙炜说："接电话吧，接啊，接吧……"

电话那头，正是昆仑山哨所，排长林晋、班长徐开路、战士安逸三人听到电话响，像触电一般地从床上坐起来，直愣愣地盯着电话，他们认为这是梦，因为这个电话自从接上线，几乎没响过。

安逸说："是不是打错了？"

林晋说："是不是电信诈骗？"

徐开路说："是诈骗我也想接，我想和这人聊聊，再说了，我们这儿能被骗走什么？"

林晋说："那倒是，要是把你骗走了，你反倒是赚了，去哪儿都算高升，去哪儿都算提拔。"

徐开路来不及再听他们掰扯，猛地抓起电话，电话那头孙炜的声音都在发抖："这里有你们的标志牌，我要死了……嘟嘟嘟……"

孙炜的好运气用完了，手机再没有起死回生的可能。她后悔刚才语速还不够快，甚至不敢确定对方听没听清楚她说的是什么，会不会把她的电话当成骚扰电话？她神情高度紧张地待在原地，一动不动。如果他们来救人，她不能动，如果他们不来，她也不能动，因为去哪儿都是绝境。

电话挂断了，徐开路愣住了，看了看话筒说："我们一共装了多少标志牌？"

安逸说："少说也有一百多个。你忘了吗，上次给养车过来，光写字用的牌子就卸下来三大箱。"

林晋说："不知道对方具体位置，虽然标志牌都在沿路的地方，但我们这儿的路你是知道的，七拐八绕，黑灯瞎火的，还有野狼，危险太大。"

徐开路说："我要救人！"

林晋说："中队传达过参谋部指示，这种救援出于人道主义，我们的主要任务不是这个，要在确保自我安全的情况下进行，否则鸡飞蛋打。"

徐开路说:"我要救她!"

林晋翻个身对着墙说:"去去去,一会儿陈爱山的哨谁接?"

徐开路说:"我要救她!"

林晋说:"去可以,两小时内找得到找不到都要回来。"

徐开路没有听林晋的话,因为这一去他直到天亮也没有回来。

徐开路带着安逸,拿着手电,深一脚浅一脚地朝设置有"武警与你同在"标志牌的地域进发搜索。一站又一站,一程又一程,每到一个标志牌附近,徐开路都扯开嗓子喊:"有人吗?有人吗?中国武警!"

风沙中,徐开路和安逸摔倒了爬起来,相互搀扶着朝下一个目的地前进,并扩大着搜索范围,嗓子喊哑了,氧气跟不上,带来的氧气袋他也舍不得用。

安逸说:"歇会儿,吸口氧?"

徐开路说:"这是给被困群众用的。"

安逸偷偷骂他,徐开路说:"如果是你被困一夜,陷入绝望,被救起的时候会不会记一辈子?能够留在别人脑子里一辈子的镜头,我们可不可以做得更完美一些,让人家想起来能快乐一些?"

安逸说:"你拿命让人家快乐,可是真够快乐呢。"

徐开路说:"别无病呻吟,你还没到非吸不可的地步。"

安逸说:"其实你说得对,小时候被村东头二狗欺负了,我现在想起来都恨得咬牙切齿的。这无关眼界,我就是恨他。让人想起来舒服,难能可贵呢。"

两人艰难中还会心一笑,相互鼓劲,继续前行,高原的清晨来得特别晚,但终究是来了。徐开路远远地看见在离他们所处位置还有三道拐的盘山公路一侧,有一辆焚烧过的汽车架子,再往附近搜寻,还看到似乎有一个人躺在地上。徐开路的肾上腺素加速分泌,他不顾声音嘶哑,嗷嗷叫着从山上直直地滑下去,一不小心很有可能滚下悬崖粉身碎骨,但徐开路如有神助,滑的姿势十分飘逸。安逸还是挑选了比较保守的方案,乖乖地走出好些个"之"字形。

徐开路手脚并用接近孙炜,他看到孙炜的轮廓,瘦弱不堪还衣不蔽体,比他之前见过的为数不多的过路客都要狼狈。脸一半埋在沙土里,另一半黑黢黢地看不清楚,鞋子甩掉了一只,除了嘴唇发白,哪儿都不白。徐开路上气不接下气地跪在她面前,一搭脉连微弱的跳动也感觉不到。

徐开路眼泪"唰"地一下淌下来,喊:"醒醒,我整整跑了一夜,你不能死,你死了对得起谁!你现在不是活给你的,你就当活给我们的。"

徐开路边抹眼泪,边把孙炜放平,开始做心肺复苏,孙炜的头,一上一下、一左一右地在沙土上摩挲。

安逸喊:"别费劲了,身体都凉了。"

徐开路说:"晚上这里冷,体温低很正常。"

安逸喊:"你说对了,又冷又饿,还有烧伤、砸伤、割伤,还缺氧,能活吗?"

徐开路说:"我有你废话的工夫,人工呼吸都做了好几个回合了。"

徐开路为孙炜做人工呼吸,却发现自己呼吸都困难,突然想起还有氧气袋,急忙把插头插进孙炜鼻孔里,打开阀门,氧气缓缓输出。徐开路没有停下手中动作,卖力按压。海拔四千多米的地方,含氧量只有内地的一半,每做一个动作所要消耗的能量呈几何级数增加,就像正常上五楼腰不酸腿不疼,而在这里上二楼的高度都头晕一样。五分钟过去了,徐开路的按压速度越来越慢,强紫外线毫不收敛地照射着他,他不停地翻着白眼,那是极度缺氧的表现。

安逸要替换他,他说:"赶快喂水,水!"

安逸火急火燎地拧开水壶盖,把水倒进盖子里,倒在她干裂的嘴唇上,孙炜突然舒出一口长气,呻吟了一声。这一声像收兵的号令,刚出口,徐开路脑袋迅速耷拉了下去,随即重重地仰躺在地。

安逸喊:"完了,休克了!"

安逸不假思索地把氧气插头从孙炜鼻子里拽出来塞给徐开路,无缝对接。

安逸掐人中无用后,把上衣脱下来疯狂扇风,而后重复徐开路刚才给孙炜所做的心肺复苏动作。

一旁的孙炜默默坐起来,抓起安逸扔下的水壶,"咕咚咕咚"一饮而尽,瞬间精神了,这才注意到身边的武警。她不在乎褴褛的衣服有没有让她露点,紧爬两下,靠近徐开路头部的位置,看着这张黑紫的脸,嘴上还有白沫子咕嘟嘟往外涌,顿时明白过来怎么回事,泪如雨下。

安逸发现了她,赌着气,边按边对徐开路说:"你逞什么洋能,救起一个,死一个,有意义吗?!"

干涸的旷野,云在飞速游走,在寻找更好的去处,旷野里无草无木,三人赤裸暴露,没有观众,没有监控,没有任何约束。后来安逸曾对孙炜说:"我们可以拒绝任何不想做的事儿而不至于担心会被曝光,徐开路可以不来,我可以不跟,来了可以不做,做了可以适可而止,但都没有,我满腹牢骚也没有。不被约束的地方可以自私,可以思考,但这些念头同时也在撞击我们心底最原始的本能。我们爱这里,爱到这里来的人,最后一个爱的才是自己,因为我们是高原兵!"

安逸的心肺复苏起了作用,徐开路醒过来,但表情痛苦,"啊啊"地叫着,氧气袋的输氧量太小,他憋在胸膛里的那口气发不出来,像只快要炸裂的轮胎,太阳穴鼓胀,脖颈上青筋暴起。

第五章

你走,你拥有的不只是平原;我留,我放飞的何止是思念。

徐开路的哀号声有些恐怖,安逸咬牙摁住他,生怕他因为活着比刚才昏死过去还难受而滚下悬崖。

安逸说:"你喊,喊出来就舒服了。我知道你难受,我知道这滋味。"但安逸什么都做不了,他知道这口气上不来,长时间缺氧后,必然损伤脏器。

怔怔的孙炜神志猛然清醒,扳正徐开路的脸,对准他的嘴给他吹气。三五下之后,徐开路瞪圆了眼睛,再三五下之后,徐开路彻底平静下来。

安逸震惊了:"你怎么有这么大的肺活量?"

孙炜断断续续地说:"我刚才不是缺氧,是缺水,补充水分后满血复活,这点儿氧气是可以足量供应的。"

安逸啧啧称奇。

孙炜说:"更重要的是我有动力。"

安逸说:"他救了你的命,你是感激。"

孙炜说:"不,是爱,他救的那一命我刚刚已经还了,剩下的一定是爱。"

安逸说:"我看班长可能救回一个疯子,你说爱就爱吗?我才不管你这会儿是不是弱势群体，负责任地告诉你，高原兵虽然太难找对象，但你这副模样的，我们也不咋稀罕。"

徐开路剧烈地咳嗽，来抗议他们目中无人的对话。

徐开路说："都是刚从死亡线上回来的人，能不能先冷静一下，然后再有爱说爱，有仇报仇？"

三人原地沉默半响，徐开路认真打量着孙炜，没有奇迹发生，孙炜此刻的样子对不起观众，半年没见过女人的徐开路也没有半点儿欲望。但孙炜就不一样了，她说过，男人长成什么样不重要，重要的是有心灵的互动。她动了，徐开路却没动。安逸坐在两人中间，感受到他们之间有眼神的较量，独自尴尬。

徐开路说："跟我回哨所，你伤得不轻，需要就医，我联系格尔木兵站的卫生队来接你。"

孙炜说："不用，他们晚来几天，这伤就好了。"

安逸说："你几个意思？"

孙炜说："你们那儿有没有空床，我休整一段日子就走，不回格尔木，也不回西宁，我这次的目的地是山南。"

徐开路说："你信不信我把你打回刚才昏迷不醒的样子！"

于是，孙炜乖乖地跟着两人回了哨所。

洗漱完，穿上徐开路的便装从里屋走出来的孙炜把一众人等惊掉了下巴。盘山路上像黑老鸹一般的孙炜，此刻像是昆仑飞仙，分外养眼，美得大家咋舌。孙炜自恃样貌"鸟枪换炮"了，自信油然而生，更加热烈地盯着徐开路。孙炜还添油加醋地自我介绍，生怕徐开路对优秀的自己不够了解。

徐开路先是一愣，再也不看孙炜一下，比之前更冷若冰霜。

孙炜跟在徐开路屁股后面说："高冷是我的专利，你拿捏个什么劲？"

徐开路连"嗯嗯哼哼"的语气助词也懒得发出一个。

陈爱山说："班长，你这脑子是不是长腰上了，和正常人思路完全不一样，公事办完了顺道还捡个媳妇，高原兵做梦都想不到的事儿全让你赶上了，你还惺惺作态，装模作样的。"

徐开路说："我知道人家好，我求之不得，我也怕控制不住，一抻茬儿，就搭上了。可是你以为这是电线吗？搭上就能来电？搭上会起火的！"

陈爱山说："起火？那也是爱的火焰，跟火山喷发一样才好呢！"

徐开路说："你想过没有，咱们是高原兵，虽然哨卡上的兵现在是三个月一换，但换下来还是要回到距离这里几十千米的中队，中队的海拔也在四千米以上，我有什么资格跟人家好？你有吗？你也没有。"

陈爱山说："你思维不会发散吗？先挖好水渠，下雨的时候才能淌到自家田里。"

徐开路说："这里到处是风沙，你挖的渠用不了三天就全埋上了。"

陈爱山说："我们有电话，你也可以托给养员给她捎信。"

徐开路说："人家的工作是做自媒体的，速度比传统模式快了不知道多少倍。当代文明根本容不得昆仑山寄信的速度了，山上一个山下一个，且不说一生只爱一个人，一年之内能不能只爱一个人都两说着。"

陈爱山说："你被前女友给阉割了所有信任，你还有两年可以退伍啊。"

徐开路说："万一没退呢？有没有失恋险？保退险？没有吧，没有就剩下伤心了，一点儿好处也没有。"

陈爱山说："昆仑哨都把人折磨成什么样了。"

徐开路说："要爱你去爱，我可不拦着。"

陈爱山说："我更不能去了，谈了恋爱，没有心思照顾西红柿不说，聊得来还行，聊不来到时候她那么多拥趸，组团讨伐我、黑我，我人没下山，名已经臭大街了，划不来，划不来。"陈爱山表现得十分忧虑，根本打不起来的仗，他像分析透了战局，并率先考虑到了西红柿的生死存亡问题，好像他一松口，孙炜也能立马跟他好似的。

徐开路说："不是咱们，别人谈恋爱最多隔房隔车隔她妈，我们是能想到的都在中间隔着呢，山川、氧气、信号，哪一个不比她妈吓人。"

陈爱山说："骂谁呢？可以不面对，不要飙脏话啊！"

陈爱山不再劝徐开路，只是叹息。徐开路看不出情绪，却偷偷跑到兵舍后侧哭了一鼻子，以此祭奠他没来得及开始便被自己斩断的情根。他这一出戏码，以为谁也不知道，其实谁都知道。

陈爱山偷偷对林晋说："我们是不在乎吗？我们比谁都渴望。我们是不敢吗？我们怕对方谈场恋爱能谈到厌世啊。"

不久，格尔木兵站卫生队的卫勤人员来接孙炜。

徐开路正在站岗，孙炜来到岗楼下面，对着高高的哨位说："我还会回来的，回来看你，陪你站岗！"

徐开路说："方圆几千米都是军事禁区，你可以来，这里，请止步。"

孙炜说："我不是坏分子，你们不会拿我怎么样的。"

徐开路说："上赶着找不自在好受吗？"

孙炜说："你越这样我越要来，我差哪儿了，配得上你。你心里那些小九九我都知道，那不是问题，我如果价值观和她们一样，你怎么会在这里看到我。相信我，你不会一直待在这儿，没有人能当一辈子兵，尤其是高原兵。"

孙炜仰着头，阳光绕着岗楼顶部的避雷针转了半圈以后洒在孙炜的指缝里，她试图再看一眼徐开路，他帽檐下的脸却模糊在五彩的光辉中，她呼喊着徐开路的名字，说："我走了，我真走了，你不打算给我祝福吗？你不打算赞扬我的勇气吗？你再像之前救我的时候热切地看我一眼也行，至少我躺在病床上的时候不会太疼。"然而徐开路一言不发，胸膛挺得更高，脊梁立得更直，他宽阔的肩膀和灰色的岗楼融为一体，化作冰凉的阴影，覆盖住孙炜面前的空地，直到孙炜被陈爱山和安逸架走。

卫勤车载着孙炜飞驰而去，孙炜把头伸出车窗，盯着岗楼的方向，直到消失在地平线。而徐开路的目光也抵达了那里，他眼睛里的地平线广阔而辽远，他脑海里还浮现着孙炜干裂但不失温润的嘴唇，还有那股甜甜的味道，他的嘴巴张了张，用左手捂住了，生怕这个别样的吻也和孙炜一样不声不响地来，悄无声息地走。他确信，再也不会有这样的吻，孙炜也不会再来。

徐开路对接岗的陈爱山说："总算可以把心放在肚子里了，该干嘛干嘛，差点儿把命丢下的地方，她想想都会后怕。"

陈爱山说："有个词儿叫爱死了，爱会要命的话，为什么还都张口闭口的爱啊爱的？"

徐开路白了陈爱山一眼，回兵舍的路上，刚才失落的心情有些好转，他细思量陈爱山的话还挺可爱，他何尝没有孙炜回归的期待，那种矛盾的心态让他忽视了缺氧的问题，往常难走的一段路，这次没觉得费劲，一抬头竟然已经站在巅峰。

孙炜住进驻扎在格尔木的兵站卫生队，女军医为她检查身体，并做必要的治疗。躺在病床上，孙炜不停地打听徐开路的情况。

孙炜问："那么艰苦的地方，为什么不轮换？"

军医说："谁说不轮换，人性化执勤早就普及哨所了，三个月一换是常态，但也有例外，有的人刚下来就申请再上去，在中队待不住，比如，你的救命恩人，他就是这么个怪人，我解释不清楚。"

孙炜说："你一定解释得清楚，部队不兴明星，但他一定是你们这里出名挂号的人。"

军医说："怎么说呢？"

孙炜说："他身上虽然伤痕累累，目光却从容得很。"

军医说："想更深入了解他，你只能自己去感受，要知道很多事只有放在那个环境中，才能体会真切，靠我讲，你会以为我在吹牛。"

孙炜说："我的心已经留在那里，您就讲讲吧。"

军医经不住纠缠，把她所知道的徐开路给孙炜讲述了一遍，孙炜认为和她亲眼所见的徐开路如出一辙。军医知道的有限，所以孙炜认为徐开路是个还未被完全开掘出来的宝藏。孙炜本想和自媒体后台接线，再和团队聊聊这几天她破天荒的遭遇，想了想还是决定关了新手机，她说："和他们相比，我的报道有什么意义，真正激烈的、猎奇的、震撼的人和事是一个漫长的过程，视频怎么可能录得下，传得出，看得透？"

孙炜着了魔似的，躺在床上朝思暮想着徐开路，徐开路的身影越发清晰，他背着她往哨所走的场景历历在目，她像依然伏在他的背上，幸福甜蜜地睡去又醒来。

孙炜想要马上践行她给徐开路的单方面承诺，立刻重上昆仑山巅，而且这愿望强烈极了，但军医告诉她："你的身体遭受重创，一年之内还是不要再上了，再上可能落下终生病根，到时候拖着病恹恹的身体，还怎么好意思理直气壮地说爱。"当时孙炜听进去了，她说："是啊，再见他，是要保持最好的状态。"

"敬礼！"

昆仑山哨所主楼前两个人的队伍站成一道山脉，徐开路是旗手，抛旗、拉绳、系绳，干脆有力，虽然和天安门广场升旗手无法相提并论，而且场景单调土气，但土有土的味道，谈不上帅气逼人却也扎心扎人，大家齐刷刷地举起右手，注视国旗、高唱国歌。哨所每周一举行升旗仪式雷打不动，今天又是周一，天很蓝，没有风沙，他们的仪式进行得很顺利。

排长林晋对徐开路说："再过几天可不是这样了，内地刚闻到秋天的味道，昆仑山的冬天就要来了，你这个升旗手可要遭罪咯。"

徐开路说:"国旗照常升起。"

精神不够集中的陈爱山没听他们的对话,突然看到有一辆蓝白相间的面包车驶来,那辆面包车和之前孙炜烧成铁架子的车一模一样,是巧合还是有情怀的人都好这一口儿不得而知。车停在搓板路起始的位置无法动弹后,从车里钻出一个女人,甩了甩头发,从车里拽出一个大背囊,向他们这个方向走来。徐开路吓了一激灵,跑回屋里拿出一架望远镜,调校清楚才发现,不是别人,正是孙炜。

徐开路"啊"了一声,嘴巴可以塞进一个拳头。

徐开路说:"是她吗?这个疯子怎么来了,这才离开几天就养好伤了?卫生队没劝住她吗?"

陈爱山说:"你是激动,还是生气?我没分清楚。"

林晋说:"你看着办,别救了个奶奶没立功,到时候再挨个处分,咱们哨所从成立开始没出过这种状况,这个自媒体红人是要来蹭哨所的热度吗?"

陈爱山说:"蹭我们热度?蹭一身冰碴子还差不多,哨所有热度吗?"

徐开路说:"你放心,我一定把她弄走,她不能来哨所博眼球。"

林晋说:"也要注意方式方法,毕竟人民群众来一趟不容易,要不是制度不允许,巴不得她多来。"

徐开路说:"什么方式方法,她不走我动粗了。"

陈爱山说:"平时最严谨的人,这会儿说话嘴上没个把门儿的,我看谁如果要毙了她,你都能替她挡子弹。"

徐开路说:"走着瞧!"

徐开路扔下望远镜,气呼呼地下了铁轨小路,加速迎了过去,那气势好像单手能把孙炜抡起来。

林晋说:"我可没让他动人家一指头,陈爱山你要替我作证。"

陈爱山说:"你知道徐开路的脾气,这女的命是他救的,他要亲自再收回去也不是没可能。"

林晋一脸愁容地说："哨所盼星星盼月亮盼来个女的，却会是这么悲惨的结局吗？这是我们的宿命吗？"

说话间，徐开路和孙炜的距离越拉越近，孙炜露出迷人的笑，忽闪的大眼睛里全是情郎的伟岸身躯，此刻他清晰如昨，活生生地站在她对面，让她的梦想照进现实，顿觉心神荡漾。徐开路两条腿倒腾得飞快，身后扬起一片尘土。

还没到最佳距离，徐开路便破口大骂："神经病，作死吗？何居心？这里不是打卡胜地，说来就来。你身体不适合再上高原，你心里比我清楚，想死不要拉上我们！"

孙炜笑盈盈地看着徐开路，应该早已做好了思想准备，她似乎在对徐开路说："我连带病上高原都不怕，我还怕你骂？"

徐开路嘴上疾风骤雨，手上的动作却出卖了他，他抓过孙炜的背囊背在肩上，恶狠狠地看了她一眼，继续埋怨着："昆仑山的严冬来得特别早，过两天大雪封山，你和你那辆中看不中用的汽车想走都走不了了，到时候我们的给养供不上，没有富余的粮食养活你，今天天不早了，住一晚，明天一早抓紧走！"

孙炜说："大雪封山了更好，你不会不管我的，那和你们为人民服务的宗旨不符。"

徐开路说："深山有真龙，昆仑有灵气，你的话要是应验了，我跟你没完。"

孙炜说："对对对，我跟你也没完。"

徐开路往哨所走，孙炜跟在后面心情舒畅，还唱起了歌。

林晋站在哨所前喊："你不是发毒誓要把人家轰走吗？怎么还主动给接回来了？"

陈爱山说："障眼法，绝对的障眼法！班长也变了，他这是护食，说一套做一套，唯恐别人抢他的。"

两人"长吁短叹"地进屋了，一边对徐开路的出尔反尔表示不满，一边怕徐开路思想稍微一松动，会看到一些不该看的场景而打破了他们把持已久的清修。

孙炜站在上楼梯的位置把背囊从徐开路身上拽下来说:"上次你们给我腾铺,是因为我身体实在不允许,这次我不进哨所,遵守你们的规矩,不让你们讨厌,我就住这儿,高原的星河很美。"她打开背囊,麻利地从里面抽出了帐篷、睡袋、防潮垫,甚至还有瓦斯炉、电饭煲,把徐开路看呆了:"你是准备在这儿过日子了?"

孙炜说:"能多待一天是一天吧,能看见你,我就高兴。"

徐开路说:"我不高兴,我非常不高兴,你还是病人!"

孙炜说:"军医说了,我不适合上高原,没说一定会出事,概率这东西和玄学一样,信就有,不信就没有,我不信。"

徐开路说:"你真是个艺术家。"

孙炜说:"以前我也觉得我像个艺术家,从认识你那天开始,我不是了,我不再特立独行,我只是找到了爱的栖息地。"

徐开路说:"相信爱?我会用实际行动纠正你的观念。"徐开路头也不回地上去了。

孙炜喊:"我不是冲动,也不是文艺青年,我要确认你喜欢我,再远走他乡。"

徐开路说:"那多悲伤。"

孙炜说:"悲伤也是好的,至少有血有肉。"

徐开路停了一步,似是有所触动,可仅仅是一秒。

深夜,林晋从床上爬起来,看山巅下面孙炜搭帐篷的位置黑乎乎的一片,戳了戳徐开路:"太狠心了吧,还是去看看吧,别被狼叼走了。"

徐开路纹丝未动,还打起了鼾,林晋摇摇头躺回去了。陈爱山和安逸交接哨,安逸从外面回来,徐开路睁开了眼睛,呆呆地看着安逸,安逸被看得直发毛:"班长,我十分遵守哨位纪律,没打瞌睡,没唱歌,没自言自语,没想家,啥也没干!"

徐开路用下巴点了点兵舍下面帐篷的位置，渴望安逸主动跟他讲一讲他路过帐篷时的所见所闻，但安逸并未领会。

徐开路说："睡觉，睡死你得了！"

听安逸响起均匀的呼吸声，徐开路蹑手蹑脚地从床上爬起来朝山脚下看，与此同时，帐篷里亮起了灯，孙炜从帐篷里钻出来也在朝上面看。徐开路连忙缩回脖子，心怦怦跳。他庆幸没有人发现他的举动，告诫自己千万不要做傻事了，对"敌人"的仁慈就是对自己的残忍，坚决不能再看她一眼。可当躺在床上，好像孙炜的帐篷有磁力一直吸着他。

在经历了一番激烈的思想斗争后，徐开路败下阵来，他决定还是下去问问孙炜。徐开路拿了被子上的大衣，朝孙炜走去，站在帐篷外面咳嗽。孙炜听到了，差点儿笑出声来，但她不急于打开帐篷，欲擒故纵的伎俩玩得熟稔。

徐开路进一步动作："我知道你听得见，必须跟你好好谈谈。"

孙炜说："没什么好谈的，我的心思你知道。"

徐开路说："我是职责所在，你到底是为什么？"

孙炜说："我没有逼你喜欢我，但我觉得有必要让你了解我，所以我来了。"

徐开路说："我了解了，你很勇敢、敢爱敢恨，如果我不是穿了这身军装，碰巧又救了你，我们可能八竿子也打不到一块，我们连说话的机会也没有，我了解自己的性格，太优秀的人我不敢追，我自卑。"

孙炜说："可是这一切巧合都发生了，不用你追，我来了，只要你承认你也喜欢我，我马上就走，现在就走。"

徐开路说："我承认不承认又能怎么样，这不是签合同。"

孙炜说："这比签合同神圣得多，高原兵的话比那大红印章都权威！"

徐开路说："你们山下的年轻人还信这个？"

孙炜说:"我反正知道我足够相信。"

徐开路说:"我,不知道该说什么……我承认还不行嘛!"

孙炜听了先是会心一笑,继而无声饮泣,她从包里掏出一支口红,一边涂抹一边说:"你骗人,你是怕我病倒在这儿,你是怕我不走上级处分你,你还怕眼前的一切都是假的,等你下了山,都是昙花一现,毫不真实。"

徐开路说:"我说了你又不相信,不说你又不依不饶,我就不该承认,承认了我等于跌落马下,没有余地。你还想我怎么保证,你说!"

孙炜"刺啦"拉开帐篷拉链,从里面钻出来,站在徐开路面前说:"亲我!"

徐开路想要倒退一步,却被孙炜拽住,目光坚定。孙炜鲜艳的嘴唇闪烁在徐开路的眼球里,徐开路吞了一口唾沫说:"别这样,这……"徐开路想说"众目睽睽",环视了一下四周,这里着实和这个词沾不上一点儿边。

徐开路说:"女追男隔层纱,但也是大忌,有心机的女孩不会这么干,你不怕吗?"

孙炜说:"她们追的是什么货色,我追的品种不一样。"

徐开路说:"有什么不一样,渣男无处不在。"

孙炜说:"渣不渣我能不知道吗,你对待昆仑、对待陌生人的态度足以说明问题,即使你渣,你能渣到哪儿去?你跟谁去渣,将来你愿意渣,怕是也渣不起来。"

徐开路说:"很负责任地告诉你,到目前为止我只会站岗,其他什么都不会,无趣沉闷是我的特征,脾气必须又臭又硬是我的操守,我给不了任何你想要的。"

孙炜说:"你什么都给不了我,因为你把全部给了责任,没有责任感,才是最危险的。"

徐开路说:"你不会后悔?"

孙炜说:"不后悔,就像你在这么偏远落后的地方,饱受命运的虐待，你也没有后悔过一样！"

徐开路说："你放心地走，我承认我喜欢你，傻子才不喜欢，等退伍，我一定去找你。"

徐开路吻了孙炜，热烈疯狂，惊动了林晋和安逸，让两人离得老远还手足无措，繁星也害羞了，纷纷把脸藏进云层里。徐开路想要中止这突如其来的让人眩晕的幸福，被孙炜拒绝了，她的力道很大，死死抓住徐开路的衣领，让他无法挣扎。有冰冰凉凉的东西落入他们的脖颈，林晋和安逸也感觉到了，打开了手电筒，照亮不期而至的鹅毛大雪，这雪越下越大，盖住了他们的头发，盖住了帐篷，盖住了铁轨，盖住了孙炜来时的路。两人的呼吸冒着热气，升腾起来，笼罩住他们的脸庞，那脸动人而深远。

孙炜仰起头说："我没有不舒服，这是幸福到毛细血管都爆炸了。"

徐开路抚摸着孙炜的脸说："你的话应验了，今年的雪比往年来得都早。你得逞了，你高兴了！"

"所以，这心天地可鉴。"说着，抚摸着徐开路的脸，"我爬上了山巅，不畏积雪，看见了你，看见了爱，这都不是虚无，是无边无际的自由，我体会了别人所不能体会的真实，哪怕只有这一刻，生而为人，都是最宝贵的经验。"

高山之上，容易感动，徐开路眼泪再次滑落的时候，孙炜头一沉，身体也向后滑落，徐开路死死抱住，像抱住历尽千难万险才找到却马上又要分别的亲人。他呼喊她的名字，呼喊这刚刚熟悉才不过几天的名字，声嘶力竭。林晋和安逸跑下来，帮着徐开路把孙炜背到兵舍里，测量血压、吸氧、补液，穷尽所有匮乏的医疗知识，好一番折腾，孙炜睁开了眼睛，困境中她的眼睛还是月牙的形状，和外面冰冷的大雪格格不入。

徐开路用卫星电话向支队报告了情况，支队请示总队，一架直升机从西宁出发，专程为孙炜而来。

支队作战勤务值班室，支队长汤峪拍了桌子："胡闹，这个徐开路魅力真大，在昆仑哨谈情说爱快谈出人命了，总队历史上也没见过，今天算是开了眼了。"

政委苏清说："别动怒，我觉得这是好事，这说明什么？这才是尊崇的体现，难道女孩听说高原兵都绕道走，才是正确的导向吗？高原兵不容易，高原兵的情感还要高看一眼。虽然徐开路这事儿办得离谱了些，但容许不寻常，接受不一样，也是新时期政治工作的新变化。"

汤峪没法这么快否定自己，硬着头皮说："那位有一定影响力的女青年不出事还好，出了事，我们谁都别想好。"

直升机两小时后降落在兵舍前的空地上，直升机到的时候，孙炜正昏睡在徐开路的背上，身上裹着好几件大衣，大衣上满是积雪。原来他们接到的命令是直升机不能降落，必须在直升机到来之前到达指定位置等待。徐开路咬着牙、打着战，谁替他，他也不同意。他说要利用好这有限的时间，尽可能地多和孙炜待一会儿，她千里迢迢冒着生命危险来看他，没说过半个"不"字，他多背她十几二十分钟算什么。

安逸说："冰天雪地，高山缺氧，一个人站十分钟都僵掉了，何况还背个人，换换人，或者我们先回去，鬼知道直升机什么时候来。"

徐开路说："直升机来了看不到我们会立即返航的。"

雪还在下，不一会儿，没过了他们的脚踝，他们站在皑皑白雪中，像几粒芝麻般渺小。直升机由远及近，在狂雪中摇摆，飞行员往下观察的时候看到的只是一水的白色。

飞行员说："无法判定方位，不能降落。"

指挥中心回复："极寒大雪天气，找不到目标伺机返航。"

飞行员在上空盘旋了好一会儿，发现了空地上的黑点儿，那是徐开路等人，他们站成一种符号，站成一个参照物、标志物。原来徐开路早就想到了这一点，飞机是不等人的，只有他们等飞机，所以早早来到空地上。

飞行员兴奋地向指挥中心报告："判明方位，可以降落。他们站立的地方就是停机坪，他们站立的地方就是停机坪！"

机翼的风把徐开路吹得摇摇晃晃，但他的眼睫毛、头发和大衣领子上的毛已经冻成了冰疙瘩，这些冰疙瘩在他快要支撑不住的时候负责刺激他，他背上有刚刚得到又要马上离开的恋人。这故事极其短暂，但一生的悲欢离合似乎也不过如此，只是它太短了，短到飞机起飞的时候，他都来不及和孙炜再来一次吻别。安逸也说，一般剧情发展到这里必须有一段长情的告白，必须怆然泪下，死去活来。可飞机载着孙炜飞出去很久了，也没听到徐开路说一句话，他眯着眼，面向直升机，已经冻僵的脸上有晶莹的冰碴，但明显不是雪花。

林晋说："太悲壮了，我上山前，未婚妻开着汽车从市区一路送我到机场，我已经觉得十分享受，你倒好，八字还没一撇，却惊动了直升机。"

徐开路跌跌撞撞地往回走，林晋和安逸跟在他五米开外的地方，徐开路走，他们就走，徐开路停，他们就停，生怕他想不开。走着走着，徐开路看到了孙炜的汽车，孤零零地趴在雪堆里，楚楚可怜，像极了落难时困顿中的孙炜。徐开路三步并作两步，走到近前，把车身的雪仔仔细细地清理掉，逐渐露出车的本来面貌，但车门冻住了，他透过玻璃往里看，什么都看不到，他要打开它，试图寻找孙炜留下的余味。可当三个人费了九牛二虎之力打开车门时，并没有看到关于孙炜的蛛丝马迹，车里没有像上次那样布置，塞的全是食品，米面油茶、鸡鸭鱼肉，琳琅满目，这时他们才幡然醒悟，怪不得当时这辆车刚到搓板路就开不动了，不是这辆车中看不中用，而是孙炜的心沉甸甸的，厚重到这车这路无法承载，无法负荷。

安逸说："看来她来之前就做好了打持久战的准备。"

林晋说："也许她也没抱什么希望，只是想把这些留给我们而已。"

安逸说："怎么说这都是一个让人敬畏的女孩，徐班长能有这样的女孩惦记着，真让人嫉妒。"

他们的对话，徐开路一字也没入耳，他坐在孙炜坐过的驾驶位上，副驾驶座则堆满了箱子。突然其中一个松动掉落下来，徐开路顺势抱在胸前，满脑子都是孙炜把这些东西装上车，风尘仆仆赶路的情景。她的汗水，她的虚弱，她奋不顾身加速飞驰的神情，她换上漂亮的衣服，衬托着车窗外扑面而来的苍凉，她可能还大声唱着新潮的歌，试图驱散无边无际的恐惧，假装坚强地在白昼与黑夜间独自穿行，直到看见哨所猎猎飘扬的红旗。望山跑死马，那旗子在海拔四千多米的高空虽看得见，但仍然需要越过十几道拐、十几座梁，但那是徐开路亲手升起的红旗，它倒映着徐开路的脸，她肆无忌惮地笑了，笑得梨花带雨，和此刻想要收回之前的所有冷漠尽情释放内心的狂热却没有观众看得见的徐开路一模一样。林晋和安逸静静伫立，不敢发出动静，两人知道，他们未曾长久凝望，也未曾一朝厮守，却像在对方的心中历尽春夏秋冬，然后定格在这茫茫雪海里，冰封在这逼仄的车内空间，再难溶解。

孙炜走了，再也没有出现过，后来徐开路休假特意去找过她，但却失望而归。他学着关注了孙炜所供事的自媒体，却发现她已经两个多月露面了。这是个快节奏的时代，出名快，遗忘更快，一日不炒，很快就会被淹没在大浪中。有知情人说，孙炜得了肺水肿，被直升机接到西宁之后，进入医院治疗，但病情恶化转移，肺积水，且视网膜几乎脱落，情况很糟糕，转院到北京接受进一步治疗，但不知道具体在哪所医院。

徐开路想即刻启程去北京，却发现假期所剩无几，只能带着满肚子的牵挂再回昆仑。再次休假遥遥无期，但即便时间允许，北京那么大，医院那么多，怎么找？尤其是徐开路这种没有什么社会经验的人，打车软件都用不明白，找人何其麻烦。这时的徐开路才发现，他和孙炜之间，除了回忆，什么都没留下，包括联系方式，这都是现实世界里难以逾越的层层阻隔。

第六章

要亲近你,却被放逐天际;要离开你,又数度梦回这里。

后来,严峻得知了徐开路的这些故事,他陷入深深的沉默,他以为徐开路清心寡欲,是顶级的佛系青年,其实他对于爱恋的理解和孙炜一样,比谁都直接,比谁都焦灼。孙炜一个招呼也没打,一封信也没来,走得义无反顾,昆仑山巅好像总迎接这样的人,突然造访,突然消失,严峻他们很快也要走。徐开路事后说,他们的走,虽不如孙炜的走让他刻骨铭心,但也像抽走了他的筋,扰乱了他内心世界好不容易压下的水花。

山顶兵舍,严峻说:"回北京我一定帮你找她。"

徐开路说:"千万别,我之前每天最想做的事就是找到她,后来我想明白了,她不联系我,一定有她的苦衷,也许是条件还不成熟,如果你贸然出现,她会很尴尬的。"

严峻说:"我私下里了解,不惊动她。"

徐开路说:"还是算了,我弄丢的,明年我满服役期了,回到地方,我有大把的时间,自己去找。"

严峻说:"高原兵都这么固执吗?"

徐开路不置可否,这时陈钰插话说:"别找了,女孩的心思,我太了解了。你们这里天然带有难以言说的感动基因,一切都显得那么崇高，等下了山，回头一想，也许会被很多东西牵绊束缚，也就没有当初的纯粹。她是个满世界游荡的人，接受的沾染多，也许她已经放弃了，你无须再痛苦。"

徐开路扯开嗓子说："不可能！"

严峻瞪了陈钰一眼，想制止她这不近人情的行为，可陈钰的话脱口而出，没留余地。

陈钰被吓了一跳，很快镇定下来说："我没有别的意思，我尊重任何一段感情，我到时候可以和你一起找。"

严峻他们马上就要离开昆仑山哨所，前往下一站那曲，徐开路组织了一场简单的欢送会。欢送会简单，但众人情感丰富到声势浩大，眼里饱含泪水，相互拥抱话别。一般到这里，两组人马的故事也就告一段落了，实则他们的故事才刚刚开始。每个人相互祝福、相互留念的时候，一直扮演低眉顺眼、三脚踢不出一个屁的列兵角色的刘轩坤这时才控制不住情绪，勇敢地正视康桦。没人知道刘轩坤这两天出奇的沉默是为什么，除了康桦。

康桦大大方方地向他走来："不用再躲了，再躲下去，有可能又是几年，现在我还可以用情怀来解释相遇，再过几年没有机会了。"

刘轩坤说："说起来也是笑话，你早我两年毕业，去追寻你的梦想，追来追去，我们在这里相遇了，你是来嘲笑我的吗？"

康桦说："我听说你也当了兵，上了高原，但不知道你来了昆仑山哨所，这次慰问活动我主动报名参加，就是想碰碰运气，没想到果然遇见了你。"

刘轩坤说："主动离开的是你，为什么还挖空心思再找回来？"

康桦说："梦想和爱并不遥远，有时会在同一条路上。"

刘轩坤说："明显你上了高速，而我还深陷沼泽。"

康桦是刘轩坤的学姐，两人在校期间就确定了恋爱关系。但康桦违背诺言毕业当了兵，没和刘轩坤透露过。康桦临行前找过刘轩坤，刘轩坤拒绝相见，因为他认为这么大的决定，她却没和他商量，是极大的不尊重。但康桦有难言之隐，她不得不走。康桦大舅是现役军官，他有足够的耐性说服康桦父亲听从他的安排。刘轩坤说："你知道我为什么当兵吗？"

康桦说："赌气？"

刘轩坤说："是出气，当就当可以管得了你的兵。但是目前看来，是天方夜谭，以你的实力，我短时间内不可能超越你。"

康桦问："你一身才艺，怎么会被分到这里？"

刘轩坤说："站岗执勤不需要才艺，别忘了，像你这样的兵是少数。"

康桦说："你现在有机会出气了，我父亲的算盘落空了，部队正规化管理越来越严格，提干没那么简单，大舅一点儿忙也不愿意帮。"

刘轩坤说："别开玩笑，你曾是我奋斗的源泉，你不能掉链子，别人不帮忙，你也一样可以成功，靠自己吧，我已经过了预考。"刘轩坤把康桦带到书桌前，打开抽屉，里面塞满了复习资料。

康桦说："超越我不应该是你离开这里的理由。"

刘轩坤说："别试图给我戴高帽，以前我以为那是我离开的唯一理由，后来发现脱离困境才是我新的动力。"

康桦说："我不说大话，这里的兵很伟大，但你不适合，不是让你背离伟大，伟大也有很多种方式，感兴趣也很重要吧。"

刘轩坤说："上山这几个月我无时无刻不在挣扎，我一定会离开这儿，但凡有一点儿机会我马上就走。"

康桦张开了怀抱："如果可以，我在北京等你。"

刘轩坤接受了她的拥抱，并再次重申了他的立场："很快我就会离开这个鬼地方。"

康桦说："也许歪打正着，你所讨厌的地方却在成就你，这里可以激励你心无旁骛地去复习，期待你早日成功。"

康桦明显不了解这里的学习环境，这里无法像大单位一样从当地院校为考生聘请指导老师，也没有电脑可以查询资料，就连他抽屉里那些卷了边缺了页的资料，还是徐开路从中队替他搜罗来的，是不是最新的题库也不得而知。总之，通过学习这些过期资料，刘轩坤还是以超出标准线七十多分的成绩过了支队组织的预考。

再说考试，别的考生到支队考试很简单，但对于昆仑哨的兵来说，却要历经波折，早上出发，走三四个小时的山路到中队，中队派车送到纳赤台，在那里等一天只有一趟的班车，有时候班车没来，就只能等第二天。考试是他们唯一走出大山的路，但这条路昆仑哨的士兵还没有实现过。一开始，刘轩坤没办法挑灯夜读，因为一个萝卜一个坑，加班学习就没办法上哨，徐开路为了让刘轩坤安心学习，把他的哨平摊给了大家。

刘轩坤说："我拼命学习，是为了离开这个鬼地方，离开你们，你们为什么还这么支持我？"

徐开路说："老子考不上，指望你呢！你考上了，多出去见见世面，以后当了领导，回过头来关心我们高原兵的生活，多好的投资。"

刘轩坤说："我考上了再也不会回昆仑哨，我要离这儿越远越好！"

徐开路说："那我还是希望你考上，昆仑哨不光欢迎爱它的人，也欢送不喜欢它的人。"

严峻带着满脑子的思考走了，康桦带着对刘轩坤满腔的祝福走了，陈钰带着对徐开路的对赌协议走了，王曦带着对昆仑山的敬畏走了。徐开路他们追着东风运兵车跟出去很远很远，敬礼挥手……终究还是都走了，又只剩下徐开路他们远望群山，他们看见的山都是围墙，看见的人都是背影。

徐开路转身回来喊了声"礼毕"，清点人员。

徐开路明知故问："该到的都到了吧？"

陈爱山说："排长林晋今天到假了，该回来了。"

听闻此言，徐开路打电话到中队问需不需要人去接林晋回哨所。

中队长的语气很生硬："接个屁，你们神通广大的排长不会再回来了。"

徐开路问："为什么？"

中队长说："还为什么？人家有理想，有路子，炒了昆仑哨的鱿鱼！"

徐开路说："他不会不打招呼就走的，前天还给我打电话关心哨所工作。"

中队长说："你了解？你了解的话给我解释一下他为什么走得这么潇洒，告个别能浪费多少时间？你了解的话，应该知道他从上昆仑哨开始就打转业报告，他每次休假都在找门路、托关系调离这里，这些他会跟你汇报吗？"

徐开路摘下帽子，摸着有谢顶趋向的脑袋："你怎么知道他不回来的，说不定他遭遇恶劣天气，暂时失联而已。"

中队长说："也就你吧，单纯到蠢，他连汤支队长的电话都没接，一看就是傍上了大树，这肯定是要和支队硬扛了，不让走，撒泼打滚犯纪律也要走，这样的例子还少吗？"

徐开路轻轻地摁断免提，嘴上说"不会的不会的"，同时看看战友，安逸在唏嘘，因为林晋不回来，他托林晋把对象寄给他的包裹带过来的事儿也就黄了。刘轩坤的脸色很不好看，因为他甚至比徐开路更了解林晋，他和林晋的想法是一致的，林晋也多次给他做过思想工作，昆仑哨留不住高才生，昆仑哨的岗位没什么技术含量，"躺着都是奉献"，说穿了，躺着都能干的工作谁干不是干，为什么要浪费人才？"宁可让身体透支，不让使命欠账"，说白了，透支身体可以完成的工作，根本不用动脑子，脑力工作者和昆仑哨不配套。

徐开路回想两天前林晋给他打电话时确实情绪有些激动。

林晋说："孙炜有信儿了吗？"

徐开路说:"别哪壶不开提哪壶。"

林晋说:"我是给你打个预防针,过几天我带你嫂子上昆仑哨,你可不能眼红。说起来也挺残忍的,你比我还大,在感情方面却落后了。"

徐开路说:"谁眼红谁孙子,你带你的。"

林晋说:"也就带这一回,好像我乐意带,她去了以后会更支持我离开部队,打消她对军人最后那点儿念想吧。"

徐开路说:"你怎么想的,安逸也想让他对象来,人家是想让对象看看驻守在世界上最高海拔冻土隧道上有多伟大,从而坚定当军嫂的信心,你倒好,反着来的。"

林晋说:"我跟你说过,我老丈人一直在给我操作转业的事儿,最近动作不是很果断,效果不是很明显,我变相催他一下。"

徐开路说:"都操作两年了,别想了,高原兵还想调动,司令员的儿子都不好使,何况你。"

林晋说:"说不定我就行,老丈人要是不给力,我绝食静坐,铁了心地要走,难道我还真没有人身自由了?"

徐开路说:"别嘴硬,走着瞧吧!"

两人悻悻地结束了这次对话。

徐开路不相信林晋会不辞而别,哪怕他厌恶了高原,厌恶了职责,也不应该厌恶战友,至少会给他留下只言片语。哪怕是怨恨,是伤感,他总得为名义上不算光彩的离开找补点儿什么。

徐开路用卫星电话拨打林晋那部只有休假才会开机的手机,竟然通了,响过一遍又一遍,没人接。徐开路灵机一动,打开林晋的抽屉,翻开他的个人笔记本,第一页赫然写着林晋女朋友孙宇宁的手机号,徐开路拨过去之后,也是许久无人接听,当快要放弃的时候,那头响起了一个苍老沙哑的男声。徐开路自报家门,老头也表明了身份,是孙宇宁的父亲,林晋口中神通广大的孙老爷子。

孙老爷子说:"林晋没了!"

徐开路说:"没了快找啊,想离开昆仑哨没问题,不至于逃离部队吧,他受过部队多年教育,虽然不排除有时候具有精致的利己主义的特点,但应对挫折的能力是有的,底线思维也是有的,不可能付出这么大代价去达到目的,他没那么傻。"

孙老爷子说:"他不是逃兵,他是走了。我也是刚刚赶到格尔木医院,我闺女还没有脱离危险期。"

徐开路说:"别开玩笑,他有很多梦想,他要生活在氧气充足、鸟语花香的大城市,他要和同学一样能够朝九晚五,想吃什么就去什么餐厅,他要和孙宇宁结婚,他最多闹些情绪,不会拿命去抗议,他比我年纪还小,他来自军中清华,他……"

孙老爷子把电话挂了,留下徐开路瞠目结舌,半晌没有回过神来。随后,徐开路脑海中浮现出了"高反、缺氧、肺水肿、脑水肿"等字眼,但又一一否定,因为林晋虽不安心高原工作,但他的体质还是适应高原环境的。

刘轩坤在复习功课,徐开路没有打扰他,安逸在上哨,也不知道这厢风云变幻,只有陈爱山一直站在徐开路身边,他没有徐开路这么感性,孙老爷子一张嘴,他就知道林晋应该是离开了,永远地离开了。徐开路摇晃他的肩膀,希望他给个结论的时候,他的眼泪啪嗒啪嗒地掉了下来。

陈爱山说:"我不管他怎么没的,是好的,还是坏的,我都难受得要死。他没有错,来这儿谁没有怨天尤人过,我也曾捶胸顿足、悲观绝望,可是我没有关系、没有文凭,家里还一贫如洗,我还要靠这些工资养家,我走不出昆仑哨,我认命了,矮子堆里拔高个儿,没办法之后才在苦难中像一点点发现头发丝般的快乐。他不一样,他应该走出去,可正是因为他有无限可能,他才更不能不明不白地走。你快问问,到底是怎么回事,这会儿中队肯定得到消息了。"

徐开路拨通中队电话,刚说明了情况,卫星电话又出现了故障,彻底与外界中断了联系。徐开路拔腿往外跑,把烧炭的炉子差点儿蹭翻了,火星子冒出来,烧灼了徐开路裸露在外的皮肤,把他烧醒了,他说:"我们四个人,一个都不能少了,再走一个,这天气难保路上不出问题,即便明天能赶回来,大家上哨也会累死,有情况中队自然会派人来。"

陈爱山说:"又不是没站过三包一,这会儿你还顾虑那么多,林晋的事儿才是大事!"

徐开路说:"不行,我是哨长,我不能扔下哨位不管,战友重要,哨位也重要,我们要做的只有等。"

陈爱山说:"你不去我去!"

徐开路说:"我看谁敢动!"

陈爱山止住脚步,他看到徐开路的脸色铁青,他知道那不是生气,那是骑虎难下之后,忍痛下了决断之后的悲伤。

战友失联,而他们不能离开哨所去打探消息,他们最先知道林晋失联,却又最后一个得知真相。得知真相是在一天后,一个陌生的战友坐在了林晋的铺位上。

战友叫刘松,下士第四年,和陈爱山同年兵。他说:"林排长不是失联,也不是逃兵,他是牺牲的,他牺牲在距离昆仑山口不远处的可可西里。"

徐开路问:"那里有我们的中队,我在那里待过,一〇九国道上到处有我们的人,他怎么会孤立无援?"

刘松和盘托出了林晋的生死轨迹。眼看假期快到了,林晋准备带孙宇宁上昆仑哨,他冒出一个大胆的想法,既然要上昆仑哨,就要有上的态度,徒步不现实,骑行太受罪,较为保险的方式还是自驾,在老家上海开车直抵昆仑哨显然没有足够的时间,于是两人坐飞机到达格尔木,挑了一个晴朗的天气,租了辆车,沿一〇九国道向哨所前进,路况很好,快要到哨所的时候,离到假竟还有两天。林晋认为哨所什么都没有,十分钟就能转好几圈,好不容易来一趟,要去看看可可西里，孙宇宁欣然应允。她认为，林晋很快就能转业或者调离这里，这次算是告别旅行，两人一拍即合。

林晋到昆仑山隧道守护中队才一年多的时间，他以为他了解昆仑山的脾气秉性，昆仑山有温柔的时候，就像此刻，接连几天风和日丽。于是他们越过昆仑山口，直奔可可西里风景区。林晋很兴奋，以往他每次回来都愁丝百结，今天他找到了作为一个游客的自在。他信誓旦旦地给孙宇宁介绍他所掌握的其实相当有限的关于可可西里的书面知识。他说可可西里自然保护区的中心地带，位于昆仑哨的西南面，哨所属于可可西里，可可西里属于昆仑山脉，我中有你，你中有我，但即便如此也从未近距离亲密接触过它。可可西里属于探险者，不属于守护者，这里是国家级自然保护区，面积四百五十万公顷，被列入《世界遗产名录》。这里有许多内地群众闻所未闻的自然景观，山谷冰川、地表冻丘、冻胀、石林、石环、多彩的高原湖泊、盐湖边盛开的朵朵"盐花"，以及现代冰川下热气蒸腾、水温高达九十一摄氏度的沸泉群等。

林晋说，可可西里腹地比单调乏味的昆仑哨可好玩好看得多，如果当初他来了可可西里腹地，不能保证可以在这儿多干几年，但肯定不会那么快厌恶。和昆仑哨相比，他觉得可可西里听上去更美，他应该把可可西里风景区作为这段军旅生活的终点，新生活的起点，至少这里名头更响，将来提及的时候也能有个较为清楚的坐标，不像昆仑哨，如何解释，也没几个人知道。

三个半小时后，他们进入可可西里腹地，可可西里用又一次突如其来的降雪欢迎了他们，雪虽不算大，但足以让他们的私家车趴窝，即使有防滑链，也没有哪一个老司机敢随意开动。孙宇宁吓得够呛，因为在沿途，她就发现了道路两旁好几处车祸现场，野狼在未被收殓的遗体旁蠢蠢欲动，有的遗体压根无人问津，有的虽有家属跪在路边恸哭，但明明知道雪中埋葬的是他的亲人，若是在内地，还有挖掘救活的可能，车子也还有修的必要，在这里却毫无条件，没有人有这样的能力，甚至是法力。一幕幕惨剧刺激着孙宇宁的眼球，她开始痛恨好奇心这个东西，哭哭啼啼起来。但林晋却泰然处之，透着自信，安慰说，他十分清楚这里所有哨所和兵站的地理位置，他骄傲地说，适合人类生存的地方有士兵，不适合人类生存的地方也有士兵，有士兵就不用怕，武警与我们同在。他们现在抛锚的地方距离保护区十号哨步行只需要一小时左右，天黑前如果雪没停，气温还在降，他一定会带孙宇宁去哨所。言语中透着自豪，丝毫听不出前天他还在埋怨沿线的哨所和兵站都不是人待的地方，也听不出他作为一个高原小干部，与相同分数却选择上了其他高校的同学比福利待遇时的万分沮丧，更听不出他已经下定决心以背叛者的名义离开此地了，从今往后再也不回来。

孙宇宁说："你炫耀的这些有意思吗？我听你这么说是不是应该笑？我要是不来，根本不用考虑你们这该死的哨所在哪儿，跟我有半毛钱关系吗？"

林晋说："你不能这么说它！"

孙宇宁说："你自己说得还少吗？这时候维护上了？"

林晋说："我说可以，你不能。"

孙宇宁说："哟，还真高尚，挺怀旧，一个抛弃了哨所的人，也被哨所抛弃的人，我没有资格，你有吗？"

林晋如鲠在喉。

林晋说："我也没有，我灵魂早已出轨，骨子里的昆仑基因，早已经被利己主义所占据，所以更要尽快离开这里，不然会终日活在自责里。"

天更加阴沉，雪没有减弱的迹象，反而从雪粒变成了雪花，林晋还是决定带孙宇宁步行前往十号哨所。走了三四十分钟后，他们发现前面有三辆越野车也停在路边，有人下车抽烟，车里有人盖着大衣闭目养神，他们的着装很有民族风情，看他们的神情，并没有很焦虑，好像他们和林晋一样，还可以掌控生死。

有一个脚踩高勒皮靴的汉子最先跟他俩打招呼："看来不单单我们倒霉，还有朋友，同是天涯沦落人。"

林晋说："这个季节，你们也来探险？胆子够大的！"

"皮靴男"说："你们小年轻都不怕，我们怕什么。"

林晋说："这要是一直下，你们还没有别的办法，会冻死在这里的。"

"皮靴男"说："不怕，已经调来了雪地摩托。"

林晋说："时速不到三十千米，等它到了，也冻够呛了。"

"皮靴男"说："不会全冻死的，一行十个人，只要还活着一个，这趟就够本了。"

林晋心里"咯噔"一下，他感觉这群人没有那么简单，越听越不像简单的探险者。

"皮靴男"说："你们走着去哪儿？"

林晋说："你们偷着乐吧，遇见我，情况就没你想的那么糟了。我知道离这里最近的哨所，你们可以跟我去哨所过夜。"

一听这话，"皮靴男"包括另外两名吸烟者都有些警觉，神情中带着戒备。

"皮靴男"说："你怎么知道这附近有哨所？这是无人区，而且哨所位置都是保密的。"

林晋虽然对这群人的来路不清楚，还话里有话，有些疑惑，但助人心切，顾不了那么多了，表明了身份。"皮靴男"的笑容有些凝固，但又看了一眼孙宇宁，稍稍镇定。

"皮靴男"说："你们赶快走吧，别管我们。"

林晋的倔脾气上来了："不行，我不能见死不救。"

"皮靴男"说："真不用，我们常年行走高原，有野外生存的能力。"

林晋说："有更稳妥的办法为什么不用，不能冒这个险。"

"皮靴男"说："不要再说了，我们不欠别人的情。"

林晋说："为人民服务，欠情，不存在。"

旁边挺着大肚腩的家伙没有"皮靴男"的耐性，生硬地说："说了不用，赶快走！"

只这一句话，林晋断定这个车队一定有猫腻，他拉着孙宇宁的手一言不发地往前走。

走出一段路，确定距离足够安全，孙宇宁说："好心当作驴肝肺。"

林晋说："说话不要看我，没猜错的话，这是歹徒，车里一定有藏羚羊或者其他野生动物。"

孙宇宁浑身哆嗦了一下："你怎么知道的，别瞎说，我害怕。"

林晋说："如果他们一会儿追上来，千万别回头，你只管朝前跑，拼命给我跑，见丁字路口左拐，大约三百米就是十号哨，记住了，千万别回头！"

孙宇宁说："别吓我，他们为什么要追我们，我们没有妨碍他们。"

林晋说："他们一旦被抓住，会被顶格审判，你不懂这些人的残暴，他们和贩毒分子一样，玩命的。"

孙宇宁说："我跑，你呢？"

林晋说："我不能跟你一起跑，不然谁都跑不了。"

孙宇宁说："不行，要杀要剐我陪着你。"

林晋说："千万不能有这种想法，你回去叫人，我有办法多拖一会儿，还有大把的希望。"

孙宇宁满眼含泪："都怪我，我不该答应来可可西里，不该对你转业或者调动的想法火上浇油，你安心待在昆仑哨，我们也终究可以结婚，终究可以过幸福生活。"

林晋说："什么都不要想，如果你爱我，我说跑的时候，务必拼尽全力！"

孙宇宁点头又摇头，摇头又点头，雪中，她泪眼上的冰凌晶莹透亮,她用力抓着林晋的手,献上一口热吻,但那滚烫的舌头很快被冰封。

身后的一群人,一直紧盯着两个人。
"大肚腩"说:"真让他们走?"
"皮靴男"这时候显现了他笑面虎的本质说:"我是让他们多恩爱一会儿,怎么可能让他走?他们回去一描述,哨所里那几个兵常年和我们周旋,一听马上就明白了,我们还跑得了?"
"大肚腩"说:"千藏万躲,千挑万选,准备趁这个季节,哨所较少巡逻,也没有设检查站,好行动,没想到碰到这个家伙,晦气。快追吧,一会儿看不见人影了。""大肚腩"望着只剩下两个轮廓的林晋和孙宇宁,有些焦躁。
"皮靴男"从车里抽出一杆猎枪,准备拉枪栓的时候,却发现拉不动,被冻住了,愤愤地把枪扔回车里说:"正好,好久没动手了,冷兵器不能生疏了,干我们这行的,一定要保持最原始的血性。"说完从后备厢取出一把闪亮的藏刀,独自向林晋走去。
"大肚腩"也抽出刀说:"他可是当兵的,你一个人能行?"
"皮靴男"按下他的刀说:"兵和兵一样吗?你看他那小鲜肉的德行,连他也收拾不了,我还配带你混?"
"皮靴男"把刀竖在背后,脚下的雪在他皮靴的碾压下发出"咯吱咯吱"的声音,他认为一会儿林晋的脖子也会发出相同的声音。"皮靴男"脚下的频率逐渐加快,他相信用不了几分钟就可以悄悄追上林晋,一刀毙命。
但林晋早通过墨镜的反光看到了他的一举一动,他对孙宇宁说:"跑!跑!跑!"
孙宇宁刚才就想瘫软在地,像脚踩棉花般,这会儿更虚汗直冒,她说:"他们……他们真的来了吗?"
林晋用力甩开孙宇宁的手,狠狠地拍了一下孙宇宁的背,从没有过的粗暴,眼角含泪说:"来了,真的来了,如果还想让我活着,只有跑!只要跑不死,就往死里跑!"

林晋拖着孙宇宁踉踉跄跄地跑了十几米,倏地甩开她,站在原地,高喊着她的乳名,并潇洒地舞动双手,看到她逐渐适应了奔跑的频率,露出痛快的笑容。他在她的身后,像看见了昆仑山最绚烂的那道霞光,这道光也曾在他最难挨的时刻,给他带来内心片刻的欢愉,他像看见了通往平原的大河,它顺势而下,去替他拥抱春天。他不算强壮的身躯和略显白净的脸,立在已不明显的国道中央,伴随飘飞的雪,浑身汗毛倒竖,耳边响起刚上昆仑哨时,士兵迎接他的动听的哨所小唱。他用一瞥,给她最后的祝福,然后郑重地转过身,挺起胸膛,像一面厚重的城墙,直面追赶,他两脚深插在积雪里,像铁橛一般坚挺,他望着并没有急躁的歹徒,两对眼睛穿越还没有达到可以清晰通视的距离,燃起了熊熊烈焰,往左是猎杀,往右是渴望,他追赶着去毁灭,他等待的是黎明,即使他可以确信这黎明,属于下一刻的可可西里,而不属于一个昨天还灵魂出窍的逃兵。

几秒钟之后,林晋不再坐以待毙,主动迎上去,早一秒钟,就可以多为孙宇宁赢得一秒的机会,之所以停顿一会儿才折返,是怕孙宇宁过早地听到他喉咙里的风暴,而迷失了方向。"皮靴男"看见渐行渐远的孙宇宁,稍稍慌乱了一下,也向林晋冲刺而来,两人像对撞的星球,冲击波似乎凌乱了大雪。

"皮靴男"的体格比林晋要大两圈,半途抖掉了皮大衣,把背后的刀抽出来,紧跑两步向林晋劈来,林晋已是求死心态,没有躲,利用惯性飞起一脚,正中"皮靴男"脖颈,刀挥空了,"皮靴男"的喉咙部位结结实实地挨了一脚,但"皮靴男"只是后仰了一下,随即恢复,林晋却重重地摔在地上,没等爬起来,又有一刀朝他剁来,林晋向左滚翻,掉进路边的沟里。"皮靴男"跳进沟里,刀尖频戳,林晋像土拨鼠一样在沟里打着转,不一会儿,两人皆是气喘吁吁,"皮靴男"的帽子被林晋揪掉了,头上汗气升腾,而林晋身上同样冒着热气,不只汗水,还有血水,他的迷彩大衣,已经千疮百孔,露出棉絮,腿上穿得薄,被削出好几个口子,鲜血把一片雪地沁染上斑斑红色。

越野车队旁,"大肚腩"把烟蒂踩进雪里说:"滚进沟里,半天没动静了?"

车内一个胸前挂着大块犀牛角的年轻人说:"那还用说,刚好埋了呗,他自己都挑好地方了。"

"大肚腩"说:"对对对,这小子聪明。在高原死个人,一般都是就地掩埋,现在连这个程序也省了,他正好冻在里面,这里雪还不容易化,明年气温回升的时候,会有野狗替我们收拾得干干净净。"

挂犀牛角的人说:"我们这样杀人不眨眼好吗?"

"大肚腩"说:"亏你还是第一猎手,杀只羊和杀个人有本质上的区别吗?我要是家财万贯还用跟你们来受这个洋罪?""大肚腩"说完,九个人安心地各自休息,懒得看一眼那边已成定局的杀戮,好像格斗迷在等待一场乏味的拳击比赛散场一样习以为常。

此时,不远处的沟里已是另一番景象,不再像刚才一样热火朝天,也没有了针尖对麦芒的对峙,而是异常安静,在他们滚打的外围,静静地躺着一只皮靴,散落着林晋迷彩大衣外罩的碎片,可见他们滚打的范围。再往前走,"皮靴男"光着一只脚俯卧着压在仰躺在地的林晋身上,两人都没有动静,雪安静地飘落在他们身上,试图掩盖喧嚣,但是有不知道是谁的血继续从衣服里汩汩地渗出来,钻进雪里,冲涫出几个红色的窝窝。几分钟后,只听"咯"的一声,林晋把"皮靴男"从身上推下去,挣扎着跪起来,摸了一下肚子,满手血污,在身上蹭了蹭,又摸了摸后脑勺,后脑勺上光溜溜的,被削掉了一大撮头发,还好没有黏糊糊的,他停顿了一下,好像在思考到底哪里还疼,又摸了一下脚踝,发现脚筋应该还断了一根,但他非但没有忧虑,还长舒了一口气。因为他发现那把卷刃的刀,正横亘在"皮靴男"的脖子里，割伤了大动脉，最大股的血是从他动脉里淌出来的。可不，和咽气的"皮靴男"相比，只是受了伤的林晋没有理由不适当地兴奋一下。林晋明显不是"皮靴男"的对手，怎么会有这样的结局？

林晋看着"皮靴男"的尸体，气息虚弱但眼睛有神，说："感谢雪，感谢你那中看不中用的皮靴，感谢你那长眼的刀，昆仑山没那么快抛弃我。"

原来刚刚"皮靴男"还需一刀就可以结果了林晋，他抡圆了胳膊，用尽浑身力气对准了林晋的脑袋，林晋本已回天乏术，关键时刻抱着试试看的心态腿脚乱蹬，其中一腿蹬到了"皮靴男"的左脚，"皮靴男"脚下一滑，一只皮靴甩了出去，一个大马趴砸在林晋身上，颈动脉送给了刀刃。

林晋把刀从"皮靴男"脖子里抽出来，割破他的内衣，把内衣撕成绷带系在肚子上，防止肠子淌出来，艰难地爬上公路，拖着一条残腿往越野车队的方向走。

"大肚腩"早就等得不耐烦了，给挂犀牛角的人说："你去看看情况，这个时间宰羊也宰了好几只了。"

年轻人正要下车，"大肚腩"望着前方说："慢着！老大好像回来了。"

这帮人齐刷刷地抬头看向前路，路上有一个人，走得蹒跚，一点儿没有"皮靴男"的走势凶猛，身形较为狼狈，但他们依然认定他就是"皮靴男"，毕竟在这里小试牛刀也会元气大伤，折腾这一把确实够累的，老大喜欢就好。

"大肚腩"说："看来当兵的确实有两下子。"

挂犀牛角的人说："我怎么越看越不像老大？"

"大肚腩"说："你是说那不是老大，是那个当兵的？开什么玩笑，他把老大埋了，他往回走了？他跑都来不及！"

这帮人齐声附和，还有人搋了一下年轻人的脑袋，表示嫌弃他的

097

逻辑。

　　林晋一瘸一拐地走着，眼珠子是鲜红的，他微笑着，露着喉头里涌出的鲜血沾染成的红牙，他的眼前飘的是红雾，手心里攥的是红刀。他在想那三辆越野车的后备厢里，应该装满了野生动物的皮毛、器官或者犄角，它们应该和他一样，曾带着溜圆的眼睛审视这个世界。林晋保持着独腿大侠单刀赴会的威武形象，并嘟囔着："宇宁，你要好好活着，如果可以，要替我深深地体会那想过却从来没有过的生活，我去和可可西里的生灵相聚，它们才是这里的主人，我要和它们在一起，等待战友们来带我们回家。看见我的时候，不要哭，毕竟，千夫所指的逃兵我没有当成；毕竟，这巍巍昆仑，我怨也好烦也好，终究与之待成了永恒，和对你的爱一样，永远没有限期了。"

第七章

你归去你离开,但都请带上昆仑赋予的武装,并带上我对你的深爱。你只需要在月圆之夜抛洒一道耀眼的星光,让怀念你的人看见你不灭的意志,然后,任雪花落满窗台。

莽莽雪原,人如蝼蚁,非雅观点缀,也许此刻,除了林晋。

风雪俱停,林晋也停了,他到达了越野车近前,"大肚腩"等人也呆若木鸡,姿态各异地站在车头,表情皆错愕。此地死一般的寂静,没人知道刚刚到底发生了什么,连林晋自己也不敢想,一贯走背字,临了撞了一回大运。

"大肚腩"看着林晋手上的藏刀,刀已被血覆盖,血冻在上面像涂抹不均的油漆,他脸上的横肉在抖动。

林晋视线模糊,试图强打起精神站立得更霸气一些,谁知"噗"的一声喷出一口鲜血,打破了凝固气氛。与此同时,越野车后不远的地方也响起了雪地摩托的轰鸣,那是来接应"大肚腩"等人逃离此地的,他们大惊失色。"大肚腩"连忙分配任务,指派三个人去追孙宇宁,剩下的人将林晋团团包围。

林晋虚弱地举起藏刀,不用动手已觉天旋地转,身体软如烂泥,他用刀尖拄着地面,屹立不倒。他脑海里浮现的是昆仑哨兵舍前的五星红旗,是徐开路刚劲有力的抛旗动作,是安逸站在岗楼之上时而哭泣、时而豪迈的脸,是陈爱山看见那几棵半死不活的西红柿秧苗依然充满希望的眼,是刘轩坤伏案苦读,和他一样有着远方梦想并为此而夙兴夜寐的画面。他相信只要他心里始终有他们,就能维持内心的色彩斑斓,就还有足够的力量在这白茫茫的肃杀里大喝:"来啊,都他妈的来啊!"

"大肚腩"他们没有像"皮靴男"那么冲动,缓缓向林晋靠拢,他们有耐心将林晋一点点撕裂蚕食。另一头,三个强壮的男人在追孙宇宁,虽然林晋给孙宇宁争取到了足够的时间,让她先跑出去了一段路,隐隐约约已经快看到十号哨所的兵舍,但不可低估三个大男人的求生欲,他们深知孙宇宁跑掉的后果,那样的话,别说雪地摩托来接应他们,就是直升机来,也不一定有机会上得去,所以他们玩命地追,缩短着和孙宇宁的距离,孙宇宁像一头被围猎的耗尽体力的藏羚羊,随时可能殒命。孙宇宁眼冒金星,连滚带爬,她从未如此奔逃,她曾是众星捧月般的存在,而现在她是块即将被抢食的鲜肉,她感觉身体已经麻木,四肢像灌了铅,她喘不上气来,感觉脑袋里有一颗已经拉开了引信的雷,火花四溅,灼烧了她的神经中枢,她要爆炸了。她再一次摔倒在地,她想,这么跑比死还难受,放弃算了,她只需要继续趴在这里,就可以一劳永逸,死没有那么可怕,每年死在可可西里的人何其多,悄然而逝,不为人知,不差她一个,这片可以洗涤灵魂的净土,可以成为最美好的墓葬。但她耳边回荡着林晋的呼声,英雄般的呐喊,他从未如此雄壮,她爱他,爱他的个性、机敏和青春,却没想到他还能在生死攸关的时刻做出那样的抉择,虽然现在的境地也是拜他所赐,但他还是给她留下了逃生的机会,他展露出了男人最初的属性、最酷的胸怀,那么在这荒芜野蛮之地,她也应该释放母性的光辉。她挣扎着爬起来,发出和林晋一样的嘶吼,她还回头看了看三个越来越近的身影,强迫自己露出轻蔑的笑。她的脚步凌乱,但目光笃定,她跑跑停停,哨所的轮廓已十分清楚,这时,她"啊"的一声惨叫,像被点了穴一样,愣住了,随即表情痛苦,伸出手摸了一下后脊梁，一把坚硬的匕首把儿露在外面，而刀尖插穿了她的大衣，刺破她的皮肤，她认为末日已然来临，他们的刀法奇准，下一刀保不齐就会直插后脑勺。她想着，果然又有一刀飞来，腿上没有厚袄遮蔽，一刀插进了她的腿肚子，一条腿无法支撑，她再次摔倒，三个男人奸笑着朝她走来，势在必得。孙宇宁望着哨所的方向，手指深深抠进雪中，蠕动着去寻找那渺茫的希望。她想呼救，但此起彼伏的风埋没了所有，大自然无暇顾及几粒沙尘之间的纠缠。一个男人说："好一对刚烈的鸳鸯，如果不是当事人，我都快佩服死你们了，身份让我不得不对你们恨之入骨，走吧，跟你的兵哥哥到下面耳鬓厮磨，你们会化作玛尼堆，在这里当彼此永远的英雄吧。"另一个男人早不耐烦了，扒拉开同伴，单膝跪地，一只手掐住孙宇宁的脖子，一只手举起匕首，在雪的映照中，匕首闪着寒光，光打在孙宇宁的眼睛里，她在可可西里的黄昏里看到了炙热的骄阳，也看到了血淋淋的林晋，她笑对尖刀，想到，紧随林晋而去何尝不是最好的归宿，只是林晋的夙愿可能没那么快达成了。

"砰"的一声枪响，几个人全怔住了，孙宇宁睁开眼睛，看到眼前的男人脑门迸裂，血水横流，以一个柔韧度极高的姿势当场呜呼，另外两个人看到同伙的惨状，掉头就跑，可再快，哪有子弹快。十号哨哨兵早发现了他们的踪迹，无奈距离太远，超出了03式自动步枪的射击范围，他拉响了警报，喊来了狙击手，狙击手扛着AMR-2式12.7毫米狙击步枪登上岗楼，副手测算距离一千米，狙击手沉着击发，一击毙敌，第二枪和第三枪，他不想打歹徒的要害部位，毕竟他们没有威胁人质的性命，于是，逃跑的两个男人腿部中弹，每人抱着一条腿在地上翻滚，士兵们赶到的时候，他们已经气若游丝。

士兵们将两个歹徒五花大绑，无须太久就弄清原委，全哨所除哨兵外，倾巢出动，雪地摩托掀起一片雪雾，朝着出事地点疾驰而去。

那一头，"大肚腩"没有让林晋痛快地死，因为他和"皮靴男"情谊一言难尽，他曾称他们的关系是"战友"，亦如兄如父，他接受不了"皮靴男"被这么一个嘴上没毛的小兵给活剐了，这属于阴沟里翻船，"皮靴男"丢了命，他颜面无存。

"大肚腩"问："得了便宜还卖乖，你为什么还回来？"

林晋说："这伤，我知道，神仙来了，我也撑不出可可西里了，不如回来跟你们留个话，让你们知道你们的处境。我一定会死在这里，你们一定逃不出这里。"

"大肚腩"说："要不是时间有限，我认为很有必要让你多活一会儿，让你抱着你的美人，共同见证我们是怎么来的就怎么走出去的。"

林晋说："是啊，没有一股子闯劲儿，怎么敢这么猖狂。但很不幸，我也是个猖狂的人啊，我也曾像你们一样任性，可是在某一个时刻，心底流露出来的本色，总会限定我们的步伐，就像昆仑山脉有昆仑山脉的属性，可可西里有可可西里的格调，我们也都有独特的印记，这印记决定了我们各自的终点。有人在付出，有人在索取，有人要守住，有人要逃离，但不管怎样，巍峨昆仑都冷眼旁观，不为所动，它给你来路，也可以给你归途。"

"大肚腩"说："我没时间听你梦呓，再见年轻人，和你的女人一块去天堂通风报信、讲故事吧。"

"大肚腩"率先冲上来给了林晋一刀，干净利落，林晋没有倒，挂犀牛角的人给了他第二刀，他还是没有倒，像一个生来就为吸引火力的稻草人，正面又接住了随之而来的四刀，他身上露着密密麻麻的刀把儿。

"扑通"一声，林晋终究还是倒下了，他亲眼看着歹徒们把越野车上的盗猎品搬上赶来支援的三辆雪地摩托，看着他们也不顾另外三个去追孙宇宁的同伙，疯狂逃窜。林晋嘴巴里咕噜咕噜地往外涌着血泡，这时他还想往路边移动一点儿，好让增援人员追捕他们的时候不至于有障碍，可他再也动不了半下了，他只能用像锥尖般犀利的眼神凝视歹徒的方向，那眼神化作两簇愤怒的火苗，亦是两面鲜活的路标，当增援人员驾驶的雪地摩托从他面前驶过的时候，才刹那间陨灭。

可可西里的腹地上演了一场摄人心魄的雪地追逐大战，而孙宇宁撕心裂肺的哭喊也没获得见林晋最后一面的机会。也许，她不见他，是最好的安排。毕竟，那插满凶刃的躯体，的确应被白雪埋葬，不该让活着的人看见如此的血腥。

十号哨所增援人员乘坐的雪地摩托在林晋身边一一驶过的时候，他们多想拥抱一下他，让他不再寒冷，可是抓到歹徒才是最好的告慰，他们只能握紧手里的钢枪，继续前行。最后一辆摩托停下来，一名上尉摸了摸林晋的颈动脉，用雪给他做了一个枕头，哽咽着说："兄弟，你好好歇着，我很快就回来接你回家。"

上尉跨上摩托，消失在地平线，林晋孤零零地躺在天地间，眼睛依旧圆睁，不过眼球里没有了杀机，取而代之的是漫天遍野的花朵。雪又下了起来，一片一片，堆积在他的周围，掩盖他的眼眶，直到整个世界不再明亮。

四五天过去了，孙宇宁在格尔木医院不吃不喝也不睡，她不信林晋已经不在了，因为她在心中已经和他约好同生共死，她的耳边也一直响起林晋经常挂在嘴边的"武警与你同在"。她跟爸爸说："我能活着，林晋就应该还活着，他们不敢对军人下手，林晋一定在某一个角落笔挺地站着，穿着板正的军礼服，手捧着鲜花，在等待一枚耀眼的军功章。"孙爸爸说："林晋已经牺牲了，他确实穿着板正的军礼服，身边摆满了鲜花，也有军功章挂在胸前，可是他没有笔挺地站着，他人生最夺目的时刻，也是他尘埃落定的时刻。"

孙爸爸说："长痛不如短痛，早早告诉你，免得以后更难受。"

孙宇宁说："不管死活，我看见他就不难受，我都要带他走。"

孙爸爸说："别傻了，你现在更带不走他，他才是真正能当一辈子军人的人，他永远留在了昆仑山。"

孙宇宁说："不，我只要见他一眼，给他理个发，替他抹上防晒霜，再给他喂一片儿红景天，除了这些，我什么都没为他做过，我只想再做一遍，只一遍。"

徐开路风尘仆仆而来，尽管天气寒冷，但他只穿着礼服，手捧鲜花，胸前挂着军功章，标准地敬礼。孙宇宁原本正靠着床头伤心欲绝，突然看到徐开路，就像看见了林晋，噌地坐起来，笑靥如花。

徐开路把军功章摆在被子上，把鲜花递到孙宇宁手里，说："林晋牺牲了，紧要关头，他用胸膛挡住凶刀，给你争取时间，你也不负期待，你们都是英雄，军功章有你的一半。他不仅拿生命维护正义，还在保护你，所以你要好起来，要坚强。我和他相处了一年，心也像针扎般地疼，可疼向来只是自己感知，振作的模样既是给自己，也是给别人，包括牺牲的人。"

孙宇宁从床上下来，绕着徐开路缓缓地走了好几圈，突然从背后抱住他，哭喊起来，歇斯底里，痛彻心扉。她边哭边说着什么，徐开路大概听明白了，她还要上昆仑哨，去看林晋生前所处的环境，她必须活要见人死要见尸。

徐开路一样也没办法答应她，他纹丝不动，他知道孙宇宁的崩溃，也知道她在试图重塑。

孙宇宁好不容易停下来，却冲出房间，找护士拿出了自己的行李箱，从里面翻出了理发器、防晒霜和红景天。徐开路明白，这是真把他当成林晋了。于是，他乖乖坐在凳子上，主动披上了床单。

孙宇宁语气平和，语调温润："你们当兵的，千篇一律的平头，可就是这千篇一律里才藏着功夫。有人认为短就简单，可是短不代表没有，因为短，所以头上万一有缺点，很容易暴露出来，如果对这个脑袋不了解、不认真，很难把握。也许和感情一样，相处虽短，但我懂他，他用心了，他把一切毫无保留地展示给我，我看他才能一览无余、入木三分，所以我给他理的短发，每次都能让他赞不绝口。"

一撮撮细碎的头发在徐开路的肩头滑落，和孙宇宁滑落的泪水保持着相似的频率。孙宇宁说得对，她对林晋的脑袋了如指掌，可徐开路不是林晋，而孙宇宁还是按照老路子来理，理出来的头型像只花斑狗，可这画面看起来一点儿也不搞笑。孙爸爸最先看不下去了，他在政界、商海沉浮大半辈子，见过不计其数的大场面，心境早已波澜不惊，此刻却难抑心酸，悄然退出房间，把脸贴在走廊的墙面上，悸动不止。而谁都可以哭，徐开路不能哭，他抿嘴用力配合孙宇宁，孙宇宁越是投入，他越是百味杂陈。当孙宇宁把一粒红景天放在他嘴边，嘱咐他，一定要按时吃，不然上高原后身体很难适应的时候，徐开路不得不张开嘴巴，一直控制的情绪全线崩溃，他完全忘记是来舒缓孙宇宁情绪的，是让她振作起来的。他想起了刚刚得知林晋牺牲消息时的情景，一开始他不敢相信，他甚至开始怀念林晋的聪明和自私，赞赏林晋追求自我的精神，但在那个特定的环境里，他再也不是原来的林晋，他竟然从一个极端到达另一个高度，他幡然醒悟的时候，也是他永不回头的起点，徐开路带头号啕大哭。临来格尔木前，所有人都提醒他，见到孙宇宁一定要拿捏好分寸，万不可被她的情绪带着走。可现在她突然坚强，他却迷失了。他想起了和林晋最后独处时的情景，此时站在冰棺旁，对林晋说："不管怎么说，你的心愿达成了，你不用再站在四千八百六十八米的高度惆怅，不用再为找不到有共同语言的人而郁郁寡欢，也不用再吃永远蒸不熟的大米饭和炖不完的白菜萝卜，那边花团锦簇，你可以与群英畅谈，还可以觥筹交错，那里没有哨音，不用领班查勤。往后，你只需要在月圆之夜抛洒一道耀眼的星光，让怀念你的人看见你不灭的意志，然后，任雪花淹没窗台，心里还能一直亮堂着面对生活。"

徐开路仿佛看到林晋冰冷的眼角竟然有泪，他认为林晋一定听得到。他说："走吧，老兄，剩下的事儿交给我，如果可以，我替你去见她。"

孙宇宁不知道徐开路在想这些，她忽闪着大眼睛，均匀地抹在徐开路脸上的防晒霜被冲散了，她再抹，还是一样。

孙宇宁扳正他拼命想要遮掩的脸说："哭吧，你若一直让我看到你的假面孔，我怎么才能对最真实的林晋释怀？这才是你们的样子。我不用再去昆仑哨，也不用再揪着什么不放，如果能看到人和事物的品格，就不用在意那些外形了。"

不久，孙宇宁出院跟着孙爸爸回了上海，跟他们一同回去的还有林晋的骨灰。后来，徐开路听说，当地政府为林晋举办了隆重的追悼会。当天，殡仪馆内人山人海，甚至有许多人都看见殡仪馆外围的山林里，有数不清叫不上名来的野生动物在穿梭，并传来阵阵悲鸣。

追悼会结束后，徐开路才走下冰雪未化的山路，千难万险地回到昆仑哨所。他以为终于回到家，可以好好平复一下像过山车般的心情，没想到送他回来的汽车在搓板路上停着没走，驾驶员说："去把你们哨所的刘轩坤喊来，顺道把他送出去。"徐开路似乎知道了什么，到哨所门口的时候，他看到了等待着他的刘轩坤。

原来就在徐开路下山这几天，统考结果出炉了，刘轩坤考了全总队第一名，武警指挥学院下了录取通知。他要在九月一日之前到北京报到，那是一等一的好军校，是绝大多数人可望而不可即的地方。很多人为了上这个学校，调单位、换岗位、请名师，单位停止他们站岗、执勤、训练，只管好好备考，什么都不用干，像极了把考生当菩萨供着的家长，然而这些条件一项都不具备的刘轩坤却高中榜首。

陈爱山听说哨所又要走一个人，说："离别是痛苦的，但又希望兄弟能更快乐地成长，我很矛盾。看来谁好都不如我的西红柿好，虽然长得不好，但从来不让我矛盾。"陈爱山悄悄躲进了蔬菜大棚，他不准备送刘轩坤了，因为不知道该恭喜他，还是该怜悯自己。

安逸就不一样，他追着刘轩坤问东问西，尤其对刘轩坤在这么恶劣的环境里还能考第一有疑问："凭什么是你，为什么是你？你让那些拥有优越学习环境的人怎么正视自己？你让那些天天强调阶级固化了、教育资源更集中了的人脸往哪儿搁？"

刘轩坤说："他们可以这么想啊，一定是他住的地方比较高，所以分儿高。"

安逸说："他们可千万别这么想，到时候我们山上挤满了高考生，其中不乏水灵灵的小学妹，让我心猿意马，执勤不再专心，想想就可怕，好烦啊。"

刘轩坤说："打住，可能吗？宁可不上军校，也不上昆仑山，军校基本可以保证前途还算光明，而上昆仑山搞不好丢命，和留条命相比，学习什么的算个屁，你多虑了。"

徐开路说："这么说有些过分了。"

刘轩坤说："过分吗？更过分的我还没说。我为什么要离开这儿？是没办法，再不走真会把命留在这儿，林晋已经是例子。所以我每天都在拼苟延残喘的命，发所剩无几的恨。你不知道，夜晚我躲进厨房读书直到凌晨三点，因为缺氧，脑袋大半边儿都没知觉了，现在不定期发作，我很怀疑到了北京说不定哪一天会突然跌倒在地，再也爬不起来，但我还是要这么做，即使倒下，也要倒在熙熙攘攘的人群里。你不知道，我和康桦是有约定的，她口口声声说敬佩高原兵，喜欢昆仑哨，可话里话外还不是希望我离开这儿？离开跟她才有下文，这是现实给我的打击。你不知道，每当我想偷懒的时候，都会翻看入伍前和同学朋友的视频，坐在富丽堂皇的大包厢里喝酒吃肉的感觉你还记得吗？我记得，隔着屏幕都能嗅到味道，现在我没有那么高的要求，做梦的时候让我幸福落泪的竟然是一顿汉堡薯条，你懂这种感觉吗？你可以骂我没有觉悟，但到大城市以后，我肯定会在某个聚会上高谈阔论这里的故事，感念这里的人和事，那时的我一定感慨万千、动情不已，发誓将来毕业后竭尽所能惠及高原的兄弟，听众也一定会投来敬佩的目光，敬佩完，继续该干吗干吗，明天一觉醒来，可能会嘲笑自己的情感太过丰富。所以觉悟是分时段的，谁也不能要求谁始终如一。"刘轩坤用激动到颤抖的手掏出手机，把视频开到最大声，视频里的人，包括刘轩坤，他们个个意气风发，不时推杯换盏。而这样的画面，竟然是一个新时代准军校生走出高原大山的最初动力。

徐开路陷入无边的沉默，刘轩坤想离开这儿都要想疯了，他无暇顾及留下来的人的感受，所以自始至终也没有去安慰受伤的战友，他可能也是第一个从林晋牺牲的悲痛中走出来的人，因为他的思绪早飞到了崭新的象牙塔，一切都和昆仑哨无关了。

刘轩坤有些怜悯徐开路，不是因为刚才话有些说重了，而是他努力笑眯眯地看着他的表情，着实有些不像班长，倒像个乞讨者，以前他可没有这么卑微地讨好过谁。当远处的汽车鸣笛，他才哑然失笑，他说："一个坏消息之后紧接着一个好消息，好消息不一定好，坏消息不一定坏。"

刘轩坤问："班长，你在说什么？"

徐开路说："你们的节奏都太快了，没等昆仑山适应你们，你们先炒了昆仑山的鱿鱼，我这个班长当得不称职，虽然平时絮絮叨叨把该说不该说的话都说了，但昆仑山的品质不是靠说出来的。行了，临走前，给你一个忠告，不管去哪儿不管谁问，一定记得要回答，昆仑山很好，这里的兄弟很棒。"

刘轩坤还是一头雾水，徐开路已经拎起了刘轩坤的行李，扭头沿小路下搓板路。

久久无言的安逸叫住刘轩坤，递给他一块形状精巧、看起来价值昂贵的矿石，刘轩坤知道这是他有一次清扫铁轨落石时发现的，是珍藏了好几年的宝贝，别人碰一下都不行，今天忍痛割爱了。刘轩坤推托不要，但架不住安逸的生塞硬送。

安逸说："坤儿，军旅生涯很短，等不到你毕业，我就退伍了。你是主动寻找另一种可能，我是被动等待，显然，你有创造力，但我不羡慕你，也不嫉妒你，我没有例子来佐证我优秀，也没有理由诉说我的不堪，我们各有各的彼岸。我祝福你，希望你想起这一年多的磨炼，能够意识到遭遇才是财富。"

控制着不出来送别战友的陈爱山没控制住，从蔬菜大棚里钻出来，迷彩帽捧在怀里，里面满满当当装着刚刚摘下来的半红半青的西红柿,笑着递给刘轩坤。

刘轩坤说:"副班长,你疯了,这都没熟呢,这是你的命根子,摘它们比阉割还痛苦吧。"

平常话最多的陈爱山只是嘿嘿地笑,也不说话,见刘轩坤不接他的"命根子",拿出一个西红柿在胳膊上蹭了蹭,咬了一口,满嘴喷汁,又拿了一个递给刘轩坤,刘轩坤却没有任何想吃的欲望。陈爱山踢了他两脚,佯装生气地说:"以后当干部了,没机会踢你了,以后你可以吃遍山珍海味,就是再难吃上我这口西红柿了。滚吧,大傻子,不要再回来了,不要让我再见到你,消失在昆仑哨!"

刘轩坤蜻蜓点水似的拥抱了他们,急不可待地上了越野车,当车门"哐当"一声关紧,也将世界一分为二。徐开路想要刘轩坤降下车玻璃,再好好嘱咐两句,但刘轩坤不看窗外一眼,他用余光看到徐开路脸贴在车玻璃上,嘴巴一张一合,但他无动于衷。汽车徐徐开动,徐开路跟着走了两步停了下来,刘轩坤才长舒了一口气,他认为再也没有什么力量会把他拽下车,身体自由了,处境安全了,才回头看,看到几名战友并没有离开,他们再次用长久的敬礼,给离开的人心里刻画好昆仑哨最后完美的形象。而这次刘轩坤是被敬礼的对象,他表情有一丝傲娇,他认为他破了哨所的纪录,长了哨所的脸,是全哨的希望,这一年多在这里受的委屈,在这一刻全释放了。

当汽车不见了,徐开路说:"我只是想告诉他,到了大城市,没人再让着他了,我们这里的优点到了内地可能是缺点,缺点也可能是优点,转换融合不好,很容易输。"

安逸说:"磨难都纠正不了的观念,你动动嘴皮子要是管用,算我没说。"

徐开路说:"我没要求他听进去,难过的时候能想到,能好受一些就够了。"

徐开路的话终究是应验了,汽车、火车一路折腾,刘轩坤终于到达目的地，却和他想象中的不一样，没有锣鼓喧天、鞭炮齐鸣，也没有人山人海、学妹簇拥。首先门口的哨兵给了他一个下马威，在检查了他的义务兵证、通知书、介绍信等一系列材料之后，看到他大包小裹，背上还背着胶鞋、脸盆、白毛巾，头上的大檐帽还歪戴着，以为是哪里来的溃兵，像个逃兵，让他在保卫科靠墙根儿站好，等招生办主任电话。

刘轩坤说："我是这个学校的学生，好不容易考上的，不能这么对待我。"

哨兵说："将军从这儿进出都要整好军容风纪，何况是你，再说了，你有学籍吗？怎么证明你是这个学校的？"

刘轩坤亮出了入学通知书。

哨兵说："你这个说明不了什么，我们学校有两个校区，一个在北京，一个在张家口，你会被分到哪个校区还不一定呢。"

刘轩坤说："我是总队第一名，还有什么悬念？而且通知书上写得明明白白，让我到北京报到。"

哨兵说："基础课成绩占百分之三十，专业课成绩占百分之三十，面试成绩占百分之四十，这不用我来告诉你吧？自求多福吧。"

刘轩坤说："面就面，我差哪儿了？还敢怀疑我的沟通能力！"

哨兵不再跟他对话，看也不想看他一眼，和他离开昆仑哨时不想再看昆仑哨的战友一样。

很快，招生办的杨主任出现在大门口，主任亲自来接，看得出对刘轩坤的重视，哨兵也有些吃惊，没有先例，以前都是勤务员来接。刘轩坤认真地打量着杨主任，他到高原以后没见过女领导，今天不仅见了，而且还这么有气质，除了紧张，剩下的都是昂扬，他跟在杨主任身后往里走的时候，狠狠地瞪了哨兵一眼，很有狐假虎威的意味。哨兵辛辣老到地回敬了一眼，他不愿意相信这个脸上带着高原红，本应纯朴，却一点儿不谦虚的家伙能如愿以偿。刘轩坤暗下决心，一定好好表现留在这里，回头再收拾这个一叶障目的哨兵。

一路上刘轩坤发挥三寸不烂之舌，像机关枪般地推销自己。他能根据环境的变化调整表达方式，在昆仑哨他早就练成了一天不说一句话的技巧，来到这里一秒破功。他生怕时间太短，杨主任不能对他加深印象，他甚至在半路，像变戏法般地从背囊里摸索出安逸送给他的贵重矿石，满脸堆笑地送给杨主任做见面礼。

杨主任始终面无表情，见他如此，觉得有必要强调一下："你不用焦虑，留在北京与否，和大多士兵相比，你都是幸运儿。听说你从高原来，这块石头一定是你拿得出的最好礼物，但我不能要，你能留下我不能要，不能留下更不能要。放心，我是你们这一组的面试官之一，我记住你了，会一碗水端平。"

刘轩坤说："主任，我运气好，在哨所干活的时候偶然捡到的，且不管它价值几何，超级有纪念意义，没地儿可买。"

杨主任说："纪念意义？这是你的纪念，在你手中才有价值，我纪念什么，纪念我从没去过的昆仑哨？"

刘轩坤一时语塞。

杨主任说："别想了，好好面试，要对我的人品有信心，对自己有信心，对咱们学校的风气有信心。"

杨主任的三个"有信心"，让刘轩坤认为这事有谱儿。话说完了，面试间也到了，门外排着队，大家各有各的担忧，气氛比较压抑，刘轩坤意识到这是一场没有硝烟的战斗，不考验聪明才智，却与地利人和有关。果不其然，从和身前身后的人套话得知，一个是某总队政委的外甥，一个来前任职某军级机关，或多或少都有"打招呼、递条子"的便利条件和潜在可能。目之所及，只有自己的背景单一。但刚刚杨主任信誓旦旦地说一碗水端平，让他不安的心情稍稍得到缓解。同时他脑袋在飞速运转，搜肠刮肚地罗列精彩故事、堆砌华丽辞藻，自己是播音主持专业出身，又加上一年多高原生活历练，基本具备了把面试官搞深搞透搞开心的能力。

有人欢喜有人愁，出来的学员有的大汗淋漓、神情沮丧，有的喜笑颜开、手舞足蹈，更证明里面的水深火热，把人折磨出多种造型。漫长的等待之后，轮到刘轩坤了，他清了清嗓子，整了整着装，摆出一副胸有成竹的样子，是给自己打气，也是给身后的准同学施加压力，他甚至想到吓退一个竞争对手，也是他得胜的筹码之一。孰料，其实，他所有的小聪明，都是给他曾经高原兵的定位和形象在挖坑。

面试间里摆着一排长条桌，桌子后面板板正正坐着一排人，刘轩坤数了数，正好十位，这些人中有校党委的领导，有人力资源部的专干，还有各系专家，杨主任也在其中。他们集体盯着学员，有的从镜框上方盯，有的托着腮帮子盯，有的一边吹着保温杯里的枸杞一边盯，这都加重了学员的心理负担，但刘轩坤没有怕，他以前当播音主持的时候练的就是享受被盯，越多人盯着越来戏，昆仑哨没人盯着他，他反倒不适应了很久，今天这种奇妙的感觉又回来了。他敬礼，并和每一位老师有眼神接触，这不怯场的第一印象应该是满分。

面试官轮番提出了问题，刘轩坤对答如流，尤其是对于时局和新时代新军事变革的方针政策了如指掌，并有独到的见解，令面试官颔首，在成绩单上唰唰唰地写着赞美之词。特别是一个年轻的女老师，被刘轩坤顺畅的语言表达能力和磁性的男中音所吸引，对身边的老教授强调："做思想政治工作缜密的逻辑思维和优秀的口语表达是关键，这个学员可塑。"老教授被女老师激动的情绪所感染，也给了刘轩坤一个高分。

此时，一直没有发言的杨主任拿起来了话筒，她饶有兴致地说："我对你的履历很感兴趣，你可不可以聊聊你服役的地方？"

刘轩坤说："我服役的地方是昆仑哨，那里除了山就是隧道，条件恶劣，没有人烟，没有任何吸引人的地方。"

杨主任说："你喜欢昆仑哨吗？"

刘轩坤说："喜欢吧！"

杨主任说："喜欢的话，为什么在你刚才的言谈之中、列举的例子中只字未提昆仑哨？"

刘轩坤说:"其实,其实我,其实我是为了离开那儿才用功读书,我不觉得这有什么不对,就像山里的孩子发誓要走出大山一样。"

杨主任说:"这是实话,为你的真诚点赞,但是你要知道生长学员很大一部分毕业以后是要哪儿来的回哪儿去。四年后,你还有可能回到昆仑哨,你不喜欢它,我们怎么相信你能带领好那里的士兵?"

刘轩坤噎住了,他发现"造化弄人"就是在说自己,原本最让他放心的杨主任,才是此次面试的最大阻碍。

第八章

来路坎坷,你一边愤恨,一边寻找出口,渴望梦想的黎明。回望暗夜中的他们,你一边默然饮泣,一边长久致敬。

面试间,一片寂静,刚刚或伏案疾书或交头接耳的面试官,眼神再次齐整地聚焦在刘轩坤身上。

刘轩坤想,我上山入海,也算一条蛟龙,不能还没启航就搁浅。他稳定了一下心绪,不慌不忙地说:"我了解政策,生长学员确有概率回原单位,但也有例外,我要利用好这四年时间,如果还不够,考研,读博,我有信心成长为稀缺岗位上的高素质人才。"

杨主任说:"这是每一位好学员的梦想,我听得懂你的意思,为了不回昆仑哨,你可以不惜一切代价,也就不用再费心思和那群士兵相处。"

刘轩坤说:"贵校的目标也不是为了培养一批守岛、守礁、守桥、守隧道的基层守护兵吧,信息化时代,那都是最基础的岗位,优秀的军官要放在更尖端前沿的岗位上,才能发挥价值,才能体现贵校的成就。"

有的面试官在点头,刘轩坤一席话再次让他们刷到了优越感,为能在这所学校上班感到荣耀,社交中,对方一听单位名称,就会投来钦佩的目光,所以他们认为刘轩坤的站位很高、视野很广、分析中肯，自我定位也精准。但大部分面试官不置可否，他们不轻易表态，尤其是杨主任，她不想错过一棵苗子，但也不愿意浪费精力在一个枝枝杈杈太多的歪脖子树上。到底刘轩坤算哪一种，还不能下结论。

杨主任合上笔记本，双臂抱在胸前，说："聊聊你的战友吧。"

刘轩坤不知道杨主任葫芦里卖的什么药，但他知道这时候该装要装，不能随便搬弄是非，说别人不好显得心胸狭隘，大家都喜欢听敞亮话儿。于是刘轩坤放下成见，绝口不提其实并没感觉从这些老兵身上学到太多东西，反而觉得他们轴、杠、倔、坑，说不出的嫌弃。但他夸徐开路是正人君子，连送上门的美女都不稀得多看一眼；夸陈爱山单纯，养护西红柿秧苗一丝不苟，爱昆仑哨胜过爱自己；夸安逸服从意识强，让干啥干啥，很少说"不"，非常符合领导眼中好士兵的形象；夸林晋，学历高，有理想，虽然平时雄性不足，优柔寡断，但在大是大非面前，用生命践行使命，书写了新时代大国武警的责任担当，可歌可泣……说这些的时候，刘轩坤保持着昂扬的语调，中间好几次从背包侧兜里拿出矿泉水润嗓，他拿出主持人的范儿，绘声绘色地讲着别人的故事，让人听得出这些人和事在他的生命中都是过眼云烟，并不能成为他人生的组成部分，掀不起太大浪花，也荡漾不出太多波澜。

杨主任有点儿咄咄逼人的意思："我在你的描述中，为什么没感觉到你参与其中，却更像一位观众？"

刘轩坤说："为了演讲效果，我往往采用这种表演方式。"

杨主任说："你认为这是演讲，你把这当表演？"

刘轩坤说："决定前途命运的关键节点，适当包装，情有可原吧。"

杨主任说："呃，我是让你讲讲你们之间相处的点滴，没让你跳出圈外，审视什么。"

刘轩坤也有些急躁了："是面试我，还是面试昆仑哨……好吧，刚第一个提到的徐开路就是班长……"刘轩坤觉得杨主任再知性，首先是个女性，难以免俗，较为八卦，净问一些家长里短的问题，兜好几个圈子，还没切入主题。但他又发现杨主任的眼神不像在跟他拉家常，姑且认为她入戏较深，用学术的态度聊着娱乐圈狗仔队的话题。

刘轩坤说："徐开路是好班长，我的启蒙老师，带我领略了高原的凶险残酷，他负责、认真、博爱，除了死板，应该没有别的缺点了。也因为死板，他从三千七百米的关角山，到四千零五十米的三岔河，到四千五百三十三米的沱沱河，再到四千八百六十八米的昆仑山，一路越走越高，性格也越来越闭塞。他不是没有机会到内地，他可以到更大的单位，以他的水平可以带出更多好兵，他没有想过这些。我觉得他是有了惯性思维，害怕改变，这是很致命的，我甚至担心他以后到了地方，能不能适应社会，哨所极度单一，社会非常多元，不懂得变通寸步难行。"

杨主任说："越来越多的年轻军人像你一样有了新的观点，不再一味强调牺牲奉献，这值得肯定，而且你的担心，也是我们正在研究的课题。"

刘轩坤说："看来我还是很有前瞻眼光的。"

杨主任好像已经对刘轩坤有了成见，说："但我不认为现阶段你拥有这样的眼光是优点。你是璞玉，才能雕琢；你是干净的画布，才能更自由地描摹，我更愿意看见被高原清空心头尘埃的你。"

刘轩坤认为她在抬杠："难道像徐班长这样什么都不想的人，才符合您的要求吗？"

杨主任还未回答，刘轩坤插话说："可他考不上啊。"

杨主任说："考不上我们这所学校，不能说明什么，反而是我们欠这样的兵一次受教育的权利。但我相信，他内心世界构建的大学远比具象的东西更丰富，也更高端。"

刘轩坤说："您怎么这么了解他？"

杨主任说："我了解像他一样的所有优秀的高原兵。"

刘轩坤说："我也是高原兵。"

杨主任说:"是,可你还没完全明白高原之于士兵的意义,以及士兵之于高原的情愫。"

刘轩坤说:"您的意思是我留不下?"

杨主任说:"我保留意见,看综合评分吧。"

刘轩坤强压着怒火:"您凭什么保留意见,总得有个理由吧,这也太草率了,您连昆仑山都没去过吧。"

杨主任说:"去过昆仑山,虽然只有一次,但它走进我生命里千遍万遍,我熟悉那里的每一寸土地,听得懂每一声叹息。"

刘轩坤说:"有什么说服力?怎么证明?"

校长感觉这个问答节奏很容易出问题,连忙站起来说:"好了,面试先到这里,你先出去吧。"

刘轩坤说:"我不出去,别的学员都是当场揭晓成绩,轮到我怎么就改程序了,先出去是等你们统一口径,好暗箱操作?"

校长说:"我知道你说的是气话,不会因此而否定你,但也请你尊重面试官的观点。"

刘轩坤说:"我尊重,可人往高处走有错吗?怎么能因为一个你们没见过的人、没经历过的事儿、没踏足过的地方,而否定我?"

校长说:"首先还没否定你,其次杨主任并不是你想的那样对高原一无所知,相反,她有绝对的发言权。"

刘轩坤说:"为什么?我总该知道为什么吧?"

校长摆手让刘轩坤出去,刘轩坤还在较劲儿,杨主任站起来说:"我爱人常年战斗在昆仑山,和徐开路的父亲徐建中是战友。我爱人他虽然……"

杨主任要说下去,被校长制止了。刘轩坤似乎触碰了杨主任的什么软肋,本来对他抱有好感的面试官也觉得这孩子爱钻牛角尖,礼节礼貌太欠缺,于是刘轩坤被他们的"内力"顶出门外。关门的一刹那,刘轩坤断定留在这里的愿望要落空了。他懊恼不已,但混沌中还抱着一丝希望,他记得很清楚,刚才杨主任说过,徐开路的父亲和她的丈夫是战友，有徐开路这层关系，不必过分担忧。

于是，刘轩坤勉为其难地想起了再也不愿意有任何瓜葛的昆仑哨。电话接通，接电话的已是陌生人，是刚分配来的两个新兵之一，张琛。刘轩坤心急如焚，语气很冲，张琛直接挂断了，接连几次都是如此。刘轩坤心说，人走茶凉，果然现实，这才离开几天，曾经的栖息之所就把他忘得干干净净。最后一次，他努力纠正了苦大仇深的表情，用加了甜蜜素的声音告诉张琛，他要找徐开路，希望兄弟但行好事。

张琛说："班长已经下山了，一个月以后再打，兴许会在。"

刘轩坤说："为什么下山？"

张琛也很冲："这是内部安排，跟你有什么关系，你想知道的不要太多。"

刘轩坤只好继续降低姿态，张琛这才道明原委。徐开路送别林晋和孙宇宁，回来情绪压抑，憋出了病，卧床不起，被送到格尔木治病，听说病得蹊跷，格尔木医疗条件跟不上，转送北京了。刘轩坤一听，竟然悲喜交加，悲可以理解，喜，可太损了。但刘轩坤没有意识到，他满心思都是既然徐开路在北京，只要还能张嘴说话，当面求他帮忙跟杨主任打打招呼，自然十分方便。

刘轩坤买了个果篮，找到了徐开路的病房，里面静悄悄的，医生和护士蹑手蹑脚地在为他做检查，看到刘轩坤进来，示意他先出去。

医生走出来，看见刘轩坤穿着军装："他今天情绪已经到了冰点，一会儿等他醒了，你再进去，你劝劝他，他这病是难治，但只要好好休养，还是有痊愈的可能的。"

刘轩坤说："什么病啊，这么严重？"

医生说："心脏肥大、红细胞增多、血压异常，伴随性功能损伤等男科疾病，总之，全身都是病。我没见过这样的兵，他是第一个。"

刘轩坤说："他有没有病我知道，平时没看出来有问题。"

医生说："没发作，不代表没有。要说也怪，他这身体机能异于常人，别的士兵回内地顶多醉氧，十天半个月也能适应，他倒好，一下来反而要犯病。"

刘轩坤透过门上的玻璃望去，徐开路朝内侧蜷缩着，脑袋上仅剩的一撮头发也褪去了，不够壮硕的身体，在宽大的病号服的遮盖下，更显得孱弱不堪。

刘轩坤说："何苦呢？何苦呢？"

刘轩坤来到护士站旁的等候区找了一个角落坐了下来，看着人来人往，突感疲乏，留在昆仑哨累，确定考上了竟然更累。前途依然未卜，如果去了分校，如果四年以后再回高原，折腾一圈还是原点，身份上的变化抵消不了生活环境上的落差，看见了美好的事物，知道了高度在哪儿，扭头却要面对厌恶了的一切，思想上极度不平衡。徐开路是他的最后一根救命稻草，就躺在那里，这让他的心脏暂且没那么难受，不一会儿便打起了呼噜，坐着睡着了。

刘轩坤一觉醒来发现灯火通明，护士站只剩下一名护士在值班，他看了一下表，睡了将近两小时了，他连忙去找徐开路。刚要推开门，里面传出杨主任的声音，他再次透过玻璃观察，不出所料，如假包换的杨主任正面朝外，坐在徐开路床前。徐开路咧嘴傻笑着，露出没了一颗门牙的牙床，至于以前戴的是假牙，还是刚掉不久，不得而知，反正高原给他留下太多的印记，不差这一处。刘轩坤没有在意这些，副班长陈爱山也掉过一颗，早掉晚掉都是掉，提前适应老年人的咀嚼感也算未雨绸缪了。他只顾着高兴，认为很幸运，想要做的事儿，自动有人找上门来，都不用他开口，于是他怀着喜悦的心情，把耳朵贴在门把手上方，偷听他们的对话，却越听心里越不是滋味，越听脸上越有烧灼感。

杨主任说："我是在刘轩坤关上面试间的门开始想你的，我给你们苏清政委打了电话才知道你住院了。"

徐开路问："您还认识苏政委？"

杨主任率直地说："当时他来我们学校参加中级军官培训，我看他履历过硬、学习刻苦，专门耐心指点过他，并在结业鉴定的时候好好夸了他一把，他一直记着这个情，所以每次到北京都会专程看望我。我这次打电话，他以为刘轩坤优异的表现打动了我，打电话是报喜的。"

徐开路说："是，应该报喜，这是我们支队的荣誉。"

杨主任说："肯定是喜事，但他的表现不足以打动我，他对昆仑哨的冷漠让我很不舒服。"

徐开路说："高原兵考上学真的不容易，昆仑哨有史以来头一遭，他冷漠可能只是他内敛，他反驳可能只是他叛逆，请您帮帮他，好吗，杨阿姨？"确实不用刘轩坤张嘴，徐开路听说他不能留在大城市的消息后比他本人还激动。

杨主任说："高原兵的加分政策已经帮了他，我再帮他，对别人不公平。"

徐开路说："他是有文人的清高，待人接物还有些生硬，但我了解他，他本质很好，是可塑之才。可能言行举止表达了对昆仑哨的不满，这是人之常情啊，自然条件恶劣的昆仑哨足以打消一个热血青年的深爱，但他的本质是好的，等他经历了四年军校的历练，走上新的岗位，他一定会以昆仑哨为荣。他年纪还小，吃了很多的苦，难道山区分校比昆仑哨还苦？靠一脚踢开不能成就更好的他！我没求过您，这次看在我爸和陈叔战友一场的分上，求您帮帮他。"

徐开路摇摇晃晃地准备从床上爬下来向杨主任敬礼，这些刘轩坤都看见了，他喉头发紧，布满血丝的眼睛有些酸涩。

杨主任说："别动，开路。我来看你，一是担心你的身体；二是其实我从见他第一眼，就把他看成了你，之所以要求苛刻，是期望值太高。我可以把他留在身边，但又担心缺乏情感的人会亵渎我对昆仑山的留恋和敬畏。"

徐开路心里清楚，杨主任的留恋和敬畏是什么，那是她从远去的丈夫身上积聚的悲伤和力量。昆仑山上走下来的人是她丈夫的化身和缩影，她有深深的执念。

杨主任的担心不无道理，因为当年徐建中是重大宣传典型，而陈泽飞并没有什么事迹，和许许多多没有什么感人肺腑故事的军人一样，有渐渐被人遗忘的可能，如果没有好的传承，每一任管理者都是利己主义者，那么昆仑的精神也只会悬挂在云彩上，云彩再美丽，终究还是会随风而去。

徐开路懂她，他说："陈叔和所有昆仑山上牺牲的烈士一样，没有人能够亵渎。"

杨主任看到了徐开路诚挚的眼神，模糊了的陈泽飞的身影重现眼前。她敞开心扉向徐开路讲了陈泽飞的故事，她希望等他痊愈以后回到昆仑山的大柴旦烈士陵园，把她的思念带回去。告诉他，她一直记得，并一直把他当作最鲜艳的旗帜，任他在心头飘扬，从未遗忘。

杨主任说："今天刘轩坤问我，一个只去过昆仑山一次的人，有什么资格质疑他对昆仑山的感情。我还没来得及告诉他，仅那一次，我去接我的爱人回家，从此便没有勇气再去，但无数次梦回昆仑，并时刻关注着它的发展，能说出每一个垭口的海拔、每一位哨兵的名字，我的血液和陈泽飞一起融入那片土地。"

杨主任升华了相忘于江湖的内涵，在她心里，江湖没有昆仑大，昆仑越来越清晰地发酵于她的军旅人生，也绽放在她的执教理念中。徐建中和陈泽飞同在原铁道兵十师四十七团，徐建中牺牲以后，青藏铁路部分通车，四十七团的大多数指战员，包括陈泽飞留在了昆仑山，就地转为守护铁路的守护兵。几年后的一次事故，陈泽飞也牺牲了。隧道塌方，永远埋在大山深处，事迹被广泛报道，那时候军队的重心是一场大规模的自卫反击战，媒体资源向南部边陲倾斜，而他如同浩瀚烟云中的一阵微风拂过。杨主任当时大学毕业，刚被分配到热电厂当工程师，幸福的人生刚刚开始，正筹划着啥时候要个孩子，一夜之间却成了烈士遗孀。悲痛之余，她才发现对爱人的过往一无所知，为了找到他的心路历程，她用成为他来祭奠他，响应了政策，被特招入伍，进入武警指挥学院任教。

门外的刘轩坤纹丝不动已经很久了，他想走，又迈不开腿，不是羞愧，也不是逃避，是久违的心酸。房间内一位烈士之子、一位烈士遗孀，阵痛中还在探讨如何让他更好的问题，他之前只是厌倦了，而他们却连厌倦的机会都不再有，他只是面临大城市与小地方的困局，而他们哪里有选择的可能。

病房里，杨主任讲起了陈泽飞牺牲的场景。她说，他虽不是牺牲在尸山血海、枪林弹雨中，但他每一个动作都是冲锋的状态。那一年也是万物收获的季节，一头疯牦牛突然撞破护栏闯入铁道，发疯似的在铁轨上四处奔跑，过不了多久，一定会有货车从山下驶来。情况紧急，正在铁道带队巡逻的连长陈泽飞没有犹豫，拔枪射击，枪枪击中牦牛要害，但是牦牛皮糙肉厚，没有那么容易瞬间毙命，倒在铁道上抽搐，千钧一发之际，他带领战士以百米冲刺的速度冲向牦牛，将野牦牛拖出铁道。但随后他就因剧烈运动呼吸困难，晕倒在地，再也没有醒来。后来，战士告诉杨主任，陈连长武装巡逻无人区铁道两千三百多次、累计行程两万余千米，排除铁路落石、野生动物上道等险情六十余起，他像一颗道钉，铆在天路上。他身体素质最强，军事技能最好，他是最铁的硬汉，却最先倒下了。后来大家才想起来，出事前夜，他查铺查哨完，已是凌晨，身体超负荷运转，但他没睡，而是打着手电写了一封长长的信，听说那是一封离婚协议书。

杨主任没有解释陈连长到底写的是什么，但她的抉择似乎说明着什么。徐开路无暇揣测那个离婚很冷门的年代，陈泽飞怎样和深爱的女人决断，他只是仿佛看到年轻的杨主任哭红的双眼，看到她抱着他的骨灰行走在昆仑脊梁上的落寞及坚强，看到她身后的战士高举着吉祥的哈达，呐喊着祝福的语言，将他们送向幸福安康的港湾。

徐开路说:"这是高原的故事,是守护兵的故事。你不说,这故事就是标本或者脸谱;你说了,这故事又活起来了。我要重新带回高原,把它讲给一茬茬儿的军人听,更要讲给刘轩坤听,以后不管他分配到哪里,当他面对士兵稚嫩的脸时,也会不由自主地散发出豪情和正气吧,他会成为一个有底蕴的人。"

杨主任说:"你啊,不论我岔开话题多远,你三句离不开你们战士的走向,又归纳总结到刘轩坤身上了。"

门外,一种姿势坚持了半天的刘轩坤终于抑制不住泪如雨下,发出一声哽咽。杨主任和徐开路都听到了,杨主任抹了抹眼角,推开门观察,只看到地上饱满的果篮,却空无一人。

刘轩坤冲出医院,回学校拿行李,他当初是怎么进来的,现在就是怎么出来的。快到大门的时候,他看见哨兵正在交接哨,他试图低头快步通过岗哨,生怕接哨的人是昨天和他抬杠的哨兵,免不了幸灾乐祸。刘轩坤是过客,本可以不怕这些,但人有时候是煞风景的动物,少和有可能令己难堪的人产生交集是一种最直接有效的自我保护,也是保持良好心情的法宝。可冤家路窄,这接班哨兵"不偏不倚"正是那一位,刘轩坤远远便看见这家伙鼻孔冲天、上眼白居多地盯着他。刘轩坤昂首挺胸做好了被奚落嘲讽的思想准备,倒是没准备更多的语言,他觉得语言艺术是给有艺术感的人展示的,对牛弹琴,劳神费力,还不起作用。刘轩坤大步流星、奋不顾身,迎接疾风骤雨的明天,也迎接"尖嘴獠牙"的哨兵,经过三尺哨台下的时候,意料之外的是哨兵在向他敬礼,只是说:"老兵,好走!"

刘轩坤和哨兵有一个简短的对视,哨兵眼神真诚,那不是同情弱者,是在祝福强者,祝福他找到了更匹配他的走向,刘轩坤读懂了,如沐春风。他向哨兵告别,回头向教学主楼正前方镌刻着校训的影背墙告别,告别唱着校歌走过的新学员队伍,他们纷纷扭头看他,看他拖着行李,看他告别了别人,找到了自己,找到了自己一人组成的队伍。

刘轩坤前脚刚走，杨主任回到了学校，找到了面试组组长说："刘轩坤这个学员我要了。"

组长说："你不待见他，我们都看得出来，转变得有些快啊。"

杨主任说："他的优点也很明显，试着接纳不待见的人，给自己多一种可能。"

组长说："你来晚了，他刚走。"说完，他递过一张纸，杨主任认真地看完了这张类似于申请书的东西。

杨主任说："我要他了，他把我炒了？"

组长说："他看明白了，分校不一定不好，这里更重科研学术，那里主攻摸爬滚打、带兵打仗，两种选择，两种人生，但殊途同归。他让自己多了一种可能，不是前途上，是人格上，很酷的小孩。"

杨主任推了推金丝眼镜，看向窗外，白杨树落叶纷纷，树干上黑色的斑块，像幽深的眼睛注视着归去来兮的秋天，也注视着四海为家的人们。

杨主任把刘轩坤主动放弃的情况打电话告诉了徐开路，徐开路不顾虚弱疼痛，从床上坐了起来，给刘轩坤打电话。但此时刘轩坤正在滚滚人流中穿梭，没有察觉，徐开路急得破口大骂。

来到火车站，刘轩坤四下张望，不停地看车站钟楼上的大表，希望进站之前能看到康桦。刘轩坤把自己的决定告知了康桦，说自己素质远远不够，面试没过，有关系也没脸用，要去张家口继续潜心修行，如果她愿意等，就见上一面，如果不愿意再有瓜葛，也在情理之中。康桦沉吟良久，最后答应见一面，但跟等不等他没有任何关系。现在，却没有康桦的影子，刘轩坤朝着人流涌来的方向抛出一个飞吻，头也不回地进了候车厅。他坐上了开往张家口的K395绿皮火车，车厢里的人大多悠闲，撕着烧鸡、啃着煎饼馃子、用吃剩的方便面汤泡着韭菜鸡蛋饺子、滑着手机，只有刘轩坤眼神迷离，未来旅途和他的目光一样，捉摸不定。车厢里温度适合孵化小鸡，刘轩坤却裹了裹外套。站台上的人神态各异，有哭有笑，但至少他们各自知道要送谁，知道在乎什么，刘轩坤像被遗忘了。坐在刘轩坤旁边的漂亮女孩下意识地往过道的位置挪了挪屁股，应该不是刘轩坤的高冷威慑了她，估计是她觉得孤单得像条狗的男子本身就属于安全隐患，还是拉开点距离为好。刘轩坤不是木头，知道一脸高原红且颧骨位置脱皮后新皮肤还没有覆盖好的自己，和吹弹可破的她以及肥头大耳的他们都格格不入，于是闭上了眼睛。这时，有人敲窗户，刘轩坤想，一定不是找他的，还是不要睁眼了，如果睁眼发现是某对情侣在比画爱心、隔窗瘙痒，会很尴尬，但敲窗的声音如雨点般密集，旁边的女孩拉了拉他的袖子，他才鼓足勇气睁开眼睛，发现康桦身着常服、头戴卷檐帽，飒爽地站在窗外。刘轩坤猛地从座位上站起来，小桌板上的矿泉水瓶子被他碰倒了，也无暇扶正。

刘轩坤的手机响了，接起来听到康桦说："离开车还有几分钟，你还有机会。"

刘轩坤说："没机会了，车门已经关了。"

康桦说："你的心门关了，所以车门可以挡住你，如果没有，哪怕车到站了也能回来。"

刘轩坤说："我从高原来，很高很高的地方，让我高尚一次！"

康桦说："高尚不能当饭吃，高尚要付出代价，世界很大，你探索到什么时候是个头儿，我们无法容错了，不能等待了。"康桦指着肩章上崭新的中士的粗拐接着说，"大学生士兵可以从义务兵享受直接套改中士的政策，可我感觉挂上它的那一刻起，我一下子老了三岁。"

刘轩坤说："对不起，就在昨天我还一直以为我真的是有才华，可是今天我知道了，我走下高原的路，是他们用肩膀、用血、用泪为我铺成的，这样的路他们没有机会走，只有暗中使劲，希望我替他们去闯荡，然后回头来告诉他们别样的风景和人生，他们就足够了。我不能端起碗享受，放下碗骂娘。我自私了很久，让我敞亮一回，对于你，这依然是一种自私，可幸好，还都没有开始，你还有选择。"

康桦用力挥了一下手，示意他坐下，两人相视无语凝望，世界都安静了。

让人意想不到的是徐开路不顾医务人员的劝告，打车来到火车站，高举着证件，一路绿色通道冲到站台，汗珠子像断了线般地往下淌，他便装都没来得及换，穿着病号服，引起路人注目，指指点点。徐开路管不了那么多，他跑到康桦身边，抢下手机说："你给我下来！"

刘轩坤没有动，徐开路说："傻吗？这所大学本部有留校任教、借调交流、调剂分配各种可能，你去了分校只能回昆仑山，和内地考生相比，这本来就不是公不公平的事儿。革命工作没有三六九等，身份地位始终有个高低上下，谁不愿意过得更轻松、更舒心，到适合生存的地方去啊，兄弟。"

刘轩坤说："班长，很庆幸认识你，让我在最重要的关头明白，从哪里来到哪里去不重要，重要的是越苦难越觉醒。像林晋一样，他最初不敢说自己是一个堂堂正正的守护兵，但他在最后守护住了内心的宁静，对得起未婚妻，对得起那片净土，没有人会说他不是个爷们儿。像你一样，当一个好班长，别以为我不知道，好几次深夜复习，你为了不打断我，替我多站了一岗又一岗；别以为我不知道，你不会有入学深造的机会，只是特殊的体质让你万分痛苦，可最终一言不发。认命但不认输，默然站成了一道山脉，这是最低调的炫耀。让我也继承你们的勇气，继续去大山深处寻找自我，四年后，会有一个更好的我。"

徐开路哭着说："少放屁！"

刘轩坤放下了听筒，向徐开路敬礼，徐开路放弃了劝说，他不知道此刻是无奈还是欣慰，刘轩坤向康桦笑着流泪，康桦比了一个爱的手势，火车开动了。

站台上徐开路回礼，不管刘轩坤看得到看不到，整辆列车都看到了，徐开路面对越来越快、一闪而过的列车，感觉有千言万语没有说出来，至少应该有一句是祝福的，可是没有时间再说，列车玻璃上他的映像无比清晰，病号服随风飘舞，列车开出去很远，站台工作人员来劝离的时候，徐开路眼前一黑，没有了知觉。

车厢里的乘客已经从刘轩坤渲染的离别情绪中走了出来，刘轩坤在密不透风的崇山峻岭、接二连三的隧道中正襟危坐，看见了藏有飞泉丽瀑的京西十八潭，也看见了一簇簇北方民居中的炊烟袅袅，但他满脑子都是站台上的两个人。他早就发现徐开路面色苍白，快坚持不住了，但仍然硬撑着，延续着他一贯的倔强。他早就发现康桦眼神里即将熄灭的色彩和渴望，但仍然装作在燃烧，那是对逝去的爱最后的尊重。他也早就发现周围的人面对陌生的剧情，其实并没有足够的耐心，但出于对道德高度的定义，仍然给予足够的配合，所以他也应该维护好心中刚刚固垒的城池，目光如炬，一路向北。

徐开路在病房醒来，发现医生给他用上了心脏、血压监测仪，各种信号声、波浪线，医务人员面色紧张，都证实着他的情况不容乐观，再看第二层"人马"，严峻、陈钰和康桦也来了。

徐开路说："这么大阵仗？让大家担心了，我的病我知道，回昆仑山立刻活蹦乱跳，精神百倍。"

陈钰说："能不吹牛吗？都这样了还逞能。"

严峻说："告诉你个好消息，兴许对你的康复有利，我们打听到孙炜的消息了。最大的功臣是陈钰，她托医院的战友打听到了孙炜住院时留下的信息，虽然这有些违规了，但成人之美的事儿，应该不会被责怪吧。"

徐开路脱口而出，连珠炮似的问："找到了？她在哪儿？还好吗？为什么躲着我？"

严峻说："好着呢，只是她还不能见你，她有顾虑。"

徐开路把心放在肚子里之后意识到自己的草率，说："也好，不见也好，她有她的生活。"

陈钰说："对，也好，你们本不是一路人，八竿子打不着。"

康桦说："怎么说话呢，他们不是一路人，你们是吗？"

陈钰说："怎么？我不配？他是标兵，我也不差，就我这形体、相貌、嗓音条件，哪场晚会少得了我。"

康桦说："我印象中你的审美不是这样的。"

陈钰说："就他那痴情的样子，也值得我修正一下审美。"

康桦说："你哪儿看出他痴情来了？他全程压抑，不敢爱不敢恨，说懦弱也不为过。"

陈钰说："痴情不是朝朝暮暮、无病呻吟，那些风风火火、虚张声势的感情，哪一段有好下场了？"

康桦说："听这意思你要横插一杠子，演一出半路杀出个程咬金的好戏？"

陈钰说："小姐姐，我在单位大小也是个角儿，三角恋是不归路，咱们不碰那个。"

康桦说："劝你理智，我刚斩断乱麻，你可别上赶着，别说他身体抱恙，就算痊愈，他和他的战友一样，不属于这里，他们都是一根筋。"

陈钰说："你不懂，在打探消息这一块，我号称穿破电磁迷雾的听风者，不久，他会下山，不下也得下。"

陈钰说得信誓旦旦，康桦丈二和尚——摸不着头脑。

第九章

风雪严寒中,比太阳更温暖的,是我记得你的好,你也没有遗忘。

幸福往往短暂,也正是因为短暂它才称之为幸福,它总会来,徐开路想。

虚掩的窗子有微风透进来拂过白色窗纱,空气中的甜味,中和了消毒水的刺激,医务人员离开了房间,徐开路很放松。

严峻临走的时候告诉他,昆仑哨又加派了人手,不要惦记,要好好养病,不痊愈绝对不能出院。这是他的忠告,也是汤支队长、苏政委的死命令。并承诺会派陈钰和孙炜对接,都是女孩子,沟通起来方便,他相信以陈钰的聪明才智、能言善辩,会在合适的时机把孙炜带来。徐开路听了这些心里很温暖,他说:"能有人惦记,高原兵感恩。"

陈钰也说,尽管把心放在肚子里,这事儿包在她身上。徐开路感激不尽,他有一肚子感激的话,但没见到孙炜之前,隐隐认为,说什么都为时尚早。

在等待孙炜的日子里,陈钰、康桦等人通过严峻的关系,申请轮流陪护徐开路,最无微不至的还要数陈钰,她给徐开路洗衣擦脸,端饭喂药,一丝不苟,寸步不离。徐开路问她为什么这么上心,她没有回答。窗外是八月十五的圆月和烟花,陈钰坐在昏暗的床头灯下,确信徐开路睡着了，才有空想想为什么对徐开路如此上心。她认为，换作别人，有女孩主动套近乎，肯定以为走了狗屎运，但徐开路没往这方面想，他是个感情白痴。凡事都有原因，陈钰接近他也不可能是心血来潮。

陈钰回忆：你徐开路肯定不记得前年的十大标兵颁奖典礼上，我是歌唱演员，主持人采访你的时候，我正在后台候场，和你近在咫尺，主持人半开玩笑地问你，荣誉上大丰收，情感上零收获，有没有考虑找个女朋友，现场和后台优质女孩一大把，我可以游说领导现场保媒拉纤。你的回答让我一下子记住了你，你说："我们高原兵真的没有资格提这要求，昆仑哨没有这方面的土壤，栽树树不活，种草草不长，就连搭个温室种点西红柿似乎也是奢望，现在最大的用途是给我们取暖用。谁都渴望伴侣，若是会给某一方带来痛苦，不要也罢。再说了，目前我们昆仑哨都是光棍，你给我一个人解决了，那得拉多大仇恨，半夜哨兵叫我的哨时，眼睛冒着绿光，脊梁骨都得发凉，还是算了吧。"你后半段调侃的时候，观众哄堂大笑，有的领导也跟着笑，他们觉得这个笑话讲得真好，展现了高原兵苦中作乐的态度，表达了高原兵牺牲奉献的精神。我没笑，我在流泪，这明显是一个比悲伤更悲伤的故事，我只是听着你的声音，看着你的背影，仿佛看到了昆仑山的伟岸。后来，我前往驻高原部队巡演，身临其境，尤其是在昆仑哨，看到没有华彩、没有霓虹、没有聚光灯时最朴素的你，你不仅没有走下神坛，反而每一个细节都刺激着我的感官神经，让我怎么忘记？最近一次被你感染，是你被孙炜困扰的桥段，你以为昆仑哨很闭塞，大家不知道，其实尽人皆知，你低估了自媒体的影响力，你的勇气、活力、隐忍、付出等特质，并不罕见，可集合在你身上，分外耀眼，这些都是这个时代年轻人最缺乏的东西。

陈钰越回忆越清醒，毫无睡意，走出房门，仰望一颗流星，她闭上眼睛，想要许愿。双手紧握后才想起已不是少女，不是漫天梦想布娃娃和玫瑰花的年华。作为大家千金，面容姣好，冰雪聪明，从小众星捧月，今天她却有了捧别人的冲动，而且还不知道对方识捧不识捧。

康桦告诉她："火车旅行家保罗·索鲁曾说，有昆仑山在，铁路永远到不了拉萨。"

陈钰说："而如今，铁路还是穿越十条隧道、六百七十五座桥梁、一千九百五十六千米，穿越冻土区、可可西里无人区，穿越零下三十摄氏度的极寒，到达了拉萨。"

康桦说："有时候功课做得再好，不如天赋和机遇，你明显处于劣势，除非……"

陈钰说："我知道你想要说什么，我不会那么做，昆仑山那么大都阻挡不了火车和人，我小小的心脏又能隐藏住什么呢。还是做光明磊落的人，干心无旁骛的事，一向自信的我这次也不例外。"

康桦质疑陈钰这次的自信指数并没有达到百分之百，而陈钰明显心意已决。

想到这里，陈钰深吸两口气，回屋给徐开路掖好被角，下楼消失在暗夜里，她在紧跟流星划过的速度和方向，那里也许永远无法到达，那里只有荒草柏树，但那里永存心间，那里光芒万丈。

那天晚上，陈钰找到了孙炜的出租屋，把徐开路的病情添油加醋地描述了一遍，孙炜不得不答应跟她去医院看看徐开路，但也重申了她的立场，只是出于人道主义的关怀。

现在孙炜推门进来了，徐开路梦想了很多次的画面发生了，他却手足无措了。陈钰上午还说孙炜有抵触情绪，还需开导一番，下午孙炜就站在了这里。孙炜看起来比徐开路刚从昆仑山路肩上将她救起来的时候还要消瘦憔悴，眼袋又大又黑，皮肤又黄又暗，衣品虽然还在，但再好看的衣服配上并没有打理好的仪表，能看出来她的心多多少少有些不在肝儿上，对于一个自媒体红人来说，她不靠搔首弄姿刷流量，没有直播变现，但这样的形象仍然说不过去。孙炜狼狈的时候徐开路见过，但像今天这样风和日丽的日子，她眼神里没有往日的火焰，事出有因。

孙炜说："本来还是没有勇气来见你，但你生病了我再不来，就过分了。"

徐开路看着孙炜单薄的身体，有呵护的冲动，一向内敛的他张开了怀抱，说："你没有勇气，那就需要我鼓起勇气。"

孙炜没有拥抱他，搬了张椅子坐在了他对面，握住了他像枯树皮一般的手。

徐开路笑了笑，掩饰不住地尴尬："这情景是反转了，机缘总是这么没有道理，你要拥抱我的时候，我瞻前顾后，现在我敞开怀抱，你却无动于衷了。"

孙炜说："我多想拥抱你，可你已经如此艰难，我帮不上忙，也不能添乱，你知道我的性格。"

徐开路说："你带病重回昆仑山怎么不认为是添乱，现在条件好了怎么能是添乱呢，你站在这里对我来说就是一种滋养。和你失去联系的每个日夜，我其实都在后悔，如果当初再对你好一些，是不是你至少会给我写封信？"徐开路的语速有些快，和他的心跳一样。

孙炜说："如果是这样，我更不该出现。"

徐开路说："为什么？"

孙炜把手从徐开路的手里抽出来，站起了身，脚尖朝着门口的方向："别问了，为你好。我们都是完美主义者，都想把最好的一面展示给对方，却每次都事与愿违，尤其是我，老天都不愿意让我们相聚的时候光彩丛生，是为了防止动人的场面在回忆里会刺痛我们的眼。但没关系，也许这就是你我之间的魔咒，不管发生了什么，你的善良、勇敢、执着和气魄，都打动着我，并会一直打动我。我曾跌跌撞撞去寻找昆仑山的美景和奥妙，到最后才发现你的身上兼而有之，我却总是舍近求远。当我觉醒，发现你就在那里，你不会离开，却也是机缘的尽头，就像氧气耗光，我不能再迈向巅峰，不得不和能量饱满的你背道而驰。好好休养,然后,去追求你的幸福,就当我是个无足轻重的过客,从来没有近距离触摸过你的肌肤,但我一定不会说从来没有爱过或者以后也不会爱这样的话。我需要你知道,我的生命从初见你开始已和你紧紧相连,只是我们厮守的方式,和这个世界接触我们的方式如出一辙,我们一同向前,我们渐行渐远。"

门外的陈钰有些目瞪口呆,她知道孙炜在和徐开路告别,但不知道告别的话原来可以这么丰富,又是山川又是大海。孙炜从房间出来,经过她身边的时候,她朝孙炜竖起了大拇指,并说:"其实没必要,分手时长篇大论,不是说给对方的,只是给自己找补而已,你觉得很有必要,其实越絮叨越纠结。"

徐开路又想拔掉针头和监测仪,被三步并作两步赶过来的陈钰按在床上:"不是你装,就是她在装,装模作样的感情累不累?她去意已决,你追回来有用吗?"

徐开路说:"我追她,不是为了和她在一起,她一定遇到困难了,她有难言之隐。"

陈钰说:"既然知道是难言之隐,你非要她自己说出来吗?说出来你确信可以帮她吗?如果帮不了,大家都下不来台有意思吗?"

徐开路说:"看来你知道发生了什么。"

陈钰想了想,知道纸包不住火,把孙炜的情况全告诉了徐开路,尽管孙炜还特意请求她要保守这个秘密。但陈钰认为谎言不存在善意不善意,只分早晚,是谎言都有露馅的时候,而越晚越疼。为了不让徐开路分散太多精力在这上面,耽误康复治疗,她和盘托出。然而,她这么做的结果,最初看来并不明智,她也曾后悔,但她无愧。

陈钰告诉徐开路,孙炜患了高原病,从格尔木回到北京治疗休养,每天都有陌生人来看望她,导致要仔细观察一番才能在满满当当的鲜花水果中找到孙炜。刚开始,孙炜很苦恼,换了一家医院,情况依旧,但好在他们没有恶意,而且很愿意听她讲昆仑山的故事,让她的情感有途径释放。在这其中，最忠实的听众要数一位叫郑康的男人，这人四十来岁，亮出的名片显示为说干就干文化传媒有限公司董事长。每天准点来孙炜病房打卡，眼神里流露着中年男子对年轻貌美有调性的姑娘的别样痴迷。对孙炜垂涎三尺之余，郑康在"塑造"成功人士的形象上还是可圈可点的，既不是财大气粗的暴发户做派，也不是低调谦虚的保守派，既不会让人产生排斥感，又可以让孙炜恰到好处地感受到他的实力。高档皮鞋永远油光锃亮，名牌西装一直板板正正，劳力士迪通拿总是在袖口处若隐若现，限量版的都彭打火机能在不经意间掏出来，并猛然想起这里不适合抽烟，而一脸歉意地揣回鳄鱼皮包，言谈中也不时夹带着几个名头很响的人物或者妇孺皆知的公司名称，以显示社交层面的优越。不仅仅局限于此，行动上也一丝不苟，他投资了副院长和科室主任，让他们也特地跑来嘘寒问暖，说是郑总交代过的，一定全力办好。没有条件创造条件也要给予她最高的疗养标准，房间换了大的，还请了高级护工，每日三餐不重样，联合会诊的专家也是他派豪车从各大医院接来的。这是外在的奢华，郑康还树立着内在丰盈的名片，和孙炜聊热门话题、小众文学、实验音乐、先锋思想都不落俗套，对于时髦段子也是张口就来，如数家珍。他说："虽然生来即苦，成功路上磕磕绊绊，受尽命运的欺凌，但不管如何艰难地创业，一天恨不能挤出二十五小时，都没有忽视过活出人生的宽度，注重文化素质的提升，没有被互联网时代抛弃，乐衷新鲜事物，愿意接受新潮思想的冲击和洗礼，能和公司的小年轻们打成一片。"他说："知道我为什么四十多岁，看起来却像二十多岁吗？"孙炜看了半天也没看出来他哪个器官像二十多，但不影响郑康的自我认定。他说："一个人一旦认为有房有车有存款就可以退休了，不再对自己有要求和期待了，那他一定是奔着老头生活去了，内心老了，人马上就老了，而我不是，我有梦想，和你们一样如鲜花般绚烂，所以我便能如鲜花般盛开着。"

孙炜说："非亲非故，这人情我可还不起。"

郑康说:"喜欢没有理由,付出不求回报。"

孙炜说:"那我更不敢接受了,我感情虽泛滥,但不烂。"

郑康说:"说哪儿去了,君子不夺人所爱,知道你喜欢昆仑山那位兵哥哥,三观极正。我也一样,不追星,只追兵,一生独爱五角星。"

孙炜说:"那你图什么?"

郑康说:"喜欢当然就想得到,但喜欢不一定能得到,得不到也不诋毁,要承认对方的优秀,这是男人的魅力所在,明知得不到,还珍存这份特殊的情感,这是灵魂的皈依、思想的升华以及弥足珍贵的人性裂变。"

孙炜被郑康一段时间来数番激昂言论所倾倒,一时有些找不着北。病中的人尤其敏感脆弱,郑康的气质明显和那些溜须拍马又对她有所防备,并不愿意全身心付出的普通观众不一样,好感逐渐建立起来。所以当郑康提出要和她签约的时候,她想到,不安分的自己需要稳定的经济来源支撑,遍览大好河山的梦想没有足够财力很难实现;她想到,将来徐开路退伍之后没有一技之长,这样的高原兵,在社会上也没什么路子,毕竟有路子的不会这么执迷不悟,当他步入社会,几乎不可能和这个浮躁的世界快速地和平相处。所以有必要结束这单打独斗的局面,长久不过气的自媒体需要团队,需要幕后推手,那样可以积攒一些资本,给将来的徐开路试错的机会,也能让他们将来的感情不至于风雨飘摇,新时代的女性是时候开窍了,理应为未来担起责任。她答应了,当看到郑康开出的合作价码和抽成指数之后,她甚至没有找律师等专业人士研读一下合同条款,大笔一挥就签约了。当然,这也是噩梦的开始。

孙炜出院之后开始接受郑康的工作调遣,一开始他还中规中矩,后来要求越来越过分,他让孙炜出席各种格调极低、尺度极大的酒会、庆典、时装秀和商演,并且在收益上偷报瞒报。更可气的是,他让孙炜带货,孙炜手上拿的货是真品,而他发出去的货,却是假冒伪劣产品，挂羊头卖狗肉。而且他手上不止一个号，可以频繁更换马甲，被坑的群众根本找不到卖家任何有用的信息，投诉无门，索赔无门，很多自认倒霉。但更多的人把账算到了孙炜头上，眼看着声誉狂跌，网上骂声一片，不到一个月孙炜便撂挑子不干了。这时候郑康露出了他的本来面目，把合同往孙炜面前一摔：" 走可以，按签约额的三倍赔偿。"

　　孙炜说："你违约在先，我为什么要赔偿？"

　　郑康说："哪一条写着我违约了？"

　　孙炜说："我要告你。"

　　郑康说："你有证据吗？"

　　孙炜说："照片、视频、录音，都有。"

　　郑康说："网上的事情，首先有平台撑腰，不合法的怎么可能上线？另外，企业法人不是我，你告，告赢告不赢暂且不说，即便告赢了，我有替罪羊，而且你是他的垫背，你去啊。"

　　孙炜说："我……你……"

　　郑康说："一百八十万，当了裤子也筹不到吧。"

　　孙炜说："我先还你八十万，剩下的慢慢还，行不行？"

　　郑康说："不如我给你出个主意，你接着干，就当这事儿没发生，或者你陪我到北戴河玩几天，海景房、落地窗、大圆床，把爷伺候舒服了，这账一笔勾销，多少人打着灯笼来找我，我都懒得看一眼！"

　　孙炜说："滚你大爷！"孙炜把合同砸在了郑康脸上，郑康也当仁不让，一拳把孙炜打倒在地，还翻滚了几圈，当即昏厥过去。

　　孙炜躺在地上像一摊烂泥的时候，郑康在琢磨，本来要和她一起吃相好看一些，岂料她掀了桌子，撕破了脸，再用原来的套路在她身上榨油，既不安全又不斯文，那不是一个有思想的黑心商人应该走的路线，干脆接受她的方案。于是孙炜刚睁开眼，迷迷糊糊中签了一张一百万的高利贷借条后，暂时恢复自由，但这利滚利的贷款方式，还是让孙炜如坠深渊，暗无天日，比原来双方相互讲究的体验还要差。本来还憧憬着未来扶持徐开路一把，过上好日子，这下可好，她想都不敢再想徐开路，更不敢把真相告诉他。他虽然扛枪站岗、雪域巡逻、有枪有弹、有勇有谋，听上去满满的安全感，可实际上他的世界并没有与现实接壤。在市场经济的任何一个领域，和这群有文化的西装流氓相比，他都算得上典型的弱势群体。靠嘴说不赢，打又没法打，甚至连打照面的时间也抽不出来，告诉他等于在他心头剜个口子，还找不到解药。接下来，一个自由奔放的人彻底沦陷在这无休止的还款之中，哪还有心情和徐开路联系。

当陈钰竹筒倒豆子般地把情况都说了，徐开路心惊肉跳，继而感动不已，随之火冒三丈，但他忍住了，他不愿意在陈钰面前把个人情绪渲染得那么极端，他想，做一件事情之前，大张旗鼓不是好的选择。

徐开路咬着后槽牙说："水深火热，我不能坐视不管。"

陈钰说："你想干什么？"

徐开路说："报警。"

陈钰说："别人不会报警吗？像郑康说的，现在报警，就算孙炜完了，也不一定能整倒他。"

徐开路说："当然不是这个时候，我有办法。"

陈钰说："不要乱来，我已经向严峻处长报告了情况，他会想办法帮忙的。"

徐开路说："没错，他很有能量，可不管孙炜承认与否，我都曾是她最亲密的人。"

陈钰说："你们有亲密过哪怕一天吗？"

徐开路说："但在我心里，我们共同生根发芽，我们无法割舍。"

陈钰说："听你这话酸得倒牙，但这也正是我看好的你。我告诉你的目的不是让你做什么，只是希望你和她之间的情感不至于无处安放，好与不好，都不用再猜。我还希望，她不孤独，不管将来这件事儿能不能解决好，至少你在她心里，还是那个昆仑山上为她舍生忘死的英雄。而我，仁至义尽了，再有什么举动都是正常的……"

陈钰走后，徐开路告诉院方不再需要陪护，不必再安排人来，他白天在医院休养，晚上找时机逃出去"蹲守"郑康，他要找到郑康违法犯罪的证据。他神出鬼没，时间拿捏得十分精准，上夜和下夜护士交接班时会有一次查房，他都能准时出现在病床上。护士刚一走他便顺着厕所唯一一扇可以打开的窗户，爬水管下楼。爬惯了山崖、峭壁和雪窝，这障碍对于他来说，在平时几乎如履平地，可现在他没有痊愈，强忍着伤痛行动，为了孙炜他不怕麻烦。但天不遂人愿，接连几天，徐开路眼睁睁地看着郑康出入高档夜场、豪华酒店，左拥右抱、觥筹交错，过着放荡的生活，钓孙炜上钩时的伪装卸得干干净净，想不通聪颖过人的孙炜有了利益诉求之后，也会被轻而易举地抓到软肋。徐开路在暗处气得咬牙切齿，但由于身份的限制且缺少侦察设备，又是几天过去了，除了拍摄到一些郑康出入各种娱乐场所的照片，并不能深入掌握他违法犯罪的核心证据，连他存放假货的仓库在哪儿都不知道，恶魔在眼前，却不能动分毫，徐开路煎熬万分。而与此同时，孙炜被高利贷折磨得不人不鬼，连轴转地走穴，赚取并不多的钱，面无血色、心力交瘁，整个人如行尸走肉，而他的跟踪又毫无进展，他思来想去决定先把钱替孙炜还了，再慢慢想办法对付郑康，但凭他的实力又去哪儿一下子弄这么多钱，只好求助远在高滩的母亲刘彩。不打电话还好，和妈妈一联系上，徐开路顿觉坏了菜。刘彩这些天在家没消停，徐开路扎根高原她没说过什么，现在徐开路得了这么多怪病，刘彩顿时慌了，以前她就多次放话给徐开路："你可以不继承我八个灯笼的大饭店，可以不做生意，也可以在高原一直干下去，但一定不能有什么闪失，你爸已经被昆仑山夺走了性命，我不希望你也是这个下场。"现在徐开路的病触碰到了她的底线，她不得不改变初衷。

视频通话中，刘彩说："要钱？我正要找部队要人！回来，必须回来，没得商量。"

徐开路说："这不是什么不治之症，哪个高原兵身上不带点儿小毛小病？内地长大的人，体质本来就和高原格格不入，我好不容易适应了，再撑过这个坎，就百毒不侵了，不能这时候前功尽弃。"

刘彩说："说破天也没用，不能再留在高原，还是回生你养你的大高滩。"

徐开路说："我中士还没到期。"

刘彩说："我明天就去民政局开证明，提前退伍。"

徐开路说："您身体健康，咱们家生意兴隆，没有理由给你开证明。"

刘彩说："都像你一根筋，这人情社会中还能混得下去？从今天开始我就病了，心脏病、脑血栓、半身不遂、大小便失禁、生活不能自理，县医院院长是我小学同学，这一系列的事儿我手拿把掐。"

徐开路说："妈，您是军属，是遗孀，要有觉悟的，这是弄虚作假，您不会这么糊涂，领导也不会同意的。"

刘彩说："就算知道这是假的，没有哪位领导肯看我的笑话，谁看我的笑话，谁就是个笑话。"

徐开路说："妈，您不能这样，我是成年人，有人身自由。"

刘彩说："你自由，当我在你的入伍通知书上签字，你就没有自由了，你的青春属于国家，你的未来必须在家。父母在，不远游，父亲不在只剩老母，更不能远游！"

第二天，刘彩果真把县医院的伤病鉴定搞到了手，而且为了烘托气氛，特意坐着轮椅去开了证明，没有人质疑她的真假，或者说没有人愿意去质疑她的真假。她及时把证明拍照片给徐开路看，证明上鲜红的大印章让徐开路脑瓜子嗡嗡直响，他从没感觉到离退伍如此之近，或者，此刻身穿病号服的他，俨然和退伍了没什么两样。他在梦中惊醒，梦里全是他和林晋、刘轩坤、安逸、陈爱山和几个新兵挥手作别的情景，还有孙炜，孙炜无助的眼神也刺痛着他，他醒来一身冷汗，满眼是泪。

徐开路竭力稳定着情绪，很不习惯这种不被尊重的感觉。

徐开路对妈妈说："当年，你也是这样对爸爸的吗？"

刘彩说："没有，如果当年对他也这么苛刻，兴许他还活着。"

徐开路说："其实，其实想想，高原那么苦，那么累，谁不愿意离开呢？离开我，还有一茬茬儿的军人，昆仑哨不会怎么样，火车照样可以到达拉萨，太阳照常可以升起，没有什么东西可以挥之不去，包括那深入骨髓的高原情结、那融入血液的崇高，以及老百姓对我们高原兵高看一眼的理解和祝福，也会在日复一日的平淡生活中逐渐消逝，但能不能让我完成最后的仪式，像十八岁你给我过的成人礼一样，承前启后，不失庄严？能不能让我从今天开始做好离开的准备，并把剩下的每一天好好珍惜一遍又一遍，和每一个熟悉的角角落落说再见，和每一个朝夕相处的战友说再见？"

刘彩说："不能。"

徐开路说："那好吧，你递交材料吧。"

刘彩不知道，她提出让徐开路提前退伍的当晚，徐开路就想到了这样的出路，他相信妈妈决定了的事儿，基本没有阻碍。他想，口口声声地保家卫国，保卫人民，如果连孙炜也保护不了，何谈这宏观的理想，这不是战争时期，一个萝卜一个坑。即便他和孙炜没有这层关系，脱下军装可以救一个人的命，他想这也是对军装最好的敬畏和对自己最大的成全。

刘彩没想到徐开路昨天还是一种态度，今天竟答应得痛快，她不知道到底什么样的女孩可以让儿子做出最难的选择，她对孙炜产生了极大的兴趣。做生意多年，见多了形形色色的人，她没有想过哪一种情况可以让单纯的徐开路如此放不下。

刘彩问："不再想想了？"

徐开路说："我不想了，我需要钱。"

刘彩说："那我要想想了。"

刘彩这一想，三四天过去了，没有一点儿动静。有动静焦虑，没动静忐忑，徐开路坐不住了。因为孙炜扛不住了，郑康没有停止对她的骚扰，而自己的休养期也马上要结束了。不管怎样，调查还是要继续，不能停下来，他不知道有没有结果，只知道该不该去做。

又坚持了两天，这天凌晨一点左右，徐开路有意外发现，郑康从桑拿城出来。往日这个时间段他要么喝得跟跄跄，要么抱得美人归，或者狐朋狗友前呼后拥换场接着玩乐，但今天他独自一人开车离开，徐开路立马叫了一辆出租车跟在后面。郑康左兜右绕，好像在刻意躲避什么。直到他放松了警惕，将车开到一个村庄尽头的开阔地，并驶入一处独门独院的大民房。徐开路没有让司机师傅跟进，自己提前下了车，查看地图发现这里距离市中心有四十千米的路程，进村的路只有一条，道路狭窄，院墙高耸，墙头还竖着蛇形刀刺网。

正琢磨着怎么接近这处院落，不一会儿有强光照来，一辆厢式货车缓缓驶来。徐开路连忙闪入树林，看到院门大开，从里面走出十几个人，打开了厢货后斗，开始卸货。徐开路想，这些货物应该是半成品或者原料，就是陈钰所说的郑康制贩假货的老巢，他没有掉以轻心，因为一般像这样的要害部位，必定严防死守，不会让人轻易抓到把柄。果不其然，徐开路侦察发现，民宅四周装满了摄像头，几乎没有死角，他想，里面一定有终端控制室，有专人值班，想要从人眼皮子底下进去要冒很大的风险，尤其是老大郑康来了，小弟更会提高警惕，不敢渎职。徐开路研究了很多种方案，又都一一否定，眼看天快亮了，还是无计可施，正一筹莫展之际，院门又开了，徐开路看得清晰，郑康带着十几个人钻进了厢式货车，车开走了。徐开路大喜过望，他们一走压力骤然减小，行动起来才觉顺畅，很快，他找到了不远处的下水道口，凭着记忆辨别着方向，摸索进院子里，自认为这下如入无人之境，肯定能把郑康的老巢挖个底儿掉，岂料，刚钻出来，就被人团团围住，被摁在地上连挣扎的机会也没有。

郑康穿着皮靴，对准徐开路的后脑猛踹数下，徐开路脑海里闪现着榔头捶西瓜的镜头，而他的脑袋正如那个倒霉的西瓜，鲜血像混着汁液的瓜瓤子黏黏糊糊地淌进他的眼睛里。但他没有昏厥，他还能听到郑康的狞笑。

郑康说："好家伙，不光鬼，还挺硬。但是你错估了我的实力，你以为我夜夜笙歌，是个酒囊饭袋？屁股后面天天有双眼睛盯着我，我能一点儿没有察觉？从你第一天出现，我就把你印在眼珠子里了。"原来郑康刚才离开是假，走了没多久又绕到民宅后侧从地下通道爬了出来。徐开路心说，这狗日的何止是制贩假冒伪劣产品这么简单，看这阵势制毒都有可能，简直煞费苦心。

郑康蹲下来说："别怕，不要抖，我是守法公民啊，你是人民子弟兵，我们亲如一家，可不会傻到弄死兵哥哥，但皮肉之苦是免不了的，擅闯民宅挨顿打不冤吧。"

见徐开路不言语，郑康说："你还真是个犟种，不知道孙炜这小娘们儿给你灌了什么迷魂汤，让你神魂颠倒。不过可以理解，没得到之前，都是好的，试过之后，爽不爽才会心中有数。我只是看你可怜才劝你，不要用情太深，这世上哪有什么冰清玉洁的白莲花。"

徐开路心里"咯噔"一下，说："什么意思？"

郑康把徐开路从地上拉起来说："你太单纯，告诉你，怕毁你三观，不告诉你，我又没法收场，毕竟我是正经生意人，还要开门迎客做生意，咱们今天还是打开天窗说亮话，这孙炜和我朝夕相处二十多天，一个是阆苑仙葩，一个是美玉无瑕，一个干柴，一个烈火，我俩要是不能珠联璧合、水乳交融一下，对得起我多年行走江湖积累的色界翘楚的名声吗？"郑康试图用这一招断徐开路一门心思为孙炜报仇雪恨的念头。但是他不知道，有的人受了屈辱会逃避，有的人则会奋起反击。

徐开路吼："信口开河！"

郑康说："孙炜为什么不愿意和你再续前缘？是不想拖累你那么简单吗？有那么高尚吗？小姑娘受了委屈哪个不想第一时间找一个依靠？明显她心中有鬼。"

徐开路心如刀绞，说："你到底对她做了什么？"

郑康说："别打破砂锅问到底好吗？有些事说得太白会很残酷。"

徐开路说："老子不信！"

郑康说："那我让你死心，我也不怕你报复我，因为你是军人，不会伤害老百姓的。"郑康说着取出手机，不堪入目的画面映入徐开路眼帘，徐开路瞬间眼睛充血，红得像朝霞满天。

徐开路薅住郑康的领子说："你肯定下药了！这是犯罪！"

郑康不急不躁地说："谁说的？孙炜吗？莫说我没下，就算下了，她承认吗？都过了这么久了，现在承认还有人信吗？人家只会认为事情败露，她想反咬一口而已。放心，她不会承认，最不愿意这段视频公之于众的就是她，这事儿搞大了，鸡飞蛋打，再无出头之日，你还是把心放肚子里，该干吗干吗，这事跟你没关系了，我不会难为你的。"

徐开路悲恸欲绝、撕心裂肺，想马上活剐了郑康，但对方人多势众，立即反抗似乎并不是明智的选择。郑康已经放出话来，他有更好的选择，可以事不关己高高挂起，毕竟孙炜愿意与否，都不再是原来的孙炜，她明明可以不蹚这个浑水，明明可以辨别善恶，明明可以向他坦白，争取他的原谅，但她都没有做，所以她也许并不值得那么留恋。徐开路心说，郑康等人的目的也是让我这么想，我要是跟着他的思路走，他也会笑掉大牙吧。

郑康说："看发生在自己身上的戏比看别人的戏刺激多了，我明知道你拿我没辙，却还是期待你有新的表现。"

徐开路说："除非我死，不然咱们死磕到底。"

郑康说："我陪你玩，我不是中国籍，也有足够的时间离开这儿,在我厌烦之前,你还是赶快做决定。"郑康有恃无恐、不知廉耻的样子,在徐开路眼睛里聚焦、摇晃、幻化,恶狼疯牛、塌方落石、高原设施破坏分子也不如他令人生厌,至少它们只有一面,而他,人面兽心,形同鬼魅。

第十章

荒原告诉我，就算被无情碾压，平静依然是我的品格；高山告诉我，就算被炮火削平脑壳，那包裹旗帜的胸膛也依然在跳动。

黎明欲来，雨先而至，冰凉刺骨。

徐开路面前出现一洼血水，倒映着失败者的影子。十几个彪形大汉鄙夷地注视着毫无还手之力的他，不存期待，他们可能在想，这就是传说中的士兵，只会口头严正抗议，年轻的脸上已没有波澜。徐开路的脸也确实和这早晨一样，在鸡叫虫鸣中迎来悲伤的雨水和清冷的雾气。

郑康有些倦怠了，打了一个长长的哈欠，以此来表达对徐开路长久不表态的不满。他亮出一张白纸，徐开路没有看的欲望，郑康念了出来，"故事情节"是徐开路因为和郑康、孙炜三人间的感情纠葛，擅闯民宅，伺机打击报复，被当场抓获，双方取得谅解，互不追究责任。徐开路充耳不闻，郑康念得声情并茂。

郑康说："什么时候想通了，把钱还了，再在我这份材料上签个字，你就可以走了，大摇大摆地走。"

徐开路说："做梦！"

郑康说："给我关起来！"

十几个人把徐开路五花大绑地押到厢房改成的仓库里，徐开路很配合，在郑康看来，这是乖乖就范，而只有徐开路知道，脱离了重围，才有进攻的机会，静如处子不一定提升士气，但大呼小叫一定无法积蓄力量。

暴徒们把徐开路"安顿"好，站在房檐下抽烟，不时瞄一眼屋里，发现徐开路老实得像只斗败的公鸡，警惕性放松了不少。郑康歪靠在躺椅上，眯着眼喝起了工夫茶，一泡茶下肚，神清气爽了不少，还总结道："深夜的酒果然不如清晨的茶。"郑康相信，要不了多久，徐开路肯定会想明白，不是人人都有条件见义勇为，徐开路甚至会提出没钱但可以签字的要求。郑康想，如果是那样，一定会答应他。如果是第二种选择，始终不表态，那么他也有办法，转移就是了，狡兔三窟。但他没有想到的是，徐开路开拓出第三种选择。

当郑康倒掉茶叶渣子，刚沏上新茶的时候，手下发出了惊呼："人呢？遁地了？"

郑康一骨碌从躺椅上爬起来，往门缝里看，哪里还有徐开路的踪影。郑康镇定地打开门锁，一脚踹开房门，他知道徐开路还在里面想搞事情，一句国骂刚说了一半，灭火器的粉末迎面而来，灌了一嘴，随之挨了一记窝心脚，郑康从门口直挺挺地飞落到院子里，摔得七荤八素。灭火器喷完时，十几个家伙全成了粉人，视线明朗了，徐开路抄起门边消防桶里用来铲消防沙的铁锹挥舞起来，最靠前的一个家伙，胸部结结实实地挨了一锹，闷哼一声，血喷出来，紧接着另一个倒霉鬼的脑袋也被开了瓢，徐开路的铁锹上下翻飞，现场不时发出铁器与骨骼碰撞的声音，锹锹不落空，院子内各种惨叫、各种狼狈，乱成一锅粥。有人从北屋取来了混子标配的钢管、镐把、短棍，电棍噼里啪啦冒着蓝火，听起来就令人毛骨悚然。刚才一轮狂战，即便有三五个家伙丧失了战斗力，但剩下的人足以让耗尽体力的徐开路无法抵挡，很快被三五支电棍怼翻在地，翻着白眼，满身筛糠，裤裆湿了一大片。徐开路还有意识，他想这么一来已是背水一战，不成功便成仁，只要还有一口气，他也要和郑康拼命，没有退路了。郑康眼瞅着徐开路在地上翻滚抽搐，不急于上前补刀，像看一只被注射了麻醉药物即将被送进马戏团的野兽，再凶狠也是明日黄花。

半晌后，郑康拿过手下的镐把，在徐开路的腿上猛敲几下，徐开路呻吟了两声，像被烫卷了的树叶或者煮红的活虾，身子蜷缩在一起，再无动静。郑康揪着他的脖领子说："以弱胜强，以小博大，以进为退？你不知道什么叫傻人有傻福吗？太有想法的人死得快，给你规划好了路线你不走，非要撞了南墙才知道错了？"

徐开路口水淌了一地，不是馋嘴，是嘴巴不受控制，他眼前都是牛鬼蛇神们扭曲的脸，刚才剧烈活动之后，汗液急速排出体外，热量流失，这会儿他很寒冷。又是几记闷棍，他反而觉得这几下像冬日的暖阳，让他的神经有了知觉，像卖火柴的小女孩又看到了希望。他说："撞了南墙才发现，哪有什么对与错，这世间也没有那么多南墙，南墙都是你自以为的阻隔，只要是墙，都会有门，左右再看看，也许旁边就是出口。"徐开路一边说话，一只手悄悄又握住了铁锹的手柄。

郑康说："都这时候了你还给我上哲学课？心是真大。"

郑康又举起镐把，猛敲了徐开路的身体说："门，我让你找门，我让你找门！"

郑康刚说完，徐开路躺在地上用尽最后的力气把铁锹挥出了一个半圆的弧线，铁锹锋利的尖刃划破了郑康的脚踝，脚筋割断，鲜血飞溅，郑康尖叫一声摔倒在地。徐开路立即扑上去咬住了郑康的耳朵，任由众人对他撕拉拖拽，棍打棒抡，皆不松口，郑康也用鹰爪一样的手掐住徐开路的面门，指尖深嵌进徐开路的血肉里，徐开路破相、骨折，但都动摇不了他搏命的决心，士兵用肉身成全一场完美战斗的决心，他的目光狰狞而坚韧，并肆意地注视着傀儡们躁动抓狂，但再雄心壮志的烈火也有熄灭的时刻，徐开路的火焰最后跳动了几下，只剩内心在燃烧。差点儿被咬掉半边耳朵的郑康，捂着血淋淋的伤口接过手下递过来的一把明晃晃的匕首，准备插入徐开路的心脏，举起匕首的时候他有些许的犹豫，毕竟他谋财不害命，另外对徐开路的身份也有所顾虑。短短几秒钟之后，郑康的脚筋和耳垂劝他要放下理智，行走江湖，要争一口气，和纯粹的生意人不一样，混子可以不挣钱，但不能在兄弟面前跌了份儿，落下人的名号，那样很难再昂扬。

这时，大门被顶开了，一名白发苍苍但容颜看上去并不衰老的妇人站在大门正中央，她的身后站着三个矮矬敦胖的中老年男子，他们一人手里握着菜刀，一人手里拎着炒勺，一人提着两根擀面杖，杀气腾腾组成"厨师杀手团"，气势上比郑康的"白粉末小队"要牛气得多。

郑康笑出了声说："哪儿来的火头军，是来煎炒烹炸的吗？"

来人正是刘彩，她这两天没有跟徐开路联系，是忙着筹钱，八个灯笼的饭店，听上去气派，要想一下子拿出两百万，着实困难。但为了儿子她只好抵押了祖业，把两百万现金装进行李箱，开车直奔北京。昨天，她利用当地的人脉，和徐开路前后脚找到了郑康的据点，为了不打草惊蛇，破坏儿子的计划，一直在观察院子里的动静，当听到一声声惨叫传来，她心惊肉跳，知道不能再等了。

徐开路认出了母亲，两人四目相接，身体都受到震动，痛苦溢于言表。徐开路试图把几乎被打断的腿放置得更自然一些，但越摆越尴尬，根本无法有效控制，有水珠从晃晃悠悠的裤管中淌出来，他想要抬起手，却被一个黑胖子死死踩住，他只能昂了昂脑袋，强撑着瞪圆眼睛，想要以一个温柔一些的表情来面对母亲，却没想到表现出来得有多狰狞。

院子里非常安静，簌簌的雨声见证着这一切，敲击着她的心尖，刘彩的眼睛瞬间布满血丝，花白的头发湿漉漉地粘成一绺一绺的，随意散布着，能看出她这半夜等待的煎熬苦楚，脸上的肌肉在抖动，像冷也像电击，但她这个状态没有维持太久，在用余光看到郑康的时候，在徐开路稳定住头颅不再摇晃的时候，在身后厨师菜刀的寒光闪到她的时候，她恢复了镇定，像一个威风凛凛的女将，站出了霸气的姿势，投射出和菜刀一样的光芒，她想要以此来证明她有能力把徐开路从这里弄走。

徐开路说："你来干什么？我们已经断绝关系了，我不需要谁救我，你走！"

刘彩看了一眼惨不忍睹的徐开路，对郑康说："放开他，不然我油炸了你。"

郑康说："我会栽在一个老妇女手里吗？你有点儿姿色也可以啊！你什么都没有！"

刘彩说："我们还是心平气和地谈一谈，你要的是钱，我把钱带来了，放开他，你不吃亏。"

郑康说："把钱献上来。"

一名厨师把拉杆箱拉到郑康面前，打开，里面满满当当的钱。

郑康一个眼色，示意手下照单全收。

刘彩说："先放人。"

郑康说："我会让你们团聚的。"

话音未落，大门被从外面重重地关上了，刚刚从门口投射进来的光亮消失了，阴影打在刘彩和厨师们的脸上，厨师们顿时慌张，四下张望，他们手里的家伙事儿显得单薄可笑。

刘彩纹丝未动地说："不讲究啊，拿了钱还想扣人！"

郑康说："在我的地盘上，我就是规矩，是你娘俩破坏我的规则，世界一直风平浪静，你们非要惊扰它。"这是郑康的逻辑，不管我做得对不对，我习惯了，你们影响我就是你们的不对。

刘彩说："要走我和儿子一起走，要留那就一起留，但我有一个要求，把我的人放了，他们原本都是我店里的员工，现在已经不是了。为了给你筹钱，我把饭店兑出去了，我们现在没有主雇关系了。"

年长一些的厨师说："您别这么说，您对我们不薄，我们不会当逃兵。"

徐开路听明白了，为了救他，妈妈现在已经一无所有，他说：

"谁让您把饭店兑出去的？那是您唯一骄傲的东西，它带给您名望和地位，这些我都给不了您，我只是索取，从来没有给过您什么，包括希望，包括陪伴。"

刘彩说："矫情什么，没有你，我骄傲给谁看？"

郑康不愿意再看他们的苦情戏，他拿到了钱，本来可以适可而止，但他觉得自己伤得比徐开路要重，太影响他前半生的光辉形象，他要徐开路再付出些代价，他能想到的最好的报复方式就是当着徐开路母亲的面，再给他一点教训，有辱母案，辱儿案也可以有，让徐开路和刘彩各自想这段经历就心有余悸，这事就算结了。可他没想到，太多事该结束的时候不结束，腻歪下去，便一发不可收拾，像已然决堤的坝口，只会越发泛滥。

郑康一瘸一拐地走向刘彩，和她对视，刘彩有一股子狠劲，哪里会示弱，这股子狠劲是徐建中赋予的，还是徐开路感染的，还是她感染了英雄老子和好汉儿子，不得而知，总之他们一家都是这样的血脉，难分彼此，难分伯仲。郑康忍受不了这眼神，他一挥手，手下扑向刘彩，刘彩等人虽气势汹汹，但面对终日以打架斗殴为主业的社会渣滓，他们难有胜算，注定的败仗也要打，但在将打未打之际，一个人从围墙上摔了下来。

"扑通"一声，众人呆愣住了，等这人摇摇晃晃地站起来，郑康才惊喜地发现，还有意外收获，正是孙炜。孙炜的连衣裙和皮肤被蛇形刀刺网割破了，娇嫩的脊背混合了血色，有些凄美。

孙炜大喝："郑康，你够了，想怎么样冲我来就是了！"她成功震住了全场，刘彩看到了把儿子害成这个样子的罪魁祸首，表情复杂。郑康眼前一亮，他朝思暮想的刚烈女人终于愿意面对他，很多时候把水搅浑只是为了见到某个人，得到某个人的回应而已，他有钱有势也难以免俗，徐开路瞬间更加沉重，落雨更加刺骨，他停止了挣扎和颤抖，呆若木鸡。

孙炜是怎么知道这里的？她想通了，准备主动报警说明情况，算是自首，只有这样才能彻底结束闹剧。而在这之前，她要再看一眼朝思暮想的徐开路。她一大早就到了医院，值班护士也没有发现她，她透过玻璃往病房里瞧，徐开路躺着的样子她在心里预习过无数遍，所以一眼就知道被子中的人是用衣服、枕头堆起来的，不可能是徐开路。

孙炜猜徐开路到底去了哪里，护士在她身后摇头叹息："我帮不了他，连续几天都搞这名堂，还以为我们不知道，他们这些伎俩我们能不知道？我们可是天天和伤病员打交道。看在他是典型的分上，不想拆穿，希望他能迷途知返，却越来越不知收敛。你是他女朋友吧，抓紧劝劝他，这些山沟里来的士兵看见灯红酒绿的城市，不想往外跑才不正常呢，但也要懂得节制啊，你说他，比我们说有用。"

孙炜抱歉地说："对不起，给您添麻烦了，看我怎么收拾他！"

孙炜嘴上这么说，心里有预感，徐开路一定不是去花天酒地了，她打电话给徐开路，无人接听，跑出医院，看到外面的萧瑟街区，梧桐树的叶子在清晨的雨雾中纷纷扬扬地落下来，像她杂乱的心绪，一辆清洁车沙沙地驶过，留下干净的路面，像她的大脑，一片空白。她不知道去哪里找徐开路，这座城市虽大，没有一样东西可以见证他们的情感，走出那个病房，徐开路像是从未出现过，跟谁都没有任何关系，这里不属于他，他也不属于这里。

良久之后，孙炜想起一个人，可能知道徐开路的下落，她拨通了陈钰的手机，她张口就说："你知道徐开路去哪儿了吗？护士说他连续几个晚上都不在医院，今天都这个时候了还没回来，不会出什么事吧，我担心他。"

陈钰"啊"了一声，马上猜了个大概，事关重大，不敢再有隐瞒，陈钰坦白了对孙炜的背叛，孙炜惊得手机掉在了地上。她确信徐开路一定跟郑康这只老狐狸产生了交集，她知道郑康的大部分去处，包括郊外那座院子。陈钰捡起手机，马不停蹄地到处找徐开路，直到找到院子，耳朵贴墙听到里面有动静，作为一个户外爱好者，利用树干和藤蔓艰难地爬上了墙,果然发现正是两军对垒的关键时刻。

所有人的目光都在孙炜的身上,而孙炜的眼里只有徐开路。她看见徐开路完全变了一副模样,在昆仑山他虽然土里土气,但也是铁打的汉子,而现在他像被踢伤的刺猬,蜷缩在刚刚被他用铁锹砸倒在地的歹徒中间,她能想象之前徐开路到底经历了什么,眼泪止不住地淌下来。更难过的是徐开路,这不过一会儿工夫,生命中最在乎的两个女人前后脚出现在他面前,而他幻想的相见,是他骑着高头大马,胸前戴着红花,满面红光、笑意盈盈地和她们见面,至少应该是穿着整洁的衣服,刮干净了胡子,揭掉了脸上的死皮,清清爽爽地和她们打招呼,而不是现在这样。都这个时候了,徐开路还在注意个人仪容仪表,死也要体面一些。

孙炜对郑康说:"你的要求我都答应,我知道你折磨我是假,实际上是想让我就范,现在我来了,你想怎么样都可以,不要再纠缠他们。"

徐开路说:"钱已经还了,你不用再作践自己。"

孙炜淡淡地看了徐开路一眼说:"可我欠你的账没办法再算了。"

徐开路知道她说的是什么意思,脖子上的青筋暴起。

郑康说:"我想到了其一,没想到其二、其三,惊喜接踵而至,这游戏好玩了。我等你这句话等了很久了,只是不应该是这种方式,事情本来应该有个更好的结局。"

徐开路说:"你成功了,我在你的协议书上签字,我们互不追究,就当一切没有发生。"

郑康的体会是,刘彩是简答题,徐开路是选择题,孙炜是送分题,现在统统都不再是问题,而是答案,他说:"你看你看,哪有什么逆流而上,人最懂顺势而为,我们在各种境遇下能找到说服自己的理由。选择妥协可以皆大欢喜,永远是故事的美好结局,而不是伤敌一千自损八百,那样的话,只会平添苦恼。"

不大获全胜不罢休让郑康如鱼得水,也让他万劫不复,当着兄弟的面,他不可能这么好商量,他还在思考如何让徐开路再次留下点儿阴影。突然"哐当"一声,大门被破门器撞开了,荷枪实弹的武警从门外涌进来,郑康挣扎着逃跑,被第一突击手一枪撂翻在地,其他人十分娴熟地蹲的蹲、跪的跪、趴的趴,手抱头的姿势相当自然,根本不用提醒,一看就是"老玩家"。严峻和陈钰从人群中走出来,严峻背着徐开路,陈钰扶着哭泣的孙炜,众人一言不发,默默地结束了这段插曲。看起来都是巧合,又都顺理成章,其实这是一个个套索,几方人马好像互不干扰,其实环环相扣。严峻对这些事儿早已心知肚明,陈钰就是他派出来的,这一切都在他的掌控之中。严峻批评徐开路:"这样的事情,不是你一个人能承担得起的。但也不能怪你,你骨子里的寂寞,让你认为所有的事都要自己扛,但其实不然,当亲人、爱人面对危险,选择挺身而出、铤而走险是人之常情,但有时候大可不必当孤胆英雄。"

本来是来养病,现在却更伤痕累累。伤筋动骨一百天,徐开路又要在医院继续住下去了。

刘彩要回去,临走没有怨天怨地。她告诉徐开路:"你和你爹一样,劝是劝不动的,只能靠你自己去闯,但一定要记住,替我留条命。我去看守所看过孙炜了,你没有白救她,如果有可能,好好帮帮她,我要走了,不能留下来照顾你,饭店没了,日子还得过,员工们还等着我再张罗一番,他们最长的跟了我十几年了,比你陪我的时间都长,我要对他们负责,这也是从你身上学到的。"

徐开路说:"妈,我这也是一种自私,我年底就回家。"

刘彩说:"我不做选择,你也不要,你觉得值得,就放开手脚去做,既然我一开始就没干涉过你,我就把这态度坚持到最后。"

刘彩消失在长长的走廊里,徐开路追出门外喊:"妈!"

刘彩不回头,她把风衣一甩,套在身上,双手摸索着从下往上的第二个扣子,眼神笃定,面无波澜,员工们跟在她的身后,有的吊着伤胳膊,有的头上绑着绷带,但没有残兵败将的颓势,他们在刘彩虎虎生威的脚步声中，共同走出了最强战队的气度。

其中一位老厨师的眼窝浅，拉刘彩的袖子说："山一程水一程，点灯熬油终于见上一面，这一分开不知道要到哪天了，你就这么一个亲人了！"

刘彩不为所动，走得更荡气回肠。进了电梯她也没有回头，电梯门"哐当"一声关上，她终于忍不住哭出了声，甚至站不稳了，被老厨师架住。

刘彩哽咽："当妈的总有絮叨不完的话，我何尝不想再和他拥抱拥抱，可如果那样做了，会左右他的判断，这和我在饭店里当甩手掌柜一样，你们只看到我放权，没有看到这背后其实比事无巨细更需要勇气，操的心不比那些面面俱到的人少。"

是坚强的女性应该承受更多，还是承受得太多才让她们柔弱的肩膀磨出了老茧，让她们的心房垒起了城墙，徐开路不得而知，放任眼泪夺眶而出。

随后赶来的陈钰说："早点儿回家吧，跟你妈过不去，就是跟自己过不去，也是跟这个社会过不去。"

徐开路没有回答她，他说："以前我不回去，是人言可畏，你知道我们老家是兵员大省，当兵是老家除了金榜题名以外唯一的光明大道，家乡出了不少的将才，还有不少人通过当兵跳出庄稼地，吃皇粮、有公职、改换门庭。没有对比就没有伤害，在老乡的认知里，干其他工作都是不入流的，谁家孩子尽完义务就退伍了，会被戳烂脊梁骨：'谁家那小子，没出息，干了两年就灰溜溜回来了，要么是被训怵了，要么是脑子不灵光，非傻即憨，没让他去打仗拼命，有吃有喝管穿管住，工资挺高，这么好的地方都待不住，还能干点儿啥……'我怕，我怕被人骂没出息，我怕会被碎嘴子们的杂音淹没。后来，在高原待得越久越发现，我能听到高原的风，听到雄鹰的叫，听到寒冰凝结的声音，我的世界里只有这些动静才有生命，它们可以融入我的血液。和它们在一起，梆硬的床板我睡得香甜，清汤寡水的饭菜我吃得入味，我不怕什么闲言碎语了，我知道不管我干得怎么样、怎么干、干多久，总会有乱七八糟的人说三道四，不必活在别人的眼光里，况且别人希望我们走的路，他们连走也没走过，走不走得通还另说。和世俗抗争，就一定要脱离世俗的预设吗？我扎实地待下去，要在这条无数人预设好前景的道路上，找到自我价值，这也是一种不屈。再过一段时间，我又要面临要走还是要留的问题，这也是我二十多年来一直面临的问题，或许你还会问，你已经找到了内心的出口，也悟到了属于你的真谛，再选择，你应该放过自己。

"我给你讲一个故事，我的班长，叫李延波，那年他也和我一样的年纪，不过他结婚已经两年了，嫂子知道他在当兵，但根本不知道他在哪里当兵。李班长说，他不想告诉嫂子，如果可以瞒就一直瞒下去，反正军人有太多理由回避问题。他说：'我怕她知道我在这么艰苦的地方，每天过着这样的生活，会破坏她心目中对军人的印象，就让国旗护卫队那些高大威猛、帅气逼人的形象永远留存在她的脑海里吧。'后来他还是走了，因为最终嫂子瞒着他到了支队，打听到他所在的哨所，偷偷来看望他，一切都瞒不住了。他试图说服她，这里是战略要地，这里有最高最长的冻土隧道，这里有最纯粹的人，有最火热的心，有最辽阔的景色，这里是最后一片净土，也是他心中的净土，可是这些都不及嫂子的一场重感冒，差点儿要了她的命，他不得不回去照顾她。我不知道他们现在的感情如何，但临走时他嘱咐我，不辜负信仰不辜负人，当你还没有软肋，请一定守护好这一段难得的坚强……"

陈钰说："你应该有软肋了。"

徐开路说："是啊，到了该走的时候了，现在孙炜情况未卜，我还要为她请律师打官司，都需要大把时间，这些都是我在昆仑哨做不了的。"

陈钰说："这就是你说的软肋？她的事儿虽然于情可以理解，于法，既成事实，少说也要判个几年。"

徐开路说:"很多仗,明知道会输也要打;很多人,明知道不能救也要冲上去,这是当兵的理念,你怎么会不知道?"

陈钰说:"别光顾着拉车,也要抬头看路,还有很多值得牵挂的人和事。你妈,你家祖传的大饭店,或者,即便是我。"

徐开路说:"我知道,你一个局外人在关键时刻给了我无微不至的照顾,我心存感激,但这时候最需要关心的是孙炜……"

陈钰说:"我是局外人,对,我毫不相干,感情泛滥,自讨没趣!"

陈钰扭头便走,泪水横流,让徐开路一头雾水。

陈钰这一走再也没有回来过,把徐开路的社交账号、电话号码通通拉黑。

女兵宿舍里,康桦问陈钰:"你的豪言壮语呢,不信誓旦旦了?"

陈钰说:"冥顽不灵,别怪我抛弃他,让他在泥沼里挣扎吧,他还以为那是幸福的漩涡。"

康桦说:"我和刘轩坤是因为现实的距离,你和他还只是情感的藩篱,没捅破你就鸣金收兵了,太心急了。"

陈钰说:"及时止损,我喜欢他什么,标兵的身份?滑天下之大稽!全军那么多标兵,我为什么喜欢他?就他有担当?生活节奏这么快,没工夫绕弯子,他家的饭店也没了,一穷二白了,没钱没权没路子,身体还糟糕,将来退伍费都得拿去治病吧,最关键的,眼光不行,一个误入歧途的失足女,有什么好留恋的?颜值、才气哪一样比得过我,还不是特立独行,有一帮脑残粉儿。有人说过,电视剧只要找到傻二的气质,准火。她也只是找到了这种气质而已,所以她这样的下场也是注定的,他就等着鸡飞蛋打吧。"

康桦不敢相信这是一贯打淑女名媛牌的陈钰说出来的话,表情复杂。女人打翻了醋坛子后的确有掀翻房顶的威力,陈钰胸脯一上一下急速起伏一阵之后，逐渐平静下来，眼神空洞地望向窗外。现在的时间正是附近的一所大学下课的时间，大批俊男靓女从校门处涌出来，逐渐分成三三两两，沿着营房的围墙走向远处闪烁的霓虹。而落日映入陈钰的眼帘，像熄灭的火焰，跳跃几下，失去色彩。

徐开路没有想到，陈钰看似发脾气的话应验了，孙炜作为公众人物在各大平台进行虚假宣传，推销伪劣产品，间接协助郑康实施诈骗，知情不报、推波助澜，影响恶劣，民怨极大，被提起公诉，据专业人士预估少说也要判三五年。有人建议，孙炜毕竟算名人，可以借助舆论争取宽大处理，但这时候，徐开路才发现当初追捧最欢实的那帮人，临阵倒戈、落井下石，纷纷化身替天行道、惩恶扬善的正义侠士，唾骂声淹没了她的阵地，成为压垮她的最后一根稻草，如果孙炜看得见那些不堪入目的评论，不用独自煎熬，马上就能先行崩溃。

徐开路无暇其他前去探视，到了之后被告知探视人数达到顶峰，只能等下次了。在无助的时候，他想到了自己的身份，高原兵为国奉献，依法优先，这探视能不能也优先一把，于是他决定去问问。但一时不知道找谁，来到最大的一间办公室，看谁肩章上扛的东西多就问谁，一个二杠三星的老同志在一堆文件后面奋笔疾书。

徐开路说："同志，我是来探视的。"

老同志头也不抬地说："来探我的？"

徐开路说："不是。"

老同志说："不是请出门右转。"

徐开路觉得他说得很有道理，准备走，突然想起是来求人的，要有求人的样子，从口袋里摸出一包软中华，往老同志面前一拍说："我是来探视孙炜的，可名额满了，想请您通融一下。"

老同志忽地从座位上站起来，把烟用文件夹杵起来，对着墙角之上的监控旋转了一圈，扔还给徐开路说："这是什么地方，别闹啊，我碰都没碰！"

老同志一看便是久经沙场，处理此类问题经验丰富，但他这一出片叶不沾身的举动把涉世未深的徐开路吓了一跳。当初他探亲回家，给隔壁二大爷一包烟，二大爷可是笑出一脸褶子，都说礼多人不怪，到这儿怎么就不好使了？不仅不好使，看老同志的样子，如果不抓紧整改自己的行为，很可能会被采取强制措施，因为老同志的另一只手似乎已伸向腰间的警用器械。徐开路在办公室所有人的注视下，哆哆嗦嗦地把烟揣回口袋里，脸红到脖子根儿，一时不知道自己所为何来，转身准备退下。老同志端详着徐开路的脸，黑一块白一块，像白癜风，他不知道这是因为脱皮不均匀导致的，他认为他干的工种肯定不容易，不是挖矿就是搬砖，或者来自新区工地，来一趟不容易，想到"马上就办、真抓实干"的服务宗旨，他说："孙炜？自收押进来还没人来看过她，一个人怪可怜的，这样吧，你十五天以后再来，铁定给你预留一个名额。"

要半个月之后，徐开路沉不住气了，见不到孙炜，不能多听听她的想法，无法争取到主动，帮起忙来如盲人摸象，说："能不能今天就把这名额给了？"

老同志继续端详着徐开路，他开始痛恨自己的菩萨心肠，他分析眼前这个人也和他之前所遇到的很多人一样，顺杆往上爬，蹬鼻子上脸，说："出去！"

徐开路从刚才摸烟的口袋里又摸出一本崭新的证件，老同志接过证件看了看，又端详着徐开路，瞬间明白他的脸为何如此出众，他叹息一声，可能是在懊恼，多年独到的识人秘技一朝被徐开路给破了，他看了看表问："你是一个兵？高原兵？从昆仑山来？"

徐开路说："我最缺的是时间，时间就像我的命，我等不了了，可不可以破格给我一次优待？"

老同志说："我曾经也是个老兵，首先向你致敬，但制度就是制度，在你和我对话的时间里，探视时间已经过了，我没有权限给你开方便之门了，除非……除非你有充足的理由，并得到所长批准。"

徐开路说："军人依法优先，这理由不够充足吗？"

老同志说："嗯，当然，这也是法规，但这法规暂时只适用于交通、航运、柜台业务办理、执勤以及执行其他任务等，探视还不在其列。"

徐开路说："她是我女朋友，我看完她之后，才能安心去执行任务。"

老同志说："什么？她是你女朋友？她怎么能是你女朋友呢？"

徐开路说："可她是！您就说这算不算任务的组成部分吧？"

老同志说："你这涵盖范围太宽泛了，你这核心立意太高远了……"

第十一章

我们之间不只有山水的阻隔，你内心的呐喊不只是接受或拒绝的纠结。我在，却淹没在那人海，籍籍无名；我不在，反而奔腾在你心海，风华正茂，劈波斩浪。

深秋时节，北五环的风比市区冷，徐开路强迫克制社交障碍、撇开高原兵的自卑和羞涩，觍脸说了半天套近乎的话，最终也没能得到照顾，他从老同志办公室黯然神伤地走出来，门外漫卷的寒风，让他打了冷战。

徐开路看见外围站岗的战友，立即想起陈爱山、安逸以及刚到哨所轮换的新兵，顿感亲切。一样的军装，一样的神态，甚至连眨眼的频率都如出一辙，不由自主地向前挪动了脚步，哨兵却大喝一声："同志，请退出警戒线！"

徐开路立即站到了线外，天色暗下来，监区大门正上方刺眼的LED灯亮了，稀释了徐开路孤单的影子，他久久纹丝未动，直到哨兵交接岗，交班哨兵把徐开路作为上班哨的遗留问题交给了接班哨兵，示意他务必留意眼前这个看起来有些像串供分子的家伙。徐开路看到哨兵不时侧目，才回过神来准备打车走，刚有网约车接单，之前那位老同志上气不接下气地从机关楼跑过来，让徐开路停下。徐开路以为老同志永葆军人本色，越想越对不住小战友，回心转意，顶住重重压力,特意为他安排了探视。

岂料老同志说:"有你的,什么背景?上头专门打电话来为你大开绿灯。"徐开路这才明白,哪有那么多良心发现,只有某一个人的用心良苦。

因为来这之前的几天,严峻劝过他,孙炜本来就和他不是一路人,如今更是明日黄花,不要再如此执着,说不定对孙炜也是一种解脱。可徐开路充耳不闻,不置可否。严峻生气地警告他:"这件事你听也得听,不听也得听,怎么判,交给法院,我是不会过问的。"徐开路说:"本来也没想麻烦您,知道您在这里为官不易,不能给人留下话柄。"

听了徐开路的话,严峻脸色铁青,好似受到了侮辱。

但孙炜却拒绝相见,托女看守带出话来,不要再为她操心了,不值得,不是人间不值得,是人不值得,她不值得。

徐开路说:"你告诉她,我下周就要回昆仑山了,不管她什么时候出来,短时间内都不会再见,她的对和错对我来说从来都不是最重要的,重要的是我们曾那么难以分割。"

女看守边往里走边摇头晃脑地说:"女记者和高原兵的故事,我都快哭了。"

徐开路在外面焦急地等待,老同志也像严峻一样,劝他还是走吧,了却这段缘分,他的政治生命将会更纯洁。徐开路说:"我不谈政治,我谈感情。"老同志说:"所以你啥也不懂,啥也不是。"老同志拂袖坐在旁边的联邦椅上,等着看徐开路怎么收场,就在徐开路也快要失去信心的时候,孙炜姗姗来迟。徐开路眼前一亮,难掩激动。孙炜剪短了头发,趿拉着拖鞋,面色苍白,缓缓而来,以前的风采荡然无存,但在徐开路眼里,她依旧美丽脱俗、落落大方。即便到了如此境地,背还是笔直,目光还是向前,他还闻到一股体香。这种香气,他只在孙炜身上闻到过,据说体香是一种雌性荷尔蒙,只为爱人释放,连本人都闻不到。所以徐开路断定她心里什么都有,只是不敢承认了。倔强的女生，表达起来疯狂，内敛起来令人绝望，要接近的时候让人心脏无处安放，要远离的时候，如同筑起万丈高墙。

徐开路说："我已经请了知名的律师，你是被胁迫的，问题并不严重，要对自己有信心，对法治有信心，对事实有信心。"

孙炜岔开话题："你要走了吧，回去后，正是昆仑山一年中最冷的季节，上哨要多穿衣服，宿舍添煤加炭要及时，我给你的护肤霜要勤抹，用完了你告诉……你要自己再买，别不拿保养当回事，明明可以靠脸吃饭的……"

徐开路说："孙炜，别说了，你现在的主要任务是把所掌握的情况毫无保留地告诉律师，他才能争取到足够的主动。"

孙炜说："我在这里住了些日子，发现比昆仑山要舒服得多，没有你想的那么糟。"

徐开路说："可这能一样吗？这事关你的清白。"

孙炜说："然后呢？然后你当作没有发生，娶我为妻，当个冤大头、接盘侠？我知道自己不清白，我连自己都无法面对，怎么面对你？"

徐开路说："你当年登上昆仑山的洒脱呢？有点儿挫折就败下阵来了？伪洒脱？"

孙炜说："我们已是两个极端，你越优秀就越衬托我的肮脏。"

徐开路说："脱下军装，我们都是沙尘，谁又记得我们，谁在乎呢。"

孙炜眼泪倾泻而下，说："我在乎，帮不了你还拖后腿。为了我，你竟然要放弃钟爱的事业。有你这句话，我也不能让你失望，我会活得很好，不需要你再放弃什么。始于昆仑，我们也要回归昆仑，总有一天，我再去找你，去那里涤荡灵魂，什么也不说，什么也不做。"

徐开路伸出手，孙炜的脸贴了上来。徐开路下定决心，这次一定要把握住机会，再不走，又是四年，他不敢想四年以后他所爱的人将会是什么模样，她们的等待，她们的希冀，不会永远都在。

徐开路告别孙炜，鼓起勇气找到了严峻，说："我马上要归队了，您说过有要求尽管提，我现在来了，想请您协调保卫部门出个函什么的，帮帮孙炜。"

严峻说："不是不麻烦我吗？我不是前怕狼后怕虎了？我的话你不是当耳旁风吗？还来干什么？再说了，保卫局李局长虽然是我的老上司，保卫部门可以帮助军人处理家庭涉法问题，但你和她什么关系，她是你们家成员？你私自外出，卷入这么一桩事件，我顶住压力没让支队处理你已经很要命了，你还想怎么样？"

徐开路被噎得翻白眼，向严峻敬个礼，转身就走。严峻边往机关楼走，边说："滚，赶快滚，香臭不识、好赖不分的家伙，儿女情长难成气候。"

严峻坐电梯扶摇直上，走出电梯却在窗口停滞不前，他看到人流中徐开路的背影单薄脆弱，一点儿也不像昆仑山上的他那么伟岸壮阔，再走几步，他就消失在街角，似乎什么都没留下。严峻一起一伏的胸膛里，却如大海逐渐涌起莫名的浩瀚，他重新下楼，向保卫局走去。

李局长表情诧异："你说什么？史无前例啊。再说了，地方案件由地方全权处理，我们发函的作用你也知道，只能让他们高效精准地配合，别的不能越权。"

严峻说："我知道，也许这个函根本不起作用，可这也是我对一个兵所能做的唯一服务，这是我的承诺。"

李局长说："你给人家瞎承诺什么了？"

严峻说："心里的承诺，没说出来。"

李局长说："回去写个详细的报告材料。"

严峻眼圈有些红了，本来做好了被骂的准备，看来多虑了，他也在奇怪，为什么在徐开路身上，好多事都变得顺理成章了。

严峻一夜未眠。

早上，副处长推开门汇报工作，发现里面烟雾缭绕，第一感觉是着火了，再走进去仔细寻觅，才发现严峻的身影，最后一根烟蒂还未熄灭，但人已经趴在办公桌上了。听见动静，他醒过来，抓起桌上的档案袋就往保卫局跑。

副处长心说，达龄的正团职也是拼了，只要能往上动一动，管他身体还行不行。他不知道，严峻一整晚都在忙活孙炜的事情，找遍了法律界的朋友，分析了上百条线索证据，一夜间形成一份万余字的调研报告，连保卫局局长也对他们的专业汗颜。

李局长说："那位战士如果知道有你这样的领导为他鞠躬尽瘁，不知会做何感想。"

严峻说："我们一方面感动于他们的纯洁无瑕，一方面又希望他们叹服于我们的纷杂，这是矛盾的，他们付出的时候无人知晓，我们稍微做了些举手之劳，没什么资格满世界宣扬。"

李局长说："这也是你屡次无法进入后备干部序列，每次都在淘汰与晋升的紧要关头苦苦挣扎的原因，太不懂包装自己了，别人是没有羽毛，插上假羽毛还不忘每天梳理。你有一身漂亮的羽毛，却从不修边幅，有些人削尖脑袋钻营的时候，你却背道而驰，触角往下。上高原、走边关、下海岛，为兵服务，也为兵代言，明面上看这和为官之道格格不入，幸好这是新时期的大机关，没有死角藏污纳垢，没有劣币驱逐良币的现象。真正干事的人还是有出头之日的，所以这次党委首长又在节骨眼上力排众议，给你一次机会，你到底怎么想的，给我交个实底儿。在基层部队我就是你的老上司，现在我们又一起在机关待了这么多年，我们共同见证了这军旅路的风风雨雨，相信能有十足的默契。保卫局副局长的位置就等着你来了，未来三年咱们珠联璧合，强强联手，还会有新的佳话。"

严峻说："局长，您的学识胆识、魅力格局，百里挑一，吾辈楷模。我有样学样，没走弯路，大是大非面前站得稳脚跟，利益诱惑面前守得住底线，不断规范言行是很难的一件事，但有幸接受您的指引，每次都有惊无险，我体味到了蹉跎之后的踏实和幸福，所以我知道我的兴奋点在哪儿。我和您一样都是战士堆儿里摸爬滚打出来的，知道根在哪儿，我和您一样，又不一样，您还有更高的发展，而我的进步每次都异常艰难，不可能每次都这么幸运，如果这是我的最后一站，我希望……"

李局长说："打住吧，我知道你的想法了，这是你第一次马屁拍得震天响。你已经做出了决定，多说无用，虽然遗憾，但唯有祝福。"

严峻眼睛里闪烁着亮光，他向李局长敬礼，李局长没有回礼，转身看墙上的一幅字："兵情永驻。"

严峻尴尬地告别李局长，直奔律师事务所，继续为孙炜的事情奔波。这一切徐开路并不知情，直到他启程回昆仑山，也没有等来任何对孙炜有利的消息。他不怪严峻，不怪任何人，他只是从来没有如此强烈地感受到，曾经引以为傲的尊严荣誉在现实面前那么苍白无力，他连见孙炜一面的能力都没有，他头顶着国徽，手握着钢枪，脚踩着大道，却连一个小小的门都进不去，所以在回去的路上，对于不久之后的走留似乎有了最新的答案。

徐开路又回到了昆仑山，尽管满脑子都是孙炜，但多年未变的任务已经让他形成习惯，闭着眼都能跟上。还有十几天就要离开了，老兵离队前有一次例行巡逻，这场巡逻有很强的仪式感，安逸和徐开路同一天满服役期，所以他要嘱咐一下安逸，认真对待这最后一次巡逻。他找到安逸的时候，安逸听到有人在身后，手忙脚乱地在藏一样东西。

徐开路说："别藏了，我早知道你有这个玩意儿了，老兵们玩剩下的，谁没有过似的。"

安逸藏的是"倒计时牌"，类似于日历的东西，每临近退伍一天，就撕掉一张，刚才他正在完成这项"工作"。

安逸说:"也不是藏，是怕你们看到伤感，以前撕这玩意儿的时候，恨不能提前把后面几天的也预支了，感觉度日如年，可现在每撕一张，却像在撕脸上的脱皮，稍不注意撕快了，脸会滴血，心也在滴血。"

徐开路没有回话，他无暇揣摩自己换个时机心境是否会和安逸一样，他现在只想安全地把这次巡逻组织完，赶快离开这里，成为一个自由人，爱所爱的人，走想走的路。

整条二号哨的巡逻线路走一趟需要三天，沿途需要经过九个巡逻点，在雪窝里扎营，吃自热饭，喝雪化水。徐开路带领安逸、刘松和张琛出发了，留下陈爱山和一名接替林晋的新排长驻守哨位。他们背着重重的武器弹药、被装、食品，刚一出门就碰上了小雪花，气温达到零下十八摄氏度。徐开路和安逸都预感到这次巡逻将危机四伏。刘松和张琛是第一次巡逻，他们则不同，激动新奇，话自然不少，根本没有任何压力，像是在对待一次野外探险或者难度高一些的郊游，兴致盎然。

刘松说:"当兵前看军事频道总是热血沸腾，有的边防军人骑高头大马，披雪白斗篷，爬雪山过冰河，有的开着雪橇车，踩防寒战靴，着雪地迷彩，驰骋雪原，描红界碑，那叫一个帅，那叫一个硬。"

张琛说:"我也看过，没想到今天我也成了他们，这里不能发朋友圈，不然一定会收获几百个赞。"

刘松说:"我听过最酷的话是'老兵不死，只会凋零'。"

张琛说:"还有'十年饮冰，难凉热血'。"

徐开路笑而不语，安逸忍不住说:"难凉热血？我看你们还冻得轻，零下十八摄氏度的严寒，血里都带着冰碴子。这样的话，是九死一生到达终点或退出现役之后才可以自豪地说出口的吧，我巡逻少说也有几十次了，没见过沿途中有人愿意说这样的话。当然也不敢说，怕说完了当场出丑，你们能全须全尾地回来再聊这种天。"

刘松和张琛悻悻地不再言语，他们猜不透安逸发的哪门子邪火，安逸也不明白为何会如此义愤填膺，只有徐开路知道，他懂安逸的心理，安逸是觉得新兵如果表情不苦大仇深，便对不住这两年他所受的磨难，是亵渎他的玩命。他感动了自己，不允许别人不感动。

巡逻小组沿着铁轨顶风冒雪艰难跋涉，雪钻进他们脖子里，竟然没有很快融化，他们不抖搂，不触摸，冻僵了也就麻木了，新的一层雪粒便也不再附着。他们的喉咙生疼，但又不得不张开嘴呼吸，形成恶性循环，直到说不出一句完整的话。徐开路一边带队，一边还要去拖拽已经开始掉队的张琛。十八岁的张琛，体重已接近两百斤，来当兵的第一动机他从不避讳，是来减肥的，听起来不够高尚，但却是实话。但来了之后，他叫苦不迭，感觉来错地方了，这里可能减不了肥，因为寒冷，身体时刻都在适应气候，自动储存热量和脂肪，而且这里的训练量连内地部队的一半都无法达到，他曾在影视剧里看到的那些帅气到可以飞檐走壁的训练一项也没有，而且一些实战技法根本无法在室外开展，不让跑，不能跳，最常见的是御寒训练，例如"闭气练习""腹式呼气""厌氧对抗"。到哨所这段时间，他每天都在进行"吸氧、减氧、断氧"的适应性训练、室内到室外的渐进性训练、用雪洗脸擦身的耐寒训练，除了练得更怕冷了，没觉察到有任何进步，张琛认为这是有百害而无一利的，是自欺欺人的。人虽适应了这里，但适应不代表对身体有好处。另外，他观察了一圈身边的人，一个个脑袋大脖子粗，如营养不良一般，这让张琛信心碎了一地。

队伍行进中，张琛失足掉进了一个雪坑，雪坑并不大，他无论如何就是爬不上来，这时他才知道安逸最初的打击还说轻了。三个人使出吃奶的劲儿才把他拖上来，他们坐在雪坑边缘此起彼伏地喘息，像是在演奏一首稀碎的合唱曲。

张琛捂着胸口痛苦地问徐开路："班长，我就想减个肥，至于吗我？我现在退出还来得及吗？"

徐开路说:"巡完这次逻,你想去哪儿,我替你申请。"

张琛说:"来都来了,自己选的路,爬着也要走完,可是……可是我怎么觉得爬也爬不动了呢?"

徐开路说:"就地扎营,你什么时候能走了,我们再走,我有耐心。"

安逸走过来狠狠踢了张琛两脚,说:"站起来,班长心软惯着你,我过几天就走了,老死不相见了,不怕得罪你,我不怕你告我打骂体罚,再矫情,我要动手了!"

张琛忍着眼泪准备从地上爬起来,徐开路制止说:"这才第一天,还是分配好体力,扎营吧。"

徐开路找了一个背风的地方,取出工兵铲,带头挖御寒庇护所,这一挖就是两小时,当刘松和张琛瘫软在地的时候,一个四四方方带工事功能的庇护所呈现在大家面前。这时轮到刘松有疑问了:"不是说保存体力吗?这里明显不会有敌人,随便挥两锹抓紧吃饭睡觉得了,用得着这么形式主义吗?"

安逸说:"这次不挖,下次不挖,你什么时候会挖,真正有敌人的时候现学现卖?"

刘松说:"回哨所多练练,一样啊。"

安逸用力敲了敲刘松的头盔说:"猪脑子,强词夺理,本末倒置,偷奸耍滑,我虽然不够优秀,但一代代老兵的优良传统我传承得好,但看到你这俩家伙,真怕将来昆仑哨的名声让你们毁了!"

刘松不像张琛绵软,不服安逸的气,一边押睡袋,一边气呼呼地嘟囔:"没有你,昆仑哨会塌喽?哪有一点儿老兵的修养,走得好。"

徐开路也觉得安逸态度有些不好,话说得太冲,对待新同志有些急于求成,但他这时候不想批评安逸,因为安逸刚才训张琛的那句"老死不相见"让他心绪不宁。

开饭了,自热饭的热气笼罩着大家,张琛吃得格外卖力,一包不够又来了一包，吃完还不痛快，眼巴巴地看着徐开路。

安逸说："这是三天的口粮，别一顿给造干净了，后面喝西北风啊。"

张琛敢怒不敢言，心说，什么年代了，当兵还不让吃饱，哪里都有黄世仁。

雪停了，庇护所之上的夜空如画，深邃静谧，繁星就在士兵的面前，正与他们对话。他们裹紧睡袋，双眼圆瞪，各怀心事。徐开路在一颗流星落下的时候，希望孙炜也能看到，并许一个积极向上的愿望。安逸曾经也想成为那颗最亮的星，可时过境迁，他发现能在银河之中找到影子已属不易，记住微尘的轮廓，也许比找到它更有可能性，追寻意义的存在，本身就是一件有意义的事。突然，徐开路推了推安逸，说听到似乎有哭声，安逸说没听到啊，徐开路以为是想念孙炜出现了幻觉，可又是一声，近在咫尺，扭头一看是张琛发出的声音。

徐开路再三追问，张琛才说："今天是我的生日，想我妈了，想她做的红烧肉。"

安逸听了脏话差点儿骂出来，心说，都是成年老爷们儿了，怎么还有把人酸倒牙的本事。不是不包容，但包容太碍眼的货色，相当于污染环境。

而徐开路摁住了安逸，堵住了他的嘴，他对张琛说："早说啊，条件虽然艰苦，但生日该过还得过。"

徐开路从睡袋里钻出来，打开干粮袋，取出两盒罐头，讨好地笑："有，咱们有红烧肉，可能不如阿姨做的，但也别有一番风味。"

徐开路捧着两盒罐头像是捧着两个冰块，尝试了几下没有打开，抽出匕首扎了两刀，放了些气，才掀开盖子，但尴尬的是里面的肉已经冻成一坨，硬邦邦带着冰碴子，刀尖也扎不进去，张琛刚缓和的情绪又崩溃了。

徐开路说："别急，我有办法。"

徐开路把刚才收集好的自热饭包装纸取出来，试图点燃，但气压不够，连高原特制的打火机也失灵了，火柴也湿透了，只好用最原始的打火石，撅着屁股终于把包装纸点燃了，可火势太弱，烤了半天，罐头没什么变化，保持着原有的硬度。

安逸说："无计可施了吧？过什么生日？要我说就是多余，父在不留须，母在不庆生，我农家孩子就没过过生日，看到你这样的就来气。"

徐开路悄声对安逸说："这不只是过生日的问题，我连一个战士的合理要求都满足不了，我还当什么班长？我今天一定要让张琛吃上这口红烧肉。"徐开路把罐头用塑料袋裹了，塞进衣服里，钻进了睡袋。安逸看得瞠目结舌，他着实想不到徐开路还有这招儿。

张琛哭得更大声了，含混不清地说："班长，我不过了，以后再也不过生日了。"

徐开路哆哆嗦嗦地把罐头从睡袋里拿出来，用刀戳了戳，松动了，兴奋地说："此等小事能难得倒革命战士？不过能力还是有限，蜡烛就别点了，吃，就当是妈做的。"

张琛不得不咬了一口，嘎嘣嘎嘣的，上冻的食物是谈不上什么美味的，但他大口大口地吃完，眼泪随之啪嗒啪嗒落在罐头盒里。安逸不愿看这画面，钻进睡袋里蒙住头，但却不知为何，鼻子也酸起来。

此时，雪又下了起来，大家整夜无法入睡，雪原黑夜也煞白，刺痛着双眼，寒气隔着防潮垫和睡袋直往五脏六腑里钻，大家冻得面无血色，嘴唇发青。天还没亮，只好早早启程了，昨天视野受限，走走停停，距圆形的中心巡逻点还有几千米的距离，今天如果不能超越中心巡逻点垭口，到达第六巡逻点，那将会非常危险。各方面储备有限，人体机能很容易超越极限，那就休想在计划时间内回到哨所。

天有不测风云，本是形容突发，然而在昆仑山的巡逻一线是形容常态。一座不算高但陡峭的山崖横亘在巡逻小组面前。换作平常，对于终日与大山打交道的士兵来说是小菜一碟，但今天大风不仅没有减弱的痕迹，反而越发凛冽，大雪也没有减缓，依旧密集。刘松忍不住提出异议："要不原路返回，保存实力，等条件好些再来，太危险了。"徐开路也有所顾虑，犹豫不决，只有安逸摩拳擦掌，并摆弄着手里的摄录机，旁敲侧击地提醒徐开路："这次巡逻是报中队、大队、支队审批过的，过程中要留存视频资料，结束后要写巡逻报告，不是请客吃饭，说改天就改天。要是碰到点困难就回去，咱们丢不起这个人。"徐开路是组织者，他明知走下去的风险，但只要是任务或多或少都有风险，没有风险的行动也起不到任何作用，所以他暂持中立，挨个征求意见。张琛昨晚受了冰冻红烧肉的激励，准备摘掉后进的帽子，想第一时间迎头赶上，态度先要拿出来，他戏精附体，咬文嚼字地说："海拔高，士气更要高；氧气少，勇气不能少；战胜对手，先从征服自己开始。"

连张琛都豁出去了，刘松不好意思再说什么，于是四个人深一脚浅一脚地继续前进，徐开路擎旗打头，安逸断后，两人一组，相互协作。快到顶峰时，风势更猛，远处看去，四个人像失控的风筝，旗子吹得啪啦啪啦作响，像呼啸的九节鞭，徐开路每走一步都把旗杆抱在怀里，插进积雪，奋力扶稳。大家分担了张琛的枪支和背囊，所以张琛主动要求携带氧气瓶。突然他正前方的刘松脚下一滑，溜了下来，把他也砸倒在地，张琛仰面躺在地上后，氧气瓶的肩带因为他巨大身躯的挤压，断裂脱落，瓶子借着坡度骨碌碌地往下滚。这还得了，对于一个急切需要在团队中找到位置的人来说，不允许有这种失误，氧气瓶可是整个队伍的命根子。张琛连滚带爬地撵了出去，因为身体够圆润，滚起来的速度竟也不慢，他和氧气瓶并驾齐驱，而徐开路和安逸也下意识地追了上去，因为他们十分清楚，不远处就是大沟大壑的断崖。此时堆满了雪看不出来到底有多深，等到雪融的时候，那可是万丈深渊。张琛也意识到如若深陷其中，必然像泥牛入海，难觅踪影，雪越来越硬，最后结成冰，人被封在里面。来年雪化的时候，才能重见天日，最天然的，也是最残忍的。

幸好张琛在距离危险边缘只有两三米的地方抓到了氧气瓶，但因为惯性，身子还在急速往下滑。此时安逸离他最近，眼睛如冒血般的红，他胸腔里发出一声如同被击中心脏的哀鸣，努力使出一记侧踹，正中张琛肩部，他改变了张琛的方向，却再无法控制自己的身体，朝着面前的断崖，以雄鹰的姿态飞扑而去，和漫天飞舞的雪花一起去拥抱群山，拥抱这似乎静止了的时光，他留给身后的人最后一个印象也是凌厉的、急躁的，但他双脚离开地面的那一刻起，他是温柔的、飘扬的，不再带着戾气，也没有埋怨，大家甚至听不到他坠落的声音，只有他留下的那声呼喊，还在激荡回旋。

徐开路、刘松、张琛齐刷刷地趴在崖边，向下搜寻，什么也看不到，那雪面上没有一个黑洞或者其他任何沾染，光滑如初，洁白如洗。

徐开路感到天旋地转，耳鸣不止，这高峰、这雪原都挤压而来，他摘掉了头盔和面罩，风如刀割，却丝毫感受不到。他喊安逸的名字，两名新兵喊着班长，撕心裂肺，百转千回，久久不散，眼泪在皲裂的皮肤上也不能顺利地流淌。

他们确信安逸已经永远离开了他们，但他们一点儿办法也没有，这里与世隔绝、没有人烟，即使找到了人，找到了设备，也无用武之地。徐开路在原地转着圈自责，他想，这场灾难明明可以避免。因为他明明知道昆仑哨的士兵就像一个模子刻出来的，长着一样的内核，如果不是，为什么在安逸距离离开昆仑哨还有三天的时候，做出的选择和林晋如出一辙？他们都在重返喧嚣世界的最后关头进入人生化境，这不是巧合。

张琛长跪不起，断断续续地说："你不该救我，我连个氧气瓶都看不好，你没有理由救我。"刘松也吓傻了，目光呆滞，手足无措，从小到大，他从没体验过一个刚才还活生生的人转瞬即逝的悲伤。

徐开路背对着刘松和张琛，他还要带领他们走回去的路，他不能让新同志看到脸上凝结的泪花和内心世界的坍塌。他记得老班长的忠告，一个成熟士兵的标志不单是可以在枪林弹雨中穿梭毫不畏惧，更包括在被打得落花流水、节节败退之时，还不忘在裸露的皮肤上补足迷彩伪装，那才是具备了过硬的战斗素养。

徐开路把旗子插在安逸跌落的地方，可是旗子没坚持几秒，也飘向安逸离开的方向。徐开路只剩下凝望，他说："也好，没有坐标，整座大山就是坐标，我一定要再回来，我会找到你。"

也不过二十六岁的徐开路目睹着老战友接二连三地离开，次次刻骨铭心，无人知道他要耗费多大的精力，才能强迫自己麻木或者重新振作，他自己也不知道。他命运的齿轮已咬合在山棱上，谁也掌控不了，只能随流年转动，时而如梦似幻，时而痛彻心扉，变换之快，令人应接不暇。

第十二章

我知道如今沉默的来由,所以我知道该何时出手,如果你是我的动能和信仰,那么就让我一路狂奔,高唱凯歌经过你的垭口,你在那儿永生,我在那儿不朽。

直升机在山谷盘旋,像无处栖息的鸟,士兵鸣枪祭奠,奏响一曲灵魂与荒原的悲歌。

搓板路上第一次停了三辆白色猛士车,挂着总队政治工作部的牌照,轮胎上装着防滑链,车玻璃上冻满了冰花,驾驶员正用工具一点点地清理,但用处不大。这是总队调查组的车,调查组组长竟然是严峻。

严峻见到徐开路,自报家门:"我现在是总队政治工作部副主任,刚刚到任一周,没想到接到的第一个任务却是来善后。"

徐开路震惊地看着严峻,严峻即便要离开北京,全国那么多富庶的环境好的总队他不去争取,为什么偏偏来这贫瘠艰苦的大西北,他无法理解,就像严峻当初也不能完全理解他一样。

严峻本可以在徐开路启程回来的时候就可以走马上任了,但他没有,他亲自跟踪孙炜的案子,提供海量证据材料,大量实地走访受害者,争取到受害者的基本谅解,为孙炜获缓刑提供了巨大援助。案子尘埃落定之后，他和孙炜告别，孙炜特意请求他把感激带给徐开路，将来有条件一定会默默地报答他，也请严峻提醒他，务必忘记她，就当没有发生过，各自安好。

严峻没有给孙炜做什么承诺，因为孙炜提出这样的请求，让严峻对她所剩无几的看法瞬间消失。徐开路和孙炜何去何从，他不想再掺和。

飞临西宁前，在总部机关组织的告别仪式上，他说："我是大山里走出来的孩子，对大山有感情，大山养育了我，我的根儿在大山里。当然大山曾经也限制自由，阻挡视野，左右思维，所以后来不管成绩有多好，干工作多么拼，好多次都感觉在和早早便见过大世面的战友的竞争中力不从心，不占优势。我知道这是大多数农村孩子明显的短处，便对自己狠一些，再狠一些，但所能达到的高度也许只是很多人的一半甚至更少，我从不抱怨，这是宿命。和平年代，上升的路我已然付出百倍努力，也自知能力有限，既然如此，那就回归最初吧，从大山来，到大山去，那里也可以实现政治理想，也是梦的栖息地，可以找到本真。当我一次次看到高原兵的脸，我似乎看到的就是小时候的我，幼年时大山种在我心里的嫩芽，如今已经长成参天大树，我能更快地融入他们的世界，因为我融入的也正是我自己。"严峻说这些话的时候，眼眶里闪烁着泪花，众人鸦雀无声，之后掌声如雷。这对在座的很多人来说，根本不是一个好的选择，毕竟这个年纪的转身，还牵扯到一大家子人，事关隐形福利、生活质量。从地方到总部难，从总部回地方更难，但严峻在昆仑哨之行后，这样的想法却越来越强烈，直到成行。

现在严峻站在徐开路面前，和上次来昆仑山送温暖的情形完全是两码事。徐开路坐在宿舍门前的台阶上，情绪低落到极点，两手还在抖动，陈爱山给他端来滚烫的热水，他一口气干了，表情看不到痛苦，也许本就足够痛苦，只是把陈爱山吓得够呛。

严峻陪着他坐下来，拍了拍他的肩膀说："高原执勤有伤亡概

175

率，我们已经调查清楚，你们的一切行动符合规程，这是突发事件，虽然在规避风险上确实有欠缺，但你要求组织处理你，这不是应有的导向，全军都在提倡把全部心思精力用在练兵打仗上，我们那么做，是在唱反调。不仅不能处理你，还要宣扬你们舍生忘死的英雄主义精神。"

严峻这么说，徐开路并没有受到触动，他说："这时候如果有人打我一顿，甚至对我开一枪，可能会更好受一些。安逸是在我眼前牺牲的，我眼睁睁看着呀！"

严峻为了分散徐开路的注意力，只好说："孙炜的事你不关心吗？"

徐开路倏地从台阶上站起来，迫切地问："她怎么样？"

严峻说："缓刑。"

徐开路难掩激动，想了想又问："她现在好吗？怎么生活？"

严峻说："公众人物当不了了，我给她找了个临时工作先干着。她说……她说感谢你，她还说……她等你回去，回去后……"严峻撒不了谎，卡了壳。

徐开路重新坐下，陷入沉默，良久之后说："她不会等我回去，即便她真的等我回去，我也不能回去了，情况有变，她解脱了就好，而我重新和这高原绑在了一起。"

严峻问："不走了？"

徐开路说："即使处分我，让我走，我脱下军装也要留在这里，我要留下来等到安逸出现。"

严峻抿了抿嘴唇，什么也没说，带着车队消失在旷野里。

十一月底，徐开路没有接到复员命令，他静悄悄地留了下来。

刚留下来的当天，士兵们在哨位上发现，进出昆仑山隧道的火车明显多了起来，徐开路汇总了数据，以前进出的火车是每天三十趟，而现在一天竟达到了百余趟，一开始是客列，车厢里正襟危坐着满满当当的军人,后来是货车,里面装的是什么不得而知,紧接着是没有围挡的板车,虽然货物上蒙着迷彩布,但他们还是凭经验,发现那是一辆辆崭新的坦克、东风导弹运载车、高射炮、卫星指挥车、运兵车、卫勤保障车……还有很多叫不上名字的新型装备,码放得整整齐齐,场面震撼,再过些时辰,头顶上有至少数十上百架战斗机低空掠过,震耳欲聋。徐开路注意到火车头里坐着的人也都换成了军人,这种场面他来昆仑哨之后从没有见过,预感可能会有事情发生。果不其然,暗夜时分,中队打来卫星电话,通报近期藏南边境局势紧张,大批解放军沿青藏线进驻前沿一线,命令哨所立即进入一级战备状态,加强隧道周边巡逻,确保运输通道畅通。徐开路反应迅速,吹响紧急集合哨,凄厉的连续短声哨划破夜空,战士们打开兵器室,将所有弹匣压满子弹,手榴弹、烟幕弹、爆震弹按相应基数装入弹袋,携行背囊直接放在床头,连睡觉也武装在身,随时准备战斗。另外,徐开路还命令陈爱山在山脚下开出了他们的镇哨之宝,去年刚刚配发的融攻击、防护、保暖、清障、吸氧等功能一体的装甲车,并在值班台上打开了风力发电的全方位监控系统,刹那间,千里天路尽收眼底。这两项装备只有战备等级达到一定程度的时候才有启用价值,今天大家伙也好好稀罕了一把,但随之而来的是紧张。

陈爱山说:"昆仑哨史上头一遭,这演习动静也太大了。"

徐开路说:"这次听起来可不像演习,哨所只有我们两个老同志了,要带着他们多观察、勤巡逻,务必提高警惕,死也要守好隧道,但凡出点儿什么问题,陆路运输的效率将会降低一大半,这个罪过谁也担不起。"

陈爱山看徐开路眼神里突然有了光彩,和之前萎靡不振的他判若两人,心说,安逸的走,真把他压抑坏了,这时候但凡有实战,敌人会被他活活撕裂的。

凌晨三点,月朗星稀,寒风刺骨,和往常别无二致,徐开路关掉一切光源,摸黑带队进行两小时一次的巡逻,人员有限,巡逻频率又高,他们个个疲惫不堪,张琛走着走着几乎要睡着了,哈喇子都要滴在脖领子上了。突然,隧道里有异响传来,徐开路瞬间肌肉紧绷,一个下蹲手语,示意战士们隐蔽,张琛猛地惊醒,汗毛倒竖。

徐开路蹑手蹑脚地向前走了几步,耳朵贴在铁轨上,然后又转移到隧道内壁上听了一会儿,发现声音不是从隧道内部传来的,而是在隧道口的右斜上方。隧道口处山体较低,距离隧道内壁较近,有被掘挖的可能,这个关键点,徐开路闭着眼都能想到。他带队贴着隧道口向右抵近,逐渐出现一个豁口,徐开路借着星光仔细辨别,发现有新的脚印,确信上面有人。他原路退回,返回哨位,启动热成像夜视镜放眼一看,大吃一惊,果然有呈人形的三簇热能。他们找的角度特别刁钻,正好是哨兵的视觉死角,不用热成像根本无从察觉。徐开路重新返回豁口,和陈爱山动作极其轻柔地慢慢接近敌人藏身的小山包。

越来越近了,徐开路甚至能听到敌人的喘息,他取出拐弯枪伸了出去,背面的情况一目了然。三名穿雪白工装戴伪装面具的男子站在一处新鲜的土堆旁,其中两人蹲姿举着手枪,鬼头鬼脑地四处张望,另外一人手中控制着一架无声的挖掘装置。有泥土顺着导轨进入地面,刨挖手段闻所未闻。徐开路不敢断定对方还有什么保留曲目,没有急于射击,大脑飞速运转。与此同时,敌人甲悄声说:"深度已达安装炸弹条件。"话音未落,"咚"的一声,徐开路推测,炸弹应该已经被丢进深坑,如果是无线遥控炸弹,敌人距离完成任务就只剩下摁按钮这最后一环了,到时候隧道口坍塌,后果可想而知。徐开路用激光朝哨位的方向三开三关,朝小山包后的敌人位置连续闪烁几秒,哨位上的排长心领神会,架起了重型狙击枪,对准了徐开路指向的目标,陈爱山也把手伸向弹袋,摸出一颗手雷,徐开路重新将拐弯枪的枪管稍微伸出去几厘米,随后抬高一只手,做了"一、二、三、开火"的手势,三人动如脱兔,枪弹齐发,哨位上重型狙击枪的枪管中冒出一团火焰,子弹打进小山包里,从另一面透出来,直接击中敌人甲的前胸,胸部出现一个碗口大的洞,拐弯枪的枪口也火花四溅,正中敌人乙的肾脏，陈爱山的手雷冒着烟精准地滚到了操纵无声挖掘设备的敌人脚下……"砰、啾、咚"三声巨响，打破宁静，一秒钟内，三个敌人统统毙命，无一有生还的可能。

徐开路长舒一口气，但随即意识到不可能这么简单，他们来此地一定会有交通工具，说不定还有驾驶员之类的残余势力，现在听到枪声，一定警觉了，说不定已经瞄准了他们。想到此，他又倒吸了一口凉气。

徐开路狂喊一声："分散撤离核心地域，我掩护！"

话音未落，徐开路一语中的，山坡下方，突然三辆越野车同时打开大灯，把事发地带照得亮如白昼，光秃秃的山使士兵们无处藏身，暴徒利用车载机枪进行密集射击，子弹像雨点般落在山头上。张琛当时就尿了裤子，寸步难行，趴在地上筛糠，刘松拖他两下没有拖动，又是一排子弹袭来，他一个滚翻滚进低洼地带，大口喘气，冰凉的眼泪淌了下来，有害怕的成分，也有铮铮誓言被打破的羞愧。入伍这些天，班长骨干天天强调一不怕苦、二不怕死，革命军人打不垮、吓不退，可今天的仗还没打，就哆嗦了，他不知道别的新兵是不是这样，反正他和张琛的表现实在难以示人。还有一名新兵腿部中弹，哀号不止。徐开路看到战士们的惨状，怒火中烧，一直压抑在心中的火焰喷薄而出，他认为这群暴徒和伤害林晋的暴徒是一伙人，安逸的牺牲和这伙人也有直接关系，没有这些不安定因素，他们就不用去巡逻。甚至所有发生在高原上的悲痛忧伤，都是拜这样的人所赐。这么一想，他咬碎了牙，气炸了肺，唾沫横飞地说："这些人请都请不来，现在亲自送上门了，应该高兴，真他娘的高兴！别怕，你们是军人，他们是暴徒，怕的应该是他们，他们才见不得光，听我命令，全歼狗日的们！"

徐开路刚才一番振奋人心的动员招来一梭子子弹，凯夫拉头盔被击穿，他摘下头盔摸了摸，感到脑袋正中央凉飕飕的，才知一颗子弹贴着他的头皮飞过，削走了一绺头发，并掀起一撮头皮，光秃秃的部位汪着一层细密的血珠，十分别致，专业的发型师也做不到如此设计。但徐开路不喜欢这个发型，他还以颜色，打哑了火力最狂的那把枪，有徐开路的精神抖擞，张琛也不筛糠了，刘松也不哭泣了，支棱着耳朵听命令。徐开路给陈爱山使了一个眼色，陈爱山从山坡另一侧离开，直奔装甲车。现场战斗持续激烈，从作战素养上来说，暴徒们肯定接受过专业训练，而且拥有重型武器，让最多只有重型狙击枪的徐开路一方占不到多大便宜，几个回合下来，徐开路等人无法露头，暴徒更加猖狂，竟然向前推进战线，试图近战抢夺徐开路手中的炸弹遥控器。虽然昆仑哨从来没有发生过如此规模的战斗，徐开路也没有几次开枪实战的经验，但这一刻，他胸膛里流淌着的似乎是成百上千战友混合的血液，他的眼眶里聚集着烈火硝烟中穿梭的勇士身影，他充满力量，扣扳机的手沉稳笃定。这是精神上的壮大，但抵不住现实的残酷，暴徒的意图屡屡得逞，他们满是弹孔的越野车驶到山坡近前，在强大火力的掩护下，已经有暴徒开始攀爬山坡，其中一个成功冲上阵地，跳跃到徐开路简陋的掩体内，"哇呀呀"狂叫着展开白刃战，他们纠缠在一起，岗楼上的排长重型狙击枪发挥不了作用，暴徒身强力壮，还具备格斗技巧，徐开路被压在身下，掐住了脖子。徐开路感到缺氧，从未有过的缺氧，眼前暴徒的狰狞面孔变成一道道波纹游来荡去，他一身的气力被死死扼制，难以释放，只是死死攥住炸弹遥控器，像攥住最后一线生的希望，他的脸从红到白，再到青紫。刘松就在不远处，他目睹了班长的遭遇，可是他不敢过去，刚一露头就有子弹打来，举起什么，什么就被击碎，他想象得到脑袋像西瓜开瓢一样鲜血飞溅的画面。徐开路的脚蹬踹的幅度越来越小了，暴徒腾出一只手举起了雪亮的匕首，寒光刺痛了他的眼睛。倏地，他想到了安逸，当时也是在这个生死关头，也是同样的危急，可是安逸做出了不一样的选择，他不能让安逸白死，安逸的眼睛一直注视着他，无处不在。徐开路的手因为用力越抖越厉害，但还是无法挣开暴徒的控制，这时徐开路的脑袋向张琛一方歪了一下，张琛也在拼死搏斗，凸起的眼珠子里布满绝望，这些徐开路全看在眼里，新兵是昆仑哨的未来，新兵入伍第一战不能输，此刻他是昆仑哨的脊梁，是新兵的主心骨，他不能死，于是，他发出惊天一呼，身子翻腾起来，从暴徒身下逃脱，把暴徒掀翻，他搬起身边的碎石，对准暴徒的脑袋，一下、两下、三下……疯狂砸击，一边砸，一边嘶叫，声音凄惨，直到把暴徒砸得面目全非，他仍不休不止。刘松咬牙才把他拉开，但徐开路还沉浸其中，像疯魔了一般。

刘松说："班长，停下，他已经死了，又有暴徒爬上来了！"

徐开路捡起地上的枪，辨别来敌，此时张琛已经昏厥，另外两名新兵的战斗力堪忧，形势急转直下，眼见又有两个暴徒冲向徐开路，徐开路子弹耗尽，危在旦夕。他已经看到暴徒脸上的淫笑，如果此时没有神助，必然凶多吉少，暴徒还是左右开弓朝徐开路挥着匕首，徐开路被逼到死角，全身多处受伤，炸弹遥控器掉在了地上，一名暴徒伸手就能触摸到。此时，陈爱山驾驶着装甲车呼啸而至，直接把对侧翼毫无防备的并排着的两辆越野车碾压了个稀烂，剩下的一辆车油门轰到底逃窜，陈爱山启动射击系统，一炮击中，灰飞烟灭。山坡下的暴徒根本没有想到在这个贫瘠的哨所还有这么先进的装备，没来得及害怕就告别了人世，山坡上的暴徒被山下巨大的轰鸣声瞬间吓迟钝了，转身想跑。徐开路憋了一肚子的怒火，不可能放弃这个难得的时机，飞起一脚，将一名暴徒蹬下山坡，剩下一个任由他按在地上摩擦，此时他连捡石头的时间都不愿浪费，双拳上下翻飞，一顿痛扁，把暴徒的脑袋像捣糨粑一样夯成一团，而他的伤口因为用力，渗出如注鲜血，染红大片雪地。等暴徒被消灭干净，他才感到身体被掏空，但回头看看张琛，必须马上给他供氧，不然脑缺氧时间一长后果非常严重，他站起来往张琛的方向跑，腿却一软，扑倒在地。

一息尚存，也要看到战友活着，不允许再有牺牲。想到这里，徐开路有了力气，继续匍匐，布满血的手，在雪地上抓挠出一条规则的轨迹。

昆仑哨周边又只剩下了风，被榴弹击毁的越野车燃起的大火也很快熄灭，天边露出的鱼肚白，和大地的白交相呼应，和士兵身上的雪地迷彩白相辅相成，惨烈变成惨白，像士兵们的脸色一样，他们终究是苏醒了，紧紧拥抱在一起，在还冒着热气的血中，嗅到了胜利的味道。

　　天亮后的第一辆军列鸣响长长的汽笛，朝昆仑隧道驶来，车厢里的军人从升腾的最后一缕硝烟里，看到这里发生的异常，凭着职业的敏感，他们知道必然发生了战斗。徐开路挣扎着爬起来，喊着口令集合队伍，向列车敬礼。那口令虚弱无力，像蚊子哼哼，但在士兵们心中却淹没一切，贯穿隧道，和那声振奋的汽笛一样，迎着难得一见的羞羞答答的朝阳一路向西，飞向最前沿。他们看到车厢里的战友全体起立，也在向他们敬礼。等列车开远了，徐开路的眼泪终于夺眶而出，他知道如果不是装甲车助阵，此刻他们已经葬身昆仑，列车会冲撞隧道口，跌落山涧，或者已被炸裂的隧道内壁在火车的震动下悉数倒塌，将列车掩埋，而这些都没有发生，只有暴徒扭曲变形的脸横七竖八地瘫软在雪堆中。

　　徐开路收拢人员，朝兵舍走去，他们的背影形态各异，风干的血迹像涂在身上的标语，在黑白肃穆之中格外醒目，他们相互搀扶，看着彼此，露出疲倦的笑脸。徐开路的笑里有泪，他自言自语着什么，向着安逸长眠的方向。还有陈爱山，他是此战的大功臣，他笑得最威武，大家隐隐觉得，陈爱山平时不言不语，专心摆弄西红柿秧子，其实他才是昆仑哨功力最深的扫地僧。笑得最开心的还有张琛，此刻他的笑脸上增添了沧桑，好像一夜之间长大了不少，结冰的裤裆也可以忽略不计了。

　　直升机把徐开路接到西宁养伤，不日，总队发布消息要专门为陈爱山荣立一等功、徐开路等人荣立二等功召开表彰大会，并为安逸举办追授荣誉称号仪式。

徐开路在病房睡觉，有人推门进来号啕大哭，徐开路睡梦中惊醒，定睛一看，孙炜哭得撼天动地，令徐开路云里雾里的，孙炜总在扮演不速之客的角色，这次又是为何而来？徐开路虽激动，但孙炜这一套操作让他更多的是不安与惊讶。一问才知，孙炜一直关心着昆仑哨的风吹草动，，当看到昆仑哨、满服役期士兵、牺牲、追授等零散字词之后，孙炜断定牺牲的人是徐开路，打飞的赶来。到了医院，问了导诊台，导诊护士也告诉她："没错，仪式就是为徐开路他们举办的，徐开路现在正躺在外科病床上。"护士表情很正式，让她五雷轰顶，来不及听下半句，一路呼号着来告慰徐开路的"遗体"。徐开路从孙炜含混不清的语言中听清楚了她要表达什么："我们情深似海，还没来得及把千头万绪的关系打理明白，你怎么就走了？我本已千疮百孔，是你给我信心，我本要带着你的祝福把我的风帆修修补补重新启航，可你却先我魂断昆仑，连你这样坚硬如铁的人都扛不住了，那我还有什么奔头。"

徐开路咳嗽了两声，差点儿把孙炜吓到，抬头看徐开路精神抖擞，先是惊吓，而后小心翼翼地靠近他，掐挠揉扯，确认此人身体基本完好，瞬间梨花带雨地乐作一团，转变之快，让徐开路难以跟上节奏。笑着笑着，孙炜顿觉失态，边擦眼泪边要往外边跑，被徐开路一把拽住，顺势拥进怀里。

徐开路说："我们的关系你一直拎得清，说在一起也是你，说不在一起也是你，被动的人其实是我，我主导不了你也干扰不了你。所以，即便我有一天真的扛不住了，你还是你，认真美丽地生活下去，主动请主动到底。"

孙炜说："你想做那个能控制这一切的人吗？"

徐开路说："我做不到。"

孙炜说："我给你这个机会。"

徐开路说："你想通了？"

孙炜说："远远观望原来那么孤独，那么痛苦。"

徐开路说:"走近了看也许会更孤独,更痛苦。"

孙炜说:"那不一样……"

孙炜顺着徐开路的目光,一起看向窗外萧瑟的冬天,街上的行人没有因为寒风刺骨而拒绝出门,这里的霓虹也并不瑰丽,但这是他们想要生活的城市,他们终日要在这片土地上寻找春日的蛛丝马迹。正如孙炜所说,那不一样,她置身其中之后想象中的严寒远比现在更加难挨,而且她相信每个人都能尽快找到一座心中的小屋,能不断听到里面干柴烈火的声音,她可以在躺椅上眺望远处的群山,听到他站在山巅清唱的情歌,以及分不清什么时候还会有和这火苗一般温暖的呢喃,哪怕他明天又要出征远行,行至她看不见的高原,至少他们都知道哪里是尽头,哪里是对岸。

第十三章

曾与我一起越过穷山巨海的朋友，继续远走他乡或下落不明，我已分不清这里是终点还是起点，可我仍在等待，等待风沙掠过的绿洲，我在沿岸幸福地闭上双眼，霞光顷刻就照耀了大地。

大地回春，氤氲散去，暖阳隐现。

温室里的西红柿幼苗重新成功栽培，焕发着勃勃生机，似乎一切都在好转，昆仑世界也要走进最美的季节。

孙炜决定留下来，当她以为徐开路可能已离她而去，她才知道那刻骨铭心的疼痛，逃避遮盖不了她想要遮盖的不完美，反而永远无法跨越，她也知道了可以有诀别，但应该在付出之后。这次是孙炜送徐开路上山，而她选择留在格尔木，这座离昆仑哨最近的城市，她去过很多繁华大都市，没想过有一天会落脚在这里。来之前，她的工作刚有起色，第一个月就做到了销售冠军，但她还是给老板递交了辞呈，老板没有问她理由，因为她这特殊的人特殊的情况总能做出不同寻常的决定。老板要给她包一个红包，也被她婉言谢绝。她说："以前我是去探险游历，多少钱有多少钱的玩法，现在我是去生活，生活本就是在艰苦中崛起，一穷二白挺好，饿的时候嗅觉最灵敏，穷的时候感情最纯正。"

孙炜租了一间只有九平方米的房子，淘了一台二手笔记本，做起电商生意，早起晚睡，疲于应付，但能糊口，也乐在其中。她最开心的时刻是每个月徐开路有一次下山的机会，这也是严峻为了照顾山上的大龄青年特意打开的绿色通道。两人十分珍惜这难得的团圆，如胶似漆，尽可能地把时光过出最长的维度。

这天又到了徐开路下山的时间，孙炜左等右等也没等来他，电话也联系不上。

昆仑哨又有了新状况，陈爱山因为上次的战斗受到表彰，成了一等功臣，大有土鸡变凤凰之势，从一文不名到炙手可热，生活状态发生了质的飞跃。那场战斗被广泛宣传，军内尽人皆知，如此陈爱山被频繁请去当教员、做报告，全国巡回演讲，中队、哨所几乎看不到他的身影了。他和徐开路的标兵身份不一样，人们不约而同地尊称他一声战斗英雄，而徐开路是细水长流的优秀，远不及这一炮而红的人带给观众的刺激大。陈爱山开始享受这种状态，惜之如命的西红柿也疏于管理了，昆仑哨最后一棵植物在一个如常的清晨枯萎而死，而他没有表现出一丝心痛。和当初徐开路拔了他的秧苗他要死要活有了天壤之别，毕竟他的心已经飞到九霄云外，这些鸡毛蒜皮的小事儿已入不了他的法眼。这些天，陈爱山下山后屁股后头跟着一帮校官接站送站，住的是星级标准的招待间，吃的是山珍海味，酒足饭饱后看文艺演出。在北京、天津等地，他还不止一次看到演出队的陈钰，这次他是主角，和之前在昆仑哨的身份完全不同，以前都不稀多看他一眼的陈钰，如今一双杏眼没少在他脸上游来荡去。他还荣归故里，胸前挂着勋章和鲜艳的大红花，在武装部干部的护送下雄赳赳地回家报喜，虚荣心得到莫大的满足，终于体验了什么叫鸟枪换炮、一飞冲天，那滋味别提多享受了。所以这一套组合拳下来，陈爱山再也看不上昆仑哨了，想起那个糟心的地方就打怵，当训练基地抛出橄榄枝，他轻轻松松地就缴械了，果断决定离开昆仑山。

当时，训练基地领导承诺只要他点头，立马就把他调出来，任命他当教员，并解决他的后顾之忧，给他分公寓，如果有家属可以解决工作，学历达标，还可以考部队文职，将来有孩子能优先入学入托，各种优惠政策都可以往他身上招呼，总之只要他愿意待，不求荣华富贵，保证衣食无忧，这对陈爱山有着巨大的吸引力。虽然他名字里有"爱山"两个字，但他从小接受的教育是要想尽办法体面地生活，哪里可以让他摆脱一天三顿咸菜的阴影，并且能维护他脆弱的尊严，他就去哪里，"吃什么"着实比"爱什么"更重要。

于是，陈爱山在徐开路想要下山和孙炜鹊桥相会的头天晚上，凝重地说："如果我有家属，我不希望像你一样，见个面像敌特接头，所以我要走。以前没有条件，现在机会来了。"

徐开路没有反应过来，笑着说："你连对象也没有，你往哪儿走？"

陈爱山指指床铺上已经打好的背囊说："走出去就有了，马上就能有。"

徐开路说："戏过了，咱们什么时候逗闷子开始用上苦肉计了？"

陈爱山没有一丝笑意，皱着眉头："不会再回来了，好死赖活都不再回来了。"

徐开路怔住了，他突然涌生的悔恨像兵舍外并没有柔和多少的所谓的春风，有沙尘透过门缝飕飕地灌进来，其实是光线赋予了它们形状和色彩，正如徐开路和陈爱山之前的关系。陈爱山和他是相处时间最长的战友，和他搭档总是很有默契，有陈爱山在，哨所的大小事务就有人兜底。他不在的时候，陈爱山拉得出、顶得上、拿得下，他心安理得、无所顾忌。直到今天，他才发现陈爱山不是谁的配角，也不是偏安一隅，没有追求，只是他没有选择，索性沉默。但突然有一天他看到外面的世界五彩缤纷、莺歌燕舞、氧气充足，并且这一切已经在原地等着他，唾手可得，眼前只会闪闪发亮，绝不会悲恸欲绝。

陈爱山临走前还问徐开路："一起走？让训练基地的车捎你一段？顺路。"

徐开路帮着陈爱山把行李送上车，佯装欢喜却表情更复杂，他拍打了他几下:"走你,走你的!"

徐开路把陈爱山送出去三千米有余,他以为陈爱山不知道,其实陈爱山一直透过后车窗泪水涟涟地看着他,但又不能让车停下,回不去的路停下只是画蛇添足。

陈爱山对驾驶员说:"能不能再快点儿?"

驾驶员说:"再快,车要散架了。"

陈爱山说:"我不想再看到他。"

驾驶员说:"你只是不想看到你自己。"

徐开路穿着依旧笨重的棉衣,奔跑得跌跌撞撞,雷锋帽挂在腰间一摇一晃,手套耷拉在胯骨两侧一弹一跳,脸上红得像只大灯笼。他跟在陈爱山的车后面,跟不上了便攀爬上山,看着车逐渐消失在小峡谷中间,留下两道浅浅的车辙,随后被随风而起的黄土缓缓掩埋,重新恢复最初的模样。陈爱山走远了,也带走了徐开路的一个时代,回望远处的哨所,他突感陌生,连翱翔的雄鹰盘旋了几下也不见了踪影,他知道再来肯定也不会是原来那只。以往他能从这绵延的群山里看到各种各样抽象的画作,有男人女人,有高楼大厦,有飞机轮船,应有尽有,此刻它们的轮廓清晰起来,色彩丢失,疮痍满目。徐开路看到远远地有人朝他走来,他以为是陈爱山回心转意,要再陪他一程;他以为是孙炜等得不耐烦了,找上门来;他还以为是安逸,他跌落的是雪海,所以雪化了他自然会回来。可是人走近了,却是张琛。张琛肥硕的腰肢,堵住他的目光,也堵住他的思绪,让他心烦意乱。徐开路努力要让自己微笑起来,他仍然是一座山,万不可萎靡不振。他推了一把张琛苦笑道:"不能离你太近,太近的话搞不好你也要走。"

张琛说:"班长,你没发现我瘦了十斤吗?"

徐开路说:"有……有吗?相较于两百来斤的体重来说,瘦的幅度有待提高。"

张琛说:"我不会走的,你们待我不薄,昆仑哨里有希望。"

徐开路说："这话是你说的。"

张琛说："我说的，坚决不走，谁也不好使。"

两个人刚回到兵舍，电话就响了。是中队的电话，中队长让张琛带上所有行李物品立马回中队，替换他的人已经在路上了。

徐开路问怎么回事，中队长说："这个你问严峻主任吧，是他直接打电话要人的。"

徐开路放下电话，哑然失笑。张琛不明就里，军令难违，但硬着头皮也得走，走前张琛说："您往后说话的时候考虑考虑再说吧，总一语成谶谁受得了。"

替换张琛的新兵王玉周果然很快到了，一来就朝张琛竖了个大拇指，但脸上抑制不住的嫌弃。

原来张父张母得知儿子参加了一场惨烈的战斗，五脏翻腾，天旋地转，当天就托关系找门路，要救儿于水火，理由是儿子三代单传。张爷爷听说孙子差点儿挨枪子儿，脑血栓发作，奶奶随之心梗，全进了ICU，一家人鸡飞狗跳，不眠不休，再继续下去，必然引发更大的矛盾，他们请求给儿子调换岗位，养鸡喂猪种菜都行。严峻没办法，只能给张琛调岗。

徐开路听得目瞪口呆，张琛羞得捂住了脸，但并没有很诧异，想必也是十分了解父母的行事风格，知道他们干得出这么惊天地泣鬼神的事。

张琛把徐开路为他打好的背包默默拆开，规规整整地叠在床头，把胶鞋、拖鞋摆在鞋屉里，摆牙膏牙刷的时候像经验老到的瓦匠在对齐每一块红砖，他一言不发地做着这一切。大家阻止不了，也默默地看着他，哨所太小人太少，能有机会猜战友的心思也是消磨时间的一种方式，可这个时刻的猜，带着残酷的味道。

等把白床单抹平，张琛觉得有必要和徐开路说说他的往事，请尊重他难得的倔强。

徐开路说："别闹了，这是形式主义，我没有权力改什么。"

189

张琛眼泪汪汪地说:"我说过,我不走!长期以来,我在奚落中长大,他们喊我胖熊、肥猪、废物,我百无一用,何谈价值,活着的唯一意义似乎就是衬托别人的美好,当我看到他们指指点点窃窃私语的时候,我知道他们说的是我,但我已经没有一丁点儿反抗的欲望,我唯一对这个世界所做的抗争,就是祈求那些菲薄我的人可以张开血盆大口肆意践踏,但也要适可而止,一分钟能嘲讽完,不要拖到两分钟。在熙熙攘攘的人群里,我从来都是主角,又从来都是龙套,我这主角当得万劫不复,龙套跑得神游虚空,我一会儿在旋涡中心,一会儿被世人遗忘。我想过关上门,插上九十九道门闩,留一道给深爱我的人,我知道亲人可以忍受我的一切,但其实他们每一句关怀备至的话是春雨也是冰雹,浸润我的同时也粉碎着我对平凡的渴望和幻想,我终究是属于蓝天白云的,要去拥抱万物和阳光,所以我来了啊。我终于找到了灵魂之所,这里狂风骤雨、烈火炼狱,想象中豪情万丈的战斗,其实更多的是野蛮、粗暴、恐怖,我触摸着漆黑的枪、焦黄的掩体,同时也在触摸着我冰凉的骸骨,没人喜欢这种感觉,可在弥漫的硝烟背后我依稀看到我的笑脸,也看到了同样昂首挺胸、意味深长的你们。我终于可以和你们站在同一经纬上,并不骄傲,但断然不会独自饮泣,并不是为了荣耀,只是那一次次公平的对视,可以让我不必大脑一片空白。我知道那绝不是怜悯施舍的目光,那是共同经历了击打,见识雨后彩虹的绚烂,不会再以为泥沼中挣扎就是全部的生活。"

张琛抽噎至无声,徐开路咬着牙,腮帮子一鼓一鼓的,像头顶上灌满大风的红旗。

严峻警告张琛父母:"谁家的孩子不是孩子,适龄青年都有保家卫国的义务,怎么到你们了就要搞特殊?你们要是油盐不进,受影响的是张琛,他到时被退了兵,别想再有发展。"

岂料张琛父母惊喜不已,作着揖要求严峻抓紧办理退兵手续:

"和会送命相比,下半辈子找不到工作哪值得一提,我们宁可让他啃一辈子老。"此言一出,严峻转身就走,他知道对方上升到身家性命的高度,靠一张嘴劝,行不通。

而政委这边,要求严峻尽快给张琛办手续。此事件影响恶劣,万一发酵,是非黑白谁也说不清楚,到时候没人担得起这个责任。

严峻说:"是家长糊涂,这对张琛不公平,他是功臣。"

政委说:"他立功的通令是我签发的,我会不知道?这是一个无底洞,这次你满足了他们的条件,往后呢?大家有样学样,我们还怎么管理,军营的形象何在,更重要的是当下的环境你心如明镜,功勋不能抵消任何失误,战士固然重要,但也要把握全盘。"

严峻说:"还没到那一步。"

政委说:"到了就晚了,响鼓不用重槌,不多说了。"

严峻从政委办公室的窗子望出去,天色渐暗,远处已亮起万家灯火。在这个西北重镇,什么都抵不住寒冷和贫瘠,为了生活做出各种不合时宜的举动的人们,会在慢慢丧失兴趣之后,踏上属于各自的步履维艰的路。

严峻看到路灯下张琛父母形单影只,他们从南方赶来,没有穿合适的衣服,盘腿坐在马路牙子上,裹一裹单薄的外套。张父四下看看,以为没人注意,抓紧拧开哨兵送去的矿泉水猛灌,随后把瓶子捏瘪,找个草窝藏好。但凉水越喝越冷,越冷越饿,两人盯着面前的盒饭看了很久,相互凝视了一会儿没有动手。风起了,有纸壳子、塑料袋在空旷的马路上翻滚而来,经过他们的脚下,鸡零狗碎,就像他们的心情。

张父说:"我只要儿子,我为什么要被裹挟着走,那些劝我无所谓的人,都有我这样的心情吗?说破了天,我没有错。"

没有人应答,他也没想过要什么应答,他已经做好了马上被人带走,被移交审讯的准备。这时,严峻带着张琛站在了他们面前。

兵舍里，张琛发自肺腑的话着实感动了徐开路，但徐开路依然要执行命令，张琛必须走。此刻情感和理智虽然对立，但不纠葛，这是成年人应履行的规则。徐开路说不通张琛，集合哨所所有人把张琛抬上汽车，张琛虽然瘦了不少，但没有三五个人也是奈何不了他，他挣扎着、哭号着、撕扯着。半路大家停下来好几次，思考这件事的意义，以往送战友决然不是这种风格。

张琛漫无目的地挥舞着手臂说不清会击中谁，快被塞进汽车时，徐开路挨了一巴掌，耳朵嗡嗡响，眼泪随之掉下来，他命令大家把张琛放下来，没有束缚的张琛不再狂躁，现场随之平静，只有杂乱无章的呼吸声飘来荡去。

徐开路说："我希望永远和你们在一起的时候，你们却各奔东西，我希望你们能解决好各自疑虑，相约下次再见，你们却走不出这片区域，次次事与愿违。我们不再信心满怀，我们冷眼旁观，对一切事情都不再妄下断言，因为我们什么都掌控不了。掌控不了天气、掌控不了呼吸、掌控不了家庭，我以为能掌控哨位，其实哨位我们也掌控不了，有一天连它也不再属于我们，我们唯一能掌控的只有面对前路的心情。尤其我们这种身份，不能按照自己的方式生活，这次我帮你去求情，争取令你满意，但你会发现这先河一开，往后会有更多坑等你去填，你便不再理直气壮，一个总想着打擦边球的人，时间一长每当命令来临，第一反应就是质疑自己、质疑对方。信心有了额度，热血开始欠费，今天勇敢地迈出去，第一表情是微笑，第一选择是相信，我们在面对频繁更替的陌生人和陌生场景时，可能会更快地与之和平相处，你会感受到更多的温暖。愿你一路阳光，愿你来去自如。"

张琛似懂非懂，已被绑上安全带，他不再反抗，说："我还会再回来的。"这话其实他也不信，王玉周更不信，徐开路早已过了信与不信的阶段，不是老兵不再甄别虚实，而是老兵不再预测未来。目送张琛，徐开路不追逐汽车了，也不登高遥望，他有一丝明白，厌恶昆仑哨的，身在曹营心在汉，追是追不上的；珍爱昆仑哨的，昆仑已镌刻到骨头上，走到哪里，哪里都能吹来高山峡谷的风，飘来戈壁大漠的云。

严峻把张琛带到他爸妈面前，张琛父母瞠目结舌，张琛像一堵墙挺立着。一刹那，他们竟没看出这是自己的儿子，才几个月而已，当初那个肥白大胖、神态萎靡的家伙已不复存在，脱胎换骨不为过。他体型上的改变倒是其次，那双眼睛无法欺骗人，他的眼睛里有了星空和火焰。

张琛爸妈从马路牙子上站起来，伸手想去触碰他，却下意识地缩了缩，他们从张琛的眼神里还看到了疑虑，那不是热烈的欢愉，更像陌生人之间的隔阂。他们没有拥抱，只是长久地站立对视，谁也无法说出第一句话。严峻观察了一会儿，转身走开，他似乎已经预料到结果，他没有失望，对昆仑哨的力量没有失望。张琛看了看严峻的背影，他不比自己父母年轻多少，尽管努力要把腰板挺得更直，但大檐帽下露出的一撮花白的头发出卖了他，他的步伐不再轻盈，但他唱起了嘹亮的歌，像刚下战场归营的士兵，在夜晚的营院回荡。都说慈不掌兵，带兵的人要狠，但内行人都知道，有人要狠，就要有铁骨柔肠的人来兜底，只是狠没有慈，那不是部队，是斗兽场。张琛从他的背影里看到了渴望，现在也从父亲的眼里看到了同样的色彩。

张琛说："回去吧，也不必为你们的行为懊恼，我争取战斗的胜利，而你们也在争取最宝贵的东西，我怎么会责怪你们，咱们谁都没错，就这么结束，到此为止是最好下的台阶。"

张父怔住了，眼泪夺眶而出，他甚至想过一种场景，超市里年幼的张琛因为没有得到稀罕的玩意儿，能躺在地上打滚一两小时，怎么哄也不起来。可今天他是受了委屈的，他却拥有了这样的宁静。张琛适时和父母拥抱，然后大步流星地去追严峻。

张父喊："孩子，你长大了，不完全属于我们，但你要保护自己,可以拼命,别闭着眼往上冲就行!"

张母说:"就这么让他走了?折腾了这么久就让他走了?"

张父说:"你听他的话,你看他的人,他还是原来那个动不动就撒泼打滚的孩子吗?他既然如此,我们强拧着他,才是最大的不幸,而且你再看看那位副主任,他但凡下个命令,我们一家子谁也别想好,他已经给我们留足了余地和脸面。"

张父拽着张母进了路边的酒馆,吃肉喝酒,谁也不知道他们刚才给儿子完成了一次声势浩大的成人礼。

张琛终究没有追上严峻,严峻不再见他,他知道这个刚刚长大的孩子有很多话要说,有很多歉要道,但他觉得此刻不必倾听,应继续任他漫天飞行,他自始至终足够忍耐,就是给张琛足够的空间。

当张琛风尘仆仆再次回到昆仑哨,徐开路也早已把他的铺位空了出来,碗筷摆得整整齐齐,面条还冒着热气,和往常每一个普通的日子一样,从没有什么不速之客,没有人问他为什么回来了,也不好奇他是怎么把父母打发走的。因为徐开路说过,在昆仑哨当过兵的人,从来只会有两种选择,一种永远不会回来了,一种永远不会离开。张琛自动入列,端起碗三口五口便把面条吃干净,还到厨房扒了一根大葱,吃完一抹嘴,轻车熟路地洗碗擦地、整理内务、在执勤排班表上添上自己的名字……

时间不待人,转眼一个星期过去。徐开路这才想起孙炜来,他火急火燎下山见到孙炜,孙炜神神秘秘地把一张裱起来的四维彩超塞到了他手里。

徐开路问:"你生病了?"

孙炜说:"果真对人间这点儿事一窍不通,这是咱们孩子的第一张照片。"

徐开路盯着孙炜的肚子看了半天,不知道是惊是喜,回过神来才知道自己当爸爸了,以后大家应该叫他老徐而不是小徐了,他知道属于他的真正的青葱岁月从这一刻已然远去，这是上山以来为数不多的让他感觉到与这个社会密切相关的时刻，昆仑山无数次给他成就与希望，而都不如这一次直达骨髓，他能听到生命的律动。

徐开路兴奋地忙前跑后，一个月只有一次下山机会，所以他要让孙炜的幸福感正好在这个跨度之间。他到超市购置了一个月的日用品，把冰箱塞得满满当当。他认为自己能做的最好的饭菜，就是包饺子，所以扛回来整袋面，包成各种口味的饺子，按照孙炜的食量分装好。他要把一天忙成三十天，把一份爱切割成每天都有的爱，他要孙炜时刻都感觉到他存在着。

孙炜说："我看见昆仑山，我就看见了你。"

徐开路说："可是我看不见你，昆仑山到处都是你的影子。"

节奏飞快的时代，他们的感情却放慢了三十倍，徐开路以为饺子可以陪伴孙炜，稍微弥补一丝的愧疚足矣，可就这一丝，现实不让他成行。老厨师打电话告诉徐开路，刘彩出车祸了，现在还躺在医院里，虽然脱离了危险期，但生活还不能自理。徐开路如疾风一般往外跑，跑到门外倏地止住脚步，给中队打电话，打了两次没打通，他在原地来回走了好几圈，愤然说："管不了那么多了！"

孙炜知道徐开路的焦躁，一边是老母，一边是制度，但这个时候纵使天大的制度，他也要飞到妈妈身边，他不是圣人。但孙炜拉住了他，劝他要理智，这个时候不打招呼就走，严格意义上也算逃离。情义上说得过去，法理上却不允许。

孙炜说："你到了能做什么，能代替医生？我先去，天塌不下来。"

徐开路看到了孙炜笃定的眼神，他说："你还怀着孕呢！"

孙炜说："正好有人陪。"

徐开路说："我呢，我还算个人吗？"

孙炜说："没人有资格评价你生而为人的高度。"

徐开路说："什么高度，有高度就意味着总是用一个看似冠冕堂皇的理由逃避本该承担的责任？"

孙炜说："你这不是取舍什么，你也没得选择。让我走，我太想为你做些什么，不能只是被动接受，也可以主动给予了。"

孙炜坐最近一次的航班直抵济南，辗转到达高滩，此时刘彩还在ICU。

门口的老厨师红着眼圈问："开路呢？他妈都这样了，他派个代表来？"

孙炜说："他肯定会来，但不能说走就走。我来也一样。"

老厨师说："算行吧，俺不是直系亲属，字也签不成，手术做不了。"

老厨师此言一出，孙炜心里"咯噔"一下，她果然代表不了徐开路，因为她和徐开路还没有领证，属于未婚先孕，没有人承认他们的关系，甚至刘彩醒来能不能认她是自己的儿媳妇还另说，更别提法律上的依据。上次她催促徐开路去领证，徐开路也满心欢喜，两人三下五除二，换好雪白的衬衫，准备到照相馆照张喜照，兴致勃勃地要出门了才想起来民政局周末不开门。徐开路硬着头皮三番五次找中队请假，终于和中队长"预约"好了下个月一个周一的假，但证还没领，便遇到了陈爱山和张琛归去来的插曲，又搁置了。

一边十万火急、性命攸关，一边束手无策、欲哭无泪，收费处人员还对孙炜报以异样的目光，以为这是个不孝的孩子，怕花钱不愿意动手术，不关心老人的死活。已半夜时分，正焦急时，柳暗花明，医务处一位助理从楼上噔噔噔地跑下来，把一张传真递给收费处说："这是部队的公函，做手术吧。"

孙炜瞄了一眼传真页，上面赫然签着严峻的名字，一股暖流瞬间传遍全身。这个叫严峻的人，到底是一种怎样的存在，他总在最需要的时刻恰如其分地出现。如果没有这么一个人，故事又将怎样改写，孙炜说不好，但是她想如果她也是严峻的兵，她也会像徐开路一样，在一次次挫折面前仍然义无反顾。

刘彩被推进手术室之后，孙炜才有空打听刘彩何以至此。

老厨师花白的胡须黯淡无光，他低着头盯着脚上油渍斑斑的皮鞋，好像一头一整天都一无所获的老狮子，疲惫绝望，眼神闪烁，却没有光彩，说话的声音如同从走廊的另一头飘过来，去追赶遥远的虚空的别处。他说："郑康还牵扯其他案子，没有那么快宣判，替你垫付的两百万还在冻结。老板娘家的饭店经营不下去了，但日子还得过，老板娘带着俺们几个忠实的老员工从小作坊开始，打算东山再起。毕竟手里还有祖传的鲁菜秘方，曾经红火过，知道红火的根源，想要再赚钱并不难。但今时不同往日，大饭店换成了小饭馆，大部分员工看不到希望早就各奔东西。人手不够了，老板娘只能自己顶，后厨一个萝卜一个坑，前台、买菜、服务的事把她忙得团团转，但她知道哪儿都需要钱，再雇人手又是一笔开销，为了省点儿钱，她起早贪黑，亲力亲为。昨天凌晨三点多，她又骑着电动三轮车去菜市场买菜，雨天路滑，一辆没有牌照的渣土车过弯也不减速，直冲着她那辆连个尾灯也没有的三轮车侧翻而去，她还算利索，加速往前开，没有被彻底埋在废弃砂石料中，但一根预制板还是把她连人带车打出五六米远，头盔碎成了渣渣，就算浑身散了架，她还努力地抬了抬头，我们知道她不想死，她放不下的东西太多了。我们看监控都看到了……"老厨师再也控制不住情绪，又哭出了声。

孙炜听得心惊肉跳，听老厨师的描述，刘彩的情况不容乐观，再结合之前医务人员的态度表现，她能否脱离危险期还是未知数。孙炜只能祈祷，为徐开路祈祷，为刘彩祈祷，也在为自己祈祷，她把头深深地埋在腿弯里，她认为这一切都和她有关。如果刘彩真的有个三长两短，她不知道该用什么方式来救赎自己，她望着一排刺眼的廊灯，仿佛一把把闪着寒光的利刃剜她的心窝。她想象着此刻的徐开路，在茫茫的沙丘中间，看不到一条通往家乡、通往母亲怀抱的路，他更像一只被烙伤腿的蚂蚁，挣扎着却无法逃开原地。

老厨师似乎也已预知结果，站直身体，毕恭毕敬地向孙炜鞠一躬说："俺活了这么一把年纪，按说太多事没见过也听过，但像老板娘一家的故事，俺编也编不出来，太让人揪心了。俺这不是同情他们，是同情你，你年纪轻轻、漂漂亮亮，却卷入这样的苦难，将来你都要一个人面对……"

孙炜连忙扶住老厨师说："还有徐开路，还有你们，我不害怕。"

老厨师说："没有别人了，只剩下俺了，昨天老板娘刚一出事，其他三个老员工掏光了兜里所有的钱给老板娘送来后，也卷铺盖走了，这是人之常情，谁也不是孤家寡人，他们都是家里的顶梁柱，没有钱，光靠情面，活不下去。"

孙炜说："您为什么不走？"

老厨师脸上浮现一丝难以察觉的娇羞后，转瞬即逝，说："你没看出来吗，俺对老板娘还是有想法的，俺知道老板娘没这个心思，这么些年从来没点透，现在看来这样也好。"

孙炜心说，也对，他们曾经也是萍水相逢，毫无瓜葛，如不是后来建立了或者想要建立从属以外的关系，谁又愿意陪着谁一直到老呢。

孙炜说："这把年纪了，为什么不点透，大胆一些不丢人。"

老厨师没有回答孙炜这个问题，他让孙炜在手术室门口看着，他要回去给刘彩做一锅清淡营养的流食。他站起来又坐下，说："孩子，都靠你了。"

孙炜望着老厨师离开的背影，她似乎预料到了什么。她想，我们本来都想主宰命运，可次次都不知生活是刚开始，还是即将结束，现实这么残酷，我们看不到绿洲，霞光也不会普照大地，但早早地把一切装在心里，在这片土地上生根发芽，要接受美丽也要接受这种遮天蔽日的阴霾。

第十四章

即使无人知道,你也会成为我一个人的英雄,那样我也要如同冰清玉洁的玉珠峰,和你比肩站立。那时,我内心丰盈的骄傲,你一定看得见;我独奏的命运交响曲,你也一定听得见。你指向惦念的远方,我倏然便生长出澎湃的翅膀。

高滩的春天还很萧瑟,窗外吹来刺骨的风,和昆仑山不同的是这里有充足的氧气,但孙炜还是感到窒息,她甚至有些怀念更加萧瑟的高原,至少那里不用提心吊胆。

一盏镶嵌在天花板上的灯罩掉落下来,发出巨大声响,把蜷缩在冰凉椅子上的孙炜吓了一跳,她下意识地抚摸了几下肚子,走到窗前,看到一个无比陌生的小县城。她想,如果不是因为徐开路,可能今生都与此地无缘。在飞机上她查阅过地图,这里连火车都不曾经过,以后也大概率不会拥有,这里除了几个人造水泡子,没有风景名胜,也没有特色商圈,像样的只有如同飞机跑道般的八车道马路。而此时马路上也空无一车一人,路边小店也悉数锁下了卷帘门,有醉汉从街角拎着酒瓶子连滚带爬地钻出来,一头扎进冬青丛里,再无动静。街灯照亮昏黄的夜空,影影绰绰的树影中看得见飘飞的浮尘,抽芽的新枝在这并不舒适的气候里欲罢还休。这是典型的华北平原小城,这就是徐开路从小生长的地方,想到徐开路,孙炜好像马上就释然了，她看到了低矮但方便的平房前撑着气拱门，大大的囍字让她憧憬自己有一天也能和徐开路手挽着手走进去。她看到了截然不同的杨树和柳树，看到了土得掉渣但实实在在的店招，看到了扎眼又亲切的花绿被单，心里终于有了些许的温暖，但时钟又走过半圈，她从走廊的这头走到那头，从黑夜走向清晨，却迟迟没有看到黎明的来临，她也没有等到老厨师回来的消息。

小城开始热闹起来，一家豆腐脑老店前排起了长队，人们抱着各式各样的器皿来打早餐，鸡肉灌汤包的香气飘进孙炜鼻子里，她饥肠辘辘，但并没有进食的欲望，她只是想在人群中看到老厨师的身影，即便他不会再过来，他站在那里向她挥一挥手也可以。但那个庆幸自己没有说出爱的老男人，终究还是为自己的庆幸做出了注解。孙炜从他的话语中了解过，他是刘彩饭店里干得最长的人，他了解刘彩，他也深爱刘彩，他曾经发誓要一辈子守在刘彩身边，即使什么名分都没有，可是连他也落入了俗套，为爱痴狂的故事终究极少上演。回想老厨师临走前的叮嘱，孙炜才恍然大悟，内心一阵绞痛。她扶着墙往回走，她在想，刘彩醒来她应该怎么向她解释，又或者应该怎么撒一个美丽的谎言，想得脑仁疼也没想出个所以然来，因为面对这样不叫背叛的背叛，算不上道德问题的道德，她哑口无言，无从解释。

无尽煎熬之后，手术室的门终于打开了。医生面色凝重地告诉孙炜，病人的命暂时是保住了，但还在昏迷，醒来也难以保证能恢复到从前的状态，做好之后要面临更多麻烦事的准备。

孙炜没有伺候人的经验，她以前的职业是看尽星辰大海，现在让她守在一个只见过一面的老太太面前，着实心里打鼓，可又要竭力平静。她决然地走进刘彩的病房，看到刘彩满身的夹板和绷带，脸似冰霜，孙炜没有犹豫，把脸凑过去，贴在刘彩脸上，她试图用这种方式让刘彩感知到她，感知到她肚子里这个与之有血缘关系的生命。半晌后，刘彩眼角渗出一滴浑浊的泪液，孙炜认为她是因为疼痛。但不管是哪种状态，只要她一息尚存，孙炜都有莫大的幸福感。

此时的徐开路早已心急如焚，所幸这次他打通了中队那部经常断线的电话，一贯苛刻的中队长这次倒破天荒地仁义了一把，简化流程，特事特批。徐开路没等太久便等到了允许离队的通知，他火速赶往机场，一刻也不愿耽搁。一路上风和日丽，路边的青稞集体向他颔首致意，那齐整的嫩苗如同他再熟悉不过的队列，三五成群的骆驼、马、牦牛还有绵羊多了起来。回去的路越走越接近尘世，接近繁华，可这一切都不能引起徐开路的注意，这个从来眼里多空旷的人，如今改换了环境，却都抵不过他眼前不断浮现的母亲的脸。

到了机场，徐开路出示证件走了绿色通道，直达二十三号候机厅登机口，距离飞机起飞还有十分钟了，徐开路频繁掏出他廉价的手机看时间，就连这部手机也接近报废，屏幕裂成四瓣，输入正确拼音经常打出别的字符，幸好它还能接打电话，到了市区还有信号，所以徐开路一直用着。孙炜之前想要给他换一部手机，被徐开路拒绝了，理由很充分，他说，在昆仑哨的时候用不上手机，和她在一起的时候用不着手机。有一个带在身上只是为了提醒自己还是个群居动物，还和这个社会"接壤"着。仅此而已，就像很多人一样，别人有的自己必须有，山寨的也无所谓，"有"只是一种行为，不是习惯，他俩在一起就不适用这套理论了，是行为加上习惯。孙炜只是想给他买个手机，却被上了一课，想想好笑得很。殊不知，这也是徐开路的迷魂弹，归根结底理由只有一个，省钱。他太清楚他不再是八个灯笼大饭店的少东家，即使颗粒无收，也能衣食无忧，而如今只是一个扳着手指头数工资过活的普通人，他现在看什么物件都能马上换算成奶粉，并且准确无误。

刚刚，徐开路把那部古董手机揣进口袋的时候，候机的人已经起身准备往登机口走，徐开路紧跟人流移动。这时停机坪之上的天空突然变了脸，乌云如即将要扑腾起来的山火，没有明苗，只有翻腾的浓烟，地平线上衍生出一条乌黑的曲线越来越深沉，朝着候机厅的方向汹涌蔓延。数股狂风打着旋子，夹带着石子和垃圾打在候机厅的玻璃上噼啪作响，像一排排凶猛的子弹，人群像熬开了的八宝粥搅动起来。男人的咒骂声、小孩的哭声和妇女的尖叫声夹杂在一起，再冷静的人也难免不安。

徐开路目光搜索片刻，拉住一名工作人员问："你们最了解天气，没有接到通知吗？"

工作人员同样一脸茫然地说："通知只是二级警戒，我们有一天经历四五次沙暴、浮尘的时候，大多不会持续太久，而且咱们机场对于这方面的防护等级是一流的，谁知道这次……"

警报骤然响起，徐开路断定这是突如其来的重度恶劣沙暴，高原荒漠周边，发生沙暴十分正常，但像今天这样骇人的还属少见。徐开路一屁股瘫坐在椅子上，看见面前惊慌失措、乱作一团的人群，心情就像室外的世界，暗无天日。

从地平线处一线平推而来的是密度极高的沙暴，时而咆哮，时而哀号，推土机一样肆无忌惮，很快到达机场。窗外的飞机机翼从微微抖动到剧烈摇晃，比空中遭遇强气流的力道要大得多。有一小型飞机刹车失灵，竟然在风中动了起来，登机通道被撕裂，摆渡车以及行李运输车被碰撞碾压，飞机化身沙暴的侍卫随从，张开獠牙，助纣为虐，成为破坏者之一。很快，所有的飞机肉眼无法可见了，韧性高强的钢化玻璃外全被淹没了，徐开路感到候机厅也摇摇欲坠，在沙暴中间，像颗将要被挤爆的鸡蛋。

"砰"的一声，不远处一块可能早有问题的玻璃幕墙承受不了巨大的压强，碎成渣渣，风沙猛灌进来，顷刻遍布每个角落，候机厅内飞沙走石，各种设施被轻易摧毁，桌子、椅子、行李、人缠绕翻腾。徐开路来得急切，没带什么随身物品，属于轻装上阵，玻璃破碎的时候，他没有和其他人一样先摸钱包手机，再寻家眷，而是下意识地做出战术动作，几个前滚翻躲进相对安全的隔壁候机厅，第一个逃离风口。站在风暴的外围，徐开路才更清楚刚才自己的处境，空中转圈的物体锋利如刀，还有很多人正深陷桎梏，相互碰撞、撕裂，连闷哼一声的机会也没有。惊魂刚定，他发现有工作人员从远处围拢过来，却无计可施，不敢贸然冲进去，偌大的隔壁候机厅青壮年并不少，可是看到这样的场景，早就肝颤不已，手脚乏力，不由自主地逃向离风暴更远的地方。徐开路也害怕，高滩的病床上还躺着生死未卜的母亲，他万一再遇不测，再给老人家一个晴天霹雳，让她雪上加霜，这辈子没享上他的福，反倒遭够了他的殃，那才是死不瞑目。

　　徐开路心说，我不能有任何意外，我已经倒了血霉了，被遗忘、被各种情感"虐待"，马上快要百毒不侵的时候，那心底最柔软的母子深情又叩问着我的良心，我可否留下最后一片赤诚之心，给生我养我的人？以前我孤家寡人、孑然一身，什么都不怕，一夜之间，我肩头的大山堪比昆仑，我的妻儿老小都在向我招手，梦里都在用乞求的眼神盯着我，我还能怎么办？我现在没穿军装，谁知道我是一名军人？是又怎么样？机场有机场中队、有安保力量，有我没我一个样。经常有人说，地球少了谁都转，当初觉得寒心，现在这话听来无与伦比的亲切，纯属真理，搁在哪儿都适用。徐开路的眼神有些涣散，他的脚步已经跟上撤离的人群。

　　这时扩音器里传来一名工作人员的呼救，声音因为恐惧而变调："有没有军人，有没有当兵的，请到二十三号候机厅救人，我代表德格机场全体工作人员向您表示崇高的敬意……"

　　人群中，徐开路瞬间石化。在这个生死攸关的时刻，她第一个想到的是军人。她这一嗓子打开了徐开路的毛孔，也打开了徐开路闭合的心门，徐开路浑身像过了电一般转过身逆流而上，刚才大脑中的埋怨、抵触统统土崩瓦解，他好不容易为自己构建的固若金汤的防线，竟经不起妹子一声娇柔的呼唤。

　　徐开路大喊一声"到"，从胸腔里发出的声音荡气回肠，把大厅填得满满当当。尽管如此，路人没有给予他足够的关注，也许他们更关心退票的钱什么时候可以到账。

徐开路的声音还未落地，沙暴已经掠过候机大厅上方，但和地震之后的余震有着异曲同工之妙的余风还未散去，还有一定的杀伤力。徐开路一次次冲入二十三号候机厅，把人搬运出来，即便他再有防备，但仍难以避免被锋利的钢材、铝材、玻璃碎片划伤，鲜血淋淋。他感觉不到疼，他无暇细想为什么努力中的人痛感会被稀释。

　　又一轮强劲的沙暴袭来，徐开路看见一个年轻的母亲抱着一个一岁左右的婴孩，在平面电梯和大厅立柱之间来回翻滚，她口吐鲜血、危在旦夕，仍不撒手。徐开路试图拽住他们，他顶着风，原本僵硬的脸变成了鼓风机的模样，眼睛不能睁开，他伸手摸索了半天，终于探到一个衣角，随即死死抓住，在一片混沌中，徐开路拼命匍匐，也不知过了多久，他爬进另一个候机厅，回头一看，手里拖着的只是一个孩子，而孩子的妈妈不知所终。徐开路把孩子抱在怀里，发现他脑门上鼓起大包，小脸煞白，双眼紧闭，没有动静，把手搭在孩子的颈动脉上，微弱跳动，徐开路为孩子做心肺复苏。

　　一下、两下、三下……一百下，孩子的脸从白到紫，嘴巴逐渐张开，有黏稠的液体淌出嘴角，又摁了数十下，孩子还是没有反应。

　　徐开路的汗水和血水混在一起，嘴里念念有词，字字诛心。

　　徐开路说："你睁开眼看看，看看叔叔，我不可怕，我也当爸爸了，我的孩子虽然比你还小，可他已经丰富了我的生命，让我每天都牵挂着、坚持着，可以承受更多的不甘心、不如意，你也丰富着这个世界，让你的亲人保持敏锐的感官，让我们知道希望多么美好，时光多么美好……"

　　沙尘暴猛然来袭，又戛然而止，此刻大厅里只有孩子清脆的哭声，徐开路眼泪奔涌而出，他这时候才感觉到疼，扎心的疼。

　　大厅外警笛声四起，大批救护车、消防车、工程机械都向二十三号候机厅驶来，机场中队的武警战士从营区跑来，外面逐渐汇集起庞大的救援力量，秩序并不井然，人声十分嘈杂，更映衬了大厅内死一般的寂静。

徐开路蹲在孩子身边，血从额头顺着腮帮子滴下来，掉进沙土里，转而不见。孩子的哭声越来越剧烈，大眼睛瞪得像铜铃，一只小手却指向妈妈消失的地方。徐开路顿时明白了，他趔趔趄趄地冲向那个方向，在闹腾的人群中寻找孩子的妈妈，在一片狼藉中翻来找去，终于在一个柜子底下找到了她，他把柜子从孩子妈妈的身上移开，孩子的妈妈已是奄奄一息，但脸上努力挤出凄美的微笑。她似乎知道这个人就是恩人，这是她对于恩人唯一能做的反馈，她似乎知道以后她不在了，活着的人可以用这样的表情对待她的孩子。

徐开路抓住她的手说："孩子好好的，你也要好好的。"

孩子的妈妈说："孩子叫高子涵，替我告诉他，妈妈爱他。"

徐开路说："你自己去说。"

孩子的妈妈把身份证递到徐开路的手心里说："我有最后一个请求，帮我把孩子送回格尔木，我只相信你，我的兄弟！"

徐开路说："我……"

徐开路还没张嘴，孩子妈妈的手已经耷拉下来。

徐开路一边喊救护人员，一边盯着孩子妈妈的手，那只手蜷缩着，只留下一根食指，手指的方向也是她儿子的方向。

徐开路说："谁是你兄弟，你不要叫得这么自然好不好，不要装死好不好，怎么不讲理呢，我还有天大的任务，我没答应你，我已经仁至义尽，还和我有什么关系，有人替你做这件事就可以了，为什么只坑我一个！"他知道孩子的妈妈已经听不见了，他还是要说，因为他在想，好多得道高人告诉他不要发牢骚，但此刻我牢骚漫天，和刚才的风沙一样，我发出的牢骚是因为我断定我必将去干一件和我的规划完全相反的事了。那既是牢骚，也是为自己擂响的鼓点。

徐开路大踏步地走向孩子，把孩子抱到妈妈身边，让孩子亲吻了她，然后捂住孩子的眼睛，看着医务人员给她盖上了白布。

徐开路捂住脸痛哭失声，但他很快调整了自己。他请求医务人员给孩子检查了身体，确信孩子身体没有任何损伤，脱下外套把孩子裹紧，走进人群，去践行他和孩子的妈妈其实根本没有建立起来的承诺。

徐开路按照身份证上的地址找到了孩子的家，孩子的爸爸悲恸欲绝，但也没有忘记给徐开路行一个五体大礼。

徐开路扶住他说："妈妈走了，你是一座山，你不能跪下，跪下就是倒下。"

徐开路和那位不幸又万幸的爸爸告别，在楼道里听到孩子的哭声再起，百转千回，好像在和他对话，徐开路听不懂他在说什么，也不知道救人一命到底能不能攒下福报，惠及自己的生命。但他奔跑的时候耳边是如潮的呐喊，一幕幕美好的镜头刻进他的骨骼脉络，陪伴他从容面对黑暗。

重新返回机场的时候，机场已然恢复往日神采，那块碎裂的玻璃幕墙修缮完毕，损坏的飞机离开了停机坪，除了进行局部清整的人员，其他一切如昨。徐开路赞叹着"中国速度"，以为马上就可以恢复航运，岂料机场管理层惊吓过度，停飞所有航班。徐开路欲哭无泪，越想见母亲一面却越波折，他感觉自己天时地利人和一样也没占过，本以为每长大一次就和这个世界亲近一分，然而现在看来一直在背道而驰。

黑夜，孙炜不敢开灯，刘彩还没有醒来，徐开路也没有随后就到，医药费还见了底，催收的护士白天已经来了好几趟，警告孙炜，医院本着人道主义已经先用药了，如果再不交，要停药了。

孙炜坐在病床前，来了多久便多久没合眼，她想让刘彩一睁眼就能看到她，那样应该能给她留一个好印象，顺其自然地接受这个儿媳妇。可昏迷中的刘彩已经在和她作对了，经常毫无征兆地抽搐呻吟，一惊一乍，让孙炜神经崩溃。这些还可以忍受，缺钱才是最大的难点，孙炜翻遍了所有的支付软件和银行卡也才凑出一万多块，连零头都不够。万般无奈之际，她想到了早已重组家庭的母亲，她的"事迹"已经让母亲抬不起头来，她享受到了孙炜的荣耀，却接受不了她误入歧途被栽赃侮辱时的落差，她们之间已经很久没有联系了。孙炜不打电话，她也从来没有过问关心一句，孙炜懂得这是母亲对她无言的拒绝，成年人的世界应该有这种默契，互不打扰应是最好的结果。若不是走投无路，孙炜不会揭母亲的伤疤，打扰她的生活。孙炜硬着头皮打了一个电话，母亲竟然也硬着头皮接了，没想到孙炜一张嘴就是要钱，母亲积攒多年的火气终于爆发了，用最恶毒的语言咒骂了她。孙炜没有着急挂断电话，她安静地听着，脸上没有哀伤、没有愤恨，好像母亲在痛骂一个她们共同的敌人，直到老人家骂得胸闷气短、口干舌燥，主动挂了电话，她才默默收起手机，替刘彩掖掖被角，走出门去。

孙炜来到了大街上，她努力控制着快要绷不住的面部表情，竭力想要带着一丝倔强的微笑。北方小城的暮色里，这个面容姣好的女人拥有足够的回头率，有几个小混混还停下摩托向她吹起了口哨，孙炜目中无人的神情反倒让混混不敢接近了。孙炜边走边摘下了手腕上的镯子，镯子在暗夜里发着温润的光，但它仍然刺痛了孙炜的眼睛，这是母亲留给她的唯一一件礼物，好多次睹物思人，戴着它就像从没有离开过母亲的怀抱，即使母亲出于种种原因已经和她渐行渐远。现在她要把它卖了，母亲留在她身上的味道也将消失殆尽，想到这里，她才号啕大哭。哭完了，她把镯子交给了一个猥琐的首饰店老板，老板斜着眼睛伸出了两根手指头。

孙炜伸出巴掌说："我估过价，少说也要这个数，你这是明抢。"

老板说："你可以不卖，谁出价你找谁去。"

孙炜说："有你这么做买卖的吗？"

老板说："想要高价也不是不可以。"老板推开了柜台后面的一扇门，孙炜瞄了一眼，看见了里面的大床和暧昧的壁灯。

孙炜说："你也不撒泡尿照照。"

老板说："照过了，土豪都有着相似的面孔。"

孙炜说:"求你做个人吧!"

老板说:"别嘴硬,没到万不得已谁舍得把祖传的宝贝拿出来,都到这份儿上了,想必你更在乎的是钱。"

见孙炜没有言语,老板说:"不怕女人说不肯,就怕男人嘴不紧,我可是讲究人儿。"

老板的套路极深,孙炜心里厌烦,但又迈不开腿,她耽误不起时间。最终,她心一横说:"买卖人还是本分一些,赔了生意没关系,别连人也丢尽了。"

老板摇着头到里屋拿钱,孙炜闭了闭双眼,不再想镯子,她认为镯子发挥了救命的作用,不管在多么腌臢的人手里,也算功德圆满,"死"得其所。

从老板手里接过两万块钱的时候,老板趁机想要揩油,孙炜抡圆了胳膊给了老板一记大嘴巴子,清脆响亮,吓得路边的一条流浪狗"嗷呜"一声跑开了。

老板捂着脸骂道:"落到这步田地了,装什么贞洁烈女?还不如那条狗!"

孙炜头也不回地走了,她的风衣裹满江北小城的春风,像侠客的斗篷,不再踉跄的脚步在白茫茫的柳絮间蹚出一条笔直的河,将勇敢和孤独一分为二,把笃定和爱兼容并包。她上扬的嘴角兜住最后一滴眼泪,心里骤然响起的歌,有关理想,有关他们的未来,这旋律陆续催开了明亮的街灯,唯一一缕寒意仓皇而逃。

孙炜求爷爷告奶奶,争取到院方同意,先交了少部分医药费,暂解燃眉之急,但后天又该如何苟延残喘?肚子一阵阵绞痛,让她不能思考,这时候她想念徐开路,深入骨髓地想,她觉得徐开路就在她的身后,笑吟吟地看着她,告诉她生来即苦,但要足够相信,一切都会过去。

孙炜半躺在陪护椅上,眼前浮过昆仑盛景,它绵延起伏,和徐开路的胸膛一样,她感觉徐开路摩挲着她的头发,轻声细语地给她讲她所不知道的昆仑，以及她从未谋面的一些老高原兵，那些故事都能给她力量，让她手脚不再冰凉。她愿意一直依偎在他的怀里，忘记过去，和当年那些远走他乡的人一样，简单顽强地活下去，她要听着他沙哑的声音，和他分享珍贵的氧气，在每一个疾风骤雨的天气里关上房门，把脸埋在腾腾蒸汽里大快朵颐。她会爱护好自己，那样才能更好地养育他们的孩子，给孩子吃最健康的母乳，她要在合适的时机给孩子讲爸爸妈妈的过往，让孩子拥有高原一样的胸襟，同时也要懂得世俗的顽固，她要从孩子清澈明亮的眼睛里看到他或者她对世间万物的好奇，重新修正自己关于幸福的定义。孙炜在温暖的憧憬里听到了哭声和笑声，看到了斑斓的云霞，她在鲜花丛中半寐半醒，但一棵恼人的狗尾巴草，始终在打搅着她的好梦，她不得不睁开眼睛，去解决这个烦恼。

刚一睁眼，哪里有想象中的美好，魂魄差点儿吓飞了，好在没从椅子上摔下来。刘彩支棱着身子，正用手机屏幕的亮光照着她，嘴里说着："何方妖孽！"

刘彩头上戴着"网兜"，面容狰狞，嘴角还有未干的血迹，她盯着孙炜，孙炜能感受到她鼻子里呼出的热气，她看到孙炜睁开了眼，手从身后抽出来，把一个硕大的枕头按在孙炜的面门上，试图让孙炜窒息。孙炜尖叫，双手胡乱地抓着。医务人员冲进来把刘彩抬到了床上，捆住手脚，使其动弹不得，一切妥当，他们发现孙炜蹲在墙角里面如死灰，正要上前安抚，孙炜却自己站了起来，努力咽了两下口水说："不用解释，她醒过来就好，我谢天谢地谢你们。"

孙炜经历了一次过山车似的情绪波动，喜悦瞬间稀释了所受的惊吓，她大脑里的第一个场景是眉飞色舞地向徐开路讲述刘彩醒来的过程，她想第一时间把这个消息告诉徐开路，可刘彩并不让她消停，医务人员在的时候她安静不已，刚一走，她又嘴里说着胡话，身体上在挣扎，把孙炜指使得团团转，不给孙炜喘气的机会。

刘彩说："你要是真关心我，就给我松开。"

孙炜说："您现在还在打点滴，怕你情绪不稳定伤到自己。"

刘彩说："是怕伤到我自己，还是怕伤到你？"

孙炜说："我不怕，我是您的孩子。"

刘彩说："我哪有女儿，我是颅脑损伤，不是老年痴呆或者神经病。"

孙炜说："你承认与否，我都不怕。"

刘彩说："那你松啊。"

孙炜果真上前给刘彩解开了束缚带的卡扣，毫不犹豫、毫无顾忌，刘彩明显没有想到这柔弱的女孩有这样的胆量，她也许有一些感动，因为她安静了很久，但不知出于什么目的，她似乎在强迫自己不能按套路出牌。孙炜给她擦手擦脸擦身体，好一番折腾之后感到疲乏，稍微眯了一分钟不到，刚睁开眼睛便发现床上的刘彩不见了人影，窗帘、屏风后都找了，也没有发现，刚要拉开门跑去护士站报信，刘彩从床底下爬出来摸了孙炜的脚脖子，又让孙炜的心脏差点儿从嗓子眼里跳出来。

孙炜问："您这是为什么呀？"

刘彩说："我活动活动筋骨不行吗？"

孙炜说："您头部开了刀，不能这么玩。"

刘彩脸瞬间拉下来说："你说谁？有这么跟老人说话的吗？懂不懂规矩？"

孙炜低三下四地道着歉，像哄小孩一样把她哄到床上，刘彩好像也闹累了，不一会儿便打起了轻鼾。孙炜实在困得受不了，刚合上眼，刘彩总挑最关键的时机，一会儿要大小便，一会儿要吃药片，始终在搞事情。

医生告诉过孙炜，颅脑损伤、失忆、情绪化都是正常现象，一定要有耐心，所以孙炜下定决心要和老太太耗到底，等到她一切准备妥当，眼睛瞪得像铜铃一般，刘彩却神奇地恢复正常了。房间里再次安静，孙炜才听到肚子像打鼓一样响个不停，她已经很久没有进食了，自己可以不吃，但肚子里有孩子，这时候保证不了营养也要先保证饱腹。于是孙炜请来护士暂时看护，自己跑到食堂打来饭菜，小心翼翼地吃着，生怕发出声音惊扰了她。正低头扒饭，刘彩不知道什么时候又神出鬼没地坐了起来，盯着孙炜的饭盒说："你过来。"

孙炜像做错了事一般，畏首畏尾地靠近刘彩，刘彩指着饭盒问："你给我喝稀饭，自己偷摸吃大餐！像话吗？缺德不？口口声声说是我女儿，你配吗？"

孙炜说："医生有交代，您现在还不能吃这些，过两天好转了，我一定把您最爱吃的饭菜统统端来。"

刘彩一抬手把孙炜的饭菜撅翻了，洒了一地，说："我最清楚你这种人，耍嘴巴式厉害得很，没心没肺的东西。"

孙炜看了看一地的饭菜，忍住眼泪，找来了扫把簸箕，准备打扫干净，刘彩抓住孙炜的扫把问："越看你越不像好人，是不是你把我家害成这样的？你又来恶心我吧。"

孙炜说："对不起。"

刘彩说："我儿子在哪里？你对他做什么了？说！"

孙炜说："开路他好好的，你们都是我的亲人，我只有报答的份儿，没有非分之想。"

刘彩说："谁要你报答，你才是最大的隐患，赶紧走。"

孙炜说："您是病人，我不计较，我就赖在这儿，等您康复了，您说什么是什么，我绝无二话。"

刘彩说："啧啧，你还不计较，你有什么资格谈计不计较？"

孙炜不接话，不管刘彩说什么，她像没听见一样操持着手中的活计。刘彩的话每一句都不亚于前两天亲生母亲对她的咒骂，像烧红的烙铁般烫得孙炜的心尖刺刺作响，但孙炜弓着身子像任劳任怨的丫鬟，悉听尊便。她这时候却又收起对徐开路的思念，希望他晚一点儿来，不要看到她此刻的卑微，她愿意独自经受这几天的不堪和焦灼，换回一个和谐场面。当徐开路出现的时候，所有人都应该给他最美的笑容，看到他如释重负的神态。

刘彩没有得到想象中的回应，她并不气馁，变着花样挖苦讽刺着孙炜，孙炜理解这位高滩地界上有名有姓的过气名媛沦落至此心里有一股邪火很正常，发泄完了，也就胜利了。但她低估了对方絮叨的能力，刘彩可以一整天不歇，满嘴扎心的高滩土话层出不穷，护士都听不下去了，偷偷给她支了一着，把耳机戴上。

孙炜拒绝了护士的好意："很多时候我们愤怒不是因为对方不理解，而是对方根本不在乎，我不能不在乎，他们母子至真至诚，我就算挨骂也要洗耳恭听。"

护士说："这是语言家暴，你要捍卫妇女权益，你愿意也不行，不能助长这种歪风邪气。"

孙炜说："您多虑了，我这真算不上家暴，因为她还不是我婆婆。"

护士一脸鄙夷地走了，她无法理解这个女人到底图什么，出门后她满世界宣扬一知半解的悲情故事，感叹林子大了什么鸟都有。

孙炜不停地干活来排解压力，验血验尿、CT彩超、取针取药，跑上跑下，谁也看不出她是一位准妈妈。在扶刘彩做核磁的路上，刘彩装作不经意地问过她："谁给你的勇气，都知道我是不好惹的母老虎。"

孙炜说："是徐开路，他帮人于水火的时候也没想过能得到什么会失去什么。他对陌生人尚且那样，而我只是对自己的亲人，不值得炫耀。"

刘彩说："这么看来倒像一对，都傻得可以。再警告你一次，我可不是你的亲人，别试图感化我。"

孙炜无言以对，心灵和身体都坚持不住的时候她躲进保洁阿姨放推车、拖把的小隔间里坐一会儿，但不会坐太久，一有动静就得马上跑出去，警惕性像侦察兵。她没空看新闻，所以她不知道徐开路那里发生了什么，她认为他早该到了，他到了，一切都会好起来。

然而，徐开路还被困在德格机场，超级沙暴不仅影响了空运，连高速和铁路运输也陷入停滞状态,徐开路只能原地打转,他那回不去的故乡、他生命里最放不下的两个半人,远在千万里。归途如虹,他却从未有兴致领略过,今天尤甚。

第十五章

很久以前无意闯入你苦修的角落,从那之后你成为我最美的相遇,我愿手捧幸福的种子,陪你做最朴实的农民,可当我面对疾风骤雨,突然迷失于田间地头,我明白下一个秋季的果实将荡然无存,但我还是祈求你要快乐,因为我执拗不过运气,一定等得到节气,左右不了结局,但一定能挽留住自己。

人群疏散,机场空荡,仅半天的时间,这里好像换了天地。

一名工作人员发现了漏网之鱼徐开路,气不打一处来,心想哪儿来的二愣子,伸手就推徐开路,但满腹忧伤的徐开路并没把这人当回事。他不是不想走,是不知道该去何处,他仍然认为这里是唯一可以尽快离开高原回到家乡的通途。他认为买了票就应该登机,航空公司有责任把他送走,不管采用何种方式,契约已经建立,要无条件践行,这是士兵的作风,徐开路觉得这也应该是企业的作风,况且他原定乘坐的那架飞机并没有任何损坏。工作人员暴跳如雷,但徐开路只看见他的嘴唇在动弹,耳朵却不屑给他打开闸门。

与此同时,机场的高层正在党委会议室组织召开专班会议,议题是灾害中突出典型的表彰事宜、灾后重建和第一时间恢复航班运转。会议桌前的大屏幕上恰巧在播放现场录像,更巧的是徐开路英勇救人的镜头正感染着在座的领导，他们有的喉结蠕动，有的暗自垂泪，有的拍手叫好，都被徐开路的表现震撼了。

"不能让英雄寒心！"机场领导当即结束会议，集体走出房门，当面向徐开路致谢，承诺哪怕机场还剩一架飞机，也要优先给徐开路大开绿灯。

徐开路如愿以偿，他站在机舱向众人敬礼，突然，众人的身后出现一大一小两个身影，小的骑着大人的肩膀，举起小手平铺在太阳穴上。徐开路认出那个孩子正是刚刚被他送回格尔木不久的高子涵，徐开路不知道他们是来收拾孩子妈妈的遗物，还是专程来反送他，但那都不重要，重要的是高子涵小小的身子前倾着，他不惧武装直升机发出的巨大轰鸣，也没不习惯螺旋桨带来的风，他始终保持着向往的姿势，这姿势烙印在徐开路的眼窝，让他即使泪奔眼中也不会空无一物。

高滩医院里刘彩还在"作妖"，孙炜逆来顺受，没有说过半个"不"字，她越是如此，刘彩越是"得寸进尺"。

刘彩说："闺女，我们家欠你吗？"

孙炜摇摇头。

刘彩说："徐开路欠你吗？"

孙炜摇摇头。

刘彩说："贫贱夫妻百事哀，爱算个屁，当年如果不是我有还算殷实的家底，早改嫁了，为烈士守身如玉？先吃饱饭再说吧。而且我这个样子想翻身已经不可能了，徐开路将来也注定从社会小白起步，而你所有的特质都和我们格格不入，你有更好的归宿。"

孙炜懂她的意思，这个时代不缺选择，尤其是像她这样颜值在线、思想自由的女人。她现在还有一腔热血，可能捱得过初一捱不过十五，婚姻不能完全套用投资理念，但日子往往过着过着就过成了股市。

孙炜说："我知道您嫌弃我，您见过我的不堪，忌讳我的前科。"

刘彩说:"随你怎么想。"

孙炜说:"那我也不走,只要我还看得起自己,我就是个堂堂正正的人,我的孩……"她想说,她要当妈妈了,没有人可以撼动一位母亲誓要坚强起来的决心,但她没有再说下去,她相信,她的这些话,她心里有,她的孩子就能听得见,不需要向任何人解释。

刘彩情绪有些失控,让孙炜立马消失,不然她要拒绝治疗,她要去死。为了平息狂躁的刘彩,孙炜说:"我走,马上就走,走之前让我再伺候您一次,把您打扮得漂漂亮亮的。"刘彩说:"已丢了半条命的人,你替我穷讲究什么?"孙炜说:"那样,徐开路来了看到您,心里能好受些。"

一句话,刘彩怔住了,孙炜没有等她的回应,细心地忙碌起来。刘彩眼睛一眨不眨,重新打量眼前这个连话也没说过多少的女子。她修长的身影来回晃动着,头发蓬乱,皮肤蜡黄,因为虚弱稍微一动便有稀里哗啦的汗珠淌出来,来时干净的衣服已污渍斑斑,最后一丝精致也消失殆尽,还有些邋里邋遢。不过二十五岁的年纪,曾珍视的美丽已被她就地掩埋,甘愿活成一个驱动别人的发条。刘彩努力提醒自己这不值得被感动,可无法欺骗自己。春风再次轻拂窗棂,掀起窗帘,阳光照耀在她平静的面容上,像极了她的改变,不卑微、不突兀,整个房间不再满是消毒水的味道。有那么一瞬,刘彩在想,既然如此便如此,也挺好。但每一位在下一代人生前景的预设上,从来都不会轻易满足,也许孙炜每次出现的时机都那么不凑巧,也许刘彩还有更好的瞻望,总之她没有收回她的苛刻,她还带着高滩老城人的封建思维。孙炜对她的心路一无所知,她小腹开始一阵阵剧痛,她要抓紧做好手头的事,然后去外面的躺椅上躺一会儿。也许徐开路很快就到了,那样她不再是一个人,不管刘彩再说什么,她满眼都是他,所有的心酸委屈也就化解了,到现在,她嘴上答应走,其实也只是缓兵之计。

沙暴发生以后，总队领导时刻关注着灾区的情况，严峻是有心之人，对徐开路的行程了如指掌。他在请示上级后，长途跋涉，第一时间赶到事发现场，找到了徐开路，再次让徐开路感受到组织的温暖。严峻要送徐开路回高滩，被徐开路婉拒了，徐开路说："您有更多更重要的事，我不敢牵扯您太多的精力。"

严峻说："还有什么重要的事？当年如果我知道我的那些战友再也不会相见，我一定会在离别的时候再多拥抱一下，我如果连一个急需帮助的兵也忽视了，我还能重视什么蓝图大计，正是因为有一个个你们这样的人，才铸起了我们的长城，我到高原来，就是守好这里的每一块砖。"

徐开路干笑两声说："年轻人最缺这样的素养，生怕被遗忘，再也跟不上节奏，而您专挑不咋露脸的事上心。"

严峻说："不要和别人比，你能看到的都是别人愿意让你看到的，越比越负能量，多扪心自问就好。"

严峻见徐开路执意自己回去，便不再坚持。

临别从怀里掏出一张卡说："这是我一个月的工资和发动群众捐的款，把医药费交了，密码是你的入伍日。"

徐开路说："我还有钱。"

严峻说："你那点儿钱将来娶媳妇够不够彩礼？拿着！这不是怜悯，这是祝福，每一名军人对父老乡亲的祝福。"

徐开路攥着卡泪如雨下，他越看越觉得严峻像记忆深处的父亲徐建中。他没见过父亲几面，但黑暗中他总能听到他的脚步声，看到他宽阔的臂膀。父亲手持设备行走在隧道里，脸若隐若现看不清楚，但身后有璀璨的光，他无数次追着那道光芒跑过去，却发现他和父亲之间的距离从未缩短，每每在痛苦中睡去，但又在希望中醒来。因为他逐渐明白，这就是父与子的距离，这也是父与子的接力，他无法触手可及，但只要不放弃就一定会路过他的风景，并站在他圈出的高地上看到更美的霓虹。

严峻见徐开路抽抽噎噎地将要走进登机口，决定告诉徐开路那个埋藏很久的"惊天秘闻"。他说："不要哭，你是不是觉得我对你的关怀感人肺腑，其实它有渊源，我没那么高尚，是你父亲曾经给我力量，他精神的延续让活着的人迫切需要高尚。当年我从他的分队被抽调到南部前线的时候，他嘱咐我要活着回来，我答应他一定奋勇杀敌，提干授衔，回来和他把酒言欢。我回来了，他却走了，没有留下只言片语，我甚至不知道他还有一个儿子。几年前，当确信你是徐建中的儿子，我欣喜若狂，但我不能告诉你，因为那样我所做的一切会让你感觉是刻意的。现在我说了，就不怕你会觉得我自私，不怕我的人设就此崩塌，因为我是从知道你的存在开始，才领悟到一个有过战场经历并走上领导岗位的老兵应该如何去对待去引领一个群体。高高兴兴地走吧，我会像你父亲一样和每一个去践行忠诚的人握手约定，和每一个走上高原的人同饮甘苦。"

飞机即将飞离机场的上空，他的眼睛贴着舷窗一动不动，一如他永远站在漩涡中央，不偏不倚，他每次都要无限接近大地的真实，探究人性的荒芜，也在听从天空的呼唤，这真实让他在乎真实之后的芬芳，这荒芜让他扼住荒芜背面的苍凉，这呼唤让他欣然往返于自由的田园和混沌的战场。徐开路自从坐在座位上，一直到目的地都纹丝未动。他向她们走去，迎来一个崭新的清晨，看见最红的朝阳。一夜之间故乡花开正盛，就像对昔日的释怀，那个萦绕左右的脚步离开了隧道口，光亮瞬间毫无阻隔地倾泻进来，那空间万马奔腾，他不用捂着胸口也壮怀激烈，不用围着炭火也温暖如春，富饶的氧气扑面而来，旱漠中最庞大的湿地赫然出现在眼前。

徐开路跑进医院，看到门外椅子上躺着的孙炜，孙炜好像早就预感到他到了，不等他开口，便睁开眼睛摇摇晃晃地站了起来，强挤出笑容说："你终于来了，妈妈恢复得很好。"

徐开路来不及和她寒暄，简短的眼神对视后，奔向刘彩，刘彩此时精神很好,但儿子的到来似乎没有引起她过多的关注,她指着门口捂着小腹哆哆嗦嗦站立的孙炜问:"你怎么还不走?"

徐开路说:"您说什么呢!"转身去拉站在门口的孙炜,孙炜也伸出了手,但还是差了一步,孙炜瘫软在地。

刘彩说:"别碰瓷,换一家人坑,我们已经家门不幸。"

徐开路赶忙抱起孙炜,摸了摸她的额头,如火炉般滚烫,紧接着他又发现孙炜的裤子上沾满了血,且越流越多。

徐开路脑袋"嗡"的一声,大喊孙炜的名字。

徐开路抱起孙炜往楼下的急诊跑,刘彩从床头爬到床尾,伸长脖子往外看,听到嘈杂的人声逐渐远去,她仰起缠满纱布的头,眼睛望向天花板,竭力保持住倔强的面孔,可是门外忽然一个与她无关的响动,却让她为之颤抖,所有的伪装付之东流。

紧急抢救之后,孙炜稳定了,孩子却胎死腹中。医生告诉手术室外的徐开路,徐开路眼前一黑、天旋地转,医生架住了他。

徐开路前言不搭后语地问:"这是不是生活的真相?这是命运的真相吗?"

没人回答这个糟心的问题,他走到孙炜的床前,看到她苍白的脸上已经没有稚嫩,虚汗把她的刘海结成一绺一绺地贴在额前。因为还未退烧,能看到被子里她单薄的身子有轻微的抽搐,徐开路又给她盖上一层大衣,双臂撑开抱住她,要给她温暖,却发现一切都是徒劳,自己彻骨的寒冷,豆大的泪珠啪嗒啪嗒地掉进孙炜的脖子里。他想就这么抱着她,等到鸟语花香,等到神清气爽,可是良久之后他不得不暂时告别她,告别一个少的,再去照顾一个老的。他回到母亲的病房,强压住任何情绪,没有一句埋怨,为刘彩端饭倒水,刘彩目不转睛地看着他,她已经从护士口中了解了大概,她知道他心里在滴血,她认为这一切都是自己造成的,她一片好意却不仅残害了别人,也将毁灭自己。

刘彩的声音从牙缝里挤出来,她说:"不是当妈的不让儿子结婚娶媳妇,我怎么会不想看到孩子们好呢?我是想等度过这些难关再做打算,不想看到她现在嫁到我们这样千疮百孔的家庭承担本来与她毫无瓜葛的责任,这么年轻就陷入无休止的磨难里,对人家不公平。可我只在乎道义,却忽视了你们之间的情感,我真不知道她怀孕了,真不知道这孩子心眼这么实,她一句也没提,半个'不'字也没说,她忍着痛、忍着羞辱,她忍得一定很苦,我对不起你们,我是刽子手……"

徐开路不让她再说下去,拥抱她,最开始她只是悄悄地饮泣,突然她撕心裂肺地喊:"那是一条活生生的命,我可怜的孩子啊!"

徐开路已是伤痕累累、血流不止,他有还算刚硬的躯体,也有悠远的目光,可他此时的路只有楼上楼下那么短。他的生命只在她们的夹缝中岌岌可危,他是她们伟岸的堤坝,他只能一言不发。刘彩绝望的自我拷问还没有结束,他又要下楼去看孙炜有没有醒来。他走在走廊里,突然一间病房里传出阵阵清脆的婴儿啼哭,他再也绷不住情绪,泪水滂沱。他扶着走廊上的扶手,把脸贴在墙上,努力收拾着内心世界的大片狼藉,突然他听到有人在叫他的名字,他确信那是孙炜发出来的,只用了一秒便重整了仪容,扭过头去时眼神充满了怜爱。

孙炜披着大衣,举着输液瓶,站在病房门口向他招手,她尽力让自己站得更直一些。其实她也听见了新生儿的哭声,她比谁都怀念已经悄然消逝的自己的孩子,但她也看见了徐开路刚才的崩塌,也只需一秒,她便决定笑靥如花。

第十六章

你尽管去登顶天涯,再高的山也不会标记海拔,你继续放飞千疮百孔的风筝,多冷的天也无法将它冻成冰凌,滚石可以掩埋前进的路,却掩埋不了最终归途。我们从不承认,所以我们就不会被征服,去跋涉你的高原,我没有力气,但我可以化作赤水和明月,陪你去远足。

又是一场春雨之后,高滩喧嚣的时节到来,很多人昨天还将小手揣起来,生怕凉风钻进袄袖子里,今天便结束"冬眠"状态,活蹦乱跳地夺门而出。街上像赶会一样,沿街叫卖的担夫、摆摊摺地的二道贩子、咋咋呼呼的混子也出来了,他们都神采奕奕、容光焕发,嘴唇上都闪着油光,腰里都鼓鼓囊囊,一个个都是美好生活的见证者。然而只有徐开路面对着医院里最常态的白色和灰色,游走于骨科和妇产科之间,他在这片十分逼仄的天地里竟然奔波出了关中与塞外的距离,劳碌出一线与后方的艰难。窗外的美好似乎不能引起他对未来生活的向往,反倒映衬出他更多的无奈,凸显出他干瘪的双眸和逐渐对痛感麻木的心脏。

孙炜从醒来的那一刻起,懂事得让徐开路心碎,她自始至终没有一句怨言,并且还开解徐开路说:"孩子可能是害怕了,恐惧这个冷冰冰的世界,只能选择不辞而别,我们要尊重他的心意,天使要去的地方一定比这里更温暖,我们都还年轻,还有大把的时间留给他,我们要阳光，我们要雨露，当绿树成荫、大雁成行，他觉得时机成熟了肯定还会挥舞着小翅膀飞回来，我们需要给自己创造条件，也给他创造条件。"

徐开路热泪盈眶，无以为报，刚要亲吻她，突然来了一条手机短信，提醒他，他们生活重新捉襟见肘了。本来徐开路带的钱可以应付母亲的手术和后期康复，但孙炜突发状况，还需开销，虽不是大钱，但一分钱难倒英雄汉。孙炜从徐开路的表情中察觉端倪，吵着闹着要出院，她说她回家养着比在这里养着舒心，她对消毒水的味道过敏。徐开路说："你提什么要求我都满足，就是不能再拿身体开玩笑。"

徐开路披上衣服出门了，找个僻静角落打电话借钱，忙活一圈儿下来，一分钱没借到。他曾经的朋友都知道腰杆最挺的典型模范落到最差田地，他们宁肯欢乐地听信谣言，认为他和违法犯罪的人挂过钩，现在穷困潦倒也是咎由自取。可以把他当成茶余饭后的谈资，就是无人愿意接他本人的茬儿，连假模假式的嘘寒问暖也没有，唯独有位送外卖的中学同学没有忘记当年吃了上顿没下顿时经常被徐开路接济，专程来看望徐开路，他说："我家现在也是鸡飞狗跳，老父老母身体不好，没攒下半毛钱，现在是春耕时分，家里没人手，要赶回去下地干活。"临走他倒是没让徐开路空手而归，他把身上的外卖服和胯下的电动车甩给徐开路说："都不容易，凑合着活。"

同学只穿一件单衣徒步匆匆消失在徐开路的视野里，生怕徐开路会叫住他，并鄙视他这上不了台面的"授人以渔"。徐开路还真的叫他的名字了，他吓得拔腿就跑，他没有听见徐开路的那句"友谊万岁"。

同学走后，徐开路果断穿上了外卖服，路过一面镜子，看到镜中的自己有些陌生，前几天还一身戎装，今天就换了模样，角色转变之快连他本人都瞠目结舌，感叹斗转星移。徐开路骑上电动车钻进车流之中，他想尽快挣点儿钱给老妈和孙炜多买点儿营养品。论吃苦，昆仑山的孩子怎么会怵，他肯学肯跑，上手很快，没过多久已送了十几单。病房待久了，出来看到花山人海，呼吸到新鲜空气，每位客户都笑脸相迎，他们的慰劳声都悦耳动听，徐开路的心情大有好转。

然而，徐开路还是高兴早了，把纷扰的世界也想得和哨所一样单纯，他接到一个别墅区的订单，但门卫不让骑电动车进门。他看了看表，再有一会儿就超时了，只能迈开腿狂奔，但毕竟是新手，附近环境不熟，进了里面才发现完全低估了这个小区的面积和布局，十几分钟过去了他非但没找到目的地，反而距离定位越绕越远，外卖主人都快把他的电话打爆了。

终于到达目的地，门是敲开了，先是从里面传出一阵高分贝的舞曲，接着走出一位满脸刁钻的蓝毛小青年，指着徐开路鼻子骂开了，徐开路点头哈腰赔不是，但蓝毛不买账，要打电话投诉他。徐开路心想，万万不能被投诉，那样顶替同学送外卖的事情就败露了，他不仅干不成了，连同学也要丢饭碗。徐开路最后已经变成了哀求，但蓝毛得理不饶人，就喜欢这种把别人玩弄于股掌之间，对方越无助他越来劲，最终他到底还是放出了大招，打了投诉电话。徐开路一看这个电话要是打通了，定然"一尸两命"，他和同学谁都好不了，准备伸手阻止他继续摁号码，谁知蓝毛突然一扭头，半边脸恰好捶在徐开路铁棍般的手指上，"啊"的一声手机应声掉在大理石地面上，屏幕碎成了蜘蛛网。蓝毛看看手机，再看看徐开路，回过神后捂住脸号上了，徐开路顿时傻眼了，结结巴巴地解释起来，火星语言连自己也听不懂了。蓝毛想破了头也想不通一个外卖员敢朝他动手，受气可以，受了底层人民的气那真是奇耻大辱。蓝毛越想越窝囊，越号越大声，周围的邻居都被他引来了，同时蓝毛家的房门又打开了，钻出四个流里流气的和他差不多年纪的人，他们衣着潮流，有的拎着明晃晃的高尔夫球杆，有的抱着造型粗犷的洋酒瓶子，有的攥着新颖先进的游戏手柄，趾高气扬地站在徐开路面前，但看到徐开路虽然黝黑精干，眼里却没有畏惧之色，不敢贸然动手，先是推推搡搡试探徐开路的底线。徐开路自知理亏，并生怕在刘彩、孙炜双双倒下的节骨眼上惹祸上身，低着头不敢再动一下，这么做的结果是拎高尔球杆的小青年悄悄来到徐开路身后，对准他的脑袋使劲敲了一下，血瞬间糊了一脸，他晃了晃，"扑通"一声栽倒在地，几个没轻没重的家伙不仅没有罢休，还一阵拳打脚踢。徐开路蜷缩着四肢一动不动，脑海中像有一颗颗流星划过，他没有感受到疼痛，相反还长舒了一口气，因为他确信这样的话他的临时工作可能保住了，他没有再听到任何难听的字眼，因为没人会呵斥一条死狗。他安静极了，此时他可能在想，如果我还能站起来，我要告诉你们，我曾在零下三十摄氏度的山巅站岗，撵走过数匹饿狼，即便边关冷月我也能忘记孤独，我的子弹仍然射穿敌人的胸膛，雪崩塌方我不退却，我的呼吸仍然与哨位同频共振，我的生活你们从未看见，但现在我可能要火了，我透过你们之间的缝隙，看到有人举着自拍杆、防抖器，用手机拍下我的懦弱，看到一只只比比画画的手在描绘着我的轮廓，很无奈以这样的方式让更多的人见到我。

　　天暗下来，人群散去，徐开路颤巍巍地从地上爬起来，第一件事是掏出卫生纸擦拭外卖服上的血迹，他知道此刻这身行头和他的军装一样都来之不易，都特别值得被珍惜。他找到被踢翻的外卖箱子，看到洒了一半的外卖，才想起来已经一天没有进食。他坐下来，掰开一次性筷子，刮了刮上面的木屑，狼吞虎咽地吃起来，这外卖还不错，只是混着血腥，味道很怪。

　　一只流浪狗停在他面前，徐开路夹了几筷子扔过去，狗也着急忙慌地吃起来，和他刚才的样子如出一辙，吃完了，它没有立即走开，趴下来"深情款款"地望着徐开路，徐开路靠近它，抚摸了它脏兮兮的毛，把没吃完的外卖端到它面前，说："我连自己都快照顾不了了，别提照顾你了，祝福你早日找到个好人家。"小狗一步三回头地跑走了，没一会儿就听到它凄厉的叫声，徐开路跑过去想看看它是不是被老鼠夹子夹了，一道强光手电的光毫无保留地打在他脸上，两名保安坐着巡逻车出现在他面前，催他赶紧走，再不走就把他一起带走。为什么说"一起"呢？徐开路流着泪顺从地点点头，因为他看到车后座上扔着一个编织袋，袋子一起一伏，随后一动不动。

徐开路一瘸一拐地好不容易走出别墅区，来来回回转了四五圈也没看见电动车，他才明白什么叫屋漏偏逢连夜雨，连电动车也被偷了。

徐开路哑然失笑，他走在空无一人的马路中央，却感觉逼仄得密不透风，找不到印象中故乡的蛛丝马迹，但他并不慌乱，因为他的手机响了，是孙炜发来的信息，他的心头立刻有了万家灯火，亮如白昼。

孙炜好像对于他这一天的去向心知肚明，当徐开路推开门，灰头土脸地站在她面前的时候，她没有惊慌，没有心疼地责备，她只是掀开了被子，示意徐开路躺进来。徐开路脱了并没有擦干净血的外卖服，投入孙炜的怀抱，孙炜无声地抱住他，他感觉暖流瞬间让他所有的伤口痊愈了，他闭上了眼，他们沉沉地睡去。他在梦里仿佛听到孙炜的呢喃，她在说："这就是我们将来要面对的生活种种，我曾还想过一百个障碍一千个坎坷，夜不能寐，今天早些时候我们还在痛恨那些混账遭遇，可此刻还不是酣然入睡了。记住难过的样子，它不丑陋也无人嘲笑，也请憧憬幸福的样子，那时我们迎着大风漫卷的一〇九公路，去栽种古朴的胡杨树或红柳枝，那时我们踏着覆满尘埃的昆仑线，去珍爱多姿的玄武岩，还有骆驼刺。"

第二天徐开路在医院找来一辆不知谁废弃的自行车继续送外卖，还没接到单，先接到了外卖公司的电话，通知他不要送了，他的身份、条件不允许他再送了。徐开路心里直骂娘，我什么身份，我什么条件？这些人简直猪狗不如，让我白挨了一顿打，还没保住饭碗，而且还人肉我，公布我信息，扒掉了我底裤。

他只能回到医院，看到整个医院的人都用异样的眼光盯着他。他想失败者不过如此，不管做什么都会被认为是投机倒把。他想，技术含量比较低的工作也做不了，和这个社会无法再亲近了。他也认同孙炜的鼓励，可面对重重打击，他不得不更深地审视自己，氤氲爬上额头,迷茫占据双眼,他轻轻一动,就能听到四周充斥着拒绝的声音。

他低头走进孙炜房间,本来他不敢正视孙炜,却发现孙炜比他更失措,一手擦眼泪,一手忙着往枕头底下藏手机,越忙越乱,手机不仅没藏好,还把音量错调更大。手机里发出鼎沸人声,徐开路拿过手机一看,短视频APP上正播放着昨天他被打现场的画面,徐开路往下滑再往下滑,发现满屏都是他的"光辉"形象。徐开路血压上来了,他不敢想有朝一日他也成了网红,步了孙炜后尘,但此网红怎能跟当年的孙炜同日而语,他称得上丢人丢到家的典范了,可能还要面临外卖公司或部队的处罚,他的功勋或荣誉将在这一天化为泡影,他穷极所有而塑造的好形象将不复存在。被打时没被刺激,却被眼前无休止的刷屏所中伤,连隔壁病房的人也跑来看个稀奇,看看这个新晋"网红"到底有什么流量,他感觉自己陷入绝地。

正痛不欲生之际,突然走廊里有杂乱的脚步声,职业的敏感还是让对一切失去兴趣的徐开路很自然地站起身,他走出房门,看到护士站前的落地窗处挤满了脑袋,徐开路也凑上前一看,大院里陆陆续续开进来十几辆黑色的公务车,有保安在清场,拉起了警戒线,车子整齐划一地停稳,从里面钻出来很多人,浩浩荡荡地进了医院主楼。

有人说:"医院住了什么政要?打头的那可是县委王书记。"

有人回:"不只是王书记,五套班子的人全来了,太隆重了。"

徐开路刚才还心跳加速,心说我这事不至于惊动县委县政府吧,还派调查组来调查取证?该来的一切都来吧,想到这里徐开路离开人群回到房间。刚坐下不久,他就听到门外各种皮鞋混杂在一起的声音,越来越近,随后他的房门被推开,两个手持摄录器材的人先闯了进来,看模样应该是记者,一人对着王书记,一人对着徐开路频繁按下快门,闪光灯把徐开路晃得头晕。

王书记走上前来一把按住徐开路的肩膀,徐开路腿软肩松,打了个寒战,有筛糠的即视感。

王书记不怒自威地上下打量了一番徐开路,徐开路送了一天外卖，挨了一顿打，现在又受了惊吓，身上的兵味暂时有所减弱，但他调整得很快，想到行得端、坐得正没干什么伤天害理的事情，用不着卑躬屈膝，孙炜也在身后轻拍他，给他力量。

　　王书记一开口，徐开路才知道这事有大反转，王书记说："受委屈了兄弟，你是忠诚卫士，我们高滩最拥军，最善待忠诚卫士，要不是舆情部门上报消息，我还不相信在这片土地上竟然会发生这样的事，尊崇还来不及，为什么要伤害。"王书记说完接过一个大号红色信封，上面写着：慰问金三万元。

　　幸福来得太突然，徐开路不敢伸手接，怕这又是幻梦一场，不现实的东西还是敬而远之为好，他选择不接受。王书记解释说："家乡人民早就知道你了，你这段视频是铺天盖地，但这段视频之所以蹿红，是因为你机场救援的先进事迹首先在电视台报道了。群众的眼睛是雪亮的，他们一比对便发现了这其中隐藏的故事，太讽刺了，这是个笑柄，我们是有名的双拥模范县，发生了这样的事我感到万分遗憾，必须抓紧补救，我派人调查了你的情况，专门带着班子成员前来看望你们一家，请一定接受我们的歉意。"王书记深深地朝徐开路鞠了一躬，接着说，"我代表全县父老乡亲欢迎你回家。"现场爆发出热烈的掌声，徐开路的背挺得很直，孙炜嘤嘤地哭起来，在场的人也纷纷掉了眼泪，善良的人都沉浸在一种情绪当中。谁也没有注意到不知何时挤进人群的刘彩悄然退了出来，回到病房换了衣服，收拾好物品，穿过人潮汹涌的走廊离开医院，她听到人们的掌声、喝彩声，她知道此时儿子站在最中央，一定自豪不已、欣慰不已，他又会想起他的鲜衣怒马，忘却他的颠沛流离，他会重燃莫名的斗志，从火海到山巅，从炼狱到人间。刘彩腿脚还不利索，头上的刀口还未完全愈合，她脸上还有努力忍住疼痛的样子，但她行走得越发从容，阳光照耀着她花白的头发、苍白的脸，也迎合着她瞬间晴朗的目光，她看看徐开路和孙炜所在的房间后，走向下一个路口。

　　徐开路接过了王书记的慰问金，与王书记等人合影，要面对着窗台，正好看到一个苍老的背影，那是多少次在梦中穷追不舍却又渐行渐远的背影，此刻只是一闪就不见了。徐开路撇开众人冲下楼，再难觅其踪影，他确信母亲再一次用果断转身的方式，为他再一次出征饯行。

徐开路打电话，刘彩不接，此时王书记带着人跟了下来，他对徐开路说："你母亲本是我县具有代表性的民营企业家，压根没想到会飞来横祸，连遭几劫，让她的能力无处施展，这也是我们县的损失。县委连夜研究决定，刘彩同志被评为县十大最美母亲，我们不能让忠诚卫士流泪，更不能让忠诚卫士的母亲流泪。"

王书记扭头对秘书说："刘彩出技术，县里出资金，把她八个灯笼的特色大饭店一定要再办起来，你们抓紧想办法把她请回来，她不回来你也不要回来了。"王书记刚说完，有几个便衣带着蓝毛和他的朋友来到徐开路面前，徐开路一眼就认出了他们，看到他们徐开路非但不生气，心说，还真得感谢这几个家伙，没有他们的一通胖揍，谁会关注我，这是个流量为王的时代，没想到我这个连3G网几乎都很少接触的人却享受到了这么大的网络红利。

蓝毛的朋友个个垂头丧气，完全没有了之前的嚣张跋扈，只有蓝毛还是一副死猪不怕开水烫的样子。

王书记大喊一声："混账，道歉！"

蓝毛这才晃着脑袋说："不知道你是当兵的，我从小也有从军梦，不然……不然我身手也不会那么好，平时有练。我真不知道你是军人，知道的话，肯定不敢。"

徐开路说："说的这是什么话，是军人就不敢了，换作老百姓就照打不误了？他们更打不得，我当兵就是为了不让他们挨打！我本来已经原谅你了，现在看来你没有意识到错在哪儿！"

蓝毛并无半点儿畏惧："你嚷嚷什么，给你脸了？下三烂！"

大家一看蓝毛不识抬举，纷纷指责，有人建议徐开路坚决不接受他的道歉，马上去验伤，把他抓进去关个一年半载给他长长记性，有几个急性子还撺掇众人群殴他，人群在骚动，眼看控制不住事态，蓝毛有些害怕了，望向王书记，王书记气得嘴唇发紫，面如猪肝。

秘书适时地把徐开路拉到一边说了一番话，瞬间惊掉了徐开路的下巴。

秘书说："这孩子不是别人，是王书记的公子。王书记一心为公，为家乡做了不少实事好事，唯一头疼的就是这个孩子，你也看到了，之前他已经答应王书记端正态度赔礼道歉，来了却弄巧成拙，让人下不来台。看在王书记一片真心的分儿上，恳求你表现出足够的大度，拜托了！你是现役军人，不可能一直待在高滩，家里有我，你的事就是我们的事，我会办好。"

秘书意味深长地伸出了手，徐开路反应了好一会儿才从这戏剧性的转折中回过神来。这时候的记者也不知该不该拍，刚刚那爱民如子的场景现在看来更像是一场交易，他再看看王书记，此时也不再红光满面、可亲又和蔼，他也意识到这个节骨眼上再说什么都是官话连篇。不知情的人还兴致盎然，而当事人全都偃旗息鼓。

徐开路眨巴了几下眼睛，抬头看见孙炜站在窗户前望着他，她穿着宽大的病号服，头发披散着，他看得见她不复昨日光彩，看得见她在招手，他张望母亲离开的寂静路口，熟悉的杨柳加速摇摆，陌生的人们擦肩而过，这世界越来越快，快到一不小心就忘了谁为什么走、谁为什么来。所有人都关注着他的反应，他的眼睛缓缓扫过他们，他本来要露出歉意，无奈却露出笑容，同时他握住了秘书的手，并说："我高高兴兴地送你们走，主角离场了，谁还愿意看戏呢？"

徐开路走到蓝毛面前，拥抱了他，小声说："小子，你记住了，人不会向恶势力低头，只会向生活低头，我纵使有天大的怨、天大的恨，也会先想想这背后还充满着色彩的日子，何况我没有这样的仇怨，何况你只是一只蚂蚱。"

蓝毛被徐开路勒得喘不上气，他领教了他的力道，他和他那堆亚健康的小伙伴一起上也抵不过他三拳两脚，他更领教了他这句话的力道，他知道蚂蚱这个物种，在高滩地界上除了下油锅，只剩下害虫的属性。

徐开路松开蓝毛对在场的人说："给小同志一次机会，相信他，会成长。"

徐开路和王书记握手，和每一个人握手，然后离开，他虽不懂网络，但他觉得他懂人心，只要他心平气和，上了"热搜"的事件也会随即被遗忘。

王书记的车队绝尘而去，人群果然消失，偌大的医院门口马上一干二净，只有徐开路和他的影子，他环顾四周，发现矗立在县中心的地标建筑上有个巨大的LED屏，上面显示着十二个刺眼的大字"视你们为长城，视你们为亲人"。

孙炜可以出院了，徐开路也在王书记的帮助下找到了刘彩，刘彩当时正在远郊一家卖炒饼的小餐馆后厨刷盘子，因为摔碎一个盘子被老板娘痛骂。刘彩龇牙听着，唯唯诺诺的样子还不如墙角并不怕人的老鼠，谁也无法把她和叱咤高滩的大饭店掌柜的联系起来。徐开路把领导给她拉投资助她东山再起的消息告诉她，刘彩的眼泪像忘了关的水龙头，快溢出了水池子。炒饼店老板娘以为在听天书，当确信面前这位老妪就是餐饮界大名鼎鼎的刘彩时眼珠子快要掉在地板上了，恨不能抽自己几个耳光，这些天但凡能对人家好点儿，她只需传授给他们店一副秘方也够称霸这条街了。刘彩在这里确实过得不开心，但是她临走时没有摘下围裙砸在老板娘脸上，而是向她鞠躬，感谢她的收留。

刘彩很快拿到了启动资金，租了一处地段不错的商铺，重新挂起了八个灯笼，挂灯笼这天是喜庆的一天，也是离别的一天，徐开路和孙炜必须要离开了。

面对徐开路，刘彩还算镇定，她说："你去传承你爸的精神，我来发扬我爸的手艺，何乐而不为。"面对孙炜，她却又哭成了泪人，她抓着孙炜的手:"从看见你第一眼起我就确信你是咱们家的闺女,可我总是在为难自己,也在为难别人,以为丑话说在前头、动不动考验人性是未雨绸缪,到头来还不是适得其反。对不起的话我在心里已经说了千遍万遍,也说不出我的愧疚,事已至此我还能怎么办,我只能用余生去维护。"

两人手挽手一步三回头地走着,刘彩在明亮的灯笼前站成一道彩虹,亲情本是天缘,为何这么沉重,他们也说不清,但他们显然刚刚开始嗅到幸福的味道。

高滩已远,大漠又近。徐开路每接近一个终点,就经历一次聚散。格尔木的杨林锁住他泛黄的记忆,置身其中,每一根枝杈都摩挲着他的肩膀。高地回望,却没有一块方格承载他的寄语。他试图用意气风发的吻,让孙炜略过槁木死灰的孤寂,即便他知道用尽力气也是徒劳,但徒劳他也要用尽力气。就像他曾试图触摸星云,注定一无所获,但他认为至少可以像躺倒在第九层天空里,可以讲着一年也如一天的神话,不论别人如何质疑,只要孙炜相信。

徐开路把孙炜安顿在格尔木的出租屋之后回到昆仑哨,张琛带着刘松、王玉周以及两名列兵迎接了他,看着崭新的再次刷新平均年龄值的小组,徐开路恍若隔世。经历了这么多,他不再用对待陈爱山、刘轩坤和安逸的方式不厌其烦地帮带他们,更多时候趋于沉默,他希望小同志能主动领悟,而不是被动灌输,因为昆仑哨已经让人的神经更敏感。

把日子过得稀松平常是每个人的宿命,哪怕在极端环境下也大多一样,当然这也是一种习惯,习惯不分褒贬,适应也并非全是好事。徐开路所熟悉的昆仑,总在他最习惯、最适应的时候搅乱他的平静。

又是一个初冬,徐开路正在为蓄水池里的水快见底了而给养物资车却还没到而惆怅,他交代大家从当下开始每天每人喝水限量五百毫升,洗菜水不能倒,过滤后下次接着用,衣服和身体暂时不要洗了,油腻一些也无伤大雅,反正也没人看。这么坚持了几天,水不仅没送来，发电机里的油也快烧光了，固定时段开启的岗楼明灯也不亮了，粮食倒还有，但吃饭还是成了问题。

张琛一脸愁容，问徐开路："往年有没有这种情况？"

徐开路说："往年更常见，等着吧，他们爬着来也不能让我们饿死。"

张琛一想，也是，困难可以有，但不能夸大，还真没听说都这个年代了还会因为温饱问题减员，不能像有些自媒体那样为了效果没有底线地杜撰艰苦，令人唏嘘。张琛有独立思考的能力，但刘松和王玉周就不好说了，每天一下哨就望着搓板路的尽头出神，三五天之后连汽车的影子也没看到便丧失了信心，觉得马上要光荣了。

徐开路正开导想不开的刘松和王玉周，他的话应验了，一列火车开出隧道后没有加速冲击下一个高坡，而是缓缓停下了，从车厢里钻出上百名戴着各色安全帽的工人，紧接着耗时半天从车厢里卸下大量物资，还搭起数十顶帐篷，五个人看傻了眼，他们发现帐篷上和工人的衣服上都印着"中国安能"字样。

张琛问："他们是谁？他们想干什么？要不要驱离他们？"

徐开路的声音发颤："用不了多久你会为用了'驱离'这个词而感到后悔，让你多看报，你不听，中国安能的前身是水电部队，我们的兄弟单位，他们只是换了身衣服，还承担着一样的职责使命。看来我们这里的生活即将要翻天覆地了！"

张琛瞠目结舌，王玉周凑上来哽咽着说："水电？您的意思是他们要在无人区架设电缆，在高原冻土打井？"

徐开路说："不信？连我都不信！从有这个哨位起，二十多年了都没水没电，只能靠接济。"

几人激动得搓手跺脚之余，又有新的发现，搓板路的尽头出现大批工程机械，呜呜呜地驶来，各式履带、巨型轮胎卷起漫天黄沙，形成十几米高的沙幕，沙幕又像悬天的黄河瀑布，颇为壮观。刘松眼尖，他还看到跟在工程车后面的就是给养物资车，让刚才还饥渴得寻死觅活的他重拾希望。

徐开路等人不敢奔跑，开启"竞走"模式，样子滑稽地迎着"大部队"而去，走近些看到车子上插着旗子、挂着条幅，旗子上写着"惠军工程""固边工程"，条幅上写着"聚力边防部队大网电建设、实现可再生能源局域网络，多线并行深挖高寒地区永冻层、精准勘探提供持久纯净甘甜水，打造新型保温菜窖，延长食物储存期限，救命氧向保健氧转变、被动吸氧向自由吸氧跨越……"

徐开路见到了总协调，竟然是严峻。严峻戴着白色工程头盔，皮肤已经和自己一样了，皴裂得厉害。五十多岁的他已经苍老了至少十岁，虽然他眼睛里还透着明亮的光，也让徐开路莫名心疼，徐开路觉得父亲如果还活着，也应该是现在这个样子吧。他紧紧地握住严峻的手，严峻十分理解他的心情，正要解释，刘松和王玉周你唱我和连续抛出了几个问题。

刘松说："不是开玩笑吧？我知道他们厉害，可水源怎么找？"

王玉周说："找到了冻住怎么办？"

刘松说："就算不上冻，水量稳不稳？别半天打不上来一桶，每天跟它较劲。"

王玉周说："往无人区铺大电网，花多少钱？只为我们几个人？"

严峻如不打断他们，他们还要发挥下去，严峻说："不仅通水通电，还为你们带来了制氧机、固态氧发生器以及单兵加压氧舱，还要为你们设置新型保温菜窖，大批量的军需物资可以得到有效保存，以后你们躺在炕头上就有水喝、有氧吸、有电用、有饭吃，大雪封山也不怕。实不相瞒，这场浩大的工程已经秘密实施两年多了，已使全军两百多个具备一定条件的边防哨所实现了自主供电、供水、供氧，你们是昆仑山上的最后一个点位。不让提前通知你们，一个是怕你们望眼欲穿，一个是怕牵扯你们的精力，就像上级下基层检查，你们都懂得突击检查和提前打招呼的检查有什么区别，这次工程队伍来，完全是服务，不添任何麻烦。对于你们的疑问，还会有专业的技术人员为你们解答，我就不奉陪了，接下来很长一段时间希望大家相处愉快。"

刘松和王玉周听闻此言瞬间欢欣鼓舞，旁若无人地又蹦又跳、啊啊乱叫，折腾了一会儿对视一眼，抱头痛哭。幸福来得太突然，徐开路也笑中带泪。接下来他和工作人员打成一片，推车子、递工具、送温暖，比主角们还要忙活。大家劝他不要掺和，他却乐此不疲，他说这关系到昆仑哨的福祉，他要见证昆仑哨改头换面。大家见老班长诚恳谦虚，也愿意和他聊天。一段时间，徐开路弄明白了很多平时接触不到的知识。高原打井要采用电伴热装置、特制潜水泵配合注气扰动等技术，解决永冻层管井和外部水管冻结问题；高原通电要综合考虑，昆仑哨条件虽恶劣，但全国全军范围内比昆仑哨条件恶劣的哨所比比皆是，他们有幸在大电网覆盖范围内，是因为沾了隧道的光，如果连火车也不经过，那么建造大电网的概率几乎没有；新型保温菜窖采用通风制冷设备，内壁搭建保温板，常态化智能化调节风力、温度和湿度，菜窖虽好也要以通电通水为前提，所以这些福利都是相辅相成的……

一时间，沉寂已久的昆仑哨又迎来了它的高光时刻，除了挖隧道的时候这里人山人海，再没有这么热闹过。他们连轴转、加班干、热火朝天，每个人心里都涌动着信心和希望。

这一干就是半年，徐开路和施工人员建立了深厚感情，同时摸清了工程的一些门道，但这也意味着四项工程到了收尾阶段。这天傍晚，严峻集合队伍面向昆仑哨，用扩音器大喊一声："让我们以最真挚的情感、最实际的举动、最标准的质效，向昆仑兄弟致敬！"

周围多盏车灯纷纷亮起，伴着"唰唰唰"的声音，顷刻间兵舍如同镁光灯聚焦的舞台，天为幕布，山为舞美，所有人面向哨所摘下头盔，仰视那座小得可怜的兵舍。此时徐开路带着士兵整齐地向人群敬礼，他们早得到了消息，所有的项目都于今晚七点前竣工，邀请他们一同参加竣工仪式。

徐开路很兴奋，专门让大家理发修甲，换上一年也穿不了一次的冬常服，戴大檐帽、扎外腰带、熨好裤脚、擦亮皮鞋，刚收拾妥帖，便听到门外严峻的吆喝。此时他们站在顶端，正要往下走，严峻说："关灯！"大灯即刻关闭，这里又变成漆黑一片。严峻又喊："开灯！"这下亮起来的是兵舍和哨位以及护坡栏杆处的路灯，虽然没有刚才的车灯够劲，但这一亮，点亮了昆仑士兵的心，催下了他们的泪。尤其是徐开路，十几年了也没有这么奢侈过，半夜起来手电都舍不得用，哪敢想象现在这样一开数十盏，他有种想要关掉几盏的冲动，但还是控制住了，不过控制的原因是在心里暗示自己就当过年了，谁家过年还不亮亮堂堂的。

他们的典礼很简单朴素，每人喝一碗新井水，到制氧站吸两口氧，往智能化的菜窖里放一棵大白菜，一切就绪，严峻说："祝贺昆仑哨喜迎新生。"

徐开路也不顾及职级攥住严峻的手说："无以为报，唯有鞠躬尽瘁。"

严峻说："你们不需要报答谁，这是上级领导对你们的弥补，是来自北京的慰问，要说报答，全国人民排着队要报答你们。"

徐开路拿过一只碗，连干三碗冰凉的井水，从表情上看比喝酒刺激，他激动地说："活儿干完了，来而不往非礼也，我们总得表示表示，明天让他们先别走，上车饺子下车面，让我们包顿饺子送他们上车。"

严峻笑而不语，徐开路也不管他答没答应，招呼兄弟们进了厨房，一边吸氧一边包饺子，包到一侧脑袋发麻，包完一百多人份已是凌晨三点，几人困得前仰后合，东倒西歪。睡梦中徐开路仿佛置身塞外江南，找到了昆仑桃花源，他和大都市的人一样，有了氧气就能绿树成荫，有了新鲜蔬菜就可以皮白肉嫩，有了水源就可以鲜花绽放，他有精力下棋读书播种写作，憧憬未来生活，关心更多的人，他和兄弟们载歌载舞，大声呐喊，当然也会眩晕，但他认为那不是因为缺氧。他笑得沉醉，他问候每一个人，感激他们建设了这里，这里虽不是生育他的故乡，养育他的过程还颇为艰辛，甚至还存在虐待，他也涉足过更多更好的环境，但他兜兜转转还是要回归这里，他知道这就是每个人都割舍不掉的所谓的家园。他还看到孙炜欢喜地朝他跑来，依偎在他的怀里和他谋划着："以后这里可以建一栋爱心公寓，专供鹊桥相会。"徐开路说："不行不行，是专供你和我鹊桥相会吧，除了我年龄大，其他人都是光棍，这个提议不成熟，不予采纳。"孙炜咯咯地笑，笑他榆木疙瘩，笑他鼠目寸光、格局太小。徐开路挠挠头皮，也尴尬地笑，两人正温存，徐开路被冻醒了，他才发现睡在厨房操作间里，煤炉已经熄灭，凉气穿过了三层棉门帘钻进骨头缝里。桌子上、地上、灶台上摆满了饺子，他在饺子中央，他看看饺子又看看表，五点钟了，脱口而出"坏了"，连忙起火，把饺子倒进水中，热气升腾，他钻出操作间要叫人帮忙，不经意地看了一眼不远处的工地，密密麻麻的工程设备和帐篷几小时之内统统不见了踪影，所有生活设施也连根拔走了，现场重新恢复成一片戈壁滩，连一个橛坑也没留下。

徐开路用对讲机骂当班哨兵张琛："人呢？你干什么吃的？"

张琛说："走了。"

徐开路问："为什么不报告？"

张琛说："严副主任专门交代不要吵醒你们。"

徐开路说："你听他的还是听我的？他这也算越级下指示！没有师长直接给士兵下命令的道理，他得通过我。"

张琛没有委屈，也没有不忿，平静地说："严副主任说了，他们还要去下一个点位，不能耽搁。"

徐开路说："还有呢？他不可能只说这些就不辞而别。"

张琛说："他还说，其实连我也不应该看到他们走，对我们最好的爱护就是少对我们动之以情、晓之以理，少让我们经历离别之痛，我们的世界里太多感性和伤痕，悄悄地做好一切悄悄地离开是我们的常态，也应该是每个接触我们的人的常识……我觉得他说得真好。"

徐开路感觉严峻话里有话，似乎是专门说给他听的。默默返回厨房，看到锅里的饺子已经煮破了皮，就像他的心情，散乱成碎片，本以为拥有了曾经梦寐以求的条件就能心满意足，现在看来条件越优渥，站在高峰上才越感到寂寞，敲锣打鼓欢送别人是寂寞，被这样细心呵护着更寂寞。

第十七章

前生你来过,我们肯定是孪生兄弟,或本就依附于一个身体,遍览同一个视角的日月星光,不像现在山高路远处处受阻,不像现在你是你我是我。当你越过达坂也越过我,我想化作一道紫外线,摧毁自己的辐射,最后落在铁轨,登上每一列到达你那儿的列车。

昆仑哨生活设施配齐了,旧貌换新颜,徐开路认为这里将再次成为他新的起点,他要重新整理一套新的高原哨所训练法,并筹建氧舱,为被困过客提供生命氧气,搭盖新型蔬菜大棚,依靠电力持续保持或提升温度,让菜窖得到有效利用,哪怕大电网出了故障,也能保证大家有菜吃,他要带着兄弟们争创先进哨所,争立集体二等功……徐开路满脑子的想法,这是哨所的春天,也是他的春天。

就在徐开路要撸起袖子大干一场的时候,他接到了刘轩坤学成归来的通知。一转眼刘轩坤已结束实习圆满毕业了,他果然还是要回到这里。

张琛质疑:"我听说这人原来就不靠谱,回来能适应吗?我怕……"

徐开路不让张琛再说下去,他相信刘轩坤不存在什么适应不适应,他在上学之前就已经明知是要回来的,他和昆仑哨的感情,应该像两地分居一段时间的情侣,只会小别胜新婚。

一整天徐开路都激动得团团转，他想象着刘轩坤到达之后要给他举办一个别开生面的欢迎仪式；给他做一顿哨所有史以来最丰盛的接待餐，毕竟现在"富裕"了，虽然比不了山下部队，但也算丰衣足食；他还让王玉周搬离现在的铺位给刘轩坤腾出来，因为这是他曾经睡过两年的地方，肯定亲切不已；他还修改了第二天的巡逻计划表，把张琛替下来，把刘轩坤的名字加上去，让他第一时间就能重温昆仑哨周边的场景……

徐开路掐着手指头算刘轩坤也该到了，带着兄弟们迎出去三公里远，左等右等也没看见刘轩坤的身影。徐开路站在山脊上，眼前浮现刘轩坤当年刚被中队送来时的情景，那时他稚嫩得很，跟在一名班长的身后，穿着不合体的迷彩服，手提携行袋，背着被包，被包绳上拴有脸盆、毛巾，脖子上除了挎包、水壶，还挂着一双左右晃悠的胶鞋，这些家当被刘轩坤归置得相当不协调，看上去跟逃难差不多。带他的班长很有派头和身段，独自一人在前面走得风风火火，根本不管刘轩坤的疾苦，刘轩坤需要眼观六路，还要耳听八方，不时摸索一遍身上的"细软"有没有遗落，还在上坡环节用双肘夹一夹肥大的裤子。奈何他最担心的事还是发生了，在一个坡度较陡的地方，刘轩坤一用力，新兵连三个月已经磨损得不堪的腰带卡扣绷断，大号迷彩裤毫无阻碍地褪落至脚踝处，被自己的裤子绊倒在地，滚下小坡，物件落了一地。班长扭头看了一眼露出厌恶的表情，但并没有理睬，自己继续往前走。这一幕徐开路看在眼里，第一时间跑下去接应刘轩坤，对那位鼻孔冲天的班长还一通数落。但那班长振振有词，说："对待这样的兵不能太客气，他要是有自尊，以后应该多给自己长脸，而不是像现在这样一无是处，看上去就没个兵样子，还大学生呢，书读得挺利索，活儿一点儿不会干，有卵用？"徐开路说："新兵像一年级小学生，这时候给他们下结论、贴标签是可耻的，总是以这样的态度对待还未成熟的战士，早晚要后悔的。"那位班长气呼呼地走了，徐开路扶起了刘轩坤，还把自己的腰带抽出来给他。

刘轩坤坚决推辞，还有心情贫嘴道："班长，腰带这玩意儿关键时刻比内裤还重要，只要腰带是好的，不穿内裤也能四处穿梭，而我现在内裤穿得倒是挺艳丽，腰带没了，更丢脸。"

徐开路哈哈一乐："你不用好奇我的裤子为什么没腰带也不掉，等你成了老兵就懂了。"

这些细节刘轩坤当时是记在心里的，但不知道是记住了徐开路的好，还是记住了那位班长的奚落，总之后来他发奋考学，第一动机不是富强和梦想，而是和不让别人看不起有关。

他在离开哨所之前说过："我军事很差，但我考上了学，即便是军事差，哪个战士还敢说我不行。"徐开路当时还纠正他，军事才是军人的第一生产力，一切都是为军事服务。但刘轩坤不以为然。

一辆挂总队政治工作部牌照的猛士车徐徐开来，张琛说："嚯，这架势。"徐开路这才回过神来。车子在徐开路面前停下，后门打开了，映入眼帘的首先是一双锃亮的皮鞋，再往上看，刘轩坤穿着鲜绿鲜绿的呢子大衣，大衣肩章上扛的已经不是红色肩章，而是金黄的一道杠，刘轩坤理了理油光发亮的头发，戴上了大檐帽，从车后取出带四轮转向的行李箱和考究的皮包，很自然地递给了王玉周和刘松，笑眯眯地看着徐开路，徐开路低头瞅了瞅土得掉渣的迷彩服，闭合张开的怀抱，握住了刘轩坤戴着皮手套的手，兴奋地围着刘轩坤转了好几圈，嘴里念叨着："出息了，真像样，很到位……"

刘轩坤也难掩激动，和每一个人寒暄，看每一个地方都亲切，大家认为刘轩坤书又多读了几年，素质提升不少，不再是原来那个看什么都不顺眼，看自己也来气的愣头青。到了兵舍，徐开路把刘轩坤往他曾经的铺位上领，不料刘轩坤果断拒绝："我是排长，是这个哨位的领头羊，按规定要么睡靠门的位置，要么睡最后一个，班长不会不懂吧？"

一句话噎得徐开路直翻白眼，徐开路没多做解释，抓紧把自己的铺位腾出来，刘轩坤心安理得地整理起了内务。这一举动，让张琛和刘松、王玉周尴尬不已，但看徐开路并没有放在心上，便没有声张，不过都如鲠在喉。

更可气的还在后头，徐开路一一兑现承诺，为刘轩坤准备了欢迎晚宴。大家努力营造氛围，吃得还算开心，最高兴的要数徐开路，把可乐喝出了茅台的感觉，满面红光，大家都知道他看着自己带的兵前途无量，心里美得很。不和谐的一幕出现在散场时，大家风卷残云，"酒"足饭饱，剩下一堆空碟空碗，每人端起一摞往水池走，唯独刘轩坤抹一抹满嘴的油，拍拍屁股径直离席，连自己的饭碗也没管，好像是下馆子吃饭一般，把大家伙都当成了他的勤务员。

张琛当时就憋不住了："他多大腕儿？您都自己洗……"

徐开路说："一个锅里吃饭，别计较那么多，他长途跋涉也累了，找个合适的机会我说说他。"

张琛气呼呼地走了，徐开路看着刘轩坤一摇三晃的背影，叹了一口气。

这还不算问题的导火索，引发众怒的事情接踵而至，巡逻计划是定好的，当天狂风大作、飞沙走石，刘轩坤对徐开路提出了异议，他认为这种天气还是不要巡逻了，安全第一。

徐开路没有觉得他的意见有什么不妥，还半开玩笑地说："现在巡逻计划都是上级核定，随意性没那么大了，你刚回来还不懂，我们还是按原定计划执行吧。放心，这条巡逻路线是最安全的，当年胆子最小的你也不惧这条路线。"

一席话不知触动了刘轩坤哪条敏感的神经，脸上竟有些挂不住，气鼓鼓地说："徐班长，不是我出言不逊，咱用事实说话，安逸怎么走的？出了那个事故之后，哨所一蹶不振，这些事我都听说了。不要再按老经验办事，那样只会重蹈覆辙，也不要不知变通，机关无法了解一线具体情况，这时候需要灵活。况且我是哨所唯一一名干部，我是第一负责人，我命令这次巡逻取消。"

刘轩坤强硬的态度让现场气氛如坠冰窖，尤其戳中了徐开路的痛点，他第一念头是自我反省，但张琛等人不这么理解，也可以说是旁观者清，他们觉得刘轩坤这人不地道，不念旧情不说，变脸实在太快。

张琛等人凑在一块嘀咕："太分不清大小王了，刚来就要掌控局面，一点儿面子也不给班长留，这明明是白眼狼啊，一定要想招儿治治他，不然以后我们在他面前还抬得起头？"

一个锅里吃饭，封闭的环境，相互制约太简单，张琛等人常年没有娱乐活动，搞点儿恶作剧也当消遣了。张琛和大家一拍即合，先从精神折磨开始，孤立刘轩坤，他想说话，得不到回应。他想吃饭，只能自己动手，他找水找不到，接电接不通，看书看得正尽兴，却突然发现高潮段落缺页了。他要睡觉，晚上下哨的哨兵回来叫哨，想方设法也要先把他弄醒，还总有由头。比如扳扳他的脑袋，等刘轩坤气急败坏责骂时，便推说是他呼噜声太大，一定是扭着脖子睡的，帮他调正而已，属于关心呵护他，是尊干的体现；比如帮他掖被角，掖出一定的幅度，不愁他不醒。这些招数不灵了，便走"正规"途径，理直气壮地把他叫醒，告诉他执勤发现情况，或隧道内有亮光，或哨位暖气不热，或发现狼群……总之，他们的目的就是让刘轩坤意识到自己太重要了，重要得大家每时每刻都离不开他，他真拿自己当回事时，又得不到任何附和。这么搞只需两天，刘轩坤便崩溃了，顶着熊猫眼躲在暗处怀疑人生。但这还不是张琛他们愿意看到的，他们想让刘轩坤主动找徐开路"谈心"，刘轩坤还没有这个念头，他们就要继续完成他们的"使命"。

这天三人又在密谋什么，被徐开路撞了个正着，狠狠地痛骂了他们。

徐开路说："这是破坏团结，是给自己挖坑，你们以为这些小伎俩、小聪明能征服一个人吗？有问题摆在桌面上，背地里使坏，早晚算计到自己头上，我不可能一直陪着你们，将来我走了，肯定是刘排长主持工作，到时候你们还敢这样？有什么好处？"

刘松笃定地说:"关键没那么快走,只要你在,我们就有主心骨。"

张琛说:"我敢,只要他还是这个屌样子,我坚决跟他对着干,他连教他帮他的班长都不尊重,还指望他对我们好?还能在他身上学到什么好东西?"

张琛义愤填膺地把徐开路问住了,他从来没有想过这个问题,他也原以为刘轩坤的到来只会给崭新面貌的哨所锦上添花,没想到是现在这个局面。他心说,毕竟我资格再老,在行政级别上还是刘轩坤更高,本来低低头就过去了。但刘轩坤不这么认为,即使徐开路不说话,单单站在他面前,他都觉得压力太大,当年并不体面的形象重新浮现,他始终在怀疑也在确认自己的权威,这是个难以解决甚至连缓解都很难的客观因素。

最终,徐开路说不出所以然,但还是出于大局考虑:"反正……反正你们不能再出幺蛾子,跟排长对着干就是跟我对着干!"

徐开路离开时,张琛其实看到他眼睛里少有的失落和无助。

刘轩坤没有向张琛等人妥协,即使他过得很压抑,但他认为肩负重任的人都不会太轻松,而且他本来就和这帮"老兵油子"不是一路人。他把自己放置在他们的对立面,认为和他们做"斗争"将是干部生涯必不可少的环节,怎能服输。他学了四年指挥与管理,"管理"是他"管"战士,而不是他被战士修"理"明白,那样的话是最讽刺的本末倒置。徐开路试图跟刘轩坤讲一讲,管理是土,情感是水,有水土才有发芽开花的基础,再好的关系没有养分来源也是胡诌,就像夫妻之间,没有平时深爱,哪来吵架之后的恩爱如初。你只看到了别家丈夫吹胡子瞪眼耍出大男子作风,却没看到他刚交给妻子银行卡和鲜花;你只看到了别人指挥千军万马时的潇洒从容,却没有看到他背后的大义凛然和默默付出。但刘轩坤哪听得进去,他早把徐开路和张琛等人归为一类人,心说,当年考学是我自己凭本事挑灯苦读的,你起的作用仅仅是没有添堵。这年头儿不背后使绊子的人已是难得,所以我迎合时代大背景稍微感激一下你，不能再多了。我要把身份端起来，记不清是哪个心理学家说过，爱笑的人在社交场上容易被轻视，面无表情才更深不可测，我信这个理儿，所以我要拉开和你们的距离，你们便没有胆量拿我开涮。

刘轩坤不敢直接这般跟徐开路说，但言语间皆是此意，徐开路当然听得出来，心里不由得怒火中烧，但很快便消气了，因为他强迫自己理解刘轩坤的苦楚，焦躁源于实力不够，刚毕业的小年轻对自己没信心，生怕不会管、管不了、被轻视，越这样越恶性循环，有负能量很正常。徐开路在思考如何帮人帮到底，那些该做的思想工作、该用的疏导方案当年就用过了，单靠嘴就能把新兵忽悠妥帖的阶段也是最初级的，对老兵不起作用。尤其是对刘轩坤，想要昆仑哨稳定，就要用新的逻辑，这逻辑一般不能用，用便是绝招。

刘轩坤越是执迷不悟，越让徐开路一刻不敢耽误策略的实施。对于哨所的日常工作，刘轩坤总有不同见解，他认为哨所是崭新的哨所，要有崭新的建设理念。徐开路要进行抗寒训练，刘轩坤反对，他认为训练要更科学，不能再以牺牲身体健康为代价搞什么抗寒抗冻，零下十几摄氏度还露天光膀子搓雪花、练格斗，肌肉都僵透了，有效果吗？更像是在冒傻气吧，现在的军用御寒装备足以供应爬冰卧雪的热量，抗寒是缺衣少穿年代的产物，徐开路说这是为了锻炼意志力，刘轩坤说跑步机上也能跑马拉松，也能练意志力，为什么要用这么傻的方式？徐开路说也是为了适应多种气候环境，刘轩坤说北方人更怕冷是事实。即使有了制氧室，徐开路还是倡导节约用氧，一旦哪天供氧出现问题还可以适应，刘轩坤也不同意，他认为有条件就要充分利用，等没条件的时候再创造条件也不迟，不能为了还不曾出现的短期状况造成长期的自我缺供。这和因噎废食太像了，再说了，真有那样的突发情况，考验的是军需部门持续供应的能力，军事科技已大资本投入，耗费巨大，水平高低、标准优劣应有问责机制，不应让一线士兵买单。严格意义上我们是现代军需成果的受益者，同时也是消费者，满不满意可以问我们，过不过关、够不够量、保不保修要问"厂家"。哨所的军事训练和政治教育计划的制订和落实，刘轩坤也有意见，他认为徐开路太随意，虽然十几年如一日早已轻车熟路，闭着眼都知道下一分钟该干吗，但还是要落实在书面上，签字盖章，处处留痕，即使没有上级检查也要备查，这不是和平积弊，这是制度化、规范化的基础。刘轩坤最有意见的，还是徐开路和张琛等人的关系，不像是正常的上下级关系，倒像是哥们弟兄似的社会关系，还搞个人崇拜，排斥异己，反对徐开路就是反对整个集体，看似是团结友爱，其实很容易让决策者坠入迷雾。虽然这不是徐开路想要的，但时间一长，他也难以明辨了。

听闻刘轩坤总有一堆"歪理邪说"，已经习惯徐开路思维的张琛据理力争，对刘轩坤说："中队把你送过来的时候有明确，你虽是排长，但基层经验明显还不够，近期主要负责行政指导，具体业务还是由徐班长负责，你不要越俎代庖。再这么下去，我们有必要行使民主权利了。"

刘轩坤"哟嚯"一声，主动请他们"弹劾"自己，矛盾一触即发，这时徐开路觉得时机成熟了，不再沉默，集合队伍，教训了张琛等人，措辞之激烈，力度之凶猛，前所未有。说他们摆位不正，不尊重上级；说他们头脑迂腐，跟不上形势；说他们不学无术，阿谀奉承；说他们不求改变，不思进取……骂得上气不接下气，骂得脸色由青变紫，他所有观点都站在刘轩坤的角度，矛头都对准一直尊重他、唯他马首是瞻的好兄弟。不仅张琛受不了，刘松和王玉周听不下去，就连两名列兵也给了他白眼，恨他胳膊肘往外拐，为了一个不识好歹、没啥尿水的小排长寒了大家的心。徐开路嗓子嘶哑了，直到骂不出声音，才摆了摆手说："解散吧！"

大家谁也没惯着他，扭头四散而去。

徐开路想要拍拍刘轩坤的肩膀，却改成握了握手说："你书没白读，说得非常有道理，土政策、土办法省时省力，但阻碍发展，新哨所需要你这样的人才，我确实落伍了。"

刘轩坤也觉得徐开路的表现有些反常，这样的徐开路他也没见过，但他心里舒坦，还扬扬得意，以为自己四年深造确实不白给，看问题能入木三分，是博学多才征服了他们。他不会考虑，这是徐开路在为他最后一次开路。

入夜，除了刘轩坤，谁也睡不着，张琛一直盯着徐开路的床铺，眼泪簌簌地掉下来，怕被徐开路察觉，悄悄蒙上头。

徐开路蹑手蹑脚地披上大衣走出门，他掀开门帘，要走一走这方土地，他看到哨位上流淌出的光，在冰冷刺骨的昆仑哨犹如一条寂静的河，通往故乡。他摸着已掉漆的扶手，在每一次风雪交加的上勤路上，好似孙炜的手，温暖心房，他看到温室里已郁郁葱葱的柿子秧上硕果累累，他想这可以安慰陈爱山当年最珍惜的情感。他跑出去很远，确信风可以成为他的屏障，用沙哑的嗓子喊一声"再见"。他想，听不见的呼喊才可以告慰大山最深处的安逸。回兵舍的路，也许是他最后的回归之路，他倏然看到天空绚烂的繁星，纷纷在向他致意，它们虽遥远但又都是他的伙伴，它们常年不来一次，来一次便可成为他的永恒，他带不走一粒这里的沙尘，但他认为他已然带走这片星空，走到哪儿，哪儿都像此时此地，风平浪静。徐开路想过很多次离开的时节，下一个时节却告诉他要等待收获。然而他越开垦越荒凉，不仅要洒下汗水，还要亮开胸膛，痛也要维持这世界容颜的年轻，终于还是要抵达尽头。但这尽头不是无边的黑暗，是饱满眼泪里的光芒，一眨眼似是尽头，还是尽头在身后，也许无人应答才是最好的回话。

张琛、刘松和王玉周一直尾随着他。

张琛说："班长今天给足了刘轩坤面子，把我们损得渣都不剩，意味着什么？说明刘轩坤一点儿也不了解班长，甚至不了解人性，一个人把事做绝了，心也就不在这儿了。这像话吗？他亲眼看着哨所一点点变好，还没来得及享受这些便利就要……"张琛不忍再说下去，陷入伤感。

刘松和王玉周这才意识到问题的严重性，一人一边掐紧了张琛的胳膊，眼中流露着渴望。张琛知道他们在想什么，他们希望抓紧找到解决办法，如果徐开路放弃了，他们心中的昆仑或许要塌掉一半，可他又有什么办法。来了很难走，走了很难来，迎来送往，最终都会轮到自己，连珠穆朗玛的高度都不会一成不变，何况是人，变才是高原的常态。张琛拍了拍他们的手，佯装淡定，他认为大部分人在目的达成之前都在装淡定，装出来的淡定也是有价值的。

紧接着，徐开路要打电话，电话莫名其妙地打不通。徐开路写信，费半天劲写满三四页稿纸，用胶水粘好准备送出去，等给养员来了他却翻箱倒柜没找到，高原兵的脸像红透的苹果，想从面色上看出什么端倪几乎不可能，但徐开路用脚指头都想得明白是张琛他们在捣鬼。

徐开路说："别闹了，我真要走你们拦得住？又到下山看媳妇的日子了，到了格尔木我还打不成一个电话？"

张琛说："你走，我就走，也没人拦得住。"

徐开路说："哨所是咱们家开的吗？当了这些年兵越当越倒退了？"

张琛说："说那些没用，我们不单单是为了追随你，我们也是为了不面对不知天高地厚的刘轩坤。"

徐开路说："拿自己的前途开玩笑？生活往往是先成全自己再成全别人，相互好过，你这样谁都别想好。刘轩坤虽然性格有些偏执，但理念和方式与建设新哨所还是相适应的，你们要看到他的闪光点，要强迫自己与之配合起来，你们的路才会更长更远。"

张琛说："我看不到他的闪光点，他只要跟你过不去，他的一切都糟糕透顶。"

徐开路说："可笑，荒唐，谁管你啊！"

徐开路拂袖而去，满脸忧虑地下山看孙炜去了。徐开路这一走，虽然后天就会回来，但昆仑哨炸了窝，张琛等人认为这是徐开路出走的前兆，这一切全拜刘轩坤所赐。自从他回来之后一件人事儿没干，意见一大堆，把哨所搅得鸡飞狗跳。徐班长为了给他发挥的空间只能退避三舍，而他们的处境更糟了，干什么都不对，做得再好也都是他们到哨所以来最不顺畅的体验了，张琛一声号令，大家气势汹汹地找刘轩坤兴师问罪。刘轩坤正在奋笔疾书，写着值班总结，不知道发生了什么，本子被张琛一把扯过来，三下五除二撕成碎片，丢进炉子里，咕咕嘟嘟冒出一阵白烟，把屋子填满了，就像被火气填满的胸膛。刘轩坤忽地站起来，但被人高马大的张琛一把摁在椅子上，大家像聚集的乌云把刘轩坤笼罩住，让刘轩坤一口气卡在喉咙处，憋得脸通红，有了吸氧的需要。

刘轩坤仰着颤颤巍巍的头说："什么年代了，法治军营，你们想干什么？是不是徐开路临走前交代你们这么干的？真有心机啊，这是故意制造不在场的证据吧。"

此言一出，张琛彻底被刘轩坤震碎了三观，恨不能一拳把他打到墙缝里去，但那样的话真解释不清了，张琛咬牙说："小人长戚戚！"

张琛从裤兜里掏出了徐开路的调离申请，刘轩坤从头到尾看了好几遍，说不出一句话，半晌，趴在桌子上抽噎起来。张琛一看这情况也不知道该强硬下去还是该收兵了，他之前做的战术安排是但凡刘轩坤再出言不逊，直接制服，现在这些都用不上了，他意识到刘轩坤的良知其实一直都在，只是这个角色要求他要这么演下去，演得好与不好都没关系，但至少不应把任何人定性为单纯的反面人物。

刘轩坤六神无主地穿过人墙走了出去，曾经的一幕幕轮番呈现，撞击着他的眼眶，他多想成为徐开路，做一个和他一样大义凛然的决定，让所有人对他也感念万分，然而，他不能。他和徐开路之间再也不是当年老兵和列兵的关系，以前一个"脑瓜崩"能解决的问题，现在千言万语也说不深、说不透，包括感恩，包括期望。

由于前期昆仑哨水、电、地窖施工，一个月下山一次的"福利"也成了空谈，趁此机会徐开路正好看看朝思暮想的孙炜，也站在别的角度审视一下自己和昆仑哨。结果他一到孙炜的住处便确认不用审视了，心中立即有了结果，因为孙炜屋子里的温度和外面差不了多少，冷锅冷灶，凉被凉床。破败的屋子本来就小，还堆满了发货用的纸壳子、包装皮、胶带和单据，孙炜披着棉被，蜷缩在角落里抱着那台小电脑，只露出两只眼睛盯着散发着蓝光的屏幕，不时从棉手套里伸出手点一下键盘，每动一下都要鼓足勇气。房间里很静，静得像凝结的冰。

徐开路哆嗦着嘴唇问："电话里你不是说生意不错吗？怎么炭火、暖气也舍不得用？"

孙炜发现了徐开路，冻僵的脸马上跃动起来，撇开身上的棉被扑进他的怀里，他把大衣扣子解开，试图让她贴近自己的心脏，疼得绞痛也要继续释放热量的心脏。

孙炜说："我想多赚点儿钱，给妈寄回去，她开饭店的贷款虽然是无息的，但还是要还的，省一点儿是一点儿。但我低估了格尔木的冬天，冻得受不了，蜂窝烧完了，还没来得及买，前几天交了取暖费，只供了一天暖，管道就出了故障，我知道毛病出在哪儿，可我爬不了那么高，打电话给供暖公司，几天过去了也没见有人来修，这地方没有一个熟悉的人，不知道该找谁帮忙……"

孙炜还在说着，恨不能把这大半年积攒的话一次性向徐开路说完，徐开路眼泪断了线，止不住地落进孙炜无色泽的头发里。

徐开路挽起袖子忙活开了，不消太久便恢复了供暖，小屋里重新有了生机。孙炜打下手，徐开路掌勺，两人张罗了一顿晚餐，吃饱喝足他们并不急躁，准备舒舒服服地卧在床上先看会儿电视，培养感情。电视一打开映入眼帘的是一条插播新闻，一伙蒙面暴徒携带武器窜至北岩市中央街道砍杀无辜群众,造成数十名无辜群众伤亡,虽最终被悉数击毙或生擒,但影响极为恶劣,损失极其惨重,全市已经戒严。播音员说,事件仍进一步调查之中,至于这伙人来自哪里,还有没有同伙,一概没有通报。尽管如此,职业的敏感让徐开路一眼就从播放的监控录像上看出这伙人的穿衣打扮带着浓浓的边境特色,和上次轰炸隧道口的那伙人十分相似。徐开路幸福的脸突然挂上了霜,陷入沉思,孙炜除了痛心没有别的想法。因为毕竟现场距离格尔木千里之外,她搂住了徐开路的脖子,献上热吻,把徐开路从思索中拽回来,徐开路还沉浸在这场事件中,但又怎能抵挡孙炜的"攻势",干柴烈火久别重逢势必是要弄出大动静的。外面月朗星稀,屋内春意盎然,除了刚才的小插曲一切看起来都那么美好。两人疲倦地刚睡下去没多久,徐开路的手机就响了,他睡得香甜没听见,孙炜一个人习惯了,但凡有异常动静都能惊出一身冷汗,形成了条件反射。以前她一人走南闯北也没怕过,自从小产之后,才发现越来越脆弱,至于原因不得而知。她多么不想惊扰徐开路,她多想一直依偎在他身边,永远不分开,伸手就能触及,但她不仅不能挽留,还要亲手把自己拉回现实,把他送给昆仑。她把徐开路从床上薅起来说:"我就知道没有这么好的事,怎么可能让我们安安稳稳地睡到大天亮,一次也没有。"

徐开路揉着惺忪的眼睛,不看则已,一看吓了一跳,三条重复的信息,都是中队长发来的,要求昆仑隧道一、二号哨所有成员不管采取何种措施,今日上午十点前必须归队,一级战备。至于什么任务,手机上没有明确,但徐开路已猜了个大概。

徐开路愣了一会儿看看一脸懵懂的孙炜,又掀开窗帘一角看看外面静谧的天地,随之迷惘和气愤并存,他激动地说:"我是人,有血有肉的人,不是机器,偌大的昆仑没有我不会变。而现在昆仑一号哨有刘轩坤在,他有能耐,有学识,是加速奔涌的新血液,可以独当一面,为什么揪着我不放?我还有一天的假期,偏要过完再走,就任性一回了,谁能拿我怎么样?睡觉!"徐开路说完把手机往墙上一扔,把孙炜紧紧搂住，胸脯一起一伏，眼睛死死闭紧，他要赌气，和全世界赌气。可是，他这出戏连自己都看不下去，怎么能瞒得过孙炜？孙炜抬起头，用手机屏幕的光照着他，他装作看不见。孙炜说："你真是这么想的吗？"他装作听不见。

孙炜试图扳过他的脸，没有实现，她趴在他的耳后，声音温柔又炙热，她说："我猜你是因为我，放心不下我，别担心，这几年都是这么过来的，早练出来了。谁又不艰难呢？我们还有短暂的小幸福，多少人连这样的相聚也是奢望，我知足。你说昆仑哨可以没有你，我不知道发生了什么，但我知道你们之间已经有约，就像我们之间有约一样，我可以不和你厮守，但我有快乐下去的希望，因为我知道总有一天你会回来，我们还未降临的孩子早晚有一天会回来。昆仑哨何尝不是如此，它不说话，但它最有品格，你可以抵触这其间某种纠结的关系，但你要正视你和昆仑哨的关系，你忠诚于它，也是善待于我。"

徐开路背对着孙炜，眼睛早就睁开了，眸子在暗夜中闪着明亮的光。此时换作孙炜抱住他，他觉得她柔弱身子里的能量足以撼山川，足以慰风尘，本该他做的事他一件也没有做过，不该她承受的事情她承担了所有，他有千言万语，此时只化作无言的高歌。

第十八章

我以为我不屑,就看不到你站在最高的山冈;我冷漠,你就会忘了我当年青涩迷惘的模样;我不让,你就不会抢我的高光。然而一扭头,山雨已来,哪有什么涓流,只剩滔滔大江;哪有顾左右而言他,只有凶猛的子弹遍布血红的战场。满心地想啊,只要你不倒下,这山脊你就是梁,这荒野就是故乡。

启程,多少次这样的启程。三岔口处,徐开路背着皱巴巴的背包站在中间,一辆辆车都汇入他旁边的那条道路,许久没有一辆拐进他面前的这条道路,好不容易有一辆驶来也无视他的招手,他用力露出讨好的表情,却一次次浪费了表情。

没有出租车、网约车会去昆仑哨,回来空车不说,关键这么特殊的环境一个人开车事故率太高。中队接送他通勤的车辆也进入战备状态,无法动用,他只能自己想办法到达昆仑哨。但眼看天亮了,也没人在意他,他似乎和路边的碎石瓦砾没有区别,有好心的司机放慢速度看一眼他,随即就开走。徐开路知道原因,常年执勤训练,他的样子看上去并不友好,还很有杀伤力,和普通群众相去甚远。一〇九公路全程荒无人烟,司机必须谨慎,要是拉上一个别有用心的人,可要倒霉了,不是没有这样的先例,有时候好心要人命。就算他是好人,高原行车不光是路途危险,高原病导致的暴毙也时有发生,没人承担得起这个责任。

时间一分一秒地过去，徐开路冻得手脚将要失去知觉，他要等不及了，人在将要绝望的时候，脑子转得特别快，他突然想起了什么，卸下背包，掏出迷彩服穿在身上。他认为穿上军装等于亮出了名片，他是军人，他不会图谋不轨，他身体抗造，他不会给人添麻烦。收拾一番，徐开路信心满满，以为越来越受尊崇的军人，一定会有人给他这个面子，但出乎意料，还是没车停下。

徐开路刚开始摸不着头脑，有一位司机丢下一句话，他才领会内涵，司机问："是真的吗？现在好多人都穿这个，这年头靠这身行头吃饭的可大有人在。"

徐开路看看迷彩服，除了一副鲜红的肩章比较显眼，确实没有可圈可点的地方，而且那副肩章对于很多不了解的人来说也可以忽略不计。

如何证明自己是军人，证明自己是自己，听起来无厘头，但这样滑稽可笑的事比比皆是，大多数时候又不得不去做，此时徐开路想，只要能准时到达，让我唱歌、跳舞、裸奔都行。

唱歌，徐开路脑子里突然强调了这个词，他想，就唱歌吧，唱军人唱的歌，唱军人每天都唱的歌。当年远征军要从腾冲渡河回国，也是唱着军歌被父老乡亲认出来，才允许他们上船的。想到此，徐开路扯开嗓子唱上了，不管有车没车，他都唱，以保证气息旋律的连贯自然。

战士责任重/呀嘿/军事要过硬/呼嘿/爱军习武创一流啊/建功立业在军营/嘿嘿……钢要炼/铁要打/宝剑要磨枪要擦/战士最爱演兵场/汗水浇开英雄花……我是一个兵/爱国爱人民/革命战争考验了我/立场更坚定/嘿嘿/枪杆握得紧/眼睛看得清/谁敢发动战争/坚决打他不留情……

徐开路想象着自己站在昆仑山巅，面向茫茫旷野，和千军万马一起唱，他还打起了拍子，他感觉面前的戈壁是观众，站立的角落是舞台,他越唱越起劲,越唱越温暖,脑门上甚至渗出了汗珠。他这么卖力地唱,还是没车停下来,大概是有的车发动机太响司机根本听不见,听见的司机也会认为这人脑子有问题,这一股子傻劲,让他上车的话估计能把驾驶室拆了。徐开路唱得口干舌燥,氧气耗尽,实在快吼不出来的时候,一辆轻卡姗姗来迟,司机摇下车窗示意他上车。一直盼望着的事,总实现不了,突然成真的时候却不敢马上接受,徐开路张大的嘴卡在半空。

司机姓柳,年纪五十岁上下,柳大哥喊:"快上来,走不走?"

于是徐开路迅速上车,轻卡加速飞奔,看得出来柳大哥也很紧张。

徐开路用十几个"谢谢"表达感激之情,柳大哥说:"你歇着吧,能再为兵服务一回也是我的荣幸,我感觉又年轻了二三十岁。"

徐开路问:"他们都不停,你为什么敢停?不怕我添麻烦?"

柳大哥说:"歹人会在这里等车吗?歹人的特点是不劳而获、追求享受,怎么会在这里挨饿受冻?看你刚才脚底下那片土,都踩光滑了,肯定待的时间不短了,他们下不了这个功夫。更主要的是,我也当过兵,高原汽车兵,当年跑的就是这条路线,退伍了没什么别的技能,只会开车,干脆留在格尔木继续跑运输,跑了几十年了,连这点儿洞察力都没有的话,白当汽车兵了。你哪儿哪儿都像兵,不用分析。"

徐开路感动之余感觉自己有些用力过猛,说:"早知道有您,歌都不用唱。"

柳大哥说:"唱,干吗不唱,你唱的我都会,咱们一起唱,唱着唱着就到了,唱歌有这个功效。"

于是,徐开路起了头,一老一少唱着歌接近目的地,外面冰冷刺骨,车内热流涌动。

三小时很快就过去了,兵舍小楼若隐若现,到了要下车的时候徐开路问:"你也不问我急着去干吗?"

柳大哥说:"这是常识,该说的你会说,不该说的问也不会说,我不知道你着什么急，我知道你是个兵，干着兵该干的事就行了。保重，老兵。"

徐开路翻遍所有的口袋，准备拿钱给柳大哥，柳大哥说："好好去执行任务，保障好这条路平安无事，比给我多少钱都实在，快走吧。"

车开走了，徐开路才想起他们甚至都没有互留联系方式，但还敬着礼的徐开路注意到车后反光条中央贴着鲜艳的国旗，国旗边上还有一行字：赤子之心，行走昆仑。

感动之余，徐开路看了看表，距离十点只剩一刻钟，他跑过搓板路从小楼梯拾级而上。山巅，好像所有人都在等着他。中队长面色凝重地告诉他，侦察情报部门已查明北岩市刚发生的暴恐袭击和隐匿在中里边境的吉赛组织有关。吉赛组织是国际上臭名昭著的暴力犯罪团伙，总部设在里派国，没有固定的指挥大本营，经常受雇于更大的幕后组织从事暴力袭击，阻碍他国正常秩序。在各敏感时期，比如，大选、换届、国际型会议、经济论坛、大企业上市之际制造事端，实施干扰。此次北岩市的暴力袭击针对的是北岩市明年要举办的AEWE亚洲论坛，该论坛如若成功举办将形成亚太同盟，对于个别不守公约、造成市场混乱的国家来说，亚太同盟的成立将是他们的噩梦，将触犯他们最根本的利益，对他们的经济造成史无前例的重创，所以这场袭击已被定性了。论坛举办之前，他们仍会蠢蠢欲动，对北岩市形成威胁，在论坛举办期间，北岩市的防暴恐任务一刻也不得松懈。

徐开路说："距离AEWE论坛启动还有将近一年的时间。"

中队长说："暴徒也懂未雨绸缪，敌我较量，谁准备不充分谁倒霉。"

徐开路说："我们距离中里边境有五百多千米，距离北岩市也有七八百千米。"

中队长说："但这里是暴徒通往北岩市的唯三道路，四川省界、重庆市界也面临着一样严峻的形势。现在我们不是广撒网，而是更有针对性，同时也意味着这天大的责任我们要承担三分之一。中队一百多号兵力全部出动，分成五个大组，安插在周边五个制高点，论坛开始之前我们都将死死守在这里，野狗想从此处过都要检查一下有没有绑炸弹。"徐开路顺着中队长手指的方向挨个看过去，果然看到每个制高点都搭起了班用帐篷，帐篷外围修筑了防御工事，那里还有人频繁进进出出，仍在进行着战斗前的布防。

徐开路对事态了然于胸了，以前也有类似的设卡任务，但像这次一样跨度这么长、规格这么高、危险系数这么大的任务他还是第一次遇见。他不需要再问什么，也忘记了早上所有的不痛快，心无旁骛地受领了第三组长的头衔，转身投入工作。他知道这将是一次旷日持久的战斗，他十三年的光辉，在这场任务中要么陨落，要么升华。

徐开路走进兵舍，刘轩坤下意识地冲出来迎接他，又觉得突然的殷勤与他之前的做派不相匹配，又想靠近徐开路又想要面子，便导致他动作很不协调，半途停了下来，反倒是徐开路大大方方地和他打招呼。

徐开路说："我刚下山就碰到这么大的事，哨所大大小小的事一肩挑，辛苦了。"

刘轩坤说："应该的，你回来就好了。"

徐开路转而向大家布置任务："我们被分到第三组，驻守隧道口，最正面的迎击战位，其他四个组是观察敌情、远距离攻击和驰援，我们是第一道防线，一定不能掉以轻心，大家准备好了吗？"

所有人答"准备好了"，谁也没有留意刘轩坤的表情，他刚想和徐开路缓和的心态在徐开路下命令的时候马上晴转阴了。

刘轩坤醉翁之意不在酒地问徐开路："这是中队长刚刚明确的？"

徐开路没有多想："中队长刚刚通知我，我被任命为三组长，你是副组长，让我们务必搞好协同配合，这一百多人有一半是新兵，还没到这里上过勤，这里我们最熟悉，我们是设卡主力……"

刘轩坤还没等徐开路说完脸就黑下来，用力推门出去了，门撞在墙上发出巨大的声响，把大家都吓了一跳。

张琛说："这人又抽什么疯儿？刚才还低眉顺眼的，撑不过三秒。"

徐开路往外张望，刘轩坤直奔中队长的帐篷而去，徐开路大概明白了他的意思，跟了过去。

中队长正在画地形图，刘轩坤喊了声"报告"也没等中队长批准就进来了，劈头盖脸地问："我是排长，他经验再丰富也是班长，我不是组长也就罢了，却还在他手底下任职，这安排我觉得不讲政治。"

中队长唰地抬起头盯着刘轩坤说："讲政治？你们这些刚毕业的毛头小子总爱跟我上纲上线，你知道什么是政治？把讲政治挂在嘴边上的人往往最故弄玄虚，什么是政治？干才是政治！"

刘轩坤说："队长，这话你要负责任的。"

中队长的倔驴脾气也被触发了："跟我叫板要有资本，你一进来我就知道你怎么想的，不服气呗，要掌控局面。你刚回来的时候我怎么和你说的，年轻要多学习，徐开路有丰富的带兵经验，他负责具体指挥，你负责行政指导，等时机成熟了你是要往上走的，怎么能拘泥于一时的孰高孰低，这时候别把位置看得太重，这是一线作战，能打仗才是硬道理，和谁会钩心斗角、谁会争名夺利半毛钱关系都没有。我也不是土老帽，我讲道理，你说你会什么？是有满脑子的想法，但哪一件落到实处了，就算落到实处，还不是有徐开路这个老黄牛替你顶着，他若不在，你敢拍胸脯和大家做什么像样的担保？"

刘轩坤被怼得脸红脖子粗，僵在原地哑口无言，幸好手可以贴在裤缝上，算作标准的军姿，不然真不知道该搁哪儿。

刘轩坤掀开棉门帘从帐篷里出来，徐开路正好走到门口和他撞了个满怀，徐开路问他怎么了，他硬着脖颈没回答。

中队长听到了徐开路的声音，招呼他进去，刘轩坤回头看了一眼已经进门的徐开路，心里一百个不痛快，脑子嗡嗡的，他认为这时候徐开路进去，肯定没好事，两人你一言我一语一对上，准没好儿。从什么时候开始对徐开路有了所谓的敌意，刘轩坤也想不明白，但他知道在等级森严的部队，他做得一点儿没错。可是他在坚持原则的时候，也消费着那些不可言传的情感，他以为徐开路也像他一样在乎权力的快感，其实徐开路连离开都不怕，还怕什么呢？徐开路想过这个问题，也许是怕不能再见证昆仑哨的美好，不能共度高原兵的艰险，或者尽管这里并不适宜生存，但这也曾是自己的温柔乡。

徐开路见到中队长，没等中队长开口，主动发言，因为他从刘轩坤的反应中已经猜到发生了什么，他竟然请求辞去这个刚刚上任还没捂热乎的组长，甘愿当刘轩坤的副手。

这让中队长诧异，而后愤怒，中队长说："还真是高风亮节啊，你这是要上演以德报怨的典故吗？想让我表扬你？糊涂！现在不是请客吃饭，让来让去的！千钧一发、人命关天，我管你们这家长里短？有心理问题去找指导员，不要来烦我，我眼里只有任务。"

徐开路说："我没使什么苦肉计，也不会使，我打心眼里认可他，他可以胜任这样的工作，每名军人都要经历一场急难险重任务的洗礼，他只是领悟得早，他没有什么错。从另一个角度来说，这是他的幸运，他可以尽快成长，将来能比我发挥更大的作用。"

中队长说："这是支部研究确定的，让我朝令夕改，有没有替我想过？"

徐开路说："您说的，您眼里只有任务，团结有利于任务。他是我带的兵，我太知道他想要什么，他怕失去什么，我们之间又能创造什么。"

中队长无从反驳，因为这是徐开路的理论，也是他天天挂在嘴边上的理论。

中队长说："我相信你，但我还拿不准他，我也要维护支部的权威，给他施加点儿压力，别让他觉得什么事都理所应当。我给他半个月的时间，如果半个月他这个组长当得像模像样我就不说什么了，如果他是眼高手低的家伙,让他离开昆仑哨,离开中队。我喜欢爱争的人,但这个'争'是'争取'的'争',不是'争风吃醋'的'争',队伍里有这样的人,我用皮带把他抽走。你回去原话告知,出去!"

于是,徐开路美滋滋地回去了,他知道这事成了,他和刘轩坤之间的事情了结了,刘轩坤再也不用为这些事耗费心思了,可以全身心地投入任务。然而他还是低估了刘轩坤,他把中队长的原话告诉刘轩坤后,刘轩坤非但没高兴,还指责道:"你这是把我架在火上烤,中队长这是给我施加压力吗?这是逐客令,你们整人的方式可太高级了,这任务史无前例,我又是新手,怎么可能保证万无一失,但凡有一点瑕疵,我将无我,徐班长,还真小瞧您了,这招断子绝孙啊。"

这话说得才是断子绝孙,徐开路百口莫辩,心如刀绞,但他又能辩解什么呢?肺都气炸了仍忍住不发作,还撂下话说:"我向你保证,不会有任何瑕疵,有也是我造成的,和你无关。"

刘轩坤这些年始终在思变,思变得人连自己都不轻易信任,怎么会信任别人,能让他满意的人很难出现。但这时候徐开路的承诺他觉得无懈可击,有那么一瞬他意识到对徐开路有些残忍,但他深谙的道理是,做事就要高调,这是他高调的方式,他不认为亏欠谁,在工作面前太谦虚,反而显懦弱。他可以强硬、可以当那只出头鸟,但就是不能懦弱。他是从一个军事孬兵开始的,现在他要彻底扭转这个局面,哪怕面对当年的启蒙班长,也要毫无保留,他认为这是他从讲究弱肉强食、优胜劣汰的军校中学到的"为官"之道。

两人的又一次"和解"宣告失败,但徐开路并不怪刘轩坤,他认为这正是一个新老更替的好时机,刘轩坤会让他得到"解脱",这加剧了他完成这次任务早点儿换个舒服点儿的单位或者退役的想法。

布防工作皆已就绪,这里仰仗天堑,易守难攻,吉赛组织想要从此处前往北岩,必须要过这一关。他们会选择这里还是兜圈子走南部线路谁也说不准，但多年来吉赛组织能形成规模，逃避打击，横行不倒，还有壮大的趋势，自有独到之处。他们好像很懂中方战术思维，认为好走的路更会大兵压境，难过的坎说不定柳暗花明。在昆仑山布防刚刚第七天时，吉赛组织果然就有所动作了，只不过他们这次似乎是要演"文戏"，从队伍中挑选了八个经过训练的中国边民，乔装打扮一番，试图接近昆仑卡点摸清工作流程和人员部署情况。

吉赛组织的阴谋早在卡点指挥所的预料之内，指挥所通过远程设备早已侦察到十千米以外的这八个人。他们的照片自动传进人员信息库，经快速筛选比对，结果在一分钟之内出现在屏幕上，八人中四人有前科。指挥员立即警觉，但思忖再三，竟对驻守在前沿关口的刘轩坤小组下令，如果他们没有携带违禁品，可放行，同时给总队指挥中心发通知，监控他们的一举一动。

刘轩坤问："为什么，这都是安全隐患。"

徐开路说："这是凉菜，一般凉菜上完，店家才会上硬菜。"

刘轩坤说："凉菜也得吃。"

徐开路说："先吃后吃的问题，已经摆在这张圆桌上，不会再端走。我们可以吃，别人也可以吃，放心吧，光盘行动贯彻到底，吃不了还可以打包。"

刘轩坤下意识地想为徐开路竖大拇指，想了想还是收住了。

黄昏，八人乘坐的两辆皮卡车向卡点徐徐驶来。

这几人演技不错，穿着脏兮兮的老式军大衣，戴着油光发亮的手套和帽子，抽着劣质的卷烟，还都戴着土里土气的大号墨镜。领头的摘下墨镜，露出耳边到眼角一截显然与其他部位颜色不一致的皮肤，一看便知经常戴眼镜，眼镜架遮挡了紫外线，保护了这一截"娇嫩"的白皮肤没有被晒黑，可见他这个眼镜虽破，却是他们的亲密伙伴，不是临时刻意为之。他的习惯动作是常捋盖住耳朵的头发，那头发好像一年也不洗一次，油腻僵硬，他一笑露出一口黄板牙，和屠宰户、皮毛贩子的形象极其吻合。

　　刘松和王玉周检查车辆，后斗上果然满载羊皮和羊骨，徐开路持枪警戒，张琛用探测仪查找违禁物品，黄板牙十分顺从地接受检查，摘下墨镜高高举过头顶，等待张琛的探测仪扫遍全身，挨个细测一遍后，张琛除发现一把羊刀外，别无所获，宰羊的人带刀完全解释得通。刘轩坤查验证件，证件也毫无破绽，这时候大家都以为指挥所多虑了，人家是正经买卖人。

　　刘轩坤把他们"请"上车，正准备放行，这时徐开路发现一个细节，黄板牙捋头发时，露出了无线耳塞，他戴上墨镜，还按了一下镜框，镜框处游走过一圈蓝光，随即消失，紧接着黄板牙把头伸出窗外，上下左右摇晃着脑袋，好像要和每一个卡点人员打招呼。

　　徐开路大喝一声："停下！"

　　刚刚启动的皮卡车屁股抖动两下，吱吱嘎嘎地停下了。

　　黄板牙惊慌地问："还有什么吩咐？"

　　刘轩坤率先拽住徐开路，徐开路说："眼镜有问题，应该是摄像头之类的间谍设备。"

　　刘轩坤说："别忘了指挥所的命令。"

　　徐开路说："现在指挥所也没掌握情况，他们故意露出破绽让我们发现，我们却发现不了，这合理吗？"

　　刘轩坤说："你想怎么样？"

　　徐开路说："缴了他的设备，扣留一段时间再放行。"

　　刘轩坤说："这是给卡点添麻烦，这是无用功，你这样做对取得他们背后组织的信任又有什么用？"

　　徐开路说："那样他们会继续试探我们的底线，还从我们这儿经过。什么最可怕？让对手知道我们已经起疑但不行动，那才可怕，那很明显是挖了一个更大的坑。我们按套路走，等于亮出了底牌，他们才不会起疑。说白了这群人就是吉赛组织故意拿来送命的，这些人并不知道。"

刘轩坤说:"我还是头一次见有人主动把坏事往自己身上揽,这样对我们卡点不公平。"

徐开路说:"对其他卡点公平吗?我们这里最适合瓮中捉鳖,其他卡点都有客观困难。"

刘轩坤说:"顾好眼前行不行,别悲天悯人了,我快被你道德绑架了。"

两人正争辩,指挥所派了增援,一个个气势汹汹地站在敞篷车顶部,瞄准了黄板牙等人。黄板牙本想按照耳塞里的指令稍微袭扰一下,戴着监控设备被查到也不至于马上毙命,现在发现这局面像是要被打成马蜂窝了,顿时慌神,命令司机加油门逃跑。这时耳塞里又传来指令,让他不要跑,现在才是看清他们的装备和反应能力的时候,但黄板牙管不了那么多,保命要紧,皮卡车尾喷出一阵黑烟,轮胎摩擦着地面,散发出浓烈的焦糊味,汽车急速冲出去,发出刺耳的声音。路两旁的阻车钉"哗啦"一声弹射出来三条,阻车钉表面是密集的三角形倒刺,闪着寒光,铺满了道路,轮胎压上去瞬间崩裂,第二道拦截式阻车器从地面穿出,一面厚达半米的钢板墙直挺挺地挡在前面,装甲车也要掂量掂量能不能冲过去,两辆皮卡接连撞瘪在墙式阻车器前,冒了烟。

事情没调查清楚之前,谁都没有权力定夺别人的生死,且他们是线索,徐开路和刘轩坤冲在最前面实施救援,两人奋力拉开车门拖出司机,继续拉黄板牙时,徐开路注意到他的墨镜蓝光重新闪现,这次的频率极快,徐开路心里"咯噔"一下,没来得及喊,扑向刘轩坤,拽住他的胳膊,滚进了路边的小沟,只听连续的爆炸声震疼耳膜,现场火光冲天。

墨镜先后在八人的脸上爆炸了,一股血腥味直往鼻子里钻,刘轩坤吓傻了,张琛呆若木鸡,良久他反应过来,当时根本没想到用探测仪扫一扫他们举过头顶的墨镜,而这机关偏偏设置在墨镜里。墨镜虽然看起来比普通镜要大一些,但也只是一圈窄窄的框,何以有这样令人面目全非的能力，刘轩坤意识到他们要面对的敌人不是散兵游勇，而是具备先进作战能力的团伙，己方要瞒天过海，对方肯定了如指掌，所以徐开路的策略有必要。

刘轩坤还趴在沟里，轻轻动了动，徐开路无力地从他的背上掉下来，满脸是土，他摇晃着徐开路，快要哭出声了。

全场万籁俱寂，他们看到徐开路的防弹背心被利石割破，露出的半边脸上有斑斑血迹，面色苍白，从来都是紧握着枪的手也垂了下来，枪背带也断裂了，甩在身体一侧。有卫勤队员从远处抬着担架跑过来，担架上的白布晃得刘轩坤眼睛生疼，他眼泪夺眶而出。

没等卫勤人员触及徐开路，徐开路眼睛露出一条缝，看见狼狈的刘轩坤，从嘴里吐出一口白烟，咳嗽一通后说："值当，没白疼你。"

车烧成了一堆铁架，烟雾还没散去，所有人围了上来，刘轩坤单腿跪在徐开路身边，心里百味杂陈，说不出话来。他想，为什么一次次被徐开路帮援，战斗才刚开始就已活在他的胸膛之下，未来之路将会更艰险残酷，何时可以不必接受他的庇荫，或者可以独自化险为夷，寻找到自己的领地？此刻他懂得，他那些自作聪明的鸡毛蒜皮的"算计"，生死关头，在徐开路眼里渣也不是，他的本能便让他光彩丛生。

第十九章

迎着冰雪降临的小孩,旧时你藏在草长莺飞的春天,如今我重又听到你的笑,才明白胜利与关切同在,你问我何时归来,我却还匍匐在冻土上,弹袋摩擦出的新路是连接你我的纽带,我挨过晨曦,挺过暮霭,伤痕累累地站起来,那时希望你懂,这世界有一处家园就要多一个勇者,燃起一盏心灯才能消灭一片深海。

天寒地冻,不远处的经幡和眼前的帐篷被凛冽的大风刮得噼啪作响,一只雄鹰匆匆飞过昆仑哨上空,像以前一样没留下任何信号,一条野犬看了看多出来的几顶帐篷和防暴运兵车,刺溜蹿进了它从不敢涉足的隧道里。弹射出来的阻车器分毫不差地重新归位了,防御工事上统统覆盖了沙漠迷彩布,连环雷区俯瞰下去明显与周边土色不同,但平视难以察觉。哨兵戴着面罩,棉帽上的绒毛已僵直,他偶尔看一下执勤台上的监控终端,不时确认一下步枪保险到底是开是关。周遭安宁平稳,却又危机四伏,气氛别样浓重。

各制高点帐篷里大家普遍蔫头耷脑,情绪一点儿也不高涨,有的看着照片发呆,有的操持着写了撕撕了写的家书,有的百无聊赖地摆弄着爱举不举的哑铃,他们嘴唇上是要掉不掉的死皮,脸上的高原红已经蔓延到脖子,一换衣服就能看出来身子与脑袋像巧克力与奶油的组合,分外扎眼。

徐开路他们在帐篷里也好不到哪儿去，刘松和王玉周在帐篷里憋得实在烦闷，偷偷跑出来躲在坑洼处抽烟。刘松抽得比较快，嘬剩最后一口时，他怕浪费，加了点儿吸力，突然眼睛一黑，以一个狗啃泥的姿势栽倒在地。王玉周抱出一个氧气瓶子对准刘松鼻孔插进去，近半小时刘松才缓过阳来。他醒来的第一件事不是感谢王玉周，而是总结出一条结论：在昆仑哨，抽烟只抽头三口，轻吸快吐慢悠走，烟屁切勿随地扔，氧气瓶子莫离手。别的王玉周都同意，对"烟屁切勿随地扔"这一条不甚理解，毕竟在他心目中刘松随地大小便也不是一次了，刘松解释说："当然不能乱扔，破坏环境不说，万一像我刚才那样脸着地，正好砸在烟头上，非得烫出疤瘌来，葬送了我的盛世美颜，人神共愤。"王玉周十分佩服刘松的才华，他感谢刘松的存在，他说："要不是你这个活宝，长期的一级战备我早就疯了，我听说有的边远哨所把狗带上去，狗都疯了，我太理解狗了。"刘松问："为啥？"王玉周说："因为狗遇不到你这么有趣的人，遇到了也听不懂你说话。"刘松很满意王玉周的夸奖，但又感觉有些别扭，至于哪里别扭，他们都来不及想。

帐篷内，张琛因为刘轩坤没有更换这周的卫生值日表，导致他已经清理了半个月的厕所，找刘轩坤理论。又是徐开路出来打圆场，避免了刘轩坤让张琛写检查、张琛越级向中队长反映情况的问题再发生。

刘轩坤自从知道要维持这种战备现状至少一年后，对徐开路的态度有了一百八十度大转弯，对徐开路尊敬有加，徐开路也摸不清里面的门道。刘轩坤不说，谁也不知道。徐开路也不问，他认为他们的关系没有结论才是最好的。

马上就要到北岩市AEWE亚洲论坛召开的日子了，他们从战备开始直到今天确实将近一年的时间了，其间发生过十几次类似于黄板牙之流的人刺探袭扰，都未形成规模。每次昆仑卡点动用的人员实力和装备实力连三分之一都不到，所以双方亮出撒手锏的时刻好像就要来临。

徐开路说："快三百天了，再这么下去，会出问题的。"

刘轩坤说："最先出问题的就是你，别以为我不知道，任务开始前你下山了，又播上种了，现在你家我侄子或者侄女快要出生了，嫂子最难的时候你又没在身边，你竟然绷得住，一句也不提，憋久了不出问题才怪！"

徐开路惊诧地问："你怎么知道的？"

刘轩坤说："你大意了，现在打进哨所的每一个电话都是有监听的，寄进寄出的每一封信都是没有隐私可言的。"

徐开路说："不要声张，扰乱军心。"

刘轩坤说："还用我扰乱吗？哪有这么漫长的临时性任务，哪有这么恐怖的封闭式管理？电影里演的那些一到一线就全是亢奋的桥段，为什么不叫故事，因为假的才叫桥段嘛。"

徐开路说："牢骚可以发，发完能好点儿。"

刘轩坤说："你不发，我替你发。我知道这时候根本不可能离开这里一千米，你还每天强颜欢笑，跟着我们穷乐和，我心疼你。"

徐开路被刘轩坤弄伤感了，还不忘安慰他："快了，AEWE论坛马上要召开了，吉赛组织这周不来，下周肯定冒头，打完这仗，爱谁谁，老子拜拜了。"

刘轩坤说："这可是你说的。"

徐开路恨恨地说："谁劝也不好使。"

刘轩坤看见徐开路撩开门帘走出去，走向一个巨大的沙丘，那里没有人，且是监控死角，他经常可以在那里找到所谓的片刻宁静。他淹没在黄昏里，土黄色的沙漠迷彩麻痹了刘轩坤的视觉神经，却让他的恻隐之心更敏感。徐开路已是而立之年的人了，和当年刚见他时的样子相去甚远，别人到这个岁数是发福，他却小了两圈。刘轩坤忍不住鼻子一酸，但随即提醒自己，不能再表现出要和他相依为命的渴望，反面形象还要扮演下去，即使所有人都认为他尖酸刻薄、自以为是。

徐开路擤了擤鼻涕，用袄袖子蹭蹭，笨拙地坐下来倚靠在沙丘上，就这一套动作也耗费了不少氧气，嘴里、鼻孔里的热气一缕一缕地往外飘散，他的脸更红了，但他像村头的庄稼汉一样惬意，如果这里有太阳，他想他可以歪在这一整天。他把手从大衣领口伸进去，小心翼翼地摸索半天，摸出一沓照片，原来是他儿子徐冬冬的照片，他给儿子取名叫徐冬冬，在"轩、涵、哲、睿……"烂大街的年代，他反其道而行之，给儿子取了这么个怀旧的名字，不知是因预产期在冬季，还是因他生命中对寒冷最刻骨铭心，总之他觉得寓意接地气一些的名字将来日子好过，像"开路"这样的名字，一听就是劳碌命，一辈子不得闲。

徐开路从第一张照片开始看，他每天都把照片按照时间轴整理一遍，最上面的是一张彩超照，那是徐冬冬还只有拇指大小时的模样，第二张已有些成形了，第三张能看出面部轮廓了。徐开路咧开嘴笑，笑得满脸老痂凑到一起，他情不自禁地表扬："这小子，打娘胎里就帅。"最底下是一封新到还未拆开的信，徐开路摩挲来摩挲去不急于打开，愧疚担忧、兴奋紧张交织在一起，拆信好像拆弹。他不敢直接撕，用唾沫浸湿最上沿，一点一点地抠开，抽出来一张照片，照片上是胎毛未褪去的徐冬冬，含着奶嘴还皱着眉头，表达了对世界的第一次不满，也许是对徐开路的不满。总之徐开路像得了帕金森病的手已无法稳当地放在徐冬冬的脸上，不小心照片落在了地上，露出了背面的一行娟秀的小字，一看就是孙炜的笔迹，上面写着：爸爸保卫国家，什么时候回来保卫我们？

徐开路伸手去拾照片，眼泪啪嗒啪嗒地滴在了手背上。

孙炜断定他看了一定会难受，还特意写了信，信中无非是宽慰开解的话，但徐开路越看越难受，他把痛因全归结到吉赛组织身上，他甚至迫切希望这些亡命徒早点儿来到，正好撞在他枪口上，决一死战的时刻也是痛快的时刻，便可以更快结束这蹉跎的日子。他站起身来,把照片信件重新揣进怀里,离开他的"安乐窝",西边的天际竟破天荒地隐现一道晚霞。虽稍纵即逝,无人察觉,但徐开路感受得到,因为正如他满眼的血丝,正如他奔涌的鲜血,火红了通往阵地的路。

远在格尔木的孙炜现在是另外一番模样,她乌黑发亮的秀发已黯淡无光,用一根皮筋随便捆在后脑勺上,说不上难看,也与雅观无缘,及脚踝的羽绒服套在身上,像披了一床棉被。她第一次当妈妈已手忙脚乱了,没有帮手,换尿布哄睡、洗衣做饭一肩挑,这些还能承受,更大的问题是她奶水不畅,饿得孩子哇哇大哭。网上联系到一位催奶师王大姐,五大三粗的王大姐折腾半天也没起作用,她神秘兮兮地告诉孙炜,目前最直接的办法是让你男人使出吃奶的劲嘬几下,马上就能通。

孙炜说:"这是你最直接的办法?你早告诉我,我早直接把你请出去了,光听就气死个人,你看看我这十平方米的小屋哪里藏得住男人?"

听孙炜这么说王大姐不高兴了,挖苦道:"长得不错,眼神不好,别人当小三,要么上位,要么来财,你可倒好,孩子都生了,还住贫民窟,一看就是两样全没落着,没手段还当小三,活该你受罪。"

王大姐骂完孙炜不说,还狮子大开口地要钱,露出了泼妇嘴脸。

孙炜说:"你活儿没干成要什么钱?"

王大姐说:"和做你们这行的是一个道理,服务不好也服务了呀,这账怎么能赖呢?不吉利的。"

孙炜一听这王大姐变本加厉人身攻击了,又好气又好笑地指着满屋子凌乱的东西说:"除了孤儿寡母你不能动,别的随便你拿。另外,要不是怕吓着孩子,我一棍子杵烂你的嘴,技术不行,嘴还没个把门儿的,你让我怎么尊重你!"孙炜从枕头底下摸出了徐开路送她的警棍,别人送媳妇儿珠宝钻戒,徐开路送了她防身器械,当时她就觉得徐开路务实,这玩意儿对她来说是刚需,一直塞在触手可及的地方,今天果然派上了用场,她也是见过世面的人,心里并没怕什么,只是对这次物尽其用心满意足。王大姐见此时的孙炜一只胳膊抱着孩子,一只胳膊伸展开来,棍头指着她的鼻尖,本来就不小的眼珠子一瞪起来更霸气外露,颇有女侠风采,王大姐瞬间忌惮了,摸不清这对母子到底是何来路,嘴里骂着"神经病"夺门而逃。

王大姐前脚刚走,孙炜的奶水滋滋外溢了,她欣喜若狂,心说,还要感谢王大姐给她这憋屈的日子添了些波澜。徐冬冬"气急败坏"地吃起来,她强忍着痛,大汗淋漓。虽然徐开路临走的时候把工资卡交给了她,生活暂不成问题,但心里还是不踏实,她似乎也感受到大战前的紧张,担心徐开路的安危,这时候他反倒希望徐开路不要那么耿直,遇事从不会迂回的毛病可以改一改。

徐冬冬吃饱睡着,屋里异常安静,只有孩子的呼吸。她脑海里不由自主地浮现今年来的一幕幕,为不耽误刘彩"东山再起",她骗刘彩说请了保姆,其实为了省钱,一人挺着大肚子购置一大堆婴儿用品。一人产检,一人面对吃不下的饭,甚至一人上手术台,她也想吃酸的、辣的、甜的,想在身体瑟瑟发抖、嘴唇发青的时候有一口热乎乎的鸡汤,也想在分娩的时候有人唱歌、跳舞、念诗,只是她强迫自己不要有太多需求,要用这种清苦匹配徐开路的孤独,用这种痛唤醒他们容易麻木的生活,刺激对于未来欢聚的美好的渴望。徐冬冬人小鬼大,刚生下来只哭了几声,躺在妈妈身边忽闪着眼睛不再闹腾了,他似乎对一切都不新奇,在肚子里就习惯和妈妈一起以沉默面对寂寞。

电子挂钟分针一圈圈地转着,孙炜脑袋有些发热,处于半梦半醒状态,隐约听到有人敲门,孙炜选择不信,快递员都不会再敲门了,房租交了,也没点外卖,谁会来关心我们呢?肯定是邻居家。

严峻带着司机拎着几大包营养品站在门外,敲了半天,没有回应,打电话也无法接通,严峻喊了几声:"孙炜!孙炜!"

邻居一位父亲带着一个六七岁的小孩经过孙炜的门口，孩子看到严峻和司机穿着军装，好奇地问父亲："这是谁啊？"

父亲冲严峻和司机微笑后，带孩子上楼，严峻听到父子俩继续在对话，父亲说："徐冬冬的妈妈告诉过我，徐冬冬的爸爸是军人，这两个人中有一位应该是他爸爸。"

孩子说："徐冬冬不是没爸爸吗？"

父亲连忙捂住孩子的嘴说："别瞎说！"

他们的话，严峻和司机听得真切，两人尴尬地对视了一会儿，再次呼喊孙炜的名字。这样的呼唤曾无数次出现在孙炜的梦里，却没有一次成真，她每次都回应，却发现只是假象，这次她选择不再上当。

严峻顿时有些沉不住气了，飞起一脚把门踹开了，"嘭"的一声，徐冬冬竟然没哭，正昂着脑袋盯着他们，而孙炜微眯着双眼，没做任何动作。严峻看到孙炜的样子，连忙上前询问情况，孙炜没回答，他摸了摸她的脑袋，烫得厉害，他连忙找来额温枪一测，四十摄氏度。

严峻大吃一惊："都病成这样了还不去医院？我要是不来，你娘俩儿……"严峻说不下去了，他知道怪遍天下人也怪不到孙炜头上。

严峻给孙炜裹上被子，抱起来往车上送，刚生完孩子的女人，体重却低于平均水平，他抱着轻飘飘的孙炜不费一点儿劲，她发烧滚烫，他却如同抱着一块寒冰，鼻子一酸，连说"对不起"。

到医院挂了瓶，孙炜面色逐渐红润起来，看到徐冬冬在司机怀里，心里踏实了不少。

严峻说："你……你受委屈了，我代表政治工作部党委来慰问你，我们不会忘记每一个为高原奉献的人，任务结束以后，我们为你申报十佳军嫂。"

孙炜突然激动起来，这些天她早就隐忍憋闷够了，凡事有极限，她想她到了极限，严峻来前，这些天心头的积怨已搂不住想爆发了，但向谁爆发呢？面前只有冰冷的墙，她在内心撕扯自己，撕扯天地，现在严峻来了，她知道这是她和徐开路的贵人，感激还来不及，但她控制不了，崩溃如决堤，水不会思考哪里该淹，哪里不该淹。

孙炜说："我不关心什么十佳百佳的，只想知道孩子什么时候能看见爸爸。"

严峻说："安顿好你，我就要赶往昆仑卡点，你不要担心，我们在意每一名战士的安危，紧要关头我和他们并肩作战，我相信他会以最快的速度回来见你。"

孙炜说："我想让他现在就回来。"

严峻说："孙炜，你是有觉悟的人。"

孙炜说："所以你们坑起有觉悟的人来心安理得，因为根本不用担心有觉悟的人会成为阻碍，有觉悟的人面对不公甚至不均总无二话，这样真的好吗？当时可能利于工作开展，可最终导致的是没觉悟的人好事占尽，长此以往，谁还犯傻啊。"

严峻说："这话有些偏激了，这样的情况毕竟是少数。"

孙炜说："可这少数偏偏总让我赶上，我不管，我现在就要见到他，徐冬冬更要见到他。"

严峻说："他不能回来，那么多像他一样的人都有这样那样的困难，但谁都不能走。"

孙炜说："土政策、土规定，于情于理于法你都应该让孩子见到爸爸！"

严峻竭力保持淡定，却发现面对孙炜的情绪，无法心平气和。他知道这时候要求孙炜冷静本身就是很没水准的套路，很多义正词严的人面对同样的境地往往还不如孙炜绷得住，但他是上过战场的人，不能被这个"女流之辈"扰乱了心绪，他是要到昆仑卡点做战前动员的，他要和他的名字一样，严肃冷峻，不能动恻隐之心。他指指司机，意思是让他把孩子放下，司机不知是没有领会，还是注意力在徐冬冬乌溜溜、泪汪汪的黑眼珠上，没有执行严峻的命令。

严峻说："把孩子放下，走！"

司机这才恋恋不舍地把孩子放在孙炜身边，跟着严峻出门了。

孙炜下床追出去，喊："你算什么领导，和平年代有什么天大的任务，你们几十万人，就差徐开路一个吗？你给我回来，你回来……"

孙炜的声音整个医院的人都听到了，严峻不可能听不到，但他授意司机把车开得飞快，不一会儿就消失在孙炜的视野里。孙炜本来还不罢休，突然想起徐冬冬还在房间里，跌跌撞撞地摸回来，看到徐冬冬挥舞着双手，像在打拍子，嘴里还咿咿呀呀地说着什么。母子连心，孙炜知道连徐冬冬也许在劝慰她，她安静下来，紧紧搂住徐冬冬，偌大的房间里只有一大一小两个人，他们单薄瘦削。逆光中，被吞噬在昏暗的色调中，好像刚才的歇斯底里或者悲伤怨艾只是梦幻一场。

而车里，司机不时透过后视镜看一眼严峻。严峻看向窗外，落日余晖跳跃在他的脸上，他镇静、从容，可司机一眼看出他在伪装，因为即便外面的色彩多么闪耀，他眼睛一下也没眨。

卡点指挥所帐篷里，温度计上显示着二十五摄氏度，集成式指挥台前人来人往，大屏幕上显示着各重要部位的实时画面。明天就是AEWE论坛召开的日子，严峻副主任、支队长汤峪、支队政委苏清头攒头讨论着设卡加强方案。

一名侦察员报告，有可疑目标出现在距离卡点八十千米处的万雄与则当交界，可见人员十三人，可见车辆皮卡四台，无人机截取画面显示，他们安营扎寨，活动半径不超一千米，已在原地二十四小时有余，除抽烟、喝酒、打牌外，未见任何动作。

汤峪说："AEWE论坛即将召开，这个节骨眼上出现这些人，应该不是在搞什么野营活动吧。"

严峻说："即便是民间活动，也要马上驱离。"

苏清说："非常危险，要多派些人过去。"

严峻说:"不行,卡点的战备人员基数不能低于标准,一不符合规定,二要防止他们调虎离山。"

汤峪说:"我曾在特战排当过排爆手,我带几名素质突出的老同志,组成特战小队过去。"

严峻说:"一旦发现问题,随时撤离,切不可恋战。"

汤峪受领任务后,向各组发布通知,愿意去的可以主动请战,但每组只有一个名额,不得影响建制组的战斗力,专业范围基本限定为防暴手一名、狙击手一名、机枪手一名、突击手两名。

徐开路收到消息后第一个跳起来:"他们不是吉赛组织的人还能是谁?老子等他们多时了,恨得牙根发痒,可算送上门来了,打完这场仗离解除战备就不远了,可以回家抱儿子了,我不上谁上!"

刘轩坤说:"你不能去,你太亢奋,战斗需要冷静,我要请战。"

徐开路说:"别的事我可以让着你,这事我说了必须算。"

刘轩坤说:"他们极度危险,说白了,万一真的是他们,这拨人就是敢死队,而且我们不知道他们有没有埋伏,侦察员也说了,目前掌握的情况都是肉眼可见,多少人多少事是肉眼不可见的,你比我清楚这个道理。有家有口的还是安安稳稳地待在大本营,我不想徐冬冬看到一个灰头土脸的爸爸!"

徐开路说:"子弹专往胆小的人身上招呼,我要是怕了,待在哪里都不安全。"

刘轩坤说:"你的意思是没去的人都胆小?那我更得去了。"

徐开路说:"对于你们不是,对于我则是。我答应孙炜,回去后给徐冬冬讲昆仑山的故事,我太了解昆仑山了,导致所有的事都习以为常,算不上故事,今天这场战斗,带着热乎气,是最好的素材。"

刘轩坤说:"强词夺理,我不同意你去。"

徐开路说:"我不去,你也去不成,汤支队长要求了,要有特战专业,高原经验要五年以上,你完全不符合条件……"

争论的结果是刘轩坤为徐开路披上防弹衣、压满三个弹匣的五点八毫米步枪弹,即便一百个不愿意,当命令下达,却要百倍用心地去做准备工作。刘轩坤说:"这就是优秀军人的常态,我成长为优秀军人的道路耐人寻味,竟然是从送老班长上战场开始。"

徐开路精神抖擞地和昆仑哨的每一个人拥抱,笑容堆满他沧桑的脸,他要让兄弟们看到他最昂扬的一面。他也是在进行着男人的炫耀,炫耀他面对生死存亡还能一如既往的轻松平静,就像兵舍前的旗帜,气候越恶劣却越张扬。

刘松弱弱地问王玉周:"他真的不担心什么吗?视死如归真的存在吗?我年纪最小,不要骗我。"

王玉周说:"也许本就没有,只是他们这种人做给我们新人看的,然后我们沿着他们的足迹,终究也会成为他们。"

徐开路好像知道两人在质疑什么,他摸摸刘松的脸,给王玉周正了正迷彩帽,拍了拍他们的肩膀,给他们一个笃定的表情,转身向帐篷外走去,留下一个看起来宽阔的背影,这背影和山一样,人们以为每天都看清了它的轮廓,其实它留在天地间的从来都是全貌。

张琛跟了出去,要送他上车,他一直跟在徐开路的身后,一言不发。就像这几年一直活在他的光环笼罩下一样,他还不知道担子有多大,责任有多重,现在他要独自面对刘轩坤,带领比自己还要年轻的士兵,去迎接暴风雨的洗礼。当徐开路站在敞开的防暴车前,一只脚踏上去的时候,他心里比谁都明白,剩下的时间是他一个人的坚强。当徐开路说了和之前的状态截然相反的话,他更加明白,这位老兵心中山呼海啸,又盛开着洁白的花朵,这花朵,深扎着根,一路延伸到他绽放着爱的远方。

徐开路突然不再故作高调,脸上有氤氲拂过,他握着张琛的手说:"万一……"

张琛抢先说:"没有万一!"

徐开路说:"你也是老人儿了,你怎么会不知道,就算世间再也没有万一,我们仗剑昆仑的日子,随便摔个跟头都可能致残,一口气上不来连告别也来不及说,所以听我把话说完,真有那个时候,帮你嫂子和徐冬冬整理好我的材料,烈士遗属,生活能过得去。"

徐开路又把手伸进怀里,摸索出那沓他视为珍宝的照片,塞给张琛,说:"记住他们的样子,不要认错人哦。"

看到了一封新封口的信,不用看也知道里面装了什么。张琛已哭出了声,怀着难以名状的心情接过了徐开路递过来的东西。车要开动了,徐开路好像突然间有说不完的话、有交代不完的事,他让张琛将来一定和刘轩坤搞好关系:"你们不仅不是对立的,而且完全是互补型人格,合拍后干什么都能成,崭新的昆仑哨需要朝气蓬勃的你们协同配合。要引导好刘松和王玉周,还有两位新同志,高原兵单纯朴实,就一直单纯朴实下去吧,不管到什么时候这都是优点,走到哪儿都会好运。如果这暂时会是弊端,那么请记住扎堆儿的情绪不代表就是正确的情绪,即便他们不这么认为,也不要强迫改变,那样只会辜负了这些年。比如城府,这空旷的山巅哪有过一城一府,还是坚持自己的视角吧,我们看过离地面最近的云,吸过离尘世最远的氧,这清美,伴随一生,也挺好……"

那辆载着徐开路的防暴车驰骋而去,掀起滚滚尘埃。当尘埃散尽,除了车辙,还有加速浮动的云,它们都会长久地或镌刻或映画在哨所周边,像哈达一样积聚着真挚祝福,飘向勇士胸前。

第二十章

他拉下防风眼镜，挡住最后一丝软弱和浩荡的思念，只让我看到忙碌的人群，忘记战前的恐惧。他关上厚重的车门和瞭望口上的钢板，我细数他到底遗落什么，要去追逐什么，可车轮飞转，我只看到一位扬鞭策马的少年，冲向雄鹰掠过的天边，于是他唱支情歌也气吞霓虹，他已淹没在达坂的后面却仍高出霄汉。

发动机咆哮，五名士兵和汤峪分坐车厢两侧，他们并没有和普遍印象中执行任务的人一样正襟危坐，面部肌肉紧绷，而是各自检查着手中武器和携行物资，动作并不统一，也没有制式刻板的口令。汤峪不时拉开瞭望口，审视周边环境，狂风的呜咽透过密闭性极强的防弹窗传进大家耳朵，轮胎碾过碎石区，有石子溅起来，噼噼啪啪地打在车体上，像远处射来的子弹，不再具有杀伤力，但每一下都撞击人的心口，他们学会静如处子，除了眼神像枪口，能看出深邃和危机，再无表征预示他们或将面对一场致命对决。

汤峪做着最后的战斗部署，从他的语气中可以听出，如果这十三个人是敌人，他没有撤退的欲望，他要就地全歼。

汤峪说："严副主任提出了参考意见，但他是政工干部，来总队的时间有限，还不了解我们的军事实力，我们要让他看看，高原兵在高原作战不比特战队员差，全歼敌人，有没有信心？"

徐开路带头喊："有！"

距离万雄和则当交界处还有三公里，通信技师张弛启动无人机侦察器，目标区域一片平坦，视野开阔，一条干枯的河床蜿蜒伸向远方，并不具备优质的藏身条件。河沿边四辆皮卡车、三顶大号帐篷清晰地显示在监控终端上，但看不见一个人，可见他们也有侦察装置，行动小组的一举一动应该也在他们的视线中。

防暴车在距离目标区域三百米的地方停下来，一架车载机枪"破壳"而出；狙击手持反器材重型狙击枪找好了位置，如有任何风吹草动，随时可以击发；激光探测眼在搜寻可能存在的诡雷或陷阱，目前没有报警，说明防暴车到目标区域之间没有潜在危险。

汤峪用扩音器朝帐篷喊话："请亮明身份，接受检查。"

喊了几遍，有人陆续磨磨蹭蹭地举着身份证从帐篷里走出来。张弛的无人机拉近，身份证上显示的信息自动拷贝进车载计算机，经比对这些人履历清白，不存疑点。汤峪暂时松了口气，命令狙击手原地不动，便于发挥距离优势，其他人员持枪随车跟进，徐开路拉下防风眼镜和伪装面具，和三名士兵呈突击队形迈着战术步伐接近目标。瞄准具里的视角总带着些许悲壮，让徐开路的肾上腺素又加快分泌，此时他能听到身边兄弟沉重的喘息，能看到面前所有活动的物体，哪怕是一只穿山甲翘了翘尾巴，他也一清二楚。他的手指与扳机完美融合，从大脑到手指，从预压到射击，他确信快如闪电，此时他没有任何杂念，也不能有。他的耳朵里装不下一声呼唤，只有指令，他无时无刻不外溢的深厚情感也全被冰冷的目标所牵扯压制。他听很多人说过，他是个矛盾综合体，最温柔也最铁血，最卑微也最高贵，最冷漠也最热烈，他可以是邻家大哥，转身就成远方来客，他可以是慈悲大叔，换个马甲便是"嗜血狂徒"。他每天都完成着双面人的角色转换，也在解读着攻防兼备的奥秘。张琛曾问他："长此以往，这算不算一种分裂？"他一点儿也不享受这多重的身份，但他知道要想做好一件喜欢的事情，就要去忍受很多件不喜欢的事情，所有的分歧岔路，最终都会并线。谁也看不到他的面孔，包括他自己，但他知道如此努力最终会得到怎样的面孔，会保持怎样的表情。

防暴车以时速十几迈的速度往前开进，车轮每碾过一寸土地，危险就随之增加一分。徐开路已能够看清可疑分子的五官，他们看上去不像暴徒，倒像普通人，和那些背包客、旅行者一样，没有杀气，残存梦想。徐开路能判断得出来，他不是天生有这样的能力。本来大多数人认为城市中人潮拥挤，能看到更多人，见识更多事，时间久了也许人人都练就了火眼金睛。实则不然，那并不是对人群的敏锐，而是麻木，只是更善于闪躲和抵触罢了。因为街上的人没有明显特征，几乎是一个模子刻出来的，很少有人会刻意引人注目。昆仑哨前的道路则不同，这里经过的人少之又少，但每来一个都会引起徐开路的高度注意，不仅观察人家的表面，甚至想要理清他们的脉络和纹理，他们的动作是放大的，情感是加码的，久而久之，徐开路的目光也好像自带显微镜了。在人烟稀少的地方，人与人无限拉近，每个人都是独特的一景，徐开路可能会花一天甚至几天来研究他们的精神来源，搜肠刮肚寻找脑海中与之相像的人。因此，逐渐变成了"人类学家、民俗专家、心理咨询师"。

现在这些人怯生生地站在他们面前，看衣着、看动作、看意识，不论哪一点都在告诉徐开路，他们至少不是累犯，亦没有受过专业训练。领头的是个四十岁上下的男人，身上披着老式军大衣，一条白色的脖套已沾满油泥，黢黑发亮，此时被他戴在头上还护住耳朵，让脑袋像一个烤焦的红薯，满脸参差不齐、各奔西东的胡子，没有让他更成熟霸气，而更显潦倒。身份证上显示他的名字叫胡栋，他现在却一点儿也不敢"胡动"，投降的姿势倒是十分标准，他都这副样子了，身后的伙伴更是有样学样，完全失去了士兵到来前吆五喝六的神气，有的嘴巴上还沾着羊肉渣，有的烟屁股已经烧到了手也不敢扔，直到烫得龇牙咧嘴，手一松落在蓬乱的头发里，不一会儿就冒起了烟。

汤峪问:"干什么的?"

胡栋说:"我们是自然环境监测协会的,从北岩经过川藏线上的高原,已经一个多月了,来考察调研冬季青藏连接线的气候变化。"

汤峪说:"有这个协会吗?"

胡栋说:"今年刚成立的新组织,您尽管查。"

胡栋还拿出他们的工作日志,里面密密麻麻地记满了专业性论据和参数,为取得信任,还指引汤峪查看他们的技术设备,看得出他们的确很专业。

防暴车内驾驶员很快查询到这的确是个新登记在案的民间团体,向汤峪说明了情况。

汤峪说:"因特殊情况,此处严禁逗留,请于一小时内离开,你们是往拉萨方向,还是回北岩,回北岩的话我们护送你们过卡点。"

胡栋踌躇良久说:"我们不能走。"

汤峪说:"无条件服从,这是国家任务!"

胡栋说:"我们不能走。"

汤峪说:"我不会给你时间自我反省,我只警告一次,再不离开,后果自负。"

汤峪说话的同时,防暴手已准备好三十八毫米口径的防暴枪,易拉罐大小的爆震弹和催泪瓦斯随即装填完毕。胡栋等人哪里见过此等物件,不知道它们的效能有限,只是看起来和迫击炮差不了多少,担心这一"炮"下去连头发丝都不一定能剩下,顿时陷入恐慌。尤其是胡栋身旁叫李宇的小个子面色蜡黄,双腿筛糠,喉结频繁蠕动,欲言又止的样子,还不时向旁边一顶最大的帐篷处努嘴。

徐开路对汤峪说:"不对,肯定有问题,你看他们的神态。"

汤峪说:"怕了,指定是怕了。"

徐开路说:"怕是一定的,但委屈就不对了,歹徒会委屈吗?"

汤峪说:"你哪只眼睛看到他们委屈了?这时候别察言观色了,就算他是无辜的,也必须离开。"

徐开路说:"我怀疑他们被劫持了。"

汤峪说:"劫匪呢?你见过劫持人质,劫匪却不在场的案例吗?"

徐开路说:"我估计他们被遥控了,要吸取上次墨镜炸弹的教训,说不定他们身上又有了别的新鲜玩意儿,只是我们还无法分辨出来。"

汤峪说:"战场上没有估计,不要给我打这种马虎眼。"

随后他命令:"防暴手准备射击,我们戴上防毒面具,准备强制驱离!"

这时胡栋情绪激动起来说:"不要过来!"

汤峪并不理会,径直往前走,胡栋喊:"不要过来啊!"

汤峪喊:"射击!"

防暴手果断地连续扣动扳机,爆震弹和催泪瓦斯准确无误地在人群中爆炸,在空旷的高野,这声音格外突兀,金黄的光芒和乳白的云雾调和了灰色的天地。十三个人被笼罩在烟雾中,浓烈的气体让他们痛苦万分,本就缺乏的氧气此刻又被侵蚀,他们张开嘴,卷着舌头,面部狰狞可怕。皮肤上如同有千百只毒蚁、水蛭在撕咬钻磨,他们喉咙里发出悲鸣,口水眼泪不止,胸口、耳孔好像马上要炸裂,脑门、脖颈上的青筋暴起好像绿巨人,他们已无法做出任何判断。如果前面是水,愿意马上扑进去,洗清"肮脏"的躯体,如果前面是崖,现在就要跳下去,抖落这残酷的纠缠,可是并没有,一无所有,这里是一望无际、寸草不生的荒芜之地,连近在咫尺的河沟也许用不了多久也要被风沙埋藏,所以无处逃离,亦无处安放。

狙击手、防暴手的第一轮任务结束,他们抵近而来,六人准备接近目标,把胡栋他们一个个架上车,先带回哨所再说。

胡栋的耳膜充斥着牛鬼蛇神嬉笑怒骂的声音,一个人真正神经错乱的时候不会意识悲喜,而此时胡栋是意外,他知道自己魔障了,却又不能控制。但他依然试图辨明靠近他的人,他好像极度不甘被人抓到,凭借仅剩的意识爬出浓烟的核心,向远离人群和苦海的地方挣扎,眼睛睁不开,跑不了两步就摔倒了,爬起来再摔倒,直到踩到了河沿。然后并紧四肢,像只滑溜的海豹,利用惯性向河床滚去,这一滚,拉开了与抓捕他的汤峪和徐开路的距离。他微睁的双眼看到汤峪和徐开路居高临下向他跑来,他含混不清地喊:"该结束了!"

徐开路听了一怔,停住了脚步,而汤峪已经一跃而起飞奔之下,硬生生地砸在胡栋的身上后落在一旁。胡栋双腿胡乱地蹬踹着,汤峪气喘如牛,一时也近不了身,现场有了短暂的宁静。胡栋利用这个时机似乎面带微笑地掀开上衣,身上露出一排线路纵横交错的管状炸弹,汤峪一看大吃一惊,掉头往岸上跑,徐开路不退反进,前去接应汤峪,这时胡栋随手薅住几根线头潇洒地一拔,只听"轰隆"一声,徐开路和汤峪被冲击波顶出去好几米远,汤峪陷入昏迷,而徐开路还清醒,他感觉到脸上布满黏糊糊的东西,用手一摸,全是血。

胡栋用超强的意志力驱使自己离开人群,选择自我了断。生而为人,最先怕的就是死啊,不管胡栋身后还有什么隐忧,他这一举动,就值得在场的人为他立起一座丰碑。徐开路站在河沿上,全程目睹刚才还鲜活的一个人连块骨头渣也没剩下,甚至连他躺过的碎石上也没有一丁点儿颜色,连血腥味也从刺激到微弱到无迹可寻,这比留下一具尸体还要拷问心灵,徐开路木然了,他曾历经生死,却没历经过这么玄幻的剧情。

这一声巨响,也让全场都停下了动作,甚至连刚才的烟雾也停止了流动,飘飞的尘土也被冻结了。徐开路率先反应过来,冲进烟雾中对人质喊:"谁身上还有炸弹,谁身上还有炸弹……"

小个子李宇哭着摇头,但仍没有说一句话。

徐开路刚要松口气,想起汤峪还在危险中,又朝汤峪跑去,他摸了摸汤峪的颈动脉,万幸还活着。他把汤峪背到防暴车上,让司机为他做急救措施,不敢耽搁一分一秒继续下车盘问人质。徐开路想让李宇开口说话,却比登天还难,李宇只是不停地点头又摇头,徐开路好像明白了什么,取出瓦斯清洗液,为李宇冲洗了眼睛,摘下手腕上的智能手环，递给李宇，李宇在手环上打出一行字：人质中的人质，炸弹中的炸弹。他把手环递给徐开路，然后看看胸前闪着红灯的一个吊坠，再盯着最大号的那顶帐篷不动了。

徐开路带着疑惑，伸手触摸那个吊坠，反反复复看了好几遍，才分析明白这是一个最新款的语音感应器。只要有人说话，不管是莫尔斯密码，还是难懂的方言，这东西都能准确地传导到另一头的终端。他在去年的特种作战装备展上见过这种东西的概念版，没想到吉赛组织已经用上了，比他们的速度还快。这也不难理解，毕竟任何一件装备设备要率先配备特战队还有可能，要量化普及列装部队需要时间，也需要反复的论证，而犯罪分子完全不需要这么麻烦，能用又敢用且用在别人身上还不怕失败，所以捞偏门比走正道要快。徐开路又检查了一遍"吊坠"是否可以摘除，但整个长度刚好限制住了，不得不骂一句："日了狗了。"

徐开路转而轻手轻脚地靠近帐篷，悄悄掀开一角准备看看里面到底还有什么秘密，不看不要紧，一看让徐开路大吃一惊，帐篷里竟然绑着四个女人，而且她们身上都绑着集成电路定时炸弹，且只有一个报时器，时间显示仅剩下两小时。徐开路之前参加特种作战集训的时候接触过这方面的知识，知道这相当于定时炸弹中的诡雷，只有一个报时器意味着四枚的导火线是一根，如若爆炸也是同时的，或者相差不过几微秒，更为关键的是这样的炸弹还有一个刁钻之处，必须穿戴在人体上，没有人体热能的辐射，即使剪对了线路，几秒钟之内也会爆炸。

他们为什么在这个位置吸引卡点火力？既然是定时炸弹，吉赛组织还会不会出现在这里帮助人质解决危机？胡栋等人为什么在这明显都是死的境地里还甘愿被牵着鼻子走？

徐开路和四个战友经过细致的求证，初步分析出了来龙去脉，断定这是吉赛组织的一个障眼法，在这里施障，是经过周密计算的，太近了没有布置空间，太远了不便于遥控。这个距离从卡点行车至此，一小时足够到达。胡栋他们之所以还抱着一线希望，认为吉赛组织也许还会回来，也是基于时间上的考虑。严峻没有派更多的人员过来，这决策太正确了。徐开路惊呼："卡点全体人员的注意力已经全被他们吸引到这里，刚才他们趁乱绕到外围一至五千米的沙漠路段，便可越过万雄和则当交界线，也许此时很快就要直逼卡点了。"说罢，启动智能手环，发现信号已被干扰，这更证明吉赛组织就在卡点与事发现场中间，不然信号干扰仪不起作用。

四个人分别跑向四个不同的方向，调整智能手环参数，从A信道一直调整到H信道，挨个试了一番后，终于在H信道成功发送了预警信息，刚刚发送完毕，信号随即又消失了。

徐开路说："你们送汤支队长回去。"

狙击手说："你呢？"

徐开路说："我留下来拆弹。"

防暴手说："你根本不会拆弹，你不是排爆手，汤支队长当年才是优秀的排爆手，可是他……"

突击手说："我们留下来一起解决问题。"

徐开路说："一要保住汤支队长的命，二要反向再驰援卡点，你们是每组的精锐，回去能发挥作用。"

众人沉默，徐开路连续发出几遍指令，四个人似乎失聪了，纹丝不动，持枪行着注目礼。

徐开路说："在联系指挥所有困难的情况下，现场军龄最长的是我，我有指挥权，请执行命令！"

四人不得不向后转，但脖子还扭向徐开路的方向，不单他们，帐篷外的十二名男人质也把目光聚焦到徐开路身上，他是救世主，他是活菩萨。

徐开路一边吼着："走！走！走！没时间了！"一边指挥小个子李宇把男人质分散转移到相对安全的地带。

李宇这时候敢说话了，虽然带着吉赛组织的语音感应器，但一句话不说也不正常,他含泪说:"您……您也该走,胡栋队长给我们做出了榜样,遇到大事,我们也应该有足够的勇气,不是只有军人可以逆行,我们也不扮演隔岸观火的角色。"他说这话的时候,声音有多虚空缥缈,就有多少活下去的渴望,他怯懦,他恐惧,但他不退却,用最屎的姿态干着他认为最威风八面的事情。

徐开路说:"勇气可嘉,但你不能代表其他人质的想法。"

所有男人质齐答:"能!"

徐开路说:"能也没用,我是来解救人质的,没听说过让人质自行了断的道理。"

李宇说:"没有人质,就不需要解救什么了。"

徐开路说:"你们活生生地站在这里,就会永远活生生地刻进我的眼里,我的脑子里,既成事实,不需要再发表任何言论,明白吗?"

李宇思忖了一会儿说了一句令人大跌眼镜的话:"立功真的有那么重要吗?"

面对人质的疑问,徐开路只是轻描淡写地说:"对,你就按照你想的那样来定义我。"

模棱两可的回答,让李宇准备好的台词无处施展,放也是空枪,只好闭嘴。

看到四名战友已经上了防暴车,徐开路把垂在胸前的防毒面具摘下来放进战术背包里,褪下伪装面具,把枪斜挎在背后,方便更敏锐地感知危机四伏的环境以及嘀嗒作响的炸弹。

刚从伪装面具后面露出的脸,一秒之前还冒着热气,瞬间像干涸的河床,龟裂成密集的或圆形或块状的荒凉之土。他看起来像条冰冷的毒蛇,没有任何形象可言,敏锐地分析研判可能存在的险情,确信没有其他状况后,向帐篷走去。

北风又刮了起来,尘土淹没了疾驰而去的防暴车,也淹没了他。车厢里四位兄弟头挨着头挤在车后面唯一的瞭望口上看着他,作为专业的战斗员,他们十分清楚一个并不是排爆专业的人凭借对于高精度炸弹的一知半解,几乎不可能完成拆除工作。

狙击手红着眼圈说:"他没打算活着回来了。"

突击手说:"不,我们拼命,他才可能有命,他把命押在了我们身上。"

防暴手说:"就算知道我们是最终赢家,谁又不怕呢?这里多孤独,多冷啊。"

狙击手开解自己说:"他怕,他比谁都怕,但他说他是最老的兵,他没有选择。我看他倒霉就倒霉在这个'老'上。"

突击手说:"别说丧气话,真为徐班长着想,就尽全力吧,免得战斗结束了也是整天做噩梦。"

即使轻装上阵,没有了伪装,徐开路的脸也是大众脸,棱角不分明,五官不出众,肤色不亮眼。不管从哪个角度,他都不是让人看一眼就能留下印象的人。他和防暴车里的士兵一样,如果不是这次任务把他推向旋涡中心,他们和这大漠里的沙砾无异。即使他们心里时常生长着葱郁的绿洲,也时常认为自身能够独当一面,担起这巍巍昆仑的重任,并对那些难得的荣誉惜之如金,但大部分时间他们更脆弱、更感性,也更自闭。就像现在,等徐开路真正冲向迷雾,消失在瞭望口中,铁骨铮铮的汉子们无助了,还在昏迷的汤峪手指动了几下,一行浊泪渗出眼角;防暴手想要掏烟,摸索了半天却忘记到底要干什么,手悬在半空中,抓哪儿都不对;突击手想要把眼泪洒在看不见的地方,却哗哗地滴在铁板上来不及回避;狙击手最能忍耐,他虽然和徐开路同属一个中队,但没有共事过,所以他认为不应该像他们三个一样婆婆妈妈,毕竟执行了这么多次任务,哪一次不是如此,可他离开瞭望口坐回座位上,才发现从来不离手的狙击枪落在了地上,其实他在心里向徐开路敬着礼,他想,徐开路唯一没有说的字是"爱",唯一不敢提的词是"忠诚",他总以为这些东西说了就不灵了,可是大家都想知道,他独自走出去那么远,会不会难过,他只能用灼热的皮肤去升温那刺骨的冷,是孤独的最高境界了。

他晃了一下脑袋说:"都别看了,准备战斗吧,这战斗和功勋无关,我们要给彼此一个未来!"

防暴车开到了极速,车厢各处发出"嗡嗡"的声音,震得人浑身肌肉直颤悠。四十分钟后,他们发现了外围路段果然有多条新鲜车辙汇聚到一〇九公路上。又过了十分钟,防暴车上的热成像和声呐已经能感应到前面的车队,所有队员的心都提到了嗓子眼,这是一年来他们首次距离吉赛组织这么近,大战就在眼前。

另一边,徐开路走进了帐篷,他采取的办法是在最短的时间内把四枚炸弹全绑在了自己身上,解放出了四名女性。完成这一系列动作,全身已湿透,头上的汗水沿着钢盔边沿下雨般淌下来。炸弹感应器感到人体热能,不会爆炸,但时间还剩下一个半小时。

徐开路的目光离开计时器,看到帐篷外围满了人,领头的是小个子李宇。

徐开路不敢大声说话,怕把炸弹的怪脾气激出来,他轻声说:"我让你们离得远远的,过来干吗?带上你们的人赶快走,越远越好。开车走,不是有车吗?"

李宇说:"我妄言了,如果做到这样是为了立功,就没有什么事不是功利的了。"

徐开路说:"快走吧,往拉萨方向,去往能洗涤灵魂的那片净土,离开这充满是非的昆仑一脉。"

李宇指指胸前的语音感应器说:"我们不能扔下你不管,其次这个要是不拆掉,他们知道我们跑了,会提前遥控引爆你身上的炸弹,而且戴着它,走到哪里就能把危险带到哪里。"

徐开路示意李宇他们靠过来。于是,现场出现了神奇的一幕,身上绑着炸弹的人为一群没有炸弹的人破解感应器锁。穿戴式的感应器是混合材料制成的,比航空母舰上的战斗机拦阻索韧劲还要足,除非用大型机床，不然根本剪不断，只有破解了锁上的动态密码，才可以安全解开。可这里没有信息尖兵，徐开路前几年连办公软件都不能熟练掌握，更别提科技含量这么高的新型设备了。他取出智能手环调出界面，翻了半天破解软件，不知道从何下手。

徐开路遗憾地说："这个智能手环配发到我手里还不长，我还未开发出它百分之一的功能，前期我甚至认为这玩意儿和手机没什么区别，无非就是语音通话。"

众人听闻，失望透顶，有几个已经不耐烦了，其中一个胖子悄悄拉过李宇说："我们的女同胞已经脱困了，现在没有炸弹威胁，这语音感应器拆不了就先不拆吧，先找个安全的地方落脚吧，谁知道他们能不能赢，别一会儿那帮人又回来了，到时候都得死。"

另一个瘦子也附和道："本来我们就是来公出的，却遭这一劫，该受的罪也受了，没有对不起谁了，剩下的交给这个当兵的吧，这是他的工作，况且是他提出来让我们走的。"

此言一出，李宇勃然大怒："说的是人话？农夫与蛇、东郭先生与狼、卸磨杀驴、过河拆桥，被你俩占全了。"

两人并没有羞愧之色，回击道："你不走，我们走。"

李宇说："语音识别器没有拆除，你们永远在坏人眼皮子底下。我们跟在他身后，和他一起面对，才是最好的选择。"李宇指指徐开路。

胖子说："跟着他？他从最安全的人变成最危险的人了。"

李宇说："那都是暂时的，我们是一个集体，不能那么自私。"

瘦子说："胡栋不自私，所以他最先挂了。我现在就退出协会，我是普通老百姓了，还考察个腿考察，还认你是这个会长作甚，我清楚我是被解救的人质就行了，战场上没有了人质，皆大欢喜的事儿啊，要走的人拦是拦不住的，我要走了！"

胖子接茬说："胆大的可以留下，要命的快点儿跟上。"

李宇认为胖子、瘦子另说，其他人普遍是有文化、有素质的人，尤其是被徐开路解救的四个女人，报不报恩先不谈，干这一行的除了博士就是硕士，更应该有做人的底线，没想到她们四个跑得最快，除了李宇之外竟然没有一个人犹豫，他们呼呼啦啦地冲向了不远处的皮卡车，三五分钟之后便一溜烟地消失在徐开路和李宇的视野里，空空如也。他们跑得心安理得，跑得忘乎所以，跑得酣畅淋漓，跑得心无旁骛，跑得如饥似渴，要说他们唯一剩下的良心，是没有把车全开走，还留下了一辆，也许他们认为这样是给李宇留下一线生机，等他幡然醒悟。

李宇看得目瞪口呆，徐开路却欣慰又略带调侃地说："这些人实乃可塑之才，应该当兵，非常听指挥。"

李宇说："不管按军营里的规矩论还是按任何组织论，我是他们的长官，他们却听你的，妥妥的叛徒！我该高兴吗？"

李宇蹲在地上抱住了头，他和胡栋把队伍拉上高原，现在却只剩下了自己。重要的也许不是人数上的分崩离析，而是内心一贯的精神支柱的溃散。徐开路身上的计时器发出夺魂的声音，四枚炸弹绑在他身上，臃肿不便，绝非轻松，但他觉得徐开路比他幸福，此时徐开路是为了梦想远走他乡的游子，而他却是丢失了爱流离失所的孩子。

帐篷的边角随着风的旋律在起舞，杂乱的轮胎印证明着人们逃跑时的慌乱无序，旷野中虽有两个人，但他们各有各的苦楚，是两个孤独的个体。昆仑哨方向再次出现晚霞，也许那是枪弹催生的浮云，带着暴戾的气息，呈现出凄美的颜色。徐开路想，战斗一定打响了，能做的只有等待，命运和计时器上仅剩的一个多小时捆绑在一起，每消逝一秒，他的灵魂和血肉便剥离一分。这里空间虽大，他却哪里也不能去，尤其是有人类文明的地方，他甚至还挪了挪身体，离一〇九公路远一些距离，也许是担心爆炸会破坏这条天路，当英雄就当一个完美的英雄，虽然这样的英雄不存在，比如现在的他，他否认了战场上临死前满脑子都是战术、满脑子都是敌人的论断，他脑子和打仗再也无关，而是已经在给自己料理后事了，他希望他的遗书能得到履行，希望孙炜成为遗孀后能被越来越好的政策温柔以待，希望徐冬冬成长中能少受欺负。都说老子英雄儿好汉，他不认同，能称之为英雄的人往往也消化了儿子的勇敢，儿子能平安地度过这一生才是英雄最希望的结局，他还希望刘彩的饭店门口也能挂"光荣之家"的牌匾，最好是一比十比例放大的，那样也许饭店里能少来几个挑刺的无赖，能让刘彩少操些心，算是另一种方式的安度晚年。

一分一秒都震颤人心，徐开路坐在冰凉的地面上，抱着怀里的炸弹像抱着从没抱过的徐冬冬，一半是温柔一半是恐惧。不知何时天空悄悄飘下了雪，白茫茫的，软绵绵的，稀释了残酷。但徐开路突感胸中奏响了旋律，这旋律对抗着犀利的北风，他想，你们还会来吗？像那迟来但一定会来的太阳和星辰一样。我身上裹着胡天腊月的飞雪，不会寒冷，敌人定会终结，哪怕耗尽氧气，即便我看不见莽原也听不见呼吸。我会输，他们也不会赢。

徐开路用一千个理由证明这世界还有希望，但他不想让李宇跟着他一块迎接黑色黎明。他把上衣内兜处标记着姓名、血型、番号、地址、电话的部位撕开，露出一个橡皮大小的金属盒子，盒子小但足够容纳他常备着的"离别寄语"。徐开路把小盒子交给李宇，告诉他："这东西装在士兵身上就像飞机上的黑匣子，飞机烂了，它也烂不了。可面对威力这么大的炸弹我不敢保证，就算它完好，这么小的东西，这么大的旷野，随便掉在哪里，风沙一掩很难寻找。"他还把刚才的消极想法也和盘托出，想以此震慑住李宇，希望他快点儿离开。他说："我要当完美英雄，我牺牲了会被追记一等功，如果你也死了，估计常委会等研究落实抚恤政策的会议上要出现反对的声音……我认为不管什么情况下，哪怕是面对离去的人，只要是研究人的事，要想有个完美的结果，几乎为零，想法较多的人哪里都有，什么场合什么环境下都不缺。你之前问过我这么拼命是不是为了立功，现在可以毫不回避地告诉你了，谁不愿意立功呢，我也不例外，而且要立大功，立前无古人后无来者的旷世奇功，你不能成为我当完美英雄道路上的绊脚石，好吗？"

李宇不认为有人会妨碍徐开路立大功，如果他牺牲了，谁不让他立大功谁就是孙子，可他没空骂街，他接过了徐开路的小盒子，小盒子很晃眼，让李宇突然顿悟了什么，猛地抬起头，盯上了徐开路腕部的智能手环。

李宇说："让我瞧瞧！"

徐开路说："你能瞧出啥名堂？"

李宇从上衣口袋里掏出一本证书说："我是这个协会的副会长，这是我的高级工程师资格证，我们搞监测的，平时经常和各种先进装备打交道，我不知道军用信息装备和我们的专业装备有什么区别，只能死马当活马医了。"

徐开路接过他的证书，他没见过这样的证书，对上面体现的专业名称也一无所知，他只认得那个圆滚滚的大红印章不像萝卜刻的，那个防伪码也不像随便能打印出来的。他一脸质疑，李宇也一脸忐忑，可相依为命的两个人，刚才还是人质和救人者的关系，这会儿已自然成为一个战壕里的战友。不适合生存的地方，红旗照常升起，没有阶层、没有等级的地方，无人给他们任职授衔、加官晋爵，他们主宰自己的命运，他们是自己的英雄。

第二十一章

唯独你没有逃向所谓的自由，留在混沌中看硝烟四起，计时器上的数字每跳动一下，生命的里程碑就平移数里，可你不认为这结局昭然若揭，这世事就该惊天动地或者平淡无奇。幸好，他掸掉飞雪冲破迷雾找到新的制高点，又能实现新的托举，所以当唯一的你走出冻土，在玛尼堆前一遍遍卧倒又爬起来，你说你重复默念的不是经书，你行的是最火热的大礼。

计时器"狂吠"不止，扰人心绪，比炸弹本身还要令人生厌。

徐开路乐观地想，如果炸弹拆除了，先要把这个恼人的东西碎尸万段，以后再也不碰与这玩意儿相关的物件，包括电子表之类走字的统统不行，因为这让他体会到绝望的焦躁。他还在享受这虚无的快感，很快被现实拽了回来，他隔着八十千米似乎都听到了远处隆隆的枪声和震颤，仔细一点儿，还分辨出步枪弹、手枪弹、枪榴弹、爆震弹、穿甲弹和大口径反器材狙击弹的区别，这些声音曾出现在"锋刃"国际狙击手射击竞赛、"长城"城市反恐战法国际研究会、"巅峰"特勤分队比武的现场，徐开路在训练基地轮训的时候仔细观摩过很多遍这些项目的视频资料，有段时间连做梦都是这些声音，现在这些声音传入耳畔，他坚定了长年累月验证的道理，所有事物都如梦似幻，又确切存在，虚构即真实，预演即发生，没有什么事不会来临。

此时，李宇已经把徐开路的智能手环仔细研究了很久。毕竟它和人们见过的匹配手机的手环是两码事，大小不一，系统不一，界面不一。而且徐开路这个软件也不让碰，那个程序也不让进，李宇点开总部作战平台通联系统，李宇让徐开路输入密码，徐开路说："把头转过去，不要看。"他深入骨髓的保密意识让李宇无可奈何。

密码验证成功，却没信号传输，连接不上。

徐开路说："能连上我还用你吗？你抓紧走吧。"

李宇不理会徐开路，返回车里拿出笔记本电脑准备用数据线接入手环，徐开路惊呼："别别别，这是军用网络，接入互联网，等于让绝密机密裸奔，你别开玩笑，这要是插进去，比引爆几枚炸弹严重得多！"一席话把李宇吓了一跳，放弃了草率的行为。

不接互联网没有办法找到卫星信号，不能导入编码数据对接总部信道，如果靠手动编写，难于上青天，李宇眉头拧成麻花，哀怨地看着徐开路。

徐开路说："我知道你想干大事，但咱们家现在就这条件，接受现实吧。"

徐开路以为李宇望洋兴叹之后只能妥协，没想到李宇是条汉子，他说："别以为军人有的意志我就没有，我要是当兵，不比你差！"

徐开路说："我不是激你的火，如果靠嘴能赢，很多江湖骗子早就是道德楷模了。"

李宇意味深长地看了徐开路一眼，把徐开路搡进帐篷，埋头敲起了电脑键盘，徐开路不知道他在干什么，不认为他能成功，唯一让他受用的是键盘噼里啪啦的声音盖过了计时器的声音，一串串代码天书一般出现在屏幕上。

五分钟、十分钟可以接受，时间一长，李宇的手指开始僵硬，脸也麻木了，眼睛也花了，呼吸逐渐迟滞沉重，眼珠凸起。看到此景，徐开路忙拿出压缩氧气给他，但很快消耗个精光，李宇又恢复了之前的状态，还有继续恶化的趋势。他的眼皮时开时合，手速越来越慢，直至时断时续。

徐开路勒令他停下，可李宇如入无人之境，精力集中在一个个冰冷的代码上。炸弹是十分精密智能的设计，虽不带水平仪等装置，但万不可随意做动作，极大概率会触发控制中枢报警，运行自启动模式，所以他只能眼巴巴地看着李宇自虐，却丝毫不能介入。开始还试图用嘴实施攻心，可李宇的自我角色定位非常清楚，他坚定的目光中透着的是阳光，是正能量，攻心的目的是劝降，和他赋予自己的光环毫不匹配，绝不兼容。

终于，敲完最后一个代码，李宇做了一个夸张的收尾动作，刚想长舒一口气，忽然一头栽在地上，动静全无。徐开路看得心惊肉跳，力度适中地把他抱在怀里，急切地喊他的名字，几分钟后李宇苏醒。说了一段话，让刚要庆祝的徐开路再坠深渊。他告诉徐开路："编好的代码能不能奏效，还要导入手环，因为你的保密规定，全部要手动输入，这个过程比在电脑上还要慢，因为手环的操作界面还不如巴掌大，夸张点儿说像大米上刻字，是你们狙击手擅长的技能，我是赶鸭子上架。"

徐开路看了看计时器，再看看面色苍白的李宇，他认为李宇再干下去，不一定能成功，但一定会衰竭而死。而李宇之所以强调这些困难，不是想放弃，是在强调他的勇敢。于是，他又投入紧张的工作，这次是照单复制，虽然慢，但好在不用耗费心血。

历经蹉跎，极尽所能，总算全部录入完毕，李宇精疲力竭，他希望看到连接成功的画面，可手环屏幕一亮一暗，闪动了几下后，黑屏了。李宇瘫在地上，痛苦不已。付出所有难道换回来的不过是一场空？徐开路没有责备他，也没有过分失落，因为他预料到了这个结局，他只是为这个第一次见面就用命来打招呼的好兄弟没有得到回报而感到不公。他想质问所有，他要反对一切，当他继续思考如何让李宇离开，或者在保证炸弹平稳的情况下远离李宇时，奇迹发生了。智能手环里竟有"刺刺啦啦"的语音传出来，虚弱的李宇忽地坐起来，抓过手环，塞在耳朵边，听到了生命之音。

两人难抑激动，因为那是来自总部作战中心的声音。作战中心火速调来了全北岩部队最专业的拆弹专家，个个有成功拆弹百次以上的经验，真正的神仙打架。他们镇定自若、各司其职，通过手环传回的炸弹资料，分析拆解方案，编写智能程序。

二人在空荡的毫无阻隔的世界里，不能行走，甚至连站起来的力气和条件也难拥有，不能一直保持喜悦，更没有机会释放愤怒，只能从帐篷口望出去，看那一缕灰蒙的光线照亮自己的脸，成为他们活着的唯一见证者。他们与之分享操碎了的心，扯不完的淡，诉不完的相思。可越是这样越孤独，越渴望哪怕有一声呼唤。他们还不知道在这悲凉的对面，是作战中心数以百计的人上紧发条，紧锣密鼓，他们看不见徐开路和这名勇敢的人质，但他们对于这样的人有统一的称谓，值得他们为之奔忙不息。偌大的会议室里是各种测算、论证的声音，在一个灵魂归位的呐喊声中，他们的拆解程序制定完毕，成功发送到了智能手环端口。

徐开路哆哆嗦嗦地把手环连接线插入炸弹主板，指挥中心的众位专家都屏住了呼吸。然而，徐开路身上的计时器嘀嘀声却加剧了，数字跳动不停反快，还有余地的一小时变成连起身都来不及的十几秒，犹如疯狂的坠落，犹如凶猛的撕裂，数字从大到小，从分到秒，徐开路的眼圈红了，和持续升温的主板一样，一切都要到达临界点，他俩以为马上要追随胡栋而去，和他升华的方式一样，以灰飞烟灭的姿态。代表秒的数字也归零了，两人的表情像坐过山车时从最高处俯冲下来的那一刻一样，五官凌乱不堪……嘀嘀声消失了，主板开始降温了，智能手环熄灭了，四周万籁俱寂，一直摇晃的帐篷角也歇了，除了两人的冷汗止不住地往下淌，万物静止，炸弹像被驯服的野兽，此刻乖巧地躺在徐开路怀里。

作战中心的拆弹专家们发出震耳欲聋的欢呼，映衬着徐开路和李宇单薄的激动。看到炸弹变成温柔的萌宠，李宇的眼泪夺眶而出，他要拥抱徐开路,张开怀抱凑过去,却一个趔趄再次倒在地上,鼻孔里有黑色的血流出来,他抹了一把,手上沾得全是。他笑了笑说:"我第一次发现血的颜色也如阳光般绚烂,谁说残阳如血,我看到了花开,嗅到了蔷薇。"徐开路也报之以笑,这笑发自肺腑,首先感动了自己。

徐开路说:"在这儿等我,卡点现在极度危险,战斗结束后,我一定回来接你。"

李宇说:"我可还是你的人质,当不在你的职权范围以内时我才能离开,你才算结束使命吧。卡点能有多危险,被劫持前我们还不是以为这里很安全,结果呢?你们不能到达的地方才危险,你了解我们有多无助。"

徐开路说:"我们现在是超越了一般士兵与人质的关系,从你刚才的表现来看,你也是不在列的士兵,原谅我之前对你的轻视,其实谁都有可能当自己的超人。"

李宇思考了一会儿说:"我懂你的意思,不去给你们添乱了,你也不用回来接我,我当自己的超人。"

徐开路说:"我不是这个意思。"

李宇径直朝皮卡车走去,拉开车门,请徐开路进去,说:"你叫徐开路,今天我为你开路。"

徐开路坐进汽车,嘱咐道:"一定在这里等我,哪里也不准去。"

李宇并不作答,"砰"的一声关上车门,向徐开路挥手,挥了半天发现汽车原地不动,才知道,车停的时间太久,被冰雪冻住,启动不了了。徐开路跳下车,和李宇推车,车动了起来,越来越快。

李宇说:"赶快上车挂挡,剩下的交给我。"

徐开路听到卡点方向枪声渐歇,以为战斗已经进入收尾阶段,再不回去就结束了,生了半天火,吃不上热乎饭,可不是好现象。他跳进驾驶室,留下李宇一个人在车后咬牙推车,他俩都是第一次遇到这样的场面,人质助士兵脱离困境。

295

徐开路挂了两次挡，但消声器里只是冒出几股黑烟，发动机像破锣般哐当几下，车轮在马路上留下焦黑的轮胎印，却没有启动的迹象，李宇感到喉咙里像着了火一般，眼睛模糊，心脏要炸裂，他双手撑着车厢盖板，两腿灌了铅般做着机械运动，弱小的身躯依靠惯性和皮卡车粘连在一起，给人不是螳臂当车也是蚂蚁搬家的即视感。他也不知道为什么要坚持，好像被风鼓动着，又像被心中的号子控制着，有一刻他在想，发动机不响，推也要把你推向终点，他的信念山一般伟岸。徐开路无法从后视镜中看到他的影子，他似乎知道徐开路的关切，偶尔抬抬头让徐开路知道他还活着，再一次抬头的时候，徐开路看到李宇的神情，知道再这么下去，李宇必然会窒息而亡。他不能为了满足强烈的战斗欲望而置眼前的生命安危于不顾，那样即便推波助澜了战斗的胜利，也谈不上人性的圆满，胜之不武，境界全无。他想现在就从车里跳下来，但这样一来，李宇前面的挣扎就前功尽弃了，他泪水滂沱地挂了最后一次挡，如果不成功就果断跳车了。事物本身往往和人一样，百般讨好的时候不灵，马上要被放弃的时候再犯贱似的发出一点儿呻吟，磨人的车也是如此。车在最后关头启动了，徐开路欣喜若狂，他怕灭车，踩了一脚油门，车子猛蹿了一下。车后的李宇失去依附摔倒在了地面上，滚了几滚，脸皮搓掉大半，下巴磕出了血，一条胳膊像折断的树干呈现出不合逻辑的角度铺陈在他身旁，看来是脱臼了，他蜷缩在公路的正中央，远远看起来还不如一团牦牛粪饱满，干瘪得让人难过。但他知道徐开路肯定在望着他，为了不让他再折返回来，他努力地昂起头，控制面部表情不至于太过狰狞，并用完好的那只胳膊撑着地面，比之前撑汽车后斗还要用力，他想用身体语言告诉徐开路，他精力充沛、生龙活虎。

多年以来，徐开路都是用身体语言和昆仑山对话，最懂身体语言的莫过于他，李宇瞒不过他，他知道这也许是李宇身体上最后的狂欢，如果他短时间内回不来，李宇命不久矣。他点了几下刹车，发现刹车失灵了，车已经停不下来了，他猛砸了几下方向盘，发出阵阵低吼,似乎能化成强烈动能。

皮卡车向卡点方向飞驰,而李宇无声地俯卧在地上,风沙和薄雪骤然飞起一层轻拂过他的上空,像舞台上的干冰,烘托着这个小个子的大豪情,他耳畔响起的不是交响乐而是信天游,粗犷张扬,直扎人心,让徐开路好像感受到了他的魔力,血脉贲张。

离卡点还有五千米左右,徐开路能够接收到指挥所的无线电波,卡点的战斗已经结束了,正清点被歼灭的敌人人数。徐开路一边失落一边释然,这时他发现远处歪歪斜斜驶来一辆车,再近一些能确认那不是制式车辆,倒和他的车是一个型号,徐开路断定这是条漏网之鱼。徐开路连忙向指挥所报告,指挥所果然还没有掌握到这个情况,指示徐开路见机行事,敌人已经红了眼,玩命逃窜,困兽之斗的威力不可小觑,这时硬挡硬拦绝非明智之举。徐开路嘴上答应,心里并不买账,这可是最后一点儿荤腥,他要是再捞不着,对不起自己,更对不起李宇,如若放敌人过去,他们中途肯定会遇到已无行动能力的李宇。是他们用炸弹劫持了李宇等人,知道这些人的方位和基本情况,他们转移卡点注意力失败,还被打得抱头鼠窜,看到李宇肯定气不打一处来,到时连车也不用停,车窗内随手甩出一枪就能要了李宇的命。想到此,徐开路倒吸一口凉气,他握紧方向盘,死盯住那辆车,把油门踏板踩到底,径直撞向他们。徐开路隐约看到,车里至少有三四个人,个个全副武装,在受过专业训练且具有绝对人数优势的对手面前,所谓的战术战法都是浮云。

既然玩不过,只能死拼,技术上受制约,行动上要发散,于是徐开路疯狂地向目标车辆撞去,车尾部掀起黑烟,营造了一线平推、排山倒海之势,车的宽度也随之发散了一样。发动机转数达到上限,轰鸣声刺激着徐开路的耳膜,像出征的号角。敌人一开始不认为这辆车有杀伤力,要么是经过而已,要么是慌不择路的人质,但越看越不对劲,这车不按交规,远远地就从对向车道开到他们车道上来,且行驶路线笔直,不应是司机醉驾或缺氧,排除这两种情况,那么只剩下一种情况，那就是神经错乱了，视生命如草芥是他们的专长，不应遇到对手。

敌头目把脑袋从车窗里伸出来，用步枪瞄准了来车的驾驶位，一梭子子弹全招呼了出去，徐开路把身体隐藏下来，手却没离开方向盘，往右猛打了一下方向，车子滑向本侧车道，子弹停了，他重新把车子拉回去，开着被打碎了前挡风玻璃的汽车继续撞来。玻璃一掉，敌人看清了车厢里穿迷彩服、戴防弹头盔的徐开路，瞬间紧张起来，敌头目不知道车内除了徐开路还有没别的士兵，哇哇叫着，意思是让司机避开这个拦路虎，但不管敌人司机如何左冲右突，对面的徐开路像是老鹰捉小鸡一样黏上了他们。

车间距仅剩无几，敌头目确认车内只有徐开路一个人，顿时由胆战心惊变为斗志昂扬，命令后排座椅上的两名手下一起向来车开火。火力强劲，一排排的子弹闪着火光，把徐开路的车打成筛子。弹片划破了徐开路的眉骨，他瞬间成了血人，血流进左眼影响了他的视线，他一手握枪，一手掌握方向，无暇擦拭，只能挤着左眼像是一直在瞄准，始终在击发，但他知道此时再精准的枪法于这稍纵即逝的相遇中也无法击毙四个敌人。而最厉害的武器，不是枪，是愤怒的他自己和他喷着火焰的座驾，这和所有的斗争一样，不怕对方留一手，只怕对方全不顾，这不叫飞蛾扑火，是亮出所有底牌后的信马由缰，没有人不怵。

敌头目看不到徐开路的影子，以为他已经中弹身亡，准备避开来车逃之夭夭，突然，徐开路从方向盘下面露出血淋淋的头颅，敌头目眼球里是澎湃的火焰和徐开路凶猛的目光，他惊得战栗，伸手去干预司机的方向盘，可为时已晚。

一声巨响后，没有了人声嘈杂，两辆款式一样的车矫揉造作在一起，毁灭也万般一样。现场充斥着汽油味，只一个火星，熊熊烈火没有酝酿就爆发出来，烧得肆无忌惮、忘乎所以，风为火梳理着发型，雪为火加重着颜色，烟雾扶摇直上，成为这片天空的孤云，像极了徐开路的身世，以及他一路表现出的姿态。刘轩坤、张琛、刘松、王玉周跑进指挥所刚好看到了这影像，纷纷哇哇大哭起来，顾不得铁汉的人设。

张琛强迫自己冷静了一下，发现哭得最凶的是刘轩坤，再也压不住心火，要冲上去给刘轩坤一通拳打脚踢，被刘松和王玉周拉住。

张琛骂："你孬！你拧！班长争着去送死的时候，你怎么没犟过他？你最能言善辩，你最讲政治，你的能耐呢？这时候了你哭什么？"

刘松说："这不能怪他，这怎么能怪他？"

张琛听不进去，这时候即使所有人都有错，他也只觉得谁给班长添过堵，谁才是罪不可赦的，他一边为徐开路难受，一边发泄长久以来对刘轩坤的积怨。

而伶牙俐齿的刘轩坤、思辨能力超群的刘轩坤，不再做任何解释，只顾着哭，哭得撕心裂肺。

张琛说："真会演啊，不知道的还以为他和徐班长情同手足，其实几小时前他还极尽挤对挖苦之能事。虚情假意、人面兽心！"

张琛痛骂完刘轩坤，又开始责备自己，朝脸上甩了好几巴掌，手指印清晰可见。

张琛目光呆滞地蹲在地上哽咽着说："这一刻我又成了当年那个一无是处的胖子，质疑一切，自卑而活。我的标杆倒塌了，大树枯萎了，我是沙漠里走失的骆驼，面前再没有脚印，我是滂沱大雨中的流浪儿，没有谁再愿意为我提供庇护之所。我曾以为这哨所值得我倾其所有，其实是这里的人让我心悦诚服。从此，你们又可以取笑我了，因为最关键的时刻我顶不上，最珍贵的东西我也一定拿不下⋯⋯"

严峻就站在他们身后，句句听得仔细，他也痛得厉害，且丝毫不比眼前的士兵轻，他知道一名老班长之于朝夕相处的兄弟的意义。这时候他应该安慰他们，为他们重新寻找思想的丰碑、精神的图腾和战斗的掩体，可此时他怎能说得出柔软的话，徐开路是他回到高原的动因之一，他不仅是他的小兄弟，还记载着他至关重要的军旅抉择，谁

299

又来安慰他呢？所以他一张口便号了出来："可以悲痛，但为什么要绝望，就像不在高原，你们也总会看见湛蓝的天。没有一个士兵是为了牺牲而存在，可是当一切来临，我们不能替他鏖战，也要朝着他的方向呐喊啊，而不是哭泣，不是颓败，就算那是最后一团火焰，也是胜利的火焰！"

说这些话，不知是严峻用尽了力气，还是他也在强迫自己相信，他喘得厉害，转身捂住了胸口，胸脯起起伏伏。

而正如他所说，就算那是最后一团火焰，这个"就算"预示着福音也许会传来。有人看到从两簇火焰的正中弹出一个"物体"，这"物体"像烤煳的土豆或地瓜，骨碌碌地滚到旁边的小沙丘上。他们拉伸了无人侦察器的视角和焦距，看清了那是个人，但看不清他的脸，身上也黑乎乎的，没有明显特征，他频率极快地往身上扒拉沙土和残雪，应该是在给滚烫的身体降温。

在场的人无不惊呼，严峻和苏清几乎是同时下的命令，大批人马朝现场赶去，一路上刘轩坤和张琛等人心都提到了嗓子眼。他们的想法是一致的，如果这个幸存者是徐开路，他们将给予他最高的礼遇，如果是吉赛组织的人，那对不起，他会成为最后的众矢之的。

结果很和谐，无还手之力的暴徒也不配让士兵再去痛击，那个翻滚的"土豆"是徐开路。徐开路的沙漠迷彩服、防割手套和凯夫拉头盔都发挥了很好的防火作用，火苗不能渗透进他的身体，当火势渐旺，他还用战术背心遮住了脸，只是后脖颈被烤焦了，起初他能闻到肉煳味，后来一氧化碳密集，氧气几乎耗尽，嗅觉失灵，眼睛难以全睁开，嘴巴合不拢。

徐开路蜷卧在沙丘的一边，刚才的起火和爆炸他在其间，现在置身外围，那景象仍然填满他微睁的眼，他不觉得那充满恐惧，甚至那是绚烂的烟火，为活着的人庆生，为死去的人祭奠。而他所有的担忧，应该像面前逐渐显露的汽车框架，散落成一地残骸和灰烬；他所有的幸福，应该像远处驶来的车队，越来越近，带着炙热的温度和耀眼的光辉。

他想，我维护了前方卡点的完胜与后方那位兄弟的安全，无憾了。他感觉到太阳穴一鼓一鼓的，幅度越来越大，呼吸越来越急促，像交响乐奏起了高潮部分，他的血流翻滚紊乱，他只想这么躺着，一直这么躺着也挺好，但他突然想起了李宇还在那里等着。他必须打破这劫后余生的懒惰，一般人走出舒适区是去寻求突破，而他却是去找回原点，他挣扎了几下要站起来，却发现纹丝未动，因为他精神犹在，但刚才猛烈的撞击和逃生行为以及长时间得不到能量补充，令他元气大伤。

恍惚中，徐开路感到有一群人在喊他的名字或职务，以前他从来没有听到过这么多种声音同时响起，就像他曾经幻想的场景那样，唱一首最喜欢的歌，有无数人为他和声。

卫勤兵率先跑来，为他做简单的救治，灌了一大瓶葡萄糖，还插上了氧气管，可他的脉搏已经不太明显了。卫勤兵取出了心脏起搏器，一下一下地摁在他的胸膛上，他在震颤之间欲生欲死。

这间隙，刘轩坤说："班长，我再也不要小聪明了，我还是你当年的兵，我可以什么都不要，什么也不想。"

张琛说："虽然哨所通了水电，可我们还有很多事要做，栽树、养花、修路、种各种各样的菜，有红辣椒、黄辣椒、青辣椒、白菜、菠菜、芹菜，还有你最喜欢的西红柿……我们还要养鸡鸭猪羊，把哨所的日子过得红红火火，虽然难度有些大，但没难度的事怎么配成为目标，这是你说的。"

严峻和苏清拨拉开哭哭啼啼的他们，看到徐开路的样子，一人握住了他的一只手。

苏清说："开路，之前你跟我提了好几次的建议，我批准了！咱们说干就干，就在哨所旁建一座士兵小公寓，以后孙炜想来就来，不用每次见面都像特务接头。"苏清说完看向严峻，因为这是他自作的主张，还没有向严峻提，就做了承诺。这是徐开路最大的心愿，如果这能触动昏迷不醒的徐开路,他顾不了请示汇报那一套了。

严峻没有驳他的面子,用力点头附和说:"不仅一号哨所要建,铁路沿线和一〇九国道沿线的哨所都要建,这是你的功劳,你一定要看到全线建成竣工的场景,我会为你戴上大红花,披上红绶带,我们共同庆祝那属于高原兵的盛事。我知道做成这件事也不容易,但我保证,至少我会竭尽所能。"

刘松说:"班长,一切都结束了,马上就能回家了,你那虎头虎脑的大儿子,你最想的就是他吧,他一定会叫爸爸了,估计都快会走了,他蹒跚着向你走过来,你担不担心他摔倒?"

不知道是不是刘松这句话起了关键作用,徐开路的手指动了动,发出一声悠远的呻吟,嘴里冒出一串白烟,像是来自灵魂深处。随即,奇迹发生了,他晃晃悠悠地站了起来,拒绝众人的搀扶,茫然张望了一圈,最后目光定格在李宇所处的方向。

他对严峻说:"给我……给我一辆车,我答应他,会回去接他,他最相信我。"

严峻说:"你开什么玩笑,你只剩下一口气了。"

徐开路不理会严峻,跟跟跄跄地朝最近的一辆车走去,刚走了两步,左脚绊右脚,又摔倒了。

严峻架起他来说:"我派人去接他,派很多人去接他。"严峻使了眼色,刘轩坤、张琛、刘松和王玉周飞速钻进汽车,其他人也纷纷上了车,四五辆车都打着了火。

徐开路说:"可我的承诺呢?没有他,炸弹早爆炸了,谁是谁的人质,谁救了谁的命呢?求你们带上我,我要亲自把他接回来。"严峻在他的眼睛里看到了惺惺相惜,看到了真诚,他太熟悉这种眼神,他在曾一个战壕里滚出来的战友眼中也看到过同样的眼神。

严峻没法对徐开路屡次有令不行表示不满,这不是徇私,他相信司令员在场,也没有理由去拒绝徐开路带着温度的恳求。如果不分青红皂白强制驳回,那是无能的表现,那和平时他们宣扬的忠诚担当完全相悖。已经有过太多表征让严峻察觉，越来越多的年轻人不再出头，不再热血，不懂振臂一呼，也不会身先士卒，这与某些管理者一次次的粗暴冷漠有直接关系，他深谙根源，他不能再沦为同类。

严峻说："是为你的身体考虑，直升机马上就要到了，你要去格尔木医院接受治疗。"

徐开路不作答，有气无力地推开严峻的手，继续走向汽车，他想让人看到他还能行，但他强打着精神的样子和酩酊大醉的人无异，不管多努力，都走不出一条直线。他的动作很滑稽，但所有人都被震撼了，弱小的人稍微表现得成熟些就会让人惊喜，强大的人但凡有一点儿脆弱都会被轻而易举地发现并延展，所以包括严峻在内，他们制止着徐开路，潜意识中又希望他的脚步更扎实，他能达成心愿。

后来，徐开路是挂着氧气瓶、打着点滴、躺在车后座上前往李宇所在地的。徐开路从汽车里看到了李宇的样子，他浑身上下沾满了霜雪，应该是久久没有挪动过，风依旧刮来新的雪雾，继续从他身上掠过，他安静地躺在那里。刘轩坤等人把他背到车里，他的头已经没有一点儿支撑力，张琛赶紧扶住，免得徐开路难过，可徐开路全看见了，这一刻，他比在火里烤还要煎熬。

两人被双双送到了格尔木医院，进了同一间急诊室，医生对他们采取的抢救措施是一样的，连姿势和节奏也保持着惊人的相似，令谁也想不到的是在他们的身边还有别的相似。

世人一般都认为某个刻骨铭心的时刻，只有自己和目之所及的人在承受，却不愿相信，这世界上每一段场景，都在别的地方同时发生着，这不是预谋和巧合，是早已注定好的殊途同归。

第二十二章

不经意间你才会来到我身边吗？像蒲公英或萤火虫，是乱入寒区的温带生物，无意击碎我梦魇，恰好重拾我少年。我清醒着却一无所有，眩晕后美好竟不期而至，我殚精竭虑害怕失去，原来得到才愁肠百结，总得试图改变，我问大地，它默不作声，我问你，你一举手化作了山，无须多言，已是姿态万千。

士兵离不开战场，也难免不接触病房。不费一兵一卒，才勉强够得上一场几近完美的仗，可打仗本身就难谈完美，徐开路他们这场仗，顶多算赢，与美无关，赢得胜利之后旁人所能领略到的场面才能与美相连。

徐开路还没醒来，药水不间断地注入他的身体，医疗仪器发出各种"怪叫"。电视里播放着北岩市AEWE亚洲论坛开幕的实时盛况，那里布置得很漂亮，外场彩旗招展、花团锦簇，与昆仑哨的景观大相径庭，明显两极分化。场内高端气派、富丽堂皇，主席台上中方领导意气风发地致开幕词，台下是各国达官显贵，频繁的闪光灯中，他们容颜焕发、西装考究、举止体面。他们丝毫不会知道，就在不久前几百千米以外，有人捍卫了关卡尊严，而那些人也没有丝毫机会能体验此刻这里的光彩和荣耀，他们甚至得不到一个镜头，他们从来都是背对着精彩。

刘轩坤和张琛坐在病房门口的椅子上,焦急地等待着两人苏醒的消息。这时,一组医务人员推着病床急匆匆地进了徐开路隔壁的病房,他俩看到病床上躺着一个一岁左右的小孩,嘴唇发紫,浑身抽搐,一个年轻的母亲身边没有别的亲人帮衬,吓得脸色铁青,哭得梨花带雨。这个人就是孙炜,那个孩子正是徐冬冬,从医生的言谈中可以得知,那孩子是发烧过度,发展成高热惊厥,问题虽然不大,对于医生来说解决这样的病也是小菜一碟,但当时病人的表现确实很吓人。孙炜没有经历过这样的情况,所以整个人都吓蒙了,无助的眼神让刘轩坤和张琛也感到心酸。她无从得知她的丈夫也正躺在隔壁的病房里,如果恰巧看见,也不知道应该高兴还是五雷轰顶,高兴的是终于不再一个人面对一切,难过的是却以这样的方式见面。按说刘轩坤当年见过孙炜,可是时隔几年,孙炜的样貌有了改变,他只是觉得面熟,根本想不起来是谁。

徐开路其实能听到外面的声音,但他想不到和妻子孩子曾一墙之隔,他听到了孩子嘹亮的啼哭,那声音挠着他的心肝,像有股强大的磁力,吸引他睁开眼睛。等他终于完全苏醒,孙炜早带着徐冬冬回家了,旁边病床上也空空荡荡,李宇不知去向。

徐开路喊了两嗓子:"有人吗?没陪护吗?"门外无人应答,刘轩坤和张琛也没了踪影。

徐开路以为他又被遗忘了,是不受重视的伤病员,正心里郁闷着,此时,刘轩坤和张琛回来了,在门外对话。

张琛说:"你应该多看看这场面,净化一下浮躁的心灵,这孤儿寡母的,太可怜了,那位妈妈体虚得都走不动道了,要不是咱们搭把手,她连家也回不了。"

刘轩坤说:"所以在没有达到优质条件之前我不结婚,没能力养好,别提生孩子。"

张琛说:"我怎么觉得你这话又是在针对徐班长,他招你惹你了?在昆仑哨你还能达到什么优质条件?有足够的氧气,不天天胸闷气短就烧高香了。"

张琛怼完刘轩坤，又自言自语："还别说，你真提醒我了，刚才那孩子长得多像徐班长啊，莫非……"

刘轩坤问："瞎说什么！"

张琛为了验证自己的灵光，跑进隔壁病房看了床前的患者信息卡，姓名一栏赫然写着"徐冬冬"。

张琛要惊呼，刘轩坤急忙捂住他的嘴，压低声音说："这要是让班长知道了，醒了也得再昏过去。"

张琛和刘轩坤不再聊天，推门进房间想要看看徐开路的情况，发现徐开路正侧着脸，眼睛一眨不眨地盯着他俩，盯得他俩手足无措、面红耳赤，说起话来支支吾吾。

徐开路并没有询问他们刚才干什么去了，似乎也没有听见他们的对话，说："我又活过来了，不好吗？怎么跟新媳妇似的，扭扭捏捏的？"

刘轩坤和张琛异口同声："真好真好。"

徐开路问："李宇呢？转科了？"

两人这才发现李宇确实是不见了，急忙跑出去寻找，留在病房的徐开路这才转过脸去泪如雨下。他听见了他们的对话，他也确信他们口中那对可怜的母子就是孙炜母子。可他什么都做不了，也不能给孙炜打电话，孙炜照顾生病的徐冬冬已心力交瘁，不能让她知道丈夫也躺在病床上，他现在承受的是一份煎熬，如果孙炜知道现状，她承受的却是两份痛楚。而且，徐开路认为现在最应该见到的是李宇，他亦师亦友，还是半个救命恩人，他们不会有太多相处的机会，他要当面向他说声"谢谢"。

然而，他再也没有见过李宇，李宇的去向成谜。不久，严峻带来消息，那些抛弃他们，独自逃命的人质在西南边境地域全部遇害了，因为他们身上有语音感应器，吉赛组织境外的余党顺藤摸瓜找到了他们，没留一个活口。十几个人的自然气候监测小组，目前只剩下李宇下落不明。

徐开路长吁短叹，惋惜不已，感慨这造化弄人的结果，那些死去的人质的选择也没有错，在死神面前逃命何错之有，可这背后隐藏的东西才值得深究。他想念李宇，他不明白李宇为什么不辞而别，他明明可以接受鲜花掌声以及无数人可望而不可即的荣誉。

后来的某一天，徐开路终于得知李宇还活着，有情报人员在扎什伦布寺前的古树前见到了他，但他矢口否认自己叫李宇，他说他已经皈依了，披上了自改的袈裟，他只有法号，没有别的姓名，他终日磕着长头，行着大礼，嘴里念念有词，但他念的好像并不是经书。徐开路利用假期专程去看过他，他应该也看到了徐开路，但他面无表情，只是眼神多停留了几秒，随即对一切充耳不闻、视而不见。徐开路知道他就是李宇，如假包换的李宇，但徐开路没有上前揭开他的面纱，也没再向任何人提起。有人问，他便说，只是长得像而已。从此，他和李宇的故事或是戛然而止，或是封存在记忆里，只在他们之间流传，历久弥新。

徐开路痊愈了，但昆仑卡点还没撤，他又接到了返回昆仑卡点的通知，吉赛组织的余党一日没有铲除，卡点的战备任务还不能取消。医院到出租屋只有十几分钟的车程，他却仍然没见到妻子孩子，不是不能见，是他没有勇气，也没做好准备，匆匆相见，不如不见，他认为吉赛组织蹦跶不了多久了，他们被歼灭之后，他才可以舒舒服服地喘口气。

昆仑哨卡点，帐篷已经撤收了，一百多号人又只剩下了他们七个人。

严峻说："总队将战略重心转移，其余人员全部机动至西南边境，配合当地警方，主动防御、主动出击，卡点作用削弱，由一级战备降至二级战备，但战备等级的减弱不代表吉赛组织不会从此处反扑报复，你们仍要加倍小心。"

刘轩坤说:"吉赛组织树大根深,如果他们全线转移,或者改头换面进入潜伏期,我们一点儿办法也没有。卡点还要设多久?"

严峻说:"有可能是几天,有可能是几个月。"

刘轩坤看了看徐开路,徐开路看似正在专心收拾被装,脸上波澜不惊,但刘轩坤明白一个人的麻木与内心屡次的汹涌崩塌有关。

严峻何尝不知道徐开路此时的状态,他不看徐开路,看看眼前的群山和天空也就知晓了一切,因为徐开路学会了高原的哲学,那就是和这里的事物保持一致。雄鹰又归来了,它那高远的飞翔,不是经常都在奋力扑棱翅膀,它从不过多啸叫,不代表它没有梦想或者细腻的念想。

徐开路整理好内务,没看严峻和刘轩坤,径直走出了门外,他看到国旗刚换上没几天,颜色有所脱落,还有些抽丝变形,那是过低的气温和凛冽的寒风导致的,像他现在的心情。什么都可以残缺不完整,什么都可以灰暗不鲜艳,唯独他的旗帜不可以。对于他来说,它不仅仅是一块红布。他不必去想它的内涵有多恢宏,他不必像诗人一样把它比作黄河或母亲,他也不像小学生一样看到它就要原地敬礼。这块布之于他,有着最实际的价值,甚至可以说实用,很多人会反驳他的现实,可他觉得实用才是第一要义。因为这一抹红让这片大地火热起来、奔腾起来、骄傲起来,他可以看到罕至的同胞激昂振奋,心怀不轨的异类望而生畏,更重要的是能让自己有坚持下去的力量。他解开绑在旗杆上的绳子,风一阵强过一阵,要是不抱住旗杆,根本站不稳,他要把旗子降下来,明天伴着第一缕亮光再把崭新的旗子升上去,降旗的过程比升起还要难,就像下山比上山难一样,上升要不断绷紧,而下降却是放松的过程,绳子松松垮垮飘来荡去,等他降完旗发现浑身都湿透了,不知不觉流出的鼻涕已凝结成冰。

刘轩坤想上前帮徐开路,却被一把推开了。严峻没有上前,因徐开路这副拒人于千里之外的表情,似乎明着告诉他,不管多大的官儿,在这个时刻都可以忽略不计。严峻心里也门清儿,解决不了实际困难的官儿，在群众心里没地位，他现在属于很没地位的那位，再上赶着"献殷勤"一定会自取其辱，被徐开路损上两句，下不来台，还不如避其锋芒。于是严峻沿着台阶往下走，他要做一个懂得羞愧的领导，要去履行他许下的诺言。

走到下面的搓板路，严峻回头望去，看到徐开路在向他敬礼。徐开路再不情愿，也有上下级观念，也有迎来送往的规矩。严峻没回礼，没回礼就代表两人之间的告别没有完成，他要给徐开路信心，也给自己一个去去就回的鞭策。他们之间隔着车窗，隔着上百米的海拔，严峻呼出一口热气，试图融化什么，然而，他透过缝隙看到徐开路把旗帜抱在胸前，仍在张望，他记得多少场景中都有此般的重演，妻子送夫君上战场、母亲为儿子披戎装……他不应扮演这其中那些仁慈的角色，可山只是山，家不只是家，能够坚硬的事物一定有最柔软的因素，就像他即将要在黑夜穿行，他要恢复最犀利的目光，当他归来，他要拥有传导暖流的能力。他想，那时我答应你，这冰天雪地也变世外桃源，这海市蜃楼也梦想成真，我说我一定答应你，连荒山野岭都在点头致意，我说我答应你，连流逝的云彩也凝结成霜，我透过冰花，看到你举起的右手就是旗帜，中和了这灰蒙蒙的色调，我心里拥有了一条奔腾而过的大河，到不了终点，但一定找得到源头，我眼前乍现洁白的飞鸽，看不出队形，但必然听得到哨音。

车子冒着白烟开走了，哨卡一刹那如昨，一切好像恍若隔世，这里要么喧嚣到神经错乱，要么沉寂如冰山死海。折腾好几个来回，有人差点儿送命，有人差点儿翻车，现在又回到原点，徐开路环视四周，他都蒙了，更别提他的兄弟，个个面面相觑，说不出一句话来，平时最能言善辩的刘轩坤也不言语了，沉默笼罩着这里，这里令人难过。

还需徐开路来打破一下尴尬的气氛，他说："别悲观，说不定明天吉赛组织就全完蛋了，到时，不用上哨，不用出操，不用听我絮叨，你们该休假休假，该相亲相亲，咱们也体验一把消费的快感，也浅尝辄止一下什么叫骄奢淫逸……"徐开路说这些的时候,脸上满满的幸福,好像现在就搂着孙炜,怀里抱着徐冬冬,手里还托着高脚杯。

刘轩坤说:"您自己信吗?吉赛组织在暗处,要掘地三尺的,您别宽慰我们了。"

张琛捅了一下刘轩坤,低声说:"他是宽慰我们吗?他是在宽慰自己,他能一次又一次做通自己的思想工作,这是他最大的本事。"

张琛说得对,徐开路宽慰别人,也开导着自己,谁也分不清昆仑哨是他的避风港,还是他是昆仑哨的救世主,石头还有被水滴穿的时候,而他本来以为自己是石头,活着活着却变成了水。一不小心,大半年又过去了。

又到昆仑哨的秋天,百科上说青藏高原有一万种昆虫,它们有着五彩的颜色,会在无数个角落释放生命的能量,昭示着盎然生机,给高原冠以"生态"的美名,可徐开路连一种昆虫也没见过。他时常在想,也许它们就在最近一个达坂的背面,它们也在等待和寻找别的活物,当马上就要实现理想的时候,严冬又要来了,又要重新一次的周而复始。其实任何物种究其一生都在做这两件事,以为会有结果,其实等待和寻找本身才是结果,以为有始发站就一定会有终点站,不会知道那说的是生命的诞生和陨落,精神的构建只有过程。

边境一线不断传来好消息,吉赛组织的余党频繁暴露,屡次败北,逐渐式微,全歼指日可待。但等待如漫长的黑夜,偶尔的光亮也不足以让徐开路等人保持清醒,他们争吵、撕扯、哭泣,甚至疯狂、神经质、梦呓,直至怨恨、迷茫、无言。好在严峻没有食言,他在消失了许久之后,又风尘仆仆地赶来了,他带来了施工队和建材,还有满满一卡车崭新的家具家电。

严峻满脸歉意地说:"我来晚了。"

他这么说没想过能得到回应,他预想中接二连三的白眼和滔滔不绝的意见要求，统统没有来，他反而感受到春潮般的情绪在涌动。最需要克制的徐开路最过激，他瞪圆眼睛、伸长脖子像饥渴的小鹿，在奋力够院墙外的果子，尽管一颗也还没吃到，但他发现了哪怕一丁点儿食粮，就确信不会被饿死，他的表情可以用可怜来形容，却不会有人承认，不敢把这个词用在他身上。

严峻许诺徐开路要建士兵公寓的时候，徐开路正处于休克状态，并不记得他说过这样的话。其他人虽都记得，但没有一个人再向他提起过，他们明白在这里提公寓就是提团聚。于高原，这个词重若千钧，无人担得起，大家心照不宣，能不提就不提。

严峻"过五关，斩六将"终于拿到批文，经费一开始是够的，但随着大家的关注，建设标准越来越高，批下来的钱就捉襟见肘了。严峻一个外来干部在本地没有人脉和资源，正一筹莫展，也不知道谁走漏了风声，很快有一大笔捐款打入了单位账户，捐赠人一栏写的是"在高原永生"，后来查实这个人是刘彩。严峻坚持要退回这笔钱，刘彩死活不要，她也不要锦旗，还拒收感谢信，她说："这是我今年以来起早贪黑赚的血汗钱，还完贷款，剩下的本来想留给孙子，但现在我的孙子看不见爸爸，他接受不到完整的教育，要钱有什么用呢？我完全是出于私心，为了我的家，这不算做好事，所以受不起表彰。"

严峻对于刘彩的举动感慨万千，他理解了徐开路为什么有异于常人的担当，思维逻辑、行为准则可以在部队培养，但真诚和敏感是骨子里带来的，徐开路的真诚和敏感来源于刘彩无疑。

严峻马不停蹄地来到昆仑哨，亲自监督昆仑哨士兵公寓的修建，一〇九全线都在修士兵公寓，而严峻唯独铆在了这里，他承认他是偏袒了，高原兵不分优劣，情感上不能厚此薄彼，但严峻也在寻找自己前来高原的根源，找来找去找到了昆仑哨和徐开路，他认为他待在这里看着公寓的变化和徐开路情感的变化，无可厚非。

徐开路不关心严峻想什么，他在，聊胜于无；他不在，事情该怎么推进还是怎么推进。他只关心那两间公寓,公寓只用了一周多的时间就落成了,看上去比他们的兵舍还要小不少,仅供一户人家住宿,可在他眼里,这是一艘航母,是一架最先进的运输机,从没有哪一个哨所能拥有什么配套设施,从没有哪一个高原兵可以在执勤站岗之余还能享受短暂的天伦之乐、厮守之幸。这像梦,虚幻得犹如一戳就破的泡影,但它又真实地发生了,这代表着一个时代,将载入高原哨所的史册。

昆仑哨前,一年难遇一次的艳阳挂上天空,风力减缓,飞沙落地,雄鹰翱翔,好像连大自然都在刻意为士兵公寓的落成营造氛围。

外面的世界有着翻天覆地的变化,摩天大楼拔地而起,跨海大桥日建数里,各种新鲜事物说来就来,老旧东西说去就去。故乡和远方,没有什么不能轻易改变似的,众生面对江河变迁,早已习以为常,可在徐开路面前,两间小屋像沧海桑田,像斗转星移,哪怕一丝丝小小的改变,便大过地大过天,颠覆着他们的认知,看上去是土人,没见过世面,可见没见过不重要,重要的是仅有的一切都可以成为他们的瑰宝。他们像过年一样,围着公寓绕圈,一圈又一圈不知疲倦。

张琛喘着粗气说:"我能不能给我一入伍就分手的前女友打个电话,让她也来住两天,她要是知道了这个消息,一定会跟我复合!"

徐开路说:"批准,打!"

严峻说:"现在就打,用我的车载卫星电话打。"

张琛兴奋到手抖,卫星电话在他手里像一块板砖,让他的架势看上去气势汹汹,这架势像是谁阻挡他打这个电话他就会用这块板砖反击。结果也很应景,电话没响两下就打通了,笨嘴笨舌的张琛用前所未有的流利语言把昆仑哨修建了士兵公寓的事描述了一遍。他说,他待的地方不再是一座孤岛,从此与社会通联,与所思所爱的人有了桥梁,希望与她重修旧好,就在这座士兵公寓里重温旧梦,说不定还能诞生意外的惊喜。岂料,对方听完,毫不留情地说:"开什么玩笑?

你有病吧！"

张琛还想再解释，对方已挂断了。

徐开路说："接着打啊，一定要让她信。"

但张琛放下电话，强忍着笑说："想不到吧，其实我都觉得我有病，我哪有什么前女友，刚才这个电话是我母校女生宿舍的公用座机，这会儿宿管大妈肯定不在，是学妹接的。我太高兴了，高兴必须和人分享，我从小就知道分享的快乐，不知道该向谁报喜可不行，我料到肯定会有女生接起来，不管谁接，我都分享出去了，给谁拜年不是拜啊。"

张琛终于忍不住，"扑哧"一声笑出来，笑得蹲下去拍地，笑得面色绯红，全然不顾别人用愤恨的目光看着他，要不是这个恶作剧还算有情调，他们早动手了。张琛笑着笑着也感觉到气氛不对了，站起来的时候，看看大家个个神色严肃，他的笑戛然而止，取而代之的是一脸愁苦，他尴尬地摸摸鼻子、挤挤眼睛，然后转过身去，眼泪唰地掉下来。

本来就没有拥有过，此时他却如刚刚失去，并永远失去。

张琛说："确实不好笑，别人顶多没有女朋友，我是连女朋友都没有过，不可同日而语，极不光彩，还有脸闹笑话？"

徐开路不意外他的反常举动，上前拍拍十分沮丧的张琛，意味深长地说："你怎么会没有女朋友，多少人名义上有，其实没有，你则相反，你不仅有，而且你的那个她必定独具慧眼，情感充沛，还美得不可方物。就像我们昆仑的雪，就像我们头顶的云，最纯良，最无瑕，所有人都羡慕，但可遇不可求，她在最恰当的时间和地点等着你……"

张琛听得很入神，仿佛他的女神正如徐开路描述的那样，在转角处等着他，正像昆仑山丰富的万千昆虫，始终都在，只是还未和他们相见。

等张琛的情绪稳定了，严峻催促说："他们的事你先别操心了，目前来看最希望率先用上公寓的人，是你！"

幸福来得太突然，他不敢太快下手，怔了一会儿说："二级战备也是战备，家眷能来吗？"

严峻说："让你们保持这么长时间的战备也不合常规，你们也没说三道四的，给你们行个方便怎么就不行了，以前丈夫在一线打仗，妻子在后方送给养，参加妇救会，前辈们都可以，我们有什么不可以，不能与那帮只认条条框框的人学，要灵活变通，先要有人味，才能有战位！"听严峻这么说，徐开路脸乐开了花，嘴咧成了瓢。

严峻很满意徐开路的反应，接着说："打电话，张琛那是插曲，你这才是正题，现在就打！"

徐开路抓过电话，不像张琛表演得那么激动，但也有些把持不住，电话在他手里像刚烤好的红薯，很烫但又想马上下嘴。

大家都期待不已，想听听这牛郎织女要见面第一句会说什么，徐开路也不矫情，顾不得什么方便不方便，也想让他们见识一下他秀恩爱的本领，用实际行动打破别人对于他们在感情方面是榆木疙瘩的固有印象。于是，在昆仑一隅，又出现这么一道风景线，脚下是万丈深渊，远处是皑皑白雪，身边是打着旋涡的风，一圈人淌着鼻涕，跺着脚，却是在围观一个人打电话。

电话第一遍没通，第二遍倒是通了，传来一个幽远的声音，徐开路一听就是孙炜，他自报家门后，不像张琛那样，张琛毕竟是演，演的话多多少少在心里打过腹稿，而他完全是临场发挥，效果可想而知，激动到语无伦次。

张琛等人急得恨不能抢过电话替他说，但徐开路终究还是说完了，大家听得一头雾水，他们相信对面的孙炜肯定也没听懂。电话里是长久的沉默，半晌之后，传来恸哭，那何止是思念，那何止是梦圆。这哭声，让刚欢乐起来的老爷们儿溃败得一塌糊涂。伤感过后即是希望，他们都期待着孙炜的到来，这次来她不用再搭帐篷了，这里将是她的半个家，即使可能待的时间有所限制，但那也是昆仑哨长足的进步。

夜晚，他们都失眠了，他们幸福着徐开路的幸福，他的今天也是他们的明天。

第二十三章

　　你不能沿着高处的小道一直跑下来,用油灯照亮我们幸福的脸,就让我来为你点燃篝火,让它陪你跳跃,我维系住你的温暖,也就驱散了我的严寒,可你能在狼烟弹雨中飞奔,为何不能伴我在风和日丽中穿梭?幸好,我不会迷路,因为通往你那里的方向只有一个,可供吸氧的驿站只有一座,你那里空无一人,也不会鲜花遍野,但我学着你的样子,讲一个不曾有的传说,心中也有了楼桥夜雪,也有了铁马金戈,地当床天当被,也不算流离失所。

　　鞭炮在地面上跳跃乱窜,火光映射着众人的脸,山谷间皆是回声,令人期盼已久的公寓"挂牌仪式"终于到来,严峻和刘轩坤揭开了门框匾额上的红绸布,上书"士兵之家"四个大字。
　　严峻对徐开路说:"我去接孙炜过来。"
　　徐开路看着严峻硕大的眼袋说:"您已经做了太多了,我报答不完了,只有拼命做好分内的事才能心安片刻。我年轻耗得起,您五十多岁的人了,需要休息,我不会让孙炜上您的车。"
　　严峻说:"这是昆仑沿线最危险的季节,我不放心,你实在不愿意我送,我派人送!"
　　徐开路说:"也不行啊,不能为我个人破例了。哨位星星点点,如果都这样,全总队的驾驶员也不够用,我不能再给大家添麻烦了,也不能成为众矢之的不是？"

严峻无可奈何，最后出了一招儿，租辆民用车，既不占用兵力，也不会造成影响，徐开路妥协了。严峻千叮咛万嘱咐徐开路和刘轩坤要"精诚团结、荣辱与共"，然后回西宁了。

严峻刚走，徐开路就意识到了新的问题，因为被提上日程的孙炜母子来哨所事宜又面临搁浅的窘境。孙炜还好说，徐冬冬只是一个娇嫩的孩子，格尔木的气候已经让他小病频发，更别提海拔均在四千米以上的昆仑哨周边。来是能来，但对孩子的身体健康不利，且随时会有突发状况的可能，孩子但凡出点儿问题都将是天大的问题。他曾想过让孙炜一个人来，但孙炜果断拒绝了，让她放下还未断奶的徐冬冬一个人来，她难以接受。其实徐开路有些庆幸孙炜没有接受，因为他想念孩子的强烈程度不亚于想念孙炜。

张琛他们分析过一个命题，冒着生命危险只为见一次面？这在普通人看来是天方夜谭，简直哗众取宠，革命战争年代数以万计的家庭分崩离析，亲人流离失所，几年、十几年见不上面的比比皆是。不说远的说近的，无数打工人为了养家糊口背井离乡，导致出现不胜枚举的留守老人、留守儿童，他们也不是想见就见，他们尚且在承受，徐开路为何不能忍受？徐开路不会去解答这个问题，但只有战斗着的高原兵心里清楚，这不是单纯意义上的相聚，这是让人提心吊胆之后的告慰，是转身再次赴汤蹈火的动能，这甚至是或多或少做好了最后一次相见的准备，不知道何时能见、约定好来日相见、再见是不是真的可以再见，无可比拟，它们之间是递进关系，只会越发悲壮，而徐开路无疑是最后一种。

所有人都为公寓的建成而高兴，在为徐开路的鹊桥相会出主意，大家都忽视了躲在旁边一直没表态的刘轩坤。前期任务紧张，他没空分心，现在战备强度趋缓，他的"小心思、小聪明、小伎俩"似乎死灰复燃了。他一百个不赞成孙炜母子来哨所，他抛出了前期大家都已分析透彻的问题，列举了很多例子，只为浇灭徐开路的热情。这下可惹了众怒，兜头一盆冷水谁都会泼，只是他泼的不是冷水，倒像是开水，让大家平静了的心情重新沸腾。他的意见虽不无道理，可他选择的时机大错特错，活该被钉在耻辱架上。张琛作为徐开路的"关门弟子"再一次率先剑指刘轩坤，连平常几乎插不上嘴的刘松和王玉周也忍无可忍，纷纷加入"骂战"，附和着张琛对刘轩坤的指责，痛数刘轩坤的罪状，说他官僚主义、形式主义，喜欢居高临下看问题，甘当圣母婊，与群众唱反调，只许州官放火不许百姓点灯，见别人舒服自个儿就难受，年纪轻轻打得一手好太极，垒得一座深城府，不敢担当，没人情味，拿根鸡毛当令箭。士兵跟他谈感情，他讲规章制度、条令条例，士兵和他讲原则，他又打官腔，旁征博引，弄一堆偷换概念的例子瞒天过海，最终目的就是刷存在感，让人意识到他的权威，最终屈服于他，直至丧失斗志，远离风暴中心，他便扫清了障碍，独霸一方，当土皇帝，搞一言堂……

徐开路几番制止，可他们根本不怕刘轩坤，他们潜意识里并不觉得这个略显白净的小尉官是目前昆仑哨的最高长官，他只是一个没有感情的教条机器。但徐开路是受教育多年的老兵，他不认为兄弟们是在给他出气，造成今天这样的局面，完全是他的责任，是他没有让大家意识到上下级关系的重要性，这不是好现象，如果把这种习惯带到战场上，关键时刻内讧，是会丢命的。

徐开路大喝一声："停！"

所有人被这一嗓子震住了，只是看着怒火中烧的徐开路，唯有刘轩坤把头扭向一边，他没有在责骂声中败下阵来，反而大义凛然地望向远山。张琛不认为他这是身正不怕影子斜，他这是煮熟的鸭子嘴硬。但徐开路似乎看出了他倔强的来由，他带的兵，他认准一条底线，一个人再变，也终究逃不脱他十八九岁时的本真，那时的喜怒哀乐，那时的视野角度，已显露雏形。他曾隐忍或追求，他曾克制和努力，他愿意绽放盛开，便不会轻易在人格上垮塌，在色彩上灰暗。

徐开路说："你们没资格给人贴标签，而且他没有伤害你们，即便他做得决绝，那也不是错，那是站在更高的立场，我都没意见，跟你们有什么关系？"他的每一句话其实都是在为张琛等人开脱，同时在帮刘轩坤树立威信。

徐开路接着说："既然刘排长有意见，他一定有理由，为什么不能静下来听他说完？"

刘轩坤傲娇地说："我没什么可说的了！"

徐开路说："你有，你为什么不承认？你告诉他们你不像他们说的那样，你当年可能不够优秀，但经过四年的磨炼，你已经成长了，你的眼睛告诉我你有满肚子的话要说。"

刘轩坤说："不需要解释。"

徐开路说："是，你永远不需要向我解释，他们是新的战友，他们不是外人。铁打的营盘流水的兵，大家相处的时间说长也长，说短也就一眨眼的工夫，你不主动敞开心扉的话，要等他们自己去理解你、接近你吗？有些事可以等，一辈子不嫌长，有些事不能等，一刻也觉得太晚，这是你应有的坦诚。"

刘轩坤听进去了，嘴唇动了动，似是在进行巨大的思想抗争，解释还是不解释？面对张琛的咄咄逼人和各位并不友善的目光，他的防线似乎有些松动，他对徐开路说："我说了，可就前功尽弃了。"

徐开路说："你尽管说，即便说了可能会造成什么后果，我自己承担。"徐开路以为刘轩坤的话具有杀伤力，可能会让他下不来台。

然而，刘轩坤是这样说的："我说了，你就说不定什么时候离开这儿了，你将不能痛快地做决定，还会留恋这里，谁在一个地方待久了都轻易不愿改变。每一个平台都是好的，每一片天地都是清新的，但一个人可以玷污神圣，可以煞风景，我愿意当这个人。我直说，我就是想让你离开这儿，去氧气充足、空气湿润、有花有草、不掉头发牙齿、不皴手皴脸、和家人近一些的地方，那里的条件也许依然有不容乐观的种种，可至少是正常人的生活。"

徐开路呆住了，张琛等人的戾气一瞬间也不再那么尖锐。

刘轩坤接着说:"你多少次直面死亡,能撼动你的不再是艰险和磨难,而是情义。公寓建成了,亲情可以温暖你,我回归了,也不给你添堵,那样你会重新陷入死循环,你会觉得一切是最好的安排。我不想解释,把你先挤走再说,眼看快要实现了,战线拉得太长,半途总生事端,现在你又要把嫂子接过来,继续沉醉于这虚假的、魔幻的相聚,要到什么时候才能实现无所顾忌的爱与真正的自由呢?我替你难受,我没有更好的办法!"

刘轩坤摊开手的样子颇为悲壮,徐开路内心早已波澜起伏,整个人像被击中了,这些天来所有的不甘,全都烟消云散。张琛等人已被刘轩坤突然迸发的人格魅力羞得满地找牙,思想境界,高下立判。但张琛的老毛病不会马上改掉,怼人成瘾,停下也难,虽是强弩之末,但还要挣扎一下,以表明没有错得有违人伦,他说:"怎么解释功利心、权力欲,谁知道你有没有私心?"

刘轩坤说:"这更不用解释,在政治待遇上虽说官兵平等,可我们跟你们的任职模式完全是两种类型,你们甚至可以说我是来这里镀金的,如果不出意外,我们的成长是阶梯式的,我们会到中队、大队、支队、总队,还有可能到总部,到军委也不是没可能,我们会在升迁中经历无数任班长,而你们只会在原地熬走一茬茬儿排长。我用争吗?有什么好抢的呢?你们干得越好,论功行赏时越不可能少了我那份儿。我为什么要把一个得力干将撵走,给自己增加工作量?我深深地认为,他是我的兄长、恩师,看过我蹒跚学步的样子,等我健步如飞了,是时候为他想想了吧。"

张琛等人哑口无言,徐开路紧紧地拥抱了刘轩坤,刘轩坤的悲情土崩瓦解,扮演反面角色比本身就是反面角色难得多,天大的委屈在这一刻化作横飞的眼泪。不仅仅是他,在无尽的孤独、纷至沓来的辛酸中徐开路没有哭泣,伤痛不会令豪杰哭泣,心结打开时才会。

徐开路没有表态,因为即便他心中已有了答案,可那也是战备结束之后的事情,眼下还是要解决孙炜母子来哨所的事,他清楚自己的处境，以前他只是被人需要，如今随着孩子的诞生，转瞬间他的需要也许更为强烈了。

孙炜带徐冬冬上高原的纠结，被一件小事就打破了，让她下定决心非去不可。一天，趁着徐冬冬睡得香甜，加之外面气温太低，孙炜就把他一个人留在家里，匆匆出门取快递。等她回来时，刚要开门就听到"扑通"一声。徐冬冬滚下了床，随即大哭起来，孙炜把菜往地上一扔，手忙脚乱地往里跑，进门却发现徐冬冬不哭了，昂起头看到了床头柜上徐开路的军装照，正咧着嘴冲他笑，他扶着床边站了起来，嘴里咿呀有声，朝床头柜爬去，顽强的样子很有小男子汉的风采。孙炜停下脚步，看看这小子到底要干什么，只见徐冬冬一寸一寸挨到了床头柜旁，抓起了照片，咯咯笑出了声，摩挲了半天后叫了一声"爸爸"，清晰无比。这是他第一次开口说话，而且竟然说的是一面也还没见到的"爸爸"。孙炜听得颇为心酸，醋意很大，数落起徐冬冬来："我一个人一把屎一把尿把你从板砖大小养成这么大，多少个不眠之夜的煎熬，还得了产后抑郁，要不是想到我死了你实在没人管，好几次真想跳楼了，每天教你叫妈妈你不叫，惜字如金的，到头来还不如神龙见首不见尾的爸爸，我找谁说理去……"

孙炜说着说着情绪越发低落，徐冬冬原本只是用天真无邪的眼睛看着她，听了一会儿好像听懂了似的，竟也眼泪汪汪起来。这么一来，孙炜再也怨不起来了，感觉话说得有些不顾大局了，孩子第一句说的啥，和爸妈谁对他的爱更多一些有什么关系呢，这是血缘和基因的糅合，冥冥之中也许是他在帮她做决定。

孙炜问："你想去吗？"

徐冬冬哪里会回答。

孙炜说："既然要去，你就要像个爷们儿，给我顶住咯，我们是去探亲的，不是添乱的，也让所有叔叔看看，咱们家的男丁个顶个的强。"

徐冬冬的眼神不再无辜，还闪过一丝狡黠，孙炜认为那是他的回答，是他在和无限未知的世界对话。

孙炜决定明天就动身，越晚，通往昆仑哨的道路越险，趁着初秋，第一场雪还未来临，路也许还好走些。

孙炜花了大价钱租了一辆面包车，带足了衣物、药品和氧气。戏剧性的是司机正是徐开路被召回时半天找不到车，恰巧遇到的柳大哥。

柳大哥给孙炜怀里的徐冬冬"相面"，不停挠头说："怎么越看这小家伙儿越面熟，好像在哪儿见过。"

孙炜爽朗一笑："您能在哪儿见过？他可是名副其实的新人，活动半径不超过三千米，除非我们是邻居。"

柳大哥说："不对，小家伙儿眉宇之间全是英气，这股劲头似曾相识。"

孙炜说："您可真会夸人。"

柳大哥说："我可不是奉承，咱们萍水相逢，没那必要。"

孙炜说："嘻，您当然不是那样的人，那么偏远的地方，即使多加钱，也没人愿意接的单，您愿意去，说明您与众不同。"

柳大哥说："我不单为了挣钱，我曾经也是昆仑山守护者，跟这条线路有感情。听说你是去哨所探亲，没二话，我这也等于是给战友送福利了，呵呵。对了，你是去哪个哨所，这沿线的哨所我知道的不下十个！"

孙炜说："昆仑山隧道一号哨所。"

柳大哥猛地回过头来问："几号？"

孙炜说："一号。"

柳大哥说："神了，我去年大概也是这个时候，也送过一个军人回一号哨，他是被紧急召回，却找不到顺风车，凑巧遇到了我……"柳大哥说着又端详了一下徐冬冬说，"我没猜错的话，他是这小家伙的……"

孙炜说："你没问他姓什么？"

柳大哥说:"好像姓徐,名字还挺奇怪,叫开道,还是开什么来着?"

孙炜说:"开路。"

柳大哥拔高了调门说:"对对对,叫开路,开得一条好道路,有缘之人,有缘之事,看来我这一辈子与军人军属割舍不开了。"

孙炜也十分激动,认为这是好兆头,天注定让一个有着从军经历的老军车司机送他们到幸福的目的地。柳大哥的面包车虽然破旧不堪、四处漏风、叮当作响,一扇门几乎要掉下来,还在关键部位绑了铁丝,但孙炜心里还是有了足够的安全感。

柳大哥说:"情怀我们都有,但不得不提醒一句,越往前海拔越高,孩子的器官发育都没成熟,扛不扛得住可不好说,到时候万一有什么问题,以我这小车的速度,可来不及啊。一定要把困难想在前头。"

孙炜说:"我问过开路,他考虑到了这个问题,向组织汇报过,如果有那种情况第一时间应该会有直升机出动。"

柳大哥啧啧称赞:"那当我没说,现在条件真是优越了,后勤保障跟上节奏了,我们那个时候别说直升机,除了解放卡车,连我这样的小破车都找不到几辆。"

于是,他们高高兴兴地上路了,别看车不怎么样,但柳大哥的驾驶技术好,哪里有个坑、哪里有个墩儿、哪里有个急转弯,他如数家珍。导航覆盖不了这里的道路,但柳大哥的脑子比导航还精准。迈出艰难的第一步,孙炜之前所有的担忧,也随之烟消云散。

一路上有三五成群的羚羊、骆驼、牦牛悠闲地散步,有长鬃野马跟着车奔跑,马蹄有节奏地敲击着地面,像是在为他们壮行护航。大片的湿地、青稞和雅丹地貌美不胜收,高原展现出了最旷美的一面,为他们的出行喝彩。徐冬冬穿着孙炜为他订制的幼儿版军大衣,头戴雷锋帽,活脱脱一名童子军,这可能是孙炜嫁接并转移思念之举。徐冬冬好奇地领略着造物的多姿,这次远行对他来说才有着最独特的体验。他从睁眼看世界，便和大多数人家的孩子不一样，他家里没有太多的风景和玩具。要么在逼仄的环境里和孙炜相依为命，要么走进神奇广袤的大自然，过早地见识天地的博大浩瀚，可以说过着两个极端的生活。孙炜紧紧地抱着徐冬冬，因为空气逐渐稀薄，天地越发混沌，她越发觉得自己的无力和渺小。曾经作为探险者和旅行者，那时她天不怕地不怕，唯恐旅途不够跌宕，不能激发粉丝的猎奇心理，现在稍微的颠簸，她的心情就像过山车，这可能就是一个初为人母的心性吧。随着海拔的升高，美景消失不见，取而代之的是遍野荒芜。在爬坡的路段，柳大哥用上了"地板油"，消声器里冒出青烟，车厢在抖动，发出嗡嗡声，像飞机爬升时的啸叫，让人耳膜充血，头晕脑涨。前方是两座没入云端的高山，让车厢里的光线都黯淡了下来，气氛压抑得可怕。柳大哥看了看海拔表，数字在快速跳动。徐冬冬此时也没有了刚开始看到新鲜事物皆伸手蹬腿的欢实劲儿，现在好像电量不足了，处于半梦半醒之间，偶尔还发出两声低沉的呻吟。孙炜的状态也不怎么好，头仰在椅背上，眉头紧锁。

柳大哥很有经验地说："不要睡觉，现在海拔在持续攀升，十分钟后过了前面的首山达坂，就好多了，坚持一会儿。"

孙炜说："我感觉很不好，更别提孩子了。"

柳大哥说："既然已经到了半途，咬咬牙就冲过去了。妹子，别怕，只要我没事，你们就没事。"

孙炜说："您为什么对我们这么好？"

柳大哥说："我不是告诉你了，我也当过兵，我知道当兵的最需要什么，我也知道当兵的亲人最需要什么。"

孙炜说："当兵的多了，都会像您一样，拥有一个一生都不会改变的执念吗？"

一句话，柳大哥陷入沉默，黑黢黢的脸和越来越近的山谷形成呼应，他本来一只扶着挡把的手也搭在了方向盘上，身体锁紧，不再看后视镜。孙炜看得出他紧张了，也懂得谈话中对方表现出的这种身体语言，要么是在隐藏什么，要么是鼓起勇气释放什么的预兆。几分钟后，柳大哥说了一段答非所问的话：

  从军是我的一段经历，和人生某一个光彩阶段的经历一样，值得骄傲与怀念。这种经历可以改变我们的生命态度，养成更积极向上的行为习惯，让我们面对劫难的时候不至于无知和愚钝，在黑暗中也能看到前行的光亮，落魄孤独的时候也能剑有所指、惦念有物、回忆有路。我怀念从军经历，可这是一个宏观的概念。其实，令我难以忘怀的是那段经历中的情感，让我的情感达到顶峰的是我的未婚妻，她也是某种意义上的生死战友。那是二十世纪七十年代末，我们的婚约到了。因为那场自卫反击战实施轮战制度，随时可能抽到我所在的部队，我们全封闭了，这一封就是大半年。我不能去娶她，她只好到部队来嫁我，团长特批我开车去接。在归队的路上她高反严重，上吐下泻，进营区就患了重感冒，并恶化成肺水肿。那时医疗条件极其有限，交通也极为不便，还没到格尔木医院，在路上已经脏器衰竭，眼看着就不行了，我一急，操作失误，车子掉下悬崖，化为乌有。我从驾驶室里甩了出来，挂在了凸起的石头上，被赶来的战友救起来……痛失我爱，连遗体也不能保全。我承受不住打击，没两天就疯了，在西宁精神病院住了一年，有了好转，办了病退。但一回到家，他们并没有给予理解，用各种揣测的答案非议，面对各方声音，我的精神再次恍惚，搅得一家人鸡犬不宁。更重要的是，我的心和未婚妻一并留在了这里，我兜兜转转又回来了。一回来我的状态出奇的好，因为我感觉只要还在这条路上，我们就还牵着手，没有分开过。我想一定有人疑惑，这么重情的人，为什么不随她一起去？为了亲人的亲人活着，这是感情的延续，我要挣钱赡养她的父母，如果我也一拍屁股走了，那才是对她最大的不公……

  柳大哥说得轻描淡写，像是在讲别人的故事，此时，孙炜已经感动得泪流满面。柳大哥听不到孙炜的回应，以为她对他有过精神病史害怕了。

柳大哥说:"快二十年了,我早已经痊愈了,我每天几乎都安全地在这条线上奔波,一个满身都是责任和希望的人,不会再轻易犯迷糊了。"

孙炜说:"我没有担心,我只是心疼,无以言表地疼。"

柳大哥说:"我说这些其实是想让你好受些,你可以对自己的境遇更乐观。"

孙炜说:"谢谢你的现身说法,可我……可我乐观不了。"徐冬冬此时呼吸变得非常急促了,孙炜从伤感变为了恐惧。

柳大哥急忙从副驾驶取出氧气袋和葡萄糖等补剂给孙炜。孙炜强撑着给小脸憋得通红的徐冬冬插上氧气管,氧气管在鼻孔里不舒服,徐冬冬不配合,用手扒拉掉了,三番五次,急得孙炜满头大汗。看着前面黑压压的山谷,孙炜对她之前的侥幸心理感到惆怅。柳大哥说:"别怕,只要他别睡着就没事,他这是坐车太久无聊了。他平常对什么最感兴趣,赶快吸引他的注意力,赶快!"

孙炜想了半天说:"他这么小,哪能看出有什么兴趣爱好,他……他每次看到爸爸的照片就能乐出声,电视里只要一唱歌,他就闹腾得很。"

柳大哥说:"照片不行,他都不睁眼,怎么看照片?听歌,什么歌?"

孙炜说:"什么歌都行。"

柳大哥说:"你倒是唱啊!"

孙炜说:"我……我唱不出来啊!车里没音响吗?"

柳大哥说:"有,但前年就不响了。我唱!但我只会军歌。巧了吧,上次开路兄弟坐我的车也非要跟我唱歌,歌竟然有这么多用处。"

于是,柳大哥扯开嗓子吼上了,吼的是上次和徐开路同样的歌,那歌声极糙,跟美不搭边,甚至都不在调上,但柳大哥管不了那么多,嗓子喊哑了,也不休不止,像个大功率的低音炮:战士责任重/呀嘿/军事要过硬/呼嘿/爱军习武创一流啊/建功立业在军营/嘿嘿……钢要炼/铁要打/宝剑要磨枪要擦/战士最爱演兵场/汗水浇开英雄花……我是一个兵/爱国爱人民/革命战争考验了我/立场更坚定/嘿嘿/枪杆握得紧/眼睛看得清/谁敢发动战争/坚决打他不留情……

徐冬冬像是被这撕心裂肺的"鬼哭狼嚎"震惊了，忘了做干扰动作，孙炜顺利地把氧气管插进了他的鼻孔，得到氧气补充，面色恢复正常。孙炜瞬间觉得这是世界上最悦耳动听的歌，徐冬冬受用得了，说明徐开路军人的血脉和基因已经在他身体里流转，也在孙炜内心流传。这无人区有歌声，就有生命，就可以散发迷人魅力，可以传播爱，传播信念。

越过了首山达坂，海拔不再忽上忽下，徐冬冬对环境有些适应了，黑眼珠乌溜溜地重新焕发活力。孙炜让柳大哥别唱了，柳大哥这才敢停下，怕孙炜注意到他的不堪，一只手隐秘地抬起来，捂住左半边脑袋。因为吼叫，大脑缺氧时间长，钻心地疼。但柳大哥不露声色，这么多年，那些生活的重击他都扛住了，他相信现在他更扛得住。孙炜的精神和他当年的未婚妻如出一辙，都是在寻求灵魂栖息、情感归宿的路上心明眼亮、百折不挠。如果他的未婚妻还活着，他们一定也会有漂亮的孩子，可天意如此，竟让他用这样的方式，感受着他当年就应感受的美好。他想，我无福享受甜蜜人生，那就为别人做漂亮的嫁衣，当吃苦耐劳的摆渡人，就像军人不仅仅是一种职业，我也不仅仅是个司机，我要拓宽胸襟，可以透析别人，也能感动自己。他想，只要我还有一口气，就要把这对母子送达目的地，命运没成全过我，但我要坦然面对所受的伤痛，只为避免让别人重蹈我的覆辙。但行好事，莫问前程，这苦楚的人生才有可能糅合更多芬芳。比如今天，比如现在，我们素昧平生，我是在拯救自己，你是为了崭新的生命，匆匆相遇，共赴征途。

孙炜很少见到柳大哥这样的人，足够坎坷的她有过大红大紫的高光时刻，在众星捧月的生活里，有难辨真假的夸赞，但当她准备退出纷扰,才见证了世态炎凉。曾过多享受被献媚的人,摔倒后越容易深刻解读人性的恶薄,这就像吃拿卡要的贪官失势后难再门庭若市,说到底是高估了自身魅力,也高估了人与人的微妙关系,总以为还有人会为其无条件两肋插刀,直到发现天真这事原来不分老幼,曾叱咤风云的人天真起来才更可怕。当有一天某个并没有什么社会地位,搁在以前根本入不了他法眼的人,只需一个最真诚的举动,便可修补他因为误解人性而误解的现实。孙炜不把自己比作贪官,但她认为自己之前也是因贪婪才走了弯路,本质上无太多差异,若不是徐开路的出现,不敢保证会不会越走越远,所以这一刻她对柳大哥的感激也来势汹涌。

  一个萍水相逢的人尚能如此,孙炜没有借口不坚强。达坂一个接着一个,沙暴一阵连着一阵,风力一级胜过一级,他们像历经劫难去顶礼膜拜的信徒,把这一路当作一生,把这一生浓缩进一路,也有抱怨牢骚,不乏哭泣懊恼,甚至失望愤慨,但目标犹在,脚步未停。

第二十四章

你仍在一〇九逆行,寻找着她,跨越山岭。多年以后,你却用一个转身,让别人跨越了黑暗,独自留下,掂量生命之轻之重,我如果是那堆乱石多好,与你对望每个星空。我想喊,旷野不能吐露我的心声,我要喊,山谷没有回答我的真诚,只好把那座城池的围墙拆净,不管你从哪个方向来,我们都热泪滚烫,高接远迎。

此时的昆仑哨一隅,天气却出奇的好,晴朗无风,雄鹰例行翱翔,阳光把石头晒得温热,虽和当下孙炜的位置只隔两个山坡,环境却十分迥异的两个极端,这是高原的常态。刘轩坤的地位也和这环境一样发生了天翻地覆的变化,从与大家的对立面变成了忠肝义胆之士,是令张琛等人敬佩爱戴的好排长,彼此间的相处也改观了许多。张琛竟主动给刘轩坤装饭夹菜、上烟上茶了,手段之露骨、殷勤之程度,比刘松和王玉周要到位得多,这让他俩看张琛的眼神有了一丝戏谑意味,虽然他们理解那句老话,刺头兵是一块璞玉,一旦被挖掘打磨,关键时刻最当打。

一道隔阂消散,哨所立马呈现出一派其乐融融的景象,大家的心情和这景象一样,略感美妙。但此时徐开路却面带焦急,对于妻儿上哨所的难度,他百爪挠心,所以一整天一口饭也没吃,来回踱步。兵舍前的高倍望远镜头快被他的眼眶磨掉了漆,脚下的石板被他的战靴踩得锃亮。

大家轻手轻脚，生怕弄出什么响动，搅得徐开路更心神不宁。他们打心眼里祈祷嫂子侄子能有好运气，希望昆仑哨有史以来第一个家庭的相聚，要足够成功，足够精彩。

前行之路，危机四伏，但好在他们即将看到终点的标志物。

柳大哥说："翻过最后一个达坂就能看到昆仑一号哨兵舍前的国旗了。"

距离目的地确实不远了，顺利的话再有半小时，他们一定能停在兵舍下面的搓板路上。最后一个达坂，也是最高最险的，一侧是土质松软的山壁，一侧是万丈深渊，车子龟速爬升到海拔大约四千六百米的时候，徐冬冬吐奶了，看样子非常难受，但这孩子这么小就懂得忍受，竟然憋着不哭。孙炜拍着他的背，自己胃里也翻江倒海，呕吐感强烈。柳大哥怕孙炜吐在车上，闻着那股味坐车更难受，于是停下车，把徐冬冬放在车后座上，将孙炜搀了出来。这里是制高点，风更猛烈，孙炜稀里哗啦一阵子吐，快把胆汁吐出来了，秽物飘洒得到处都是。

柳大哥怜惜地说："徐开路祖坟上冒青烟了，摊上你这样的媳妇儿，你们这是经得住考验的婚姻，以后有个小打小闹，想想这一段经历，什么都会释然吧，我羡慕你们！"

孙炜喘得厉害，抹一下嘴巴强颜欢笑，她知道柳大哥也并不舒服，却还在鼓励她，这是一个退伍老兵的素养，哪怕脱了军装很多年，仍然是刻在骨子里的素养，这素养永远应该被温柔以待，应该被报以最灿烂的笑脸。

略感舒服了一些，孙炜回到车上。柳大哥重新打火，连打好几次都没成功，有些许的不淡定了，但遮遮掩掩地说："肯定没事，车子有年头了，小毛小病太经常，我闭着眼都知道问题出在哪儿。"

说是如此，可柳大哥打开引擎盖踅摸了半天也没发现问题在哪儿，之前胸脯拍得越响，现在越是心虚。风在咆哮，能见度变低，柳大哥盯着氤氲中密密麻麻的部件和线路，时间一长，眼睛花了，他上下左右看看，想缓解缓解，一抬头，帽子上的细沙哗啦啦地流下去，还有新的微粒掉在他的身上脸上，他寻找来源，这一找不要紧，心一下子提到了嗓子眼，他发现山壁上有薄雾一样的尘埃被风吹下来，把他们笼罩其间，更降低了可视范围，他瞬间后悔把车停在这个险要并且没有退路的位置。

柳大哥又紧锣密鼓地把车里车外排查了两遍，电瓶、机油、火花塞、空气滤芯、打火装置，似乎一切完好，可小车偏偏没有动静，他这些年积累的经验和方法全用上了，统统无效。这时刚才的薄尘已演变成浓雾，不时有黑色的土块从上面掉落下来，有的砸在车顶上，有的滚在公路上，有的还滚下悬崖，听声音便让人心惊肉跳。

柳大哥说："这地方土质太软，有过几次滑坡，但那都是以前了，后来交通部队对这片区域进行了加固，不知道是不是到了年限了，实在不行，要徒步了。"柳大哥指着已经破败的铁丝网还有剥落了水泥防护墙的崖壁，建议孙炜和他暂时离开汽车。

孙炜不是一无所知，她知道离开汽车意味着什么，虽然坐车可能半小时就到，但徒步则不然了。他们有可能遇到狼群，还会因为带不齐物资，导致缺氧缺水缺热量，主要还是顾忌徐冬冬，他坐车尚能维持清醒，这要是背在身上、抱在怀里被一通折磨，极易睡觉，一睡觉必感冒。

孙炜正犹豫，徐冬冬也许是迷糊了，又奶声奶气地喊了两声"爸爸"，孙炜看到他粉嘟嘟的脸此时都像紫茄子了，但依然想奋力睁开双眼。这整条路上除了朝圣的藏民会在路上生老病死，应该再也找不出这么小的孩子了吧，徐冬冬虽然出生在格尔木，但论身体构造、基因血脉，还是高滩县的种儿，能有这样的状态太不容易，他还没有选择的能力，可他已经学会了在必须妥协的情况下保持抗争的精神，孙炜抱紧小小的他，眼泪夺眶而出。她的意志就是他的意志，他一句话

331

也说不完整，但她像是读懂了自己，也读懂了徐冬冬的心愿。

孙炜用背带把徐冬冬捆在怀里，准备从深渊一侧的车门出来。柳大哥站在三米开外的地方看着她一只脚迈了下来，放心了不少，回过头去扣引擎盖。

"哐当"一声引擎盖扣紧了，山体滑坡也结合这个声音一瞬间发生了。大量土堆、石块正对着面包车，像泥石流般从十几米的山壁上飞泻而下，速度之快像溃坝后的洪水，山体要运动，风也会呼喊，可这只会加剧山的狂躁，它像一个醉酒的蹩脚摇滚歌手，以为噪声也是旋律，给个话筒杆子就可以抓住并忘乎所以地摇头摆尾。它的毛孔和细胞都在扩张，那是它物理上的坍塌，精神上的傲慢，这也是它的待客之道，它要让人们见识什么才是高原的性格。柳大哥和孙炜熟知它的脾气，给予了足够敬畏，但它却无须挑选对象，它随时可以不高兴，在它的眼里，这活动的生物，统称为人。人最会信息传播，它针对的是人，所有人很快就会知道，那些曾叫嚣要征服高原、征服大山的人更会知道，它一直观望，不代表它始终都无所谓，它只会在某个时刻敲打一下用词不当的自负者：即使你们成功登顶了我、越过了我，那也不叫征服，长久的伴随才会征服，路过之人在我眼里不如一粒沙子。

滑坡带来一股力道，要把柳大哥往悬崖里推，雷锋帽率先被气流吹掉了，他来不及喊叫，第一反应便朝孙炜扑去，利用惯性把孙炜驱离，孙炜仰躺着摔出去时，顺手解开了背带的索扣，把徐冬冬往更远的地方抛出去，徐冬冬穿着厚厚的棉衣，像个圆鼓鼓的皮球骨碌碌滚出去五六米，正好躲开塌方核心，边缘失去威力的土壤分布在他的身上，像盖上了一层被子，他趴在地上哇哇大哭不止。而柳大哥正好位于塌方中间，他甚至没有挣扎，双臂也没有挥舞，他想抱住什么，想抓住什么，可惜哪里都松松垮垮，哪里都不可依附，拥抱是他和这个世界告别的最后一个动作，这个动作像里程碑，到处都有，但这条路上的却有呼吸，有血肉。同时，孙炜所处的位置虽不如柳大哥危险，但还是被辐射到，为了救儿子，她耽误了再挪动一下的时机，双腿被一块大石头压住，她能听到肌肉骨骼被碾碎的咯嘣咯嘣声，她能看到自己的腿呈不规则形状陈列在那里，她发出凄厉的尖叫，等稍微清醒一些，接受了腿已经骨折的事实，再扫一眼面前的场景，血呼呼地往脑门上涌，面包车已不见了，被土堆石块埋得严严实实，柳大哥的帽子还安静地躺在她的残腿旁，悬崖边上还有一片白茫茫的鹅绒，那一定是从柳大哥割破的羽绒服里漏出来的，纷纷扬扬、飘飘洒洒，神话中那些上天入地的好角色，有的化作白烟，有的遁地潜行，有的腾云驾雾，有的瞬间转移，而柳大哥也许和他们一样，去参加诸神迷醉的蟠桃宴，去搭建不问世事的桃花源，在那里和朝思暮想的未婚妻不期而遇、双宿双栖。

有一小片鹅绒飘过孙炜的眼前，她伸手抓住，撕心裂肺地哭起来，和徐冬冬的哭声混在一起，向这片土地索要柳大哥的印记，祈求可否再给一次重新来过的机会，那时她也会和柳大哥遇见，但她不会再来昆仑哨，她会和柳大哥说很多很多动听的话，讲很多很多猎奇的故事，唯独不包括昆仑山的一切。

然而，时光倒流，以上帝视角可以看到柳大哥的状态，他四肢张开，摆成"大"字，看不出那是坠落还是浮沉，似是拥抱所有，又像接受所有拥抱，总之，再不设防了。他花白的头发向上方的公路直立，脸上的肌肤却松弛没有褶皱，他眯着眼，那是如大将般运筹帷幄的自信，不同的是大将掌控的是战局，而他于无声处弄清了生命的走向。这条路上一走很多年，今天才看到终点，他没有给孙炜母子留下只言片语，他知道他们一定会到达目的地。他像一个坐在石墩上的留守老人，看着意气风发的少年从他的家门口风风火火地出走，一些思绪已然浮上额头，他除了祝福他们，就只有向自己告白，告白沧桑，告白往事，而后告白世界。他嘴巴一下没动，却唱了最深情的挽歌。

在这个地带，别说深渊，就算一道小沟小坎，摔倒了也经常有人爬不起来，柳大哥的离开已不可逆转，要抬起头看看活着的人了。徐冬冬还在哭，氧气匮乏，他的哭声听起来时断时续，令人担忧，孙炜喊了几声他的名字，徐冬冬没有回应。

孙炜心急如焚，不只是在安慰自己还是在激励徐冬冬："你动一动，让妈妈看看，你平时那么好动，该动的时候怎么不动了？爸爸就在离我们不远的地方，他第一次看到你，你就这个样子，合适吗？"

徐冬冬不动，孙炜想要把腿从石头底下拖出来，可下半身都没有知觉，使不上力气，血从石头底下流出来，逐渐汇聚成一个血洼，常识告诉她，再不止血，很快她就会干涸，野狼或者老鹰会循着味道而来，啃光她的肉，啄掉她的眼睛，徐冬冬的肉更嫩更香，说不定会先朝他下嘴，孙炜细思极恐，浑身战栗。

徐冬冬没有回应，从持续大哭变成时断时续地哭两声，间隔时间越来越长。孙炜叫天不应叫地不灵，喊起了徐开路的名字，她明知道徐开路听不见，但这个程序一定要走，因为她要把呼唤留下，不管在这世界的哪个角落，徐开路的耳朵听不见，内心一定感应得到。那样当他们灵魂对话的时候，他便不会埋怨她的不辞而别。临死，她还在追求这段情感的完美。

她想，我只是表达对你的思念，实际上我还在克制，我们之间从没有用如胶似漆来诠释过，腻歪永远不能形容美丽的情感。多年来，你在山顶，我在山腰或者山下，遥遥相望也不可惜，只要精神的脚步是一致的，我们便没有相互抛弃，那样才是真正的相濡以沫。

徐开路一阵赛过一阵地心慌，他看着搓板路尽头的垭口，望眼欲穿，孙炜出发前，他们打过卫星电话，正常情况下这个时间早该到了。他拨了好几遍不可能打通的手机，仍心存侥幸，他希望孙炜会突然接起来告诉他，因为交通管制、司机临时有事、破车抛锚、不想瞎折腾……根本没有上山来，全都是玩笑，全都是臆想。可惜，这些都不可能了，因为徐开路已经嗅到了他们的味道，那是家人的味道。

刘轩坤说："这季节公路上没雪，不要紧的。"

徐开路说："我是担心他们的身体，孙炜还能扛，徐冬冬……"

刘轩坤说："再等五分钟，不，再等十分钟！"

刘轩坤话音未落，两只老鹰发出犀利的啸叫，向垭口方向飞去，徐开路大惊失色："一秒钟也不能等！"

刘轩坤说："你知道他们在哪里？怎么找？"

徐开路直接给汤支队长打电话，请求可否协调直升机。汤峪说，直升机起飞需要严格的审批手续，手续做完之前也不要干瞪眼，他让徐开路把装甲车先开出来，抓住救人的黄金三十分钟。

徐开路说："那是战备车辆。"

汤峪说："战备是为了保护人民，军属首先是人民，保护她就是保护人民。尽管出动，有问题我担着。"

政委苏清对汤峪刮目相看，以前汤峪遇事可是站位很高、上纲上线的，甚至有些不近人情，这次动用装甲车竟然连嚅都没打一个，苏清认为这和他上次死里逃生有关，重伤痊愈之后，他的外在更硬，心肠反而更软了。

为了亲人动用战备车辆不符合原则，但徐开路巴不得汤峪这么说，和救人比讲原则，太荒唐。他想，亲人近在眼前却不能最大限度地去救，还能指望拯救谁？如果能，一定是伪命题。

装甲车碾碎掩体，破土而出，沙尘飞扬四射，冲击大家眼球，徐开路驾驶铁马，在群山环绕、沟壑丛生的高原小路上冲出了方程式赛道的气魄。他没走寻常路线，左冲右突，在起伏不定间如浪遏飞舟，但他还嫌不够快，因为他只见过孤鹰，若不是有特殊气味，从来没有两只鹰同时出现在他的眼前，并争先恐后地朝一个方向飞去，这是天空给他的信号。

徐冬冬不动也不哭了，孙炜也流干了眼泪，她深信儿子还没死，她认为他一定是饿了，需要吃奶，吃了奶就会重新活蹦乱跳起来。她的嗓子哑透了，声音穿透不了稀薄的氧气，她的孩子听不到。她想死前不能和丈夫在一起，必须要和儿子躺在一起，她不用再喊，只需要行动。

孙炜自言自语着："孩子，我得抱着你，你爸爸看到我们的时候，才不会认为我没照顾好你。就算谁也不知道我有多爱你，也没关系，我要让你知道。"

孙炜发挥最大活动半径，挑选到一块具有锋利齿牙的石头，咬着牙在腿上剐蹭起来，她想用石头把腿"锯"断，爬过去给徐冬冬喂最后一顿奶。石头每摩擦一下，痛感就直接传到脑仁里一次，"锯"到后来，她想，这是对麻木的身体最好的刺激，也许这样还能多活一会儿。每"锯"一下，她就能听到徐冬冬轻微的呢喃，模糊的眼睛像重新对了一次白、调了一次焦，嗅觉也更灵敏，可以闻到他身上的奶香味。可是，这时候她知道她的骨头到底有多硬，她想，和世界做了断容易，难的是和自己告别。

孙炜的痛让她想起很多往事，她想到了曾经的青春和荣光，想到了不知天高地厚的出走和流浪，想到了不明所以的激动和感怀，想到了自以为是的颓败和迷茫，想到了纷至沓来的生活琐碎和渐行渐远的朋友，想到了阳光、雨露和花朵等这个地方最稀缺的东西，已经都从她的生活中剥离出去了，她不遗憾，这是追随徐开路的负担，是维持婚姻的代价。说到代价，她还想到了那个不仅不用付出代价，还要享受生活的出租屋女房东，她每到月底都会开着玛莎拉蒂来收房租，很自然地露出名牌包、钻石戒指和手表，她身上的金银铜铁在孙炜面前叮当作响，孙炜对这些并不十分感冒，她也曾拥有，可看到女房东因为生活无忧而优雅美丽，还是忍不住羡慕。很多次女房东看孙炜娘俩儿不容易，主动要免孙炜的房租。

孙炜问过她："既然是出租屋，为什么要免房租？"

女房东说："当我做慈善，我可以做慈善，但做不到不留名。我有钱，可以不在乎钱，但需要让别人知道我不在乎钱，不然我混这么好图什么？别人的看法不重要吗？对失意的人不重要。我很得意，我有这个需求!"

女房东好几次还邀请孙炜去参加她的聚会,去认识她的朋友,都被孙炜婉言谢绝。

女房东的孩子有两个保姆伺候,她不能理解孙炜:"你比我还漂亮,思想却和我天差地别,我没觉得结婚生子之后生活有什么变化,如果让我用从容和快乐交换什么,我不接受,我为什么要嫁这样的男人?"

孙炜不生气,她只是阐述观点:"每个已婚人士都应该做好失去的准备,并对婚姻深有体会,那些已婚了还动不动呼朋引伴、酒池肉林的,大多数非奸即盗吧。"

女房东惊呼:"这个年纪竟然还能说出这样的言论,迂腐啊。"

孙炜不解释,没有人不想过女房东那样的生活,只是现实生活中更多的是她这样的人,她只能通过这样的否定,给自己些许的自信。

如今孙炜躺在这里,又想起了女房东接过她的房租甩头而去的表情,苦笑了一声。打那之后女房东再也没亲自来过,她在孙炜这里找不到价值感。孙炜觉得有些对不起女房东,她需要认同、需要展现,为什么不配合她呢?来生她也要做女房东这样的人,但今世她要守得云开见月明。面对劫难,她不后悔,想到徐开路和徐冬冬,她内心宁静,所以她仍然没有放弃"锯"腿,面容痛苦,眼神淡定,她从没说过报答、珍惜徐开路的话,她想,这便是她温情的告白。

孙炜没有力气了,她意识到自己快不行了,因为她的手已抬不起石头,她只想睡觉,耳朵里充斥着各种嘈杂的声音,好像来到了繁华都市,车辆彼此让行,人们礼尚往来,孩子哭了有人哄,老人倒了有人扶,百姓不用为生活忧愁,都能和身边人和谐共处,老对少皆和颜悦色,夫和妻全情投意合……她能看到所有的美好,所以她认为她要死了。

装甲车劈波斩浪,由远及近,徐开路终于看到前面的滑坡惨状,远处直升机也飞来了,现场的氛围是大难之后的凶多吉少。瞬间,他忘了操作,刘轩坤连忙拉下制动器,装甲车甩了一下尾,停在废墟旁。

徐开路连滚带爬地爬上废墟,高喊孙炜的名字,无人应答,只有直升机在高空盘旋。他四下搜寻,满眼的碎石和泥土,哪有车和人的影子,他当时就想从原地跳下去,紧紧跟上,陪他们去另一个世界,被刘轩坤拉住,并指了指另一侧孙炜所处的位置说:"那是不是他们?!"

徐开路以为听错了,这时直升机上有人用扩音器在朝他喊话:"发现热能,人还活着,赶快展开营救。"

徐开路这才确认信息的准确性,欣喜若狂,急忙滑下去,看到脸色已经铁青的孙炜和俯卧在三米外的徐冬冬。这是他看过的最触目惊心的画面,比在烈火中炙烤还要焦心,比在炸弹边开花还要残酷。

飞机上有士兵索降下来,他们齐心协力掀掉了石头,看见了孙炜用石头砸得血肉模糊的腿。见过太多血腥场面的士兵,也纷纷鼻子发酸。

徐开路哭着说一些含混不清的话,孙炜竟然还能露出凄凉脆弱的一笑,想要伸手触碰徐开路的脸,终究还是做不到。

孙炜虚弱地说:"柳大哥为了保护我们掉下悬崖,他是退伍军人,能评烈士吗?"

徐开路望着茫茫深渊说:"能!能!能!"

说完,孙炜瞬间就昏过去了,徐开路一手抱着奄奄一息的徐冬冬,一手拖着孙炜的担架,这个男人此刻很是单薄甚至有些佝偻,但这却是很多中国军人的缩影。和阅兵场上的军人形象截然不同,这里没有闪光灯和琳琅满目的镜头,所以这一类中国军人的缩影少得可怜,他们的故事也少得可怜,人们总对那些美的事物津津乐道,殊不知是这些痛与隐忍撑起了那些华丽的外表。徐开路上了直升机,他心疼到快要窒息,还没忘嘱咐刘轩坤,派人寻找柳大哥,寻找一〇九之魂，等他回来，他一定给柳大哥磕三个响头。

　　直升机向上飞升，机舱内的医务人员正给孙炜母子展开急救。此时，边境前线传来大捷战报，吉赛组织被斩草除根，全部消灭，总队作战人员已在归建途中，昆仑哨和川藏线防卫卡点也一并取消二级战备。机组成员忍不住发出欢呼，猛然间看到徐开路悲伤的脸，欢呼戛然而止，他们意识到这样的庆贺未免让人揪心，这场接近一年半的持久行动，已经让这位体会最深的当事人伤痕累累、刻骨铭心，在他面前搞庆功活动，合理但不合情。他们悄悄坐下了，不再发出任何声音。

　　徐开路说："两码事，别管我，我也高兴！"说这话的时候，徐开路眼睛没有离开孙炜，他口中的"高兴"，震颤心灵。

　　直升机将要入云，大家才知道孙炜距离目的地有多近，徐开路看见了哨所的国旗、兵舍，尤其是那两间刚修好的公寓，颇为扎眼，明晃晃的玻璃和房顶红色琉璃瓦闪着喜庆的光芒。他无数次幻想过和孙炜在里面团聚的场景，可还是被现实捉弄了，现在看来着实滑稽，一直期盼着的，从不存在，本以为是承重梁的，却化为乌有。那句话说得真好，太久之后才得到想要的东西，它往往已不是原来的样子。

　　徐冬冬被抢救了过来，他睁开水汪汪的眼睛看到了徐开路，每天都看爸爸的照片，但见到真人却不敢认了。

　　徐开路说："我是爸爸，咱们通过电话，我不知道你听不听得懂我在说什么，但我感觉咱们爷俩儿聊得挺好，你不记得了吗？"

　　两人的初次相见没有徐开路想的那么美好，徐冬冬把头扭向一边，看到了还在昏迷的妈妈，"哇"的一声哭了起来。

　　徐开路手足无措，连安慰孩子该拍哪个部位也无从下手，他的表现连个新手父亲都不如。终于，他像谈恋爱时抓孙炜的手一般痛下决心抓住徐冬冬的小手说："妈妈没有生命危险，她只是睡着了，你别哭，有我在。"

徐冬冬竟挣脱开他的手，倔强地拒绝他的关怀，这超越年纪的赌气，让徐开路心碎不已，这和拉情人的手被拒绝是两个概念。他憋屈在角落里，心疼加内疚，不一会儿情绪便失控了，泪水肆虐的样子和徐冬冬没什么区别。机组成员安慰他，徐冬冬一看这情况，效果已经达到了，再犟下去没多大必要了，叫了声"爸爸"。这一声，让徐开路的心房照进阳光，他把徐冬冬紧紧搂住，徐冬冬回报了他一个见面礼，撒了一泡酣畅淋漓的童子尿，全尿到了徐开路身上。徐开路很高兴，脸上洋溢着幸福和得意，觉得礼轻情意重，他的老父亲角色这才正式开始。

不久，孙炜也苏醒了，双腿打着石膏、缠满纱布，尤其是她"锯"过的左腿，医生说这条腿肌腱、筋骨受伤严重，很难恢复如初，即使接受最先进的诊疗，也会落下后遗症，将成伴随终生的七级伤残，纵使康复锻炼做得好，可以直立行走，也需借助拐杖。后续也如大家想的那样，他们翻山越岭费尽气力久别重逢，却是这样一个结局，孙炜很在乎年纪轻轻就成了腿脚不便的人，不仅不能成为徐开路的贤内助，还成了他的累赘。她的性格决定她从不是谁的附属，她的独立与自主本就是骨子里的。她想，婚姻也应如此，但凡发现相处只剩下索取，不能给予，就像得知想追的对象有太多选择而放弃的人一样，宁可不要，也不凑热闹。

他们也重蹈了那些老桥段里的纯真或烂俗，孙炜接受不了致残的事实，一心求死，被徐开路感化。但为了不拖累徐开路，她想把孩子交给刘彩后悄悄地离开，还徐开路一片茂密的森林，当然这也不可能实现，徐开路既发扬精神，又采取非常规手段，甚至启动哨兵监控，善意"软禁"，挽留孙炜。他们也进行了孙炜认为的最后一次谈话，唯有这次谈话稍显标新立异，带些魔幻主义色彩，所以他们最终归宿即便与套路化的结果殊途同归，但也称得上独辟蹊径，而不仅仅是皆大欢喜那么简单粗暴，避免了倒人胃口。

孙炜试探性地问徐开路："其实我们还不熟悉，相识多年，在一起的时间不过寥寥，我不在，你也一样适应，我也一样。你不在，我过得也很好，我不说，这也是我们的常态。"

徐开路明白她葫芦里卖的什么药，说："如果你是为了心安，那么你应该知道你真的不在我身边，与我再无瓜葛之后，我的处境和心态。那纸结婚证从来不只是法律条文，而是精神契约，可以不相见，怎能不可见。就像我们何止是夫妻，何止为了相聚。你是要给我自由吗？什么是自由呢？自由之人哪有发言权，像我们这种无比渴望自由的人，才会可怜巴巴地说着自由的坏话，又鬼鬼祟祟地想象着自由的胴体，像极了得不到就诋毁、得到就厌倦的渣男吧。但只要你知道了我的标准，就不会轻易定义我眼中的自由了。我不是不羡慕灯红酒绿，可高原已经把我身上浮夸的东西搜刮干净了，我发现我需要它们的时候已经过了年纪，我用十几年的时间不光履行职责，也想换取稳定的感情，到头来你怎么能让我这朴素的理想也落空。没有自由，我不会一无所有；没有你，我注定坠入牢笼。我爱你，就像我们的驻防誓言，宁可向前十步死，不可后退半步生。"

孙炜说："连表白也离不开你们所谓的誓言，你没救了。"

徐开路说："和你在一起，我享受这种无药可救的感觉。"

孙炜说："你主动起来的样子挺肉麻啊。"

徐开路说："这是骂我藏着掖着，不够大大方方，爱和打仗不一样，不会有不战而屈人之兵。你放心，以后都是我主动，我要告诉整个青藏高原，我离不开你。"

孙炜说："不够！"

徐开路说："怎么不够？"

孙炜说："是全世界！"

徐开路知道孙炜的工作初步做通了，刘轩坤和张琛等人也纷纷发来"贺电"，声称要向他学习。

徐开路说："语言的魅力毕竟有限，你们不能只看到我上嘴皮碰下嘴皮的胡侃，更要明白，轻易能说服的，一定是在背后有着不为所知的行为上的耕耘。感情岔路前，有人会把日子过成'谁离不开谁'，然后一拍两散，有人则认准'谁也离不开谁'，小心翼翼地呵护着当下，这样也许会遇错人，但绝不会错负缘分。说不上哪一种好，前者倒也洒脱，但只有自己才知道，贯彻断舍离越彻底的人，其实越害怕失去。"

虽然他们对徐开路的话还一知半解，但都清楚他又经受住了一次打击，这个说不上有什么灵气但十分懂得琢磨痛苦的人，再次悄然成长了，成长意味着生活又会翻开一个新的篇章。

第二十五章

你终究看到了野草和大树，它们一般夏发浅芽，秋落寒土，可这儿其实竟无夏秋，所以它们只是虚晃着，虽然那也是在向你招手；你看到了通往城市文明的公路，眼前也有了汹涌的人群，他们捧着哈达接近你，绝口不提你显而易见的衰老，然后匆匆去往别处。你站在大地中央，来时的脚印消失在日暮，你什么也不说，就像什么也留不住；可这不是你的愿景，依稀中为自己打一个响指，灯火亮了，那不是口号，那是昨夜赞歌，是今明绝美的重塑。

昆仑哨的秩序恢复到了战备之前，但容颜已改。新漆面是她匆忙涂抹的粉底，新房子是她刚披上的爆款风衣，新设备是她花大价钱做的全身SPA，她像一个风韵犹存的熟女，费尽心思粉饰满脸风霜，紧赶慢赶追时代步伐，偶尔也有粉嫩的少女梦。可当她向徐开路露出爽朗的笑，眼角的鱼尾纹还是暴露了她的沧桑，不过没关系，不管她装扮与否，在徐开路眼里，她的样子还是最初相见时的纯真。她和孙炜一样，都是徐开路的心头肉，不同的是，前者似图腾，后者似骨血。徐开路面朝伟大的图腾度过了最艰难困苦的岁月，马上就要过上好日子了，可也到了离开她的时候。这次离开，不是取舍，没有选择。

孙炜能挂着拐杖独立行走的时候，徐开路接到了上级通知，由于他的客观情况，不适合再留在守护中队，更不适合一号哨执勤，他被调入训练基地担任战术教员，孙炜母子被批准随军。刘轩坤已经把他的行李送到了格尔木，两天后他的行李会出现在青海区域训练基地的收发室内。

徐开路不用再回昆仑哨了，连说一声"再见"也不必了，这也许是最简洁的告别，这和他内心的声势浩大一点儿也不匹配。他突然满脑子都是还没做的事，还没有到柳大哥出事的地方祭拜，还没有给刘轩坤讲讲哨所的怪脾气。如果不遵循一些只可意会不可言传的规律，哨所是会莫名其妙地出事情的，还没有亲自宣读张琛的班长、刘松的副班长任职命令，还没有收获今冬的第一棵白菜，还没有落实今年的巡逻计划，还没有教两名列兵最新的战术动作……正没着没落的时候，昆仑哨传来一个爆炸性的消息：安逸的遗体找到了。

一支自然环境监测队伍在进行勘测作业时发现了埋在雪窠里完好如初的安逸，据说领队名叫李宇，他到昆仑哨送安逸时说他和昆仑哨有不解之缘，和哨所老班长徐开路有兄弟之情。

失踪的两个人在徐开路离开之后姗姗来迟，徐开路震惊之余只有感叹。他想，这可能也是昆仑哨的怪脾气之一，她也觉得我到了该走的时候，她在告诉我一个道理，死抓住昆仑哨不放，是站得高看得远，可这世界是折叠的，再高再远，看到的也只是一面，不再四处张望，关注身边和足下，也是人生丰沛的呈现。

刘轩坤等人好好招待了李宇，还给安逸和柳大哥举行了隆重的告别仪式，并录下了视频。在前往西宁的路上，徐开路看到了这几段视频。

视频中，李宇笑容灿烂，和大昭寺前磕着长头、假装不问世事的他判若两人。他对徐开路说："想不到我还会出现在这里吧，当时逃避，是担心被吉赛组织余孽追杀，现在他们被全部剿灭，没有了这样的威胁，我也可以继续我的事业，来完成胡栋队长的遗愿，来寻访你们的精神足迹，来探索昆仑山的奥秘。我来了，你却走了，不过也好，军人本身就像候鸟，从南到北，一直在路上。希望你幸福，如果有机会,我们还要并肩战斗,请记住我这个不在编不在列的战友。"

视频结尾处,刘轩坤也有一段发言,既是表态,也是祝福,他说:"人家都说,好男儿志在四方,可我们常年困顿一隅,偶尔回到闹市,却像井底之蛙,与社会格格不入。可我们知道我们是好男儿,因为他们所说的四方,就是我们站立的地方,或者说,因为有我们站在这里,他们才有了四方的概念,我们愿意成为这样的边界,或者像安逸、柳大哥一样,化作刻在边界上的碑文。班长,你要心安理得地走,不要留恋,牺牲的人,用肩背给我们垫出一条平坦之路,就是为了让我们走起来风生水起、义无反顾,将来你过得更好,我们才有奔头。当我们也为人夫为人父,不用经历你们这样的挫折,就能华丽转身,去拥抱新的生活,想想就很美好,这些不会太远……"

车厢里徐开路盯着屏幕泪如雨下,多种情愫汇聚一起,他的世界山河破碎。孙炜一言不发,一只手挽住了他的胳膊,另一只手把徐开路的头轻轻地按在她的肩膀上,她没有强健的体魄,但只要她懂他,她就比任何人都有力量。她知道徐开路不需要安慰,需要的是面对;不需要分担忧伤,而是需要找到支点。在他梦回第二故乡之后,有人将他叫醒,有重新踏上征途的勇气。一旁的徐冬冬只是好奇地看着这一切,他也许在想,为什么这么大的人了,还不如他这个孩子,说哭就能哭得一塌糊涂。

车窗外的地貌出现了变化,场景、色彩丰富起来,生命的气息充盈而温暖,徐开路的鼻子顿时湿润了许多,嘴唇上的死皮也不再干枯,他终于再次感受到生活的无限馈赠。此刻,他还怀念着昆仑哨的一切,可他听了兄弟们的箴言,并未感到失落,因为他意识到身体里流淌着昆仑哨的鲜血,他相信能以昆仑哨传授给他的方式拥抱生活,只要他一如既往地肯干肯做,昆仑哨的痕迹就不会消散。

快到训练基地时,孙炜却打起了退堂鼓,她知道三年前出走昆仑哨的副班长陈爱山就在这里,更尴尬的是陈爱山的爱人陈钰也住在这里的家属院。她不想见到这个女人,当年她虽然没有对她构成任何威胁,而且还间接促进了她与徐开路关系的进展,但自己就是不想见她。孙炜清楚原因,如果她没有腿伤,依然貌美如花,站在徐开路身边妖娆尽显,她才不在乎见不见陈钰。可现在她这副样子,按照陈钰的性格,肯定是会奚落几句的,被奚落,孙炜习惯了,可她不允许徐开路受一点儿委屈,他曾那么骄傲,如雪莲般纯洁,不能因为她受到鄙视。

徐开路好像看出了她的心思,说:"必须去,且不说你还是那么美,现实中哪有那么多金童玉女,那是人们的向往而已。老话说的是,好汉无好妻,美女配野兽。我们挺起胸脯,我们就是例外。只要你有信心,你一定会一天比一天更好,咱们不跟谁比,就跟自己比,那样我们就可以做到别人说好话时我们点头致意,别人说坏话时也一笑而过。关上门,自己过自己的日子,谁怕谁啊。"

孙炜说:"我是怕你不自在。"

徐开路说:"除非当年我对她有过想法,不然怎么会呢?"

徐开路的回答,孙炜很满意。她是个脱俗的女人,可她首先是个女人,女人自然挡不住赤裸裸的忠心。

车子进了西宁市区,已经远离人间烟火太久的徐开路,看什么都舒服。垃圾车臭味熏天,他认为这是市井味。远处的烟囱汩汩地冒着烟,让一大片区域灰蒙蒙的,他也觉得亲切。这是北方的颜色,是当年资源型城市的典型特征,哪里有烟囱哪里就有厂子,谁家有人在厂子里上班,平时人前走路都要抖三抖。冒烟不止的工厂效益才好,颜色越灰的地方越富有。交通堵塞了,喇叭声此起彼伏,路边的面片店、烤饼铺子的吆喝声不绝于耳,徐冬冬焦躁不安,皱起了眉头。徐开路不觉得这有多糟心,和缺氧比起来,这已然算人间仙境了。他甚至还想多堵一会儿,训练基地的地址在郊区,他不想太快回到犄角旮旯里。

越是这样想,路程好像越短,还没记住任何一条街道的名字,他们已远远地看见了基地大门。徐开路连忙整理了着装,换上了常服,戴好了大檐帽,检查了好几遍风纪扣,当年谈恋爱也没见他穿得如此板正,孙炜也被他弄得紧张了。

徐开路说:"刚来新单位,他们一定会组织欢迎仪式什么的,咱以后拖家带口在这里生活,第一印象要留好。"

孙炜觉得他说得在理,连连点头,把拐杖用新纱布缠了,把徐冬冬的鼻涕擦干净,只等着用最好的精神面貌接受夹道欢迎。

车子停在了门口,驾驶员把人放下后一溜烟开走了,徐开路搀着孙炜,抱着徐冬冬,背上还挂着孙炜住院时用的锅碗瓢盆,虽然收拾了半天,可一看还是像从前线刚下来。不过这不是重点,重点是他们并没有看到什么欢迎队伍,更别提什么仪式,空荡荡的大门处除了一个哨兵警惕地看着他们,还有一个黑黢黢的家伙在自卫哨里面探头探脑,徐开路一眼就认出了那是陈爱山。

徐开路心里稍微得到一丝安慰,有兄弟在,就不孤单。

不过他还是嘀咕:"基地没接到通知吗?我明明听到驾驶员给基地主任报告过了,他们要是不知道,陈爱山怎么知道的?"

陈爱山看见了徐开路,一路小跑过来,接过徐冬冬和徐开路背上的东西,带着徐开路往家属院走。一路上,他像打开了话匣子,诉说这几年来的相思之苦,见到他们多激动,并展望了未来,表示以后一个大院过日子,大家可以有照应,云云。只是,一句也没提他和陈钰的事。陈爱山是个有次序的人,他不提一定有他的道理,徐开路也不好问他的家事。

陈爱山把徐开路带到了分配给他的公寓,这是一套四五十平方米的房子,躲在新楼的后面,是二十世纪八九十年代的板状楼,楼前的空地上,大白天有肥硕的老鼠在溜弯,它竟不怕人,还停下来看了看徐开路,宣示了一下主权;楼道黑漆漆的,二楼有一间有水淌到楼道里来,弄得到处湿漉漉的;三楼一户人家正在吵架,声音尽收耳底,可见隔音效果之差；而四楼两口子更夸张，还没到晚饭时间，已没羞没臊地亲热上了，发出令人脸红耳热的声音，孙炜捂住了徐冬冬的耳朵。

陈爱山有些尴尬："咱们是符合家属随军队伍中级别最底的，只能享受这个标准，凑合着住，我在你楼上，情况差不多。"

打开门，徐开路闻到一股消毒水和腐烂发霉的味道，再看屋里的陈设，桌椅床柜一目了然，看起来基地保障部门负责人遵循的是极简主义，这布置比当时孙炜的出租屋还要寒酸。不过徐开路知足，至少有个不花钱还能长落脚的地方，还是个两室，稍微归置归置，很容易像个家。他只觉得对不住孙炜，本以为从格尔木到了省会城市，能提升一下生活质量，没想到只是换了个睡觉的地方而已。

徐开路讨好地看着孙炜。

孙炜说："只要能每天看到你，就是天大的进步，我没其他意见。"

于是，徐开路一家算是匆匆忙忙地住下了。

他们不来迎接，徐开路要主动前去报到。陈爱山带着他到基地领导办公室转了一圈之后，徐开路心里有股说不出的滋味。没有谁特别热情，看见他就像看见一个表现不怎么好的士兵，他们眼里没有温暖，更没有喜悦。一个个哼哼哈哈地打着官腔，纷纷交代他到了基地要遵守基地的纪律。尤其是基地华主任，说话没有一丁点儿人味，不停嘱咐徐开路要尽快融入集体，不要仗着劳苦功高，耍老兵油子做派，要领会领导意图，揣摩领导心意，对待工作积极主动，这里不像哨所，眼里要有活儿，手脚要勤快。总之两条，听话，干事。

听了华主任这话，徐开路有些不悦，感觉他们对哨所的人有误解，觉得哨所的人不勤快、不听话、不干事似的，在哨所躺着就是奉献，好像他们真的天天躺在那里。

徐开路发牢骚："'领会领导意图，揣摩领导心意'什么时候成了他们的官方术语，时不时挂在嘴边上，这难道不是一句很没水平的化石语言吗？什么样的领导连指示也指示不清楚，需要让下属去领会、揣摩？懒政的标准当成要求下级的标准，也是没谁了。"

陈爱山满脸涨得通红，欲言又止，看到徐开路疑惑的表情，终于没忍住："其实……其实他们不是对你有意见，造成现在这个局面跟我脱不了干系。"

徐开路问："有你什么事儿？"

陈爱山说："当时我刚来，他们对我是寄予厚望的，可后来……"

徐开路问："说下去啊。"

陈爱山说："后来我表现实在差强人意，几乎成了笑料。所以，他们恨屋及乌，把你也捎带上了，以为昆仑哨下来的，都烂泥扶不上墙，是我连累了你……"

徐开路说："不怪你，我知道你有能力，你一定有难处。不管你混成什么样，你都是我们优秀的副班长！"

陈爱山还没说来龙去脉，徐开路便知道了大体框架，他心诚地安慰陈爱山，陈爱山便没有必要遮遮掩掩，当年出走已经让他有了心结，现在是时候坦诚一些了。他和盘托出，他这一诉苦，让徐开路哀叹连连。

原来陈爱山到基地后，刚开始表现确实可圈可点，和陈钰也过了一段相对甜蜜的安稳日子。陈爱山安心教学，陈钰退伍后凭着曾在文工团的工作经历，在西宁歌舞团找了一份差事，经常参加演出，偶尔还能接拍个影视剧什么的，虽然是十八线配角，但也满足了她的触电梦。她事业上风生水起，导致两人在一起的时间少了太多。有了孩子后，情况稍微好转，但也没持续多久，陈钰经常把孩子一扔，去追求影视梦。演艺圈的浮华，让陈钰逐渐嫌弃陈爱山微薄的工资和简陋的生活环境。终有一天和歌舞团负责演出统筹的副团长勾搭上了，被陈爱山撞破之后，陈爱山的暴脾气哪里忍得了，大闹歌舞团，打伤副团

349

长。本来他可以告副团长破坏军婚，这下可好，被人抓住把柄，反参一本，背了个降衔处分。虽然事后副团长也付出了应有代价，但他和陈钰也彻底走到尽头，为了孩子，陈钰离婚未离家，两人竟还在一个屋檐下住着。陈爱山心里窝囊，无心工作，教学也频频出差错，教员当不成了，被下放到后勤班伺候二亩菜地和几头肥猪。地被他种得草比菜都高，猪也养得比狗还瘦。华主任三天两头找他谈心，但解决不了实质问题，只能听之任之，时间一长基本等于放弃他了。

陈爱山说："原以为当年离开昆仑哨是解脱，现在看来是南辕北辙，在昆仑哨取得的荣誉，在这里消耗干净了。当年我们远离尘世，不受沾染，现在这些鸡零狗碎都还了回来。"

徐开路说："不能后悔，就算目前境遇不好，这也是必由之路，你应该庆幸种种不如意在一个阶段全部袭来，而不是散落于你人生的每个角落。"

陈爱山说："你是在说你自己吗？你没来时，我是最狼狈的，看到你以后才意识到，是不是昆仑哨给我们下了魔咒，不然怎么都过成了这鸟样子！"

徐开路说："这都是暂时的。"

陈爱山说："当年你也是这么哄我们的，你是班长，要当主心骨，要照顾大家的情绪。现在咱们谁也管不着谁，能不能实在点儿？"

徐开路说："生活还能再怎么恶心我们？取经也该到西天了。"

两人边走边说，很快进了家属院大门，一个邋里邋遢的孩子蹲在墙边上玩沙子，看上去也就三四岁，听到这边有动静，扭头看了一眼，丢下小铁锹，转身就走。

陈爱山说："陈昆仑，回来！"他不叫还好，这个被唤作陈昆仑的孩子拔腿就跑，小短腿倒腾得飞快。

陈爱山说："这孩子，一点儿礼貌也没有。但这不怪他，是我没教育好，也不会教育，没起太多好作用。我是个不负责任的炮手，放一炮就走，哪管一地的狼藉，所以我有什么理由怪陈钰，我谁都怪不了。"

徐开路问："这是你的孩子？他叫陈昆仑？"

陈爱山点了点头，他也许已经忘记为什么给孩子起这个名字。可徐开路看到他的目光中有数不尽的回忆，或者说他本以为越走越远，对儿子名字的含义越来越模糊，可其实这才是他最质朴的怀念，每一次回眸都是寻常的一瞥。想要未来平淡对待或者直接忽略，才需要一个仪式感的环节来稀释那不值一提的惭愧，而陈爱山不需要，这是他纪念过去的方式，也是他在意未来的方式。所以徐开路很欣慰，陈爱山才不是什么逃兵，铆钉不必嘲笑木楔，死结无须妒忌活结。

这座西宁近郊的部队家属院里，栽满了高耸的大叶杨，鲜黄的叶子在大道两边摇曳着，这是比"碧绿"还亮眼的色彩，阳光从它们的舞姿里变换着形态，妖娆的影子追随着徐开路的脚步，感官上的愉悦随之而来。这里海拔虽也有一千多米，但这是适合人类居住的高度，这样的高度让文人骚客不再疮痍满目、满腔悲壮，能吟出"叠嶂雨馀泉眼出，澄潭风静钓丝垂"等无关痛痒的诗句了。在昆仑哨绝无这种经验，徐开路感到惬意，他突觉那些过去的痛都不在话下了，他可以选择性地忘记，他可以像电影散场时一样，做那个不看结尾字幕率先离开的观众，吃烤鸡、炸串、麻辣烫，断然不再提剧情半句的人，这样的人狠不狠，只有哭得稀里哗啦的观众知道。

傍晚，徐开路不让孙炜下厨，亲手张罗了一桌子饭菜。在谁下哨谁是炊事员的昆仑哨，加之可能也继承了刘彩的美食基因，徐开路无师自通，练就了一手好厨艺，今天第一次在家派上了用场。孙炜插不上手，拄着拐杖在一旁看得也起劲，徐开路的快乐就是她的快乐，她说，这是一顿承前启后的饭，她要连吃三碗。饭菜齐了，徐开路不着急开饭，把陈爱山和陈昆仑请到了家里来。孙炜有些不高兴，刚想一家人单独聚聚，又把外人招来了，不过她的丈夫她最清楚，他不仅心怀国，心怀家，还心怀别人的家。

军营超市不卖酒，徐开路跑出去三千米买了一瓶青稞酒，两杯酒下肚，他和陈爱山面红耳赤了。

徐开路抱过陈昆仑，从口袋里摸索出一个红包，硬塞到陈昆仑手里说："小子，不为别的，你叫陈昆仑，你是昆仑哨的种，看见你，我和你爸就浑身充满力量。"

陈爱山说不能要，本来不想要的陈昆仑一把抢了过去揣进了怀里，把跟爹唱反调这件事贯彻到底。

徐开路说："你这倔驴脾气我喜欢，但是爷们儿告诉你，你爸现在什么样子我不管，他在我心里永远是功臣，非常优秀，将来你会懂他……"

孙炜抱着徐冬冬说："你跟一个三岁的孩子说这些，有意思没？"

陈昆仑发话了："功臣？我爸就是个种菜的。"

陈爱山看到儿子的不屑不敬并不激恼，但气不顺，很快就喝多了，发了酒疯。巧合的是陈钰不知在哪儿听说父子俩在徐开路家的消息，找上门来，脸色非常难看，连个招呼也不打抱起孩子就走，和陈爱山再次发生冲突。好好的一顿饭吃得鸡飞狗跳，孙炜还说连吃三碗，结果连一口都没吃上，饭菜全被陈钰掀翻在地上。孩子的哭声、陈爱山的醉骂声、陈钰的尖叫声，把大门口的哨兵都吵来了，还搬来了华主任。华主任看到地上的酒瓶子，当场鼻子气歪了："好啊好，你们两员大将算是凑齐了，看来基地不够你们霍霍的了，刚来就整这么大动静，再过两天房顶都要被你俩给拆了！"华主任拂袖而去，第二天给了一人一个警告处分。

的确，徐开路乐观得太早了。

过了好几天，华主任气消了，正式安排徐开路当战术教员。带兵训练，每个老兵都有不少心得，对于打过几场硬仗、具备实战经验的徐开路来说自然更不算什么难事。战术和射击不同，击发快不快、打得准不准就能分出射手的三六九等。而什么是好战术？能利用好地形地物，精准地躲避袭击并构成袭击，就是好的战术，哪怕一场战斗下来只用了一个姿势，没有新奇特，只要完成任务就是胜利，一招鲜和招招会分不出孰优孰劣。这是徐开路第一课给学员们讲的理论，但学员们并不买账。几个训练尖子首先表示不服，抛出一个致命的问题："战术考核，考动作就单纯考动作，考官才不管你能不能拿下目标。"

这里就存在矛盾，全能型人才毕竟是少数，战术训练时间又非常有限，如果不能有侧重地训练，很可能导致招招会但招招烂。徐开路还是倡导各学员根据自身情况有针对性地加强某项或某几项动作，就像摔跤，把人摔倒有三千多种形式，可优秀的运动员肯定最精通一个或者几个撒手锏，绝不可能面面俱到。

徐开路坚持自己的教学理念，可惜，第一次考核，学员的成绩一塌糊涂，及格率惨不忍睹。基地宣传栏上设置有精英榜，很不幸，他们队上的是旁边的曝光栏。徐开路的威信初步受损，虽还没到怀疑人生的地步，但这个倒霉的机会很快来临了。

基地组织战术会操，会操完毕，大家正准备收拾小马扎退出现场，这时候华主任提议让各队教员也来一次展示，搞一个课间小比武，调动一下训练氛围。各队教员摩拳擦掌，徐开路提出异议，各教员擅长的专业不同，这么比不公平。华主任粗鲁地化解了这个难题：各个专业统统比一遍。

徐开路心想，这哪是课间小比武，明摆着是华山论剑，是一场"惨绝人寰"的盘道。怪不得他前一段时间发现很多教员在偷偷加码，单独搞课外加操，原来除了他，所有人都知道将有这么一次明争暗斗。徐开路叫苦不迭，看到华主任居高临下的脸，马上明白了这场比武就是为了检验他而已，更直白一点儿说，是给他个下马威，让他知道自己的斤两。事到如今，徐开路不害怕，心说，我好歹也是实战过的人，跟你们这些没真刀真枪干过的人比武，还是有优势的。

然而徐开路大错特错了，他不知道打过实战在求快求分的环境里吃不开，照样干不过各类竞赛中如鱼得水的"考核机器"，这些人秉承的是应试思路。就拿徐开路最懂行的战术科目来说，他认为滚进侦察的时候单纯求快是错误的,可考官从不管地桩线、蛇形刀刺网刮烂了谁的屁股,只认掐表成绩,所以徐开路连这个最拿手项也被人斩落马下,项项稳居倒数第一。那群生龙活虎的小子,个个展现出了惊人的"拿分"水准,仿佛就是为比武而生。他们比徐开路要更适应这里的气候、环境和节奏,徐开路在海拔四千多米的地方不可能用剧烈的方式进行战斗,节奏快无异于自寻短见,所以下高原后,上面的运动准则时刻掣肘着自己,思维定式不可能说改就改,不换思想就换人,这是部队的老话,因此徐开路败得彻底。失败的连锁反应是他很快被打成陈爱山的同类,两个立过赫赫战功的人,却成为训练基地将士茶余饭后的谈资:他们身上疑点重重,没有英雄该有的特征,看上去还不如普通人体面,情商、智商、能力都有水分,是宣传部门错树的假典型,这种人目测放得了炮仗,打不了硬仗。

目前还是质疑阶段,也有智者觉得徐开路的发挥是被限制了,比武成绩不能代表全部,公开场合为他鸣不平。可人要出丑,全世界都会为他让路,跌面儿的机会再次来得当仁不让,徐开路的形象一落千丈,扳是扳不回来了,他认为他很快就得和陈爱山去种菜养猪了,可以哥俩好六六六,如胶似漆长相守了。陈爱山是两年后堕落成现在这个样子的,而他"木秀于林",只用三个月左右就达到被摧之的程度,这么说他"技高一筹"。

这事的起因在孙炜身上,西宁基地是今年全部队的单兵作战技战术改革试点单位,已经风风火火地搞了一年,总部工作组要来验收了。好几位副大军区级的领导来一个小小的团级单位检查工作,算得上年度盛事之一了,华主任每天紧张得身体机能都紊乱了,吃不好睡不香,提前半个月就演练排练上了,生怕哪里出纰漏。工作组到达的前一天晚上,他特意组织了迎检部署会,交代各大注意事项。临散会还不放心,把几个新来的和后进的同志留下来单独加强动员,其中少不了徐开路和陈爱山。陈爱山属于后进人员,徐开路占了"新来的"和"后进的"两个指标,算双料王,被华主任高度关注。华主任认为，检查时，陈爱山躲在菜地和猪圈的范围内，基本不会对检查造成影响，剩下一个最重点的人物只有徐开路。届时，他处在教员队伍中，因为黑得发亮，比较显眼，有很大概率会被抽问，可以直接和首长对话，他站在那里，要么发光出彩，要么能捅大娄子。

华主任忧心忡忡地说："不是不信任你，你从昆仑哨来，没见过几次大场面，如果心里没底，请提前说，我现在还来得及早做打算；如有信心，请做好分内工作，要发扬如履薄冰、时不我待的精神，助力单位顺利通过检验。"

徐开路心说，第一句澄清什么，意味着中心思想是什么。"不是不信任"，也可以理解为，我一点儿也不看好你。这太看不起人了，小地方来的，活该被质疑？华主任越是这么区别对待，徐开路越不忿，决心要在这次活动中翻盘，所以他向华主任表了态。

华主任以为，徐开路就算不给他长脸，至少有老兵的操守，也不至于吓破他的胆，可事实上怕什么来什么。工作组如期而至，领导们不顾舟车劳顿，下车后即上训练场，认真查看改革成果，倾听基层意见。大家按照事先排演好的步骤展开，有条不紊。华主任胸前挂着指挥员的卡牌，像一位资深导演，纵览全局，运筹帷幄，他给每一名教员配了对讲机，熟练掌控调度，随时发出通报和警示，大家心照不宣，所有突发性情况处理得干净利落，一切看起来相当美好。

徐开路带领学员演示完新战术动作，一位中将看完频频颔首，面露喜悦之色，随后踱步到徐开路面前问道："小伙子，你是怎么理解街巷战斗的？"

徐开路没有打过街巷战斗，但对此颇有研究："报告首长，中国城市化进程尤其飞速，改变了现代战争的面貌，街巷地带的军事行动未来将成为战场的重要组成部分，交战中会混杂大量平民，在这种情况下我们必须遵守现场指挥部规定的交战规则，使用颠覆性的单兵作战技巧……"

徐开路滔滔不绝，首长正听得如痴如醉，这时，天似乎要塌下来了。徐开路肩头的对讲机突然响了，传出一个急切的声音："徐开路，徐开路，收到请回答，我是陈爱山，孙炜从楼梯上滚下来了，伤情严重，可能要动手术，你必须在，不然签不了字，我们现在在赶往总队医院的路上……"

听闻噩耗，徐开路愣了几秒，这几秒十分漫长，全场跟着屏住了呼吸，特别是指挥所里的华主任傻眼了。在这个万籁俱寂的时刻，更"骇人听闻"的场面发生了，距离中将不远的警戒圈外，竟有几头老母猪试图冲闯禁地，虽然被警戒人员拽着猪尾巴拖走了，但"追儿追儿"的声音，全场都听见了，警戒人员解决它们的滑稽样子，全场都看见了。影响面虽得到遏制，但在华主任看来，这是天大的事故，他此时的心情像拜堂时磕头磕错了老娘、拜完堂入错了洞房、入完洞房尿了床，他恨不能手撕徐开路。

万幸，中将是见过风浪的，没有追问什么，他离得最近，全程听得清楚，率先反应过来，一摆手说："赶快去！救人要紧。"

徐开路顾不得客套，撒腿就跑，那速度可比之前比武的时候要快得多。

华主任暴跳如雷，拍着桌子骂作战参谋到底怎么回事，谁的信道串台了？作战参谋出去查了半天查清楚了。回来汇报，是陈爱山的儿子陈昆仑带着徐冬冬在楼下玩，徐冬冬不小心掉进了臭水沟，号啕大哭，孙炜听见了，拄着拐杖往楼下跑，腿脚不方便，一不小心摔倒了，从四楼一直骨碌到一楼，满身是伤，不省人事。不到四岁的陈昆仑急得跺脚，跑去菜地向爸爸通风报信。陈爱山回到家属院一看孙炜的伤势，断定要做手术，如此严重，家属必须在场，他也不管三七二十一，冲到家属院与训练场的连接处，生抢硬夺搞来一名警戒人员的对讲机，干脆全网寻找徐开路，毫不拖泥带水。

华主任听完脸上青一块紫一块："把这个警戒人员，给我关他十五天禁闭，再下放到昆仑山去站岗，好好锻炼三个月！"去昆仑山算作下放，华主任不是不知道那里的艰苦，只是在他眼里艰苦中走出来的士兵，不代表在一些需要抛头露面的场合能够有用，徐开路和陈爱山都是很好的例子，他俩差点儿毁了他的心血，甚至前程，现在想到他俩，他就咬牙切齿："这两头倔驴，炸裂、崩烂、爆碎的存在！"

检查验收工作没有因为这段插曲而停滞，正常进行下去，结果还算圆满。中将嘱咐华主任在做好试点工作的同时，要关心士兵生活，不要对刚才的事耿耿于怀，毕竟这是检查验收，不是战场，他相信战争来临，刚才那个战士不会临阵脱逃。

中将用了"临阵脱逃"这个词，华主任好好揣摩了首长的语气和神态，自认为首长一语双关，批评意味十足。于是，他没记住别的嘱托，只记住了这个万恶的成语。

孙炜老伤没好，又添新伤，这下又要在医院住些时日了。徐开路抚摸着孙炜苍白的脸，这曾是一张拥有倾城之颜的脸，当年他摸上去，满满的胶原蛋白，迸发着青春的气息，好像有一股强烈的吸力，让他不由自主地靠近，然而现在她的脸干瘪枯黄，印满了岁月的疮痍，他依然会凑上去亲吻她，可更多的是疼，疼到心悸。

孙炜睁开眼，一如既往的坚强，苦难让她对旁人看来的天灾也能泰然处之，她还有力气为徐开路祈祷，希望他不会因为这件事受处理，她还在担心徐冬冬没人照看，会饿瘦的，她还想挣扎着爬起来。

徐开路说："早知道会更糟，当时我应该同意你的决定，我不想再看到你受伤，也许你不跟我，会好太多。"

孙炜说："这不是你的真心话，当时那也不是我的真心话，我们何必在每一次受到伤害的时候，率先想到和最珍惜的人剥离开来。一切都是暂时的，总有一天，我们回过头去看，真的会很感谢自己，没有做一些当时就知道可能会后悔的决定，会庆幸自己的坚持。"

徐开路从医院出来，准备请个临时保姆，被陈爱山否定了，他说："你家什么条件，请得起保姆？徐冬冬交给我。"

徐开路说:"比我混得还苦,怎么帮我?"

陈爱山说:"我去找陈钰。"

徐开路说:"她搭理你吗?她看你的眼神,和看一只刚从粪尖上起飞的苍蝇差不多。"

陈爱山说:"每个人都有相对的底线,如果她太绝,根本不会再回来,连陈昆仑也不会管了,我相信让他帮忙带两天孩子,还是没问题的。"

他们生活在一个屋檐下,陈爱山还是了解陈钰的,让她顺带着照看两天徐冬冬这事,竟然被他三言两语说通了,据说陈钰表现得还挺积极,她也看不得徐开路一家的遭遇。她都这样了还同情别人,通过这件事,徐开路对陈钰的看法有了改观,他似乎找到了她和陈爱山没有彻底分道扬镳的蛛丝马迹。他想,这人世间的情感状态、关系,哪有什么非黑即白,哪是动不动就了断或结合能解释清楚的。徐开路找过陈钰,问她和陈爱山是否有复合的可能。

陈钰说:"我也想过这个问题,都这把年纪了,过了黄金时期,跟谁过不是过,但左思右想,男女在一起有了芥蒂,却还要假装合拍,没事的时候装蒜,有事的时候敷衍,挺累的。"

徐开路说:"女人还是傻一点儿好,太聪明了就不想行动了,做什么之前一考虑,觉得这事儿也挺无聊,那事儿也挺傻缺,不如维持现状舒服,那完了,晃晃荡荡一辈子过去了。"

陈钰说:"谁来教育我,也轮不到你来教育我。"

徐开路还在想陈钰这句话的意思,没想出个所以然,就接到了华主任让他回去接受处理的通知。

第二十六章

江湖不乏误解，难免常被中伤，你并不饮恨，老茧般地麻木。真正的考验只会重重来袭，不只是重重一击，你警觉，如同惊醒的孩子，没有蜷缩在黑暗里，第一时间触摸的是窗棂，看到的是来路。虚虚实实的谍影中，大多数的流泪，是无助之后，终于穿越了藩篱与迷雾。

"人挪活"放在很多人身上并不适用，至少徐开路觉得，调离昆仑哨这步棋改变了旧格局，迎来了新混沌。

刚刚履新即革职查办，贬为"庶民"。徐开路一夜之间从教员成了学员，一个饱经沧桑的老战士，摸爬在一群十八九岁的小战士中间，很不协调。即便他无所谓，一群小战士也颇为尴尬。

华主任让徐开路好好反省，什么时候想明白了，什么时候继续回到原来的岗位，如果实在想不明白，基地有很多后勤岗位归他挑选，当时陈爱山就是自己挑的，还一下挑了两个。

徐开路不知道到底应该反省什么，是反省不专心考核却去关心妻子的死活，还是反省临走之前没有先拦一拦那几头冲向领导的母猪？

夜晚，徐开路安排好还在住院的孙炜，到陈爱山家接回徐冬冬，好不容易把徐冬冬哄睡了，脑子里翻腾起来。在昆仑哨尚且能感受到责任、使命等恢宏的东西，在这里他还不如陈爱山养的那窝猪招人待见，他看不到未来，找不到坚持的意义，看似终日忙碌却并没发挥多少作用，如果有，也只是衬托别人、烘托气氛的作用，为什么还要继续待下去？他心乱如麻，披衣出门，漫无目的地爬上了家属院的后山。

山坡与城市隔着一条河，却是两个世界，基地一侧没有得到开发，只剩下留守老人和儿童的萧瑟村庄，还有一处已经停产的破败厂房，厂房和基地操场一墙之隔，里面的大烟囱据说好几年没见冒烟了，而对岸星空浩荡，万家灯火，城市夜景尽收眼底，从漆黑一隅望向光耀的人间天堂，若不是看到黎明的喜悦，则便是无法摆脱束缚的悲伤，总显心酸。徐开路裹了裹大衣，插在口袋里的手摸到一块硬糖，他不知道这块糖是徐冬冬偷偷塞给他的，连乳臭未干的孩子都看出了他的窘迫，想给他一些甜头，他剥开包装纸含在嘴里，却甜得发苦，就像看久了的霓虹，在眼眶中不再是原始的形状和颜色。

徐开路遥望着，一盏盏灯火渐次熄灭着，而孙炜所在医院楼顶的LED发光字还很刺眼，这导致孙炜苍白的笑脸在他眼前飘来荡去。守着她，他难过，不守着她，也难以心安，他觉得她愈宽容，扇在他脸上的耳光愈响亮，她愈轻声细语，他内心的喧嚣愈沸腾不止。明天是孙炜出院的日子，他在想如何给孙炜一个惊喜，他把手插进另一个口袋，掏出手机，手机银行APP余额页面上寒酸的数字，让他再咬牙也不敢清空孙炜某宝商城琳琅满目的购物车，他把手机揣回口袋，叹口气准备离开，失意的人眼里不配有风景，散心是得意的人才热衷干的事，还是抓紧回家，万一徐冬冬醒了找不到他，定会哭闹不止。

徐开路刚转过身，发现一贯空无一人的破败工厂内突然有亮光传出来，两辆黑色轿车缓缓驶入。徐开路看了看表，快凌晨一点了，什么人这么晚了还来这里？是工厂的接盘者，还是进贼了？徐开路满腹狐疑，停下来仔细观察。从车里出来五六个人，从其他几个人毕恭毕敬的态度中能看出来，其中一个西装革履的中年人应该是头儿。这几个人打着手电围着厂房转了两圈，进了工厂主楼，顶楼一间房间的灯光亮了起来，他们拉起窗帘，徐开路看不到里面的情况，但能看到里面人影晃动,好像在架设什么机器。半夜装什么机器?他还想继续观察,突然手机响了,是陈爱山打来的:"徐冬冬哭得整个楼道的人都被吵醒了。你去哪儿了?快回来!"虽然徐开路满脑子问号,但不得不飞奔回家哄孩子了。

第二天,徐开路把孙炜接回家安顿好,按捺不住好奇心,又上了山坡,挑选了隐蔽的位置朝里张望,今天奇怪了,没有一辆车一个人,顶楼的房间也没有亮灯。徐开路蹲守到半夜,一无所获。难道昨晚眼花了,见鬼了?徐开路没有探寻到答案,但他有些不好的预感。如果换作别人,这样的情况可能并不在意,毕竟这是工厂的事,多一事不如少一事,而且这破工厂能有什么值钱的东西,他们顶多是躲在里面赌博、吸粉,那也是警察的任务范畴。但徐开路并不这么认为,昆仑哨多年的经验告诉他,营房周边所有的风吹草动都不能等闲视之,只要和营区关联上的事情都不可小觑。从此,他得空就跑到后山,时间一长还真有不一样的发现,这帮人并不是每天都来,隔三差五但也算有规律,每次来的人各有不同,除了那位西装革履的中年男人,尽管他每次是不一样的装扮,但那双鹰隼般的眼睛,徐开路在望远镜里看得清楚,刻在了脑子里,断然不会认错。

中年男人神情眉眼、行为举止似曾相识,徐开路绞尽脑汁、搜肠刮肚,终于想起来这人和当年的郑康颇为接近,掐指一算,郑康应该也到了出狱的时间了,难道是他?再仔细分析,根本不可能,首先此人年纪看起来更轻,其次郑康的活动半径不会延伸到这里,再次他听到有人喊中年男人为余总。徐开路想,也难怪,干坏事的人戾气随着时间的推移会逐渐呈现在脸上,黑心者有相似的面貌不足为奇,他对这个人更感兴趣了,抑或者更无来由地痛恨起来。

徐开路加紧了监视频率,果然又有新发现,每逢基地有大项活动或者新学员来临,工厂里的人也必然到达,不仅顶楼房间人头攒动,通往楼顶的楼梯间里也会有人架起加装了伪装套具的摄影机或者高倍望远镜,别人看不出来,徐开路一眼识破。

徐开路惊呼:"难道是间谍?他们要窃取什么机密?"

想到此,徐开路更坐不住了,因为他所在的训练基地是全部队最新、最大的,也是执勤训练改革先行单位,有本部最尖端的武器装备库,人员、装备数量高度精准,且每年总队所有的新兵、特战精英、后勤学兵都会来这里集训,了解掌握了这里的基本情况,由此换算,可以对整个大部队的情况有底数。如果真的是间谍……徐开路倒吸一口凉气,但他现在什么都做不了,只是怀疑阶段,没有确凿证据,他没有执法权,不能潜入工厂近距离取证,无法贸然向上级汇报情况。到时候这些人万一拥有工厂的控制权,真是合法商人,华主任会怎么看他,战友会怎么看他,他不得而知,但肯定还不如破罐子破摔的滋味。徐开路在等待一个机会,他相信只要是伪装就总会露出马脚。

无疑,徐开路赌对了。不日,一场特战比武在基地举办,一整天现场的动静都很大,枪弹和烟雾交织出当代战场的璀璨奇观,方圆几千米弥漫着火药味和悲壮感。徐开路料想余总闻着味也得来,黄昏时分,完成出靶任务之后,他爬上了后山,这一看不要紧,当场下定决心马上汇报。这次余总没有等到半夜,看来已经进来一阵子了,厂内场面非比寻常,余总带了好几个专业技术人员,从他们手持的设备中可以看出,有地质勘探员、测量测绘员、无人机驾驶员,还有摄影摄像的、画图的、信号传输的,扛三脚架、扯电线、打下手的,足足十八个人,都戴着工帽,穿着工服,虽然是白天就来了,但他们挑选的角度刁钻,正好避开岗楼哨兵的视线,他们时不时地对着基地指手画脚,很明显是在研究现场地形地物,徐开路确信这些人百分之百是间谍。空口无凭,徐开路每次都留存了他们的活动影像,传入单兵智能手环,带回基地,给华主任过目。

华主任盯着影像资料从头到尾认认真真看了一遍,死死盯着徐开路几秒后,他没立即想解决方案,却率先提出了让人大跌眼镜的问题:什么时间去的?初衷和动机是什么?后山已经不属于基地管理范围,你去那里经过谁允许了?

徐开路说:"十万火急,你确定要先听我解释?"

华主任说:"不是我要听你解释,是我向上级汇报的时候,他们也会问,我要是答不上来,证明我不了解战士思想底数,很被动啊。"

徐开路听完,肺都气炸了,他无从痛恨这所谓的迎检意识,听起来没毛病,做起来也冠冕堂皇,但此刻他认为这就是最讨厌的官僚主义,最坑人的和平积弊。他强忍着怒火,把来龙去脉复述了一遍,华主任连连点头,后又连连摇头。

华主任说:"虽然他们确实疑点重重,但万一错了呢?你敢保证吗?"

徐开路说:"我敢,我相当敢、极其敢!"

华主任说:"我不敢,出兵要总队审批,这要是错了,我几年的努力都干不过这一次失误。"

徐开路说:"那怎么办?晾着?"

华主任说:"开会,不开会的行动都是冒失的。"

徐开路心说,等开完会人都撤干净了,我怎么遇到这么个主任?但他只能眼睁睁看着华主任吹着水杯里的茶叶末子往会议室踱去。

会上,不出意外,有人不就事论事,论人,强调徐开路状态不好,家庭事业双落魄,这时候无法做出有效判断,还是再观望一段时间较为保险。不少人附和了此人的提议,还搬出了他之前的几次失误"案例",认为他耐不住寂寞,还想东山再起,翻身心切,思来想去只能以此博人眼球。工厂内可能有问题,但一定不像他说的那么严重,保不齐就是个传销组织。

两小时之后,会开完了,幸好大多数人是清醒、中肯的,会议决定利用一个排的兵力突击检查工厂,徐开路前方开路,华主任亲自带队。

华主任对徐开路说:"徐班长,虽然你有这样那样的问题,但今天咱撇开不谈,只谈任务,因为信任,所以我们要去执行这项任务,但丑话说在前头,如果出了问题,主要责任可是在你,我也要负连带责任。"

徐开路心说，好像抓间谍是为我抓的，出名挂号时，是你华主任带的队，拉胯冒泡了，便是我谎报军情，横竖你都不吃亏，这格局，真不知道你是怎么当上的主任。但徐开路没有抱怨，他想，只要对防间保密工作有利，能出兵扫清威胁，对我说什么做什么无所谓。于是，在徐开路描述了厂区结构和人员部署后，华主任带着战士们趁着夜色浩浩荡荡地向工厂进发了。徐开路认为，一定要打他们个措手不及，他们无法销毁证据，这事就准成了。

接近工厂大门口的时候，侦察员确实察觉到了不同，以前这里凋零破败，而今天处处有改观，门楼上挂了红灯笼，左右两侧摆了石狮子，主楼前罗马柱上贴了鲜红的对联，空地上裂缝的水泥地面也被重新修缮，但这是化工厂，不做相关业务，只整理环境卫生，值得起疑。

徐开路用撞门器撞开大门，两名"放哨"的嫌疑人一声未吭被拿下，士兵们麻利地包围了主楼，徐开路指引华主任率先冲上顶楼那间神秘办公室。办公室很大，足足有一百多平方米，装修得很气派，乍一看没什么问题，和大部分企业家的办公场所别无二致，但超大号的红木老板桌后面，摆着一墙密密麻麻的监视器和几个三脚架，架子上有奇形怪状的器材，且方向全对着基地的方向，华主任也瞬间认为这些人没干什么好事，立刻打起了百倍精神。他数了数，十八个人一个没跑，全在里面。

华主任扫了一眼墙上的营业执照，法定代表人是余文次，正是面前的一号人物余总。他厉声质问余文次，与此同时徐开路挨个打开他们的监听监控设备，搜集证据。

余文次从按摩椅上站起来，镇定自若："哟，我们的好邻居，人民尊崇的子弟兵，什么风把你们吹来了，我初来贵宝地，早想去走访慰问你们，搞搞联谊联欢，还没抽出空，您抢先一步上门了，十分被动，很是内疚。快快落座！"

他的手下要搬椅子给华主任，被战士一把摁下，拿枪指住脑袋，华主任说："少来这套，你知道我们的来意。"

余文次显然没有因为华主任的态度而掉链子，仍然笑声爽朗，说："我当然知道，你们是不是怀疑我们是间谍啊，要当境外走狗，搜集情报，搞破坏活动？"

华主任没想到余文次如此直白，还没缓过神来，余文次说："也难怪，我们这阵仗确实有那么点儿意思，但你们一定误会了，咱们是正儿八经的买卖人，据前期有关部门勘测，工厂地底下蕴含着丰富的锡矿和锰矿，我们是来做开发的，我们拥有探矿权和采矿权。"说着，余文次甩出一整套证明材料。华主任翻来覆去看了几遍，没看出什么破绽，只能寄希望于徐开路，徐开路快把监听监控和拍摄设备查看完毕了，也没有发现任何有关基地的画面，这让他越来越慌张。

陆续有其他小组的侦察员进来报告，里里外外都检查了，无异常情况。

华主任心虚地问徐开路："你有什么发现？"

余文次见缝插针地说："他不可能有什么发现，我研究生读的是法律，间谍罪百分之百再无出头之日。这年头谁没有家国情怀，小学生看见国旗都立正敬礼，何况我！"

华主任示意他闭嘴，渴望甚至带些祈求地等待徐开路的好消息，然而徐开路沮丧地摇了摇头，华主任脸色越来越青。

只剩下最后一台摄像机了，徐开路刚打开开关，调到主界面，华主任激愤地号了一嗓子："撤！"

徐开路说："别急，我想……"

华主任说："对，你想想回去怎么在大会上做检查。"

一行人马"仓皇"而去，后方传来余文次戏谑的声音："别那么失落，请放心，抬头不见低头见，我不会向警备纠察投诉你们的，不留下喝杯乌龙茶了吗？"

华主任灰头土脸地带着人快走到工厂门口了，突然有"砰砰"的声音传来,震耳欲聋,他以为被偷袭了,边卧倒边组织人员隐蔽,回头一看是余文次放起了烟花,烟火一排排冲向天际,也刺痛双眼。徐开路想,这还不如真正被偷袭体面。那不是绚丽的五彩斑斓,像是一颗颗能溅起血雾的子弹。对于敢打硬仗的指战员来说,这种形式的羞辱,比刺刀扎心还要难受,他们宁愿成为枯草被碾压而过,也不愿堂堂七尺站立着却如同倒下。

余文次在朝华主任挥手:"别怕,明天新厂正式整修,我们驱一驱煞气,图个吉利。"还没等队伍走远,一丝阴鸷上脸,对手下说:"一群山里的蚂蚱,会蹦跶,却没脑子。"

每一声巨响,都不偏不倚地撞击着徐开路的自尊心,多年来在昆仑哨构建的胸腹城池岌岌可危,可以诋毁他落伍,他本就许久不在大众行列,可以奚落他对于军事理论的理解,可以嘲笑他的生活习惯,他包容异见、宽恕狭隘,但怀疑他对待敌人的敏感度,他不能接受,无法释然。

徐开路坚信,他想要的证据在最后一台摄影机里,他从余文次的眼睛中读得出来,还有更大的阴谋藏在工厂里,可是全员撤退是命令,他最后一个离开办公室,十八个人的矛头全对准了他,他知道蛮干不可行,只能从长计议。

回来后,徐开路满脑子是余文次诡异的眼神,但周围人的感受却是他的不着调,尤其是几个对他的提议曾持反对意见的骨干,当时的论断得到验证,别提多高兴了,为了渲染个人的英明,添油加醋对徐开路展开讨伐。徐开路不以为然,他懂此时的人性,并不是他们有多坏,而是他们要露脸,有些人正是这样的思路,踩着别人才能出类拔萃,别人的错误才能印证个人的聪明才智。他就此次任务的失利做了"沉痛"检讨之后销声匿迹,隐身于这个面貌崭新气象却老旧的集体,所有人都认为他泯然众人矣,就连陈爱山也不再轻易和他交流,陈爱山了解徐开路,他的心结只能自己去开解。

年轻的有代沟，年长的是权威，年幼的还懵懂，友人在别处，敌人在近前，曾以为越长大越通透，混来混去全混成了死胡同，曾以为这些年走过的路是在铺垫布局，凡事即将妥帖，一夜之间才明白有时候孜孜不倦地开掘，有可能是挖了一道不窄不浅的鸿沟。徐开路举目四望，才发现这个年纪终于要切身体会一把什么叫四面楚歌、十面埋伏。少年时候的孤独可以言说，中年的沉沦需要掩盖。徐开路在浴室里，用冰凉刺骨的洗澡水冲刷掉了他轻易不流的伤心泪。

回到公寓，孙炜在做康复训练，她试图丢掉拐杖，无依托行走，连续几番未成功，摔得鼻青脸肿，伏在地上哭泣，徐开路的开门声，让她猛然警觉，瞬间收声，这有违生理惯例，可她硬生生地做到了。

徐开路看见火红的棉袄下孙炜单薄的身躯，那件棉袄映入他的眼帘，和血丝的颜色一样，他抱起孙炜说："哭出来吧，哭完了重新来过。"

孙炜说："我做不到。"

徐开路说："你是我妻子，徐开路的妻子有什么做不到，战斗英模的妻子有什么做不到？我以前总以为下山来很多事会不适应，现在怎么样？还不是易如反掌、手拿把掐，在昆仑哨完全没有的体验，我发现在艰苦的地方锤炼几年还是很有必要的，现在面对这些鸡零狗碎的小问题，解决起来那叫一个顺畅，那叫一个通透，那叫一个妥帖，前段时间总队来的中将当场夸我有思想、有内涵，为哥们儿骄傲吧……"

孙炜听着徐开路眉飞色舞的讲述，心里乐开了花，忘记了哭。这时，徐冬冬却从门外鬼哭狼嚎着进来了，身后还跟着义愤填膺的陈昆仑。

徐开路问徐冬冬怎么了，徐冬冬哪里说得明白，只顾着抽噎。陈昆仑年长两岁，表达能力跟得上，他告诉徐开路："徐冬冬刚刚被一单元的两个小子追得满小区跑，边追边扔石子、啐口水，要不是我拦着，有可能被推进化粪池了。"徐开路心说，这不是谋杀嘛，什么仇什么怨？陈昆仑随他妈，有表演天赋，原版模仿，原话复述。"那两个小子说了，冬冬爸爸是孬种，会吹牛，没有的事能说得天花乱坠，家属院不欢迎你们，以后看见冬冬一次打一次。"

徐开路蹲下来摸了摸徐冬冬头上鹅蛋大小的肿块，心在抽缩。孙炜一瘸一拐地扑上来抱住徐冬冬，再也不想控制，一大一小哭得撕心裂肺，陈昆仑一看这气氛，鼻子一酸也哭上了。徐开路呆在原地，脑子乱成一团，他在等待孙炜的责骂，他在思考怎么解释，是强调自己的无能，还是抱怨新环境的残酷，可是等来等去，孙炜没有对他说只言片语，他决定不再等了，扭头往门外走。

孙炜叫住他："你去哪儿？"

徐开路说："把那两个家伙找出来，当面给冬冬道歉，不然我要打人了，重点打家长，不是狗日的们嘴碎，孩子们知道个啥？"

孙炜说："没人要求你用这种方式体现关爱，如果你真的要堵他们的嘴，请找回你原来的状态。我不知道发生了什么，但我认为你完全可以更好，去做你应该做的。"

徐开路被徐冬冬的哭声搅得心慌气短，懊恼地说："我应该做什么？我做什么都不对。"

孙炜说："这是你对事态的认定吗？你是见过大场面的士兵，我相信你可以应付，如果真的再无兴趣，大不了再熬一熬，咱们到期尽快离开这里。"

孙炜字字珠玑，徐开路再次被感染，似乎孙炜脸上的泪也散发着强大的能量，她总是抛出疑问，并给出建议。心碎的时候也理智的女人，最让男人欲罢不能。她连眉梢间都涌动着美丽的清高，他怎么好意思倒行逆施或者涂抹不合时宜的色调。

半晌，徐开路说："你不会放弃健步如飞的信念，也不会放弃我，这是你的执着，而我的执着是给每一个敌人盖棺论定，我们把这些坚持的理由称之为希望，这个坎要是迈不过去，以后的坎会越来越大，我必须给自己一个说法，这甚至与我的军人身份无关，这代表意志。"

孙炜给徐冬冬的肿块搽了药膏，拉着徐开路的手说："从来不是我给你温暖，是你心里有阳光。听了你的话，我的腿不疼了，心也不疼了，我是个沐浴着晨曦的人，你大胆去执行任务，不管我有多害怕，我也会闪闪发亮的，那样你会看得见我，会以最快的速度找到回家的路。那时候可能你伤痕累累，我来不及怜惜，我要唱起欢快的歌谣，我会被胜利冲昏头脑。"

徐开路说："足够了。"

孙炜说："什么足够了？"

徐开路说："一切都足够了。"

徐开路吻了孙炜，全然没有注意停止哭泣的徐冬冬一直注视着他们。

徐冬冬奶声奶气地说："爸爸，我知道他们乱说，你最厉害，你没输过。"

徐开路和孙炜寻找哪里传来的声音，看到是徐冬冬，小拳头攥得紧紧的，又惊又喜，不懂为什么三岁的孩子突然能说得这么流利、深刻。

徐开路当时泪湿眼眶，一把搂过徐冬冬，他无声地许诺着，生活让他习惯了在执行一件事之前保持沉默，不是害怕失败了打脸，而是如此才能存贮最初始奔腾的气血。

当晚，徐开路看着孙炜母子睡着了，悄悄起身，从衣柜里翻出他在昆仑哨穿破了的迷彩服，重新套在身上，把一支匕首、一把手电别进腰里，悄悄出门了。他以为神不知鬼不觉，其实孙炜始终在背后注视着他，窗外的亮色笼罩他的周身，像徐开路眼神里的光芒，像昆仑山顶高悬的明月，孙炜看得清楚，也记得清楚，她知道徐开路要去干什么，她也知道不阻止是为什么，命运已经给了他们太多的磨难，可是在这磨难之中，他们的根系越缠越紧，这是另一种获得。

徐开路出门后先来到陈爱山家门口，敲开了他的门。

徐开路说："一小时之内我没回来，把孙炜母子接到你家来；明早我还没回来，让他们回高滩。"

陈爱山接过来问："你想干什么？"

徐开路说："别问了。"

陈爱山说："有没有拿我当兄弟？"

徐开路说："那必然的。"

陈爱山说："胡说，从我不和你商量就出走昆仑哨那天起，你就不把我当兄弟了。"

徐开路说："我今天能来找你，就说明一切。人活一世，谁都有难言之隐，谁都有选择的权利，今天，也请给我一次机会。"

陈爱山说："给你什么机会？不就是孩子受欺负了吗？不就是有人说你屁吗？我屁了很久了，我只是一个养猪种菜的，陈昆仑都接受了，有什么大不了的呢？"

二人相视良久，各自内心风起云涌。

徐开路说："可是，我们心里都有一个昆仑哨，哨位上那盏灯从来没有熄灭过。"

陈爱山说："不知道你在说什么！"

徐开路说："在昆仑哨，咱俩共事时间最长，彼此了解，谁也不要骗谁，你没你说的那么不堪，你只是遇到了我，现在想想我挺对不住你，你走是有道理的，我处处压你一头，你从不妒忌，甘当我的助手，我一门心思争先进，不顾你的感受，在新兵面前不给你留面子，还挖你的西红柿秧苗，你经常攒一肚子气，可战斗来临，还是义无反顾地为我打掩护。我们在狂风呼啸的山崖间接连几天不间断巡逻，在冰凉刺骨的深夜里给铁轨铲雪，在保卫运送战备物资的火车顺利通行的隧道外浴血奋战，哪一次不是在玩命啊？这样的感情，怎么可能不是好兄弟。今天，我们要进行一次昆仑之下的战斗，你还是我的队友，你的任务是替我稳固后方，这就是对我最好的支援，你听明白了？"

陈爱山说:"不要煽情,我早忘了。"

徐开路不再言语,不等陈爱山别的答复,噔噔噔地下楼了。

陈爱山说:"你别耍赖,我什么都没答应,我是个逃避的人,不然当初我不会走!"

陈爱山没有等来徐开路的回应,他站在黑暗里,身子探出楼梯扶手,在向下的缝隙中,看到声控灯随着徐开路的脚步一盏一盏地亮起来,好像那是他们十七八岁时看到的人生前景,能伴着自己的努力越发光明。然而,时至今日,他们也许明白,他们的前景如同徐开路此刻步入的深夜,灯的分布一直都是稀薄的,他们要蹚过的湍急河流,没有哪一刻会减少或者减缓。

陈爱山一回头,陈钰不知道什么时候站在了门口,幽怨地看着他。

陈爱山说:"这家伙魔障了,我不能陪他犯傻,但我也不能置之不理。"

陈钰说:"这两天我想通了,我们这样下去不是办法,我还是走吧,这里也不是搞文艺的沃土,我要回北京,那边我都联系好了,明天就走,昆仑只有你一个爸爸陪伴他了,这个时候你做什么事之前都要考虑清楚。"

陈爱山说:"这么突然?不走行不行?"

陈钰说:"不走我们永远只能维持现状,可能当时分手还住在一起本身就是错误,早些离开,说不定早些能知道生活给予了我们什么,带走了什么,我们最终需要的是什么。"

陈钰进了卧室,陈爱山于沙发上和衣而卧,头顶的挂钟发出"嗒嗒"的声音,每一下都像摁了相机快门,把徐开路、陈钰定格在他脑海里的画面重新洗印一遍。军队、河山、命运、家庭、情感……冲撞着他思维的边界。

徐开路上了后山坡,一番观察潜听,明确了摄像头的位置,来到一个视觉死角处，居高临下看见围墙上有高压电网，一只老鼠爬上墙头，触碰到了电网，只一下，便"刺啦"一声，火花四溅，顿时化成黑灰。徐开路深吸一口气，一个助跑，从山坡上直接俯冲下来，掉进围墙内的一堆沙子上。他穿梭于一堆堆的建筑材料中，看到一楼大厅里有三个人围着火炉在喝酒，火炉上坐着热气腾腾的锅，发出"咕嘟咕嘟"的声音，阵阵香气钻进徐开路的鼻子里，徐开路这才想起来一天没有进食了。再看他们美滋滋的样子，气不打一处来，他顺手抄起一个镐把，从旁边的窗户里进了大厅左侧的配电间，关闭了一楼的开关，不全关是徐开路想得周到，因为顶楼办公室的监控屏如果全部黑屏，势必打草惊蛇，而只有一楼出故障的话，则没那么明显。灯火通明的大厅突然暗下来，三个人正疑惑，徐开路冲了上来朝最近的两个人各一镐把，速度极快，另外一人还没看清楚，那两人便倒在地上，他反应过来刚想喊叫，徐开路的匕首指在了他的喉管上。

徐开路塞住了他的嘴巴，绑在配电间里。随即上了楼，顶楼那间神秘办公室的门紧闭着，徐开路把匕首从锁扣的地方伸进去，三两下撬开了，他把门打开一条缝，看到里面的情景，忍不住兴奋。靠窗的位置，几台摄像机前都站着人，摄像机尾部闪着工作灯，证明摄像机处于开机状态，而摄像头的位置都正对着基地刚刚修建的兵器库。这个兵器库里储存着最新配发的20式武器族群，各型号的枪榴弹、破甲弹，包括还未解密的重型狙击枪和榴弹炮以及上百公斤TNT炸药，万一这个库室爆炸，方圆十千米的地方都受影响。看来这伙人具备专业知识，掌握小道消息，长久蓄谋，是要搞一票大的了。

徐开路环视了一遭，办公室内有七人，刚刚制服三人，还有八人没发现踪影，他推断剩下的人一定还有别的据点，里面的人短时间内也没有离开的迹象，并且还有换班的可能性，轻易拿不到证据。徐开路认为应该制造出点儿动静，把所有人都调动起来才有机会。到底如何分散他们的注意力？冥思苦想，突然记起傍晚离开这里时看到过墙角堆放的烟花，他重新下楼，把那箱烟花放在火炉旁边三五米远的位置，用编织袋上的棉线做了一条导火索，扔进了火炉里。然后噌噌上楼，刚躲进顶楼与楼顶的连接处，只听楼下大厅里传出爆炸声，火药味很快蹿了上来。办公室里的人一开始以为是其他同伙放的烟火，骂骂咧咧地探头出去看，可外面空地上压根没有一丝花火，这下让他们大惊失色。

余总头号马仔最典型的特征是留着鸡冠头，头型很傻，却不缺心眼，他最先察觉不对劲："声音哪儿传来的？哪个傻缺在楼里点炮仗？有狗！"

鸡冠头冲出办公室，身后的人也无心"观景"，鱼贯而出。徐开路见缝插针进了办公室，把摄像机里的存储卡全取出来装进口袋，用智能手环拍下这里的情况，准备下楼寻找余文次的"寝宫"，他相信找到余文次才能找到更大破绽，但留给他的时间不多了，暴徒们很快会上来翻监控，只要一发现他进来了，一定会不惜一切代价封锁现场，瓮中捉鳖。然而接下来他听到刚才楼下杂乱的声音消失了，鸡冠头也不再咋咋呼呼。

徐开路耐心等待着，十几分钟过去了，还是没有动静。他有些纳闷，难道这些人知道有高手进来，逃命去了？随即他否定了这个想法，他们这么大阵仗，偷偷摸摸排兵布阵一个多月了，绝不可能不明不白就此罢休，估计是到外面侦察去了。趁此时机，徐开路决定好好摸一摸大楼内的构造，打入余文次的核心区，掐住他的七寸。

徐开路也想过被抓住的后果，但他并不认为没有转机，他把刚才掌握的资料传入了智能手环，只需要输入密码，就能导进训练基地作战指挥中心的服务器。现在他的意见不被重视，可万一他牺牲了，情况便另当别论了，余文次等人也会好好掂量掂量的。

徐开路蹑手蹑脚到达三楼，扫视一圈，在角落里发现一面白墙上竟然有微弱的光线投射出来，这个部位没有门窗，怎么会有光线？徐开路轻轻敲了几下，发出的声音显然不同，他上下左右移动一番，墙面竟然晃动了，再用力便推开了，原来这是个隐藏式推拉门，他恍然大悟，这暗门，白天看不出来，晚上就露馅了。他顺势钻进去，用手电一照，墙面上贴满了战术地形图、要害部位示意图，甚至还有训练基地的兵力部署图，图上有各种颜色的标注。这都是机密内容，普通人根本无从获取，这更坐实了他们是间谍的推断。

"间谍"这个词语之于徐开路其实是陌生的，他没有接触过，也不认为军旅生涯内会和间谍有交集。虽然他定期接受防间保密教育，但除了谨言慎行，他认为别的保密手段无机会施展，毕竟间谍渗透的是掌握秘密的单位和拥有实权的个人，像这样远离敌斗争前沿、远离繁华闹市的地方，何况训练基地不是密级很高的单位，不掌握太多高科技的内容，间谍哪里愿意来，而且像他这样尴尬的身份，间谍也懒得看上一眼。可世事奇妙，在孤独的时间和季节，总有出其不意的故事发生，有时候是悲伤故事，有时候预示着美好未来，人们掌控不了，唯有无限接近，接近不把握，也是接近真相的开始。

第二十七章

我们曾各怀心事，即刻还会分崩离析，但告别时，哪怕假装，也要不疾不徐。然而，我以为是抵不住时光，却没料到是抵不住刀光，命运也被压进枪膛，我俯卧在你背上，像生长了新的脊梁，以勇者姿态，解释这看似意外实则注定的相依。以后我会像一江水，所过之处，都有我对你说的话语，比如，这世间怎会有了然无痕迹，当然也不会有一直纠葛的结局。

深夜的破败工厂像一座中古时期的城堡，暗黑中蕴藏着不堪往事，昭示着无尽将来，映衬着年轻的营区，士兵们的阳气和青春中和不了这里的颓乱和鬼魅。徐开路是一个闯入此地的外来物种，浑身散发着格格不入的气息，他踽踽独行，明知这是巨大溶洞，深邃漩涡，仍要投身其间，哪怕葬身于此，他也可以欣慰，为国家，太恢宏，他要用战士的底牌，为徐冬冬抑或者为自己蹚平一条路。他想，这条路，一程也好，往前一厘米也罢，都是对曾经昆仑品格庄严的敬礼。

徐开路下到一层，刚才被他打晕和束缚住的敌人不见了，估计被转移了，他并不急躁，他料想敌人也不知道有多少人潜入，肯定也有所忌惮，只要不轻易暴露，敌人没那么快发现他，他拿到更翔实的证据后则马上找漏洞溜走，实在不行再突围。从刚才放哨的三个家伙的反应能力中，确信他们搞研究、摆弄科技设备多过体格训练，单个战斗能力在自己之下，只要把他们分散开来，不造成合围，脱身概率很大。

徐开路走过楼梯转角，发现楼道处又是一个伪装过的假墙，推开假墙，楼梯果然还在往下延伸，他继续下行，沿着一眼望不到头的台阶足足走了两分钟，眼前出现一排闪着红蓝灯光的控制面板，挨个查看，发现是超高功率的新风系统、温湿度调节设备、兵器室才会广泛应用的防火防爆防尘装置，这一套总成下来少说要几百万，花这么大代价，徐开路推断这里面的布设将超出想象。挡在他面前的是一扇高级密码门，要打开这样的门，除了炸药和电脑解码天才，别无他法，徐开路从墙角里闪出来，横穿大厅，经过长长的走廊寻找可能存在的入口。

徐开路自觉体态轻盈，感觉良好。突然，刚才还黑漆漆的走廊内，一排大灯唰唰地亮起来，令此处三百六十度都亮如白昼，晃得徐开路睁不开眼睛。徐开路心里"咯噔"一下，几秒钟后，适应了这强烈的光线，前后看了看，只有他自己站在空旷的走廊里，能听到急促的呼吸，走廊尽头钢化玻璃门上映出他孤零零的身影，不知道是深秋的露水，还是汗湿面庞，惊觉中他看不清自己模糊的脸，就像他不知道现在是该挪动脚步，还是等待围猎。一如他的预见，从进入工厂开始，他的一举一动就在余文次的眼皮子底下了，他没有注意到楼上的监控显示屏其实是摆设，画面几乎是固定不变的，而地下才是真正的控制中枢。

走廊墙壁上的扬声器里传来余文次的声音："有种，我这地方看起来破烂不堪，可也不是你想来就来，我是情报人员，但我既然敢这么大张旗鼓地入驻这里，就不怕个别自作聪明的人袭扰。为什么？自信！你不是想看我的核心区吗？是我请你进来，还是你主动进来，地下室的大门敞开了，余某人恭候你的大驾。"

徐开路退回楼梯拐角处往下看了看，果然有金碧辉煌的光透出来。徐开路思忖片刻，拔腿就往大厅外跑，快出大厅时，自动门"哐当"一声闭合了，徐开路奔跑中把迷彩服包住脑袋，用身体撞了上去，"哗啦"一声，玻璃门碎成小颗粒，他倒在门口，滚下台阶，顾不得疼，爬起来再跑。突然一张超大号的捕捉网从天台发射下来，把徐开路困在网中，越挣扎越紧，他掏出匕首割开网格，刚出来，鸡冠头朝他的脖子开了一枪，幸好，这只是一支麻动物的麻醉枪，徐开路翻了翻白眼扑倒在地。再睁开眼的时候，他被绑在石柱上，偌大的地下洞穴，还是只有他一个人。强光照射中，他知道至少有十几双眼睛注视着他，他们的视角中，他是一只被圈养的猴子。

余文次的声音再次传来："本来，一个小战士没有资格与我面对面对话，没想到你是一个不安分爱管闲事的小战士，有时候不安分可以出类拔萃，更多时候不安分却会导致你像一只落单的羔羊，要接受饿狼的吞噬。"

徐开路暗想，你高兴得太早了。因为刚才徐开路在捕捉网中，神不知鬼不觉地输入了智能手环的密码，如果网速还算可以，这会儿几个G的资料应该发送完成了。

伴随着余文次一串瘆人的阴笑，有人把一个物件丢到徐开路面前，打眼一瞧，正是他的智能手环，屏幕还亮着，进度条却停滞不前了。徐开路一直的救命稻草、精神寄托，此刻像一支卡壳的步枪，在两军对垒的时候突然失灵，还不如一根烧火棍。

余文次说："这个手环在你眼中是高科技，在我们的领域，比安卓机的作用强不了太多，破坏它对不起你对它的珍视，让它陷入目前静止的状态也只是我们团队里的小年轻在练手而已。"

徐开路一阵心塞，他从余文次的口气中听出来了，他对基地的信息防线嗤之以鼻，对基地人员的能力不屑一顾。这不是一位普通谍战人员对于团级训练单位的态度，一般的间谍从不与对手发生正面冲突，更别提挑衅了。被华主任、徐开路那么一折腾早如惊弓之鸟了，可余文次稳如泰山，他到底是自负还是自信，徐开路意识到问题也许更严重。

余文次似乎看出了徐开路的心思，他主动说："我是一个得了绝症的人，要么没证据抓我，要么抓到一个死去的我。所以，谁也别费力气，你们在我身上什么也得不到，而我在你身上却能开拓出一片汪洋。"其实正如徐开路所料，余文次还有上线，他的上线织起一张大网，改换思路，剑走偏锋，实施"农村包围城市"的策略，既然大机关周围防间保密措施水泼不进、固若金汤，那么教导队或训练基地等大部队要么建在山里，要么建在远郊，利于隐蔽。他们的计划触目惊心，监视对象基本快要覆盖全国了，这项运动的开展保守估计有几年的时间了。西宁训练基地是新修建搬迁的，所以他们也及时调整了监视监听计划，针对西宁训练基地的先进性，专门派来了余文次，这个间谍组织难道只是监听监视吗？花费大量精力和金钱，只是为了把密级不高的情报传回他们的总部？保卫部门通过以往的经验给徐开路等人上过课，如果战争一旦打响，他们是第一批拥有摧毁对手"老巢"能力的人，至于利用什么手段，当然五花八门。

徐开路听了余文次的话，恨得牙根发痒，一个将生死置之度外的人，不管是朋友还是敌人，都拥有强大的能量，如果没有足够的意志，在这样的人面前都只能算陪衬或跳梁小丑。余文次首先表明了立场，目的正是瓦解徐开路的意志，让他一步步跟上自己的思路。但徐开路说："一个被俘的人，选择妥协，那么他已称不上真正的战士，我没忘我为什么而来，是为了尊严，如果背离初衷，我宁可把尊严埋在战地。"

余文次的手下可不像他一样爱讲道理，不由分说把徐开路暴揍一顿，渣滓洞里用过什么酷刑，他们全会。徐开路招架不住，昏死过去，被注射强心针催醒，他灵魂在游离，神情恍惚。

余文次露出怜惜的表情，故作深情地说："我是中国人，从小受的教育是热爱国家，热爱军队，所以我对这个国家满怀深情，我也不会祸害中国士兵，士兵只是工具，工具哪有错，我针对的是拿工具的人。这是我的工作，拿人钱财，为人卖命，原则上我们是一样的人，没有孰好孰坏。既然如此，我们大可以用更文雅的方式解决问题。"

徐开路虚弱地说："乍一听很有道理，其实如果做任何事只谈表层不谈情感都是不行的，你爹娘没拿过你一分钱，是不是也可以不认你这个顽皮的儿子？！"

余文次的脸色不好看了："秀才遇到兵——有理说不清，那么别怪我鲁莽了。"

徐开路说："杀了我或者向基地投降。"

余文次说："等会儿也许你会做出第三种选择。你有个漂亮性感的妻子，曾经还是很红的网络主播，跟了你之后不仅不红了，还黑得发紫，喝凉水都塞牙，噩梦不断，再没有改观，我看那条残腿要坏死了，听说前不久还从楼梯上摔下来一回，差点儿一命呜呼，有这事儿吧？"

徐开路感觉血管里的血直往脑门上涌。

余文次接着说："不用你肯定什么，我只是想说，她摔过一次，摔第二次也在情理之中，为什么会再摔呢？归根结底罪魁祸首不是我，是你！因为你怀疑我们，不自量力查我们，搬起石头砸自己的脚，被所有人质疑精神有问题，徐冬冬也因此被小伙伴殴打，你无法替他出头，一时他想不开半夜离家出走，孙炜出门找，不小心踩空了……你的妻子和儿子都将自然消失，与谁都无关，这个故事很普通，但很好用，华主任也不会太快怀疑到我们头上，等他想到是我们，我们的任务也结束了。"余文次为自己能设计出这样的假案扬扬得意。

徐开路还抱着一线希望，从他闯入工厂，时间早超一小时了，他祈祷陈爱山会把孙炜母子平安转移。

徐开路离开后，陈爱山在楼道里站了许久，他接连摇头，表达对徐开路的不满，他从破旧楼梯的小窗户里望出去，乌云遮住月亮，但他仍然能看清窗子的轮廓，不会因为天气变化而丧失对常规的认知。

就像不管当下生活多么狗血，岁月依旧流转，幸福快乐虽少，但幸福快乐的模样未曾改变过，幸福快乐的位置始终没变过，斗转星移、历尽千帆之后总会找得到，为什么徐开路不懂这个道理呢？他也不认为工厂里还有什么玄机，质疑徐开路是之前在昆仑哨当模范典型当走火入魔了，无法忍受太落魄的日子，徐开路进入工厂不会有新发现，也不会有大危险。他还考虑要不要向华主任汇报，如果到时候徐开路被余文次告到基地，查出来他知情不报，也会有连带责任的。但随后他否定了自己，那样他们的情谊就彻底完了，大不了和他一块挨处分。转移家属就免了吧，腿伤未愈的妇女、精神受挫的儿童，经不起折腾的。

想到此，陈爱山转身进屋，躺在沙发上准备一觉到天亮，可莫名心神不宁，翻来覆去睡不着，不由自主地看表，看了一遍又一遍。数字每跳动一下，他的心便揪紧一些，徐开路的脸和昆仑哨的严肃刻板一样加快速度萦绕在他的眼前。昆仑哨上，他在重重打击之下，接近精神崩溃的时候也不会信口开河，现在虽然被忽视，但日子明显好过了，他没有理由葬送来之不易的安宁，谁不愿意媳妇孩子热炕头呢。徐开路临走时的眼神，还是一贯的诚恳，像当年和他交流西红柿种植一样，希望满怀；像当年隧道之上和破坏分子较量时一样，正义凛然；像他出走昆仑哨时又想挽留又要祝福欢送的复杂情绪一样，百感交集。这不会是演的吧，他没有把握怎么会明眸如炬？陈爱山倏地坐起来，披衣开门。

陈钰听到响动，冲出门说："帮忙要量力而行，我们和他们家的情况不一样，我是有污点的人，我无法面对你、面对孩子了，明天就走了，你万一有事，昆仑怎么办？"

陈爱山说："他没有嘱咐过我什么，这是唯一一次，我要去。"

陈钰说："看来我走是对的，我在你心里的分量……还谈什么分量，早没分量了……"

陈爱山欲言又止，他知道陈钰哭了，这也许是她最后的眼泪，关于分别，关于粉身碎骨的情感。陈爱山待了一会儿，又看了看表，终究义无反顾地出门了，陈钰蹲在地上捂住了脸。

不一会儿，孙炜母子从楼下上来了，陈钰问："陈爱山呢？"

孙炜说："他说想在我家一个人静静。"

陈钰说："狗日的，老娘明天要走了，他还在逃避，我要好好和他理论理论。"说完就出门了。

孙炜说："别下去，万一有危险……"

陈钰说："能有什么危险，有危险也是陈爱山要危险了。"

孙炜要拉她，这时徐冬冬哭闹不止，孙炜专心哄起了孩子。陈钰噔噔噔地下楼了。

余文次所说的第三个选择是徐开路和他合作，他的筹码是挟持孙炜，以此让徐开路把机要室内的装备库构造图搞来，那个图中不仅有他们单位的装备库构造，还有兄弟单位的。余文次告诉徐开路："不仅你们基地被我们布控了，目前所有训练基地周边或多或少都有我们的人，谁先制造了爆炸事件，信号将在一天内传遍我们所有据点，到时候可不仅仅是这一个区域天翻地覆，那将是你们部队有史以来最大强度、最大范围的灾难。"现在余文次处于其他基地外围的同伙，虽然也把地下通道打到了装备库下方，但他们的技术能力还无法弄清楚弹药的具体位置。摸清弹药存放点需要大量时间，他们不像余文次的团队如此顺利，装备库的底部层层设防，如果找不准位置，又抱着侥幸心理争抢功绩，引爆不了装备库，还提前暴露了，则全盘计划泡汤，浩大投入打水漂。

余文次说："如果你能把图搞来，我们就能一步到位，你会成为我们的英雄，我们会成为我们战线上的头号英雄，历史会铭记我们。"

徐开路惊得瞠目结舌，竭力稳定情绪后说："要分清楚志士和傀儡的区别，你们永远当不成英雄，你们这么做改变不了任何既定方针，虽然部分部队会因此遭受重创，但根本不会消亡，更不会改变初衷，甚至只会加快武力落实计划的速度。"

余文次说："重创足矣，这是引子，重创的背后一定有更宏大的布局会得到延展。"

徐开路说："想法很好，不可能实现。"

余文次说："我之所以敢把这些毫无保留地告诉你，是因为你会成为我们很好的合作者，换一个角度说，你根本没有翻盘的机会。你这次冒着大风险，独闯禁地，我知道你在乎什么，你不来找我，上次之后我迟早也会找上你。"

徐开路陷入痛苦，刺眼的光照中他的世界一片漆黑，他不是没想到过后果，最坏是牺牲，压根不认为他们可能影响局势，无数人的生命将受到威胁。虽然他坚信自己任何情况下都不会被拉下水，但他站在"岸边"，看到水中是炙热的岩浆，身后是大片的荒芜，他的孤独在被撕扯，他不喜欢这种感觉。

果然，鸡冠头已带着两个人悄无声息地摸进了徐开路的家，六只大手伸向了床上裹着被子的人，他们刚摸上去第一感觉就不对，这哪像女人，浑身硬邦邦的，他们掀开被子想看个究竟，这"生铁蛋子"一样的家伙却发威了，伸出一把匕首，一人一下子，鸡冠头等人还没反应过来，已被捅翻在地。床上的人正是刚刚进来的陈爱山，孙炜母子前脚刚上楼，陈爱山从窗户里就看到有三个人鬼鬼祟祟地上来了，他立即躺到床上，伪装成孙炜，打他们个出其不意。但追求速度，匕首所扎的部位便无法保持精准，鸡冠头很快恢复行动力，亮出手中的三棱刺，和迎面而来的陈爱山搏斗成一团，他虽然也受过训练，但不是陈爱山的对手，三两下又被打晕在地，另外两个人扑上来纠缠，陈爱山稍显吃力，几个回合后勉强制服，喘息之际，没有注意到身后的鸡冠头眼里冒火，满带杀气，瞅准时机，三棱刺直刺他的后脊梁，眼看要中招，这时一个黑影从侧方突入，将陈爱山扑倒，三棱刺整个扎进了来者的后背。陈爱山趴在地上，来者筛糠般抖动，他闻到了熟悉的味道，那是不管走到哪儿都能辨别的体味，他也感受到了来者狂热的心跳和血液，他不敢相信那是陈钰，可那明明是陈钰。

其实，陈钰是下来和他理论的，她虽然当初挑战了世俗的束缚，但事后更加不能免俗，她要确认自己在婚姻里的价值，哪怕是一场失败的婚姻，依然有过价值。她要质问他为什么如此绝情，孙炜家没有异常，还赖在那里干什么，最后一夜哪怕不温存，也应该假装陪伴吧？她要质问他是不是从来没有爱过，爱没爱过和离不离婚没有直接关系，大可以分成两个课题。心里酝酿着满腔的怨念，可下来后她就听到"乒乒乓乓"的打斗声，推开虚掩的门一看，陈爱山正面临被刀刺的危险，只刹那间，她没有犹豫，果断成了陈爱山的垫背者。

陈钰发出一声凄厉的尖叫，楼里的声控灯全响了。陈钰的背上露着一个长长的刀把，她趴在陈爱山的身上，手臂环过陈爱山的肩背，紧紧地抓住，生怕陈爱山脱离她可以控制的范围。她贴着陈爱山的耳朵，似是在呢喃，似是在说很久没有说过的情话。

陈爱山怀念这种感觉，但战斗没有打完，他拿开陈钰的手，握紧沾满陈钰鲜血的拳头，疯狂地向三人要害部位砸击，三人在疯了般的陈爱山面前毫无招架之力，败象凄惨。呻吟中，鸡冠头看到窗外有时强时弱的光线在闪动，人声也从远处鼎沸起来，他认为他一定会被群殴致死，不可能活着离开这里。

陈爱山把陈钰扶到沙发上，跪在她面前说："当个自私的人多好，一直潇洒下去多好，恨你也比自责好受啊，你让我继续恨你，你要活着！"

陈钰说："你激动什么？我好歹曾经也是一个兵……我为了底线、为了准则、为了世俗、为了儿子……陈昆仑可以没有我这样的妈妈，但不能没有爸爸。"

陈爱山听得出来，她要表达唯独不是为了他，可他知道她怎么会不是为了他，他豆大的眼泪瞬间掉下来。他攥住她冰凉的手，想用所有努力挽留她，想用所有温暖保存她快速流逝的体温，他眼神里流露着祈求。陈钰看到了他的眼睛，两人每天一个屋檐下过日子，抬头不见低头见，可好几年都没这样对望过了。陈钰又抽搐了一下，并带着变形的微笑，这微笑荡气回肠。

陈爱山说："你一定要挺住。"

陈钰说："我还不能死，我要活下来，这件事之后是不是就不会有人记得我是个坏女人了？"

陈爱山说："你从来不是坏女人，谁也没有资格评价你的好坏。"

陈钰说："那你呢？"

陈爱山说："我更没有，你在我们心中永远是我们刚认识时的形象，美若天仙，遥不可及！"

陈钰血红的眼睛里刹那水汪汪起来，她说："别管我，快去救徐开路，他现在有危险。"

陈爱山在犹豫，陈钰手伸到背后，硬生生把三棱刺拔了出来，血喷涌而出，瞬间就濡湿了整个卧室，不一会儿一个饱满的人像被扎破的轮胎，明显干瘪了。

陈爱山哭喊："你这是干什么？你刚才还说不想死！"

鸡冠头说："三棱刺的伤几乎没法治。"

陈爱山看看缩成一团的鸡冠头，又判断了外面杂乱脚步的距离，再看陈钰，面色惨白，眼睛紧闭，没有了呼吸。陈爱山撕心裂肺地深吻了陈钰，把一床棉被盖在她身上，哆哆嗦嗦地站起来，一边哭一边拉起鸡冠头往门外走。

鸡冠头说："化悲痛为力量，太感人了。你要放我走吗？"

陈爱山说："带我去找徐开路！"

鸡冠头说："你不怕放虎归山？"

陈爱山一刀扎在鸡冠头的大腿上说："再说话，下一刀扎的是舌头！"鸡冠头哀号一声，再不敢秀智商下限。

陈爱山把床单撕成布条浸了水，系在一起，抓着鸡冠头从后窗降到地上，消失在夜幕里。身后是他的爱人，面前是刀山火海，他把爱人包裹在心里，化作一个擎天的巨人，去拯救战友，抢夺他曾经丢失的阵地。

孙炜趁陈钰下楼找陈爱山"理论"的空当，跑下楼去找了哨兵，她怕两人控制不住情绪，搞出大动静，她身体不方便拉不了架。但当她和哨兵走进房间看到面前的场景时，已经来不及了。

孙炜抱着陈钰痛不欲生，她想不明白，为什么这么短的时间就血流成河，想不通陈爱山去了哪里，眼前两个昏死的陌生人又是谁。华主任带着人马浩浩荡荡地挤进来，训练基地霎时进入一级战备状态。

徐开路的脸上、身上也在淌血，余文次看了看表说："你不答应也没关系，过一会儿我会把你和炸药安放在一起，让你和装备库一起化为灰烬，你的战友兄弟、爱人儿子都将化为泡影，这周边都将被夷为平地。我自知时日不多，无非是想临死前干得更漂亮一些，不仅为我们，也为了组织利益，你不想让我们打得漂亮，我会让你死得痛快，大不了让我其他地区的同人有枣没枣都搂上两杆子，总有歪打正着的例子，反正高层也没指望全部引爆，只是我是个完美主义者，有抱负的人越是将死的时候越追求完美，不知道此刻你是否有同感。"

徐开路十分担心孙炜母子和陈爱山的安危，心里打鼓，但他没工夫配合余文次的攻心计，而是在思考怎么逃离控制。昆仑法则告诉他，所有的焦虑都来源于无能，你们除非将我炸成粉末，不到最后一秒我决不能放弃求生和探索。我不怕牺牲，我怕牺牲了还被误认为曾想要妥协。所以徐开路的表情倔强，以此解释执行力最不需要解释。

徐开路掰开袖管上的扣子，露出微型锋刃，尝试着切割绑在手腕上的扎带，收效甚微，但好过坐以待毙。他透过直射的强光，隐约看到门口有两人看守，正对着他的桌子后方，余文次面前摆着手枪，身边站着一位手握枪把的贴身随从，随时准备射击。地下室东北角处有一个开口的洞穴，里面发出幽深的荧光，似乎有一股魔力，能让人预感它的深邃。徐开路猜测，正是这个洞穴挖到了弹药库的底部，他一个人阻止这场浩劫简直是痴人说梦。所以他把扎带割开了，但并没有动作，他在寻找时机，虽然这个时机极其渺茫，渺茫得如同修补破裂的情感，渺茫得如同追赶消逝的波光。他听到万籁俱寂的氛围中，所有带着指针的物件发出"嘀嘀嗒嗒"的声音，密闭的空间里，任何一个人轻微的动作，都像掀起一场惊天的风暴，吹得他的心脏晃晃悠悠。

余文次越来越没有耐心了，终于显露焦躁，他给徐开路下了最后通牒。他说："你现在翻进基地，以你的军事技能，拍到一张构造图应该浪费不了多少时间，我们各取所需，各奔前程，各自安好。"

见徐开路无动于衷，余文次开始倒计时："十……九……八……七……"

然而，数完了徐开路还是稳坐钓鱼台，这让余文次怪罪自己的仁慈，对随从说："接通鸡冠头，一大一小随意先解决一个，给这小子一些动力。"

随从刚准备摁下拨通键，门外有键入密码的声音，余文次看见监控里鸡冠头押着一个穿着女式大红袄的人，头上戴着连衣帽，看不清脸，走路一瘸一拐，疑虑为什么不是三个人带着孙炜母子回来，而只有鸡冠头和这个女人，他随即做出判断，应该在后面摆弄哭闹的孩子，还没跟上节奏。余文次摆手制止随从继续拨打视频电话，脸上掠过欣喜和渴望。

他说："都振作起来吧，兄弟姐妹，谁愿意隔着屏幕看世界啊，谁又不想看一场不插电的戏剧呢。"

门打开了一条缝，余文次闭目养神，手下十分期待，纷纷认为他们煎熬的情报岁月即将告一段落了，马上可以收工回家过正常人的日子了，连徐开路也张大了嘴巴，他认得孙炜那件棉袄，火红的颜色如血色残阳，让他过目难忘，他挣脱束缚的手已按捺不住了，他在心里痛骂陈爱山不是东西，也在骂基地所有人都是呆子，三五个人闯入公寓，按照孙炜的脾气，一定不会悄无声息，可是他们竟然一点儿反应也没有，这是什么武警家属院，还不如拥有好物业的居民小区。

门推开了半截，"孙炜"的脚迈进来的刹那，徐开路如释重负，因为这只四十几码的脚穿的竟然是双作训鞋，而且这只脚掷地有声，铿锵有力。这只脚中有山河日月，有高山达坂，徐开路顿时血液回流，世界重新友好起来，春暖花开的味道扑鼻而来。

门完全打开了，鸡冠头一前一后两个人毫无保留地出现在众人面前，余文次笑得合不拢嘴，头摇尾巴晃地站起来迎接他的得力干将和丰厚猎物，一改往日道貌岸然的风格，像个饥饿许久，看到肉包子顾不上斯文，两眼冒绿光，上手就抓的落魄文人。他一边去掀"孙炜"的连衣帽，一边不忘调侃："听说主播弟妹长得美，我兄弟艳福不浅，当哥的要领略一番，我这可不是淫荡，这是一种审美冲动。"

帽子被掀开了，露出陈爱山砂纸一般的老脸，陈爱山认为初次见面要给人留下印象，刻意露出磕头碰到睾丸的表情，说不出是惊喜还是激动，总之貌不惊人死不休。余文次只看了一眼，魂魄吓飞一半，没来得及喊，就被陈爱山一刀扎进眼窝，眼珠子爆出来一个，砸在一名看守的脸上，他摸了一把，圆滚滚的，像剥了壳的鹌鹑蛋，连忙丢掉，另一只手从腰里摸刀。陈爱山一个侧踢，隔着衣服把刀扎进他的肋骨里，紧接着攻击第二名看守，密不透风，眼花缭乱。

与此同时，徐开路把袖口的微型刀片甩向余文次的贴身随从，刀片划过他端起来的手枪上沿，潜入他的喉管，让现场唯一一个拿枪的人没捞着开一枪。

鸡冠头自知对不起信任他的余文次，脱离陈爱山的控制之后变更俘虏的角色，向陈爱山扑去，徐开路眼观六路，哪能看不明白，抓起余文次桌上的手枪开了一枪，鸡冠头闷哼一声跌在余文次身上，和余文次面对面，与余文次仅剩的一只眼睛零距离对视。

地道内的八人察觉到外面的异常，留下一个人死死控制住起爆开关，其余人等抄起手枪往地道口跑来，徐开路和陈爱山分左右两边，找到掩体，和他们展开激烈枪战，四个敌人稍一露头就中弹呜呼了，剩下的三人龟缩在里面，不敢再往外冲。

战斗一时间陷入僵持，徐开路、陈爱山忧心忡忡，此时如果最里面的起爆控制员知道余文次已无指挥能力，会不会狗急跳墙，冒死摁下按钮？但他们一时无法突破敌人防线，贸然进入必死无疑，陈爱山频频看向徐开路，徐开路亮了亮弹匣，空空如也。

陈爱山思量几秒，把他的弹匣卸下来扔给了徐开路。徐开路表示不解。

陈爱山用暗语和徐开路对话："我的枪里也只剩下三发子弹，要干掉他们必须每击必中，我做不到，你枪法准，你负责往这帮叛徒脑门上打，我去吸引敌人火力。"

徐开路说："你拿什么吸引？你说吸引就吸引了？"

陈爱山不说话。

徐开路说："我叫开路，开路是我的事。"他把手枪扔还给陈爱山。

陈爱山说："你呀你，怪不得他们瞧不上你，你能干什么大事！"

徐开路说："你一个种菜的，跟我抢什么头功！"

陈爱山说："我是种菜的，可我再也不敢种西红柿了，生怕你再像当年一样拔了我的秧子，做成所谓的绿叶菜，巴结我的女人。今天我就昂扬一回，让我的女人看看，谁巴结她都没用，归根结底只有我配当她的爷们儿。"

徐开路听得一头雾水："你说什么乱七八糟的？"

徐开路还没琢磨出味道，陈爱山又把枪扔了过来，根本不给徐开路制止的机会，冲出掩体，直奔洞口而去，看得徐开路心惊肉跳，只能下意识接过手枪瞄向了他的周边。徐开路不知道陈爱山的至爱陈钰已命在旦夕，濒临死亡，他憋着一股冲天怒气；徐开路终于明白，陈爱山所说的吸引敌人火力，是用肉身吸引，他散发着士兵的血气，无所畏惧地奔跑向前。敌人也没有想到这人像癫狂了般，舍生取义，他是一股泥石流，是一面承重墙，用倒塌陷落丰富自己的价值和生命，也夺取着罪恶的生存空间。三个敌人还在等待余文次的指令，却等来了鱼死网破的消息，似乎是不得已才把三支枪齐刷刷地对准了他。

考验徐开路的时候到了，他半秒钟内连开三枪击毙了三个敌人。但最后一个敌人稍晚被击中，便有了和徐开路同时扣动扳机的机会。他丧命之时子弹已出膛了，击中了陈爱山的胸口，虽然陈爱山来的时候穿了防弹衣，但五脏六腑依然遭受重创。他强忍剧痛，屹立不倒，要让徐开路有足够的勇气，等徐开路向洞内核心部位冲刺。这面胸膛此刻像一个广阔的屏障，罩住所有邪恶与幻想，像一个坚固巍然的堤坝，挡住呼啸的漩涡，虽然也有肉眼可见的漏洞，但那是给战友发起最后冲锋的理由。他缓缓地扭头回看，看到洞穴内也山花烂漫，隧道深处重新透出的荧光，像可供他重新辨别方向的黎明。

第二十八章

我思索那深一脚浅一脚的足迹何来魅力，让我梦回连营频频回首，可能是羊肠小道和天边的兄弟，所以我在没有温度的境遇中捡拾温柔。遥望昆仑拐角折射的微光，我看到活着的模样，原来是沿着我们跌倒的战地行走，所以多年以来你的栖息之处是春天的起点，我告老还乡的位置在可可西里的尽头，当你的英雄儿女逼近虎口，我播撒的种子一夜之间向上生长，找到了命运的出口。

洞穴进深难以估计，徐开路一边跑一边惊得毛骨悚然，这么浩大的工程竟然在基地成员眼皮子底下竣工了，还让人毫无察觉。徐开路不敢细想，他沿着隧道一路奔跑，感觉比之前跑过的所有五千米都要残酷，以往他的方向只在终点，而现在陈爱山所在的地方才是目的地，能不能活着回来，哪怕和陈爱山堆在一起都可以。

可就连这小小的愿望也几乎成为奢望。徐开路手持一支没有子弹的枪，冲进洞穴最深处，看到洞穴中央有一个磨盘大的石柱，石柱最顶上镶嵌着一块巨型玻璃橱柜，和博物馆展厅中陈列镇馆之宝的橱柜相仿，但这个柜子高过头顶，上沿和洞穴顶严丝合缝，毫无间隙，而且里面收藏的可不是古董文物，而是闪着黑光的合成炸弹。虽在地下，但徐开路的方向感极强，他几乎能够断定这上方就是基地弹药库，不得不说，余文次团队的技术手段确实高超。徐开路无暇惊讶，他竭力寻找最后一名敌人，这个现在把成千上万人命脉控制在手里的年轻人，看上去只有二十出头，符合应届大学生的所有气质，他躲在一把类似航空座椅的后面，一边抖一边哭一边晃着手里的起爆器。

徐开路肝颤不已，看到小伙子的面容，又突感希望犹在，因为眼前这个年轻人和他带过的大学生新兵差不了几岁，如果他和那些兵一样还保有纯真、拥有梦想，那么就还可以争取争取。

徐开路把空枪也放下了，说："我像你这么大的时候也不考虑后果，大好年华，我们完全还可以有不一样的人生。"

小伙子看到徐开路的诚意，精神上有些缓和，说："我一毕业就被发展进来了，余总给我非常丰厚的报酬，让我不必像其他同龄人一样接受现实残酷的洗礼，所以你有你的马克思主义，我被迫要有余总的信仰，不用劝我了，我虽然怕死，但拿人钱财替人消灾，背叛可耻。"

徐开路说："靠牺牲群众得来的信仰，还算得上信仰吗？要无辜同胞陪葬你的信仰，难道不是另一种意义上的背叛吗？"

小伙子说："干情报工作的不想出头和留名，当然也就不会以惯常的思路解读道德和法则。今天要么你打死我，要么我们一起灭亡。"

徐开路说："你还年轻，路还长，十年寒窗只为金钱，不耻苟且，还来不及审视周边，来不及恋爱、结婚、生子，怎么知道当下的三观和信仰能够诠释你的一生，知道什么是正义，但不知道如何更好地定义它，就这样换来个灰飞烟灭，狭隘吗？我们历来对幡然醒悟者宽容坦诚，只要你放下手里的起爆器，我们护送你出去，保证你的安全。"

小伙子眼中闪过一丝惊讶："不会被斩立决吗？"

徐开路真挚地说："你有学识，有才能，还有底线，你明明可以成为功臣。"这是他发自肺腑的话，他尊重人才，羡慕学富五车的人，他经常在想，从事了一个经常为别人错误埋单的职业，是为了让更多的人能有张安静的书桌。可至少目前来看，事与愿违，付出了青春，疏远了亲情，难为了爱情，却看到大量学子学成之后并没有对得起他的守望。现在这个小伙子就是例子，他痛心着，想要挽回，哪怕挽回一个人，也是对当初愿景和流逝年华的祭奠。

小伙子看了看徐开路的发际线，还以为是个多大的官儿，有了可供发泄埋怨的对象：＂就算你说的是真的，我没有立功表现，是俘虏，肯定要牢底坐穿，失去自由，还不如死。＂

徐开路把手枪塞给小伙子，神秘地说：＂你和他们早有矛盾，趁此机会反水吧。＂

小伙子迟疑了几秒，接过了枪，他拥有技术人员特有的羞涩，拿枪的姿势颇为业余，徐开路分析这个人的角色在组织内部像工地上的泥瓦匠，负责垒砖，不负责掌线，拿的是辛苦钱，不参与谋划决策。

小伙子说：＂我只想凭自身所学过上衣食无忧的生活，没想到有一天我却成了手握屠刀的人，难道我所学的专业，注定要以死人为代价？＂

徐开路说：＂生而为人，连自己都会质疑，当然也会质疑一切，我也质疑过军人身份到底能给我带来什么，为什么和理想相去甚远，后来我明白这是一个不谈理想的时代，但理想无错，知识和专业也无错，我们应该质疑那些企图蒙蔽我们双眼的人，以及许以升职加薪的背后，值得玩味的东西。你我都在藩篱中央，可我建造的藩篱是防止恶狼，而你的藩篱是一叶障目的困境。＂

小伙子说：＂阵营不同，这些不足以说服对手，我折服是因为你的举动，还有你言谈中兄长的味道，你双手也沾满了血，但我看不到你眼睛里有戾气。对比余总，他几乎没有动过粗，但盯着你看，就有让人汗毛倒竖的能力，有人说这叫气场，我觉得这气场，只会让事情走向极端。今天，我以一个普通人的身份做选择吧，如果结局不令人满意，那也是该承受的后果。＂

小伙子放下手里的起爆器，攥紧手里的枪向徐开路走来，他依然紧张，但不激动、不癫狂、不焦躁，他似乎把宝都押在了徐开路身上，徐开路是他选择重生的唯一见证者。徐开路也惊喜不已，他赌对了，太多刚刚走出象牙塔的青年讲世事沧桑，唯独很少提到他们最应该保有的纯粹。徐开路张开双臂，表示坦荡的欢迎，眼睛里跃动喜悦的光芒。

徐开路的手马上要触碰到小伙子的肩膀，正对着门口的小伙子目光从徐开路的耳梢投向门口，喉结跳了一下，吞咽了一大口唾沫，露出惊恐的表情，徐开路突感侧后方一股冷风，下意识地将小伙子扑倒在地，一发子弹擦着徐开路的肩膀飞了过去，倒地后徐开路看清了这个人面目全非，浑身是血，仅剩的一只眼睛火红，他竟然是余文次。当时陈爱山只是扎伤了他的眼睛，没有伤到他的脑干，他还活着，且比之前狰狞凶猛。他紧接着连开数枪，徐开路抱着小伙子翻滚，子弹像冰雹砸在水上，密集弹跳着。洞内空间狭小，没有遮蔽物，动作再快，也快不过子弹，徐开路一把没抓稳，两人分开了，余文次举枪瞄准了小伙子，他第一个想灭口的竟不是徐开路，扣下扳机，却没响，应该是没子弹了，随即向腰间拿第二把枪。徐开路抓住这个空当扑上去和余文次扭打在一起，斯文儒雅的余文次这时像换了一个人，垂死挣扎的时候会有突破极限的力量，徐开路一时间处于下风。

余文次拔枪成功，抵住了徐开路的脑门说："你还是太年轻了，去死吧，哈哈哈！"与此同时，小伙子竟也聚集其神奇的力量，一脚蹬翻了余文次，枪击偏了，擦破了徐开路的头皮，震得徐开路暂时晕了过去。陷入疯魔的余文次躺在地上仰起头向徐开路开出第二枪，三米内朝静止的人开枪，绝无失手的可能。可他又失算了，生死攸关的时刻，小伙子伏在徐开路身上，替他挡下了子弹。余文次怀疑自己是不是看错了，徐开路进到洞穴尾部还不超五分钟，这五分钟手下就被策反了。小伙子可以愤怒于余文次对他无情的射杀，可断然没有理由保护曾经的敌人，余文次百思不得其解，可现实赤裸裸地给他上了一课。他以为他控制着一个团队，多年的情报生涯练就洞察人性的功力,本身活在暗处,所以明面上的东西他看得通透,背地里那点儿小九九同样明察秋毫,但濒死时刻他才发现,人与人之间的奥秘只能后来者研究,那些正在经历着的、快速发生的故事,当事人没有给出结论的能力。

小伙子奄奄一息,对半梦半醒的徐开路说:"你活得值,一个人把沙漠变成了原野,我经历不了这样的满足和正义,请你一定代我继续流浪。"

余文次推开小伙子,再朝徐开路开枪,却卡壳了,这时洞外人声响动,余文次推测,基地的人已经把这里包围了,必须马上引爆炸弹。他边退弹重新上膛,边摸索起爆器,徐开路晕头转向地抱住他,两人展开新一轮较量。

此时,工厂被团团包围,华主任带人冲了进来,十几条枪指向余文次,但两人打得难解难分,无从下枪。

可惜起爆器还是控制在了余文次手里,他毫不犹豫地摁下了开关,徐开路立即不再纠缠,往门口跑去,所有人也转身往外跑。只听"轰隆"一声,顿时天塌地陷、尘土滚滚,洞顶全被掀开,弹药库的地面承受不住强度这么大的轰炸,坍塌下来。

徐开路等人被冲击波撞出去好十几米远,他趴在地上等待着更大的爆炸,他断定要牺牲了,目光聚焦在地道的进口处。那里有他的兄弟陈爱山,他耳朵里充斥着华主任的吆喝,脑海里浮现的是这些年来的碎片影像,他的感动和悲伤都在这一刻涌现出来,临死他看到了最美的焰火,最后定格在他眼前的还是最单薄、最突兀的昆仑哨。

刘轩坤站在国旗杆下,看着国旗飘舞的频率突然有了变化,头顶的孤鹰突然发出无比凄厉的嘶鸣,张琛和刘松在空地上训练刺杀操,也被天空中骤然密布的氤氲惊呆了,忘记了喊口令做动作。

高滩县的刘彩正在教徒弟切菜,星级大厨水准的她,突然切到手指,一抽手还碰到了旁边的碗架,一排白瓷碗盘,稀里哗啦地碎了一地,她捂着胸口说:"上次有这种感觉,还是老徐牺牲的时候。"

基地家属院里，黑暗中孙炜抱着徐冬冬和陈昆仑瑟瑟发抖，他们都听到那一声震耳欲聋的爆炸声。整个楼摇晃了一下，灯在摆动，斑驳的墙壁上有白石灰掉落下来，像此刻孙炜的心情，她不惊慌，但她的心在悸动，头顶像挨了一闷棍般，嗡嗡作响，天地间的声音消散了又积聚在她的耳畔，她想现在就去寻找自己的丈夫，哪怕看到的是伤痕累累的他，可怀抱里两个孩子，眨着明亮的眼睛看着她，希望从她的眼神中找到答案。

徐冬冬和陈昆仑几乎同时问："爸爸呢？"

孙炜说："你们的爸爸站在最高的地方，水淹不着，火烧不到，他们和昆仑山一样屹立不倒。"

两个孩子点头又摇头。

徐冬冬缩着脖子说："最高的地方也最冷啊。"

陈昆仑说："你骗人，最高的地方种不了菜、养不了猪。"

孙炜强努微笑，但眼里的泪藏不住了。

第一声爆炸之后，摇摇欲坠的洞内，所有人被尘土掩埋，随即是长久的寂静，没有光亮，却也没有哀鸿遍野。徐开路想，难道已在死亡的路上？这条路混沌一片，眼花耳鸣而已，不会痛苦，尖嘴獠牙的恶鬼也没来，一点儿也不可怕。但一想到这段时间这条路上会很拥挤，甚至还有可能碰到很多熟悉的面孔，他不禁号啕大哭，不能成为拯救人类的英雄，也不应该沦为灾难的帮凶。无法阻止、无力阻止以及不想阻止导致的结果是一样的，所以他认为"我尽力了"之类的话是弱者的自我安慰。当迷雾散去，空气不再稀薄，周边的人像破土的春笋，纷纷发出窸窸窣窣的声响，他才意识到还活着。弹药库没有被引爆，他爬起来，向爆炸中心望，余文次已尸骨无存，洞内一切设施也悉数损毁，他看到塌掉的弹药库之上没有任何东西，弹药早已被转移，这才把心放回肚子里。他很想知道华主任是什么时候开化的，提前做了这么英明的部署，但他现在没心思和华主任等人对话，径直跑向陈爱山，陈爱山脸色蜡黄，和新鲜的黄土融为一色，他也没有精力和徐开路进行情感上的共鸣，他又一次"喧宾夺主"，成为这次光荣使命中的黑马，让人唏嘘不已。

医务人员把陈爱山抬走，华主任握住徐开路的手，向疲惫到眼神呆滞的他敬一个荡气回肠的军礼，红着脸做自我检讨。徐开路像是没看见，他没有工夫配合他，满脑子都是那些在这场灾难中受到伤害的人。

不管徐开路会不会原谅他，华主任都把徐开路当作救命恩人，如果没有徐开路，他想过，他不仅会死，死后也会被"鞭尸"、被唾弃。但在这之前，他是把徐开路当成眼中钉、肉中刺的。徐开路潜入工厂的当天晚上，他同样心神不宁，陈爱山给他发过短信，建议他关注一下徐开路，除了陈爱山还有对徐开路有意见的人也不忘在这时落井下石，认为这人最近精神不正常，还是再关上几天紧闭比较合适……针对这些，华主任沉不住气了。他忽然有个更恶毒的打算，直接把这个家伙调走，一了百了。最好再让他回与世无争的昆仑哨，只有那里适合他，在那里他只要不把天捅漏了，就没有岔子可出了，即使把天捅漏了，也不会引起任何人的注意，那片天也是孤独的天。思来想去，这是正道，说干就干，华主任在这方面雷厉风行，当晚就给人力资源部打电话，从危害基地蒸蒸日上的建设、扰乱基地严明井然的秩序、破坏团结奋进的风气等高度痛数徐开路不听招呼、不服从管理、我行我素、自以为是种种"罪状"。言辞激烈，让人力资源部王处长产生共鸣，感觉徐开路实属败类，组织当初真是看走了眼，恨不能立刻一把火烧了他的军籍。但王处长做人事工作许多年，深知人的问题是最难解决的问题，错综复杂，关系盘根错节，处理一个人简单，但这个人往往是表象，深层次的东西才需剖析到位。

王处长老到地说："老华，我了解你急切的心情，但你有所不知，这个徐开路和政治工作部严副主任有千丝万缕的联系，要调走他很简单，但忽略了严副主任的感受，多有不周，还是提前给他打个招呼较为妥帖。"

华主任说："严副主任？不是快退休了吗？"

王处长说："退休怎么了？谁还没几个心腹？可不能干人没走茶就凉的事啊。"

华主任说："退休是好事，这样我打起电话来更理直气壮，以前还没有直接呛领导的勇气，今天我非得跟他说道说道关系兵严重影响部队建设的问题。"

于是，华主任拿出替天行道的气势，稍加组织语言后，拨通了严峻的电话，把徐开路调入基地后的糟糕表现经过适当艺术加工，咬牙切齿地向严峻参了一本。

严峻陷入沉默，华主任分析一定是伤了领导自尊，下不来台了，正为自己不畏强权，敢于与不良现象做斗争的高贵品格而感动。突然，严峻暴跳如雷，痛骂不止，在一连串的不雅词汇之中，也夹杂着重要信息。华主任竖着耳朵听明白了，严峻让他马上转移弹药库库存物资，务必保证徐开路及家属的安全，一刻也不得耽误。严峻第一时间想到犯罪分子针对的是弹药库，那是训练基地最要害的部位。

严峻说："防间保密工作才是真正的宁可错查一千，不能放过一个。这种事必须要鸡蛋里挑骨头，你作为一个二十多年的老兵，送上门来的案子不深究细查，却首先质疑同志的觉悟……"但关键时刻，严峻也考虑到自己快要退休了，说话力度不够了，强调说，"你即刻行动，我现在就向首长汇报，耽误了大事，我枪毙了你。"

严峻的站位明显高出华主任不止一头，让他无从反驳也不敢反驳，放下电话虽感不悦，但必须马上执行命令。华主任心说，弹药库里的物资堆积如山，这到时候工厂里根本查不出什么情况，不会有所谓的爆炸，我看你严峻怎么收场。他下令所有在位人员紧急搬运物资，因是周末，徐开路和陈爱山都住在家属院，没有参加这项任务，直到这个时候，华主任还没发现徐开路已深陷虎穴，当他带人冲入徐开路家看到陈钰受伤倒在地上的时候，他已经对严峻的推断佩服不已了，悔不当初起来。

严峻骂完华主任之后没有罢休，他太了解徐开路了，了解高原兵的真诚执拗，绝不会无中生有。凭借多年经验，事情绝非华主任说的那么浅显，严峻直接越级汇报，面见司令员。司令员和他率专业防间侦察员直奔工厂，侦察员潜入工厂，第一时间传回的报告是工厂具备间谍藏匿的所有条件，内部发生打斗，有人员伤亡。一石激起千层浪，上下一盘棋，高度集中统一的体制在这时候发挥功效。司令员即刻致电总部作战指挥中心，顷刻间，全部队同时响应，统一行动，重点排查各基地周边的可疑目标。这一查，查出了惊天大案，举国哗然。

而事件中心的徐开路刚才还以为，这是他今生打过的最没有价值的战斗，损亲折友还一无所获，无从想象，其实他的行为必将被载入史册。

徐开路从洞内出来，重获新生的感觉竟是沉重的，密集的闪光灯对准了他一个人，这让他很不适应，昆仑哨没有闪光灯，也没有这么多误解。昆仑哨不会只记住一个人，所有为之付出的人都会被无言地刻在昆仑隧道的枕木、岩壁乃至冰雪上。而不像现在，论功行赏的意味远远大于任务本身，且那些面对镜头最活跃、最热烈的人往往是出力最少的，真正直面死亡的人接受了强烈的感官刺激，短期内绝不会喜欢表达。不过徐开路不关心这些，他的眼睛像个精密的过滤器，远远地看到了严峻，严峻隐没于一大群前来亮相邀功的人当中，单薄苍老，但那一抹欣慰的笑容光辉夺目，他向徐开路竖了竖大拇指，人流如织，这个赞许的动作唯独带着光亮。有那么一瞬间，徐开路感觉那是父亲站在那里。像小时候放学后久违的爸爸突然出现在校门口，不问成绩，单纯来接他回家，他不觉得做出多大功勋之后，刻意营造出的欣喜激动场面多有仪式感，多能感染人，而是经受了磨难之后的自然对视才动人心魄。

一眨眼，徐开路发现严峻消失在人潮中。徐开路还没有向他敬礼，他乘坐一辆闪着警灯的越野车迎着汹涌而至的各种车辆，逆行远去，车流给他让开一条通道，又迅速闭合。这个场景就像他们的关系，不知什么时候相遇相知，不知什么时候分别再见，若即若离，又血浓于水。

华主任悄悄对徐开路说："马上要退休的人了，还成就了这一伟大壮举，无憾了。"

徐开路说："退休？"

华主任说："是啊，他达到了本衔级的最高服役年限，这几天就要回京了，你们这关系，会不知道？"

徐开路心说，我们哪有什么关系，见面的次数都有限，我甚至不知道他家几口人、住哪里、多大年纪，我们的关系只是官和兵在业务之余可以像朋友一样对话，这是官兵一致理论的复苏，是市场经济时代阶级意识上的进步，怎么到你们嘴里味道全变了呢？

徐开路冲向汽车开走的方向，留下一脸愕然的华主任，他不知道是他的感官神经出了问题，还是这些年的为人处世都出现了偏差，突然看不明白这个世界了。他所理解的方式模式在徐开路身上一样也没行得通，错与对、高与低、畅通还是阻隔，徐开路都不在乎。他只关心自己，相信判断，这是自私、目空一切还是未卜先知呢？

华主任苦笑一声："是啊，我怎么能琢磨透徐开路，徐开路只有一个。"

徐开路边跑边拨打严峻的手机，可手机也从这一场战斗中度劫而来，屏幕碎成了蜘蛛网。徐开路扔掉手机试图追上那辆在车流中跑不了多快的汽车，他深一脚浅一脚地追逐，就像十八岁那年奋不顾身地追逐梦想，直到发现梦想中不单单有春华秋实，更多时候是奉献和告别。越野车的尾灯如同两颗流星，从天边到心海，驱散他所有的梦魇。他想，是时候告诉自己，严峻的离开，也好，不管是过去还是将来，如果对某一个人形成依赖，那不是大环境的进步，是制度中温暖的缺失。以后，会好的。

严峻发现了徐开路，他没有停下来，他其实是一个被昆仑哨和高原兵感动的人，他确实还有很多话要说，还有很多未尽事宜没办，但时间不允许了。他想，我倒成了最先离开的人，嘱咐的姿态是智者、施舍者抑或高人的姿态，我一个再也做不了贡献的人有什么资格居高临下呢？他再次被徐开路的行为震撼，徐开路又成长了，有足够的能力应对接下来的挑战了，他所要做的唯有祝福。所以他看到徐开路的身影，降下了车窗，昆仑哨和徐开路的味道扑鼻而来，他相信这个味道会伴随他以后的生活，让他和拥有赤子之心的小伙子一样，没有官场的虚假繁荣也不会失落空虚，而是内心不断涌现出丰富的昆仑盛景和感人肺腑的兵营往事。他会摇着蒲扇，在种满瓜果李桃的小院里，向子孙后代重述这些年"一身转战三千里，一剑曾当百万师"的豪迈。

严峻功德圆满了，徐开路还喘着粗气奔跑在他的车辙之上，在上了一个山坡之后，实在没有力气了，停下来躺在地上，热泪盈眶，他在城市的浮华与身后灯光璀璨的战场之间暂时喘口气。这多年以来难得的清净，让他留恋这新鲜的美好，他稍显慵懒地想，这里应该成为一道分水岭，我不再青春，也需要蛰伏。可现实似乎总是套牢他，从没放弃对他的撕扯，即使他远离昆仑哨，昆仑哨也像和他有着血缘关系的至亲，说不清在哪个时节，召唤他的归来。

陈爱山幸存了，陈钰却陨落了，三棱刺伤了她的心脏，伤口缝合难度极大，她流光了最后一滴血，体内又输入了基地战士所有的AB型血之后合上眼的。她勇斗歹徒而死，是整起事件起至关重要作用的人之一，上级追授她为革命烈士。即便如此，还是有人认为她这个人存在争议，不应被评为烈士。但在难以估量的巨大胜利面前，这样的人显然如同跳梁小丑，发出的声音臭不可闻，很快被淹没在如潮的追思中。也许陈钰自知有愧，担心走后会给陈爱山留下不好的影响，临终前，她提了要求，她不想回家，要葬在高原。她说："这里是世界的净土，这里可以涤荡灵魂，可以洗脱罪恶。"

陈爱山说："你的灵魂不需要再涤荡，你何罪之有？你纯净得让我心碎了，感情上的事谁又说得清楚，谁又能比我更清楚呢，管他们说什么！"

陈爱山没有等来陈钰的回答，他只剩下遵循陈钰的遗嘱的权利和义务。

对于陈钰的死，最耿耿于怀的莫过于徐开路和孙炜。

在陈钰的遗体告别仪式上，徐开路和孙炜哭得死去活来，人群散尽，一家三口还在陈钰的骨灰盒前长跪不起。

孙炜始终喃喃的只有一句话："躺在这里的应该是我啊……"

徐开路一言不发，看到陈昆仑哭着找妈妈的时候，泪如决堤，他不敢看陈爱山的眼睛，更不知道该如何安慰孩子。

反倒是陈爱山既是在劝他们又更像是在劝自己，但劝到最后，他崩溃了："她的离世，让更多的人活了下来，她死得光荣，我不遗憾……只是……只是，我真的好想她，我真的还没和她过够啊！"他不说话还好，这一说，天地呜咽。

为了弥补，孙炜认陈昆仑为干儿子，她代替陈钰倾尽所有给予陈昆仑足够的爱，徐冬冬虽然小，却似乎深谙这里面的道理，对这个哥哥也表现出超越年纪的爱戴。两人一起练擒敌拳，一起到靶场捡弹壳，一起摆平隔壁院孩子们的"入侵"……龙生龙，凤生凤，老鼠的儿子会打洞，对于军事的热爱好像与生俱来，至于他们的人生走向，谁能说得清楚他们将来会不会成为另一个佳话。这是后话。

过了一段时间，收拾妥当，赶在大雪封山之前，徐开路申请和陈爱山一起到离昆仑哨很近的大柴旦烈士陵园安放陈钰的骨灰。他们风尘仆仆，长途跋涉到达格尔木境内，无数次梦回这片土地，这次终于回来了，没想到却是以这样的方式，不禁感慨万千。昆仑隧道守护中队的人来了不少，他们用最高礼节接待昆仑哨曾经的主人，这是悲壮的回归，在场的人无不潸然泪下。

徐开路在人群中四下搜寻，没有发现刘轩坤等人的影子，一号哨的成员一个也没来，徐开路难免失落，陈爱山亦然。

安放仪式结束时，中队长为打消疑虑，告诉徐开路："最想看到你们的当然非刘轩坤他们莫属，你们是什么感情不用我们多说，不是他们不想来，内地还是秋季，可这里一周前就下了一场鹅毛大雪，通往昆仑哨的路上冻冰封了，外面的人进不去，里面的人出不来。"说到这里，徐开路还不以为然，他太了解昆仑哨了，大雪封山是常规操作。

徐开路说："现在上面有水、有电、有氧气、有菜窖，比以前要好多了。"

中队长说："问题就出在这个菜窖上，没有这个菜窖还……"

中队长没说完突然意识到什么，连忙收住："其实也没什么，问题不大，你不用担心，跟你没有关系！"

听者有意，中队长越是含糊其词，徐开路越是追问，中队长无奈地竹筒倒豆子："昆仑哨菜窖通风换气系统发生故障，刘松到菜窖里取菜，半天没上来，王玉周下去查看情况，也有去无回，张琛猜想有可能是一氧化碳中毒，戴上氧气瓶和防毒面具钻了下去，把两个人拖了上来，救了他们一命，可他们在下面待的时间太长，身体出现严重不适，哨所连个卫生员也没有，更没有治疗脑缺氧引起的后遗症的药物，现在两人还下不了床，其余人员不敢再下菜窖，给养又成问题，现在整个哨所陷入瘫痪。汤峪支队长派医疗组乘坐雪地车前往救援，雪地车遇到小型雪崩竟也无力回天，困在了途中，至今下落不明。好在总队派出直升机搜寻，但风雪中，昆仑哨好像消失了，直升机绕了几圈也没有发现哨所的位置，不得不返航了，现在还停在中队营区里补充给养和燃料。"

徐开路问:"带我去,我知道直升机在哪里可以降落!"

中队长说:"用不着你。"

徐开路说:"我必须去!"

中队长说:"昆仑山只剩你一个英雄了吗?我怎么向上级汇报?噢,我是不是应该这么说,咱们中队乃至大队、支队常年担负昆仑哨勤务,却没有一个人比徐开路更懂昆仑哨的,现在我搬救兵搬到他这里来了?"

徐开路跟中队长耍起了赖皮:"你这么汇报也行,我哪管这些,只管当好兵,只要还活着,我就是昆仑哨的兵,我符合条件去,谁也拦不住,不让我乘飞机,爬也要爬过去,不让我代表昆仑哨兵,作为群众代表我也要去。"

中队长说了句"你啊你",只得带着徐开路乘雪地车前往中队营区。

陈爱山也要去,被徐开路制止了:"你身体还未痊愈,不适合上那么高,而且直升机载重有限,多一个人多一分危险,你先回去,孙炜心理创伤太大,两个孩子怕是应付不过来。"

徐开路有理有据,不像中队长拒绝他时的似是而非、半推半就。陈爱山拗不过徐开路,只好如此,但他的心情不比徐开路轻松,他何尝不想给自己一个回馈昆仑哨的机会,但这个机会似乎从他离开昆仑哨那天起就不复存在了,他恋恋不舍。临别前,像个老妈子跟在徐开路身后唠叨些注意安全之类的话,表情与哄不吃饭的孩子再吃一口一模一样。徐开路心里明白,陈爱山是怕他出意外,毕竟在内地,不找事几乎不会出事,但在昆仑山上有一个算一个,经常害怕的是闭上眼是否还会再醒来。陈爱山失去过战友,现在又失去了爱人,他不想再失去谁,有人说习惯成自然,只有失去会让人更在乎眼前的一切,就像经历过三年困难时期的人更爱财富,更喜欢囤积,这是事实,也是陈爱山当下的现状。可往往越珍惜越觉得不够,越有所顾忌到最后越能理解什么是无所顾忌。陈爱山开悟了这一点,他在和徐开路最后的挥手中露出微笑,表现的是祝福,不是惆怅。

前往中队的路海拔在两千米左右,已经让人很不舒适,大片的雪原映入眼帘,雪地车司机分不清哪里是路,哪里是崖,只能凭着经验开。天地间好像倒换了过来,大地银装素裹,而天空黑雾层层叠叠,冰冷的风穿透了徐开路的衣服,密集的雪渣直往他的脸上打、往脖子里钻。远处有更雄劲的风打着旋子、喊着号子奔腾而来,徐开路听着"呜呜"的声音,心说,这天气莫说是小小的直升机,坐上挪亚方舟心里也会打战吧。

他远远地看到了那架直升机,机组人员整装待发,晚来一步可能就赶不上了。机长一听说这里有一个昆仑哨的活导航,像看到了宝。把徐开路请上飞机,系紧安全带,穿上救生衣,一切安排妥当,他才说:"我们这趟行程虽然只有几十千米,但电子雷达无法定位,地图不起作用,全程强气流、浓雾、飓风,你要做好思想准备,现在下机还来得及。"机长说这话的时候,手摁在徐开路的肩膀上,生怕徐开路真被吓跑似的。

徐开路哭笑不得:"你们与被困人员素昧平生,仍然义无反顾,而我曾和他们朝夕相处,如果昆仑哨敢不接纳这架飞机,我用身躯来连通飞机与哨位的绳索。你放心!"

机长松开了手,他从徐开路的语气中听得出来,不管谁撤,他也会往上冲的,机长甚至有些后悔让他上来了,徐开路眼神中透着的豪气,让他担心如果飞机真无法降落,徐开路真的有勇气一个猛子扎下去。机长有理由认为,这风霜雪野一瞬间也没那么无边无际了。

第二十九章

你们的常态是等待，比如等待制氧机工作了才能呼吸，等待寒冰融化了才敢对远方说一声爱。我以为雪垄早已与你们握手言和，日子像我曾更换的旗帜，随时被风撕扯，我随时还会让它升起来，所以当你们孤立无援，我即刻听到了召唤。积雪覆住荒墟，螺旋桨薄如蝉翼，阻碍不了我用飞翔的姿态想念你们，即便我坠跌，溅起的雪雾犹如花开，上冻的塑像和你们同在。

直升机起飞，在浩瀚的混沌天地中如同一只横冲乱撞的飞蛾，渺小而无章法，好像谁都可以轻易地挥上一下，踩上一脚，只不过飞蛾是扑向光亮，那里有它们虚构的家园，而徐开路他们却要暂时忘记梦想，前方或有国殇。

徐开路环顾四周，机舱里除了他和机长，还有一名飞行员、两名军医。军医和徐开路相对而坐，也在打量徐开路，他们之前乘机绕了几圈，想必暴风雪中飞行的滋味刻骨铭心，此时他们双手用力压着膝盖，不是力求坐姿标准，而是不压着腿就会哆嗦出动静来了。机舱里温度很低，而他们脑门上有汗液渗出来，两人眼神十分一致，希望从徐开路身上得到新的答案，然而，目前他们并没有燃起什么希望。面前的徐开路是个黑瘦的年轻人，除了眸子发亮，别的地方并不起眼，看起来也不像军事过硬的样子，动作中透着拘谨，应该是很少坐直升机，左瞅瞅右看看，满眼新奇。打没打过仗，能不能打仗，不会写在脸上。他们一定在质疑，虽然听说你在艰苦的昆仑哨待了挺多年，但再艰苦，也一直都是在地面上。这次可不一样，离地了，如果你知道上一次飞机颠簸的时候，我们忍不住喊了妈妈，还差点儿尿了裤子，你肯定没有心情在这里探索机舱内的布局设施等知识。

他们正忐忑着，强气流没有辜负他们的"惦记"，再次突然造访，猛烈地现身说法。飞机忽上忽下，转着圈打着滚儿，比过山车自由野蛮，还响起类似铝材断裂的咔吧声。军医发出阵阵惨叫，军医甲因为刚才太紧张频繁上厕所，回来时忘了系安全带，被无情地甩了出去，药箱震烂，各种药水药械稀里哗啦地洒出来，更可怕的是剪刀、镊子在极速的震荡中犹如子弹，避闪不及很容易要命。军医甲像跳跳球般从这头弹到那头，从底部弹到顶部。突然不再做挣扎的动作，应该是撞到了要害部位晕了过去。

混乱中，徐开路努力稳住心神，尝试了好几次也没有抓住他，不禁心急如焚。如果再这么弹下去军医甲等不到救别人，自己却先危险了，虽是第一次见面，但在一个战壕，就是最亲密的战友。他果断解开了自己的安全带，最快速度在手腕上打了个死结，这样可活动的半径更大了，但这像格斗场上的舍身技，玩得好一招撂倒，玩不好自身难保。徐开路没想那么多，他了解自己的身体，他懂得护住要害部位。而军医已没有意识，此时搏一搏可能救人一命，无动于衷只能眼看着他以身殉职，徐开路的性格是主动出击，他看不得战友坐以待毙。

解开安全带的他像一棵摇曳的水草，在肆虐的洪流中漂泊，脆弱不堪，他身子消瘦，满身的筋骨肉，撞在哪儿都能导致眼前金星直冒。军医甲又从舱尾弹了过来，他眼疾手快一把抓住了他的白大褂，可惜这白大褂不是为作战设计的，机身只抖动了一下，"刺啦"一声，白大褂的袖子被徐开路沿肩膀扯了下来。徐开路好不懊恼，他挥舞着手臂，又胡乱抓了几把，这次他抓到了军医甲的腰带。腰带如同

406

救命稻草，徐开路只有一个信念，胳膊断了手也不能松开，凭着这股犟劲儿，他控制住了军医甲的移动距离，减小了幅度，军医甲再不会如大摆锤般四处胡抡。最后，徐开路利用机身的一个惯性把他摁住，给他绑上了空余的安全带。做完这套流程，飞机像是瞬间醒酒了，刚好得到控制。

军医乙为军医甲做了急救措施，军医甲苏醒之后，发现座位都换了位置，大呼神奇。军医乙讲述了来龙去脉后，他才看到被撞得鼻青脸肿的徐开路，感激涕零。

军医甲说："何苦呢，不怕搭上自己啊！"

徐开路说："你是这次行动的主角，要是有个三长两短，我风风火火地去干什么呢？就为回娘家吗？"

由此，两人再打量徐开路的眼神已是尊崇仰慕。

飞机继续有惊无险地飞行了十几分钟，机长预估到达了昆仑哨上空，可是从舷窗望出去，依然白茫茫一片，看不到一丝其他的色彩，难觅昆仑哨的影子。徐开路第一次俯瞰曾经的阵地、魂牵梦萦的家园，却是这样的景象，他痴痴地盯着空白的窗外哑然失笑，也许这和大部分人的人生一样，回望来路模糊一片，映入眼帘的哪有什么惊世骇俗，更多时候是孑然一身、踽踽独行、空无一物，那些自认为壮怀激烈的往事，不过是云层之上、舷窗外面飞速流淌的水滴，始终抵不过新的洗礼。

这时机长通报，直升机因为刚才的强气流，螺旋桨受损，如果十分钟之内找不到降落点，必须马上返航，不然再遇意外，极易造成二次受损，局面不可挽回。机长血红的双眼望向徐开路，徐开路没有火眼金睛，脑袋上也没有雷达天线，他怎么知道哪里可以降落，但海口已经夸出去了，现在尴尬不已，越是担心战友的安危，越是理不出头绪，他拼命搜寻关于昆仑哨的印记，他祈祷昆仑哨感知他的回归，就像母亲会第一时间知道肚子里有了生命，这条生命的心脏每一下跳动，母亲都会与之同频共振。

徐开路脸贴在舷窗上，小脸变作童年模样，那时他也是这样寻找父母的身影，只要有他们的蛛丝马迹，顷刻就能踏实，可现实是他很少能等来他们早归，他看到的只是絮窝的母鸡和狂风大雨砸弯的石榴枝，他看到的还有昏黄的烛光和坑坑洼洼的柏油小路。就像现在，这片大地和他想象的场景已截然不同，它露出狰狞的面孔，诵读着惹人悲哀的魔咒，要把他驱赶到尘世，干扰他对青春的怀念，对兄弟的留恋。

机长在凝视，军医在催促，徐开路心烦意乱，恨不能现在索降下去近距离看个究竟。时间飞逝，雪还在下，落在直升机上冻成了冰凌，飞机引擎发生异响，而底下的云也不再一成不变，更换了形状，像徐开路的心情，一会儿信心百倍，一会儿一团乱麻。机长已经明确徐开路百无一用，下定决心马上要返航了，突然，徐开路发出一声高呼："是那儿，就是那里！两点钟方向三百米处！"

所有人顺着他所说的地点望去，举目眺望，半晌后一无所获，以为他是眼花了，想看看他还怎么演。

徐开路笃定地说："相信我！那是我朝思暮想的地方，那里有割舍不下的人，我怎么会认错。"

别人当然看不见，他们从不知道昆仑哨制高点的旗帜会在一两小时内被撕裂成布条，并褪去色彩，飘摇着像枯黄的灯盏。他们当然看不见，那根纤细的旗杆就是这里的定海神针，可以划破天际，直达高原兵的眼底。他们看见了，因为徐开路迫不及待地解开安全带，拿出索降绳，让机长之前的猜想一语中的，即使无法降落，他跳也要跳下去。除非疯子，没有人会在山梁纵横、沟壑遍布的昆仑山间随意下机。

机长命令飞行员再压低高度，在徐开路指定的方位尝试了几下没有降落成功，隧道旁的哨位前倒是可以降落，但距离兵舍太远，要让人把两个病号从兵舍抬到那里，恶劣天气中那是不负责任的尝试。所以徐开路有先见之明，飞机还真得空中悬停，采用索降的办法。

徐开路背上攀登包，扣好"8"字环，站在舱门前，机长尝试了几次没能把门打开，门被冻得结结实实。徐开路还没发言，机长自信地搞来一壶开水浇了上去，不浇还好，这下冻得更结实了。无奈，机长只好取来撞门器，虽然心疼，但为了救人只能对爱机展开"摧残"。机舱门终于被打开，霎时子弹般的雪粒配合推土机一样势不可挡的寒风袭击了他们，直接把他们甩到了舱壁上。徐开路忍受着这一切，像拉纤的纤夫低头弓腰向前推进，到门口时，机长拽住他说："到地面还有几十米的距离，你这样下去会被拖死的。"

徐开路没有理会，果断跳了下去，风中的他左摇右荡，一会儿像一根上下翻飞的牧羊鞭，一会儿像一面千疮百孔的风筝。有几个瞬间他感觉自己要死去了，可他看见刘轩坤带着两个列兵站在没过膝盖的大雪中，双手罩住嘴巴，在呼喊"班长"，那声音喊破了，淹没在疾风呼啸和发动机轰鸣中，但徐开路选择性地收进了耳朵。

刘轩坤裹着已经雪白的棉大衣，笨重得像南极企鹅，他向上仰望，四处都有所谓的出口，而他们眼里只有这一线生机，徐开路无比明白，是因为他曾经无数次在那个位置站成这个姿势，他看不到刘轩坤的眼睛，但他感知得到他流露的渴望。

刘轩坤喊累了，他觉得徐开路此刻是飞沙走石中的沙石，是天崩地裂中的天地，煞白中只有他一处黑色，在孤独地拼搏，把刘轩坤晃得头晕眼花、热泪直流。

徐开路没有战胜过昆仑哨的天气，只是昆仑哨的天气也有慈悲的时候，他是在风力稍稍减弱的时候趁机快速下降到地面，摔进雪窝里，刘轩坤要背他起来，他呵斥："背我干什么，赶快把刘松和王玉周挂到绳子上去。"

两人跌跌撞撞地往屋里跑，屋里竟躺着三个人，张琛也倒下了。

刘轩坤一脸无奈地说："本来是两个，张琛是救他们两个上来的时候用力过猛，扭伤了本就脆弱的老腰。"

有人肯定会觉得奇怪，这就是新一代战士的身体素质吗？这种水平能打仗？徐开路不觉得奇怪，昆仑哨待久的人，都会缺一些微量元素，身体会有不同程度的劳损。他们的腰是被山谷终年阴冷的风吹弯的，他们的肌肉是被高原常年稀薄的空气抽干的，但就是这样一群人丰满了这里的山川，艳丽了这里的岁月。徐开路感动之余，陷入两难，机长下了死命令，五分钟之内三人必须挂在绳子上，只有三个名额，多一个也不行，原因有二，一是时间有限，二是这架小飞机燃油载重都承受不了了。

张琛说："班长，我不去了，我这是老毛病，养两天就好了。"

徐开路说："老毛病才不会养两天就好，这是我们高原兵最常挂在嘴边的谎言。"

徐开路不容分说，把攀登包里的两套攀登装备分别穿在刘松和王玉周身上，最后把自己身上的装备也卸下来给了张琛。张琛本能地拒绝，但徐开路用了蛮力像捆猪一样，张琛不再反抗，他太知道徐开路的脾气了，再多说一句，轻则引来催人泪下的心灵鸡汤，重则直接上手，太犯不上了。

徐开路和刘轩坤并排站着向飞机里的人敬礼，绳索缓缓地向舱门回收，三人依次被机长和军医接进舱门。

军医已对三人展开前期体格检查，机长向徐开路和刘轩坤回礼，他的飞行眼镜中倒映着昆仑哨的萧瑟，也倒映着高原兵的雄壮。他对飞机里的人说："这个地方很远，但也很近，近是因为它是和平年代的第一线，是随时会流血牺牲的战场，不然你看他们为何个顶个的铁骨铮铮。我从他们略显笨拙的动作但毫不胆怯的精神中发现，他们守护着高原，但他们本身也是高原啊。"

飞机打了一个旋子消失在波诡云谲的天空里，这片荒凉之地重新陷入孤寂，两人这才彼此相视，哑然失笑。

刘轩坤说："回来了？"

徐开路说："回来了！"

刘轩坤说："说来就来，想走可没那么容易了。"

徐开路说:"巴不得呢。"

两人勾肩搭背地站在一起,笑得旁若无人,爽朗至极。

刘轩坤说得对,极端天气依然没有好转的迹象,这趟飞机是为了救命而来,不会冒险再来一趟专门接徐开路回去,徐开路想走,只能等天气好转以后坐雪地车到中队,再从中队想办法到格尔木。不过从徐开路的状态来看,也并没有着急走的意思,轻车熟路地从老地方取出国旗,把那面破烂不堪的旗子换下来,仿佛离别的这些天只是简短休了个假而已,这里还是他的家。

徐开路走进兵舍,从厨房操作间里走出来一个列兵,刚才也参与了搬运伤员,徐开路没顾上看一眼,现在一端详,是个生面孔,看上去十七八岁。他朝徐开路走来,也自然地喊着"班长",他手里捧着一碗冒着热气的挂面,挂面上卧了两个荷包蛋,一刹那,徐开路似乎看到当年他刚到哨所时,也是有人这样迎接他,当时他也只有十八岁。岁月轮回,昆仑哨一天还在,这里的习惯会一直延续。徐开路感慨着,那些想要通过改变地点、环境、遭遇陶冶情操的人,其实到最后都会发现,感染人不需要太多的新意,如果学会经常地换一个角度,年复一年重新来过的事物里面才饱含着唾手可得的逻辑。

恶劣的天气整整持续了一个多月,这段滞留的时间里,徐开路上哨、做饭、清障、巡逻,以前在哨所干什么,现在还干什么,看不出来他已是个过客。他想,抛开孙炜、徐冬冬和陈昆仑需要照顾不谈,如果一直这样下去也没什么不好,可现实是除了他没变,一切都在变。

刘轩坤告诉他,等天气好转了,有两件大事要发生,一件是他的任职命令早下达了,要到中队去任副中队长了,很快会有新排长来接任,也会有新战士来顶替张琛、刘松和王玉周;另一件事是他恋爱了,对象是康桦。

徐开路脱口而出:"康桦?"

刘轩坤说:"就是那个销声匿迹好几年,和陈钰一样漂亮的业余演出队队员，我优秀的大学同学。听说我毕业后还会被分配到深山，无情地拒绝我的女孩康桦，她现在还在继续她热爱的文艺事业，突然有一天打电话向我告白了，她也很坦率，她离异了，我是她吃的一口回头草。"

徐开路说："怎么说话呢？两件都是天大的好事，恭喜恭喜！"

刘轩坤说："晋升不足为奇，可你就不替我参谋参谋这种出尔反尔的女生到底还能不能要？"

徐开路说："昆仑哨的人能有对象就不错了，别挑三拣四的了，何况，你心里早有答案。人会成长，成长不是悟透了情的真谛，不是看懂了现实的残酷，成长是接受，是传承，不管完不完美，千百年来人类如此轮回，未有改变，不是吗？"

刘轩坤本没想告诉徐开路他个人的感情生活，尤其是提到康桦，怕他想到刚刚牺牲的陈钰，才办完白事就提红事，不是常规操作。但昆仑哨的节奏要么漫长，要么飞速，眼看天气越来越好，出山的概率增大，分别的日期临近，他觉得有必要毫无保留地分享给班长，毕竟再见面不知何时，毕竟能说的话越来越少，再不分享就没什么事情可分享了。

没想到这两件事没有一件在徐开路心中泛起波澜，这让刘轩坤有些意外，直到他发现他在谈这些事的时候，徐开路一直盯着兵舍窗外那座士兵公寓在看，他似乎明白，他还在为这座有着特殊历史价值的士兵公寓没有派上用场而遗憾着。

刘轩坤心说，娶谁他不关心，他是关心我在哪里娶啊。

刘轩坤说："我要在这里办婚礼，就在这座公寓里，你当年想住没住成，今天兄弟替你启封。"

徐开路头唰地抬起来："康桦本来对你再分配回高原就耿耿于怀，你还哪壶不开提哪壶，康桦也不会同意的，依照她的性格，一定盼望着你早点儿调离，回去好好过日子。我看这婚还是要回老家风风光光地办，在这儿办算怎么回事！"

刘轩坤赌气地说："那我不结了。"

徐开路用力拍了一下刘轩坤的帽檐："你说不结就不结了，咱们高原兵搞对象容易吗？"

刘轩坤说："班长，我开玩笑的。这你就不懂了，在这里办婚礼好处太大了，康桦不是当初不接受高原兵吗？结了就理解了吗？我要表明态度，条件如此，虽然马上要晋升了，但仍然离不开昆仑一线，既然选择结婚，就要接受我的选择，如果不接受，我们都还有余地，别生米煮成熟饭了再抱怨来诋毁去的，这叫丑话说在前头。"

一席话让徐开路对刘轩坤刮目相看，心说，这孩子确实有文化，说得好听，还让我参谋，明明比我还有老主意，让我参谋个六啊。

刘轩坤说干就干，天气好转通信恢复后，趁徐开路还没走，他立即给康桦打了电话。

康桦说："考验我吗？你还是不了解我，尤其是不了解经历过一场婚姻的我，我确实不够高尚，有很大私心，但当初我是因为你的去向而分手吗？我是因为你不果断，不清楚要什么，没有能力把控我们的未来，就像我的上一场婚姻，我以为他虽也青涩，但至少可以厮守，可惜我错了，没有根基的厮守问题更多。而现在，你目标明确，不管在哪儿都顶天立地，这是婚姻中女人对男人最大的期许，所以我怎能不接受你的考验！"

过了几天，康桦自己带着嫁衣，奔赴而来，婚礼"隆重"举办。

徐开路一个人扮演了兄长、厨长、证婚人、主持人等诸多角色，必要时还客串了娘家人，搬运康桦带来的"嫁妆"，说是嫁妆，其实全是给战友们改善伙食的东西。

昆仑哨迎来了有史以来第一个新娘子，徐开路站在士兵公寓前，满面红光地发表讲话，献出了不少硬词儿，他说："昆仑哨喜事临门，翻开了崭新的一页，士兵公寓也由此开启了它的新纪元，未来还会有更多的士兵，在这里成长，在这里成家，在这里走向更加光辉灿烂的明天。"

他的发言首先把自己感动了，他像个看着孩子们成家立业的大家长，有种功德圆满、功成身退的欣慰和满足。

婚礼之后，刘轩坤和康桦没有着急入洞房，一对新人第一件事竟是到坟前祭拜了陈钰。康桦哭得痛不欲生，她抚摸着陈钰的碑文说："我们从昆仑哨离开，发誓再也不要回来了，没想到若干年后，我们却在这里相见了，你成了英雄，我当不了英雄，但我会成为英雄的妻子。以后，我们都是昆仑哨的孩子，我们是一家人，明年的这个时候，我还会来看你，和你分享我的进步，你在那边也要骄傲起来，像在演出队的时候一样，唱响你最拿手的歌，那歌是情歌，也是战歌……"

夜晚，刘轩坤和康桦入了"洞房"，那间士兵公寓终于行使了它本该行使的义务。一个列兵在上哨，一个列兵在准备上哨，想来闹洞房也没机会，徐开路是"大伯哥"的角色，不适合闹洞房。他想，这洞房花烛夜，说不冷清也不清冷，这是世界上最放心的圆房，同样花团锦簇，同样温度炙热。

最后一盏灯火熄灭了，徐开路幸福地背着手在兵舍前踱步，他想，明天要走了，容许我再一次为梦想淬火。他想象着昆仑哨将来的红火，他的愿望是昆仑哨要再扩大规模，最好有一个建制排的规模，那样会有更浓厚的氛围。最好多几个像刘轩坤这样的干部，多几个高级军士编制，多几个考学成功的战士，那样昆仑哨就拥有了更多的荣誉，让全军乃至全国都知道昆仑哨的存在。他们的精神可以影响更多的年轻人，让年轻人在吃苦的年纪选择高原，磨炼意志品质，成为强军大计的末梢神经，然后如同新鲜活力的血液注入四面八方，这是千秋万代的伟业。徐开路越想越振奋，此刻他也自负起来，他想，我是个人才啊，万一这个排给我带，我肯定带得呱呱叫。然后转念一想，谁爱带谁带吧，总之我给自己封了一个"名誉哨长"。

第二天，哨所前来了两辆雪地车，一辆是送新排长、补缺战士并接刘轩坤到中队走马上任的,另一辆是送徐开路回格尔木的。看似一个方向,实则千差万别,三种人,三种人生。

徐开路回望昆仑哨,百感交集,因为新排长一来,昆仑哨一个老人儿也没有了,假如有一天真的还能再回来,这里的人也只是礼节性地接待一下吧,那时真成了客人。他觉得有必要交代一番,让新排长在最短的时间内了解昆仑哨的哨史,了解昆仑哨的脾气秉性,了解书本材料上没写的部分。

徐开路对新排长说:"昆仑哨地理位置很高,但它的身段很低,不会店大欺客,永远一副爽直的面孔示人,所以从容淡定地和它相处,它不会难为人。再说这里的人,任何一个单位,哪怕再小,也有江湖,但在昆仑哨,只要带兵人不搞虚头巴脑的那一套,他们身上最纯真的部分就会展露无遗,你的领头雁的作用可想而知。对昆仑哨好点,像到家一样,对士兵好点,他们才是昆仑哨的根系,昆仑哨能够巍然于此,全靠他们吸吮养分。"

刘轩坤一边点头,一边跃跃欲试,他有更多的话要说,新老更替,也是传经送宝的最佳时机,过了这个时间,即使两人再有来往,关系也会微妙起来,再不会掏心窝子传授经验了,刘轩坤想利用好这个节点。

可惜,新排长不耐烦了,没给刘轩坤这个机会,接着徐开路的话茬说:"首先感谢您这套理论,将来有可能用得上,但近期来不及揣摩发挥了,昆仑哨很快就要撤勤了,我可能是这里的最后一任排长,我的主要职责是清点物资装备,搞好封存移交。"

平地一声响,空天起惊雷。徐开路原以为连年来的颠沛流离,终于等来了安定的局面。安息的人安息着,奋斗的人奋斗着,昆仑哨开启新航程,迈上快车道,从此山高水阔,无可阻挡,从此高枕无忧,只候花开。昨天他还沾沾自喜,规划美好蓝图,岂料今天就等来这么个消息,瞬间凉意从头到脚。

徐开路说:"你再说一遍?"

新排长说:"再说十遍也改变不了什么,大势所趋。"

徐开路说:"就这么没了?"

新排长说:"怪我多嘴,中队长千叮咛万嘱咐让我管住嘴,这下可好了。"新排长懊恼不已,接着说,"你不能出卖我,中队长万一知道我一来就给捅漏了,没有好果子吃了。我刚毕业没多久,政治生涯才开始。我知道你们心里难受,这比割肉还疼,可是……"

刘轩坤当然也承受不起,听到这个消息,让他联想到,多年媳妇熬成了婆,一天福分没享就驾鹤西去的悲哀。就像刚娶的新媳妇康桦,如果手还没牵就跟别人跑了,想想就揪心。

刘轩坤说:"花了钱,搭上了命,浪费了时间,刚刚过上好日子没两天,说撤就撤了?"

新排长乞求说:"求你们放过我吧,你们就当什么也不知道,就当我什么也没说,好不好啊?"

看到新排长的表情,徐开路于心不忍,虽然心在滴血,但强迫自己要振作,他推刘轩坤上车,刘轩坤毕竟年轻气盛,十分抗拒。

刘轩坤说:"我算是看明白了,为什么早不提拔晚不提拔,这个时候支开我,好不费吹灰之力阉割这里,任意处置这里,我就不走了,看谁敢动昆仑哨一砖一瓦。"

徐开路说:"瞧瞧你那副样子,想当山大王?我也想留住昆仑哨,可任性有用吗?跟我走,别在这儿给新人添堵。"

刘轩坤无奈地跟着徐开路上了车,一步三回头。

新排长还在担忧地喊:"要冷静,千万别搞事情啊……"

徐开路朝他挥手,也在朝昆仑哨挥手,他给新排长一个强努的笑脸,让他大可不必担心,宣泄情绪时也牢记不能妨碍到别人是一种美德;他也要给昆仑哨一个阳光的笑脸。当年他哭丧着脸来的,现在要意气风发地走,他相信,这才是最匹配昆仑哨的致意。

昆仑哨渐行渐远,刚才还故作潇洒的徐开路内心翻江倒海,痛苦之至,失落感在体内蔓延。他思索见了中队长到底应该怎么质问他,实在问不出个所以然就找严峻求求情。突然想起连严峻也退休了，后无倚靠，前无寄托，再无捷径可走，也该独自面对一切了。

远远地，刘轩坤看到中队长带着战士在门口敲锣打鼓迎接，刘轩坤感觉这是讽刺，别人因为功绩突出而提拔，而他是把家败光了无处可去之后，中队被迫收留他的，一脸家道中落后无法接受现实而气急败坏的样子。

刘轩坤对徐开路说："天大的事，连意见都没有征求，我们的民主权利呢？谁替我们表决的？您虽然不再是昆仑哨的人，但身为昆仑哨的元老，有资格跟他们理论理论，昆仑哨到了生死存亡的时刻，我们虽是螳臂当车，但还能怎么办呢？"刘轩坤热烈地看着徐开路，徐开路不忍心泼冷水，他比谁都更想挽回，也比谁都知道这个时候的叫嚣只是在表达对自己的不满，对昆仑哨的遗憾。

中队会议室里，刘轩坤和徐开路锐利地扫视着支部成员，支部成员有的盯着水杯里漂浮的茶叶梗，有的在笔记本上搞起了素描，有的摆弄着笔帽，都不敢和他们对视，坐姿拘谨，表情紧张，气氛尴尬。

一直这么下去不是办法，良久之后中队长硬着头皮引入了正题："纸包不住火，早知道也好，我开门见山了，军改大幕拉起，裁军二十万，不光裁减机关员额，也要裁减一些地位作用弱化的小、散、远、直单位，我们昆仑一号哨名列其中。原以为早把你们支走了，工作好开展一些，感情上好接受一些，没想到改革不等人，上级要求必须尽快上报改革进展，一天也不能拖，所以……"

刘轩坤打断了中队长的发言："他们哪只眼睛看到我们职能作用弱化了？没来过一个工作组调查研讨论证过，怎么得出的结论？"

中队长语重心长地说："昆仑隧道周边有四个哨位，随着信息化程度的提升飞跃，单靠哨兵肉眼掌握执勤情况的时代越来越远了，一号哨所处的位置不是边境，不用靠设立哨位宣示主权，而且那里虽然配备了基础生活设施，但条件依然恶劣，新时期我们有了智能执勤系统、三级监控终端和全覆盖式的卫星信道，完全可以收拢人员，整合哨位，把有限资源利用到极致，能节约经费，保证兵力效能。即使保留下来的三号哨和四号哨，未来也不会由固定人员值守，三个月是轮换执勤的最高时限，这样既确保了执勤质量，又保证了人员身体健康，这是人性化的进步，我们要看到改革的积极意义，而不是守着一亩三分地，掰着手指头算个人那本陈年老账了。"

刘轩坤说："你说的都对，但没回答我的问题，裁撤意见肯定是自己人提出来的，总队不可能直接出结果。我在一号哨这么久，没见有一个工作组来过，没有调查就没有发言权，我就想知道是谁在满嘴跑火车。"

刘轩坤咄咄逼人，徐开路也感同身受，刘轩坤一语三关问到了点子上，既质疑了总队论据的可靠性，又摆出了上级关心昆仑哨不够的事实。那些所谓的检查组、工作组、调研组只爱去有曝光率、能露脸的单位，没有几个人愿意舟车劳顿来危机重重的昆仑哨，即便来也是作秀。第三层意思是如果裁撤建议是熟悉了解大家的人提出的，想想就后背发凉。

刘轩坤把矛头指向了个人，凡事一旦具体化，理想主义便消失了，革命浪漫主义情怀也没有了，针对的意味浓烈起来。中队长脸上有些挂不住了，因为他不解释，有可能这个锅就要支部来背，第一手裁撤建议肯定和他通过气，没有他和指导员的签字，不合法、不合规。

中队长还在犹豫要不要说出这个人是谁，刘轩坤继续"煽动"大家情绪："我知道命令已经下达，很难再有变数，但我如果不争取就对不起昆仑哨！昆仑哨是我们的精神支柱，我不能眼睁睁地看着它不存在了也无动于衷！你告诉我这个人是谁，我不会对他怎么样，我就想问问凭什么。"刘轩坤话说了一半，他确实不能对这个所谓的"叛徒"做什么，但如果是下级，在他这里别想再得到重用，如果是上级，当然更要认清他假惺惺的嘴脸。

徐开路虽然没刘轩坤激愤，但也在等待中队长揭晓答案，他们总要找一个出口,来发泄昆仑哨被无情裁撤的忧伤。

中队长说:"为什么要追问?知道了这个人,会更难过吧。"

刘轩坤说:"是那个人应该难过,做梦也全是噩梦。"

中队长说:"可惜,你们不敢也不能再去质问他了,真正不用征求谁意见就有勇气放下它的人,是最明白、最在乎它的人吧。比如……比如,严峻副主任。"

徐开路和刘轩坤当场震惊,怎么可能是严峻?从头到尾他都是昆仑哨的建设者、开拓者和维护者。他帮助徐开路免于苛责,给予高原兵足够的信任支持,关心他们的成长。他主持送水送电工程,解决了困扰昆仑哨几十年的生活难题。他指挥战胜吉赛组织,筑牢昆仑哨防线,让这里从普通防御设施升格为能驾驭多类型战斗的阵地。他是昆仑哨的主人,可是他却在退休前几天,干了一件主管部门都避之不及的、吃力不讨好的事。

刘轩坤怔怔地说:"他是个多么矛盾的人啊。"

徐开路说:"他该多心痛啊!"

谜底揭晓,刘轩坤偃旗息鼓,六神无主地对徐开路说:"说说你的看法,别以为他是你的伯乐,就主观看待问题。"

徐开路眼角泛着泪光:"是的,就因为这个人是严峻,我没有看法了,不用再说服自己,听到这个名字,就是最好的解释。我们只是昆仑哨的孩子,而他虽然来的时间没我长,但一来就是以决策者的身份,决策意味着责任,在触及心肝肺的利益碰撞中,没有人人拍手称快的决策,都退休的人了,还选择冒险甚至背负骂名,图什么呢?多少年来,无数冲锋陷阵的人、彪炳史册的连队,逐渐消失在部队的构成中。我们的进步,一定程度上是在不断的演变中推动的。现在因为他的现身说法,我可以骄傲地说,包括我个人在内,留不下的,不代表不优秀,是车轮必定要碾过我们,才能早日到达时代的中转站。我们为部队新的版图上色,然后结束使命,去发现更适合我们的角色。一路寻找,是军人的宿命。这是他为我上的最后一课,如果他知道我已经懂了,一定很开心吧。"

徐开路再也抑制不住感情,背转过身,朝着来时的方向,看到几只雄鹰呼啸着离去了。徐开路似乎见过它们,因为它们飞行的航迹,勾勒出了昆仑哨的轮廓,它们是昆仑哨最后的邻居。在今天,也要奔赴新的家园。

第三十章

人们迎着西风，曾想这一路是寻找是聚合是相拥，所以殚精竭虑从海北到山南，像努力保持羽毛洁白的飞鸽，熬红的眼睛挂满苍穹；人们匍匐于无垠沙海，在漫长疆线上隐没笑容，随之而来的只有离别、只有严冬、只有壮行；我们开始明白了为什么水洼之于大漠叫绿洲，为什么骆驼从不流泪，背负驼峰，像山峰之于高原兵，荒芜背后，终究能走向花火，遇见伟大的新生。

徐开路没有给刘轩坤再留下只言片语，他理解刘轩坤，他可以回到基地，眼不见心不烦，但刘轩坤还要留在这里，少不了直面昆仑哨"遗址"，每每从它脚下走过，肯定陡生无尽苍凉。徐开路想，心有不甘不会因为一段话而释怀，也不会因为被人善待而遗忘，只有经历更多不公，有了新的切肤之痛，才会相对抵消吧。不管是军旅还是平凡生活，皆是一场以毒攻毒的剧情，没有反转，没有逆袭，只会层层递进。

徐开路回到基地，生活步入正轨，孙炜的腿伤慢慢好转，可以扔掉拐杖了，不了解状况的人第一时间发现不了这是一条充满残酷故事的腿。

徐开路隔三岔五地带孙炜到基地外围的郊野散步，走累了躺在草地上幸福地憧憬将来的好日子。孙炜和徐开路商议，眼下徐冬冬和陈昆仑都上学了，能腾出手来了，养伤这段时间，她想了很多，准备捡起了荒废多年的学业，考研究生。在省会城市，就业岗位多，发展空间大，毕业后找一个像样的工作不成问题，她希望和徐开路共同进步，赚更多的钱，给孩子创造更好的条件。不让孩子承受他们曾承受过的苦楚，是每个家长苦苦挣扎的原动力，孙炜也不例外。

谁都不是谁的附属，婚姻是相互成就的关系，徐开路当然支持孙炜的想法，他看到孙炜眼里有光，那是希望之光，是一个女人经历磨难之后迸发出的高贵底色，这光流露着坚毅果敢、知性豁达。太阳之下，她的美貌尽显，皮肤晶莹剔透，好像刹那间回到了恋爱时代，让他不由自主地去吻她娇艳欲滴的嘴唇。在热烈的回应中，徐开路想，拥有积极品质的人，才会散发独特魅力，这才是美的来由。

两人的意见不谋而合，徐开路也行动起来，业余时间主动包揽家务，照顾孩子，辅导功课。基地的华主任经过几次思想震荡后，似乎也接过了严峻的接力棒，彻底扭转了对徐开路的看法，不再使绊子，而是想方设法给予他帮助，尽量不给他安排临时性任务，让徐开路有更多陪伴家人的时间。家里的事对于一个常年操枪弄炮的糙汉来说，比打仗还吃力，但他认为做好这方面的功课十分必要，这是孙炜和两个孩子给予他活得更全面的机会。有人说，他这叫奉献型人格，每天为别人而活才会快乐，徐开路笑而不语，他不想纠结人格是奉献还是索取，只关心能否扮演好世界赋予的每一个角色。如果可以，那妥妥的是安全型人格，安全型人格不分三六九等。

命运开始眷顾他们，孙炜一考即中，顺利拿到了学历升级的入场券，前往北岩市脱产两年学习工商管理。临走前，她征求了婆婆的意见，刘彩为了支持儿媳妇，想了一个两全其美的办法，决定来西宁开个分店，既扩大生意规模，还能照顾到孩子，皆大欢喜。

送行的站台，列车徐徐开动。徐开路不能免俗地跟着火车跑，他对火车的概念只停留于昆仑隧道里驶出的绿皮车或者"闷罐"。他怀旧抑或闭塞，所以他习惯性地认为站台上也应该还是复古的格局，有推小车、挎篮子卖饭的大娘，小车或横幅上的广告词中必须夹杂着几个简写的错别字，有人在熙熙攘攘的人群中哭泣或喧哗，那样就不会有人注意他的幸福、难过。他可以多看孙炜几眼，和孙炜说些脸红耳热的情话，他们是伟大的革命友谊，激烈一些告别不足为奇。可刚跑两步就被车站安保员一把拉住，将他拉回当代文明。安保员鄙视地说："新车站，新速度，世界间的距离在无限缩短，不需要为所谓的分别造势了，哪有那么多惊天动地的旷世绝恋，别演了。"

伶牙俐齿的安保员把徐开路训笑了，也是，老夫老妻了，小别应是大部分男人偷着乐的事儿，如此肉麻有些破坏游戏规则，但别人的眼光能左右徐开路的判断，却左右不了他的本质，他看到火车加速行驶，留下空荡的铁轨，这些年孙炜的好如潮水般涌来，还是忍不住热泪盈眶。人家都说年纪大了眼窝浅，才容易掉眼泪，可徐开路不以为然，他曾享受孤独、享受冷落，所以一旦有热量的来源，比任何人都能率先感知温度，远不止久旱逢甘霖般只是饥渴。

徐开路一个人往回走，真正的孤家寡人，不敢想，对于这样一个重情的人，到最后还陪伴着他的竟然是当年最早离开的陈爱山。也许，这样看起来不合逻辑的发展模式，往往才是人类情感脉络的主流，任何群体都不过如此。

然而，既然能成故事，就一定有它的极致。孙炜刚走两天，陈爱山就到徐开路面前来挠头了，原因是前期他们作战有功，引起了上级注意，推荐他俩到总部参加中级晋升高级军士集训。这个集训不得了，学成归来，给予高级编制，福利待遇水涨船高，退休不再是够不着的"天花板"，也避免了二次择业，真正意义上的"辈子兵"。以前全军没几个"兵王"，以后会越来越多了，老一辈无产阶级革命家们希望看到的升级版志愿兵役制度，在这一代就要得到普及，机会摆在了徐开路和陈爱山面前。好事为什么要愁眉不展？陈爱山不用说得太明，徐开路已猜出了他的苦恼所在。家中父母年老多病，本就乏人照料,更别提帮陈爱山了。陈昆仑虽然现在有刘彩帮忙照看,但陈昆仑的丧母阴影还需要给予足够的关注和疏导。陈爱山说过,好几次他偷偷跟踪陈昆仑,发现孩子把陈钰的口红埋进经常玩耍的大树下。有一次陈爱山忍不住问了他,孩子说:"妈妈喜欢的东西,我要让她带在身上,这样的话,她在天堂也是最好看的。"

此言一出,陈爱山当即悲从中来,他知道孩子想妈妈。现在突然间他和徐开路又要一走大半年,到底去干吗,给孩子说是说不清楚的,保不齐对孩子又是一次沉痛打击,他着实放心不下。

陈爱山嗫嚅道:"以前总是盯着别人画的饼,然后也给自己画饼,告诫自己人无远虑必有近忧,要凡事看长远,而忽略眼下。一晃这么多年了,没有看到期盼的未来,错过却是常事。我辜负了陈钰,不想再亏待了孩子,但照顾好他的前提又是保住这份职业,太矛盾。"

徐开路说:"去集训就会亏待孩子吗?亲爹不在,干爹要顶上,有我在,陈昆仑不会受半点儿委屈。"

陈爱山震惊地说:"你开什么玩笑?我没有不让你去的意思,我不是来使苦肉计的,是来发牢骚的而已。"

徐开路半开玩笑地说:"这很令人诧异吗?不谦虚地说,优秀太久了,很累。这些天和孩子们相处,我感受到了不同的快乐,挺好。代表我去冲锋吧,我这不是逃避,不是发扬风格,因为留下来要做的事情也很艰巨。"

陈爱山疑惑地看着他。

徐开路有些亢奋地说:"传承红色基因,担当强军使命,恢宏的命题,具体到我身上,我认为把小昆仑和冬冬两个'小兵'培养好,也是为伟业做贡献了。总有船到码头车到站的时候,尤其是我这倔脾气,在最红火的时候撤,比将来被轰走强,这叫急流勇退。"

陈爱山说:"可是……"

徐开路说:"没有可是,谁让你给儿子取名叫昆仑的?我为昆仑而开路啊,不是一家人不进一家门,我们这对干父子,算找对了。"

陈爱山还想再说什么,徐开路跨上自行车,撅起屁股,猛蹬几脚,接孩子去了。陈爱山站在风中,悔不当初,心说,早知道会这样,来这儿发什么神经,最怕徐开路当真。转而一想,徐开路不是心血来潮的人,他肯定是在心里斗争了多少遍。其实和陈爱山想的一样,华主任也来做他的工作了,同样无济于事,他只有一套说辞:"祖国的花朵不重要吗?用我所剩无几的残弱光芒,照亮他们的路吧,更大的建树属于未来,青出于蓝而胜于蓝。"

局外人都清楚,徐开路自知生活条件要优于陈爱山,更怕对不起牺牲的陈钰,因此对陈昆仑甚至好过对徐冬冬,这个带着特殊使命的干爹一秒入戏了。他清楚,要继续战斗在一线,就给不了陈昆仑好的陪伴,所以他还是选择后者,告慰陈钰在天之灵也好,救赎自己也罢,总之放弃了他难说不在乎的高级编制。

徐开路心意已决,谁都劝不动,陈爱山感激之余,发誓要拿出最好的状态,当个名副其实的兵王,"蔬菜陈、猪倌陈",再也回不去了,抱着这种信念,他也要暂别徐开路。

一周之内,徐开路两次来到车站站台,陈爱山抱紧陈昆仑,他对陈昆仑说:"我不在,他就是你亲爹,你爹只盼着你茁壮成长,将来也当个堂堂正正的军人,能不能做到?"

陈昆仑初生牛犊不怕虎:"那还用说,比你们两个都强。"说话间,还和徐冬冬配合着完成了一个突入射击的动作,逗得在场的人前仰后合。陈爱山笑着笑着,趁陈昆仑不注意生怕被叫住似的上了车,经过火车连接处时,确信外面的人看不见,哭得鼻涕一把泪一把。

火车关门,徐冬冬和陈昆仑立于徐开路的两侧,学着徐开路的样子,向火车敬礼。

徐开路看着一左一右两个小家伙严肃的模样,哑然失笑,十几年来他带过数不清的新兵,他们满载荣耀,各奔东西,兜兜转转只剩下这两个"小兵"。想想这两个"小兵"前途也许更不可限量,会欣慰不已。他自言自语地说:"这一程,不白混啊。"说完,徐开路整齐"列队"带着他的"兵"融入骄阳里。

一边参加基地的操课,一边配合母亲刘彩带两个孩子的日子虽然辛苦,但也乐在其中,经验丰富的"兵教头"教两个乳臭未干的小子,说起来搞笑,看上去滑稽,让人忍俊不禁。俩孩子天生一副兵料,好多军事动作,一悟就透,这让徐开路感叹基因的魔力,劲头更足了。

一天两天是兴趣,一个月两个月还是需要毅力的,没有一个孩子天生愿意吃苦,同一种科目练多了就枯燥了,陈昆仑和徐冬冬也有打退堂鼓的时候。有一次练战术动作,徐冬冬摔到了腿,拒绝再站起来,被徐开路呵斥完哭了鼻子,陈昆仑虽然还在坚持,但也感觉疲乏,经常趁徐开路不注意就偷懒,现在他感同身受地为兄弟打抱不平:"我们还是孩子,你不能要求我们像大人一样。"

徐开路说:"那我就可以随便降低标准吗?这是你们不努力的理由吗?"

陈昆仑问:"我们为什么要那么努力?"

徐开路说:"不努力将来你们凭什么生活得更好?花你妈妈的抚恤金吗?那钱你花得踏实吗?"

小小的陈昆仑好像听明白了徐开路的意思,短暂的沉默之后,一言不发地拽起徐冬冬,再也不偷懒耍滑。这本不是他这么小的年纪应该承受的压力,他承受了,爆发出了能量,但同时他也对金钱第一次有了概念。

为了让孩子燃起斗志,给予适当的刺激固然可行,但也有副作用,训练方面徐开路不再操心,但头疼的事情还在后面,懂事的孩子有时候比调皮蛋干出来的事更让人心酸。

这天,徐开路先后接到刘彩和幼儿园老师的电话,刘彩告状说,陈昆仑和徐冬冬两个孩子从她手里要走两百块钱,说是幼儿园交课外活动费，可刘彩在家长群里一问，没影儿的事儿，血压一下子就上来了。刘彩说，钱不多，性质太恶劣了；幼儿园班主任倒是没说什么原因，只说俩孩子惹大祸了，让他务必到幼儿园去一趟。

徐开路心说，屁大点儿孩子要点儿钱也正常，能惹什么大祸？难道他们也私自行动，和什么犯罪团伙杠上了？徐开路不以为然地姗姗来迟。

刚进幼儿园办公室，发现里面的气氛太压抑了，还有四五个家长模样的人拉着脸，鄙夷地盯着他，随即七嘴八舌地讨伐这个责任心缺失的家长，教育出了胆大妄为的孩子。

徐开路先是看了一眼陈昆仑和徐冬冬，他俩紧紧抱着书包站在墙角，不像做错了事，倒有一种"要杀要剐放马过来，我不怕"的气势，这个气势让徐开路暂时放下心来，孩子没有受到伤害就好。但听了老师和其他家长的描述，徐开路意识到问题没有那么简单。一家长说："这两个孩子强迫小朋友从家里偷钱给他们，没现金的，偷妈妈的化妆品也行，这是什么行为，这是抢劫，这么小就干这事，长大了还得了？"

徐开路说："不可能，我们家虽然条件一般，但没有少了他们的吃、穿、玩具，他们要钱干什么呢？"

领头的家长说："还抵赖，不信搜他们的书包。"

徐开路偷偷对领头的家长说："当场搜不好，有没有，都会伤了孩子的自尊，我找个没人的地方自己检查，如果真有问题，我承担所有责任。"

领头的家长说："谁信你？你动手脚怎么办？"

徐开路掏出证件说："我以军人的身份保证。"领头的家长将信将疑，但还是让了一步。

徐开路把陈昆仑和徐冬冬带出办公室的时候，听到领头的家长说："军人还教育出这种孩子，道貌岸然说的就是他吧。"徐开路脸上一阵滚烫，他相信这两个孩子的品质，但看到这么多人指指点点，难免心虚又抹不开面子。

徐开路压住火气说:"说说吧。"

陈昆仑和徐冬冬像商量似的,摆出一副死猪不怕开水烫的态度。

徐开路已经快绷不住了:"连我也要隐瞒?你们只需要告诉我你们是被冤枉的,并不是那些家长说的那样,或者你们真的干了这么丢脸的事?"

陈昆仑憋红了脸,吞吞吐吐半天后说:"干了,和冬冬没关系,我的主意。"

徐冬冬说:"我自愿的,他没有逼我。"

徐开路一听这俩小子有强盗行径,还理直气壮,控制不住情绪,冲上去把两人一顿胖揍,尤其是陈昆仑,他一边打一边骂:"不学好,对得起谁,还想当兵?从偷鸡摸狗开始吗?我怎么向他们交代?爸爸要是知道了,还有心情为你而战吗?妈妈要是知道了,还能含笑吗?"

可不管徐开路怎么打,陈昆仑小脸发紫了也忍住不哭,直到班主任听到动静过来拉架,徐开路才停了手。但余怒未消,也顾不得什么尊严不尊严,硬抢过陈昆仑就算挨打也没有放下的书包,把里面的东西稀里哗啦都倒了出来,映入大家眼帘的是一些硬币以及五颜六色的、各式各样的口红,口红砸下来滚得满地都是。

这场面,在场的家长心满意足,只有徐开路全明白了,心如刀绞,他第一时间看看终于放声大哭的陈昆仑,一把将他搂进怀里,眼泪断了线。

陈昆仑悄悄对徐开路说:"爸爸,我妈妈喜欢的口红很贵,我买不起。"

家长代表的声音淹没了孩子的声音:"还心疼上了,这种行为不打怎么能长记性!"

徐开路站起身来,扫视了一圈众人,把口红一支一支捡起来,并从兜里掏出所有的钱放在桌子上,低声下气地说了数声"对不起"之后，牵着俩孩子的手，径直朝外面走。身后是家长责问的声音，他置之不理。

班主任追出来，她提出一个解决方案，要陈昆仑向被索要物品的孩子道歉，大事化小，也就过去了。

徐开路说："我可以替他道歉，但他不可以。"

班主任说："别这么轴，小朋友也要为自己的行为承担后果。"

徐开路把班主任叫到一边，将陈昆仑的情况跟班主任说了，班主任听后，感动极了，眼含泪水说："难怪他的个人信息登记表上，母亲那一栏是空的，我还以为只是离异或单亲那么简单。这件事陈昆仑有错，但我作为班主任也有责任，如果孩子因为想妈妈干了傻事，还要受惩罚，这不是教育的初衷，这不符合民族传统之道，我想应该有更好的办法。"

回到家，徐开路给陈昆仑被揍青的屁股抹完药膏，取出了一盒高档的口红套装说："孩子，明天咱们去大柴旦，你把这盒口红，亲手放在妈妈的坟前。"

一旁的徐冬冬也摸着屁股说："我也要去，我妈妈是陈昆仑的妈妈，那么陈昆仑的妈妈也是我的妈妈。"

徐开路抚摸着徐冬冬的头说："这句话说得好，将来也要记住这句话，你们的妈妈都是英雄，她们都有高贵的心灵，她们撑起一个个军人的家庭，没有她们就没有我们，我们以她们为傲。"

班主任所说的"更好的办法"是清明节到了，请示主管部门，组织全园小朋友，到大柴旦烈士陵园扫墓。陈昆仑可以见到妈妈，其他孩子也可以受到洗礼，能相互理解，放眼更广阔的天空，不再拘泥于一时的高低对错。

徐开路鼎力支持，也随队前往，一路上既是家长，又是勤杂工，还当向导，用行动表达对小朋友的歉意，对陈昆仑的爱，对班主任的报答。

清明时节,大柴旦烈士陵园弥漫着香火的味道,白纱在微风中飘荡,还未发出新芽的杨树,在这片神圣之地上,和萧瑟的墓碑结为伉俪,透着无与伦比的悠远,无声地迎接远道而来的祭拜者。徐开路来前没有想到,大柴旦只是交通要道的交叉点,没有商业,没有景区,却在今天成为许多人的聚集点。

徐开路看到浩浩荡荡的一群人,或黑衣白裤,或白衣黑裤,或高擎哈达,或怀抱烟酒和鲜花,从四面八方涌来。嘴里念念有词,脸上积聚着氤氲,他们的眉宇间是统一的悲壮。他们越来越近,和徐开路擦肩而过,走向各自的又共同的英雄,方寸之间,徐开路似乎看到每个人都似曾相识,可能早先确实在他的生命里出现过,以后也会永在。

徐开路还在坟茔中发现新的奥秘,不知道是花眼了,还是烈士们真的有两座碑,他看到墓文上也刻着烈士徐建中、烈士陈泽飞、烈士林晋、烈士安逸的名字,甚至看到了胡栋、柳大哥等人的名字,当脸上的泪珠在这片无上光荣的沃野中又被投射了万丈霞光,他的鼻息中充满了春的盎然生机;一转身,看到还有人陆续从大门处走来,他看到了烈士家属,指挥学院的杨主任、林晋生前女友孙宇宁也来了,他们不是一个人而来,带着新组建的家庭,带着新生命,以普通人的身份,向故人送来新的问候,同时也表达着对新生活的信念;他看到了驻地部队来了,刘轩坤、张琛、王玉周、刘松等也赫然行进在队列中,他们寄托哀思后齐刷刷地脱帽致敬;这是徐开路最开心的时刻,他沉醉于幸福之中。突然,格尔木幼儿园的小朋友也来了,一个孩子胸卡上写着"高子涵"的名字,这个名字他不会忘记,正是当年被他从机场废墟中救出来的孩子,他长大了,可能不记得徐开路的样貌,但他走过徐开路身边时,不由得向他行了少先队礼,徐开路微笑着回礼,但并不上去相认。他想,高子涵记住了安息在此的前辈,胜于记住他一个人,他要把更多的时间留给自由,留给这一座座沧桑的丰碑。

徐开路不能自已了,原以为这次大柴旦之行是来看望烈士的,其实是给孩子们带来了财富，也是给他带来又一个精神坐标，这是生命赐予生命的昂贵礼物。

陈昆仑和徐冬冬把那盒口红放在陈钰的墓碑前，陈昆仑汇报着他的进步，挂着泪痕的脸上，也不缺笑容。

陈昆仑抽出一支口红，在墓碑上画着他心房的模样，一边画，一边喃喃地说："妈妈你看，我有两个爸爸，有两个妈妈，还有好兄弟，我不孤单。我怕你孤单，你想我的时候，就涂一涂这个，我知道你经常偷偷吻我，因为我记得你口红的味道，我做梦的时候总能闻得到……我还想告诉你，爸爸去远方了，听人说，他回来以后会更厉害，他是为我们才这么勇敢的，可是他走的时候，我却看到他对着你的照片哭了，他说，他很爱你。有多爱你呢？应该和我一样爱你吧，就是……就是你在这下面也能感觉到的那种爱。"

徐冬冬也向救了他一命的陈钰说："我妈妈告诉我，你也是我妈妈，我报答你的方式就是好好学习，当一个小学霸，然后当一个军人，如果能当一个军医就更好了，可以治好你那时没治好的刀伤，那样我就能看见你了吧……"

稚嫩的童声撞击着徐开路，他有些不敢再听下去了，他背过身去，从簇拥着大柴旦烈士陵园的树枝间向昆仑哨的方向一直望出去，目光穿透昆仑山口、沱沱河沿、唐古拉山，心绪随风飘向他从未去过的安多、那曲、当雄、羊八井、山南，他永远记得他多年守护的这条天路全长一千九百五十六千米。天路有多远，目光就有多远，他能清晰地看到，每一寸土地上每一个角落里出现过的那些可爱至极的人。

在回归的朝阳里，徐开路踽踽奔跑，与所有曾相互搀扶的人擦肩而过了，穿越清明的最后一个破晓，一抬头正看见人山人海的夏潮。陈昆仑和徐冬冬紧随其后，他们留下歪歪扭扭的脚印，一如当年徐开路和陈爱山在雄伟的昆仑哨之上洒满的青春符号。

（全书完结）